COLLECTION FOLIO

Jacques Lacarrière

Au cœur des mythologies

En suivant les dieux

Gallimard

Jacques Lacarrière, écrivain et spécialiste de la Grèce antique, est l'auteur de plusieurs ouvrages sur le monde antique dont *L'Été grec, L'Envol d'Icare, Promenade dans la Grèce antique* et *Au cœur des mythologies*.

À Marianna Coutouzis,
qui raconte si bien la mémoire du monde,
ce légendaire de nos désirs
et de nos craintes.

À PROPOS DE MYTHE

La fabuleuse et mystérieuse histoire de l'homme révélée et narrée par lui-même, telle pourrait être, telle devrait être la définition de tout mythe. Un mythe, diront les savants, est un récit sacré sur l'homme et sur le monde, faisant appel aux dieux ou aux forces cosmiques. C'est bien ainsi, en effet, qu'il fut perçu, conçu depuis les temps les plus anciens. Mais comme ces dieux ou ces forces cosmiques étaient des inventions humaines, on peut dire que le mythe est un récit entièrement œuvré par l'homme sur tout ce qu'il ignore par la force des choses, à savoir ce qui s'est passé avant lui et ce qui passera après lui sur la terre et le reste du monde. Et pour qu'un tel récit ait une valeur véridique et convaincante, force est de l'attribuer à des êtres ou des puissances qui échappent aux contingences du temps et de l'espace, autrement dit à des divinités supra-humaines et éternelles. Elles seules peuvent conférer au poème, au chant ou au récit mythique la force et l'autorité nécessaires pour qu'au-delà de son pouvoir et de sa portée esthétiques il ait valeur d'enseignement, de message, voire de credo. Car il ne s'agit de rien moins ici que du destin de l'homme en ce monde et dans l'autre, ce qui distingue radicalement le mythe des contes et des fables. Certains contes peuvent nous impressionner, nous effrayer ou, au contraire, nous enchanter, mais sans jamais conditionner nos actes présents et futurs. Un mythe en revanche — et surtout un mythe fondateur, un mythe de création — contient toujours un message implicite ou explicite sur notre origine mais aussi sur nos devoirs de créatures conçues et voulues par les dieux. Car en révélant à l'homme d'où il vient (destin qui lui est imposé et sur lequel il n'a nulle prise) le mythe lui révèle aussi où il va ou du moins où il peut aller, s'il obéit aux prescriptions comme aux interdits du récit. Aucun mythe, en effet, ne propose à l'homme un chemin tout tracé qu'il aurait à suivre en aveugle, mais des chemins et des choix cruciaux pour s'accomplir comme être humain.

De tous les récits qu'on va lire, émanent donc une évidence et un paradoxe. L'évidence, c'est que l'homme eut toujours besoin de recourir à des dieux pour comprendre et pour éclairer sa propre venue et son propre destin en ce monde. Le paradoxe, c'est qu'en imaginant ainsi mille récits de créations divines, il n'a fait qu'inventer ou que réinventer sa propre histoire en la prêtant aux dieux. Mais cette nécessité, naturelle, une fois encore, quand il s'agissait d'expliquer des phénomènes échappant entièrement à l'emprise de l'homme comme l'existence des étoiles, n'a plus de raison d'être quand il s'agit — ou plutôt quand il s'agissait — d'expliquer l'origine du feu, de la domestication animale, de l'agriculture, de l'écriture ou de la poésie. Pourtant, même ces acquis purement humains furent attribués à des divinités ou des êtres compatissants, soucieux d'améliorer le sort de l'homme.

Pour trouver trace des interrogations de l'homme antique sur sa venue au monde, et surtout des réponses qu'il leur donna, il faut attendre les temps très tardifs de l'invention de l'écriture. Nous ne saurons jamais ce que, pendant des millénaires, les hommes ont pu penser, craindre, désirer, imaginer sur leur raison d'être en ce monde. Tous les mythes ici présentés ne nous sont connus que par des versions écrites, dont les plus anciennes ont été trouvées sur des tablettes de terre cuite sumériennes, datant de quelque vingt-cinq siècles avant J.-C. Ce sont là non les premiers mais les plus anciens mythes venus jusqu'à nous. Et l'on voit que déjà ils apparaissent parfaitement élaborés, construits, en des récits à la fois substantiels et poétiques. C'est qu'au temps de leur conception l'humanité vivait dans une certaine aisance matérielle et avait même accédé à des progrès considérables qu'il fallait, eux aussi, expliquer. Si bien que la question en apparence primordiale : d'où venons-nous ? revenait pour chacun à se demander : d'où vient le monde sumérien, égyptien, iranien, grec ou indien ? C'est pourquoi, tels que nous les connaissons en leur forme tardive, les mythes de création n'ont guère de ressemblance entre eux puisqu'ils doivent expliquer des civilisations déjà très avancées et surtout très différenciées. Pour les Égyptiens, par exemple, le monde a commencé comme l'Égypte elle-même, par un chaos liquide d'où émergèrent peu à peu tertres de sable, palmiers, lotus et papyrus alors que pour les peuples nordiques, le monde ne pouvait advenir que sous forme d'une étendue glacée, d'une banquise infinie.

Malgré cette différenciation inévitable, les mythes ont tout de même quelque chose en commun, à savoir tout ce que les hommes partagent par leur corps, en leur cœur, avec leurs peurs ou leurs désirs. Ce qui explique sans doute pourquoi les mythes d'origine — qui doivent expliquer le passé à partir d'un présent différent pour chaque civilisation — diffèrent sensiblement d'un peuple à l'autre alors que les mythes dits eschatologiques — concernant les fins dernières de l'homme et de l'univers — tendent à se ressembler. Enfer et paradis rassemblent donc en un destin commun les différentes formes d'au-delà imaginées par les différents peuples.

Telles sont les brèves remarques qu'il me paraissait souhaitable de faire en introduction à ce livre. J'ajouterai qu'outre sa claire intention de présenter l'histoire mythique de l'homme racontée par lui-même, il est né aussi et avant tout du désir, du plaisir de proposer une anthologie de mes mythes préférés. Sur un sujet aussi vaste que celui-ci, il existe des milliers de mythes. J'ai choisi ceux qui, depuis toujours, me parurent les plus beaux et les plus lisibles, je veux dire les plus transparents à nous-mêmes malgré toute l'épaisseur des siècles. Anthologie veut dire : bouquet de fleurs. C'est bien ainsi que je souhaite qu'on puisse rencontrer et découvrir le continent mythique : comme les plus belles fleurs glanées dans les prairies de notre imaginaire.

JACQUES LACARRIÈRE
Printemps 1998

Livre premier

NAISSANCE DU MONDE

Introduction

DOMAINE MYTHIQUE

Aussi loin que l'on remonte dans le passé de l'homme, on trouve chez lui un constant besoin de connaître et de comprendre. Connaître ce qui l'entoure, le ciel et ses astres, la terre et ses richesses, les mille visages d'un univers qui est pour lui source de vie et, surtout, comprendre le pourquoi de son existence en ce monde, découvrir sa vocation ou son destin. Ce besoin dut naître très tôt, beaucoup plus tôt qu'on ne l'imaginait encore il y a quelques décennies. Dans les tombes du paléolithique inférieur, il y a plus de cent mille ans, on a retrouvé de nombreux squelettes, enterrés dans une position identique : couchés sur le côté, un bras sous la tête, l'autre en avant, avec, autour d'eux, déposés selon un ordre précis, des pierres taillées, des coquillages, des cornes ou des crânes d'animaux. Ainsi — en un temps où l'homme se dégageait à peine de sa longue hérédité animale —, dès cette ère lointaine, l'*Homo sapiens* s'interrogeait déjà sur la mort et couchait ses défunts dans la position du sommeil, il allumait près d'eux des feux symboliques, il veillait ce repos sans réveil. Plus tard, quelques dizaines de milliers d'années avant notre ère, au paléolithique supérieur, on retrouve partout, chez les peuples les plus différents, cette même sollicitude à l'égard des morts : les cadavres seront enterrés repliés, dans la position de l'embryon au sein du ventre maternel, enveloppés de peaux animales ou recouverts d'ossements de mammouths, le corps parsemé de cette argile rouge qui a pu être, pour nos ancêtres, le signe coloré de la mort. Aucun doute ne peut subsister : l'homme avait déjà conscience de sa place singulière dans cet univers hostile où l'intelligence demeurait son arme principale contre la faim, les fauves et la peur. Les petits coquillages, les dents, les silex, tous ces menus objets qu'on glissait dans les mains des cadavres, les aliments que l'on plaçait aussi à leur côté attestent une croyance tenace en l'existence d'un autre monde après la mort. Les toutes premières tombes préhistoriques montraient que l'homme se posait déjà des questions : celles d'il y a vingt mille ans prouvent qu'entre-temps il leur avait trouvé une réponse.

Mais il faut attendre l'apparition de l'écriture, trois mille ans avant notre ère, pour posséder des témoignages plus précis, plus irréfutables : les tablettes sumériennes, les hiéroglyphes égyptiens, les hymnes indiens du *Rigveda*.

À la grande différence de notre époque qui fait de plus en plus appel aux connaissances rationnelles pour résoudre les énigmes de l'univers, les peuples d'autrefois firent appel aux mythes qui décrivaient comment l'univers s'était formé, comment l'homme avait été créé, qui expliquaient le pourquoi et le comment de tout ce qui existe dans le monde.

Cet aspect vital des mythes est aujourd'hui pratiquement oublié : à plus de trois mille ans de distance, ces récits sont perçus comme des contes ou de beaux poèmes. Mais le besoin des mythes n'est pas mort pour autant, ni même leur création.

Nous sommes beaucoup moins éloignés qu'on ne le croit de la sensibilité des peuples de jadis. Et une même capacité d'émotion devant les mystères et les splendeurs du monde nous rend encore sensibles aux messages des mythes.

Littérature mythique

Les mythes antiques que nous connaissons nous ont été transmis par des textes, mais ils existaient déjà avant que l'on n'inventât l'écriture. Les plus anciens d'entre eux, les mythes sumériens par exemple, sont le résultat d'une longue élaboration orale, au cours de laquelle les différentes générations d'agriculteurs installés entre le Tigre et l'Euphrate se sont transmis les récits imaginés sur la création du monde et de l'homme.

Avec la naissance de l'écriture, l'évidence se fit jour peu à peu que ces récits pouvaient se relier les uns aux autres, en y ajoutant au besoin des textes de liaison : la notion d'œuvre apparaissait. Ainsi, à Sumer puis à Babylone, des auteurs ou des prêtres réunirent les fragments de plusieurs poèmes décrivant la création du monde et c'est ainsi que dut naître l'*Enouma Elish*, le grand poème babylonien de la Création. Aux Indes, d'autres « auteurs » s'appliquèrent à réunir les milliers de strophes adressées par les fidèles aux divinités hindoues et cela devint le *Rigveda*, cette immense prière de vingt mille vers.

Parmi les milliers de textes constituant l'immense corpus de la littérature mythique, nous avons dû fatalement choisir et nous limiter. Nous nous sommes attachés surtout à ceux qui ont joué et jouent encore aujourd'hui un rôle important dans nos croyances et notre culture. C'est pourquoi nous avons écarté les mythes des peuples sans écriture ainsi que ceux des civilisations extrême-orientales (Chine, Japon, Indonésie) et amérindiennes (Maya, Aztèque, Toltèque) qui sont, les uns et les autres, d'un grand intérêt mais nous éloigneraient trop des buts de cet ouvrage. Par contre, nous y incluons tous les mythes élaborés par les civilisations dont nous procédons, même si ces liens semblent ténus ou invisibles, telles que les civilisations présémitiques et sémitiques (Sumer, Akkad, Phénicie, Israël), méditerranéennes (Grèce, Rome, Asie Mineure) et indoeuropéennes (Inde, Iran, Germanie, Gaule, pays scandinaves).

Domaine sémitique

Entre le Tigre et l'Euphrate, sur les plateaux et dans les déserts qui relient les monts d'Arménie au golfe Persique, sont nées les premières et les plus puissantes civilisations de l'Histoire, du moins parvenues à notre connaissance. Sumer, Babylone, Assur, Ninive, ces syllabes sonnent aujourd'hui à nos oreilles comme autant de noms fastueux, synonymes de puissance et de luxe mais aussi d'orgueil et de cruauté. Peut-être est-ce là un souvenir de la Bible, qui a su imposer jusqu'à nos jours cette image de luxe insolent, de gloire factice, évoquée dans nos esprits par le seul nom de Babylone. Quoi qu'il en soit, c'est là, entre ces deux fleuves majestueux, le Tigre et l'Euphrate, miraculeusement surgis de l'aridité des sables, que sont apparues, il y a plus de cinq mille ans, les premières civilisations. Un désert, mais un désert d'eau et de feu ; au ciel, un soleil torride qui ploie les hommes sous son éclat, qui ne leur laisse, pour vivre et pour penser, que les heures de l'aube et les heures du soir ; sur terre, les deux fleuves, sans lesquels rien ne croîtrait, rien ne vivrait, qui alimentent et fécondent la terre, auxquels on doit les herbes, les arbres, les fleurs et les fruits.

Pendant des siècles, de petits groupes de paysans vivront d'agriculture et d'élevage sur les bords de ces fleuves. Les premiers champs de blé, les premiers troupeaux domestiqués et aussi les premiers hymnes de louange aux richesses de ce monde durent apparaître dans ces paysages dénudés et ces déserts sans fin. Peu à peu, autour des villages faits de huttes de jonc et de torchis s'édifieront les premières grandes cités de l'Histoire. Sumer, Uruk, Lagash, Nippur, Éridu, il faut retenir ces noms : dans ces villes, on a, pour la première fois, composé des hymnes au créateur du monde.

Et surtout, en ces temps difficiles où vivre consistait d'abord à survivre, à dominer les éléments naturels et régir les communautés humaines, l'homme retrouvait dans les spectacles d'un ciel extraordinairement limpide, dans l'alternance régulière du jour et de la nuit et dans les rythmes des saisons cet ordre qu'il essayait lui-même, avec tant de mal et de tâtonnements, à instaurer dans ses propres cités ou dans sa propre vie. L'ordonnance du ciel fascinera longtemps les Mésopotamiens au point qu'ils essaieront, en construisant leurs temples et leurs villes, d'en reproduire les courbes, les cycles et la course ordonnée de ses astres. Aussi ne nous étonnons pas de voir qu'au moment où l'homme se sédentarise pour créer et organiser les premières communautés, il ait été tant frappé par l'ordre et par l'efficacité du monde, du ciel et de la terre, au point d'imaginer l'histoire de cet univers comme une lutte contre le chaos, la naissance difficile d'un ordre que les dieux ont conquis et établi pour eux d'abord et pour lui ensuite.

Au cours des trois millénaires qui séparent l'apparition des premières civilisations mésopotamiennes — sumérienne puis sémitique — de la naissance du Christ, de grandes cités, puis de grands empires se constitueront sur les rives des deux fleuves : chacune ou chacun détruira l'autre, tour à tour, mais conservera toujours l'expérience précieuse du passé ; on exécutera les prisonniers, les femmes, les enfants, on incendiera les palais, les maisons, mais on respectera les temples, les lois, les inventions. Ainsi la roue, le cuivre, la céramique, l'irrigation, l'écriture, le char, tous ces acquis essentiels se transmettront et s'enrichiront à travers les naufrages de Suse, d'Ur, de Nippur ou de Babylone. Et aussi le culte des dieux : les temples élevés par les Sumériens, ces curieuses tours à sept étages qu'ils dressaient vers le ciel en hommage à leurs dieux, seront conservés par les envahisseurs sémites. On les retrouvera, des siècles plus tard, à Babylone : ce sont les ziggourats, décrites par Hérodote et mentionnées dans la Bible.

Tel est l'apport des civilisations sémitiques qui se sont succédé dans le riche intervalle des deux fleuves : l'organisation du monde et des cités, la naissance des lois et des empires, l'importance du feu et de l'eau pour la vie et la survie de l'homme, et tels seront fatalement les dieux et les mythes suscités par ces peuples — des dieux puissants, créateurs et organisateurs du monde, qui brassent les terres, les astres, les eaux, des dieux potiers et paysans à l'échelle d'un univers qu'on suppose déjà infini, bref des seigneurs du monde auxquels l'homme doit tout. Des siècles plus tard, un autre peuple sémitique, les Hébreux, entonnera lui aussi, dans la Bible, un hymne au Créateur du monde, qui devra beaucoup aux lointains ancêtres du Tigre et de l'Euphrate.

Domaine méditerranéen

Pendant que les civilisations du Tigre et de l'Euphrate dressaient leurs grandes cités encloses dans les sables — oasis d'ordre et de luxe — d'autres peuples sur les rives de la Méditerranée accédaient à leur tour à l'Histoire. Ils n'édifièrent pas de cités monumentales ni d'empires impressionnants, ils n'imaginèrent pas de dieux omniprésents et tout-puissants, tour à tour bienfaisants et terrifiants, mais leurs découvertes, leur culture, leurs croyances s'inscrivirent dans l'Histoire avec autant de force que celles des grandes civilisations sémitiques. Ces peuples — Crétois, Phéniciens, peuples de l'Asie Mineure, des Cyclades, Grecs, Italiques et Latins — surent créer une civilisation originale qui subit par la suite maintes influences et connut de nombreux bouleversements, mais conserva toujours — spécialement dans ses mythes — certains traits fondamentaux.

Nulle région du globe n'a sans doute connu plus de migrations, d'invasions, de mélanges de races, de croyances et de coutumes que la Méditerranée. La civilisation grecque, à elle seule, n'est-elle pas un amalgame d'éléments autochtones préhelléniques, puis crétois, achéens, doriens, ioniens, thraces et d'autres encore ? Mais dans ces rencontres nombreuses et souvent destructrices entre cultures ou peuples différents, il arrive que certains éléments persistent à s'imposer, que certains modes de vie, certaines croyances religieuses se transmettent d'émigrants à émigrés, d'envahisseurs à envahis, de vainqueurs à vaincus ou inversement. Le vieux fonds religieux préhellénique, tel qu'il existait en Crète et dans la Grèce continentale au second millénaire avant les invasions indo-européennes, n'a jamais disparu pour sa part dans les tourmentes successives de cette partie du globe. Comme si les lieux, le sol, la terre étaient plus forts que les hommes et leurs rivalités. C'est ce vieux fonds que l'on retrouve aussi bien dans les cultes de la Crète antique que dans ceux de l'Asie Mineure, de la Grèce achéenne, dorienne et classique. Dieux et déesses ont changé de noms, ils n'ont jamais changé de fonctions. La Terre, quel que soit le nom qu'on lui donne, reste d'abord l'incarnation de la fécondité et les déesses qui la symbolisent seront d'abord des déesses de la vie et de la mort.

Car les vieilles croyances de la Méditerranée sont caractérisées avant tout par le culte d'une Grande Déesse, divinité toute-puissante qui règne à la fois sur la nature et sur les hommes. Sans elle, rien ne pousserait, ne naîtrait, ne proliférerait. Les plus vieilles tombes de Crète, des Cyclades, de la Grèce continentale (aux temps qu'on appelle helladiques) ont révélé un même visage de cette déesse première, à travers laquelle les Méditerranéens ont exprimé leur reconnaissance et leur peur. Leur reconnaissance, car c'est elle qui fait germer le blé semé en terre, qui donne aux arbres leur feuillage et leurs fruits, aux hommes leurs enfants, au sol son humus. Leur peur aussi, car elle règne sous la terre, c'est-à-dire sur ces ténèbres compactes, immobiles, ce domaine mystérieux où vont s'enfouir pêle-mêle les graines, les animaux, les hommes morts, les âmes. Tout se crée par elle mais tout se perd aussi en elle. Aussi est-elle représentée, selon les cas, sous des traits bienfaisants — comme une Mère immense qui accueille en son sein tous les êtres et engendre à l'infini tout ce qui vit — ou comme la Maîtresse des morts et des esprits des ténèbres ; celle qui frappe, qui anéantit et que l'on représente, alors, tenant en main des serpents ou dominant des fauves.

Cette Grande Déesse, cette Terre-Mère comme l'appelaient les Anciens, on la retrouvera dans tous les mythes de l'Antiquité méditerranéenne avec ce double visage de bienfaitrice et de reine des morts. Par la suite, on lui adjoindra un compagnon, un dieu mâle qui demeure sous sa dépendance et dont l'Histoire porte déjà la marque d'un destin tragique. Car ce dieu, assimilé le plus souvent à la végétation, et qu'on représente parfois sous l'aspect d'un arbre, d'un feuillage ou d'un épi, naît et meurt chaque année pour renaître. Chaque année, quand les feuilles tombent des arbres et que le grain séjourne dans l'obscurité de la terre, le dieu mâle meurt lui aussi. Et ce cycle dramatique de mort et de renaissance indéfiniment répétées est à l'origine des mythes les plus beaux et les plus dramatiques. Car tous ces dieux qui meurent et dont des peuples entiers pleurent la disparition saisonnière avant de célébrer leur résurrection : Attis en Asie Mineure, Adonis en Syrie, Dionysos en Grèce, sont indiscutablement très proches de nous. Ils expriment, à travers leurs épreuves, l'angoisse de l'homme devant le drame de la nature : la mort des feuilles, des graines, de la vie végétale — drame qu'il assimilera peu à peu à son propre destin. Et à force de confondre son destin avec celui de ses dieux, l'homme finira par découvrir en eux des êtres nés pour lui, dont les épreuves deviendront une Passion, des dieux venus expressément pour lui apporter le salut. Ainsi est née, il y a quelque deux mille ans et plus, sur les bords de la Méditerranée, cette intuition prodigieuse qui fait du dieu le sauveur de l'homme et de l'homme un dieu en puissance.

Domaine indo-européen

Les pasteurs et les paysans de Mésopotamie, contraints pour subsister de maîtriser l'eau et le feu, de créer de leurs mains leurs cités et leurs temples, d'inventer leurs propres lois, ont imaginé leurs dieux comme des êtres tout-puissants. Ils ont fait de l'histoire du monde un reflet agrandi de leur propre histoire. L'univers, l'homme sont construits, modelés par les dieux à partir du limon comme un potier façonne un vase. De même, les marins et les agriculteurs de Méditerranée, vivant dans un climat moins dur, au cœur d'une nature plus riante et facile, ont imaginé leurs divinités comme des êtres à la fécondité inépuisable, qui disposent des richesses à foison. Seul, restait à expliquer le mystère de la mort. Et ils ont fait, précisément, de la mort une richesse supplémentaire pour l'homme : de même que le grain fructifie en terre, l'âme humaine fructifiera dans l'au-delà. La mort elle-même n'est que l'envers de la fécondité universelle.

Quelques siècles plus tard, vers le milieu du IIe millénaire avant J.-C., en des régions encore mal déterminées mais qui devaient se situer dans la Russie du Sud, entre la Caspienne et le Caucase, apparaissent de nouveaux peuples auxquels on a donné le nom d'Indo-Européens. Ils sont, en apparence, moins civilisés que les Sémites et les Méditerranéens, Ce sont surtout des pasteurs semi-nomades qui vivent d'élevage et promènent, dans les steppes infinies, leurs troupeaux, leurs maisons, leurs cultes et leurs dieux.

Mais ces Indo-Européens joueront finalement dans l'Histoire un rôle prédominant à partir du premier millénaire car ils posséderont deux atouts majeurs qui assureront leur supériorité sur les peuples environnants : une métallurgie développée — limitée pour l'heure au bronze mais qui, plus tard, aboutira au fer — et l'invention de l'attelage. Nantis de chevaux innombrables et de chars très légers, ils seront capables d'accomplir des déplacements nombreux et rapides, dirigés contre les peuples sédentaires, fixés dans les grandes cités de Mésopotamie, de Grèce ou de Crète. Ils seront, par besoin sinon par vocation, un peuple d'envahisseurs et, dans tout le cours du premier millénaire, ils ne cesseront, en effet, d'envahir par groupes successifs l'Iran, la Mésopotamie, l'Asie Mineure, la Grèce. Ce sont eux qui apparaissent en Grèce, par exemple, sous les noms d'Achéens puis de Doriens, en Mésopotamie sous les noms de Cimmériens et de Scythes, en Occident sous les noms de Celtes, de Germains, de Gaulois.

Dès lors, le peuple indo-européen cesse d'exister comme tel, sa vocation ou son destin d'envahisseur le contraignant à se disséminer aux quatre coins de l'Europe et de l'Asie. Mais il conservera dans ses mythes, ses langues, certaines coutumes et croyances, des vestiges évidents de l'unité originelle. Même une fois sédentaires, fixés en Grèce, en Italie, en Gaule, bâtisseurs de cités et créateurs de civilisations, les *Indo-Européens* (mais il faudrait déjà ici supprimer *Indo*) conserveront toujours quelque chose de leur antique état et de leurs croyances de nomades. Vivant au grand air avec au-dessus d'eux la coupole céleste, tributaires des pluies, des vents, des tempêtes, ils voueront tout naturellement au ciel l'essentiel de leurs cultes. À la fois envahisseurs et nomades, guerriers et éleveurs, leur vie se passant à suivre les troupeaux et à se battre, ils accorderont à la guerre et à la bravoure une place prédominante : leurs dieux seront à la fois des dieux célestes et des dieux soldats, armés de foudre, de tonnerre et d'éclairs. Ici, plus de limon, plus de sol inépuisable, plus de sombre anxiété devant la mort : pour l'homme indo-européen, la mort est la récompense du courage à la guerre et ils créeront de grands héros dont le nom et les exploits fascineront l'imagination : Rama, Achille, Héraclès, Siegfried.

Domaine judéo-chrétien

En parlant du domaine judéo-chrétien, notre but n'est pas de traiter les croyances du judaïsme et du christianisme comme autant de fables imaginées par des hommes, mais de souligner combien ces religions historiques ont profondément subi l'influence des civilisations antérieures. Les grands thèmes de la Genèse, par exemple : la Création du monde par Yahvé et le Déluge, sont empruntés à des conceptions mésopotamiennes et sumériennes. Le christianisme, qui s'est toujours appuyé sur l'héritage biblique et s'est constamment référé aux Écritures, a perpétué ainsi jusqu'à nous des croyances et des mythes nés sur les rives de l'Euphrate, il y a maintenant plus de cinq mille ans.

De plus, à mesure qu'il se propageait dans le monde méditerranéen puis dans l'Empire romain et en Occident, le christianisme élaborait lui-même ses propres textes. Et très souvent, certains d'entre eux, œuvres d'écrivains ou de prêtres africains, égyptiens, gallo-romains, saxons, se sont fatalement inspirés de conceptions religieuses antérieures sans en avoir toujours conscience. Les grands textes religieux nordiques — les *Eddus* ou les *sagas* par exemple —, qui sont des textes chrétiens écrits du VIIIe au XIIe siècle de notre ère, nous ont aussi transmis des croyances païennes très précieuses. De même, certaines vies de saints (comme celle de saint Georges) se sont greffées sur des vies de héros païens, ce qui explique qu'on y retrouve exactement les mêmes épisodes, tels que la lutte contre un dragon ou la résurrection des morts. Ainsi, par le biais des mythes, le fleuve est-il unique qui nous conduit des rives de l'Euphrate aux terres scandinaves, de Sumer à l'Irlande, d'Ishtar à Aphrodite, de Dionysos au Christ. C'est par cette voie fraternelle que notre monde s'est peu à peu exploré, révélé, imagé, a rejoint l'Histoire, et que l'Histoire s'est mythifiée. Il reste à en suivre à présent les millénaires méandres.

1

LE CHAOS PRIMITIF

Comment et pourquoi la terre est-elle la terre, comment et pourquoi y a-t-il sur nos têtes un ciel fourmillant d'astres, un soleil, une lune, des nuages et des vents, comment et pourquoi ce monde où nous vivons a-t-il pris la forme que nous lui connaissons, avec ses montagnes, ses vallées, ses sources et ses océans ? Tel est le premier problème que les mythes doivent résoudre d'emblée. Et surtout, puisque l'univers se présente à nous sous une apparence ordonnée, soumis à des lois évidentes, d'où viennent cet ordre et cette harmonie, sensibles dans les moindres détails : les corolles des fleurs, le vol des oiseaux, la nage des poissons, la ronde docile des astres se levant et se couchant selon un cycle régulier ?

Il va de soi que les textes mythiques ne formulent pas ces questions d'une façon aussi claire ni aussi simpliste mais on devine nettement ces interrogations dans les réponses qu'ils nous apportent. Et ces réponses sont partout les mêmes, à quelques variantes près : le monde que nous connaissons, dont l'ordonnance permet justement notre vie, n'a pas toujours eu l'apparence qu'il revêt aujourd'hui. Il eut une histoire, ou plutôt une préhistoire, et avant d'être ainsi harmonieux, il était désordre et chaos. En d'autres termes, l'ordre du monde résulte avant tout d'une création, d'une lutte et d'un effort des dieux primordiaux contre les forces d'inertie qui s'opposaient à la « mise en forme » de l'univers. Ces formes symbolisaient l'état premier du monde, un état que tous les mythes nous décrivent comme une sorte d'envers négatif de la réalité présente. Avant l'ordre, les mythes imaginent donc le désordre, avant la lumière les ténèbres, et avant la matière organisée une sorte de substance indéfinissable et informe, un abîme et un vide immenses auxquels les textes donnèrent le nom général de Chaos.

Les dieux primordiaux

L'abîme. Le vide. Le chaos. Partout, chez les Sumériens, les Sémites, les Grecs, les Latins, les Indiens, les Germains et les Scandinaves, on retrouve cette profondeur originelle et fascinante qui précède l'apparition de l'univers proprement dit. Dans ce chaos, tout est silence, ténèbres, immobilité. La terre et le ciel sont encore indistincts l'un de l'autre, les éléments constituent un magma indifférencié et les dieux — si tant est qu'on puisse, en cette circonstance, les appeler ainsi — ne sont que des virtualités, des « potentialités » inconscientes gisant dans les ténèbres, comme d'immenses fœtus endormis.

Mais un jour, un premier être, un premier dieu va jaillir du chaos informe. Comment ? Là résident la difficulté et, par voie de conséquence, la faiblesse inévitable de certaines « solutions » proposées par les mythes. Si l'on songe qu'à notre époque les données de la science ne nous permettent pas encore, en dépit des connaissances accumulées depuis des siècles, de fournir une réponse vraiment satisfaisante à cette question, on imagine combien l'homme d'autrefois dut se sentir quelque peu dépassé par ce problème. Mais son ignorance le servit, en l'occurrence, plus qu'elle ne le desservit. Car une certaine logique apparaît dans les solutions proposées par les mythes.

Puisque les dieux sont des êtres tout-puissants, échappant aux limitations inhérentes à la condition humaine, capables de dominer l'espace et le temps, pourquoi n'auraient-ils pas trouvé en eux-mêmes la force nécessaire pour jaillir du néant ? On ne voit guère, d'ailleurs, d'autre solution possible. Il faut admettre comme un postulat que les premiers dieux — ou le premier dieu — sont venus à l'existence par le seul pouvoir de leur nature divine. Cela, bien sûr, ne s'effectua pas en un jour et les mythes portent tous témoignage des différentes difficultés rencontrées, dès le premier instant, par ces dieux nouveau-nés. Se réveiller — surtout quand ce réveil vous tire du néant — est un acte plus difficile que de s'endormir.

Ces évidences impliquent la loi même de notre univers telle que la science l'entrevoit aujourd'hui, une loi qui fait de l'inertie le principe premier, l'état primitif de toute matière, état vers lequel cette dernière *tendra sans cesse à revenir*. Ainsi envisagées, la vie, la pensée et l'œuvre civilisatrice de l'homme apparaissent comme une impressionnante mais éphémère parenthèse entre deux inerties ou entre deux néants : celui des origines, quand rien n'avait encore « bougé », et celui de la fin, quand tous les soleils s'éteindront et que l'univers sera peuplé d'astres morts. De ce point de vue, les mythes rejoignent étrangement les hypothèses les plus audacieuses des savants, sur le retour à l'entropie définitive, même si leur langage paraît aujourd'hui désuet ou peu compréhensible.

Essayons donc de remonter aux origines du monde et d'imaginer le chaos. Chaos ne signifie pas nécessairement néant. Il n'est qu'un terme imprécis évoquant l'absence de toute forme organisée, on dirait aujourd'hui structurée. Mais le chaos lui-même est constitué fatalement par « quelque chose » et ce « quelque chose » ressemble étrangement à un abîme d'eau salée, à un océan sans limites — parce que non contenu encore par des rivages et des continents — où baignent des germes endormis qui deviendront un jour des monstres et des dieux. C'est en tout cas l'image que nous proposent les mythes cosmogoniques, qui décrivent et expliquent l'origine du monde et des êtres vivants. Cet abîme, cet océan sans limites, les hommes d'autrefois l'ont vite personnalisé en lui attribuant un nom : Apsou à Sumer, Noun en Égypte, Narâyana aux Indes, Chaos en Grèce, Niflheim et Muspilheim chez les Germains. Dans cet abîme, tout dort depuis un temps indéfini car le chaos lui-même est sans commencement. Les ténèbres et le silence recouvrent tout. Un sommeil apparemment sans fin le plonge dans la torpeur et nulle agitation ne se discerne en ses profondeurs.

Bien entendu, ces visions austères ne sont pas pour autant arbitraires. Imaginer un océan sans limites, un abîme immobile et ténébreux à l'origine du monde n'a rien de véritablement illogique. Et il est facile de voir qu'en dépit de leur caractère imaginaire, ces visions reposent sur une expérience certaine du réel, sur une observation judicieuse du monde environnant. La mythologie de l'Égypte ancienne en fournit un exemple frappant. Habitués à voir dans les crues et les décrues du Nil la source de toute vie et de toute fertilité, les Égyptiens imaginèrent, pour décrire la naissance du monde, un paysage en tout point semblable à celui qu'ils avaient sous les yeux quand le Nil débordait. Le Noun, l'océan primordial, est un immense marécage d'où émerge le premier tertre, îlot de sable et de boue surgissant des masses limoneuses et sur lequel apparaîtra le premier germe de vie. Ce germe prendra la forme d'un lotus ou d'un œuf servant lui-même de réceptacle au premier dieu. Celui-ci sera appelé Rê, Ptah ou Ammon selon les cas mais son nom véritable importe peu car l'essentiel réside dans la puissance évocatrice de l'image : un être, incarnation de l'énergie originelle qui sourd de l'eau et de la terre humide et se développe sous les feux bienfaisants du soleil. Le premier dieu participe donc de ces deux mondes en apparence contradictoires : le monde de l'eau, royaume fluide de l'informe, et le monde de la terre, royaume solide des formes stabilisées. C'est pourquoi il revêtira à sa naissance la même apparence que les animaux aquatiques, amphibiens, grouillant dans les marécages de l'Égypte, il sera un monstre reptilien où transparaissent toutefois les attributs de la divinité : des membres humains, un cerveau pensant et le pouvoir créateur du Verbe. Le premier dieu des Égyptiens sera non un roseau mais un reptile pensant !

Cette vision se retrouvera à peu de détails près dans les autres mythes cosmogoniques. Chez les Mésopotamiens, le premier dieu né de l'abîme primordial sera lui aussi un être monstrueux. De l'Apsou, équivalent sumérien du Noun égyptien, surgira une divinité du nom de Tiamat qui jouera un rôle essentiel dans la genèse du monde. C'est une divinité féminine et ce n'est sans doute pas un hasard si, dans ce monde sémitique dont les visions influenceront toute la pensée religieuse des peuples méditerranéens, on voit surgir la Femme à l'aurore des temps.

Tiamat surgit donc de l'Apsou, sous une forme assez difficile à imaginer mais que les textes sumériens et mésopotamiens assimilent là aussi à celle de la gent reptilienne : vipère, dragon rouge, reptile « à la dent aiguë et aux mâchoires impitoyables ». Elle s'unit aussitôt à Apsou et engendre une foule de monstres aux noms étranges : Moummou, Lakhmou, Lakkhamou, symbolisant peut-être les différents éléments naturels et leur mode d'action : feu et chaleur, eau et humidité, froid, sécheresse, etc. Dans cet univers encore en gestation, les formes et les forces s'agitent en désordre et l'aspect monstrueux de ces dieux primordiaux traduit très certainement le caractère hybride de toute vie naissante. Telle est la première vision des Sumériens et des Sémites : un univers ébranlé dans ses assises, un monde désordonné qui n'enfante pour l'heure que des monstres, image de l'instabilité des formes et de l'indécision des forces.

Cette vision, les Mésopotamiens l'ont exprimée et transcrite dans le *Poème de la Création*. On l'appelle aussi *Enouma Elish*, qui sont les deux premiers mots du poème et qui signifient : « Lorsqu'en haut... » Ce poème comprend sept tablettes, gravées en caractères cunéiformes, retraçant les grandes étapes de la création du monde et de l'homme. On le récitait solennellement chaque année à Babylone, au moment des fêtes du Nouvel An, car le pouvoir de ses mots était tel qu'ils contribuaient à la vie du monde et à la résurgence des forces naturelles. Il est le plus ancien témoignage sur la pensée mythique des Sémites et il exprime à merveille cet instant premier du devenir de l'univers, quand les formes à peine ébauchées se mêlent les unes aux autres en un déconcertant désordre :

> Lorsqu'en haut les cieux n'étaient pas nommés,
> Qu'en bas la terre n'avait pas de nom,
> Que même l'Apsou primordial, procréateur des dieux,
> Moummou, Tiamat qui les enfanta tous
> Mêlaient indistinctement leurs eaux,
> Que les débris de roseaux ne s'étaient pas amassés,

Que les cannaies n'étaient pas encore visibles,
Lorsque nul dieu n'était encore apparu,
N'avait reçu de nom ni subi de destin,
Alors naquirent les dieux du sein d'Apsou et de Tiamat.

La Naissance du monde, sources orientales.

Mais ces dieux primordiaux, nés d'un enfantement quelque peu anarchique, image des premières convulsions du monde — au sens géologique et gynécologique du terme ! — n'étaient guère faits pour s'entendre. À peine surgis du néant, ils se combattent et mènent de par le monde, jusqu'alors silencieux, un tel vacarme qu'Apsou, leur père à tous, en perd le sommeil ! Il décide alors de les anéantir et avertit Tiamat de ses intentions. Mais celle-ci gardait dans ses entrailles de monstre un cœur de mère et ne put supporter l'idée de voir ses propres enfants détruits. Elle tenta de s'opposer à son époux. En vain. Et d'autant qu'un des dieux, Moummou, semait la haine et la vengeance dans le cœur de son père. Il l'encouragea à exterminer tous ses frères, dans l'espoir de régner à leur place. Mais l'un d'eux, Ea, qui deviendra par la suite le dieu des eaux et de la sagesse, eut vent du projet insensé de son père. Il le surprit dans son sommeil et le tua. Et le meurtre du père indigne permit au monde et à la vie de continuer.

L'histoire de l'univers débute donc par une dispute et par un meurtre. Ce premier sang répandu à l'aube des temps, les hommes ne l'oublieront pas de sitôt. Dans ce mythe, les Babyloniens n'ont fait peut-être que transposer dans leur ciel divin une coutume religieuse — le meurtre rituel du roi-prêtre — n'ayant rien de barbare à leurs yeux puisqu'elle était nécessaire à la survie du monde. Mais, à leur suite, les Hébreux perpétueront, dans la Bible, cette tragédie première en lui conférant un sens moral et en lui donnant surtout un nom nouveau : le fratricide qui succédera au parricide.

Les monstres de la terre

Les Grecs, eux aussi, nous conteront une histoire analogue. Histoire plus poétique sans doute, et plus proche de nous — les dieux grecs ressemblant davantage aux hommes — mais tout aussi tragique. Le récit de la création du monde, tel qu'il apparaît dans *La Théogonie* d'Hésiode, ce poème écrit au VIIIe siècle avant J.-C., n'a jamais été emprunté aux peuples sémitiques. Pourtant il présente avec le récit précédent d'étranges parallélismes. Là aussi, des dieux primordiaux — Gaia (la Terre), Ouranos (le Ciel). Éros (l'Amour) — se dégagent peu à peu du chaos primitif. Là aussi, ces dieux commencent par enfanter d'autres dieux — les Titans — avec lesquels l'existence en commun, dans ce monde informe, ne sera pas de tout repos ! Là aussi, enfin, le dernier-né de ces dieux, Cronos, doit accomplir sur son père un acte sanglant pour que les nouveaux dieux puissent survivre. On retrouve ainsi, dans le récit d'Hésiode, bien que voilée sous les fastes et les charmes d'un langage éminemment poétique, la même tragédie faite de sang et de haine.

> « Donc, au commencement, fut Chaos puis Gaia au vaste sein, soutien inébranlable de tous les êtres, puis Amour, le plus beau des immortels, qui baigne de sa langueur et les dieux et les hommes, dompte les cœurs et triomphe des plus sages vouloirs.
>
> » De Chaos et d'Érèbe naquit la Nuit obscure. De la Nuit, l'Éther et le Jour, fruits de ses amours avec l'Érèbe. À son tour, Gaia engendra d'abord Ouranos qui devait la couvrir de sa voûte étoilée et servir éternellement de séjour aux immortels. Elle engendra aussi les hautes Montagnes, demeures des nymphes cachées dans leurs vallées heureuses. Sans l'aide d'Amour, elle produisit la Mer au sein stérile, aux flots qui se gonflent et s'agitent. D'elle et d'Ouranos naquirent l'abyssal Océan, Coios, Crios, Hypérion, Japet, Théia, Rhéa, Thémis, Mnémosyne et Phoébé à la couronne d'or et l'aimable Téthis, Cronos enfin, le dernier de tous, le rusé Cronos, le plus terrible de tous ses enfants qui, du jour même de sa naissance, prit en haine son père. »
>
> HÉSIODE, *La Théogonie*, trad. J. Lacarrière.

Ainsi, dès les premières lignes de *La Théogonie*, se noue le drame du monde. Car à ces premiers dieux, d'apparence innocente, s'ajouteront d'autres créatures moins attirantes, des monstres enfantés par Ouranos, le ciel, et par Gaia, la terre, à l'image de la progéniture d'Apsou et de Tiamat. Hésiode les décrit avec force détails : ce sont les Cyclopes « au cœur violent » qui n'ont qu'un œil au milieu du front, puis trois monstres « aux cent bras », les Hécatonchires. On conçoit qu'à la vue d'une telle descendance, Ouranos se soit montré réticent, voire inquiet. Et l'on retrouve alors le même « scénario » que dans le *Poème de la Création* : Ouranos prendra en haine ces monstres terrifiants mais Gaia refusera de les voir disparaître et armera le bras d'un de ses fils, Cronos « aux pensers fourbes », pour supprimer ce père encombrant. En réalité, Cronos ne tuera pas son père — c'est là l'originalité du mythe grec — mais l'éliminera par un moyen beaucoup plus radical que dans le mythe mésopotamien. Mais laissons Hésiode nous conter la ruse première — et géniale — qui permit au monde de survivre.

> « L'énorme Terre cacha Cronos en son sein, arma sa main d'une serpe aux dents acérées et l'instruisit du piège. Alors, quand le grand Ciel vint à la nuit pour enserrer la Terre, tout avide d'amour, Cronos, de sa cachette, étendit la main gauche et de la droite, année de l'immense serpe, mutila les testicules de son père et les jeta loin derrière lui. Geste qui ne fut pas stérile car la Terre recueillit le sang coulant des chairs mutilées. Et de ce sang, au fil des ans, elle engendra les redoutables Érinyes, les Géants ceints d'armures éclatantes et les nymphes appelées Méliennes, habitantes de la terre infinie. »
>
> HÉSIODE, *La Théogonie*, trad. J. Lacarrière.

Tout se passe donc dans ces mythes comme si, après l'apparition des premiers dieux, l'univers ne pouvait continuer son cours que par un meurtre ou une mutilation pratiquée sur le père, un parricide ou une castration répandant, sur terre, le sang du ciel.

Par la suite, d'autres monstres naîtront encore, avant que l'univers ne trouve sa forme définitive et la Terre enfantera des créatures de cauchemar, sans l'aide du Ciel désormais, selon un processus qu'on pourrait appeler parthénogénétique.

Malgré leur apparence fantastique, ces créatures ne sont pas le produit d'un délire gratuit ou d'une imagination déréglée. Les poètes qui les ont conçues sont les mêmes qui nous ont livré, par ailleurs, les textes les plus édifiants ou les plus rationnels et tout porte à penser qu'il ne s'agissait pas pour eux d'un simple amusement poétique. Notons déjà que chez tous, la monstruosité tient surtout au fait qu'ils sont hybrides, c'est-à-dire composés d'éléments, de parties, de membres appartenant à différents ordres animaux. La Chimère, par exemple, est à la fois lion, chèvre et serpent. Typhée mêle, dans ses cris, les sifflements du serpent et les mugissements du taureau. La structure générale de ces monstres est presque toujours reptilienne, mais il s'y ajoute des composantes empruntées à d'autres genres animaux et même à l'homme. Ce fut là, très certainement, un moyen pour les Grecs d'exprimer, par le détour du symbole et de l'image, l'idée que l'univers n'était pas encore, en ses débuts, adapté à l'échelle humaine. Par leur taille, leur puissance, leur férocité, et ce mélange en eux d'espèces antinomiques, ces monstres incarnent parfaitement la confusion des premiers temps. On ne peut s'empêcher de penser, lorsqu'on lit les descriptions d'Homère et d'Hésiode, aux monstres reptiliens qui peuplèrent effectivement la terre aux temps primaires et secondaires. Eux aussi mêlaient en un seul corps des éléments hétérogènes qui se dissocieront par la suite pour devenir spécifiques d'un genre ou d'une espèce. Le stégosaure, reptile à crêtes osseuses, le tricératops, reptile portant des cornes analogues à celles du rhinocéros, le rhamphorynque, reptile aérien à bec de pélican et ailes de vampire, l'ichtyosaure, reptile marin à gueule de crocodile et à corps de dauphin constituèrent en leur temps autant d'ébauches de la nature pour adapter les êtres vivants au monde environnant. Si bien — si paradoxale que puisse paraître cette idée — qu'un Grec du Ve siècle avant J.-C. aurait été sans doute moins surpris qu'un Français du XVIIe siècle par les découvertes modernes de la paléontologie. Loin de les refuser, comme le firent nos ancêtres (persuadés, eux, par la lecture de la Bible, que le monde avait connu d'emblée sa forme actuelle), il y aurait peut-être trouvé, au contraire, la confirmation de ses croyances et des récits de ses poètes.

Les géants des brumes

Parmi les mythes qui nous sont parvenus sur cette période première du monde, outre ceux des Sémites et des Grecs, il faut mentionner ceux des Germains et des peuples nordiques. Mythes assez différents en apparence : les monstres primitifs imaginés par les Germains sont loin d'être aussi terrifiants que ceux des Grecs. Ce sont en général des géants d'apparence entièrement humaine ou des animaux gigantesques et terribles mais en tout point semblables aux animaux familiers des contrées nordiques : loup, ours, aigle, élan. Pour les Grecs, était monstrueux tout ce qui s'éloignait de la forme humaine spécifique. Pour les Germains, est monstrueux tout ce qui est simplement colossal. Aussi lorsqu'on lit les mythes des Germains et des Scandinaves, tels qu'ils nous ont été transmis par les récits poétiques appelés *Eddas*, a-t-on l'impression d'évoluer dans un monde plus familier que celui des Grecs et des Sémites, un monde où, simplement, nous ferions figure... de nains. Les premiers dieux, nés à l'aurore des temps, étaient pour les Germains des créatures humaines, habitées par les mêmes passions, les mêmes qualités et défauts que les hommes. Seul changera, par rapport aux Grecs et aux Sémites, le paysage dans lequel évoluent ces êtres. Les mythes grecs et sémitiques reflétaient des paysages torrides, faits de sable, de feu, de mers chaudes, de ciels brûlants. Les mythes germains, au contraire, conçus en des pays faits de forêts, de neige et de frimas, évoquent davantage les formes fantastiques des glaciers, le déchaînement de la pluie, des orages, l'indéfinissable frisson des brumes.

Il en est ainsi dans les plus anciens mythes parvenus jusqu'à nous : le *Voluspa* ou « Chant de la voyante », poème écrit vers le IXe siècle après J.-C. mais qui reflète une mythologie bien antérieure, et le *Voyage de Gylfe*, un des chants de l'*Edda* de Snorri Sturluson, poète scandinave, écrit lui aussi tardivement mais contenant de très précieux témoignages sur les croyances religieuses du temps du paganisme.

À l'origine du monde, donc, il y avait l'abîme, gouffre obscur, glacé, insondable. Cet abîme contient lui-même un autre gouffre, le Niflheim, monde fait de brumes, de ténèbres et de glace et, à l'autre extrémité, un gouffre appelé Muspilheim, fait de feu et de chaleur. Au centre du premier gouffre jaillit une source bouillonnante, sorte de tourbillon immense, de Maelström qui alimente trente-six fleuves. Les étincelles du gouffre chaud, le Muspilheim, forment au contact des glaces une écume tiède d'où émergera peu à peu, par condensation, le premier dieu, Bur (appelé aussi l'Ancêtre). Puis de Bur naîtront Odin, Vili et Vè.

Ainsi se sont formés, pour les Germains, l'univers et les dieux primordiaux : au sein d'un tourbillon de glace et de feu, tournant et tonnant sans fin dans les profondeurs de l'abîme. Aussi la voyante dit-elle dans le *Voluspa* :

> Je me souviens des Géants nés à l'aurore des temps,
> De ceux qui jadis m'ont donné naissance.
> Je connais neuf mondes, neuf domaines recouverts par l'Arbre du monde,
> Cet Arbre sagement édifié qui plonge jusqu'au sein de la terre.
>
> C'était au commencement des temps où Ymir vivait.
> Il n'y avait ni sable ni mer ni ondes rafraîchissantes,
> On ne voyait ni terre ni voûte céleste.
> C'était un abîme béant, sans végétation nulle part.

Les Poèmes héroïques de l'Edda,
trad. F. Wagner.

Vision qui sera reprise plus tard dans l'*Edda* de Snorri Sturluson avec plus de détails :

> « L'abîme de Niflheim fut créé bien avant la Terre. Au centre, il y avait un puits appelé Hvergelmer. Avant la création de Niflheim, il y avait au midi un monde appelé Muspilheim ; il est resplendissant de clarté et si chaud que nul ne peut y demeurer.
>
> » Lorsque les fleuves jaillis d'Hvergelmer se furent tellement éloignés de leur source que leur courant empoisonné en fut desséché comme des scories, ils se congelèrent. Cette glace s'arrêta, se durcit et les tourbillons de neige produits par le venin des fleuves se répandirent sur la glace et devinrent du givre. Et les couches de givre s'accumulèrent dans l'abîme.
>
> » Le bord septentrional de cet abîme se couvrit d'un immense amas de glace et de givre, l'ouragan et la tempête y régnaient. Mais le bord méridional de l'abîme fut dégelé par les étincelles chaudes qui jaillissaient du Muspilheim.
>
> » L'air glacé exhalé par Niflheim rendait ses environs affreux, ceux de Muspilheim au contraire étaient lumineux et chauds. L'abîme devint aussi léger que l'air le plus pur. Et la chaleur atteignit les glaces, les fondit et forma comme des gouttes d'eau. La puissance de Celui qui envoyait la chaleur leur donna vie, il en résulta une forme humaine qui fut nommée Ymir. »
>
> S. STURLUSON, *Eddas*, trad. R. Don Pujet.

Ymir fut, en effet, l'ancêtre d'une longue lignée de géants, les premiers habitants de la terre, dans la mythologie nordique. Ils vivaient de préférence dans les glaces et les montagnes et auraient sans doute fini par envahir la planète entière si les dieux ne les avaient refoulés en un lieu appelé Jotulheim, à l'écart du ciel et de la terre. Presque tous étaient d'aspect humain à l'exception de quelques monstres comme le géant Mymir qui possédait neuf cents têtes. Frères gigantesques des hommes, ils joueront un rôle très important dans la mythologie nordique puisque, à l'inverse des géants grecs, ils ne disparaîtront jamais tout à fait de la surface de la terre. Relégués en un coin inaccessible de l'univers, ils attendent là-bas le crépuscule des dieux, pour revenir parmi les hommes détruire l'actuelle humanité ou — qui sait ? — s'unir à eux et engendrer une ère nouvelle pour notre monde.

2

L'ACHÈVEMENT DU MONDE

Pour que l'homme ait sa place dans un monde en voie de création, il faut que les forces primitives de l'univers trouvent enfin leur mesure et leur équilibre. Il faut également que les créatures monstrueuses engendrées par la Terre ou le Ciel aient disparu ou aient été rendues inoffensives. Alors, l'harmonie pourra succéder au désordre, les éléments pourront s'assagir, et les héros amis des hommes — Gilgamesh, Héraclès ou Thésée — prendre la relève des géants.

Les premières tentatives de « mise en ordre » de l'univers ont demandé beaucoup de temps. Car ces êtres primitifs : Cyclopes, Géants, Titans, Cent-Bras, etc., sont presque tous immortels. On ne se « débarrasse » pas des créatures divines comme on se débarrasse des hommes, et les mythes reflètent souvent l'embarras des poètes pour expliquer ce qu'ont bien pu devenir les anciens dieux lorsque leurs descendants les remplacèrent. À l'origine de la formation et de l'achèvement de l'univers, il faut donc supposer un laps de temps très long, des millénaires peut-être, au cours desquels la planète fut le théâtre de ces affrontements gigantesques entre éléments naturels et entre dieux. La géologie moderne nous dit que les premières ères de la terre durèrent des millions d'années. Les mythes nous disent à leur façon que les premiers dieux mirent longtemps à mourir ou à s'effacer.

Surtout, cette « mise en ordre » de l'univers, ce parachèvement des formes encore imparfaites demanda beaucoup d'efforts et de luttes. Le chapitre précédent a décrit le premier drame de la vie : la mutilation ou le meurtre d'un grand dieu primordial. Mais d'autres drames, d'autres combats vont suivre au cours desquels le sang des dieux va couler à nouveau, chaque étape de la création exigeant d'abord l'anéantissement ou la domination des formes précédentes.

Le sang des dieux

Les premiers dieux étaient des êtres tout-puissants et inquiétants. Apsou, Tiamat, Gaia et Ouranos n'avaient pas — et ne pouvaient avoir — une apparence humaine. Ils se confondaient, pour ceux qui les conçurent, avec les éléments eux-mêmes, au point qu'il est toujours possible d'interpréter l'existence de ces premiers dieux d'une façon naturaliste, comme une lutte entre les éléments du monde : l'eau, la terre, l'air, le feu.

Chez les Sémites, et particulièrement chez les Babyloniens, le nouveau dieu s'appelle Mardouk, le Seigneur du monde. Comment est-il apparu ? Pourquoi, d'emblée, est-il si différent des autres dieux et de son propre père ? Les mythes, en général, ne s'étendent guère sur ces mystères. Il leur suffit de raconter les choses telles qu'elles se sont passées autrefois, sans chercher à les justifier, comme dans la suite du *Poème de la Création* :

> C'est alors que dans la chambre des destins,
> Un dieu, le plus capable et le plus sage de tous, fut engendré.
> Au sein de l'Apsou, naquit Mardouk.
> Au sein du pur Apsou, naquit Mardouk.
>
> *La Naissance du monde*, sources orientales.

D'une apparence impressionnante, Mardouk possède aussi une arme nouvelle, redoutable, invincible : l'intelligence, et c'est pourquoi il finira par l'emporter sur tous les autres dieux. Et son intelligence lui dit précisément qu'il faut supprimer ces divinités monstrueuses qui empêchent par leur inertie l'évolution de l'univers. Mais ces dernières pressentent ses desseins et s'inquiètent. Elles se réunissent et décident de lui livrer combat. Tiamat prend la tête de cette croisade contre Mardouk et, pour ce faire, suscite en hâte une foule de monstres destinés à l'abattre. Le *Poème de la Création* énumère en détail, dans sa quatrième tablette, ces monstres dont la seule vue aurait suffi à paralyser toute autre créature que Mardouk : lions gigantesques, chiens enragés, scorpions et monstres marins à forme humaine, centaures et démons. Cet enfantement précipité apparaît bien comme une ultime tentative des dieux primordiaux pour conserver leur pouvoir sur l'univers en gestation. Et pour discipliner ces cohortes quelque peu disparates, Tiamat nomme à leur tête le dieu Kingou, chargé d'affronter Mardouk et de mener le combat contre lui.

Les jeux sont donc faits désormais et chacun, dans l'attente de la lutte imminente, fourbit ses armes terrifiantes : serres, griffes, becs crochus, ventouses et tentacules. Mardouk seul garde son sang-froid et, avant d'affronter Tiamat et sa horde de monstres, demande aux autres dieux, s'il est vainqueur, de lui conférer le pouvoir suprême. Sage précaution ! On ne saurait mener une guerre aussi terrible sans s'assurer d'avance une récompense. Encouragé, exalté par le serment des dieux qui l'ont nommé leur souverain suprême, Mardouk part au combat d'un cœur raffermi.

Face aux armes brutales et hétéroclites de ses ennemis, il ne brandit, comme seule défense, que sa fermeté et son sang-froid. Et l'on voit déjà, comme une sorte de constat implicite, transparaître la morale de cet affrontement : seule, l'intelligence permettra à Mardouk, image de l'homme accompli et parfait, de vaincre les forces brutales de la nature, symbolisée par les hordes de Tiamat.

Il ne restera plus alors à Mardouk qu'à maîtriser les autres monstres, désemparés par la défaite de leurs chefs. Il les jettera dans les fers et les enchaînera à jamais, eux et leur maître Kingou. Puis, revenant vers Tiamat vaincue, il lui fendra le crâne.

Il pourra dès lors instaurer un ordre nouveau,

organiser la terre, créer l'homme et parfaire un univers enfin débarrassé de la présence étouffante des monstres. Mais ces monstres ne moururent pas pour autant dans la mémoire des hommes. Le récit du *Poème de la Création* s'est transmis aux autres peuples sémites — Phéniciens, Syriens et Hébreux. La Bible elle-même en porte témoignage bien que, dans la Genèse, la création du monde s'effectue sans lutte apparente, par le seul pouvoir du Verbe divin. Mais on sait aujourd'hui que les récits bibliques se sont constitués à partir de bien des traditions empruntées à des sources très différentes, les unes propres aux Hébreux du temps de Moïse, les autres issues des civilisations sémitiques antérieures. Le *Livre de Job* et les *Psaumes* ont ainsi conservé le souvenir de ce combat originel et, de certains passages des *Psaumes* parlant des « grondements de Dieu » et de sa « voix de tonnerre », on peut déduire que tout ne se passa pas sans mal au début de la Création. Yahvé dut faire reculer l'abîme et s'opposer à la gigantesque puissance de la masse des eaux. Et cette masse liquide semble bien personnifiée par cet énorme monstre que les textes mentionnent çà et là sous les noms divers de Léviathan, de Rahab, du Dragon et de Béhémoth. Ainsi, dit le *Livre de Job* :

> Dieu a tracé un cercle à la surface des eaux,
> Aux confins de la lumière et des ténèbres.
> Les colonnes des cieux sont ébranlées,
> Frappées de stupeur quand il menace.
> Par sa force, il a calmé la Mer,

Par son intelligence, écrasé Rahab.
Son souffle a clarifié les Cieux,
Sa main transpercé le Serpent Fuyard.

La Bible de Jérusalem.

Il est frappant de voir que le *Livre de Job* utilise presque littéralement les termes du *Poème de la Création* décrivant le combat de Mardouk contre Kingou. Kingou, lui aussi, vacille sur ses jambes à la vue de Mardouk. De telles analogies ne peuvent être le fait du hasard et l'on devine ici, chez ces peuples qui vécurent sur les mêmes terres, sur les mêmes lieux brûlés par le soleil et qui eurent en commun une même tradition concernant le Déluge, la permanence de visions identiques, sensible jusqu'au moindre détail. Le psaume LXXIV le confirme de façon étonnante : Yahvé y brise le crâne de Léviathan, exactement comme Mardouk a fendu celui de Tiamat.

La fin des monstres

Pour expliquer l'état actuel du monde, son ordre et son harmonie, les Grecs supposèrent eux aussi une lutte gigantesque entre les anciennes divinités devenues « périmées » et des dieux nouveaux, plus proches de l'homme.

Ces dieux nouveaux, qu'Hésiode appelle les Olympiens parce qu'ils éliront leur demeure sur le mont Olympe en Thessalie avant de s'installer au ciel, furent, au début, au nombre de six : Hestia, Déméter, Héra, Hadès, Poséidon et Zeus. Ce dernier acquit d'emblée une suprématie indiscutable sur tous les autres.

Hésiode a raconté dans *La Théogonie* la naissance et l'enfance singulières de Zeus. Car comme tous les dieux appelés à jouer un rôle créateur dans l'histoire de l'univers et dans celle de l'homme, Zeus fut, dès sa naissance, marqué par les signes tangibles d'une destinée particulière.

Le plus redoutable ennemi que Zeus dut combattre d'emblée fut évidemment son père Cronos. Car Cronos, instruit par sa propre expérience, ne tenait nullement à ce qu'un de ses fils usât un jour contre lui des armes qu'il avait lui-même utilisées contre Ouranos. Aussi dévorait-il ses enfants, dès leur naissance, au grand désespoir de Rhéa, son épouse, qui voyait disparaître chaque fois le fruit de ses entrailles. Elle décida, en conséquence, à la naissance de son sixième enfant, de le soustraire à la voracité de son époux. Elle prit une pierre, l'enveloppa de langes et la donna à Cronos qui l'avala sans sourciller ! Ainsi fut sauvé Zeus, le futur roi des dieux. On le transporta en Crète, dans une caverne inaccessible située sur le mont Ægéon (d'autres versions la situent sur le mont Ida ou sur le mont Dicté), où les Curètes, démons de la terre, fils d'une certaine Chalcis qui passait pour avoir inventé le bronze, furent commis à sa garde. Pour couvrir les puissants vagissements du nouveau-né, ils menaient jour et nuit autour du berceau des danses frénétiques en frappant leurs lances contre leurs boucliers. L'enfant divin, on l'imagine, fut entouré de soins constants. Les nymphes le nourrirent de leur lait, la nymphe Amalthée entre autres

— que certains poètes disent être une chèvre — et les abeilles des montagnes crétoises butinèrent sans relâche pour lui fournir du miel. Miel et lait, tels furent les seuls aliments qui permirent à Zeus de grandir et qui lui assurèrent une santé et une force à toute épreuve.

Dès qu'il eut atteint l'âge de raison, sa mère Rhéa lui révéla le secret de sa naissance et la voracité monstrueuse de son père et Zeus décida de s'attaquer à Cronos.

Mais, « régner sur les hommes et sur les dieux », comme le dit Hésiode, ne sera guère, au commencement, une tâche facile. Car ce droit ou ce privilège, Zeus ne l'obtint pas d'emblée. Il dut le conquérir et le conserver au terme d'une longue et terrifiante épreuve : l'affrontement des Titans et des monstres. Mais comme Mardouk, Zeus possédait une arme prodigieuse qui l'aidera considérablement dans le combat : sa ruse et son intelligence.

Après la défaite des Titans, l'univers connaît un moment de répit. Moment qui dura vraisemblablement des millénaires si l'on suppose, comme l'ont fait certains, que les Titans symbolisent les forces naturelles, les éléments premiers, constitutifs du monde : le feu, l'air, l'eau, la terre, et que cette lutte primordiale symbolise à son tour les bouleversements de l'écorce terrestre aux temps géologiques. Il est toujours possible, en effet, de retrouver derrière ces symboles divins les forces élémentaires de la nature et leur lutte incessante : inondations, éruptions, séismes, tempêtes et cyclones. Mais il ne faut jamais oublier, lorsqu'on lit les mythes, que ces récits étaient surtout destinés à expliquer l'origine de l'homme plus que celle des éléments eux-mêmes. On peut donc y voir tout aussi bien, et avec autant de raisons, le reflet d'anciennes rivalités entre tribus, entre groupes, entre peuples plutôt qu'une description transposée de cataclysmes naturels. De toute façon, l'essentiel de cette lutte réside dans la victoire finale de Zeus, victoire qui ne sera totale qu'après l'anéantissement du dernier monstre dressé contre le jeune vainqueur. Ce monstre, c'est le géant Typhée, créature à cent têtes de serpent et dont l'apparition soudaine jettera le trouble dans l'armée de Zeus. Mais le dieu l'affrontera de toutes ses armes conjuguées et cet ultime combat ébranlera une fois de plus la planète et l'univers jusqu'en leurs fondations. Cet affrontement, plus encore que les précédents, revêt dans la description d'Hésiode un caractère nettement physique : la lutte du ciel contre l'abîme et du feu contre l'eau.

Ainsi, le chaos a cessé d'être, les monstres ont cessé d'exister et sur la planète refroidie dans ses ardeurs guerrières au sein de l'univers apaisé, Zeus, vainqueur des Titans et de Typhée, va pouvoir parachever et pacifier le monde, un monde enfin à la mesure de l'homme.

Le géant partagé

Mais ce monde nouveau, avec quoi l'établir ? Avec quels matériaux, à l'échelle de l'œuvre gigantesque à entreprendre, le dieu vainqueur — Zeus ou Mardouk — va-t-il parachever sa tâche ? Dans l'infini chaotique qui l'entoure comme un champ remué de fond en comble après une bataille, demeurent encore les dieux et les géants qui combattirent à ses côtés et ceux qu'il a tués, vaincus et enfermés à l'écart du monde, dans le Tartare où sont enchaînés les Titans prisonniers ou le royaume de Jotulheim où sont relégués les géants scandinaves. Car l'idée grandiose qui préside à d'autres mythologies postérieures — celles de l'Inde, de l'Iran, d'Israël, où l'on voit un dieu créateur tirer le monde du néant par le seul pouvoir de son Verbe —, une telle idée semble impensable aux Grecs, aux Germains et aux premiers Sémites. Pour eux le monde n'a pu surgir du néant. Le Tout ne peut jaillir du Rien. Et les dieux de ces peuples, en dépit de leur force, de leur intelligence, ne sont pas des dieux entièrement créateurs. Comme le potier qui veut façonner un vase, ils ont besoin de « matière première » pour édifier le nouvel univers. Et cette matière ne sera ni l'argile ni la pierre mais la chair des anciens dieux vaincus.

L'idée se fit jour, en effet, de prendre dans le corps du dieu ou du monstre vaincu la matière même de l'univers. Il sera constitué par les membres, les os, le sang, les nerfs du géant ou du monstre premier que le vainqueur devra démembrer, morceler et répartir dans la totalité de l'univers.

Ainsi fera Mardouk, le Seigneur du monde, après son épuisant combat contre Tiamat et ses hordes de monstres.

> Alors Mardouk, à loisir, contempla le cadavre de
> Tiamat.
> Du monstre partagé, il voulut tirer œuvre d'art.
> Il le coupa en deux comme un poisson séché,
> Il en assujettit la moitié pour faire la voûte céleste...
>
> *La Naissance du monde*, sources orientales.

Une fois délimitées les frontières du ciel et de la terre, il restait à peupler — on pourrait même dire à meubler — l'univers. Mardouk fixa donc l'emplacement et les orbites des planètes, désigna à chacune sa course et son éclat, délimita l'orient et l'occident, le midi et le septentrion, dessinant les grands axes et l'armature du monde. Ce faisant, il s'attarda complaisamment sur la Lune. Cela se conçoit : dans ces régions où le ciel nocturne est d'une pureté, d'une transparence sans égales, la Lune apparaît comme un vaisseau d'argent dont le parcours, les phases, les formes toujours changeantes désignent aux hommes la marche même du temps. On ne pouvait imaginer une telle régularité ni une telle constance dans le changement sans deviner, derrière ces jeux nocturnes de lumière, l'attention bienveillante d'un dieu, fixant aux hommes par ce moyen leurs tâches et la marche du monde. Après quoi, Mardouk créa les vents, les nuages et la pluie. Et pour parachever cette œuvre monumentale

> ... il fit jaillir, du fond des yeux de Tiamat,
> Le fleuve Tigre et le fleuve Euphrate,
> Il accumula sur son sein des collines opulentes

Et d'une boucle de sa queue, il créa le lien du ciel et de la terre.

La Naissance du monde, sources orientales.

Les Grecs, eux, n'ont guère insisté sur la manière dont Zeus organisa le monde après sa victoire. Sa façon à lui de meubler l'univers fut de s'unir à toutes les déesses et d'enfanter à l'infini des êtres, dieux et héros, à l'image de l'homme. Ainsi, par les vertus et la puissance d'amours sans cesse renouvelées, on passera insensiblement des dieux olympiens aux héros et des héros aux hommes. Quant au monde proprement dit, il se contente d'exister, tel qu'il était déjà avant la naissance de Zeus. Il faut croire que les profonds bouleversements qui ont marqué l'affrontement des Titans et des Olympiens ont remis chaque chose à sa place. Zeus, en tout cas, ne se voulut pas responsable du monde, il ne fut ni un potier, ni un modeleur, ni un artisan mais un amant fervent et passionné, plus attiré par la procréation que par la création tout court !

Les Germains, eux, ont curieusement retrouvé dans leurs mythes les grandes idées du *Poème de la Création*. Hantés par le colossal, ils ont vu dans les paysages qui les entouraient, avec leurs immenses forêts et leurs glaciers, autant de parcelles des géants d'autrefois. Après la naissance d'Ymir, né par condensation du givre sur les bords de l'abîme, les trois dieux primordiaux — Odin, Vili et Vè — n'auront d'autre ressource, pour façonner l'univers, que de tuer eux aussi le géant afin d'en dépecer le corps, ainsi qu'il est dit dans le *Voluspa* :

De la chair d'Ymir fut créée la terre
Et de son sang, la mer ;
De ses os furent formées les montagnes,
De ses cheveux, les arbres,
De son crâne, la voûte du ciel,
De ses sourcils, les dieux bienfaisants firent
Midgard, le séjour des géants,
Et de sa cervelle furent créés
Tous les nuages à l'aspect sombre.

Les Poèmes héroïques de l'Edda,
trad. F. Wagner.

La parole qui crée

Un abîme incommensurable sépare en apparence tous ces mythes, grecs, sémites et germains, du célèbre récit de la Création par lequel débute la Genèse.

Comme nous l'avons noté plus haut, l'image du géant dont le corps morcelé sert à façonner l'univers est loin d'être une image irrationnelle. Elle explique très bien pourquoi, dans notre monde, le sang et l'eau, le cerveau et les nuages, les nerfs et les plantes, les os et les rochers ne sont qu'une seule et même substance, puisque tirés d'un même ancêtre. L'univers est fait de la même chair que l'homme et, comme l'homme, il souffre, pense, vit et meurt. Et si le monde est fait de la même chair que l'homme, c'est donc qu'il a été conçu et façonné pour lui. *L'homme est le nécessaire aboutissement de l'univers.* Et l'on voit poindre ainsi derrière ces mythes en apparence incohérents l'idée fondamentale de la Bible et de la Genèse.

Le mérite essentiel des textes hébraïques et, après eux, du Coran, fut surtout d'exprimer clairement ce qui n'avait été que pressenti par les peuples antérieurs. Avec ces deux Livres, la Création du monde devient au fond un acte simple et radical. Simple, parce qu'il est le fait d'un seul Dieu qui assume la totalité de la Création, Yahvé ou Allah. Radical, parce qu'il consiste à tirer le monde du néant ou de l'abîme en un instant, sans étapes intermédiaires, sans dieux primordiaux, sans luttes, sans meurtres. La création du monde, dans la Genèse, se développe évidemment dans le temps puisqu'elle prend six « jours » mais, à chaque « jour » nouveau, l'élément qui surgit de l'abîme — lumière, ciel, terre, eau, plantes — acquiert d'emblée sa forme définitive. Plus de tâtonnements, d'ébauches, de rectifications difficiles et sanglantes : l'homme et les éléments sont créés sans erreur et sans failles.

Notons cependant que d'autres peuples étaient parvenus, plusieurs siècles avant les Hébreux, à des conceptions analogues, par de tout autres voies. Les Indiens furent, plus encore que les Sémites, les Grecs et les Germains, soucieux de connaître le pourquoi et le comment de l'univers, et leurs méditations sur ces questions cruciales aboutirent à une vue remarquable sur l'origine et le sens de ce monde.

Une vue remarquable... Ne vaudrait-il pas mieux dire des vues remarquables ? L'Inde, pas plus que la Grèce, ne peut se réduire à une seule croyance, un seul peuple ni une seule religion. Dans les riches vallées de l'Indus, des peuples nombreux s'installèrent et édifièrent de grandes civilisations : peuplades autochtones d'abord, puis envahisseurs indo-européens, Aryens, Iraniens et Grecs. Entre le xve et le xe siècle avant notre ère, sont nées aux Indes les premières méditations religieuses des Aryens, ces milliers de poèmes rassemblés sous le titre de *Veda*, ce qui veut dire Savoir. Titre significatif ! Nous sommes loin, ici, du *Poème de la Création* babylonien, description de l'origine du monde, ou de *La Théogonie* d'Hésiode, poème visionnaire et lyrique. En s'interrogeant sur le mystère des choses et des êtres, les Indiens n'ont voulu ni décrire ni imaginer. Ils ont voulu savoir, ils ont voulu saisir par la pensée, par la méditation, par un effort de l'esprit sur lui-même, le secret du monde où l'homme vit et meurt. Ils ont cherché l'éternel derrière l'éphémère, le réel derrière l'apparent, pour aboutir à l'essence véritable et secrète des choses. Telle apparaît déjà, mille ans avant Jésus-Christ, la pensée religieuse des premiers Indiens : comme une recherche minutieuse, patiente, toujours recommencée, de la réalité profonde de la vie et du monde.

Qu'y avait-il, en effet, au début de l'univers, se demande, dans le Xe livre du *Rigveda*, un des premiers penseurs et poètes anonymes de l'Inde :

> Ni le Non-Être n'existait, ni l'Être.
> Il n'existait ni l'espace de l'air ni le firmament au-delà.

Qu'est-ce qui se mouvait puissamment ? Où ? Sous
la garde de qui ?
Était-ce l'eau insondablement profonde ?

Et l'homme inconnu qui s'interroge ainsi ne craint pas de dire :

Qui sait, en vérité, qui pourrait ici proclamer
D'où est née, d'où vient cette création secondaire ?
Les dieux sont nés après, par la création secondaire
de notre monde.
Mais qui sait d'où celle-ci elle-même est issue ?

D'où est issue cette seconde création
Si elle a fait ou non l'objet d'une institution,
Celui qui surveille ce monde du haut du firmament,
Celui-là le sait seul. Mais peut-être ne le sait-il pas !

Hymnes spéculatifs du Veda, trad. L. Renou.

Peu à peu pourtant, la pensée indienne se dégagera de ce doute initial. Les philosophes succéderont aux philosophes, les poètes aux poètes, les ascètes aux ascètes et ils édifieront, dans une indifférence totale à l'égard du quotidien et de l'éphémère, les premiers mythes sur l'origine du monde. Aux premiers textes succéderont des commentaires, puis les commentaires des commentaires et ainsi de suite pendant plusieurs siècles. Ainsi se constitueront les grands recueils religieux de l'Inde : aux premiers *Veda* s'ajouteront les innombrables commentaires des *Brâhmanas*, puis les *Sûtra* ou Aphorismes, puis les *Upanishad*, comme ces sédiments que l'océan dépose patiemment au fond des mers et qui finissent, jour après jour, année après année, siècle après siècle, par combler les eaux les plus profondes.

Cette conquête patiente de la vérité apparaît déjà dans les *Brâhmanas,* les premiers textes qui succéderont aux *Veda* et particulièrement dans le *Catapatha Brâhmana* ou *Brâhmana des cent chemins*. Il apporte une première réponse, qui sera sans cesse reprise et enrichie par d'autres penseurs et d'autres textes mais qui, déjà, fait disparaître l'angoisse et le doute premiers. Qu'y avait-il au début du monde ? L'eau primordiale. Et pourquoi l'univers a-t-il jailli de l'eau ? Parce que, de cette eau originelle, surgit un dieu bienfaisant, Prajâpati, le « Maître des créatures » qui, par la seule force de sa parole, tira du néant le monde où nous vivons.

> « Au commencement, en vérité, il n'y avait que l'eau. Et les eaux formèrent un désir : "En vérité, comment pourrions-nous engendrer ?" Elles firent un effort, elles accrurent leur ardeur interne et tandis qu'elles accroissaient cette ardeur, en elles se forma un œuf d'or. L'année n'était pas encore née. L'œuf d'or, jusqu'à la limite d'une année, flotta çà et là.
>
> » Au cours de l'année, un être en naquit. Cet être était Prajâpati, le Maître des créatures. Voilà pourquoi c'est dans l'espace d'une année que la femme, la vache et la jument mettent bas. Car c'est dans l'espace d'une année qu'est né Prajâpati. Il brisa l'œuf d'or. Il n'y avait alors aucun point d'appui. Donc l'œuf d'or, en le portant, flotta çà et là jusqu'à la limite d'une année. »
>
> *La Naissance du monde,* sources orientales.

Certains mythes égyptiens, nous l'avons vu, racontent eux aussi qu'un œuf surgit sur le tertre initial jailli du Noun, un œuf d'où naquit le premier dieu. La parenté est évidente avec le mythe indien sans que l'on puisse d'ailleurs l'expliquer par des influences réciproques. Dans beaucoup d'autres mythes, on retrouve cette image d'un œuf contenant en germe les ébauches des choses et des êtres ou un dieu endormi dont l'éveil signifie la création du monde. Image simple, logique, irréfutable pour affirmer l'unité de l'univers et l'origine commune de tous les êtres vivants qui l'habitent. Mais la pensée indienne, plus abstraite, plus intellectuelle aussi que celle des Grecs, des Sémites, des Germains, n'aura nul besoin de faire appel à des monstres primordiaux, à des affrontements gigantesques pour expliquer l'origine de notre univers. La parole du premier dieu surgi de l'œuf cosmique, dont il brise la coquille à la façon d'un oisillon, suffira pour susciter les différents éléments et habitants du monde. Et c'est ainsi qu'opérera Prajâpati. Chaque syllabe prononcée en ces temps primordiaux engendrera tour à tour la terre, le ciel, les saisons et, pour finir, le temps lui-même. Telle fut la première étape de la Création, telle que l'imaginèrent les Indiens : des syllabes résonnant dans le silence de l'univers et dont le pouvoir magique, en faisant vibrer les nappes frémissantes de l'espace, engendrera d'abord les éléments constitutifs du monde. Cela demandera néanmoins si longtemps — et il faut noter là encore combien les mythes se rejoignent dans leur estimation du temps nécessaire à la genèse des éléments de l'univers — que lorsqu'il aura achevé sa première création, Prajâpati se reposera pour contempler son œuvre et « de même que l'on regarde au loin la rive opposée d'un fleuve, Prajâpati contempla au loin la rive opposée de son âge ».

Puis le Maître des créatures continua son œuvre de création. Il suscita, par le pouvoir de son Verbe, les êtres vivants de ce monde : en premier les dieux, ces centaines, voire ces milliers d'êtres divins constituant le panthéon indien, puis les esprits mauvais, les démons. Et en même temps que les dieux et que les démons, il donna ainsi à l'univers la lumière et les ténèbres, le jour et la nuit.

Chez les Hébreux et, par la suite, chez les Arabes, les versets de la Genèse et les sourates du Coran auront une tout autre origine. Au lieu d'être comme aux Indes le fruit patient et presque millénaire de la méditation humaine, ils seront au contraire une Parole, fulgurante, une Révélation. En théorie du moins. La tradition hébraïque et évangélique attribuait à Moïse la rédaction des cinq livres du Pentateuque — parmi lesquels figure la Genèse — mais on sait aujourd'hui que les récits de la Genèse procèdent en fait de plusieurs sources différentes. La première, dite source sacerdotale, est la plus tardive. Elle est à l'origine du premier récit de la Création qui dut être rédigé vers le VIe siècle avant J.-C. par un collège de prêtres. Précise, voire minutieuse, soucieuse avant tout de cohérence et de logique, elle décompose et analyse l'œuvre divine en six « jours » ou six créations successives. La seconde source, dite *yahviste* — parce que Dieu y est nommé Yahvé —, est plus ancienne et a inspiré le second récit de la Création. Plus vivante, pittoresque, voire naïve, elle insiste surtout sur la création de l'homme.

À travers toutes ces sources, néanmoins, une même idée s'affirme dans la Genèse : Dieu y est l'unique et puissant Créateur de toute chose et de tous les êtres vivants. Autrement dit — à l'inverse des autres récits antérieurs : sumériens, akkadiens, grecs et même indiens où le Créateur (Mardouk, Zeus et Prajâpati) émanait du monde lui-même — Dieu, dans la Genèse, est entièrement distinct de l'univers. Tout ce qui existe, tout ce qui vit, tout ce qui pense, sur terre et au ciel, est l'œuvre d'un Être extérieur au monde. D'ailleurs — et cette idée est elle aussi typiquement hébraïque — Dieu ne s'est pas contenté de créer le monde pour le laisser ensuite à son destin. Il continue en quelque sorte de le créer à chaque instant, il en assure la marche continuelle, donne aux astres leur mouvement, aux graines la force de germer, à l'homme la force de vivre et de penser. Il est sans cesse présent au cœur de son œuvre.

> « Au commencement, Dieu créa le ciel et la terre. Or la terre était vague et vide, les ténèbres couvraient l'abîme, l'esprit de Dieu planait sur les eaux.
>
> » Dieu dit : "Que la lumière soit" et la lumière fut. Dieu vit que la lumière était bonne, et Dieu

sépara la lumière et les ténèbres. Dieu appela la lumière "jour" et les ténèbres "nuit". Il y eut un soir et il y eut un matin : premier jour.

» Dieu dit : "Qu'il y ait un firmament au milieu des eaux et qu'il sépare les eaux d'avec les eaux" et il en fut ainsi. Dieu fit le firmament, qui sépara les eaux qui sont sous le firmament d'avec les eaux qui sont au-dessus du firmament, et Dieu appela le firmament "ciel". Il y eut un soir et il y eut un matin : deuxième jour.

» Dieu dit : "Que les eaux qui sont sous le ciel s'amassent en une seule masse et qu'apparaisse le continent" et il en fut ainsi. Dieu appela le continent "terre" et la masse des eaux "mers", et Dieu vit que cela était bon.

» Dieu dit : "Que la terre verdisse de verdure : des herbes portant semence et des arbres fruitiers donnant sur la terre des fruits contenant leur semence" et il en fut ainsi. La terre produisit de la verdure : des herbes portant semence selon leur espèce, des arbres donnant selon leur espèce des fruits contenant leur semence, et Dieu vit que cela était bon. Il y eut un soir et il y eut un matin : troisième jour.

» Dieu dit : "Qu'il y ait des luminaires au firmament du ciel pour séparer le jour et la nuit : qu'ils servent de signes, tant pour les fêtes que pour les jours et les années : qu'ils soient des luminaires au firmament du ciel pour éclairer la terre" et il en fut ainsi. Dieu fit les deux luminaires majeurs : le grand luminaire comme puissance du jour et le petit luminaire comme puissance de la nuit, et les étoiles. Dieu les plaça au firmament du ciel pour éclairer la terre, pour commander au jour et à la nuit, pour séparer la lumière et les ténèbres, et Dieu vit que cela était bon. Il y eut un soir et il y eut un matin : quatrième jour.

» Dieu dit : "Que les eaux grouillent d'un grouillement d'êtres vivants et que des oiseaux volent au-dessus de la terre contre le firmament du ciel" et il

> en fut ainsi. Dieu créa les grands serpents de mer et tous les êtres vivants qui glissent et qui grouillent dans les eaux selon leur espèce, et toute la gent ailée selon son espèce, et Dieu vit que cela était bon. Dieu les bénit et dit : "Soyez féconds, multipliez, emplissez l'eau des mers, et que les oiseaux multiplient sur la terre." Il y eut un soir et il y eut un matin : cinquième jour. »
>
> *La Bible de Jérusalem.*

La Genèse n'est pas le seul livre de la Bible où l'on voit s'opérer la création du monde. Le passage cité ci-dessus apparaît plutôt comme un récit second, comme une description de l'œuvre divine, telle que les milieux sacerdotaux pouvaient se la représenter. Mais il existe dans la Bible un texte plus précis encore, où Dieu fait lui-même le récit de sa création. Ce texte figure dans le *Livre de Job*. Pour répondre aux récriminations de Job qui s'estime injustement frappé par Dieu, celui-ci dresse, en guise de réponse, un saisissant tableau de sa puissance et de son œuvre créatrice. Et surtout, Dieu apparaît, dans ce passage, comme un Être présent à tout instant au cœur de sa propre création, veillant sur chaque chose, chaque être, chaque seconde de l'univers.

Lorsqu'on lit sur la création du monde le Coran après la Bible, on est frappé par les similitudes des deux livres. Dans l'un comme dans l'autre, la puissance créatrice de Dieu est affirmée avec éclat. Allah tire le monde des eaux primordiales qui constituaient l'unique matière existante avant la Création, des eaux qui sont une réalité vivante, et non une matière inerte car elles bougent, elles frissonnent, elles tressaillent à la première voix d'Allah. Choses et êtres surgissent de ces eaux à l'appel de leur Créateur comme si, de toute éternité, ils n'avaient attendu que cette voix les tirant de leur long sommeil. Pour contenir cette eau, Allah créa d'abord le vent et, au-dessus de l'eau, porté par les ailes du vent nouvellement surgi, le Trône primordial, qui flotte dans l'espace infini des débuts du monde et jouera un rôle très important dans le Coran. Car il est un univers en miniature, il contient l'image de tout ce qu'Allah créera par la suite et il est si vaste qu'un oiseau rapide devrait voler quatre-vingt mille ans pour aller d'un pilier à l'autre !

« Les incroyants n'ont-ils pas vu que les cieux et la terre étaient chaos et que nous les avons séparés et avons formé toute chose vivante à partir de l'eau ? Ne croiront-ils pas ? Nous avons posé des monts sur la terre pour qu'elle ne bouge pas sous eux et laissé des passages aux hommes pour cheminer, peut-être s'y guideront-ils », dit la sourate XXI. Et la sourate XXV ajoute : « Ne vois-tu pas comme ton Seigneur allonge l'ombre ? S'il voulait, il l'immobiliserait. Et nous lui avons donné le soleil pour guide, et nous la ramenons à nous facilement. Il vous a donné la nuit pour voile, le sommeil pour repos, il a fait du jour une résurrection. Il déchaîne les vents pour annoncer sa miséricorde. Nous faisons pleuvoir l'eau pure pour rendre vie au sol mort et abreuver les nombreux troupeaux et les hommes que nous avons créés. »

Le Coran, trad. J. Grosjean.

3

LE CIEL ET SES ASTRES

Le dieu visible

Jamais, sans doute, nous ne pourrons plus voir le ciel comme le voyaient les anciens peuples. Trop de connaissances, de savoir acquis, d'habitudes et d'orientations inculquées dès l'enfance dressent leurs barrières entre le ciel antique et nous. S'il peut nous arriver à certaines heures, particulièrement aux heures nocturnes, de sentir au-dessus de nos têtes la présence d'un espace vivant, cette impression disparaît vite pour laisser place à l'évidente vérité de notre temps : le ciel est une étendue composée de planètes, d'étoiles, de galaxies, qu'on ne saurait qualifier de vivante. C'est un ciel inhumain, entendons par là un espace qui n'est plus à l'échelle de l'homme.

Pour les anciens peuples, par contre, le ciel est toujours resté une réalité accessible à l'homme. Ce qui s'y passe, ce qui s'y crée, ce qui y meurt fait partie de l'histoire des dieux et de sa propre histoire. En dépit de la terreur qu'il lui inspire par sa vastitude, son éloignement, par les phénomènes inquiétants dont il est le théâtre, il demeure un élément familier. Mieux : cette voûte, à la fois infinie et éternelle, représente justement, par son immensité et sa pérennité, une force omniprésente, inaltérable sur laquelle l'homme pourra toujours compter, qui existait avant sa naissance et qui survivra à sa mort.

Pour les Égyptiens, le ciel est le ventre de la déesse Nout. De nombreux papyrus la représentent recouvrant la terre en prenant appui sur ses deux bras à l'horizon occidental et sur ses deux jambes à l'horizon oriental. Son corps est parsemé d'étoiles et le dieu Shou — dieu de l'air et de l'atmosphère — soutient de ses deux bras le ventre gigantesque. Chaque soir, la déesse avale le soleil par sa bouche pour l'enfanter à nouveau chaque matin par son sexe. En d'autres textes et sur d'autres papyrus, il s'agit d'une vache céleste du nom d'Hathor mais, dans chaque cas, l'image reste la même : la voûte du ciel est le ventre frémissant, scintillant d'une divinité courbée vers la terre.

On se rappellera aisément que les Mésopotamiens n'imaginaient pas autrement la vastitude du ciel : elle était pour eux le ventre de Tiamat car il est dit, dans le *Poème de la Création*, qu'après avoir dépecé son ennemie vaincue, Mardouk « plaça le zénith dans le ventre de Tiamat ». Pour les Germains, la voûte céleste est le crâne gigantesque d'Ymir, autre géant tué et partagé ensuite par les dieux.

C'est une idée presque semblable que l'on retrouve aux Indes. Dans la multiplicité des textes relatifs à l'origine du monde et du ciel, chemine une même image, à travers les générations de poètes et de commentateurs : celle d'un être gigantesque, surgi au commencement des choses, dont le morcellement va fournir au monde les éléments vivants de son histoire. Cet être, le *Rigveda* l'appelle Purusha et l'un de ses hymnes décrit et exalte son omniprésence au cœur et aux confins de l'univers :

L'Homme a mille têtes,
Il a mille yeux, mille pieds.
Couvrant la terre de part en part
Il la dépasse encore de dix doigts.

Telle est sa puissance,
Et plus vigoureux encore est l'Homme.
Tous les êtres sont un quartier de lui.

De lui est née l'Énergie,
De l'Énergie est né l'Homme.
Une fois né il s'est étiré au-delà
De la terre, derrière elle comme devant elle.

Et c'est ce corps sans fin, couvrant tout l'univers, que les dieux démembreront pour permettre au monde de se former.

La lune naquit de sa conscience ;
De son regard est né le soleil,
De sa bouche Indra et Agni,
De son souffle est né le vent.

Hymnes spéculatifs du Veda, trad. L. Renou.

Comme les Indiens, les Iraniens ont imaginé la création du monde à partir d'un sacrifice primordial. Car le sacrifice reste l'acte essentiel par lequel se forgent et s'échangent les forces de l'univers. Plus qu'une simple offrande, il est un acte créateur sans lequel rien ne pourrait exister. Interrompre un seul jour l'accomplissement du sacrifice, commettre une erreur dans son exécution auraient des conséquences incalculables : le soleil s'arrêterait, les saisons cesseraient leur cycle, le monde tout entier périrait.

De nombreux textes de l'Iran, dont certains très anciens, ont mentionné ce sacrifice primordial. Mais c'est surtout le *Boundahishn*, texte religieux du XIe siècle après J.-C., qui le décrit avec le plus de précision, et qui a conservé, en dépit de cette date tardive, un grand nombre de traditions anciennes concernant l'origine du monde et du ciel.

Au début de toute chose, il n'y eut d'abord que le vide. Un vide qui séparait le fini de l'infini, les ténèbres de la lumière. Deux principes, deux êtres seulement habitaient ce vide. Ormuzd, le dieu bon, siégeant tout en haut, dans la lumière, Ahriman, le dieu mauvais, gîtant tout en bas dans les profondeurs des ténèbres. Ormuzd — le dieu de lumière — sera le créateur du monde dans sa perfection et Ahriman, l'esprit mauvais, en voulant imiter et contrecarrer les actes du dieu bon, sera à l'origine de toutes les imperfections de ce monde. La rivalité de ces deux puissances constitue l'éternelle tragédie de la cosmogonie iranienne : pour elle, toutes les choses résultent de cette lutte gigantesque opposant pendant des siècles et des siècles les deux grands pôles de l'univers.

Le *Boundahishn* retrace les épisodes de cet affrontement terrible jusqu'au jour où Ormuzd, réussissant à paralyser Ahriman, peut alors continuer en toute quiétude son œuvre créatrice.

« Il créa tout d'abord le ciel clair, visible, dont les limites sont éloignées, ayant la forme d'un œuf, en métal solide, mâle. Il relia son sommet aux lumières infinies, il y déposa toutes les créatures comme dans un château ou une forteresse où toutes les armes nécessaires pour le combat se trouvent disposées, ou une maison où se trouvent toutes les choses. La voûte du ciel est aussi large que longue, aussi longue que haute et aussi haute que profonde. L'esprit du ciel est comme un laboureur, instruit, doué de pensées, de paroles et d'action, informé, saint, discernant. Il reçut une armure durable pour ne pas laisser sortir le mauvais esprit; comme un guerrier vaillant qui a endossé une cuirasse afin de pouvoir remporter la victoire dans une bataille sans avoir rien à redouter, l'esprit du ciel soutient le ciel.

» En second lieu, il créa l'eau, à partir de la substance du ciel, autant qu'il en faut pour que, lorsqu'un homme pose ses deux mains par terre et marche à quatre pattes, cette eau lui vienne jusqu'au ventre. Et pour l'aider, il créa le vent, la pluie, le brouillard, l'orage et la neige.

» En troisième lieu, il créa la terre à partir de l'eau, ronde, dont les rives sont loin sans collines ni vallées, aussi longue que large, aussi large que profonde; et il l'établit au milieu du ciel. Il déposa dans la terre la semence dont devaient pousser plus tard les montagnes; elles en sortirent. Pour aider la terre, il créa le fer, l'airain, le borax et toutes les autres essences dures de la terre.

» En quatrième lieu, il créa la plante. Elle poussa tout d'abord au milieu de cette terre, de la hauteur d'un pied, sans branches, sans écorce, sans épines, fraîche et douce. Elle contenait en elle la force de toutes les espèces de plantes. Pour aider la plante, il créa l'eau et le feu car toute tige de plante a une goutte d'eau à son sommet et le feu à une distance de quatre doigts devant elle. Elle poussa par cette force. »

La Naissance du monde, sources orientales.

Qu'il soit le ventre étincelant d'une déesse, le crâne d'un dieu, la coquille d'un œuf monumental couvrant la terre, le ciel apparaît avant tout comme immense et inaccessible. Lorsque l'homme lève les yeux vers lui, il éprouve le vertige d'une profondeur sans fin. Mais personne, de nos jours, ne se demande pour quelle raison le ciel est si haut. Pourtant, si l'on en croit les mythes, le ciel n'occupait pas, aux temps anciens, la place qui est la sienne aujourd'hui. Il vivait tout près de la terre, contre elle, enlacé à elle dans une étreinte sans fin. Si cet enlacement n'avait jamais pris fin, le monde n'existerait pas ni les hommes. Mais un jour, cette étreinte passionnée cessa et les créatures vivantes purent enfin trouver place entre le ciel et la terre. Parfois, bien sûr, il fallut obliger le ciel à se séparer de la terre. C'est ce que fit le dieu Shou, en Égypte, en se glissant sous le ventre de Nout et en soulevant la déesse de toute la force de ses deux bras. En Grèce, il fallut que Cronos mutilât son père Ouranos pour l'obliger à s'éloigner de Gaia, la terre, et à se retirer à la place qu'il occupe toujours. Pour les Germains et pour les Scandinaves, c'est le frêne Yggdrasil, arbre géant qui à lui seul constitue l'univers, dont les racines tètent les profondeurs de la terre et dont les hautes branches atteignent les extrémités du ciel, qui, en poussant, a écarté les deux éléments. Ce thème de la séparation du ciel et de la terre — quelles qu'en soient les causes — est si répandu dans la plupart des mythologies qu'on le retrouve à toutes les époques et à tous les niveaux religieux.

La plupart de ces mythes expliquent ainsi pourquoi le ciel est haut, éloigné de la terre et aussi comment il tient, sans tomber, sur nos têtes. Car en se séparant de la terre, le ciel perdit son assise et il fallut alors le soutenir : ce fut la tâche de Shou, en Égypte, qui tient sans cesse à bout de bras l'immense ventre de Nout, c'est celle d'Atlas pour les Grecs, le géant fils du Ciel, qui fut condamné par Zeus à soutenir la voûte céleste sur sa nuque de bronze, aux extrémités occidentales du monde, dans le pays des Hespérides. Pourtant, en s'éloignant par force de la terre, le ciel s'éloignera par là même des hommes, de leurs soucis, de leurs besoins. Il deviendra un dieu si lointain qu'il semblera désormais insensible aux prières des humains et que ces derniers l'oublieront. Tel fut le sort des premiers grands dieux ouraniens : ils sombrèrent dans l'oubli, après cette séparation fatale, même si leurs noms, aux origines de l'Histoire, étaient synonymes de puissance, de majesté, de souveraineté. Dyaus aux Indes, Ouranos en Grèce, Tyr en Germanie et en Scandinavie, Anou en Mésopotamie, ces dieux souverains et suprêmes, en reculant aux extrêmes limites de la voûte céleste, cessèrent d'intéresser les hommes : ils ne pouvaient plus rien pour eux.

C'est pourquoi d'autres dieux célestes les remplacèrent, plus jeunes, plus impétueux, tour à tour bienfaisants et terrifiants. Ce furent les dieux d'un ciel plus proche de la terre, celui où gronde le tonnerre, où se déchaînent les éclairs, où crèvent les nuages chargés de pluie. Ces dieux-là n'oublient pas la terre, et la terre ne les oublie pas : leur vie, idyllique ou tourmentée, intéresse directement celle de l'homme et reste à son image : ils aiment, ils souffrent, ils rient, ils se mettent en colère. On dirait même qu'ils éprouvent plus d'intérêt pour cette terre, pour ses beautés et ses douceurs, que pour les espaces infinis où ils vivent. Ce sont des dieux tout-puissants mais humains : ils se nomment Indra et Rudra aux Indes, Zeus en Grèce, Odin (ou Wotan) et Thor en Germanie.

Ils parcourent le ciel sur leur char, accompagnés de leurs oiseaux favoris : l'aigle pour Zeus et pour Indra, les deux corbeaux Hugin et Mugin pour Odin. Le char de Thor est attelé de deux boucs. Son roulement assourdissant explique le bruit du tonnerre. En Grèce, le tonnerre est dû aux galops effrénés de Pégase, le cheval ailé, né du sang de Méduse. En observant bien le ciel d'orage, entre les masses sombres des nuages, on peut surprendre l'aveuglant éclat de ses sabots : l'éclair. Le visage de ces dieux est terrible et sa vision insoutenable pour un homme : un simple froncement de sourcils ébranle les assises du ciel, un seul de leurs regards illumine l'espace. Dans l'éclair scintillant sous l'orage, les Indiens croyaient voir « les yeux rouges de Varuna sillonnant sans trêve la demeure humide de leurs clignotements». Ils disposent de tous les éléments du ciel : de la pluie, de la neige, de la lune, du soleil, de l'arc-en-ciel. Ils disposent par là même du sort des hommes, de leur faim, de leur soif. Du haut de leur char, de leur trône ou de leur palais, ils voient tout et surveillent tout. Rien n'échappe à leur vigilance et l'on comprend qu'à tant se pencher vers la terre, ils aient fini par prendre, aux yeux des hommes, ce visage à la fois ardent et familier qui est le leur. Où que l'homme regarde dans le ciel, il voit la trace ou la marque de leur présence : un nuage grondant au loin, un éclair sur la montagne, un arc-en-ciel dressant sa lumière, comme un pont, entre la terre et eux, une pluie bienfaisante et tiède qui est leur offrande à la terre. Ce sont des dieux, présents et proches, nantis du tonnerre et armés de la foudre mais aussi revêtus de splendeur et d'éclat : des dieux visibles.

Le feu vivant

Le soleil se lève le matin. Il se couche le soir. Qui songerait à s'en étonner aujourd'hui ? Pas plus que l'homme moderne ne se demande pourquoi le ciel est haut, il ne s'interroge sur les raisons qui font que le soleil se couche à l'ouest et non à l'est, qu'il brille et qu'il chauffe, qu'il poursuit dans le ciel une course régulière, qu'il ne s'éteint jamais. Et pourtant, ce simple cycle, ce continuel passage de l'ombre à la lumière, de la lumière à l'ombre avec toutes ses phases successives — l'aube et ses promesses de vie, le zénith et sa force brûlante, le soir et ses angoisses de mort — l'homme a mis des siècles à le tenir pour naturel. C'est qu'au cœur de ce cycle de lumière et de ténèbres résident justement une force et un destin équivoques : le soleil chauffe, apporte sa lumière et sa vie mais il peut aussi brûler, calciner, apporter la sécheresse et la mort. Il vit, il circule, il éclaire, mais il doit interrompre sa course le soir, pour se reposer ou descendre au royaume des ombres où sa force et sa lumière sont menacées de mort.

La première image qui vient à l'esprit — à propos du soleil — est celle d'un feu céleste, d'un immense brasier brûlant dans les profondeurs de l'espace. Étincelle, chandelle, braise ardente, on retrouve ces images élémentaires chez bien des peuples, entre autres les Celtes et les Scandinaves. Dans l'*Edda*, le soleil est une étincelle jaillie du brûlant abîme de Muspilheim et il existe encore, dans maintes régions de Cornouailles, d'Irlande et de Bretagne, des légendes et des contes disant qu'à certains jours de l'année, on peut entendre, le soir, quand le soleil se couche dans l'océan, un grand bruit de braises mouillées.

Mais une telle image est trop simple, trop évidente aussi, pour avoir pu satisfaire les exigences des anciens peuples. Car ce feu, comment brûle-t-il ? D'où tire-t-il son énergie ? Pourquoi suit-il une route changeante avec les saisons ? Pourquoi disparaît-il chaque soir pour renaître chaque matin ?

En réponse à ces questions, deux symboles reviennent plus fréquemment que d'autres : celui du bateau, celui du char. L'un et l'autre sont nés, de toute évidence, chez des peuples pour qui navire et char constituaient un mode usuel de déplacement : Égyptiens et Mésopotamiens vivant au bord d'un grand fleuve où le bateau était employé pour tous usages ; Indo-Européens (Scandinaves, Germains, Iraniens, Indiens et Grecs), peuples nomades à l'origine, inventeurs et introducteurs du cheval et du char. Chacun d'eux a transposé dans les immensités du ciel les objets familiers de sa vie quotidienne.

Dans le ciel d'Égypte, constitué par le ventre de Nout ou celui de la vache céleste dont les deux cornes atteignent l'une l'orient et l'autre l'occident, le soleil a toujours joué un rôle essentiel, sous les noms divers de Rê, d'Ammon, d'Aton et parfois d'Horus. Il est l'astre par excellence qui préside à toutes les cérémonies et intervient à tous les stades du destin humain. Dans le vide et l'immensité des déserts, face aux fantasmes de la nuit et aux angoisses de la mort, le soleil apporte, outre la vie et la chaleur, la lumière qui chasse les ombres, la puissance d'un dieu triomphant chaque jour, par sa présence radieuse, des forces de la nuit. C'est pourquoi, sans doute, les Égyptiens ont multiplié à son égard images et symboles.

Le Soleil se lève à l'aube, d'entre les jambes de Nout ou de la vache céleste et prend alors l'apparence d'un scarabée sacré, d'un bousier qui jusqu'au soir roulera devant lui le disque solaire à travers le ciel ; sous cette forme il se nomme Khépri. Ou bien, en sortant de la vache céleste, il prend l'apparence d'un veau d'or qui grandit avec les heures du jour pour devenir à midi un grand taureau du nom de Kaméphis qui féconde sa propre mère, le soir, pour renaître à l'aube suivante. Ou bien, enfin, il adopte tout simplement les traits d'un homme, naissant le matin pour devenir adulte à midi et mourir le soir, entre les bras de Nout : il se nomme alors Atoum. Lorsqu'il est homme, il lui faut une barque pour pouvoir naviguer sur l'océan céleste. Cette barque du Soleil, on la voit figurée sur bien des monuments et des papyrus de l'Égypte : elle est tout en or, construite par les dieux eux-mêmes, longue de 770 coudées. Les étoiles forment son équipage, tous les grands dieux l'escortent car cette barque gouverne à elle seule l'univers. Le dieu solaire, à tête d'homme pendant le jour, à tête de bélier pendant la nuit — il se nomme alors Khnoum — est assis au centre, sur un trône. Devant lui, se tient Thot, le dieu-ibis, prêt à noter les ordres du Soleil. À la proue veille un autre dieu, pour le protéger de ses ennemis : pendant le jour, ses adversaires sont les nuages et les orages que le dieu chasse et disperse grâce au serpent sacré, à l'uræus qu'il porte sur le front.

Le char est, pour le Soleil, un autre moyen de franchir les espaces du ciel. L'image du char, d'origine indo-européenne, s'est répandue ensuite dans tout le bassin méditerranéen, et même chez les Sémites. On la rencontre, en tout cas, de façon très précise, chez les Indiens (le char de Savitri), les Iraniens, les Grecs (le char d'Hélios) et les Nordiques. Il est tiré par des chevaux de feu qui suivent à travers le ciel la route étroite et précise du zodiaque. Mais cette route n'est pas facile et bien des épreuves, là encore, guettent le Soleil sur son chemin.

Chez les Grecs et les Latins, le Soleil (sous le nom d'Hélios, de Sol ou de Phœbus) est précédé dans sa course par l'Aurore, sa sœur, et parcourt les étendues célestes sur un char tiré par des chevaux dont les noms sont : l'Enflammé, l'Embrasé, le Brûlant, le Brillant. Hélios-Phœbus prend son essor le matin aux extrémités orientales du monde, dans le pays des Indiens, il suit dans la journée la route tracée par les animaux du zodiaque et redescend le soir vers l'océan, aux extrémités occidentales de la terre, où il dételle ses chevaux pour les laisser se rafraîchir. C'est là qu'il retrouve son palais, un palais merveilleux, tout resplendissant de lumière. Son toit est en ivoire, ses portes en argent, ses murs en or, décorés de bas-reliefs gravés — œuvre du dieu Héphaïstos-Vulcain — et représentant l'univers : le ciel et ses astres, la terre et ses villes, la mer infinie...

L'imagination anthropomorphique des Grecs et des Latins s'est complu à représenter le Soleil sous un jour très humanisé. Il a un visage noble, un air un peu hautain et ses yeux jettent un éclat si vif que nul ne peut s'approcher du dieu sans devenir aveugle ou calciné ! Quand il ne dirige pas son char sur les routes du ciel, il demeure en son palais, sur un trône resplendissant, tout orné d'émeraudes, et entouré de différentes divinités en rapport avec le Temps : le Jour, les Mois, les Années, les Heures et les Siècles.

Dans ce palais, si l'on en croit le poète Ovide, qui narre ce mythe dans ses *Métamorphoses*, Phœbus reçut un jour la visite d'un jeune héros du nom de Phaéton. Ce dernier, dont le nom signifie « le Brillant », voulait s'assurer qu'il était le fils du Soleil. Ce dernier lui confirma sa paternité et Phaéton lui demanda alors la faveur de conduire son char, un seul jour. Le Soleil hésita longuement avant d'accepter. Ce char n'était pas un char ordinaire. Fait d'or, d'argent, de chrysolithe et d'émeraudes, il était tiré par quatre chevaux très fougueux, crachant le feu et peu commodes à maîtriser ! De plus, la route suivie par le Soleil est difficile, semée d'écueils, fréquentée par des monstres propres à glacer le sang des plus aguerris : les fauves habitants du Zodiaque.

Mais Phaéton l'écoute d'une oreille distraite. Tout à sa hâte de monter sur le char et de dominer l'univers, il promet à son père de suivre ses conseils. L'Aurore le conduit alors devant les portes du ciel et il s'élance vers les hauteurs du firmament. Mais très vite, l'angoisse et le vertige le prennent. Il n'ose regarder sous lui l'effrayante profondeur de l'espace, il défaille à la vue des monstres postés sur sa route et les chevaux, sentant sur les rênes une main inexperte, quittent bientôt le trajet habituel et s'enfuient au galop dans les immensités célestes. Tantôt le char s'aventure jusqu'au sommet du firmament, tantôt, dans une chute vertigineuse, il frôle la terre de ses flammes. Il en résulte alors pour la planète des conséquences attendues et d'autres, plus inattendues, selon Ovide :

> « Phaéton sent "son char chauffé à blanc ; il ne peut plus supporter les cendres et la chaude poussière partout projetée ; il est enveloppé de toutes parts d'une fumée brûlante : où va-t-il ? où est-il ? dans l'obscurité de poix où il est plongé, il l'ignore, et les chevaux ailés le ballottent à leur gré. C'est alors, croit-on, que les peuples d'Éthiopie, par l'effet de leur sang attiré à la surface du corps, prirent la couleur noire. C'est alors que la Libye, toutes ses eaux taries par la chaleur, devint aride". »
>
> OVIDE, *les Métamorphoses*,
> trad. J. Chamonard.

Alors la Terre, dans un ultime effort, supplia Jupiter de châtier l'imprudent et le dieu foudroya Phaéton, dont le corps embrasé chuta longtemps dans le ciel, avant de s'écraser près des rives du Pô. Son cadavre fut enseveli par ses sœurs, les Héliades, qui lui rendirent les honneurs funèbres et le pleurèrent tant qu'elles furent changées en peupliers. C'est pourquoi les peupliers d'Italie frissonnent chaque fois que le vent souffle : ce sont les anciennes Héliades pleurant toujours leur frère perdu !

On retrouve dans les mythes de l'Inde consacrés au Soleil la même précision dans les images symboliques et la même diversité dans les détails. Là aussi le Soleil — qui se nomme, selon les mythes, Sûrya ou Savitri — se déplace sur un char étincelant tiré par quatre chevaux courant à la vitesse de la pensée. Il est précédé dans sa course par le char de l'Aurore (Usha) et se repose le soir, près de l'océan, avant de reparaître à l'aube. Mais, comme en Égypte, il se présente aussi sous une multitude de noms et de visages, désignant moins les différents moments de la journée (aube, midi, crépuscule) que les fonctions diverses qu'il assume. Parce qu'il est à la fois source de lumière, de chaleur et de vie, chacun de ces aspects porte un nom spécifique, mais derrière chacun, on retrouve le même principe rayonnant, qu'on nomme Sûrya-Savitri.

Sous le nom de Sûrya, il est surtout l'illuminateur. On le représente comme un homme de couleur rouge avec trois yeux et quatre bras dont deux tiennent des nénuphars. Il vit en général immobile sur un lotus rouge, la fleur qu'on dédie le plus souvent au soleil. Mais le Soleil est aussi un dieu créateur, qui engendre la chaleur et la vie. Dans ce cas, on le nomme Savitri, avec des yeux, des mains, des langues en or. Il se déplace sur un char tiré par des chevaux aux sabots blancs et on peut voir ses bras d'or se déployer, pendant le jour, sur toute l'étendue du ciel.

Avant le jour, il est précédé d'Usha (l'Aurore), fille du Ciel, montée elle aussi sur un char tiré par des chevaux rouges. Ce char du Soleil, tel que l'imaginaient — et tel que l'imaginent encore — un certain nombre d'Indiens, est décrit dans un passage du *Mahâbhârata*. Cette immense épopée narre la guerre des Bharatas et comprend quelque quatre-vingt-dix mille versets. Elle demeure, aujourd'hui encore, une des grandes sources de l'hindouisme et on y voit le dieu Varuna faire don au héros Arjuna d'un char céleste, analogue à celui du Soleil, pour triompher de ses ennemis.

Quand le Soleil ne parcourt pas le ciel sur une barque d'or ou sur un char de feu, il apparaît alors, selon l'imagination des époques et des peuples, comme un oiseau, ou un taureau, ou un œil gigantesque. Oiseau, il devient un faucon planant dans le ciel, toutes ailes étalées dans l'espace (comme en Égypte, incarné en Horus le dieu-faucon), ou un aigle comme en certaines régions de l'Inde, ou un cygne embrasé comme dans l'ancienne Germanie. Ou bien aussi un taureau comme en Égypte, lorsqu'il naît du ventre de la vache céleste, ou en Mésopotamie où l'on voit l'épouse de Shamash, le Soleil, s'incliner devant un taureau, et en Asie Mineure, où le culte de l'ancien dieu Mithra consistait à sacrifier un taureau au Soleil.

À travers toutes ces images, une même idée s'exprime alors qui explique à la fois leur unité et leur diversité : le Soleil est présent *partout*. Taureau, il s'agrandit aux dimensions du ciel ; faucon ou aigle, il plane tout le jour sur la terre ; cheval ou char ou barque, il domine et surveille l'étendue des cieux et des planètes : il est un *œil*, l'œil immense du Ciel, dardé en permanence sur les hommes. Ce regard du Ciel, cet œil divin ouvert en plein jour sur la terre — l'autre étant alors la Lune qui a la charge de surveiller l'univers et les hommes pendant la nuit — conduit à faire du Soleil le témoin de tous les actes, de tous les événements qui s'accomplissent sur la terre et dans le monde. Aussi, cette force primitive de l'astre, faite de lumière et de chaleur, s'est-elle muée peu à peu — sans rien perdre de ses vertus premières — en une force morale : celle d'un regard et d'un témoin, voire d'un juge impitoyable, auquel rien n'échappe. C'est pourquoi, en tant de mythes et de textes religieux, il est nommé l'« Œil du ciel » : œil de Mitra et de Varuna aux Indes, œil d'Ahura Mazda en Iran, œil de Zeus en Grèce et œil de Rê en Égypte. Étant le témoin des crimes et des hontes, il sera celui qu'on invoque pour venger l'injustice. C'est à lui que s'adressent les prières de ceux qui vont mourir injustement : Cassandre, Agamemnon, Oreste, Ajax, ou de ceux que la honte empêche de se montrer au jour : Médée, Phèdre et bien d'autres. Aussi est-il devenu un dieu juge, législateur suprême, garant de la justice et de l'ordre divins, un roi de l'univers, un roi-soleil.

Et c'est sous cette forme ultime et lucide de soleil-roi que l'invoque, à travers mille images résumant le chemin de sa vie rayonnante et féconde, l'*Hymne au Soleil* du pharaon Akhénaton, où l'on perçoit déjà, comme dans le *Livre de Job*, la présence constante et paternelle du Créateur en chaque chose du monde et chaque instant de l'homme :

> Tu as créé le Nil dans le monde d'En-bas,
> Tu le diriges là où tu veux pour qu'il nourrisse les hommes.
> Tu es leur maître à tous, pour eux tu te donnes du mal,
> Toi, le Seigneur de tous les pays,
> Puissant Seigneur du jour.
>
> Tu es l'Unique et tu es le Soleil Vivant.
> Tu as créé tout seul des millions et des millions d'êtres.

Villes, bourgades, champs, chemins et rivières,
Chaque chose et chaque être te voit au-dessus de lui
Quand tu brilles au-dessus de la terre.

Tu es dans mon cœur et, excepté mon fils le Roi,
Nul ne peut te connaître.
Tu lui donnes ta nature et ta force.
Tout ce qui arrive sur terre arrive par ton signe.
Si tu te lèves, les hommes vivent.
Si tu te couches, ils meurent.
Tu es la durée de la vie, tu es ce qui donne la vie.

La Religion des Égyptiens, d'après A. Erman.

La lumière qui meurt

Si le soleil est l'œil du jour, la lune est tout naturellement l'œil de la nuit. Un tel parallélisme n'a guère besoin d'être justifié. Tous les peuples ont considéré que ces deux yeux, qui ne se rencontrent pourtant jamais dans le ciel, si ce n'est aux rares intervalles des éclipses, appartenaient à un même visage divin. Quelle que soit la nature de leurs rapports, qu'ils soient frère et sœur, mari et femme, associés ou rivaux dans la quête du pouvoir suprême sur les hommes, aucun mythe ne met en doute l'existence de ces rapports. La lune est associée au soleil comme le ciel l'est à la terre, à tous les niveaux de la conscience et de l'imagination.

Mais l'« histoire » de la lune apparaît d'emblée fort différente de celle du soleil. Plus proche de la terre, plus petite, rayonnant d'une lumière plus faible, ne brillant que la nuit et nantie d'un visage couvert de taches, la lune joue en général un rôle moins majestueux que celui du soleil. Elle est l'astre des nuits dont la lumière blafarde, sans chaleur, métamorphose les moindres objets familiers comme si — par magie ou par fascination — elle disposait du mystérieux pouvoir de commander aux formes. Elle intervient, tout comme le soleil, dans la vie et dans les visions des hommes mais par les voies du fantastique, de l'ombre et de la confusion. Elle commande aux forces nocturnes, elle crée sur la terre une atmosphère d'angoisse et d'irréalité. Et surtout, à la différence du soleil, elle ne reste jamais intacte dans le ciel : chaque mois, elle diminue, change de forme, se mue en un fin croissant aux cornes menaçantes et disparaît pendant trois jours. Quand elle réapparaît, fragile et minuscule, c'est pour retrouver sa forme première et recommencer le même cycle de disparitions et de réapparitions sans fin. Elle a, en somme, une « histoire » mystérieuse, dramatique, vite assimilée à celle d'une mort et d'une résurrection périodiques. C'est pourquoi, dans les mythes les plus anciens, la lune gouverne à la fois la Mort et l'Immortalité. Elle est une lumière qui meurt pour renaître, créant au sein du ciel une alternance de deuil et de joie et ce cycle se retrouvera, sur la terre, dans les passions tourmentées des dieux et des héros qui meurent et renaissent : Osiris, Attis, Adonis, Zagreus, Penthée, Dionysos, Mithra, Jésus. Connaissant à la fois les angoisses de la mort — pendant les trois jours de sa disparition — et les joies de la renaissance, elle devient l'astre gouvernant les épreuves, les calvaires et les initiations des hommes ainsi, tout naturellement, que la sagesse et la révélation qui en résultent. Ce que la lune « perd » en majesté, en grandiose, en puissance par rapport au soleil, elle le retrouve en savoir, en sagesse. Son visage, « marqué » et taché comme s'il portait les stigmates de quelque châtiment, éclaire ainsi la vie humaine d'une lumière aussi précieuse et même plus signifiante que celle du soleil.

Cette différence jointe à cette identité profonde entre la lune et le soleil font que leurs mythes se complètent plus qu'ils ne s'opposent. Même lorsque certains peuples accordent plus d'importance à l'un qu'à l'autre — ce qui s'explique en général par des considérations climatiques ou géographiques —, le second ne reste jamais totalement dans l'ombre, au sens propre comme au sens figuré. Ainsi, les Égyptiens ont surtout exalté le soleil, devenu chez eux le Dieu suprême, mais la lune est présente, elle aussi, dans les mythes de l'Égypte ancienne, sous une forme plus nuancée, plus secrète et sous les aspects successifs d'Hathor, de Thot, de Khonsou. Les Sumériens et les Babyloniens, au contraire, ont accordé à la lune, sous les noms de Sin et parfois d'Ishtar, un rôle infiniment plus grand que celui de Shamash, le soleil. Chez les Grecs et les Germains, elle joue, sous les noms respectifs de Séléné et de Freya, un rôle identique à celui du soleil, dont elle est la sœur et avec qui elle partage équitablement l'empire de la lumière et du ciel.

Les textes les plus anciens, ceux de Sumer et ceux d'Égypte, ont exalté les pouvoirs de la lune, plus subtils et secrets que ceux du soleil et, par là même, plus mystérieux et fascinants. Alors que le soleil rayonne sa lumière, émet sa chaleur, répand jusqu'aux extrémités du monde ses flammes bienfaisantes, la lune attire à elle, vers elle, les choses et les êtres qui lui sont soumis. Tout ce qui, sur cette terre, subit un rythme, un cycle, un devenir fut, très tôt, associé à la lune : les eaux, en raison des marées — même si les peuples anciens n'ont perçu que tardivement le lien réel unissant la lune et les mers ; les plantes, car leur croissance correspond souvent à celle de la lune ; les femmes, puisqu'elles connaissent, dans leur propre chair, un cycle assimilé à celui de la lune ; la mort et l'immortalité, puisqu'elle meurt pour renaître. Si loin que l'on remonte dans les croyances et dans les rites, on découvre déjà toutes ces fonctions, ce réseau d'images et de symboles qui font de la lune un astre essentiel au devenir du monde.

Mais ce qui frappe le plus en elle — et ce qui l'oppose radicalement au soleil — ce sont évidemment ses phases. Croissant et cornes de la lune sont à l'origine de la plupart de ses figurations les plus anciennes : elles expliquent pourquoi on l'imagine comme un bateau en forme de croissant naviguant sur l'océan céleste, un taureau — ou une vache —, puisque le taureau et la vache ont eux aussi des cornes. C'est sous cette forme de barque et de bovin qu'elle est le plus souvent représentée sur les bas-reliefs égyptiens et invoquée dans les plus anciens textes de Sumer et de Babylone, sous l'apparence, précisons-le, d'un dieu mâle :

Navire sacré du ciel, grandeur qui s'est faite elle-même,
Père dieu-lune, seigneur de la maison de lumière,
Seigneur dieu-lune, fils aîné du dieu Enlil,
Quand tu grandis, ô navire qui navigue sur le ciel profond,
Père dieu-lune, quand tu navigues vers le sanctuaire saint,
Père dieu-lune, quand tu navigues comme une barque sur les pleines eaux,
Quand tu vogues vers Ur dans ton navire sacré…
Ô seigneur, qui te dépasse ? Qui même t'égale ?

La Lune, mythes et rites, sources orientales.

Mers, marais… la Lune, à Sumer, règne bien sur le monde des eaux. On imagine, pendant ces nuits limpides où rien ne venait ternir l'éclat de l'astre, l'adoration et la fascination des foules pour le grand bateau céleste. Le dieu-lune avait son sanctuaire et ses rites. Une fois l'an, dans la ville d'Ur, ville natale du dieu Sin, les fidèles s'assemblaient dans la grande cour du temple. Autour d'eux, des murailles dissimulaient les soubassements de la ziggourat, la grande tour à étages au sommet de laquelle se dressait le sanctuaire : ouvert sur la nuit étoilée, il dominait toute la ville. C'est là, sur cet « embarcadère sacré », que le prêtre accueillait à l'heure dite la nef céleste censée aborder le sommet du temple et s'y amarrer, ce temple qui s'appelle *la maison de lumière,* « palais sublime d'où l'on décide des destins, porte de justice dont la splendeur envoûte l'univers, temple du sommet étincelant comme un blanc nuage sous le ciel sombre… ».

En gouvernant les eaux, la lumière du ciel nocturne et tout ce qui apporte à l'homme la fraîcheur et la vie, la Lune devint à Sumer — et plus tard à Babylone — un dieu omnipotent dont les pouvoirs dépassèrent ceux du Soleil. Au-delà des eaux, c'est la fécondité des choses, c'est le destin des hommes qui sont en son pouvoir. Alors le dieu, quittant la profondeur des eaux célestes pour régir la terre et les humains quitte aussi son apparence de barque et prend la forme d'un taureau, aux forces inépuisables, aux cornes de richesse :

Père dieu-lune, portant des vêtements éclatants,
Prince des dieux,
Taureau brandissant ses cornes,
Porteur d'une barbe de lazuli,
Chargé d'attirance et de richesses,
Fruit qui s'est formé de lui-même...

La Lune, mythes et rites, sources orientales.

En Égypte, la Lune demeure un dieu plus secret, aux formes et aux noms multiples. Il agit selon des voies magiques, et se nomme — selon les nomes, les sanctuaires, les époques — le dieu Khonsou, qu'on représente comme un taureau brillant de l'éclat de la pleine lune puis comme un bœuf vieillissant rayonnant l'ombre en son dernier quartier ; le dieu Thot sous sa forme humaine ; le dieu Osiris qui, comme la lune, meurt pour ressusciter le troisième jour ; et l'œil d'Horus, enfin, cet œil étincelant dont la lumière baisse peu à peu car un dieu malveillant le poursuit et lui jette un sort. Mais il renaît en pleine santé et cela explique pourquoi, dans toutes les tombes d'Égypte, on a trouvé des milliers de ces « yeux d'Horus » servant d'amulettes et aidant — comme l'a fait la Lune — à triompher des épreuves et des maléfices.

La Lune gouverne aussi les végétaux. Elle fait monter la sève dans leurs tiges, elle aide à leur croissance lorsqu'elle est dans son premier quartier et la fascination qu'elle exerce sur l'imagination de l'homme se retrouve dans cette ivresse qu'elle procure, par la sève fermentée des plantes qui lui sont soumises : le soma aux Indes, boisson qui joue un rôle essentiel dans la mythologie car elle est, comme l'ambroisie et le nectar des Grecs, le breuvage des dieux, breuvage si étroitement associé au pouvoir de la Lune, dans l'esprit des Indiens, qu'il a servi souvent à désigner le dieu lunaire lui-même.

La plupart des peuples anciens n'ont pas manqué d'établir de bonne heure un parallèle entre le cycle astral de la lune et le cycle physiologique de la femme. Ce rythme vital, imposé pendant des millions d'années aux animaux marins, a continué de s'exercer sur les organismes qui en dérivèrent, une fois abandonnée la matrice primitive des mers. En persistant jusqu'à nos jours dans le corps de la femme, il la marquait — en regard de l'homme — d'un signe particulier, bénéfique ou maléfique selon les cas, mais qui l'associait plus étroitement que le mâle aux rythmes de l'eau et du ciel. La lune et la femme subissent une loi identique ou plutôt, pour se placer dans l'optique de la mythologie, la lune — quand elle est une déesse — communique son propre destin à la femme.

Mais comme il arrive quelquefois que la lune

soit du sexe masculin, il s'ensuit que le dieu joue alors le rôle du mari qui féconde la femme, il devient « le Seigneur des femmes ». Innombrables sont les mythes et légendes narrant la séduction d'une femme ou d'une jeune fille par le dieu-lune.

Lorsque la Lune est une déesse, c'est elle, alors, qui séduit les hommes ! De nombreux mythes, comme le mythe grec d'Endymion, ne se comprennent qu'à la lumière de cette inversion des rôles qui attribue toujours à la Lune — qu'elle soit mâle ou femelle — la tâche de séduire les mortels.

Endymion était un berger très jeune et très beau. Une nuit qu'il dormait dehors, à l'entrée d'une caverne du mont Lathos, Séléné l'aperçut et en devint amoureuse. Elle gagna la terre, séduisit Endymion, s'unit à lui : de leurs amours nocturnes naquirent cinquante filles. Pour ne pas perdre son amant et lui garder sa jeunesse et sa beauté, Séléné obtint de Zeus qu'il lui procurât un sommeil éternel. Ainsi le bel Endymion s'endormit-il pour ne jamais se réveiller et Séléné peut, tout à son aise, contempler chaque nuit son beau visage et ses traits éternellement jeunes...

Ainsi le pouvoir de la Lune — si agréables ou séduisantes que soient ses amours — risque d'être fatal à celui qui lui est soumis. Ce sommeil éternel d'Endymion ressemble fort à une mort déguisée, à une sorte de pétrification par la Lune. De fait, dans la plupart des mythes lunaires de « séduction » d'un homme ou d'une femme, le partenaire paie cruellement l'amour du dieu. Et l'on comprend pourquoi, en bien des pays, autrefois (et aujourd'hui encore) une coutume voulait qu'on enfermât les jeunes filles les nuits de pleine lune pour que l'astre ne les ravisse, ne vienne leur faire des enfants appelés précisément des *lunatiques*, êtres inconstants et blafards, porteurs d'un charme dangereux et qu'on croyait capables d'envoûtement.

Si la Lune donne la mort, c'est qu'elle dispose, sur elle, d'un pouvoir total, c'est qu'elle en connaît les secrets. Pendant les trois jours de sa disparition, on croyait qu'elle visitait le royaume des morts et qu'elle en revenait pour renaître. C'est pourquoi elle « patronne », pourrait-on dire, tous les dieux qui descendent, eux aussi, aux Enfers, tous les dieux triomphateurs de la Mort : l'Osiris égyptien, le Dionysos grec, la Perséphone grecque, l'Ishtar babylonienne. Elle devient alors, dans de nombreux cas, le séjour des morts, où les âmes se rassemblent pour y demeurer ou pour attendre un autre lieu de résidence, dans les espaces du ciel. On peut le voir dans ce très beau texte indien de l'*Aranyaka Upanishad* (ou *Upanishad des forêts*) :

> « Quant à ceux qui ont vaincu le monde par le sacrifice, le don, l'ardeur ascétique, lorsqu'ils brûlent sur le bûcher funéraire, ils entrent dans la fumée, de la fumée dans la nuit, de la nuit dans la quinzaine sombre du mois lunaire, de la quinzaine sombre dans les six mois où le soleil descend vers le sud, de ces mois dans le monde des Mânes, du monde des Mânes dans la lune. Ayant atteint la lune, ils deviennent nourriture : là, les dieux s'en nourrissent suivant les phases croissantes et décroissantes du dieu Soma. Lorsque pour eux c'en est fini de ce séjour, ils retournent dans l'éther, de

l'éther dans le vent, du vent dans la pluie, de la pluie dans la terre. Ayant atteint la terre, ils deviennent à nouveau nourriture : à nouveau ils sont versés en oblation dans le feu de l'homme et de là, ils naissent à nouveau dans le feu de la femme… »

La Lune, mythes et rites, sources orientales.

Plus étranges encore — sans perdre pour autant cette logique qui sous-tend presque tous les mythes, si gratuits ou fantaisistes qu'ils paraissent — sont les récits relatifs à la croissance et à la décroissance de l'astre.

Une des images les plus fréquentes est celle de la Lune poursuivie et dévorée par un dieu jaloux ou par quelque monstre céleste. Ainsi, pour les Babyloniens, l'obscurcissement et les phases de la lune s'expliquent par les manœuvres de sept démons qui, chaque mois, se concertent pour la manger. On voit alors le dieu Sin diminuer à vue d'œil sous les coups de dent des esprits.

Par chance, les dieux Anou, Ea et Enlil, avec l'aide de Mardouk (qui avait déjà combattu et vaincu Tiamat) parviennent à chasser à temps les démons. Et la Lune peut se régénérer et retrouver sa forme première.

Parfois aussi, c'est le Soleil lui-même qui dévore la Lune. Ce n'est là, transposée dans l'ordre et le désordre célestes, qu'une simple scène de la vie conjugale puisqu'en général le Soleil et la Lune forment un couple !

D'après une légende grecque orthodoxe, la décroissance de la lune est due à saint Élie qui mange l'astre. Mais comme saint Élie n'a fait que reprendre les antiques attributs du Soleil, il s'agit en fait de la transposition chrétienne d'un mythe païen sur les amours orageuses du Soleil et de la Lune. La raison de l'attitude du Soleil est simple : la Lune le trompe sur la terre, pendant les trois jours où elle s'absente du ciel et le Soleil — ne brillant jamais la nuit — ne s'aperçoit de rien. Un dieu charitable l'instruit alors de son malheur et, furieux, le Soleil poursuit la Lune et la frappe à coups d'épée ou la mutile. C'est pourquoi on la voit diminuer. Mais, en général, les autres dieux s'interposent à temps et le Soleil se laisse amadouer : la Lune peut croître à nouveau… et recommencer le mois suivant.

Les Indiens, dans un texte du *Brahmâ-Purâna*, ont imaginé une autre explication au phénomène :

> « Le dieu-lune avait vingt-sept femmes… Toutes étaient soumises à leur mari et d'une grande beauté. Mais, parmi elles, Robinî était connue pour son esprit : elle était la favorite de son époux. Elle avait, dans sa coquetterie, à ce point subjugué le cœur du dieu que, même après l'avoir quittée, il ne voulait pas visiter les autres…
>
> » Les sœurs de Robinî ne purent supporter plus longtemps leur infortune. Elles se concertèrent et d'un commun accord informèrent leur père Daksha du malheur qui leur arrivait, par la faute de Robinî.
>
> » Daksha, à cette triste nouvelle, s'enflamma de colère et maudit la Lune avec les formules appropriées. La Lune, alors, fut atteinte de consomption. Chaque jour, elle s'émaciait et lorsqu'elle se trouva réduite à sa moitié, elle s'en vint demander protection à Shiva.
>
> » Le dieu compatissant, voyant la Lune réfugiée

à ses pieds, la réconforta et, dans sa magnanimité, la guérit de sa maladie en lui procurant un abri sur sa propre tête…

» Là, la Lune, par la grâce du dieu miséricordieux, retrouva son aspect ancien et, délivrée de son angoisse, s'installa sur le front de Shiva. C'est pour cela que l'on appelle Shiva "celui qui a la Lune pour diadème". »

La Lune, mythes et rites, sources orientales.

La malédiction de Daksha n'explique pas seulement la maladie et, donc, les phases — de la lune, elle en explique aussi les taches. Ces taches ont, à leur tour, donné lieu à nombre de mythes et de légendes concernant leur nature et leur origine. La plupart des mythes semblent admettre en tout cas — et c'est là une idée intéressante parce que conforme à la réalité des faits — que ces taches n'ont pas toujours existé. Il fut un temps — au début de la Création — où la lune brillait sans tache d'une lumière pure, rivalisant avec celle du soleil. Et, un jour, elle perdit son éclat. Il suffit, en général, de peu de chose pour la ternir : par exemple la sandale que le sage Gautama lui jette au visage. Ou encore, selon une légende bulgare d'origine païenne, une poignée de cendres assombrissant soudain sa lumière.

Au début de la Création, le Soleil et la Lune brillaient d'une lumière égale, éclairant la terre chacun à son tour, le Soleil le jour et la Lune la nuit. Jusqu'au jour où la Lune eut la fâcheuse idée de comparer sa lumière à celle du Soleil, Soleil et Lune assemblèrent leurs enfants — les Étoiles — et les prirent pour arbitres. Et les Étoiles, d'un commun accord, répondirent que la lumière la plus brillante était celle de la Lune, puisqu'elle changeait la nuit en jour. Furieux, le Soleil ramassa une poignée de cendres et la jeta au visage de la Lune. Depuis ce jour, son éclat a terni et on peut toujours voir ces cendres sur sa face. Quant aux Étoiles, effrayées par le geste du Soleil, elles se réfugièrent toutes auprès de leur mère : c'est pour cela qu'elles brillent seulement la nuit et qu'on ne les voit jamais pendant le jour.

La plupart des mythes, cependant, voient plutôt, dans ces taches d'ombre parsemant la surface de l'astre, un être vivant, homme ou animal, transporté là-haut pour les motifs les plus divers. Animal, il s'agit le plus souvent d'un rat — qui en profite pour ronger la lune, ce qui explique qu'elle diminue — ou d'un lièvre.

Ou bien, de deux enfants revenant de la fontaine et enlevés par la Lune comme le raconte un mythe nordique de l'*Edda* ou un homme ayant violé quelque tabou et transporté là-haut à titre de châtiment. On peut l'y voir toujours, condamné à répéter jusqu'à la fin du monde le geste ou l'acte fatidique. Ou bien encore, il s'agit de l'ombre d'une femme occupée à filer ou à tisser. On retrouve ce thème de la tisseuse ou de la filandière dans la lune en bien des textes et en bien des pays. C'est qu'il s'agit, là encore, d'un des attributs de la Lune. Présidant à la mort et à l'immortalité, elle se trouve ainsi associée au Destin, si souvent comparé à un fil, un voile, un tissu, symbolisant l'étendue ou la durée de l'existence humaine. C'est pourquoi les déesses-tisseuses ou filandières sont presque toujours d'origine lunaire. Il sera facile, ce faisant, de reconnaître dans le travail de Pénélope, dans ce voile toujours détruit et toujours renaissant, le symbole du cycle lunaire. Pénélope fut, à l'origine, avant d'être associée par la légende à Ulysse — héros qui vainc la mort, lui aussi, en descendant aux Enfers —, une déesse lunaire. Cette filandière que l'on voit en la lune, dont les fils brillants scintillent dans la nuit, n'est autre, le plus souvent, qu'une image de la Lune elle-même occupée à tisser, sur la voûte sombre du ciel, contre les Parques, le voile du destin humain.

Dans la plupart des mythes cités ou mentionnés, le Soleil intervient aux côtés de la Lune. Cela est naturel puisque ces deux yeux du ciel sont considérés, en général, comme mari et femme ou comme frère et sœur.

S'ils sont mari et femme, on peut légitimement se demander : quand se voient-ils ? Il y a à cela deux réponses : pendant la nouvelle lune et pendant les éclipses. C'est dire que leurs rencontres ne sont guère fréquentes et qu'elles ont donné lieu, comme les taches et les phases de la lune, à nombre de récits et de légendes. Là encore, on retrouve cette idée, déjà rencontrée à propos de la lumière de la lune, que les choses ne furent pas, au début du monde, ce qu'elles sont devenues aujourd'hui. Autrefois, Soleil et Lune vivaient ensemble, confondant leur lumière comme le Ciel et la Terre confondaient leurs masses gigantesques. Mais, ainsi que leurs père et mère, ils durent se séparer pour les raisons les plus diverses : à cause de la rivalité du Soleil et de la Lune ou de l'infidélité de la Lune qui contraint le Soleil à la poursuivre sans jamais l'attraper tout à fait. Les plus intéressants de ces récits concernent surtout les éclipses. Dans les versions les plus « optimistes », il s'agit d'un mariage sacré entre le Soleil et la Lune mais, en général, les éclipses furent tenues pour un phénomène angoissant, tragique, où l'on lisait les signes précurseurs de la fin du monde. Leur rareté et leur irrégularité apparente leur conféraient un caractère solennel. Un être — souvent le même que celui qui était à l'origine des phases — attrapait la Lune et la dévorait ou la supprimait tout entière. Il fallait l'intervention *in extremis* d'un dieu ou d'un héros — parfois aussi, dans certains rites, d'hommes chargés de faire du bruit afin d'effrayer le monstre — pour arrêter le processus fatal. Et le jour où ce dieu échouera, ce jour-là sera la fin du monde...

Les habitants du ciel

Soleil et Lune ne vivent pas seuls dans le ciel. L'immense espace où ils circulent abrite quantité d'êtres : dieux, démons, esprits, héros dont beaucoup sont d'ailleurs leurs parents. Passons sur ces signes du zodiaque décrits par Ovide avec quelque grandiloquence dans ses *Métamorphoses*, à propos de la légende de Phaéton, qui ne sont que de simples allégories poétiques. Étoiles, vents, constellations, arc-en-ciel appartiennent, par contre, et sans conteste, à la grande famille des dieux.

Parmi les habitants diurnes du ciel, le premier est le Jour lui-même. Si, pour un certain nombre de peuples — les Grecs, les Indiens et les Égyptiens, par exemple — il se confond avec l'Aurore ou avec le Soleil, il en est d'autres comme les peuples nordiques pour qui le Jour — et la Lumière — constituent une entité distincte du Soleil. Le Soleil a beau briller, il n'est pas pour autant la cause du jour. Dans l'*Edda* cité précédemment, on voit le Jour et la Nuit naître bien avant le Soleil et parcourir le ciel sur leur propre char, en suivant leur propre chemin. On retrouve d'ailleurs cette idée en d'autres textes, en particulier dans la Genèse, où Dieu crée la lumière le premier jour, le ciel le deuxième, la terre et les plantes le troisième et le soleil seulement le cinquième jour. La lumière, dans la conception biblique, préexiste à toute création, elle en est même la condition essentielle. Avant elle, le monde n'est que ténèbres ; après elle, le monde connaît son premier jour.

Notons à ce sujet que, là encore, dans la Bible, la création des différentes parties du monde s'opère par des séparations successives : lumière et ténèbres pour créer le jour et la nuit, eaux supérieures et eaux inférieures pour créer le ciel, parties sèches et parties humides des eaux inférieures pour créer la terre et la mer. Les grands dieux créateurs des Sémites (Mardouk, Allah, Élohim) sont des dieux qui tranchent et qui séparent.

La Nuit est, elle aussi, portée sur un char comme le Jour. Mais elle n'est pas, comme on pourrait le croire, le simple contraire du Jour. De même que les éléments créés procèdent de l'incréé, le monde du chaos et l'ordre du désordre, la Nuit a précédé le Jour, elle l'a même enfanté. Dans *La Théogonie* d'Hésiode, la Nuit engendre d'abord l'Éther et le Jour. Puis, elle met au monde Moros le Sort, Hypnos le Sommeil, Oïzie la Détresse, Némésis la Vengeance, Éris la Discorde, et les Hespérides les Filles du soir.

On s'étonnera peut-être, à lire Hésiode, que la Nuit ait engendré des êtres aussi peu attirants et qu'elle soit associée à toutes les terreurs et à tous les malheurs de l'homme. Dans la suite des temps, la nuit a joué, en effet, un rôle moins terrifiant : elle apporte la fraîcheur et le repos après les fatigues du jour, elle est synonyme de rêverie, délassement, abandon. Mais c'est oublier justement qu'à l'origine, la nuit représentait un phénomène angoissant, presque incompréhensible : cette mort apparente de la lumière, cette cessation de la vie et du jour allaient-elles durer toujours ? Il fallut une longue accoutumance au phénomène, la certitude enfin acquise qu'elle n'était qu'un obscurcissement passager du monde pour que s'allégeât enfin l'angoisse humaine devant l'arrivée des ténèbres. Longtemps encore, pourtant, les mythes conserveront la marque des premières terreurs qui frappèrent l'homme au seul nom de la nuit. Et la tradition hébraïque, malgré la netteté du texte biblique de la Genèse et la séparation définitive du jour et de la nuit, rendant vaines les craintes des hommes, a conservé dans ses textes post-bibliques, tels que le *Livre de la pénitence d'Adam*, le souvenir de l'indicible angoisse saisissant notre ancêtre devant la première nuit du monde :

> « Lorsqu'ils furent chassés du paradis, nos premiers parents errèrent sur la terre, en proie à une grande tristesse. Puis, le soleil touchant à son déclin — c'était leur premier crépuscule — ils virent avec terreur la nuit couvrir l'horizon et l'horreur de la mort envahit leurs cœurs tremblants. Dans l'agonie de leur désespoir, ils s'embrassaient tendrement. Puis, la nuit se faisant partout, ils tombèrent par terre en silence, certains que Dieu leur avait ôté la lumière, à tout jamais. »
>
> *La Genèse des mythes*, d'après A. Krappe.

Seul, un récit indien de la *Maitrayani Samhita* — qui fait partie elle-même du grand recueil de *Brâhmana* — présente une vision moins sévère de la nuit. Née en un temps où le phénomène avait, depuis longtemps, trouvé son explication rationnelle, en un pays où la fraîcheur nocturne reposait l'homme de la chaleur torride des journées, cette version fait de la nuit une création bienfaisante des dieux destinée à verser l'oubli sur les chagrins et les soucis :

> « Yama était mort. Les dieux tâchèrent de persuader Yami, sa sœur jumelle, de l'oublier. Toutes les fois qu'ils le lui demandaient, elle disait : "C'est aujourd'hui seulement qu'il est mort." Alors les dieux se dirent : "De cette manière, elle ne pourra jamais l'oublier. Il faut créer la Nuit." Car, à cette époque, il n'y avait que le jour et pas de nuit. Les dieux créèrent alors la Nuit. Puis se leva un lendemain. Après quoi, elle oublia Yama. »
>
> *Anthologie sanskrite*, trad. L. Renou.

Le jour et la nuit perdirent vite, cependant, leurs caractères distinctifs. Devenus, dans la Genèse, par exemple, les dociles serviteurs du soleil et de la lune, ils se muèrent en simples attributs des deux astres, en divinités mineures, éclipsées — au sens propre comme au sens figuré — par l'éclat de dieux plus puissants et plus humanisés.

Les vents sont, eux aussi, des habitants du ciel. À la fois inconstants et réguliers, ils semblent obéir aux caprices de quelque divinité qui les tient sous sa coupe, pour les lâcher ou les envoyer sur le monde selon son bon plaisir. Ils se tiennent aux aguets, prêts à jaillir de leurs demeures, situées le plus souvent aux extrémités du monde, en ses quatre points cardinaux. Mais eux aussi, dans la mythologie, jouent le rôle de divinités secondaires, de démons aériens soumis à l'autorité d'un chef des vents, Éole pour les Grecs, d'un dieu des orages, tel le Rudra indien ou du dieu souverain, tel l'Odin scandinave.

On connaît le récit d'Homère sur Éole et les vents qu'il tient enfermés dans une outre. Il s'agit là, non d'un récit dû au poète, mais d'un conte de marin bien plus ancien que lui.

Les vents ne sont, là encore, que des forces mécaniques — même si elles portent un nom — déclenchées par le geste ou par la volonté des autres. Idée que l'on retrouve dans l'*Edda* scandinave, où le vent est dû aux battements des ailes d'un gigantesque oiseau, du nom d'Hraesvelg, posé sur un pic aux confins du monde !

L'arc-en-ciel, c'est au sens propre, un arc dans le ciel. C'est la première image que l'on découvre dans les mythes : celle d'un arc, autrement dit d'une arme d'un dieu tout-puissant. Comme ce phénomène se produit toujours après la pluie ou l'orage, on en concluait que le dieu possesseur de l'arc venait de livrer combat dans le ciel et qu'il signalait aux hommes sa victoire en déployant son arme dans l'espace. C'est ainsi que les Mésopotamiens l'expliquaient : il était l'arc de Mardouk, qui brilla pour la première fois après sa victoire sur Tiamat, idée que l'on retrouve aux Indes dans le célèbre rohitam, l'arc qu'Indra a déployé après sa victoire sur le dragon Vrtra et qu'on retrouve aussi dans la Bible où l'on voit l'arc de Yahvé scintiller après le Déluge, c'est-à-dire après sa victoire sur l'humanité déchue et les forces conspirant contre sa Création.

On l'imagine aussi comme la ceinture ou l'écharpe d'un dieu. Dans le ciel grec, il est l'écharpe d'Iris, la messagère des dieux : on la voit flotter derrière elle, dans le ciel clair, chaque fois qu'elle descend sur la terre. Dans tous ces cas, qu'il soit arc ou ceinture, l'arc-en-ciel est toujours le signe irisé d'un message que les dieux veulent communiquer aux hommes : il est, en quelque sorte, l'étendard que le héraut du Souverain suprême déploie avant ou après chaque proclamation divine.

Mais il peut être aussi un pont, jeté par des dieux bienveillants entre la terre et le ciel. Pont fragile, mince, difficile à franchir mais qui permet pourtant aux âmes des élus de gagner le royaume du ciel ou, dans l'*Edda* nordique, de servir de passage aux ennemis des dieux lorsque à la fin du monde ils s'élanceront à l'assaut du ciel.

> « Ganglere demanda : "Quel chemin faut-il prendre pour aller de la terre au ciel ?"
>
> » Har répondit en souriant : "Ta question n'est pas raisonnable. N'as-tu jamais entendu parler du pont qu'ont fait les dieux pour unir la terre et le ciel ? Ce pont se nomme Baefrost, tu l'as vu, tu l'appelles l'arc-en-ciel. Il est de trois couleurs ; on a employé pour le construire plus d'or et de force que pour tout le reste, ce qui n'empêchera pas ce pont de crouler quand les fils de Muspilheim y passeront à cheval." »
>
> S. STURLUSON, *Eddas*, trad. R. Don Pujet.

Plus encore que le jour, la nuit livre à l'homme, dans le ciel, des milliers de présences vivantes. Ces étoiles qui scintillent, ces phénomènes étranges qu'on y surprend parfois, étoiles filantes et météores, et ce long fleuve d'argent de la Voie lactée sur lequel naviguent les dieux dans les profondeurs de la nuit, tout cela est, pour l'homme ancien, plus riche encore et plus vivant que les phénomènes du jour. Et pour cause : les Étoiles ne sont-elles pas les enfants du Soleil et de la Lune ? Les constellations ne sont-elles pas, presque toujours, des humains transportés dans le ciel par les caprices des dieux ? Ils continuent de vivre là-haut, répétant jusqu'à la fin des temps — comme l'homme ou la femme transportés dans la lune — l'acte qui leur a valu de figurer au ciel. La voûte nocturne apparaît alors comme un théâtre où se continuent dans la nuit les mille drames de l'histoire humaine, un drame où les étoiles, bien loin d'être de simples figurantes, participent à ce devenir immobile en y interprétant le rôle dévolu par les dieux.

À l'origine de cette mythologie prodigieuse mais souvent fantaisiste, on trouve, cependant, le souci d'expliquer les mouvements apparents de la voûte céleste, l'ensemble des phénomènes étranges dont elle est le théâtre. L'étude scientifique du ciel, commencée assez tôt à Sumer et à Akkad, devait révéler certains faits évidents : la mobilité des planètes, leur retour périodique aux mêmes points du ciel, la rotation des étoiles selon les heures de la nuit, et leur déplacement, selon les saisons, par rapport aux lignes de l'horizon et au pôle céleste. Très tôt, les planètes apparurent comme des êtres à part, des dieux plus essentiels parce que plus visibles et plus vivants que les étoiles, et, parmi elles, celle qu'on nomma Vénus. Les Sumériens, la voyant briller, le soir, à proximité du disque lunaire, l'associèrent très vite à la Lune. Elle devint, sous le nom d'Inini — et plus tard, sous celui d'Ishtar à Babylone — la fille du dieu-lune, appelée au plus haut destin parmi les cieux. Elle épousera en effet le dieu du ciel, ce qui explique son importance parmi les divinités célestes et la splendeur de son éclat au crépuscule.

Quant aux étoiles, il existe une infinité de mythes pour expliquer leur origine et leur disposition. Vivantes mais animales, elles sont alors le troupeau du dieu-lune, les brebis que garde le dieuberger. On les voit paître à tous les coins du ciel où le chien de l'aube les rassemble pour les laisser se reposer pendant le jour. Humaines, elles sont alors des terriens ou des terriennes transportés dans le ciel, selon une infinité de modes et pour une infinité de raisons.

De toutes ces constellations, la Grande Ourse est la plus importante. Visible en toute saison dans l'hémisphère boréal, marquant le pôle céleste, c'est elle qui a suscité les mythes les plus nombreux. L'image la plus fréquente est celle d'un char immense avançant dans l'espace : chez les Germains, elle est le « Char d'Odin », chez les Hébreux le « Char de David » ou celui d'Abraham, et en de nombreux pays orthodoxes on l'appelle encore le « Char du prophète Élie ». Chose étrange, le terme de Grande Ourse, sous lequel on la désigne communément dans les pays d'Europe, ne semble pas le plus ancien. On l'appelait déjà Arcteia en Grèce, Ursa à Rome, les Sept Ours aux Indes, mais il est probable que ces appellations ne viennent pas des peuples méditerranéens. Elles sont plutôt d'origine indo-européenne et furent simplement appliquées à une constellation dont le nom ancien était différent. Les mythes imaginés par les Grecs et repris par les Latins pour expliquer l'existence d'une ourse dans le ciel sont, en fait, d'anciens récits concernant en général Artémis — déesse lunaire par excellence. Une de ses nymphes ayant trahi avec Zeus son vœu de virginité, Artémis la change en ourse et Zeus la transporte au ciel.

C'est une de ces versions — car il en existe un grand nombre — qu'Ovide a rapportée dans ses

Métamorphoses. L'histoire s'y passe, d'ailleurs, au lendemain de ce jour mémorable où Phaéton faillit incendier le ciel et la terre.

Jupiter, inquiet pour ses « propriétés » terrestres, vient inspecter notre planète pour estimer les dégâts dus à l'imprudence de Phaéton et se rend d'abord en Arcadie. Et tandis qu'il jette un regard rassuré sur les immenses forêts qui n'ont guère souffert de la flamme, voici qu'il aperçoit une nymphe de Diane-Artémis du nom de Callisto, revenant de la chasse, fourbue et s'étendant à l'ombre d'un hallier. Quelle aubaine pour un dieu comme Jupiter ! La malheureuse a beau résister de son mieux, force lui est de s'incliner devant l'insistance du maître des dieux. Après quoi Jupiter remonte au ciel sans plus se soucier de Callisto.

Celle-ci dut subir la colère de Diane pour avoir enfreint son serment de chasteté, si bien que le jour où sa faute devint par trop visible, elle fut chassée du cortège de la déesse et mit au monde, en plein cœur de la forêt, un fils du nom d'Arcas. Mais Junon, toujours aux aguets, entend les cris du nouveau-né. Et comme chaque fois qu'une femme, déesse, nymphe ou mortelle, accouche sur la terre, elle sent la jalousie la prendre, elle se précipite vers Callisto qui lui avoue le viol commis par Jupiter. Alors Junon, folle de rage, change Callisto en ourse et voilà cette dernière condamnée à errer sans fin dans les forêts. Elle survivra ainsi pendant quinze ans, bête parmi les bêtes, tout en gardant sa raison et son intelligence de nymphe. Jusqu'au jour où elle rencontrera son fils

Arcas en train de chasser. Ce dernier ignore tout de sa mère, du drame provoqué par sa naissance.

> « Quant à Callisto, dit Ovide, celle-ci, à la vue d'Arcas, s'arrêta : elle semblait le reconnaître. Lui recula et se prit à trembler, sans savoir pourquoi, devant l'animal qui tenait obstinément ses yeux immobiles fixés sur lui. Et comme la bête faisait mine d'approcher, il allait lui transpercer la poitrine d'un trait meurtrier. Le dieu tout-puissant ne le permit pas, et, du même coup, les enlevant eux-mêmes et empêchant le crime, il les emporta à travers les airs sur les ailes d'un vent rapide et les plaça dans le ciel, où il en fit deux astres voisins. »
>
> OVIDE, *les Métamorphoses*,
> trad. J. Chamonard.

Ces deux constellations, on les voit toujours dans le ciel : la Grande Ourse et, un peu plus loin, Arcturus, dont le nom signifie « gardien de l'ourse ».

Ce mythe, en Grèce même, a connu de nombreuses variantes. Parfois c'est Artémis elle-même qui transforme en ourse sa suivante mais, dans chaque cas, le sens profond de la légende demeure la violation d'un interdit sexuel provoquant, en châtiment, un enlèvement vers les cieux.

Dans une autre tradition, grecque elle aussi, il s'agit d'un fermier athénien à qui Dionysos a enseigné l'usage du vin. Il en offre à des bergers qui, pris pour la première fois par l'ivresse, se croient empoisonnés et tuent leur hôte. Son chien court chercher la fille du fermier : elle accourt, voit son père mort et se pend de chagrin. Le chien fidèle se laisse mourir à côté d'elle. Alors, les dieux, touchés par un tel amour, transportent toute la famille aux cieux. On peut les voir toujours : le fermier est Sirius, sa fille la Vierge, son chien Procyon et la charrette remplie de grappes, la Grande Ourse.

Chaque constellation a ainsi son histoire. Le Cocher ou l'Aurige qui brille non loin de Cassiopée n'est autre que Myrtile, cocher du roi Œnomaos. Ce roi possédait un char attelé de chevaux divins, fournis par Arès, le dieu des combats. Aussi surpassait-il tous ses rivaux dans chaque course. Il utilisait cet atout secret pour éliminer tous les prétendants à la main de sa fille Hippodamie, dont il clouait ensuite les têtes coupées à la porte de son palais ! Jusqu'au jour où celle-ci, amoureuse de Pélops, supplia le cocher Myrtile de favoriser son amant. Myrtile remplaça par une cheville en cire la clavette du char de son maître, qui se brisa pendant la course. Pélops put ainsi épouser Hippodamie. Il n'en sut d'ailleurs aucun gré à son cocher et, pour un motif futile — ou selon une autre version, pour éviter qu'il ne révélât sa traîtrise — il le précipita dans la mer. De là, il fut transporté au ciel par son père, le dieu Hermès : il y devint la constellation du Cocher.

Orion, lui, était un géant, fils de Poséidon, qui tenait de son père le pouvoir de marcher sur les flots. Il était d'une force et d'une beauté prodigieuses et passait son temps à pourchasser, comme Héraclès, les fauves de la terre. Un jour qu'il chassait à Chios, à la demande du roi Oinopion, il devint amoureux de la fille du roi : Méropé. Mais Oinopion ne voulut rien entendre.

Un matin qu'Orion, fatigué, dormait près du rivage, il s'approcha et lui creva les yeux. Orion descendit alors dans les profondeurs de la terre, jusqu'au royaume d'Héphaïstos. Il y ramena un enfant, qu'il prit sur son épaule, et lui demanda de le conduire face au soleil levant. L'enfant conduisit le géant aveugle et dès que les rayons de l'aube effleurèrent ses yeux, il recouvra la vue. C'est ce matin-là, sans nul doute, qu'Aurore tomba amoureuse d'Orion. Elle l'avait déjà surpris, endormi sur le bord de la mer, avant que le roi Oinopion ne lui crevât les yeux. Elle l'avait revu, cet autre matin où il avait tourné vers elle ses yeux aveugles et elle l'avait guéri. Elle l'enleva et l'emmena à Délos, dans l'île d'Apollon et d'Artémis. La déesse y avait un sanctuaire. C'est là qu'Orion mourut, en des circonstances qu'il est difficile de connaître. On dit que, ne pouvant lutter contre lui, Artémis supplia un scorpion de piquer le talon du géant. Le scorpion le piqua et le géant mourut. L'un et l'autre furent alors transportés dans le ciel, l'un pour sa récompense, l'autre pour son châtiment. C'est pourquoi Orion quitte l'horizon céleste dès qu'y apparaît le Scorpion. Il fuit éternellement le dard menaçant qui le guette.

Devant Orion, à mi-chemin du Cocher et de Cassiopée, un groupe de sept étoiles dessine une grappe de lumière : ce sont les Pléiades, les sept filles d'Atlas qu'Orion avait poursuivies cinq ans, sur la terre, sans espoir, jusqu'à ce que Zeus les changeât en colombes, puis en étoiles pour leur permettre d'échapper à la poursuite du géant.

Quant à la Voie lactée, elle fut, selon les époques, un chemin ou un fleuve. Fleuve, en Mésopotamie et, en général chez les Sémites, où elle est l'archétype céleste de l'Euphrate ou du Tigre. Fleuve aussi, chez les Arabes où on la nomme le « Fleuve de lumière ». Fleuve enfin chez les Indiens, où elle est le « Gange céleste », ce Gange qui coulait autrefois au ciel et dont une partie descendit sur la terre, à la demande du dieu Shiva. Le *Ramayana* nous conte comment Shiva le reçut d'abord sur sa tête où le fleuve erra longtemps dans les méandres de l'immense chevelure avant de se diviser en sept branches et de ruisseler sur la terre. Elle est aussi chemin en d'autres mythes et légendes ; un chemin emprunté dans le ciel par les dieux ou désignant aux hommes la route de leurs sanctuaires : « chemin de La Mecque » en Turquie, « chemin de Saint-Jacques » en France. Elle est enfin gouttes de lait, dispersées dans l'espace par la morsure qu'Héraclès infligea à la déesse Héra en la tétant. Elles continuent de s'écouler au cœur du ciel, attestant, sinon la toute-puissance, du moins la force inépuisable des divinités…

4

LA MATRICE DU MONDE

L'épouse du ciel

Au début, Ciel et Terre ne faisaient qu'un seul être. Ils vivaient enlacés, en un corps immense où rien, encore, n'avait d'apparence humaine. Puis ils furent arrachés l'un à l'autre et de cette séparation naquirent les formes du monde. Le Ciel se retira à la place qu'il occupe toujours. La Terre demeura seule dans l'espace mais ni l'un ni l'autre ne perdirent le souvenir des temps anciens où ils étaient unis. Et, souvent, ils cherchent à se rejoindre. La Terre tend vers le Ciel ses pics, ses montagnes dont la foudre vient frapper les sommets. Le Ciel approche de la Terre ses lourdes masses de nuages, ses orages et ses éclairs. La pluie baigne le visage de l'épouse perdue. Elle s'infiltre dans ses entrailles, les féconde. Les germes éclosent en sa matrice gigantesque et y vivent d'une vie larvaire en attendant de surgir à la lumière. Pierres, plantes, animaux, hommes, esprits fermentent ainsi dans ses chairs obscures. Puis, lorsqu'ils sont formés, la Terre les engendre à la lumière, les fait croître, les nourrit jusqu'au jour où ils meurent et retournent à elle pour s'y dissoudre et reformer de nouveaux germes. Ainsi se succèdent sans fin, dans la terre et par la terre, les cycles de la vie et de la mort.

À vrai dire, ce mythe n'existe pas, du moins sous cette forme précise. Il n'existe jamais de mythe résumant de façon aussi complète et rationnelle la totalité des symboles, des images suscités par un élément ou un être divin. Mais il représente, si l'on veut, l'histoire idéale du Ciel et de la Terre telle qu'on la devine, disséminée en de nombreux textes, exprimée sous les variantes les plus diverses et chez les peuples les plus différents. Il est le mythe vers lequel chaque religion et chaque culture a tendu plus ou moins ouvertement, celui qui transparaît sans cesse, en filigrane, en des textes échelonnés sur plusieurs générations.

Qu'il y ait donc plusieurs noms pour le ciel et la terre ne doit pas étonner. C'est là un phénomène que nous rencontrerons continuellement dans l'étude des mythes et qui s'explique aisément. Mais pour l'admettre, il faut, là encore, abandonner nos habitudes rationnelles, ne pas chercher à introduire ici une logique qui n'aurait pas sa place. Pour nous, qui n'accordons aujourd'hui qu'une attention distraite au ciel et à la terre, qui avons perdu le « contact » avec les réalités naturelles et qui, surtout, jugeons et pensons au terme d'une évolution religieuse qui a précisément fondu les anciennes divinités en un Dieu unique et tout-puissant, créateur du ciel et de la terre, nous ne pouvons plus percevoir, dans la seule contemplation des éléments de la nature, les multiples signes et valeurs qu'y décelait l'homme d'autrefois. Le ciel, par exemple, ne signifie rien, en tant que ciel. Pour l'homme religieux archaïque ou simplement antique, il est un ensemble d'éléments différents ayant chacun son rôle et sa vie propres : il y a le ciel diurne, clair et brillant, des jours d'été et de printemps, le ciel menaçant chargé d'orages ; le ciel nocturne, sans soleil, sans étoiles parfois, pesant sur l'angoisse des hommes. À ces multiples cieux, il est normal qu'on ait donné des noms différents : le Dyaus des Indiens par exemple est le ciel clair, considéré sous le seul aspect de sa lumière, alors que Varuna est le ciel en tant qu'entité cosmique et souveraine, la voûte céleste par opposition à la « croûte » terrestre, tout ce qui est haut, infini, omniprésent. Indra, lui, représente le ciel changeant, fécondateur et trépidant, qui vit, s'agite, change, passe du noir au blanc et du bleu au rouge selon les heures du jour, et Rudra, enfin, personnalise le ciel orageux, chargé d'éclairs et de tonnerre, le ciel violent et destructeur. Dyaus s'oppose à Indra et Rudra comme le ciel clair s'oppose au ciel d'orage et aussi comme une divinité céleste primitive, peu à peu remplacée par des dieux plus actifs et plus proches de l'homme. Le même phénomène s'observe d'ailleurs chez les Germains avec Tyr, dieu céleste remplacé par Odin, et chez les Grecs avec Ouranos, dieu primitif du ciel conçu comme voûte et principe dominateur, remplacé par Zeus.

Le mythe rapporté par Hésiode sur la naissance de Zeus et son accession au pouvoir suprême peut toujours s'interpréter historiquement, comme expliquant, sous une forme mythique, un processus qui fit de Zeus le vainqueur d'un ancien dieu céleste préexistant. C'est dire, là aussi, qu'un mythe *signifie toujours plusieurs choses* et peut s'interpréter sur plusieurs plans. Il peut être l'expression symbolique de phénomènes naturels, de faits historiques et d'attitudes religieuses proprement dites. Le combat de Zeus contre les Titans et les Géants peut ainsi signifier *en même temps* : sur le plan religieux, la lutte de l'ordre divin contre le chaos primitif ; sur le plan éthique, d'ailleurs inexistant chez Hésiode, la lutte du Bien contre les forces du Mal ; sur le plan historique, la lutte de la divinité principale d'un peuple envahisseur (indo-européen) contre les dieux autochtones des peuples envahis (divinités préhelléniques) ; enfin, sur le plan naturel, les bouleversements qui ont marqué la formation géologique de la Terre, la lutte des éléments : eau, air, feu, terre pour la mise en place du relief terrestre. Si, dans cet ouvrage, nous nous en tenons, en règle générale, au seul sens religieux des mythes c'est parce qu'il est impossible d'en écrire à la fois l'histoire géologique, ethnographique, historique et religieuse. Une telle histoire — en raison, précisément, de la richesse implicite des données mythiques — serait une véritable encyclopédie des anciennes civilisations, puisque ces dernières ont justement exprimé, par la religion et les mythes, la quasi-totalité de leurs besoins, de leur histoire et de leurs rêves.

Limitée au seul rôle d'épouse du Ciel, la Terre n'est encore qu'un être assez informe. Elle est la Terre dans son sens le plus large et le plus vague, l'assise du ciel et du monde, sur laquelle se fixent les montagnes, s'enracinent les arbres, circulent les fleuves et prospèrent les hommes et les villes, l'informe fait déesse et l'indistinct fait femme, si l'on peut s'exprimer ainsi. Elle engendre les êtres et les formes au hasard, en une création sans ordre, sans règle, sans conscience, comme une sorte de ventre aveugle. Hésiode a beau prêter à Gaia et à Rhéa une sensibilité humaine, faire naître en elles un sentiment de révolte devant l'anéantissement de leurs enfants par Ouranos et par Cronos, on devine, à travers cette affabulation poétique, le souci du poète d'atténuer justement les traits primitifs de la Terre, cet enfantement désordonné de formes elles-mêmes sans raison d'être : Titans, Cyclopes, Géants, Cent-Bras sont des êtres irrationnels, le produit d'un véritable délire créateur. Cela explique sans doute que les plus anciens visages de la Terre soient restés assez flous dans les mythologies. Elle est, aux origines, une déesse sans visage aux entrailles gorgées de germes et d'embryons, elle est la matrice du monde.

La mère de tous les êtres

La déesse sans visage qui préside aux premiers enfantements du monde devait cependant, à mesure que les hommes se faisaient eux-mêmes de la terre et des pouvoirs du sol une idée plus précise, évoluer et s'humaniser à son tour. À l'inverse du Ciel qui, en se retirant dans les hauteurs du firmament, s'éloignait par là même des hommes, la Terre n'a cessé de se rapprocher d'eux, de se muer peu à peu en être anthropomorphe. S'humaniser ou prendre forme humaine ne signifie pas, pour la Terre, se rétrécir à la taille de l'homme. Elle devient femme, mais une femme gigantesque, confondue avec les dimensions de la planète : sa chair est le sol, ses os en sont les pierres, ses cheveux les plantes et les arbres, son sang les fleuves qui la parcourent, sa matrice les immenses cavernes souterraines où s'élabore la genèse des êtres. On retrouve, mais limitée ici à notre seule planète, la vision de l'Être primordial dont le corps morcelé a permis de construire l'univers. Où que l'œil de l'homme se tourne, il retrouve sur le sol où il marche, dans les montagnes qui barrent l'horizon, dans les arbres se dressant vers le ciel, une autre image de lui-même, image, somme toute, familière.

La Terre enfante et nourrit à partir de sa propre substance, elle est une source inépuisable de vie et de richesse. Mais cette vie, cette richesse apparaissent désormais sous des formes précises, comme une création contrôlée, consciente, rationnelle. Chaque grain, chaque plante, chaque arbre possède sa forme, sa fonction, son devenir propres. À la vision de la terre inculte et sauvage des origines, a succédé celle des champs et plaines cultivés, irrigués, moissonnés, celle d'un ordre bénéfique succédant au désordre premier. Déméter en Grèce, Cérès à Rome ont pris « la relève » de Gaia, de Rhéa, de Tellus.

Bien entendu, l'évolution des mythes concernant la Terre n'a pas suivi exactement celle des communautés humaines passant peu à peu de la vie nomade à la vie sédentaire, de la cueillette à l'agriculture. À l'époque, si ancienne soit-elle, où furent imaginés les premiers mythes de la Terre, les hommes avaient, depuis longtemps, créé l'agriculture. Disons seulement que l'évolution des mythes qui font succéder Déméter à Gaia — pour nous en tenir à la seule mythologie grecque — a reproduit et répété en raccourci le déroulement de l'histoire économico-religieuse de l'homme. Économie et religion ont été si étroitement mêlées dès les époques les plus lointaines qu'il est impossible de les dissocier. Il n'est pas d'acte à caractère économique : cultiver la terre, cueillir des fruits, creuser le sol pour en extraire des minerais, qui n'ait aussi une portée et un sens religieux. Ce que l'homme tirait de la Terre — eau, métaux, céréales — même quand il ne le devait qu'à son intelligence et à son habileté, appartenait en fait à la Terre. La richesse du sol et du sous-sol dépendait de la Terre : elle pouvait, à tout moment, le retirer à l'homme. Il ne faisait, à son sens, qu'exploiter — avec la permission de la déesse — des richesses qui étaient avant tout le bien et la propriété de celle-ci.

Il n'y a donc pas lieu de s'étonner de voir les peuples des civilisations agraires (sumérienne, mésopotamienne, grecque) tenir la Terre pour la Mère par excellence. Le sédentaire, plus que le nomade des steppes (qui se sent autant tributaire du ciel que du sol), voue à la déesse l'hommage qu'il lui sait dû. D'où les multiples rites consistant à se concilier les forces d'abondance et de fertilité encloses dans le sol, avant de le blesser avec le soc ou avant de ravir à la Terre les produits qui lui appartiennent, à la fin des moissons. D'où la coutume aussi de déposer sur le sol les enfants nouveau-nés et les vieillards pour qu'au contact de leur Mère véritable, ils prennent ou ils reprennent les forces nécessaires. D'où également le mythe bien connu qui veut que nombre de héros fondateurs, sauveurs ou civilisateurs aient été abandonnés à la Terre dès leur naissance, pour y être nourris par elle : Romulus et Rémus, Œdipe, Atalante, Persée… Ils sont des « enfants de la Terre » élevés par leur mère naturelle et promis, grâce à son concours, à un exceptionnel destin.

Le sentiment que la Terre est une « déesse inépuisable », disposant de toutes les richesses et régentant toutes les formes, apparaît de la façon la plus nette dans le mythe grec de Deucalion.

Lorsque le déluge, envoyé par Zeus pour exterminer la race impie des hommes, s'apaisa enfin, que les eaux baissèrent et que les continents émergèrent de la boue, Deucalion et Pyrrha, seuls rescapés du désastre, se retrouvèrent devant l'immensité de la terre déserte. Une terrible angoisse les saisit devant ce vide, cette solitude, et cet avenir incertain. Ils décidèrent alors d'implorer Thémis, déesse de la loi et de la justice, une des premières Olympiennes, et lui adressèrent leurs prières. Et tandis qu'ils la suppliaient, voici que la déesse leur dicte cet oracle étrange :

> « Éloignez-vous du temple, voilez votre tête et dénouez la ceinture de vos vêtements ; et, derrière votre dos, lancez à pleines mains les os de votre grande mère. »
>
> OVIDE, *les Métamorphoses*,
> trad. J. Chamonard.

Deucalion et Pyrrha s'exécutèrent, voilèrent leur visage, ramassèrent les « os de leur grande mère » c'est-à-dire des pierres et les jetèrent derrière eux, sans se retourner. Et voici que ces pierres

> « … commencèrent à perdre leur inflexible dureté, à s'amollir peu à peu et, une fois amollies, à prendre forme. Bientôt, quand elles eurent grandi et qu'elles eurent reçu en partage une nature plus douce, on put voir apparaître, bien qu'encore vague, comme une forme humaine, comparable aux ébauches taillées dans le marbre et toute semblable aux statues encore inachevées et brutes. Cependant, la partie de la pierre qui est comme imprégnée d'humidité et participe de la terre, se convertit en chair ; ce qui est solide et rigide se change en os ; ce qui naguère était veine, subsista sous le même nom. C'est ainsi qu'en un court espace de temps, par la volonté des dieux, les pierres lancées par les mains de l'homme prirent la figure d'hommes, et des pierres lancées par la femme naquit de nouveau la femme. Et depuis lors nous sommes une race dure, à l'épreuve du labeur, et nous montrons de façon probante de quelle origine nous sommes issus. »
>
> OVIDE, *les Métamorphoses*,
> trad. J. Chamonard.

Si la Terre dispose d'un tel pouvoir, peu importe, au fond, ce qu'on y sème. Toute semence engendrera la vie car elle sera ce que nous nommerions de nos jours un *stimulus* déclenchant les forces latentes sommeillant dans l'humus. Ainsi, lorsque, quelques générations après Deucalion et Pyrrha, un homme nommé Cadmos, originaire de Phénicie mais égaré en Grèce à la recherche de sa fille Europe, se mettra à semer dans le sol des dents de serpent pour obéir à un oracle, elles deviendront, elles aussi, des hommes. Mais comme les dents sont des organes pointus et agressifs, servant à déchirer et à mordre, pouvant même tuer à l'occasion, la logique secrète qui préside à l'épanouissement de la vie fera naître de ces dents... des soldats tout armés !

Parti sur les traces de sa fille Europe enlevée par Zeus métamorphosé en taureau, le roi Cadmos parvient en Béotie, près de Thèbes. Là, dans une très profonde forêt, il rencontre un énorme dragon. Il le tue après un combat difficile et tandis qu'il regarde avec effroi le corps terrifiant du monstre vaincu, une voix invisible lui crie :

> « Pourquoi, fils d'Agénor, contemples-tu ce serpent mort ? Toi aussi, tu seras un serpent que l'on contemplera ! Cadmos, longtemps en proie à la terreur, avait perdu à la fois ses esprits et ses couleurs, et ses cheveux se raidissaient de l'épouvante qui le glaçait. Et voici que la protectrice du héros, descendue du ciel par les airs, Pallas, lui apparaît, et lui ordonne d'ouvrir la terre et d'y enfouir les dents de serpent, d'où doit naître un peuple futur. Il obéit et, à mesure qu'il a, appuyant sur la char-

rue, ouvert un sillon, il répand dans la terre, selon l'ordre reçu, les dents, d'où sortiront des mortels. Alors, prodige qui dépasse toute croyance, les mottes commencèrent à se soulever et, sortant des sillons, apparurent d'abord une pointe de lance, bientôt des casques couvrant des têtes qui se balancent sous les panaches de couleur ; puis ce sont des épaules, une poitrine, des bras chargés de traits, et toute une moisson pousse de guerriers avec leurs boucliers. »

OVIDE, *les Métamorphoses*,
trad. J. Chamonard.

Ces hommes nés des dents du dragon, comme ceux qui naquirent des pierres jetées par Deucalion, sont bien des enfants de la Terre. C'est de là, d'ailleurs, que nous vient ce nom d'homme : l'*homo* est né de l'*humus* de la terre.

La reine des morts

Si l'homme — *homo* — est né de l'humus, selon une de ses étymologies, on peut dire, en simplifiant à l'excès, que l'humus, à son tour, se nourrit de la chair de l'homme. En mourant, c'est-à-dire selon la belle expression d'Eschyle, « en retournant dans le sein de la Terre qui l'a nourri », l'homme apporte à sa nourricière les éléments nécessaires à sa propre résurrection. Ainsi s'établit un cycle sans fin d'où procèdent l'énergie des êtres et l'« entretien » de la vie sur la terre : ce qui naît doit mourir et ce qui meurt doit renaître. *Présidant à la production des êtres, la Terre préside également à leur destruction.* Ce lien ne nous paraît pas évident mais il l'était pour tous les peuples anciens et agricoles qui voyaient dans le cycle du grain, mourant dans le sol pour renaître au printemps et retourner en terre comme semence, le cycle même du destin humain. D'où les traits chtoniens — entendons par là les traits de divinité en relation avec le monde des morts — qu'on voit très vite se dessiner dans les symboles de la Terre-Mère. Au visage opulent, bénéfique qui était le sien jusqu'alors s'en ajoute un autre, plus ambigu, voire terrifiant chez certains peuples : celui de déesse de la mort.

Pour comprendre ces contradictions apparentes, il faut se souvenir de ce que nous disions plus haut à propos de la signification des mythes. Aucune divinité de la terre n'a contenu, à elle seule, la totalité des symboles que les hommes y ont rattachés. Leur richesse, leur multitude firent que ces attributs tendirent à se répartir en plusieurs personnalités divines. Les symboles de la Terre comme épouse du Ciel, réceptacle, matrice du monde, déesse de la mort et de la régénération se rencontrent, dans l'histoire des mythes, dispersés, parfois même annexés en plusieurs déesses : Gaia, Rhéa pour les deux premières fonctions, Déméter pour la troisième, Perséphone pour la dernière. Les mythes nous montrent la réalité vivante et concrète de la terre saisie à différents moments du drame agraire — correspondant en gros au cycle des saisons — ou de son évolution historique. Il va de soi aussi que les visages de la Terre ont changé selon le caractère plus ou moins agricole des civilisations qui les conçurent. Si, dans la plupart des mythes, la divinité du grain est une femme, c'est que les femmes furent dès les origines préposées aux travaux des champs, les hommes se réservant la chasse, la guerre et l'administration des cités. Que la charrue et les animaux de trait apparaissent, et l'homme, en devenant laboureur, prend en main les travaux agricoles. On voit alors se former l'image d'un dieu du grain, compagnon de la Grande Déesse qui meurt pour renaître, plongeant toute la Création dans une alternance de détresse et de joie. Ce ne sont là que de simples indications — car jamais le parallèle ne s'est développé dans l'Histoire de façon aussi rigoureuse — mais elles suffisent à montrer que la vision que les peuples eurent de la Terre, les innombrables fonctions qu'ils lui ont attribuées, le visage tour à tour bénéfique et terrifiant, destructeur et salvateur qu'ils lui ont prêté, furent profondément influencés par l'évolution des techniques agraires et des connaissances. Cela explique qu'une même réalité divine s'appelle Gaia, Rhéa, Déméter, Perséphone, parfois Artémis et Hécate, sans qu'il y ait contradiction entre elles.

La Terre gouverne donc la Mort et les morts. Ses entrailles contiennent les espaces ténébreux où errent leurs âmes, le royaume de la Nuit, qu'on l'appelle Hadès en Grèce, Shéol chez les Hébreux, Hel chez les Germains. Ces réalités ultimes que l'homme s'attache à éviter ou à conquérir et qui fondent, à ses yeux, le sens de son existence terrestre, sont liées avant tout au devenir de l'homme lui-même. Soulignons pourtant ici qu'en situant sous terre le royaume des morts, en faisant de la terre le pays où le grain repose en attendant la résurrection du printemps, on liait l'âme de l'homme au destin de son corps. La terre a beau régénérer les semences et les êtres qu'on y enfouit, cette résurrection demeure une régénération, c'est-à-dire un *phénomène matériel*. On ne peut attendre d'une divinité aussi concrète que la Terre qu'elle sublime à ce point ses attributs et ses fonctions. Pour faire de la régénération printanière, de la montée du germe vers la lumière, de la survie de l'âme dans les profondeurs du sol un phénomène spirituel, il faudra que la méditation humaine s'arrache à la gangue terrestre, imagine l'immortalité des êtres autrement que comme une survie végétative de semences enfouies dans le sol. Il lui faudra oublier véritablement la terre — en envisageant par exemple la montée de l'âme vers le ciel — pour atteindre à la plénitude de l'immortalité.

Pour élucider les mystères de la germination, le séjour du grain dans l'ombre et sa montée vers la lumière, les Grecs ont attribué à deux déesses des fonctions qui, à l'origine, se confondaient en une seule divinité. Déméter préside au destin du grain qui lève et qu'on moissonne, Perséphone à celui du grain qui meurt. Ce mythe dut être imaginé pour expliquer avant tout et *en même temps* le cycle germinatif du grain — phénomène naturel — et la découverte de l'agriculture par les hommes — phénomène culturel. Par la suite, ces significations s'enrichiront de symboles nouveaux, plus approfondis, au point qu'on y verra l'image transposée du destin humain, de la chute ou de la « mort » de l'âme au sein de la matière et de la chair — correspondant au séjour du grain dans la terre — et de sa libération et sa montée vers la lumière divine — correspondant à l'apparition de la plante à la surface.

Déméter appartient à la seconde génération divine, celle qui naquit de Cronos et Rhéa. Elle est sœur d'Hestia, d'Héra, de Hadès, de Poséidon et de Zeus. C'est de Zeus qu'elle aura Perséphone, sa fille unique, qu'on appela souvent Corè (la jeune fille). Des trois filles du couple primitif, Hestia devait incarner la jeune fille vouée à une éternelle virginité, Héra l'épouse, plus soucieuse de l'amour de Zeus, de son foyer et de sa propre jalousie que du reste de l'univers, et Déméter la tendresse maternelle vouée à l'adoration de sa fille.

Déméter a trois attributs : la couronne d'épis, la corbeille de fruits et le voile. La couronne symbolise le pain et l'agriculture qu'elle a, la première, enseignés aux hommes, la corbeille l'allégresse et l'abondance dont elle nourrit l'humanité, le voile le deuil de sa fille entraînée aux Enfers par Hadès.

Le mythe de Déméter et de Perséphone nous est surtout parvenu par deux textes principaux : l'*Hymne homérique à Déméter* et un long passage des *Métamorphoses* d'Ovide. Ce dernier reprend d'ailleurs, en se contentant de les détailler et de les enjoliver, les épisodes décrits par l'*Hymne*, à l'exception de quelques anecdotes de provenance plus récente.

Un matin, Corè jouait avec ses cousines, les Océanides, dans une grande prairie lorsque soudain elle aperçut une fleur singulière :

> « … si brillante et si belle qu'elle fait l'admiration des hommes et des dieux. Cent fleurs s'élèvent de sa racine et l'univers entier, le vaste ciel, la terre féconde, la mer et ses vagues gonflées sourient quand ils la voient. Émerveillée, la jeune fille tend ses deux mains pour la cueillir mais aussitôt la terre s'entrouvre et le Cronide, le seigneur Hadès, s'élance de l'abîme, avec ses chevaux immortels. Il enlève la vierge malgré ses plaintes et ses supplications, l'entraîne sur son char éblouissant. Alors elle pousse un cri aigu pour appeler son père, Zeus, le premier, le plus puissant des dieux. Mais aucun immortel, aucun homme, aucune de ses compagnes n'entendit son cri. Seuls, Hécate au long voile, la fille de Persée et le Soleil, fils brillant d'Hypérion, entendent les cris de la jeune fille implorant son père Zeus. »
>
> HOMÈRE, *Hymnes*, trad. J. Lacarrière.

Qu'était cette fleur merveilleuse ? Narcisse ? Pavot ? La question n'est pas inutile car l'aspect des fleurs, leur couleur, leurs formes épanouies ou tourmentées ont suscité nombre de mythes sur la vie des dieux et des hommes. La jacinthe qui se teinte du sang d'Ajax, l'anémone du sang d'Adonis, l'hibiscus, la fleur tachée du sang de la première femme soumise au cycle menstruel, le narcisse cherchant sur l'eau le reflet de son ancien visage humain ont tous une histoire tragique.

Pendant neuf jours, Déméter va errer sur la terre, à la recherche de sa fille, parcourir l'étendue des plaines, munie de torches, sans boire, sans manger, sans s'occuper de son apparence. Elle interrogera ceux qu'elle rencontrera mais nul ne pourra la renseigner. Elle ira alors trouver la Lune — qui a entendu le cri de la jeune fille — et le Soleil — qui vit le rapt par Hadès — et eux lui révéleront la vérité. Déméter reprit alors son errance et parvint jusqu'à la plaine d'Éleusis, aux portes d'Athènes.

C'est là, à Éleusis, sur cette terre où elle restera désormais, abandonnant le ciel et ses fonctions divines, qu'elle rencontrera les premiers humains compatissants. Une femme la recevra chez elle : Métanire, chez qui la conduisent des jeunes filles aperçues près de la fontaine, alors que la déesse était assise sur une pierre appelée depuis ce temps la Pierre sans Joie. Et Déméter la suit, « le cœur étreint par le chagrin, le corps recouvert d'un voile sombre ».

Car Déméter a cessé d'être Déméter. Tant qu'elle n'aura pas retrouvé sa fille, elle gardera cette sombre apparence, ce voile de deuil, ce silence. La terre ne produira plus, l'étendue des plaines restera vide. Depuis que Perséphone est aux Enfers, que le grain s'est perdu dans l'immensité du sol, l'hiver règne sur toute la terre.

Devant la stérilité du sol, la perdition qui menace les hommes, les dieux s'inquiètent. Que vont-ils devenir sans ces hommes ? Que devient un dieu si l'homme n'est plus là pour l'adorer et lui offrir des sacrifices ? On pourrait réfléchir à loisir sur les raisons pour lesquelles les dieux semblent tellement tenir aux hommes. Y trouvent-ils — du moins les dieux grecs — le reflet de leur propre visage ? Y lisent-ils leur propre puissance et leurs propres vertus ? Les dieux ont peur devant la catastrophe qui menace, ils ont peur pour eux-mêmes plus encore que pour l'humanité et c'est pourquoi Zeus dépêche à Déméter ses plus habiles messagers. Elle doit rejoindre le ciel et les immortels. Mais Déméter refuse. Elle veut sa fille. Alors Zeus se décide à faire sortir Perséphone des Enfers et y envoie Hermès pour rencontrer le dieu Hadès, qui la détient en son pouvoir. Et Homère précise :

> « Hadès feint de consentir à rendre Perséphone à la lumière du jour mais avant de la libérer, il lui donne à manger un morceau de grenade en cachette et, en jetant des regards autour de lui, afin qu'elle ne puisse rester éternellement auprès de Déméter la vénérable. »
>
> HOMÈRE, *Hymnes*, trad. J. Lacarrière.

En absorbant dans les Enfers un morceau de grenade, Perséphone a, en effet, rompu le jeûne imposé à tous ceux qui pénètrent *vivants* dans le royaume de la mort. Elle appartient désormais au Souverain des ombres et ne peut rester éternellement sur la terre. Il fallut que Zeus intervînt et ordonnât un « compromis » entre la Terre, le Ciel et les Enfers : pour que la terre puisse produire à nouveau, Perséphone passera le tiers de son temps avec Hadès et les deux autres tiers avec sa mère.

> « Si tu as goûté quelque nourriture auprès du roi des morts, *dit Déméter à sa fille retrouvée,* alors tu devras retourner dans le sein de la terre et consa-

crer à ton époux le tiers de l'année. Les deux autres tiers, tu les passeras près de moi et des dieux immortels. Et à l'époque où la terre enfante les fleurs odorantes et les verdures du printemps, tu reviendras de l'obscur souterrain pour l'émerveillement des hommes et des dieux. »

HOMÈRE, *Hymnes*, trad. J. Lacarrière.

Selon sa sensibilité religieuse, son expérience du monde, selon aussi les conditions concrètes qui ont présidé à son évolution et à son équilibre, chaque peuple a pu exalter telle ou telle des divinités de son panthéon. L'histoire religieuse reflète surtout celle de l'économie au sens large du mot, c'est-à-dire l'histoire des échanges que l'homme a entretenus avec le milieu naturel qui l'entoure. Elle est l'histoire d'un combat qui se mue peu à peu en triomphe sur les éléments naturels, d'un monde hostile devenant peu à peu un monde ami. Les dieux se civilisent en même temps que les hommes, leur force brutale et anarchique se transforme en puissance bénéfique, consciente, organisée. L'énergie divine devient, en dernier lieu, ordre divin.

C'est une divinité préférentielle qui incarne le plus souvent cet aspect d'ordre et de domination du divin. Rê, le dieu-soleil des Égyptiens, accéda vite au rang de dieu suprême gouvernant l'empire du monde et des hommes. En Grèce, ce fut le dieu céleste Zeus qui gouverna le panthéon divin. En Inde, ce fut la Terre.

La Terre sur qui sont répartis
Le noir et le blanc, le jour et la nuit, bien appariés,

La vaste Terre couverte et recouverte de pluies,
Veuille-t-elle nous accorder avec bonheur,
Pour chacun de nous, son séjour aimé !

Le Ciel et la Terre que voici
Et l'espace aérien, ce domaine,
Le feu, le soleil, les eaux,
Et tous les dieux m'ont donné la sagesse.

Le jour où, Déesse, tu t'étendis en avant,
Gagnant peu à peu la grandeur avec la permission des dieux,
Alors, la prospérité fit son entrée en toi,
Tu façonnas de ta substance les quatre orients.

Comme un cheval secouant de lui la poussière,
La Terre a secoué
Les peuples qui dès sa naissance ont résidé sur elle,
La Terre harmonieuse, avant-courrière, gardienne du monde,
Mainteneuse des arbres et des plantes.

Pacifique, odorante, douce au contact,
La Terre pleine de lait, aux mamelles ruisselantes,
Veuille-t-elle prendre la parole pour moi,
La Terre avec son lait !

Hymnes spéculatifs du Veda, trad. L. Renou.

Ainsi se termine ce très bel hymne indien, extrait du *Rigveda*, qui résume au plus haut degré de conscience et de réflexion tout ce que la sensibilité ancienne a pu ressentir à propos de la Terre omniprésente, Mère des plantes, des êtres et des hommes.

5

LES EAUX VIVANTES

Pour que la Terre puisse produire, enfanter, multiplier les formes et les êtres, il lui faut un principe générateur. Il arrive que la Terre enfante d'elle-même, à partir de sa propre substance, les êtres vivants et les choses mais cette génération spontanée par l'humus ou le limon ne constitue pas, à elle seule, tous les processus de la création. D'ailleurs — bien que les mythes ne soient guère explicites à ce sujet — il est probable que cette génération par la Terre n'est pas entièrement spontanée. De la plupart des textes et récits précédents, il ressort que la Terre est la matrice suprême qui reçoit la semence de vie, la garde, la nourrit et la mène au terme de sa maturation.

Souvent cette semence est identifiée à la pluie. Le Ciel inonde la Terre de sa pluie et cette eau féconde permet à la divinité du sol de concevoir et d'engendrer les formes innombrables qui constituent les éléments de la vie terrestre. À l'origine de la multiplicité et de la richesse infinie de la vie sur la terre, on rencontre la pluie, c'est-à-dire l'eau.

Il est curieux de constater que, dans la plupart des grands mythes de la création du monde, l'eau est le premier élément existant. Il est probable qu'elle correspond à ce chaos primitif, cet abîme primordial qui constituait l'univers à l'origine des temps. L'Apsou sumérien et mésopotamien d'où surgira Tiamat, personnification de l'abîme marin, le Noun égyptien qui recouvrait l'étendue de la terre à la façon du Nil pendant ses crues, avant que n'émerge le tertre initial, l'océan primordial que tant de mythologies situent à l'origine du monde, tel le Narâyana indien, sur lequel flotte le dieu Vishnou pendant des millénaires avant de donner naissance aux autres dieux et entités, tous ces chaos, ces abîmes, ces océans sont constitués par de l'eau. Cette évidence n'est pas toujours clairement exprimée dans les textes eux-mêmes mais sans doute, justement, parce que la chose allait de soi. Cela se comprend puisque, de tous les éléments constitutifs de l'univers : air, terre, feu et eau, ce dernier est le seul à être à la fois matériel et informe. Ni les choses ni la vie n'ont surgi spontanément du néant, c'est là une intuition fondamentale de tous les mythes. Il a fallu, pour créer l'univers, une matière première préexistante à tout. Cette « matière première », l'eau la représente à merveille : elle est matérielle, en ce sens qu'elle n'est pas « vide » comme l'air ou le feu qui sont par nature insaisissables et échappent au toucher, et elle est en même temps informe, indifférenciée, susceptible de prendre toutes les formes possibles, d'où les facultés de métamorphose qu'on attribuera plus tard à toutes les divinités aquatiques. L'eau est, en somme, une matière assez solide pour supporter ou pour contenir des éléments étrangers à elle-même — au point que l'idée d'une vie en suspension dans l'eau est commune aux mythes et à la biologie moderne — mais assez fluide aussi pour se prêter à tous les destins.

Étant par nature informe et indifférenciée, on conçoit que cette eau primordiale d'où surgira le tertre, l'œuf, le dieu ou le germe primitif n'ait guère été décrite. Un nom — Apsou, Noun, Narâyana, Océan — suffit à la situer. Car toutes les formes qui naîtront d'elle, la multitude des dieux, des démons, des monstres qui en surgiront, et l'histoire tragique de l'univers dès les premiers temps de sa naissance, feront vite oublier le silence, l'infini, l'indistinct primitifs. Deux civilisations, cependant, furent particulièrement sensibles à cette présence de l'eau et aux pouvoirs qui sont les siens : celle de l'Inde et celle de l'Islam.

Nombreux sont les textes cosmogoniques indiens. Nous en avons déjà cité un certain nombre. N'oublions pas non plus que l'Inde, conçue comme une entité religieuse et culturelle unique, n'existe pas. Il y eut des Indes, une suite de royaumes et de cultures différentes qui se sont exprimés tout au long de l'Histoire. Parmi ces textes cosmogoniques, l'un d'entre eux, appelé *les Lois de Manou*, contient les plus remarquables spéculations auxquelles soit parvenue la pensée indienne. Il appartient à un ensemble de traités : le *Dharmacâstra*, recueils de maximes et de traditions qui deviendront peu à peu des codes de lois fixant une fois pour toutes l'organisation et les privilèges des castes, Manou, précisons-le, passait, dans la tradition indienne, pour le premier législateur de l'humanité.

Il se trouve que ce texte fondamental, dont nous ne citerons que le début, exalte essentiellement les pouvoirs de l'eau, le premier élément créé qui constitue le Narâyana, l'océan primordial des Indiens.

> « Le monde n'était que ténèbres, indiscernable, indéfinissable, incompréhensible, inconnaissable, plongé de toutes parts dans le sommeil.
>
> » Alors, l'Être-né-de-soi-même, le Bienheureux, se manifesta, refoulant les ténèbres. Non déployé, il déploya le monde, sa force opérant sur les grandes substances et autres éléments.
>
> » Voulant émettre de son propre corps les diverses créatures, il y appliqua son vouloir et créa d'abord l'eau dans laquelle il fit tomber sa semence.
>
> » Ceci devint l'œuf d'or, éclatant comme l'astre aux mille rayons. En cet œuf, il naquit de lui-même en tant que Brahmâ, l'aïeul de tous les mondes.
>
> » L'eau s'appelle nârâ parce qu'elle est la progéniture de Brahmâ et comme elle a été sa première résidence, on appelle cet être Narâyana. »
>
> *Anthologie sanskrite*, trad. L. Renou.

Pour l'Islam également, l'eau constitue la matière primordiale de la Création. Les versets du Coran cités au début de cet ouvrage la mentionnent comme l'élément qui a donné naissance à tous les êtres vivants. Mais la tradition islamique postérieure va plus loin car elle en fait sortir tous les éléments de l'univers, y compris le ciel et la terre. L'eau n'est plus ici l'ennemi irréductible des dieux, une masse monstrueuse ou un dangereux abîme faisant obstacle à l'œuvre divine, mais l'instrument même du pouvoir divin, la matière fluide et souple qui va permettre au Créateur de constituer le monde. Et une tradition portant le nom d'Ibn Abbas nous décrit ainsi la création de l'eau.

> « Dieu créa une perle blanche ayant les dimensions du ciel et de la terre. Elle a sept mille langues dont chacune glorifie Dieu en sept mille langages... Elle a de nombreux yeux, tellement énormes que si l'on y posait les montagnes immobiles, elles ne se verraient pas plus grandes que des moustiques sur l'océan. *Puis Dieu l'appela. Elle tressaillit à son appel, si fort qu'elle en est devenue eau coulante et mouvante. Toute chose suspend, pour un moment, ses louanges au Créateur, sauf l'eau qui ne cesse de le glorifier par son tremblement et son agitation.* C'est pourquoi Dieu l'élut, de préférence aux autres créatures, pour en être l'origine. Puis ordre fut intimé à l'eau de ne plus remuer et elle s'arrêta, attendant un signe de Dieu. »
>
> *La Naissance du monde*, sources orientales.

On comprend ainsi pourquoi l'eau coule et chante, sans cesse, sur la terre : elle subit toujours cette vibration et ce tressaillement premier dus à la voix de Dieu...

Les sources de vie

En situant l'eau comme élément premier aux origines du monde, en lui attribuant aussi le pouvoir d'engendrer les autres éléments, animés et inanimés, les mythes n'ont fait qu'exprimer sous une forme schématique la réalité de l'histoire du monde : ce n'est pas l'eau qui est, à proprement parler, à l'origine de la terre, mais c'est bien au sein des étendues marines qu'apparurent les premiers organismes vivants. Et c'est en émergeant du sein des eaux que les premiers amphibiens purent accéder à la respiration aérienne et à la vie terrestre. On sait que l'organisme humain lui-même continue, par le développement du fœtus et le cycle menstruel de la femme, à conserver l'empreinte de cette origine aquatique de la vie. Et lorsque, aujourd'hui encore, nous disons en parlant de l'eau qu'elle *coule* ou qu'elle *chante*, ce langage anthropomorphique révèle bien l'antique association de l'eau et de la vie : nous la tenons toujours pour un être animé, capable de se mouvoir, de se transformer, de chanter, un être possédant tous les signes distinctifs de la vie.

Mais très vite, à mesure que l'univers se précisait et accédait à ses formes actuelles, l'eau elle-même subit le destin de toute création ; elle se divisa en réalités multiples ayant chacune sa forme, son essence, sa fonction propres : océan, sources, fleuves, eaux dormantes, pluies, etc. Toutes ces eaux possèdent les mêmes attributs mais déjà singularisés, orientés vers des significations différentes selon le rôle naturel joué par l'eau dans les différentes civilisations. L'eau de l'oasis qui fait surgir les arbres au sein du désert, l'eau torrentielle dont le courant dévaste les cultures et les cités ne peuvent jouer le même rôle dans la conscience de l'homme : il est des eaux bénéfiques et des eaux maléfiques, des eaux qui assurent le salut de l'homme et d'autres qui provoquent sa mort.

Les premières s'avérèrent très vite plus importantes que les secondes. À l'exception des civilisations proprement maritimes, pour qui le mot eau était synonyme d'étendue sans fin, receleuse de monstres et de dangers, la plupart des peuples anciens virent en elle un élément bénéfique, source de vie, au sens propre du terme. Qu'elle jaillisse du sol ou qu'elle tombe du ciel, l'eau *douce* — et ce seul adjectif révèle bien le rôle qu'on lui a toujours attribué — apporte partout la fraîcheur et la profusion : elle désaltère l'homme et les bêtes, irrigue les cultures, permet la croissance des arbres. Partout où l'eau surgit, le paysage se transforme. Pour qui ignorait l'existence des infiltrations souterraines, ce jaillissement constant des sources était un phénomène mystérieux. L'aspect le plus étrange de ce phénomène était, en effet, sa continuité : où la source trouvait-elle la matière et l'énergie lui permettant de couler sans cesse ? D'où venait cette eau jaillissante qui semblait inépuisable ? On arriva très vite à penser que l'eau possédait, *en elle,* le pouvoir de toujours se régénérer, qu'elle était, par excellence, un élément doué de pérennité, comme en témoigne le thème très ancien de la fontaine d'immortalité. Si l'eau jaillissante est ainsi un être vivant, capable de mille métamorphoses, il est naturel de la présenter sous des traits animaux ou humains. Sa fluidité naturelle ne l'enferme dans aucune forme ni aucun moule précis. C'est pourquoi elle peut prendre l'apparence d'un cheval ou d'un serpent — les deux aspects les plus fréquents de l'eau —, d'un être anthropomorphe — nymphe ou naïade — ou, plus souvent encore, d'un être hybride, tenant des deux natures humaine et animale, comme le centaure. Cet animal ou cette créature n'est pas l'esprit de la source, son « démon » comme on l'a souvent dit mais bien la source elle-même, sous l'une de ses mille formes possibles.

C'est en général le cheval qui représente le plus fréquemment l'eau jaillissante. On le surprend près des sources à l'aube, à midi ou au crépuscule, en ces moments cruciaux de la journée où les dieux et les démons aiment à se manifester. Ceux-ci, on le sait bien, ont leurs « heures d'apparition ». L'aube, midi, le crépuscule, ces heures de la lumière naissante, culminante et mourante sont les moments préférés des dieux ou des « esprits ». La source éprouve alors le besoin de quitter son roc ou son lit, de se mêler à la danse des lumières et des formes, aux autres divinités de l'air et de la terre, dans l'émoi de l'univers. C'est à de telles heures qu'on peut la surprendre sous sa forme animale ou humaine, mais une telle vision n'est pas sans risque pour l'homme. Il est toujours dangereux pour lui de surprendre l'invisible, de voir ce qui doit demeurer caché à ses yeux, et c'est pourquoi de nombreux mythes, comme celui d'Actéon, en Grèce, relatent les malheurs et la mort d'un héros, témoin de spectacles qui lui étaient interdits.

On trouverait également, dans la mythologie des Celtes, par exemple, nombre de légendes qui associent le cheval aux fontaines. Près de certaines d'entre elles, il est même possible, en prêtant l'oreille, de surprendre les hennissements d'un cheval, mêlés au bruissement de l'eau. Mais gare à celui qui comprendrait ces hennissements, qui y découvrirait des paroles perceptibles à une oreille humaine : ce serait le signe qu'il mourra le jour même !

Si les sources et les fontaines sont la vie, la vie jaillissante, ruisselante, bruissante, il est normal qu'elles aient joué très tôt un rôle important dans les cultes. Pour peu qu'elles aient, de surcroît, des vertus curatives, elles deviennent alors des fontaines sacrées, dont les eaux possèdent le pouvoir de guérir et de régénérer les corps, de communiquer aux hommes leur éternelle jeunesse : des fontaines de Jouvence. Le culte des fontaines sacrées est certainement aussi ancien que l'histoire de l'homme et le christianisme même ne put en venir à bout. Considérées comme étant d'origine divine — il suffit de se souvenir du nombre de sources dont l'origine est attribuée à des dieux ou à des êtres inspirés par des dieux : la source de l'Acropole, en Grèce, jaillie sous le trident de Poséidon, celle que Moïse fait surgir d'un rocher en plein désert —, elles possèdent le pouvoir de régénérer, de guérir, de permettre de prédire l'avenir ou d'accéder au monde des dieux. Les grands sanctuaires oraculeux de l'Antiquité — comme Delphes ou Amphiaraion — étaient situés à proximité de sources sacrées. Toutes ces sources, dispensatrices de vie, d'immortalité, de pouvoirs miraculeux, sont évidemment d'accès difficile et, comme tous les lieux mythiques recelant un pouvoir et un savoir, gardées par des créatures toutes-puissantes, dragons, serpents, hydres qui, à l'origine, n'étaient autres que la source elle-même sous sa forme animale. Pour s'abreuver à ses eaux merveilleuses, il faut vaincre d'abord le dragon ou le monstre gardien et l'on retrouve, dans la plupart des mythologies, ce thème du combat d'un dieu (Apollon, Mardouk, Thor, Indra...) ou d'un héros (Gilgamesh, Héraclès, Persée, saint Georges...) contre un monstre reptilien ou un saurien, gardien des sources : Python, Tiamat, le Serpent, le dragon Vrtra, le serpent Humbaba, l'hydre de Lerne, le monstre d'Andromède... Nous retrouverons par la suite ces combats contre le dragon gardien des eaux mais je voudrais ici mentionner celui d'Apollon et du serpent Python à Delphes, tel que le rapporte l'*Hymne homérique à Apollon*.

À l'encontre des autres monstres gardiens, le serpent Python n'est pas, à proprement parler, la personnification de la source oraculeuse de Delphes. Il est, selon la tradition, fils de la Terre et, en tant que fils de la Terre, il rendait des oracles. Ovide dit, à son sujet, dans ses *Métamorphoses*, que « la Terre l'enfanta contre son gré » et que ce serpent devint pour les peuples un objet de terreur tant il occupait d'espace le long de la montagne. Mais, dans l'*Hymne homérique à Apollon*, on le voit associé, dès sa naissance, à la source de Delphes. C'est là, près du lieu où Apollon avait décidé d'ériger un sanctuaire pour rendre ses oracles, qu'est «la source aux belles ondes où le seigneur Apollon, fils de Zeus, tua de son arc puissant le dragon femelle, la Bête énorme et géante, le monstre sauvage qui, sur la terre, faisait tant de mal aux hommes, tant de mal aussi à leurs moutons aux pattes fines : c'était un sanglant fléau».

Il passait pour avoir élevé un autre monstre, l'effroyable et sinistre Typhon. Arrêtons-nous un instant sur ces deux monstres, sans pour autant nous éloigner des «sources» car il est rare, en ces lieux mythiques, de rencontrer les unes sans voir surgir les autres. Ce Typhon que certains assimilent à tort à Typhée — le géant aux cent têtes de serpent décrit par Hésiode dans sa *Théogonie* — aurait été engendré par Héra, sans aucun principe mâle, comme une sorte de créature parthénogénétique — dirions-nous aujourd'hui —, créature bien singulière et qui laisse rêveur... quant au psychisme, au subconscient de la déesse Héra... C'était un être hybride, mi-fauve mi-homme, dont la tête heurtait parfois le ciel et dont les bras étendus touchaient l'orient et l'occident. Ses mains s'achevaient en têtes de dragon et sa taille, au-dessous de la ceinture, était entourée de vipères. Lorsque les dieux le virent surgir, ils eurent si peur qu'ils s'enfuirent en Égypte et se cachèrent dans le désert en prenant, par mesure de prudence, des formes animales : Apollon se changea en milan, Hermès en ibis, Arès en poisson, Dionysos en bouc, Héphaïstos en bœuf... Mais Zeus s'attaqua au monstre qu'il finit par vaincre au terme d'un combat mouvementé qui les mena successivement aux confins de l'Arabie Pétrée, puis en Cilicie, en Thrace, en Sicile enfin où Zeus jeta sur lui l'Etna. Le monstre y gît toujours, écrasé par la masse du volcan, crachant de temps à autre, par le cratère, le feu qui couve en ses entrailles.

Quoi qu'il en soit, ce Typhon passait, selon la version homérique de sa vie, pour avoir été élevé par le serpent Python. Ce dernier fit régner la terreur à son tour, dès qu'il surgit du sol à Delphes jusqu'au jour où Apollon décida d'établir son sanctuaire au même emplacement et d'en chasser le monstre, gardien de la source Castalie ou de l'antre aux oracles de la Sibylle, selon les divers témoignages des auteurs anciens. Un combat terrible s'ensuivit, au terme duquel Apollon vainquit la bête à coups de flèches. Le monstre se tordit longuement sur le sol et Apollon, devant son cadavre d'où s'exhalaient encore des flammes, s'écria fièrement :

> Tu vas mourir ici, sur la terre nourrice des hommes
> Et tu ne feras plus de mal à ceux qui vivent sur ce sol.
> Et ils pourront conduire des hécatombes de bœufs immaculés,
> Eux qui mangent les fruits de la terre féconde.
> Ainsi parla le dieu. Et la nuit couvrit les yeux de la bête.
> Et elle se mit à pourrir en ce lieu sous l'ardeur sacrée du soleil
> Et depuis lors on l'appelle *Pytho* et le Seigneur est appelé *Pythien*
> Car c'est ici qu'a pourri le monstre sous le feu pénétrant du soleil.

HOMÈRE, *Hymnes*, trad. J. Lacarrière.

Telle serait l'origine de Pytho qui fut le premier nom de Delphes : le lieu de la pourriture, pourrir en grec se disant *pythein*. Et le corps putréfié du monstre, enfoui dans le sol sous l'omphalos, la pierre que l'on tenait pour le nombril et le centre du monde, enrichira le sol sacré de Delphes, lui conférant — par un paradoxe qui est une des vertus les plus constantes des mythes — le pouvoir d'engendrer et de rayonner la lumière.

En dépit des apparences, nous ne nous sommes pas éloignés des sources ni des fontaines. La victoire d'Apollon sur le serpent Python, ce grand combat de la lumière solaire contre les ténèbres souterraines, du dieu purificateur contre la bête putrescente, est celui que mènent tous les dieux et les héros qui veulent accéder à la connaissance ou à la possession de l'eau d'immortalité. Dans le cas d'Apollon, son combat contre Python lui permet d'asseoir définitivement son pouvoir sur le lieu sacré, d'établir son oracle, de libérer les forces purificatrices, inspiratrices, oraculeuses encloses dans la source. Ainsi s'élimineront peu à peu, dans les mythologies, les gardiens primitifs des sources. À leur place surgiront d'autres gardiens, plus humanisés, à l'image du monde nouveau engendré par la victoire des jeunes dieux sur les forces anciennes, un monde à l'échelle de l'homme : ces gardiens, ce seront les mille divinités des sources, fontaines, eaux courantes portant le nom de nymphes ou de naïades.

Ces nymphes sont inséparables de la mythologie grecque. Elles représentent un stade évolué de la religion où l'élément primitif qui animait la source devient de plus en plus personnalisé, visible, voire palpable. L'esprit et la puissance de la source finissent par se détacher d'elle pour devenir une créature distincte, douée d'une généalogie, d'une vie, d'un destin propres. Elle n'est plus, comme le cheval ou le dragon gardien des eaux, rivée à la source elle-même. Elle peut s'en éloigner, parcourir son domaine aquatique ou terrestre et, surtout, elle peut se reproduire, enfanter d'autres êtres, plus ou moins semblables à elle. Le cheval des sources, symbole de la puissance et du frémissement des eaux courantes, ne pouvait engendrer que des sources. Les nymphes, elles, selon qu'elles s'unissent à des dieux ou à des hommes, mettront au monde des héros ou des êtres humains ordinaires mais nantis d'un destin particulier, et gardant toujours au fond d'eux-mêmes, comme Narcisse, la nostalgie des eaux originelles.

Il est en tout cas intéressant de voir que les mythes tardifs, ceux que l'on retrouve par exemple dans les *Métamorphoses* d'Ovide, refont, à l'inverse, le chemin et l'histoire réelle du processus religieux. Dans ces mythes, ce n'est plus l'« esprit » primitif et informe de la source qui se mue en créature humaine mais un être humain qui, pour une raison quelconque, est changé en source ou en rivière. L'eau est perçue, à ce stade, comme un *être humain dissous*, un être devenu onde, murmure, frémissement, comme on pourra en juger par la belle histoire de la nymphe Cyané que nous rapporte Ovide.

Au cours de l'enlèvement de Perséphone par Hadès, la nymphe Cyané aperçut la déesse entraînée dans l'espace par le dieu des Enfers. Furieuse, elle voulut empêcher Hadès de pénétrer dans l'au-delà pour y enfermer Perséphone. Mal lui en prit car voici que Cyané, à force de pleurer la déesse enlevée,

> «… porte silencieusement en elle-même une inguérissable blessure ; elle se consume en larmes, et, dans ces eaux dont elle fut naguère la grande divinité, elle se dissout peu à peu. On eût pu voir ses membres s'amollir, ses os s'assouplir, ses ongles perdre leur dureté. Les premières, les parties de sa personne les plus minces, deviennent eau, ses cheveux azurés, ses doigts, ses jambes, ses pieds, car la transformation en ondes fraîches est rapide pour les parties menues du corps. Puis les épaules, le dos, les flancs, la poitrine se dissolvent en minces ruisseaux. Enfin, au lieu de sang vivifiant, dans les veines décomposées, c'est de l'eau qui coule, et il ne reste rien d'elle que l'on pourrait saisir. »

OVIDE, *les Métamorphoses*,
trad. J. Chamonard.

L'origine « humaine » des eaux n'est évidemment qu'une fiction. En réalité, il s'agit d'une explication poétique, analogique, du destin de la nymphe muée en eau par son chagrin, comme l'indique toujours l'expression « fondre en larmes ». Mais, dans la mythologie au sens strict du terme, ce sont les Nymphes qui sont filles des eaux — et non l'inverse —, ou filles de l'Océan, selon Hésiode. On les appelle alors océanides ou néréides.

Les plus nombreuses vivent cependant sur la terre ferme, à proximité des lacs, des sources, des rivières. Elles portent alors le nom de naïades et sont, en général, filles des fleuves. Elles possèdent, bien entendu, les pouvoirs mêmes de la source, c'est-à-dire qu'elles guérissent, rajeunissent, fortifient, inspirent, prédisent l'avenir. C'est pourquoi on leur confie souvent à élever les enfants dont on veut faire des héros. Comme les centaures — qui semblent être, eux, des divinités chtoniennes — elles représentent à la fois la force intacte et brutale de la nature mais aussi le savoir dominateur qui la contrôle ; elles confèrent à leurs protégés une éducation particulière, initiatique qui les situe au-dessus des autres hommes. On vénère donc les nymphes et les naïades, on leur voue souvent un culte et on cherche surtout à ne pas leur déplaire. Car, comme tous les êtres nantis d'un pouvoir exceptionnel, on les craint autant qu'on les vénère. Leurs dons et leur puissance ne sont pas distribués aux hommes gratuitement ; les richesses de la source ne doivent pas être gaspillées et des interdits très rigoureux entourent le culte des nymphes. Il est certaines eaux où l'on ne doit pas se baigner, certaines sources sacrées que l'on ne doit pas approcher sans s'être purifié. En ces eaux réside une force qui n'appartient qu'aux dieux, dont ils disposent seuls et que les hommes ne peuvent s'approprier. Le mystère du jaillissement perpétuel ne peut toujours être surpris par l'homme : il reste l'apanage des dieux. Quiconque viole cet interdit est frappé de folie, atteint de maladie, ou même exterminé. Peu importe que la

et qui pouvait seulement répéter la dernière syllabe des mots qu'elle entendait. Narcisse, toutefois, repoussa ses avances. Alors la nymphe le maudit en elle-même : « Puisse-t-il aimer à son tour sans jamais posséder l'objet de son amour ! » La Vengeance, toujours aux aguets, exauça sa prière. Et voici, si l'on en croit Ovide, ce qu'il advint de l'infortuné Narcisse :

> « Il était une source limpide aux eaux brillantes et argentées, que ni les bergers ni les chèvres qu'ils paissent sur la montagne, ni nul autre bétail n'avait jamais approchée, que n'avait troublée nul oiseau, nulle bête sauvage, nul rameau tombé d'un arbre. »
>
> OVIDE, *les Métamorphoses*, trad. J. Chamonard.

Remarquons ici que les sources ou les eaux « maléfiques », celles dont le secret ne doit jamais être trahi, sont toujours des sources sauvages et cachées. Il serait difficile de frapper d'interdit une source jaillissant à proximité d'un village. Mieux : ce sont des sources vierges. Leur eau n'a jamais été troublée, même par les animaux. Elles conservent intacts leur force et leur mystère primitifs.

> « C'est là que Narcisse, fatigué par l'ardeur de la chasse et par la chaleur, vint s'étendre, attiré par l'aspect du lieu et par la source. Mais, tandis qu'il tente d'apaiser sa soif, une autre soif grandit en lui. Pendant qu'il boit, séduit par l'image de sa beauté qu'il aperçoit, il s'éprend d'un reflet sans consistance, il prend pour un corps ce qui n'est qu'une ombre. Il reste en extase devant lui-même,

> et, sans bouger, le visage fixe, absorbé dans ce spectacle, il semble une statue faite de marbre de Paros. »
>
> OVIDE, *les Métamorphoses*, trad. J. Chamonard.

Même si les circonstances et les détails du mythe diffèrent profondément de celui d'Actéon, le thème fondamental reste le même : Narcisse, dans l'eau et grâce à l'eau, aperçoit ce qu'il n'aurait jamais dû voir. Il viole le secret des visages et de la nudité des formes, que ce secret soit le sien propre ou celui d'une déesse. Et c'est pourquoi il meurt de consomption, dans la contemplation de sa propre image, qu'il appelle et qu'il effleure en vain, voué à l'eau et tué par l'eau.

Les fleuves du ciel et de la terre

Les fleuves sont, eux aussi, des êtres vivants. Mais, à l'inverse des sources, ils sont des éléments changeants dont le cours varie sans cesse. Ce courant qui abreuve, irrigue, parfois inonde, se divisant en bras (encore une image anthropomorphique !) ou serpentant à travers les obstacles, possède lui aussi toutes les apparences de la vie. Il faut bien se dire que, pour les fleuves comme pour les sources, la vénération mêlée de crainte qu'ils ont inspirée a précédé de loin toutes les images et les figures que la mythologie en a tirées par la suite. On a adoré les fleuves en tant que tels, on a vénéré ou craint leur courant, leur eau majestueuse ou torrentielle, leur profondeur, leur puissance, sans éprouver le besoin de les représenter sous des formes animales ou humaines. Il s'agissait d'êtres vivants ayant leur forme propre auxquels on consacrait des animaux, en général des chevaux et des taureaux. Si l'on prit par la suite, surtout en Grèce et à Rome, l'habitude de représenter les fleuves sous des formes humaines, comme une sorte de géant pourvu de cornes et à la barbe ruisselante, on se contentera ailleurs, chez les Celtes ou les Scythes, de les représenter sous une forme animale, taurine de préférence. En Grèce même, l'Achéloos fut d'abord un taureau, comme le Scamandre à Troie, l'Eridanus (le Pô) et le Tibre en Italie, ce qui explique l'existence des cornes qu'ils continueront à porter, une fois humanisés. Et surtout, les fleuves, comme toutes les divinités aquatiques, peuvent se métamorphoser à volonté. Dans sa tragédie *les Femmes de Trachis*, Sophocle nous présente la reine Déjanire, épouse d'Héraclès, en proie aux assiduités de l'Achéloos et elle confie au Chœur :

> « Mon prétendant s'appelait Achéloos, c'était un fleuve. Et il venait me réclamer tantôt sous forme de taureau, tantôt sous forme de dragon luisant et tortueux, ou bien sous forme d'homme, mais un homme à front de taureau, avec une barbe touffue d'où ruisselaient des flots d'eau vive ! »
>
> *Le Théâtre de Sophocle,* trad. J. Lacarrière.

C'est ce terrible prétendant qu'Héraclès dut combattre pour obtenir la main de Déjanire. La malheureuse assista au combat, sur un tertre, tremblante de terreur devant l'affrontement de ses deux prétendants :

> L'un est un fleuve puissant, hautes cornes, quatre pattes,
> Il a la forme d'un taureau. C'est Achéloos d'Œniadis.
> L'autre vient du pays de Thèbes. Il brandit l'arc,
> La lance, la massue. C'est le fils de Zeus.
> L'un vers l'autre ils s'avancent pour conquérir l'épouse.
> Cypris, déesse de l'hymen,
> À leurs côtés arbitre le combat.
> Alors c'est grand fracas de bras, d'arc et de cornes,
> Prises brutales, front contre front, râles haletants,
> Tandis qu'au loin, assise sur un tertre,
> La belle, la douce Déjanire attend de savoir
> Qui sera son époux.
>
> *Le Théâtre de Sophocle*, trad. J. Lacarrière.

Il faut bien se dire que, pour les Grecs, un tel combat n'avait rien de mythologique. Derrière la convention littéraire qui tendait à décrire les combats d'Héraclès comme une suite d'épisodes héroïques et naïfs (dont les détails et les circonstances pouvaient être enjolivés à l'infini), les anciens Grecs percevaient certainement l'existence d'un véritable affrontement entre le héros civilisateur et cette force dangereuse pour l'homme qu'était le fleuve, au même titre que l'hydre de Lerne. En luttant contre l'Achéloos et en l'empêchant de s'unir à Déjanire, Héraclès contraint le fleuve à demeurer dans les limites de sa nature, à ne pas pénétrer dans le monde humain. Et comme derrière tous ces symboles et ces images il est toujours possible de trouver des réalités très concrètes, on comprend qu'on ait pu y voir le symbole de la domestication des fleuves, de la découverte de l'irrigation.

Si Héraclès parvient à vaincre l'Achéloos et à l'empêcher d'épouser Déjanire, il est d'autres fleuves, dans l'histoire de la mythologie, qui eurent plus de chance en amour. L'idée qu'un être vivant puisse être engendré par un fleuve n'a rien que de très naturel puisque les fleuves sont eux-mêmes des êtres vivants, doués du pouvoir de métamorphose. Il faut admettre ici la logique des mythes. Rien n'interdit, *a priori*, à un fleuve d'engendrer puisqu'il détient la vie et qu'il est fait d'une substance considérée comme fécondatrice, voire comme une semence. Si l'on oublie la rhétorique et la psychologie, on découvrira, derrière les affabulations des poètes, la trame et le sens primitif des forces en présence.

On a vu combien le langage anthropomorphique que nous continuons d'employer à propos de l'eau — « l'eau qui chante », « fondre en larmes » — révèle, à notre insu, les antiques associations entre l'eau et la vie. Aussi, en voyant deux fleuves « mêler leurs eaux » ou « entremêler leurs bras », les poètes antiques pensèrent-ils naturellement à un enlacement amoureux. Aimer, pour un fleuve, cela consiste précisément à se jeter dans « les bras » d'un autre fleuve. Les confluents sont des lieux de conjonction amoureuse et « les eaux mêlées » le symbole de l'union absolue. Le fleuve, en effet, possède le privilège de pouvoir s'unir si complètement à sa partenaire aquatique qu'il est ensuite impossible de distinguer les deux conjoints. C'est une aventure de cet ordre qu'Ovide nous décrit dans la belle histoire de la fontaine Aréthuse.

L'Alphée est un fleuve du Péloponnèse qui coule en Arcadie. Il est, comme tous les fleuves, fils d'Océan et de Téthys, son épouse. Un jour, il conçut, en apercevant Artémis, une folle passion pour la déesse. Mais la déesse à chaque fois réussit à fuir son étreinte. Il poursuivit alors la compagne de la déesse, la nymphe Aréthuse. Elle avait, un jour, commis l'imprudence de se baigner nue dans le fleuve et celui-ci, quittant son lit, se lança à sa poursuite.

Aréthuse s'enfuit à travers l'Arcadie et l'Élide. Mais la nymphe épuise vite ses forces alors que le fleuve, lui, est infatigable. Il est sur le point de la rattraper lorsque Artémis intervient pour sauver sa compagne. Elle l'enveloppe d'une nuée qui la dissimule aux regards du fleuve. Alphée tourne alors autour d'elle, pour monter la garde. Mais tandis qu'il l'assiège,

> «… une sueur glacée couvre les membres d'Aréthuse, des gouttes azurées coulent de tout son corps; partout où elle pose le pied, de leur ruissellement naît une mare, et de ses cheveux coule une rosée et elle se voit changée en fontaine. Mais le fleuve — car il reconnaît à cette eau l'objet de son amour — quittant l'apparence humaine qu'il avait prise, reprenant sa propre forme, se change, pour se mêler à elle, en ondes. Artémis fendit alors le sol et Aréthuse, plongée dans d'obscures cavernes, est entraînée jusqu'à Ortygie *(en Sicile)* où la

déesse la ramena à la surface de la terre, sous les cieux. »

OVIDE, *les Métamorphoses*,
trad. J. Chamonard.

Les unions des fleuves furent malgré tout fécondes. Là où leurs eaux demeurent calmes, stables, sans débordements excessifs, en des pays au climat tempéré, ils peuvent passer pour des bienfaiteurs dont la paternité était bénéfique et recherchée. Chez un certain nombre de peuples indo-européens, en particulier les Celtes et les Scythes, beaucoup de noms propres signifient « fils du fleuve » : Rhénogénus, « fils du Rhin » en Gaule romaine, « fils du Don » chez les Scythes. En Grèce, l'Alphée donna naissance à plusieurs rois en Arcadie et en Messénie, l'Achéloos enfanta les Sirènes. En Troade, le fleuve Scamandre engendra Teucer, le premier roi de Troie et se trouva ainsi être l'ancêtre de toutes les dynasties troyennes. Cette paternité attribuée aux fleuves explique sans doute la coutume antique consistant à abandonner des nouveau-nés aux flots d'un fleuve. Si le fleuve les sauve, c'est qu'ils sont de la même race que lui et, donc, prédestinés à être des héros, comme ce fut le cas pour Moïse.

Les fleuves ne coulent pas seulement sur la terre. Les mythes projettent tout naturellement dans la totalité de l'univers les éléments et les réalités que l'homme rencontre dans son propre monde. Quand l'homme imagine l'univers constitué par les différentes parties d'un géant ou d'un dieu primordial, c'est en fait sa propre image qu'il agrandit aux dimensions du monde. Mais cette image lui revient différente, déformée par le jeu de ces lentilles ou miroirs successifs que constituent l'Histoire, l'évolution, le vieillissement des mythes. Si bien que de ces deux images en présence : l'homme de cette terre, le terrien, et l'Homme immense, gigantesque qui servit à modeler l'univers, l'Homme céleste, on ne sait plus laquelle exista en premier. Et l'univers renvoie à l'homme, sans qu'il s'en doute, des figures, des réalités, des visions oubliées, empruntées à son propre monde. Il doit donc, en toute bonne logique, exister des fleuves *ailleurs* que sur la terre, dans le ciel ou dans les Enfers.

Les fleuves infernaux traversant le pays des morts sont en général des fleuves connus, identifiés et prolongeant seulement leur parcours sous la terre. On suppose alors qu'ils pénètrent dans le royaume des Enfers. Tels furent, pour les Grecs, le Styx et l'Achéron. Ils ne diffèrent en rien, sous terre, de ce qu'ils sont à sa surface, si ce n'est que leur eau acquiert dans l'au-delà des propriétés particulières. C'est aussi le cas du Léthé — qui était d'ailleurs une source à proprement parler plus qu'un fleuve — dont les eaux faisaient perdre à ceux qui en buvaient tout souvenir de leur vie antérieure. Les eaux du Styx passaient pour rendre invulnérables tous ceux qu'on y plongeait. C'est dans ce fleuve que Thétis, épouse de Pélée et mère d'Achille, avait trempé son fils en le tenant par le talon, rendant invulnérable tout le corps du héros à l'exception de ce seul talon. Cette eau servait surtout aux dieux à prononcer leurs serments solennels. Jurer par le Styx était le plus terrible des serments et quiconque se parjurait encourait d'horribles châtiments. Il avait le pouvoir d'entendre les paroles prononcées. Son eau n'était pas une eau morte car elle enregistrait à jamais ce qui était dit en sa présence. Elle était la mémoire des dieux.

Les fleuves existent aussi au-dessus de la terre, dans le ciel. Ou, du moins, ils y existaient, à l'origine des temps car les fleuves qui coulent aujourd'hui sur la terre ne sont qu'un bras de ce fleuve initial, baignant les espaces du ciel.

Ainsi, selon un mythe indien célèbre cité dans les grandes épopées du *Mahâbhârata* et du *Ramayana*, le Gange, aux origines, coulait dans le ciel, non sur la terre. Mais devant l'amoncellement des cendres de tous les hommes morts sur la terre, la planète risquait d'étouffer. Il lui manquait un fleuve pour balayer les cendres. Alors un sage, Baghirata, tenta, par le seul pouvoir de l'ascèse, de faire descendre le Gange céleste sur la terre. Mais le dieu Shiva s'interposa, afin d'éviter à la terre une catastrophique inondation. Ce dieu Shiva représente, dans le panthéon indien, le principe destructeur et régénérateur. Dans la conception cyclique de la philosophie indienne, toute destruction appelle une régénération, toute mort une renaissance selon un cycle sans fin où la vie succède à la mort, où rien ne s'achève ni ne s'anéantit jamais. Le dieu Shiva décide donc d'intervenir et de faire descendre le Gange sur sa chevelure. Là, le fleuve serpentera et se divisera avant de s'écouler sur la terre, sans mal pour les humains.

« Shiva résolut de faire disparaître le Gange. La sainte rivière tomba sur sa tête, dans l'épaisseur de la couronne de ses tresses, pareilles à l'Himalaya, et ne put aller jusqu'à terre en dépit de tous ses efforts. Égarée dans la couronne de ses tresses, elle ne pouvait trouver d'issue. Elle erra ainsi pendant un grand nombre d'années. »

Anthologie sanskrite, trad. L. Renou.

Lorsque, après une sévère ascèse, le dieu permettra enfin au Gange, divisé, apaisé, de se répandre sur la terre, la venue du fleuve divin sera comme une fête prodigieuse, un événement que les dieux, les hommes, les animaux eux-mêmes salueront dans l'exaltation :

« Son eau se répandit sur terre parmi des cris aigus, pendant que des bancs de poissons, de tortues, des troupes de crocodiles et autres animaux tombaient ou étaient tombés sur la terre dont ils rehaussaient l'éclat.

» Alors les dieux, les sages, regardèrent le Gange descendant du firmament sur la terre. Montées sur des chars pareils à des villes, sur des chevaux, sur des éléphants et des embarcations, les divinités accoururent pour voir cette merveilleuse descente du Gange en ce monde — eux les dieux à l'état incommensurable. Et tandis qu'elles affluaient ainsi avec l'éclat de leur parure, le firmament, sans nuages, brilla comme sous une centaine de soleils. Les bandes de crocodiles et de serpents, les poissons agiles parsemaient l'espace d'éclairs. Les jaillissements de l'eau blanche d'écume pareils à des nuées d'automne, emplissaient les airs avec le vol dense des flamants... »

Anthologie sanskrite, trad. L. Renou.

La tradition bouddhique possède, elle aussi, sa légende sacrée des eaux. Différente en bien des points de la tradition hindouiste, elle imagine qu'il existe au centre du monde, dans la région de l'Himalaya, un lac immense dont les eaux servent de réservoir à la terre. Les Iraniens — dont les mythes sont très proches de ceux des Indiens — avaient imaginé, eux aussi, un lac analogue. Un fleuve mythique nommé Ardvi — qui est aussi le nom de la Grande Déesse des eaux — descend de la montagne Hukairya et se jette dans un lac gigantesque. De ce fleuve et de ce lac sortent toutes les eaux de la terre. Dans la tradition bouddhique, le Gange céleste, au lieu de tomber dans la chevelure du dieu Shiva, se déverse dans un lac nommé Anavatapta. Il contient toutes les eaux du monde et il est bordé par quatre rochers en forme d'animaux, correspondant aux quatre points cardinaux. L'eau s'échappe par les gueules de ces animaux : à l'est, de la tête du lion sort un fleuve clair : la Sita ; au sud, de la tête du bœuf sort un fleuve blanc : le Gange ; à l'ouest, de la tête d'un cheval sort un fleuve vert : l'Indus ; au nord, de la tête d'un éléphant sort un fleuve jaune : l'Oxus.

On ne peut s'empêcher de penser aux quatre fleuves du paradis terrestre, tels qu'ils sont décrits dans la Genèse. Là aussi, en ce lieu mythique appelé Éden qui est le centre du monde, jaillissent quatre fleuves qui se répandent vers les quatre extrémités de la terre.

« … Un fleuve sortait d'Éden pour arroser le jardin et de là il se divisait pour former quatre bras. Le premier s'appelle le Pishon : il contourne tout le pays de Havila où il y a l'or ; l'or de ce pays est pur et là se trouvent le bdellium et la pierre d'onyx. Le deuxième fleuve s'appelle le Gihon : il contourne tout le pays de Kush. Le troisième fleuve s'appelle le Tigre : il coule à l'orient d'Assur. Le quatrième fleuve est l'Euphrate. »

La Bible de Jérusalem.

Ainsi les fleuves, tour à tour nourriciers et destructeurs, apportant la vie et la mort, jouent, dans la mythologie, le rôle d'éléments primordiaux jaillissant du centre du monde, Himalaya ou Éden, pour se répandre ensuite sur la surface de la terre. Ils sont présents partout, ils coulent depuis les origines et ils couleront jusqu'à la fin des temps, avant l'homme, après l'homme. Ils sont le miroir mouvant où ce dernier découvre à la fois sa prospérité et son anéantissement, le courant de vie qui nourrit, détruit et purifie et dont l'homme ne peut que diviser ou amoindrir la force prodigieuse sans jamais la posséder vraiment, comme celle de la terre. C'est pourquoi les fleuves, mieux que tout autre élément de l'univers, ont suggéré à l'homme les délices et les angoisses du devenir.

Le royaume de la mer

Sources, rivières, lacs et fleuves sont des eaux dont l'homme a toujours ressenti l'aspect essentiellement bénéfique. S'il arrive que les fleuves débordent, que les lacs recèlent dans leurs profondeurs des monstres ou des pièges dangereux, l'homme peut malgré tout lutter contre leur force.

Les étendues marines, elles, sont inconnaissables et impossibles à maîtriser. Elles recèlent des abîmes que l'homme ne peut atteindre, des immensités qu'il ne peut parcourir, elles représentent l'inconnu, le mystère, le danger. L'aspect changeant de la mer, la rapidité avec laquelle elle passe du calme le plus plat à la tempête, la force que déploient ses vagues contre les falaises et les rochers ont fait d'elle le royaume du changement, de l'instable, le domaine des métamorphoses. Il est probable que, dans l'évolution des mythes, les divinités de la mer furent d'abord des divinités aquatiques habitant les rivières, les sources et les fleuves et promues au rang de dieux marins avec l'apparition et les progrès de la navigation. C'est du moins le cas, apparemment, pour les Grecs. Poséidon, le dieu des mers, frère de Zeus et d'Hadès, commande aussi aux eaux terrestres : il fait jaillir les sources — comme celle de l'Acropole — ou les assèche à volonté. Ses incarnations préférées sont le cheval et le taureau, qui sont déjà les incarnations des fleuves et des sources.

La simple demeure des naïades a donc fait place au majestueux palais qu'habite Poséidon au fond des flots. C'est là qu'il gouverne l'univers marin dont il est le maître, armé de son trident et entouré du cortège des divinités marines à forme humaine ou hybride, néréides, Triton, Protée, etc. L'époque classique le représente comme un dieu vigoureux, à la barbe imposante, à l'humeur changeante, aux colères terribles. Mais ce n'est là que son visage tardif. La mer, pour les navigateurs antiques, recelait trop de pièges et de dangers, elle était trop hostile à l'homme pour qu'il ait pu, d'emblée, lui supposer un visage familier. L'apparence première des divinités marines dut être, au contraire, monstrueuse, capable d'évoquer l'effroi qu'inspiraient précisément les flots à ceux qui s'y aventuraient. Lorsqu'elle est en colère, la mer hurle et rugit ; sa rumeur sourde évoque facilement le mugissement du taureau et c'est pourquoi les monstres dont l'imagination antique a peuplé les mers ont souvent un aspect taurin. C'est le cas du monstre marin qui provoque la mort d'Hippolyte dans l'*Hippolyte* d'Euripide. Il est envoyé par Poséidon, à la prière de Thésée, et si le Grand Siècle français, avec la *Phèdre* de Racine, n'y a vu qu'une affabulation poétique, les anciens Grecs, eux, y voyaient beaucoup plus que cela : la présence terrifiante de l'antique divinité des eaux.

À l'inverse d'autres divinités comme celles du ciel et de la terre, les dieux de l'eau ne s'humaniseront jamais tout à fait. On apprit peu à peu à éviter ou à prévoir les colères du ciel, on parvint à domestiquer la terre et les fleuves, mais on ne put jamais dompter la mer. La divinité qui l'habite semble rebelle à l'ordre humain. C'est pourquoi, beaucoup plus que les autres dieux, elle conservera quelque chose de ses traits primitifs, inhumains. Ægir, le grand dieu nordique de la mer, vit lui aussi dans un palais au fond des eaux. Sa femme, Ran, est la personnification de la mer traîtresse, attirant vers ses abîmes avec son immense filet tous ceux qui s'aventurent à sa surface. Rien d'humain ni de bénéfique n'habite ces étendues immenses et glacées où l'homme devient le jouet des éléments. Et le seul nom des filles d'Ægir et de Ran suffit à le montrer. Leurs enfants s'appellent en effet : Kolga, la mer déchaînée, Bylga, la houle, Dufa, la plongeuse, Hrafn, la spoliatrice, Drafn, les vagues ravisseuses, etc.

La descendance de Poséidon est marquée du même sceau terrifiant. Il engendre des monstres et des géants malfaisants et violents : le cyclope Polyphème dont on connaît les démêlés avec Ulysse dans l'*Odyssée*, le géant Chrysaor — qui donnera naissance à Géryon, géant à trois corps, et à celle qu'Hésiode appelle « l'horrible Échidna » —, et son frère Pégase, le cheval ailé, né, comme Chrysaor, des amours de Poséidon et de Méduse.

Poséidon n'est pas le seul à régner sur les flots. Autour de lui s'agitent — mieux vaudrait dire : s'ébrouent — une multitude d'êtres aquatiques, aux traits et aux mœurs « adoucis » mais qui ont, en commun, de posséder en eux quelque chose d'informe, d'inachevé : telles sont les créatures de la mer, des êtres « vaguement » humains mais voués à des métamorphoses continuelles, ou à des formes ébauchées, comme celles de ces amphibiens aquatiques appelés justement des protées — du nom d'une divinité grecque des mers — sortes de larves aveugles, inertes, vivant dans les eaux et les cavernes souterraines.

Les Néréides sont les plus nombreuses, sinon

les plus importantes. Leur ascendance est purement aquatique : elles sont petites-filles d'Océan et filles de Nérée, le vieillard de la mer. L'imagination grecque les représente comme des divinités de l'écume, jouant dans les vagues où elles laissent flotter leur chevelure. C'est elles qu'on surprend, à la surface, comme un éclair brillant ou un jeu d'ombres et de lumière entre deux eaux. Elles vivent au fond de la mer, dans le palais de leur père, assises sur des trônes d'or où elles tissent, filent ou chantent.

Certaines d'entre elles accédèrent à la célébrité : Amphitrite, qui fut enlevée par Poséidon, un jour qu'elle dansait dans la mer près de Naxos, et devint son épouse ; Thétis, qu'aucun dieu ne voulut épouser, un oracle ayant prédit que le fils qu'elle mettrait au monde serait plus puissant que son père. Elle en fut réduite à s'unir avec un mortel, Pélée en l'occurrence, après une résistance acharnée : quand Pélée voulut l'approcher pour la première fois, elle se changea successivement en feu, en eau, en vent, en arbre, en oiseau, en tigre, en lion, en serpent et, finalement, en seiche ! Mais Pélée ne se laissa pas impressionner pour autant et, vaincue, Thétis dut l'épouser. De leur union naquit Achille. Enfin, Galatée, dont le nom signifie « blanche comme le lait », était aussi une néréide : elle fut aimée du cyclope Polyphème avec qui elle engendra Galos, Celtos et Illyrios, ancêtres des peuples qui portent depuis leur nom : les Galates, les Celtes et les Illyriens.

Ce Nérée, père des Néréides, était lui-même fils de Pontos (le Flot marin) et de Gaia. C'était une divinité primitive de la mer aussi ancienne que Poséidon et qu'on retrouve souvent dans le folklore marin des Grecs. Il possède, bien entendu, le pouvoir de métamorphose et on le représente d'ordinaire comme un être barbu, chevauchant un triton et armé d'un trident qui symbolise lui-même les dents des monstres marins. C'est un dieu bienveillant, à l'inverse de Poséidon qui représente la mer agitée, écumante, un dieu dont Hésiode, dans sa *Théogonie,* dira qu'il est « sincère et franc. On l'appelle le Vieux parce qu'il est loyal et bénin à la fois ; que jamais il n'oublie l'équité, qu'il n'a que d'honnêtes et simples pensées ».

Sans doute la vision de l'écume blanche, frangeant les rives aux heures calmes de la mer, a-t-elle pu inspirer ces images du bon vieillard des flots, dieu placide, bienveillant, de la mer étale. Un autre vieillard marin était Protée dont la tradition grecque a fait le « prince des métamorphoses ». Il était chargé par Poséidon de garder ses troupeaux de phoques et d'animaux marins et se tenait habituellement dans l'île de Pharos, près de l'embouchure du Nil. Il possédait aussi le don de prophétie : l'*Odyssée* montre le roi Ménélas ceinturant Protée à l'improviste pour le contraindre à lui dévoiler l'avenir.

6

L'IMAGE DU MONDE

L'apparition de l'eau clôt la liste des éléments premiers qui servirent à constituer l'univers. Au terme de cette longue histoire, le monde où nous vivons possède enfin son cadre et ses éléments essentiels : un ciel infini avec ses astres, lune et soleil, ses phénomènes atmosphériques, ses aubes et ses soirs, sa lumière dominant les ténèbres ; une terre, assise du monde et de la vie, épouse du ciel, possédant le pouvoir d'engendrer des formes et des êtres, autrement dit de continuer seule, par elle-même, l'œuvre du créateur originel ; de l'eau enfin, qui permet d'entretenir et de régénérer, sur la terre, par son écoulement et son renouvellement perpétuels, cette vie sans laquelle tout le reste ne serait rien.

Les assises du monde

Le monde est donc créé. À Sumer (et plus tard aussi à Babylone), Mardouk a terminé le dépècement de Tiamat, il a disposé les luminaires dans le ciel, fait souffler les vents, rassemblé les eaux, fait jaillir l'Euphrate et le Tigre, modelé les collines sur l'étendue stérile des déserts.

En Égypte, les premiers dieux surgis du lotus ou de l'œuf initial ont, en façonnant la boue du Nil ou par le seul pouvoir de leur parole, créé les formes, les êtres vivants et les lois qui constitueront l'univers.

Aux Indes, après un long sommeil sur l'océan primitif, le dieu Vishnou a suscité, à partir de lui-même, une forme vivante, Lakshmi, déesse de l'abondance et de l'harmonie et, de son nombril, une longue tige de lotus rose au sommet de laquelle apparaît Brahmâ, le Créateur, l'ancêtre primordial. Brahmâ a quatre bouches dont chacune récite l'un des quatre Veda, c'est-à-dire les lois éternelles de ce monde. Ou bien aussi, de l'œuf d'or ayant germé au cœur des eaux, a surgi Purusha : il s'est offert en sacrifice et son corps morcelé a constitué le monde.

En Grèce, Zeus a enfin triomphé des Titans, des monstres, de Typhée et des Géants qui, pour le vaincre, entassaient les montagnes les unes sur les autres. Il peut régner sur un monde apaisé, assagi et poursuivre sur terre, en attendant de s'en prendre à des femmes encore inexistantes, les nymphes et les naïades.

Chez les Nordiques enfin, les trois dieux primordiaux Odin, Vili et Vè, ont façonné l'univers et la terre avec le corps d'Ymir, relégué les géants dans le royaume de Jotulheim aux extrémités du monde et se sont installés au haut du ciel dans leur palais du Walhalla pour surveiller la marche de leur création.

Ainsi le monde existe. Il est nanti de ses éléments essentiels. Le chaos premier s'est ordonné, les forces originelles se sont apaisées. Et, sur ce monde en paix, ordonné et construit, règne partout le regard des dieux.

L'image que les différentes mythologies nous proposent de l'univers est donc, le plus souvent, celle d'un œuf immense, scindé en deux, dont la partie supérieure représente le ciel et la partie inférieure la terre. Ou encore celle d'une déesse penchée sur notre planète (comme la déesse Nout en Égypte) ou coupée en deux comme un poisson séché (telle Tiamat à Sumer). Mais, dans tous les cas et dans toutes les mythologies, l'univers est constitué par une voûte supérieure : le ciel, et par une assise inférieure : la terre avec, entre les deux, le soleil, la lune, l'air et les étoiles. Au sommet du ciel se trouve le palais des dieux. Au fin fond de la terre, le royaume des morts. Le ciel et la terre constituent en somme deux moitiés se rejoignant à leurs extrémités *entre lesquelles se situe tout le reste de l'univers*.

Cela implique évidemment que le ciel repose sur la terre, que la terre le supporte et que, sans ce support, il s'écroulerait aussitôt. Le ciel ne « tient » pas dans l'espace par miracle : il est soutenu par le dieu Shou (dieu égyptien de l'air et de l'atmosphère) tenant à bout de bras Nout, la déesse du ciel ou par le géant grec Atlas « à la nuque de bronze », comme le nomme Euripide.

D'après Wahb, l'un des commentateurs du

Coran, celui-ci laisse dans l'ombre un problème essentiel : sur quoi repose la terre, une fois que Dieu la créa à partir de l'eau. Et il y répond de la façon suivante :

« Au début, après sa création, la terre se balançait sur les flots comme une barque. Dieu fit descendre alors un Ange d'une force et d'une puissance illimitées. Il lui ordonna de s'introduire sous la terre. Il la souleva sur ses épaules, tendit les mains l'une vers l'orient, l'autre vers l'occident, et saisit les deux extrémités de la planète. Mais il n'avait pas de point d'appui pour poser ses pieds. Dieu lui créa un Rocher quadrangulaire, d'un rubis vert, contenant sept mille trous : dans chacun, se trouve une mer dont Dieu seul connaît l'immensité. Il ordonna au Rocher d'entrer sous les pieds de l'Ange qui s'y posèrent. Mais le Rocher n'avait pas de point d'appui. Dieu lui créa un énorme Taureau, de quarante mille têtes, de quarante mille yeux et autant de nez, d'oreilles, de bouches, de langues et de pattes. Une distance de cinq ans de marche sépare ses deux pattes. Dieu lui ordonna de pénétrer sous le Rocher. Il le porta sur son dos et sur ses cornes. Mais le Taureau n'avait pas de point d'appui sous ses pattes. Dieu lui créa une immense Baleine. Personne n'ose la regarder en raison de son énormité et du grand nombre de ses yeux. Elle est tellement immense que si toutes les eaux des mers se réunissaient dans l'une de ses narines, le tout serait comparable à un grain de sénevé dans une terre déserte. Dieu lui ordonna de servir de piédestal au Taureau. Cette Baleine repose sur l'Eau ; sous l'Eau, il y a l'Air ; sous l'Air, les Ténèbres de toutes les terres. Ainsi, toutes les terres reposent sur le dos de l'Ange, l'Ange sur le Rocher, le Rocher sur le Taureau, le Taureau, sur la Baleine, la Baleine sur l'Eau, l'Eau sur l'Air et l'Air sur les Ténèbres.

Là s'arrêtent les limites de la science des créatures. »

La Naissance du monde, sources orientales.

Cette image surprenante de l'univers risque de nous faire oublier la logique qui préside, en général, à l'élaboration des mythes. Car, ici, le souci de clarifier et d'expliquer aboutit paradoxalement à ces constructions fantasmagoriques de l'esprit. Mais, hormis ces cas particuliers, l'image première du monde reste telle, pour la plupart des mythologies, que nous l'avons définie : la terre demeure située au centre de l'univers, à mi-chemin du ciel et des Enfers, à mi-chemin, en somme, des ténèbres et de la lumière. Si l'on se donne la peine de réfléchir à cette disposition, on voit que les Enfers, la terre et le ciel se trouvent disposés le long d'un même axe vertical et que cet axe traverse fatalement la terre en un point ou en un lieu qui devient le centre du monde.

Cet axe, ce centre, ce lieu crucial, nous ne ferons que le décrire rapidement. Il est facile d'imaginer qu'un tel lieu possède des vertus et des pouvoirs particuliers, que le temps et l'espace n'y sont pas les mêmes qu'ailleurs. Il est certain en tout cas qu'une telle conception existe dans toutes les religions et toutes les mythologies et qu'elle correspond à une évidence et à un besoin profondément enracinés dans le psychisme humain. Bien entendu, cette idée d'un centre du monde n'implique pas qu'il n'y en ait qu'un seul. Tout lieu marqué par des phénomènes particuliers sera au besoin considéré comme un « centre ».

À Delphes, par exemple, l'omphalos, cet aérolithe chu du ciel, que l'on tenait pour la pierre avalée par Cronos à la place de Zeus, au temps lointain où il dévorait ses enfants, cet omphalos — dont le nom signifie nombril — marquait l'endroit où se rejoignaient la terre, les Enfers et le ciel. En de tels lieux, le temps n'existe plus, on accède à l'éternité et à la connaissance et c'est pourquoi ces lieux possèdent presque toujours des oracles. Partout, en tout cas, on retrouvera ce centre, ce lieu par où passe l'axe de l'univers, qu'il soit symbolisé par une pierre : omphalos à Delphes, pierre noire de la Ka'aba à La Mecque, par un arbre : le frêne Yggdrasil chez les Nordiques, ou une montagne : le mont Meru des Indiens.

Ce dernier symbole est le plus courant. Le sommet de certaines montagnes, lorsqu'il disparaît dans les nuages, peut suggérer l'idée qu'il atteint directement le ciel. Il peut s'agir d'un mont véritable, comme l'Olympe des dieux grecs ou l'Himalaya, lieu de méditation des dieux indiens, mais le plus souvent il s'agit d'un mont mythique et paradisiaque situé au centre symbolique du monde, tel, aux Indes, le mont Meru.

Le mont Meru a joué dans la mythologie indienne un rôle essentiel. Pivot de la terre, autour duquel tournent les astres, il est la résidence principale des dieux. Tout, en lui, sur lui, autour de lui, participe d'une réalité merveilleuse où la matière, le temps et l'espace sont transmués. Un texte du *Padmapûrana* — pûrana signifiant « antique » en sanscrit — décrit ce mont magnifique et les splendeurs qu'il abrite :

> « Entre le Malyavant et le Gandhamadana est une montagne d'or circulaire, le Meru, qui brille comme un soleil du matin ou comme un feu sans fumée. Elle a quatre-vingt-quatre mille yojana de haut, trente-deux mille de large au sommet, quatre-vingt-quatre aussi en profondeur et couvre les mondes situés au-dessus, au-dessous et en travers. »
>
> *Anthologie sanskrite*, trad. L. Renou.

Sur cette montagne, pivot du monde, les oiseaux eux-mêmes sont en or et

> « ... le soleil, le plus beau des astres, se meut toujours autour du mont Meru, comme aussi la lune et les constellations lunaires et Vayu *(le dieu du vent)*. Cette montagne a des fleurs célestes, des palais magnifiques en or la recouvrent. C'est sur elle que les troupes divines prennent leurs ébats, les Gandharva, Asura et Raksa avec les troupes d'Apsaras *(êtres semi-divins)*. C'est là que Brahmâ, Rudra et Indra, le souverain des dieux, s'assemblent pour procéder à toutes sortes de sacrifices. »
>
> *Anthologie sanskrite*, trad. L. Renou.

En son sommet résident les voyants et les dieux suprêmes et Prajâpati, le Maître des créatures, celui qui a parfait la création du monde. Et c'est du sommet du mont Meru

> « ... que coule la sainte et belle Gangâ *(le Gange céleste)*, fleuve immense de lait, omniforme, au fracas redoutable. Elle plonge impétueusement dans le beau lac sacré, pareil à une mer, qui fut créé par elle. La Gangâ, que les montagnes même ne pour-

raient soutenir, Shiva l'a portée sur sa tête durant cent milliers d'années. »

Anthologie sanskrite, trad. L. Renou.

Toutes les religions, ou presque, ont ainsi leur montagne cosmique avec les mêmes privilèges et les mêmes splendeurs. En Iran, elle s'appelle Haraberezaïti, chez les Hébreux le mont Thabor. Quant au Golgotha, où fut crucifié le Christ, les traditions juive et chrétienne en font aussi le centre du monde. C'est sous le Golgotha qu'est enterré Adam et le sang du Sauveur baigne et purifie, lors de la Crucifixion, le crâne d'Adam situé sous la croix. D'innombrables peintures et icônes — ce thème a surtout été utilisé par les artistes orthodoxes — représentent, sous la croix, la grotte où gît le crâne d'Adam. Ainsi cette croix devient, elle aussi, une sorte d'axe où circule, en quelque sorte, l'Esprit-Saint et le Golgotha, le lieu crucial qui vit s'opérer le salut et la rénovation de l'homme.

Chez les Germains, l'axe et le centre du monde sont représentés par un arbre gigantesque, à propos duquel l'imagination nordique s'est donné libre cours. Cet arbre qui symbolise à lui seul l'univers s'appelle le frêne Yggdrasil.

Il se dresse au centre du monde. Ses trois racines communiquent avec le royaume des morts et ses plus hautes branches touchent le ciel. Sous chaque racine jaillit une source possédant des pouvoirs particuliers. Dans les branches de ce frêne vivent des créatures singulières : la chèvre Heidrun dont les mamelles fournissent l'hydromel, nourriture des dieux, le cerf Eikthyrnir dont les andouillers donnent les filets d'eau qui alimentent ensuite tous les fleuves de la terre, un aigle, un écureuil qui va et vient entre l'aigle du sommet et la vipère Niddhog qui ronge la racine de l'arbre.

Ce frêne immense, emplissant le monde et abritant à la fois les morts et les dieux, est décrit à plusieurs reprises dans les *Eddas* poétiques, en particulier dans le *Grimnismal* (ou *Dits de Grimn*) et dans l'*Edda* en prose de Snorri Sturluson.

Le frêne Yggdrasil n'est pas le seul arbre situé au centre du monde. Les traditions juives postérieures à l'Ancien Testament affirment que dans l'Éden, l'arbre du Bien et du Mal — dont les fruits furent fatals à l'humanité — était lui aussi au centre de l'univers. S'il ne prend pas, dans le texte de la Genèse, les dimensions imposantes du frêne Yggdrasil, c'est que la pensée religieuse hébraïque fut surtout sensible à la signification morale et symbolique de l'arbre. Mais il s'agit bien, là aussi, d'un arbre cosmique. La meilleure preuve en est qu'un serpent — analogue à celui qui ronge les racines du frêne Yggdrasil — gîte lui aussi dans les branches de l'arbre. Ce serpent, nous le connaissons tous : c'est celui qui tenta Ève et qui lui fit manger la pomme. Dans la Bible comme dans les *Eddas* nordiques, le serpent jouit, en somme, du double « privilège » de posséder le savoir et la sagesse (puisqu'il s'abreuve à la fontaine de connaissance) et de le communiquer à l'homme pour son plus grand malheur. C'est, très curieusement, à partir et autour d'un arbre que se jouent, dans les mythes anciens, l'avenir et l'évolution de l'homme !

La configuration du monde, telle que la représentent les mythes, permet entre autres de résoudre un mystère qui n'a cessé de tourmenter l'humanité et qui nécessitait une explication : l'origine et la raison des tremblements de terre.

Pour les Grecs, l'origine des tremblements de terre était, si l'on peut dire, locale. Ils avaient d'ailleurs plusieurs causes, liées à différents épisodes de l'histoire des dieux. Ils étaient le plus souvent attribués à Poséidon ou aux Titans et Géants, comme Typhée et Typhon, jetés dans le Tartare après leur combat malheureux contre Zeus ou écrasés par les montagnes. En se démenant pour défaire leurs liens, ils font trembler la terre. On les attribuait aussi aux Cyclopes, ces géants du feu travaillant au cœur des volcans, sous les ordres du dieu Héphaïstos et forgeant les armes des dieux : foudre de Zeus, arc et flèches d'Apollon et d'Artémis, ou des héros : bouclier d'Achille, par exemple.

Bien entendu, les tremblements de terre s'expliquent aussi par le simple frémissement du pilier ou de l'animal qui soutient le monde, comme dans les textes arabes.

Dans le mythe nordique du dieu Loki, qu'on retrouve en partie en Grèce avec le mythe de Prométhée, c'est un serpent qui joue le rôle essentiel, un rôle de perturbateur de l'équilibre du monde.

De tous les dieux scandinaves, Loki est le plus rusé. Beaucoup de mythologues l'assimilent d'ailleurs au dieu grec Hermès. Dire qu'il est le plus rusé, c'est dire qu'il est, en somme, le plus intelligent et le plus perfide. Le plus clair de son temps se passe à semer le désordre entre les autres dieux, à perturber l'ordre du monde mais parfois aussi... à tirer les dieux d'embarras par son ingéniosité. C'est pourquoi, malgré la haine qu'ils lui vouent, les dieux peuvent difficilement s'en passer.

Un jour, pourtant, Loki dépassa la mesure. Au cours d'un grand banquet célébré dans le palais d'Ægir, le dieu de la mer, Loki s'en prit successivement à tous les dieux : il révéla devant tous leurs intrigues secrètes et amoureuses, leurs forfaits, leurs faiblesses ; pas un ne fut épargné. Les dieux décidèrent alors d'en finir et d'exterminer cette créature indésirable. Ici commence l'histoire des tremblements de terre.

Poursuivi par les dieux, raconte Snorri Sturluson dans son *Gylfaginning* (ou « Voyage de Gylfe »), Loki s'enfuit et se cache dans une cascade, sous l'apparence d'un saumon. Mais les dieux réunis finissent par déjouer ses ruses, lui tendre un piège et l'attraper. Dès lors :

> « Loki était pris sans merci. Les dieux allèrent avec lui dans une caverne. Ils prirent trois pierres plates, les dressèrent verticalement et percèrent un trou dans chacune. Puis ils prirent les fils de Loki, Vali et Nari, transformèrent Vali en loup et éventrèrent Nari. Ils prirent ses boyaux et s'en servirent pour lier Loki sur les trois pierres : l'une se trouvait sous les épaules, la seconde sous les reins, la troisième sous les jarrets. Et les liens devinrent de fer. L'un des dieux, Skadhi, prit un serpent venimeux et l'attacha au-dessus de Loki de sorte que le venin dégouttât sur son visage. Mais Sigyn,

sa femme, est debout près de lui, tenant une cuvette pour recueillir les gouttes. Quand la cuvette est pleine, elle va vider le venin ; celui-ci dégoutte alors sur le visage de Loki : il tressaille si fort que toute la terre en tremble, ce qu'on appelle justement un tremblement de terre. Et Loki restera dans ces liens jusqu'au crépuscule des dieux. »

S. STURLUSON, *Eddas*, trad. R. Don Pujet.

Les familles divines

De cet univers apaisé comme de cette terre si instable, quels sont les habitants ? Monstres primitifs, dieux, géants, nymphes... il est difficile de les relier les uns aux autres.

Déjà, à l'aurore des temps et des mythes grecs, Hésiode avait ressenti le besoin d'ordonner la généalogie des dieux, tant leur histoire présentait de versions contradictoires. Loin de nous l'idée de vouloir recommencer ce travail insensé ! Mais ce faisant Hésiode ne fournit dans chaque cas qu'une seule version des faits et il en est fatalement de même pour chaque source mythique. Si les mythes présentent si souvent tant de versions contradictoires, c'est qu'à leur trame originelle se sont ajoutés les aléas de l'Histoire, la lutte des cités. Les défaites et les victoires des peuples ont retenti sur le destin des dieux autant que sur celui des hommes. La prééminence de telle ou telle divinité n'est souvent due qu'à la victoire historique de la cité dont elle était la souveraine. La tradition religieuse entérine alors le fait en associant la divinité en question avec celle des vaincus : elles deviennent « amies », voire parentes. Il n'est pas de meilleure façon, pour lier les vaincus aux vainqueurs, que de réconcilier ou de marier leurs dieux. Ainsi naissent des « ciments spirituels » plus solides que les entreprises des rois.

À Sumer, comme plus tard à Akkad, l'empire sémitique qui succéda aux Sumériens, quelques grandes figures divines émergèrent de la foule des dieux secondaires. Le Tigre et l'Euphrate arrosant les déserts, les villes gigantesques s'édifiant sur leurs rives, cette ordonnance fit peu à peu oublier le chaos primitif, portant le nom d'Apsou et de Tiamat. Après la fin des deux abîmes monstrueux règnent désormais, sur toute l'étendue de la terre comme au sein du firmament étoilé, des dieux ordonnateurs et bienfaisants pour l'homme.

Anou, le dieu du ciel, est le premier d'entre eux. Il est le chef des dieux, le souverain, celui dont l'empire recouvre l'univers. De son palais situé dans les hauteurs du firmament, ce palais que le déluge n'atteindra pas, il surveille la roue flamboyante de Shamash, le dieu-soleil et le croissant de Sin, le dieu-lune, étincelant dans la nuit claire.

Sur terre règne Enlil, le « Seigneur de la terre », celui qui règle les destins, et Nergal, son fils, dieu des Enfers et souverain des morts. Quant aux mers et aux eaux, elles ont pour seigneur Ea. C'est lui qui a vaincu Apsou, donné à la terre ses eaux et sa fertilité. Il est par excellence l'ami de l'homme, le dieu de la sagesse. Tels sont les quatre premiers dieux de Sumer et d'Akkad — Anou, Enlil, Ea et

Nergal — qui contrôlent et qui surveillent les éléments de l'univers.

Mais, comme ailleurs, un dieu plus jeune les remplacera ou, plutôt, les éclipsera peu à peu : Mardouk, le Seigneur des villes, le vainqueur de Tiamat, le bienfaiteur de l'homme. Il est le démiurge qui construit, façonne, légifère. Il n'a pas créé à proprement parler le monde mais il l'a modelé et sans lui ni le ciel, ni la terre, ni les hommes ne seraient tout à fait ce qu'ils sont.

Ishtar, la fille de Sin, appelée Inini en sumérien, jouera elle aussi un rôle essentiel dans la mythologie mésopotamienne. Elle brille le soir, sous l'apparence de la planète Vénus et son apparition, à l'aube et au couchant, marque pour les hommes les cycles du travail et du repos. Elle est la déesse de la fertilité et de l'amour, de l'énergie bénéfique et régénératrice du monde, celle qui réside dans la graine, dans la terre et dans le sang de l'homme, et qui permet aux êtres et aux choses de s'épanouir et de produire. C'est elle qui descendra jusqu'aux Enfers pour rechercher Tammouz, son jeune amant, dieu de la végétation printanière, tué par un sanglier et prisonnier du royaume des ombres. En le faisant réapparaître à la lumière, elle redonne à la terre et aux hommes les joies du printemps. Le destin dramatique de ce couple divin que la mort même ne parvient pas à séparer inspirera tous les mythes ultérieurs qui, en Phénicie, en Grèce ou à Rome, raconteront la descente aux Enfers d'une déesse abandonnée et le retour à la lumière des forces du printemps.

En Égypte, le cycle du Nil, les crues périodiques qui recouvrent la plaine et le delta, laissant derrière elles un limon fertile qui suffit à nourrir le pays, firent également oublier les dieux primordiaux, jaillis du tertre, de l'œuf ou du lotus primitif et contemporains de l'enfance du monde. Ces dieux, à l'origine, étaient aussi nombreux que les cités qui les imaginèrent mais trois d'entre elles : Héliopolis, Thèbes et Memphis, avaient réussi, pour un temps, à imposer chacune leur divinité souveraine : Atoum, Ammon et Ptah. Par la suite, elles durent se fondre elles aussi avec les dieux nouveaux suscités et imposés par des cités plus puissantes, des dieux qui devinrent les compagnons familiers de l'homme égyptien.

De ces multiples dieux surgis sur la terre d'Égypte, nous connaissons déjà Nout, Geb et Shou, le ciel, la terre et l'air. Mais le plus important fut Rê, le dieu-soleil qui devint le souverain suprême, le maître incontesté des autres dieux. Il fut même, pendant quelque temps, sous le nom d'Aton, le seul dieu dont le culte fut autorisé en Égypte. Nous l'avons vu, à propos du Soleil, parcourir sur sa barque le ciel diurne et le royaume des morts, changer de nom selon les heures de l'aube et du couchant, triompher partout de ses ennemis, assurer à la terre sa chaleur, son ordre, sa lumière. Mais au dieu lumineux s'adjoint, comme une ombre nécessaire, le destin nocturne et tourmenté d'Osiris, dieu de la mort et de la résurrection. Tenu pour le fils de Geb et de Nout — bien qu'il ait d'autres généalogies, selon les sources mythiques —, il sera tué et démembré par le dieu Seth, son frère, et inlassablement recherché par sa sœur et épouse, la déesse Isis, et finalement ressuscité par elle. Son fils, le dieu-faucon Horus, participera, lui aussi, à la quête du corps démembré du grand dieu et mènera contre Seth un combat long et difficile.

En Grèce, les dieux eurent, eux aussi, à lutter pour s'imposer aux forces désordonnées de l'univers. À la première génération de Titans, engendrés par Ouranos et par Gaia et dont les principaux sont Océan, Hypérion, Japet et Cronos succéda une seconde génération de dieux, nés de Cronos et de Rhéa : Hestia, Déméter, Héra, Hadès, Poséidon et Zeus qui se partageront, sous l'égide de Zeus, la souveraineté du monde. Poséidon gouvernera les mers et les eaux, Hadès les Enfers et les morts, Déméter la terre et sa fertilité, Héra, que Zeus épousa secrètement dans le jardin des Hespérides, les épouses et les couples, et Hestia le foyer des dieux, au cœur de l'Olympe. Par la suite, une troisième génération de dieux, tous nés des amours de Zeus, viendra s'adjoindre à eux : Apollon et Artémis, dieu du soleil et déesse de la lune, Perséphone, fille de Déméter, Héphaïstos, dieu du feu, et Arès, dieu de la guerre. Ils constitueront le panthéon primitif des Grecs, celui qui gouvernera jusqu'à la fin des temps les forces et l'harmonie du monde.

À ces dieux premiers s'ajouteront encore, mais plus tardivement, Hermès, fils de Zeus et d'une nymphe nommée Maia, et Dionysos, fils de Zeus et d'une mortelle du nom de Sémélé. Avec eux s'achève le panthéon classique des dieux grecs, en y ajoutant deux déesses qui vinrent au monde d'une façon très singulière, puisqu'elles n'eurent pas de mère. La première, Aphrodite, naquit de la semence d'Ouranos qui féconda la mer où elle tomba. C'est pourquoi on l'appelle la déesse Anadyomène ou Née-des-vagues. La seconde, Athéna, eut bien une mère, du nom de Métis (la prudence). Mais quand Métis fut enceinte de Zeus, celui-ci la dévora purement et simplement, l'enfant qu'elle allait mettre au monde devant, d'après l'oracle, détrôner son père ! Athéna continua de mûrir dans le sein du dieu. Quand le temps de la délivrance arriva, Héphaïstos fendit le crâne de Zeus et Athéna jaillit tout armée de la tête de son père. Cet « accouchement » singulier eut lieu près du lac Triton, en Libye. Déesse guerrière, Athéna participa aussitôt à la lutte contre les géants.

Les dieux indiens offrent au premier abord une multiplicité et une complexité presque impossibles à ordonner. Aucun Hésiode n'eût pu, aux Indes, venir à bout de ces milliers de dieux peuplant le panthéon hindou. Dans cette prolifération due à la fois à l'immensité du pays, à sa très longue histoire, aux innombrables commentaires qui alimentèrent les spéculations religieuses au cours des âges, nous nous contenterons de signaler pour l'instant les quelques divinités fondamentales qui constituent, *aujourd'hui encore*, l'essentiel du panthéon divin. Car, à l'inverse de toutes les autres mythologies mentionnées dans ce livre, celle de l'Inde n'est pas une mythologie morte mais un ensemble de récits, de croyances et de rites toujours vivants.

À l'origine, il y eut Vishnou, l'omnipotent. Il est antérieur à tous les autres dieux. C'est de lui que naîtra Brahmâ, le Créateur. À ces deux divinités s'adjoindra Shiva, un des dieux essentiels de l'Inde et qui représente le principe destructeur. Création, conservation, destruction, tels sont les principes animés par la triade fondamentale composée de Brahmâ, Vichnou et Shiva. Chacun de ces dieux s'adjoindra à son tour un principe féminin : Saravasti pour Brahmâ, déesse de la sagesse et de la science, Lakshmi pour Vichnou, déesse de l'abondance et de l'harmonie. Quant à l'épouse de Shiva, elle porte plusieurs noms et plusieurs visages selon les fonctions que l'on attribue au dieu de la destruction. Elle est tour à tour Uma, la Gracieuse, Parvati, la Modeste, Mâ Kâli, la Mère noire, Durga, l'Inaccessible.

Autour de la triade divine s'agitent quantité de dieux dont chacun représente une manifestation particulière, un aspect précis de l'Absolu. Indra, le plus puissant et le plus redoutable des dieux, combat le dragon Vrtra qui retenait prisonnières les eaux de l'univers et absorbe des milliers de litres de soma, cette boisson fermentée qui fait de l'homme un dieu, Indra présent partout où il y a combat, épreuve, danger. Il est le dieu dynamique et vainqueur, celui qui réveille et stimule l'énergie du monde. Dans le ciel brille Sûrya le Soleil, appelé aussi Savitri et Pushan selon ses fonctions, et Usha l'Aurore. Dans l'air étincelle le visage d'Agni, le dieu du feu tandis que la Terre-Mère, sous le nom d'Aditi, engendre à l'infini les êtres et les dieux. Mitra et Varuna ne sont pas des dieux à proprement parler mais jouent plutôt le rôle d'entités dont la première exprime la vérité du monde et la seconde son immensité souveraine. Tels sont quelques-uns des habitants divins du ciel, de la terre, dont le regard, la conscience et la puissance gouvernent chaque seconde et chaque détail de l'univers.

Enfin, aux extrémités occidentale et septentrionale du monde, dans le ciel orageux et glacé où se dresse le frêne Yggdrasil, s'étend le royaume des dieux nordiques. Royaume tourmenté, âpre et farouche, où plus qu'ailleurs les dieux durent lutter pour imposer la lumière et l'ordre.

Dans les hauteurs glacées du ciel, dans le palais du Walhalla, trône Odin, ou Wotan, le roi des dieux, l'ordonnateur de toutes choses, le seigneur des batailles, des vents et des tempêtes. Accompagné des deux corbeaux qui ne le quittent jamais, Hugin et Mugin, la Pensée et le Souvenir, il parcourt l'étendue des terres et des mers sur son cheval, surveillant les actions des hommes, régentant leurs peurs, leurs joies et leur science. Car il est aussi le maître du savoir et de la sagesse, celui qui a donné aux hommes les runes et l'écriture. Il a pour femme la déesse Frigg et pour fils le dieu Thor ou Donnar, dieu jeune et beau, seigneur de l'orage et de la pluie bienfaisante. C'est Thor qui combat les géants, plus que tout autre dieu, grâce à son marteau magique et à sa science. À leurs côtés, se trouvent Tyr, le dieu de la guerre, Baldr, fils d'Odin, dieu de la lumière et de la beauté, et Loki, qui joue, dans la mythologie nordique, le rôle de génie du Mal.

À ces dieux primordiaux appelés Ases s'ajoutèrent par la suite d'autres divinités appelées Vanes. Ce sont des dieux de la fécondité qui ne s'intégrèrent que tardivement au panthéon traditionnel, à la suite d'un combat dont ils sortirent victorieux. Ces dieux s'appellent Njordr, Freyr son fils et Freya sa fille, qui devint, après leur victoire, la seconde épouse d'Odin.

Les palais célestes

Les dieux ne vivent pas toujours en guerre. Ou, du moins, le rythme de leur vie, plus vaste que celui des hommes puisqu'il est à la mesure de leur éternité, leur permet de connaître de longues périodes de paix. L'œuvre des dieux, dans les mythologies, tend, en principe, vers l'harmonie et l'équilibre, vers un état de plénitude où l'univers devrait fonctionner par lui-même, où les rouages mis en place par les dieux devraient tourner tout seuls.

Mais que signifie vivre en paix, pour un dieu ? En quoi consiste, dans les mythologies, la « vie quotidienne » d'un dieu ? Si l'on excepte les conceptions islamique, hébraïque et chrétienne — où Dieu participe d'une essence étrangère à l'humain et existe par lui-même, hors des limites de l'espace et du temps, infini et éternel — on est frappé de voir, dans les autres mythologies, les dieux soumis aux mêmes limitations que les hommes. Ils dépendent, comme les hommes, de l'espace et du temps, même si, pour eux, l'échelle de ces deux réalités est différente. Leur puissance, leur volonté, leur énergie ont des limites. Il y a toujours, dans la vie d'un dieu, un moment où il doit lui-même se soumettre aux exigences d'une loi supérieure qui est celle de la matière même. Ainsi, les dieux sont immortels mais ils ne peuvent pour autant outrepasser les frontières de la mort. Zeus ou Odin lui-même ne peuvent aller à l'encontre des décisions des Parques ou des Nomes, ces divinités du destin qui tissent, filent et mesurent, auprès des dieux, le devenir des choses et des êtres. Elles sont le symbole de l'évolution de l'univers, du changement nécessaire qui commande aux rythmes de la vie et qui impose l'existence et la fatalité de la mort. Arracher un homme ou un héros à la mort (ou si l'on veut, en termes mythologiques, le faire remonter des Enfers) n'est possible que dans des cas exceptionnels et toujours *en échange de quelque chose d'autre*. Nous verrons par la suite à propos de ces nombreux mythes de *descentes aux Enfers* l'histoire tragique de ces dieux qui voient leur propre pouvoir combattu par celui de la Mort, du Temps et du Destin. Face à ces trois allégories qui ne sont que les trois aspects de la loi inéluctable de l'univers, les dieux ne sont guère mieux nantis que les hommes.

Étant de nature partiellement matérielle, ils sont également soumis aux exigences de cette matière. Ils éprouvent les mêmes besoins que les hommes : ils pratiquent l'amour, avec les mortelles autant qu'avec les déesses, ils s'adonnent aux banquets, s'abandonnent au sommeil. Il est curieux de voir qu'aucune mythologie n'a imaginé de dieu qui ne dorme jamais. Et si le vieillissement est, pour eux, un phénomène inconnu, ils n'échappent pas pour autant à la conscience du temps, de la durée ni de l'évolution : *les dieux ont une histoire* au même titre que les hommes et c'est précisément cette histoire qui est la raison d'être des mythologies. D'ailleurs, l'intérêt qu'ils portent aux humains, les prodiges de duplicité ou de métamorphose qu'ils accomplissent pour se mêler ou pour s'unir à eux, indiquent que leur immortalité ou leur éternelle jeunesse ne sont pas toujours un privilège : les dieux envient parfois, secrètement, les joies, les faiblesses et les désirs limités des hommes.

Parmi toutes les mythologies qui ont décrit la vie des dieux dans l'empyrée, celle des Grecs et celle des Nordiques sont, de loin, les plus riches et les plus inspirées. C'est donc à elles que nous ferons appel pour nous introduire brièvement dans le sein des palais célestes, dans l'Olympe et dans le Walhalla.

Au temps d'Homère, les dieux vivaient sur la montagne Olympe, en Thessalie. Là-haut, sur ces sommets souvent recouverts de nuages, battus des vents, où l'air était si pur que les offrandes, disait-on, n'y pourrissaient jamais, les dieux grecs avaient installé leur demeure. Mais le mont Olympe ne fut qu'un symbole. Le véritable Olympe se trouvait bien plus haut, dans les splendeurs et l'immensité de la voûte céleste : c'est là que les dieux résidaient vraiment car ils pouvaient, de là-haut, contempler la totalité de leur univers.

La nuit s'achève. Les Heures éveillent la déesse

Aurore et le Soleil, attellent leur char, ouvrent toutes grandes les portes de l'orient. L'Aurore sort la première, le Soleil la suit. À peine a-t-il franchi les portes de son palais que les dieux s'éveillent. Ils se lèvent et vont retrouver Zeus siégeant sur un trône d'or dans la grande salle de l'Olympe.

Son programme ? Gouverner l'univers. Mais il semble que cela ne lui suffise pas. Zeus s'ennuie souvent sur l'Olympe. Alors, lorsque aucune tâche ne l'appelle sur la terre, les dieux, selon leurs attributs et leurs fonctions, s'efforcent de le distraire : Apollon joue de la lyre, les Grâces et les Muses dansent dans les jardins célestes, jusqu'à l'heure où les dieux s'installent pour le festin. Hébé, fille de Zeus et d'Héra, sert aux dieux leur repas. Ils se nourrissent d'ambroisie et boivent du nectar, grâce à quoi ils restent éternellement jeunes. Et si rien ne vient troubler leur fête, si aucun incident, aucune querelle, aucun amour ou aucune guerre ne les appelle entre eux ou n'exige l'arbitrage de Zeus ou de Thémis, personnification de la justice, ils passent leur journée ainsi, dans les chants, les danses et les banquets. Et le soir, chacun regagne sa demeure : seule, Hestia veille toute la nuit, près du foyer des dieux, sur le feu qui ne s'éteint jamais…

Les dieux germains avaient une vie plus animée que les dieux grecs. Les plaisirs de l'amour, de la table et des danses n'auraient pu suffire à contenter l'exigence des Germains. Ils aimaient eux aussi la musique, l'amour, les danses et les banquets mais ils préféraient par-dessus tout la guerre, la chasse et les combats. Rien ne vaut, pour un dieu germain, une longue et exaltante chevauchée dans les immensités du ciel, à la poursuite de quelque gibier fabuleux, dans le bruit de l'orage et du vent, et le retour, le soir, harassé, ivre de vitesse et d'émotions, dans le palais céleste du Walhalla où bout, dans un gigantesque chaudron, le dîner des divinités. À côté de ces courses, de ces chasses interminables dans les prairies du ciel, les plaisirs des dieux grecs semblent quelque peu casaniers !

Pour les Germains, l'univers était divisé en plusieurs mondes. Tout en bas, au centre de la terre, se trouvait le pays d'Hel ou de Niflheim, réservé aux morts sans bravoure et sans gloire. Ensuite, à la surface de la terre, aux extrémités de la planète, sur les rives de l'océan, se trouvait le pays de Jotulheim où étaient relégués les géants. Au milieu, sur la surface de la terre, le pays de Midgard où vivent les hommes et, tout en haut, dans le ciel, le royaume d'Asgard où vivent les dieux.

C'est dans ce pays d'Asgard que se trouve le Walhalla, le gigantesque palais des dieux germains. Chacun d'eux y a sa demeure. Celle d'Odin s'appelle Galdsheim — Demeure-de-joie —, celle de Thor — Demeure-d'énergie —, celle de Baldr — Demeure-de-splendeur.

C'est dans le Walhalla que sont reçus les guerriers courageux et tués au combat. Dès leur mort, ils montent jusqu'à la vaste plaine céleste. Ils y franchissent une grille et pénètrent sur le seuil du palais, l'immense palais fait de lances, de fer, de boucliers et d'armes. C'est là qu'ils sont reçus par

Odin, maître des dieux, sur son trône immense appelé Hlidskjalf, d'où il contemple, avec Frigg, son épouse, ce qui se passe dans l'univers.

Là, les morts glorieux passeront leur éternité à banqueter et à combattre. Pour les combats, cinq cents portes peuvent livrer passage chacune à huit cents soldats. Et le soir, lorsqu'ils rentrent, épuisés par la chasse et par les combats, chaque jour recommencés, ils se mettent à table. Les walkyries, vierges guerrières, messagères d'Odin, leur versent l'hydromel produit par les mamelles de la chèvre Heidrun, celle qui broute les feuillages du frêne Yggdrasil. Elles leur apportent aussi la chair du sanglier Saehrimnir. C'est un sanglier géant et mirifique que l'on dévore chaque soir et qui renaît chaque matin !

Dans le ciel, les dieux chassent, dansent, banquettent. Sur terre, les nymphes et les satyres veillent au destin des sources et des plantes. Dans les mers, les néréides jouent dans l'écume. Et aux extrémités du monde comme dans les profondeurs de la terre, des géants et des monstres, enchaînés, écrasés, attendent l'heure finale de leur mort ou de leur délivrance.

Ainsi, l'univers est créé et il possède tout : un ciel, une terre, de l'eau, de l'air. Il possède la vie : des plantes qui croissent, des êtres qui se meuvent, volent et nagent, des dieux qui règnent et qui surveillent le déroulement des choses. Les monstres sont vaincus. La vie est apparue. Les guerres célestes ont pris fin. L'ordre règne. Il semble que rien ne manque.

Pourtant, dans ce monde enfin ordonné, agencé, nanti de tout ce qui permet de vivre, de croître et de mourir, peuplé de dieux et de démons, un vide se fait sentir. Un vide immense, éprouvé justement par les dieux eux-mêmes et par toute la Création. Car l'homme n'existe pas encore et c'est pour lui, précisément, que ce monde a été conçu. Il reste donc… à créer l'homme…

Livre deuxième

L'HOMME ET L'UNIVERS

1

NAISSANCE DE L'HOMME

Les mythes ont essayé de résoudre le problème de l'existence de l'homme sur la terre par des voies plus immédiates et moins complexes en apparence que celles de la science, mais on devine, à travers la multitude des solutions choisies, que son apparition et surtout sa raison d'être n'ont cessé de tourmenter les anciens peuples. En beaucoup de mythes, on voit percer à l'égard des dieux créateurs une attitude nuancée, faite de reproches autant que de reconnaissance. Pour résumer ici, en quelques mots, ce qui sera précisément l'objet des chapitres suivants, disons que les mythes se félicitent pour la plupart de l'initiative des dieux mais qu'à tout prendre — et quitte à créer l'homme — ils auraient dû au moins le « réussir ». Car à quoi sert d'être un humain, c'est-à-dire un être doué de raison et de réflexion, si cette raison, cette réflexion lui font entrevoir ses limites et ses imperfections ? Puisque les dieux ont créé l'homme à leur image, pourquoi ne pas avoir poussé la ressemblance jusqu'au bout ? Pourquoi l'avoir créé mortel, sujet aux maladies, aux souffrances de toute sorte ? Pourquoi ne pas lui avoir donné d'emblée les armes nécessaires à son bonheur terrestre, pourquoi l'avoir obligé à se nourrir, à se vêtir, à travailler ? Bref, pourquoi en même temps que le Bien avoir créé le Mal ?

Dès l'instant où les hommes éprouvent le besoin d'inventer des mythes sur leur propre origine, c'est qu'ils éprouvent surtout celui d'une réponse et qu'une angoisse les tenaille. Aussi la plupart des « solutions » proposées mentionnent-elles, en même temps que l'origine de l'homme, celle de ses imperfections. L'une et l'autre sont inséparables. La vieille sagesse que Nietzsche attribue à Silène, cette sagesse grecque née sur les rives d'Asie Mineure : « l'homme est né pour souffrir, mieux eût valu pour lui ne pas venir au monde », perce souvent derrière les images grandiloquentes et les louanges officielles adressées aux divinités. Et si tous les mythes ne sont pas nécessairement critiques à l'égard de la création, beaucoup mêlent aux félicitations une amertume légitime et une revendication fort claire de ce que *l'homme aurait dû être*.

Les fils de la terre

Il est curieux de voir que beaucoup de mythes rejoignent de façon purement accidentelle certaines découvertes de la science moderne. Ce sont tous ceux qui attribuent à l'homme une origine naturelle. Car s'il existe une infinité de variantes dans les détails de la création de l'homme, le problème proprement dit ne comporte qu'une alternative : ou l'homme a été *créé* par un dieu, un démiurge ou un « conseil » divin, à la suite d'une décision délibérée, ou il est venu sur terre *par hasard,* à la suite de processus purement mécaniques ou biologiques. Création ou génération spontanée. En réalité, le dilemme n'est pas tout à fait aussi rigide et il serait difficile de classer tous les mythes sur l'origine de l'homme à l'aide de ce seul critère. Dans un univers où tout est d'essence divine, où les éléments — eau, terre, air, feu — ne sont souvent que les aspects mineurs de la divinité, la génération spontanée est impossible au sens strict du terme. Quand un mythe comme celui de Deucalion ou celui de Cadmos décrit des hommes surgissant brusquement du sol, on peut y voir une création de la Terre, conçue comme divinité, plutôt qu'un phénomène purement fortuit. À l'inverse, la création de l'homme par les dieux ne s'est jamais faite à partir du néant, *ex nihilo* comme disent les savants mythologues. Ils utilisent toujours une « matière première » qui appartient fatalement à l'univers physique — argile, eau, feu, plantes — et qu'ils animent par le pouvoir de leur énergie ou de leur parole.

De tous les mythes qui nous proposent la solution de la génération spontanée, les plus curieux sont ceux des Australiens aborigènes. En principe ces peuples n'entrent pas dans le cadre de ce livre mais nous mentionnerons ici un de leurs mythes car il est le prototype du genre.

Les premiers hommes, dit ce mythe, sont nés de certaines formations, végétant sur les rivages des eaux basses et salées. Au début, tant qu'ils flottaient dans l'eau, ils n'avaient pas de forme bien distincte ni d'organes particuliers tels que l'ouïe ou les yeux et ils ressemblaient à des boules blanchâtres où l'on pouvait tout juste discerner l'ébauche des membres et de la tête. Alors des créatures célestes, les *ungambikula*, intervinrent et les déplièrent, modelant ici la bouche, façonnant ailleurs le nez et les oreilles, jusqu'à ce qu'ils aient une apparence humaine. Dès que leurs membres furent achevés, les hommes sortirent de l'eau et se mirent à marcher.

Il ne s'agit pas là d'une génération entièrement spontanée puisqu'en fin de compte, il y a fort à parier que l'homme flotterait toujours, sous forme de boule blanchâtre, dans les fonds tièdes des mers du Sud, si les *ungambikula* n'étaient intervenus. Mais certains autres peuples d'Océanie sont allés jusqu'au bout du mythe — si l'on peut dire — et imaginèrent qu'à la suite d'un assèchement progressif des lagunes, les « boules » se trouvèrent privées d'eau. La plupart moururent mais d'autres — fort peu d'ailleurs — réussirent à se déplier et à gagner la terre. Leurs membres encore mous ne leur permirent pas de marcher et ils se contentèrent de ramper sur le sol. Mais peu à peu, leurs membres se raffermirent et ils purent se dresser sur leurs jambes : l'*Homo bipedus* était né. Ceux d'entre eux qui — pressés par le besoin — n'attendirent pas la station debout et se reproduisirent quand ils rampaient encore, donnèrent naissance à tous les animaux rampants : reptiles et batraciens. Ceux, par contre, qui eurent la patience d'attendre engendrèrent des hommes pareils à nous. On voit qu'incidemment ce mythe océanien explique aussi l'origine des reptiles et la raison pour laquelle ils sont les ennemis héréditaires de l'homme : ce sont des hommes imparfaits, nés prématurément et qui jalousent leurs frères plus réussis.

Les mythologies classiques — sans atteindre à la transparence et à la pureté des mythes océaniens — portent elles aussi les traces de cette image évolutionniste. Pourquoi les hommes ne seraient-ils pas nés du sol, de cette terre qui enfante tous les êtres, les animaux, les plantes ? C'est ce qui est décrit dans les mythes déjà mentionnés de Deucalion et de Cadmos, mythes qui possédaient aux yeux des Grecs une valeur et un sens certains. Même si l'on ne prenait pas toujours ces légendes « au pied de la lettre », leur portée symbolique restait énorme. Car elles faisaient de l'homme le fils même de la Terre, un être attaché à son sol par les mêmes liens ombilicaux qui relient l'enfant à sa mère. Le patriotisme moderne n'est qu'une forme bien affadie de cet amour de la terre natale qui, dans les mythes anciens, s'explique par cette naissance à partir du sol fécondateur. Les hommes se sentaient enracinés sur ce sol comme des arbres et l'exil était pour eux un arrachement équivalant à une mort. Jusqu'à l'époque classique, l'exil fut d'ailleurs considéré comme un châtiment pire que la mort car il coupait l'homme des lieux et des racines censés lui avoir donné vie.

Que le sol ou la terre puisse engendrer spontanément des hommes, voilà, pensera-t-on, qui résout donc tous les problèmes. Voire ! Est-il si réconfortant de se dire que nous existons ici-bas au même « titre » que les pierres, les arbres, les animaux, sans autre raison d'être que le caprice d'une force aveugle ? Il faut croire qu'en dépit de ses inconséquences, ce mythe eut de profondes résonances chez les Grecs puisque Platon lui-même, loin de le rejeter comme futile, lui accorde une place importante dans son système de l'univers. Mais il l'enrichit, en analyse les racines et les modalités et échafaude, ce faisant, une théorie qui est elle-même un des plus beaux mythes légués par la pensée platonicienne.

Dans le *Politique*, au cours d'un dialogue entre le jeune Socrate et un personnage appelé l'Étranger portant sur l'origine des civilisations et les cycles de l'univers, l'Étranger mentionne une antique tradition d'après laquelle « les hommes d'autrefois venaient au monde comme fils de la Terre, sans s'engendrer mutuellement ». Pourquoi ? En raison d'une loi très étrange régissant l'univers et lui imprimant tour à tour un cycle normal, puis rétrograde. Or, au moment où l'univers rétrograde et fait, en somme, marche arrière, les êtres et les choses rétrogradent eux aussi et on assiste sur la terre au spectacle déroutant de vieillards qui rajeunissent subitement et redeviennent enfants.

Les hommes nés de la terre provenaient donc des semences, ou des restes, de ceux qui précédemment s'y étaient engloutis, à force de rajeunir pour resurgir à la lumière, le jour où l'univers reprendrait son cycle normal. Bien entendu, cette tradition n'est pas une explication puisqu'elle ne fait que repousser l'origine de l'homme. Car d'où provenaient les premiers d'entre eux, ces vieillards à barbe blanche « contraints » de retomber, au sens propre, en enfance ? Platon ne le dit pas, ni l'Étranger ; du moins, ce récit implique-t-il que certaines races humaines seraient nées de la terre, en des temps très lointains dont l'homme n'a gardé que le souvenir de ces vieillards rajeunissant.

L'avantage essentiel de cette génération spontanée est qu'elle n'implique ni procréation ni, par conséquent, existence des sexes. L'existence de la femme semble avoir constitué une énigme difficile à résoudre car bien des peuples anciens ont conservé la nostalgie d'un monde dont elle serait exclue, en des mythes où l'on voit l'homme s'engendrer lui-même ou naître de multiples façons mais, dans chaque cas, sans le secours de l'autre sexe. Se reproduire par bourgeonnement comme l'hydre d'eau douce ou en en se divisant comme la paramécie semble vraiment un rêve ancré au cœur de l'homme. Quoi qu'il en soit, c'est peut-être le souci de ne pas dépendre de la femme *quant à son origine* — mais sans la renier pour autant puisqu'elle peut être aussi une source de plaisir — qui poussa l'homme à imaginer souvent son apparition sur la terre de façon spontanée. Et s'il ne surgit pas du sol tout armé comme les hommes semés par Cadmos, il peut naître, alors, d'une plante ou d'un arbre, avoir une origine végétale.

Un texte du *Boundahishn*, le livre sacré des anciens Iraniens, raconte qu'Ahura Mazda, le grand dieu iranien, créa d'abord un premier homme — androgyne, c'est-à-dire à la fois mâle et femelle — du nom de Gayomart. Mais Ahriman, l'esprit du mal, s'attaqua aussitôt à Gayomart et le tua. Gayomart s'affaissa sur le sol, sa semence pénétra dans la terre et, quarante ans plus tard, il en naquit un grand pied de rhubarbe. C'est pourquoi la tige de la rhubarbe est rouge : elle est teintée du sang de Gayomart. De cette rhubarbe naquirent un homme et une femme, le premier couple humain, qui s'unirent et engendrèrent l'humanité.

Un mythe scandinave et nordique raconte lui aussi qu'au moment de créer l'homme, Odin hésita sur la manière de s'y prendre. Il décida, finalement, de modeler l'homme à partir d'un frêne et la femme à partir d'un aulne. On imagine assez facilement les raisons de ce choix : c'est que, pour faire du feu, on utilisa longtemps en Germanie un morceau de frêne — bois dur — que l'on faisait tourner dans un morceau d'aulne — bois tendre. L'étincelle qui en jaillit anima les deux morceaux qui devinrent respectivement homme et femme.

Cette image « végétale » de l'homme, on la retrouve partout, jusqu'à notre époque, sous des formes très différentes, bien sûr, et très édulcorées. Mais si l'on songe aux innombrables contes, romans, poèmes, peintures décrivant ou représentant des arbres à forme humaine, des plantes douées de la parole, des forêts vivantes et des bébés naissant des choux ou des roses, on voit combien l'homme est resté attaché, par le biais du folklore, à ces croyances millénaires. D'obscures complicités nous lient encore aux forêts, aux arbres et aux plantes. Les mots que nous employons chaque jour portent eux-mêmes l'empreinte de cette origine commune que l'on attribue aux deux règnes : ne parle-t-on pas du *tronc* d'un arbre ou de celui d'un homme ? l'homme n'a-t-il pas des *bras* et l'arbre des *branches* ? Et lorsque précisément on veut remonter à l'origine d'une famille, ne dresse-t-on pas son *arbre* généalogique ? D'ailleurs, dans toute la littérature du Moyen Âge et jusqu'en pleine Renaissance, on continua de lire les récits de voyageurs crédules affirmant avoir vu, aux Indes, des hommes et des femmes engendrés par des arbres et « mûrissant », suspendus aux branches, jusqu'au jour où ils s'en détachent.

Cette antique parenté de l'homme et des végétaux, et surtout de l'homme et des arbres, ressort particulièrement d'un des mythes les plus fascinants légués par les Grecs, celui de Méléagre.

Méléagre était le fils de la reine d'Étolie et du dieu Arès. Sept jours après sa naissance, les Parques — qui présidaient en Grèce au destin de chaque homme — se rendirent chez la mère de Méléagre et lui prédirent que le sort de son fils était lié à celui d'un tison qui brûlait, à cet instant, dans le foyer. La mère se hâta de l'éteindre et de l'enfermer dans un coffre dont elle seule connaissait la cachette. Les années passèrent. Méléagre grandit. Tout alla bien jusqu'au jour où, au cours d'une chasse fatale, Méléagre poursuivit et tua un sanglier énorme, dans la forêt de Calydon. Au moment de partager la dépouille, il se disputa avec ses oncles maternels et les tua. Alors sa mère, dans une crise de furie, jeta le tison dans le feu provoquant aussitôt la mort de Méléagre.

Ce mythe singulier — tout au moins pour nous qui, aujourd'hui, avons perdu le souvenir de cette antique alliance de l'homme et de la plante — s'éclaire par une de ses variantes : la mère de Méléagre aurait mis au monde, en même temps que lui, une branche d'olivier. C'est cette branche, « sœur jumelle » de Méléagre, que sa mère aurait jetée au feu. La mort de Méléagre s'expliquerait alors par ce phénomène bien connu qui lie organiquement les jumeaux. Il meurt parce que sa « sœur jumelle » est en train de mourir. Pour ceux dont l'esprit rationnel exige des solutions claires, on peut supposer que la sœur de Méléagre était une véritable sœur qui portait le nom d'une espèce d'olivier, d'où la confusion postérieure chez ceux qui recréèrent son histoire. De toute façon, l'essentiel de ce mythe quelque peu terrifiant — car il porte tous les signes d'une fatalité implacable pesant sur l'homme — réside justement dans cette fraternité de homme et de l'arbre, qui, ici, le mène à la mort.

Cette parenté — cette consanguinité même — explique aussi les nombreux mythes où l'on voit, à l'inverse, un héros se transformer en plante. Pour qu'une telle transformation soit possible, il faut en effet que la sève et le sang — mots qui ont la même racine linguistique — aient des affinités héréditaires. La plante devient homme, ou l'homme devient plante, car l'un et l'autre appartiennent, en fait, au même monde.

Les héros — ou héroïnes — devenus plantes sont légion. Ces transformations sont toutefois rarement voulues et revêtent presque toujours un caractère dramatique. Cela se comprend fort bien : être homme après avoir été plante est, à tout prendre, une « promotion » dans la hiérarchie des êtres vivants, mais l'inverse a tout l'air d'une régression, d'une disgrâce. C'est pourquoi les métamorphoses d'êtres humains en plantes ou en arbres s'effectuent de façon tragique, à la suite de quelque événement pathétique de la vie du héros. L'un des plus célèbres de ces héros est Adonis.

Le roi de Chypre, un nommé Cinyras, avait une fille du nom de Myrrha. Cette fille, qui s'estimait fort belle, prétendit un jour égaler Aphrodite et la déesse, pour se venger, fit naître en Myrrha un désir incestueux à l'égard de son père. Myrrha tenta de résister à cette passion contre nature mais tous ses efforts furent vains. Au point qu'une nuit, après maints subterfuges et avec l'aide d'une servante, elle réussit à s'unir à son père, à l'insu de celui-ci. La nuit suivante, elle recommença mais son père découvrit la ruse et poursuivit sa fille pour la tuer. Myrrha s'enfuit et les dieux, pour la protéger, la transformèrent en un arbre, l'arbre à myrrhe. C'est pourquoi l'écorce de cet arbre exsude une résine odorante : ce sont les larmes de Myrrha.

Quand elle fut transformée en arbre, Myrrha

était enceinte de son père. L'enfant grandit et, un beau jour, creva l'écorce et vint au monde. Aphrodite, émue par sa beauté, le prit et le baptisa Adonis, ce qui signifie « le Seigneur ».

Elle le confia à Perséphone, la déesse des Enfers, pour l'élever jusqu'à l'âge de raison mais Perséphone, émerveillée à son tour par la beauté de l'enfant, ne voulut pas le rendre. Les dieux arbitrèrent le conflit et décidèrent qu'Adonis passerait un tiers de l'année avec Perséphone, un autre tiers avec Aphrodite et ferait ce qu'il voudrait du tiers restant.

Aphrodite venait tout juste de prendre « possession » de son favori, devenu adolescent, lorsque celui-ci eut envie d'aller à la chasse. Profitant d'une absence de la déesse, il s'éclipsa et partit. Mais il fut tué dans la forêt par un sanglier. Aphrodite entendit son cri, accourut et, dans sa hâte, se piqua à une épine de rose. Le sang de la déesse coula : depuis ce jour, les roses sont roses ou rouges car avant, toutes étaient blanches. Adonis mourut dans les bras d'Aphrodite. Son sang se répandit sur le sol et colora lui aussi les fleurs qui s'y trouvaient : des anémones. Depuis ce jour les anémones ont la couleur du sang d'Adonis et la fragilité éphémère de sa vie : elles s'effeuillent au moindre souffle.

Arbre à myrrhe, roses, anémones.... le mythe d'Adonis est tout pénétré des senteurs des fleurs printanières dont il explique la couleur et l'aspect. Mais plus encore, il marque bien l'origine végétale de l'homme puisque Adonis naît d'un arbre au printemps et que son destin dramatique sera celui de la végétation, un éphémère printemps, des couleurs éclatantes et le retour brusqué vers les ténèbres des Enfers. C'est pourquoi en Syrie, chaque année, les femmes pleuraient la mort de leur dieu préféré en confectionnant dans des pots de petits jardins qui se fanaient en quelques jours, images de la vie d'Adonis.

Dramatique fut aussi la métamorphose de la nymphe Daphné. Daphné était une nymphe d'une grande beauté dont Apollon tomba amoureux fou. Mais Daphné n'était guère portée vers les hommes — fussent-ils des dieux — et elle refusa les avances d'Apollon. Le dieu, furieux, la poursuivit à travers monts et plaines et quand Daphné vit qu'il allait la rattraper, elle supplia Zeus de la prendre en pitié. Et Zeus la transforma en laurier sauvage. Alors Apollon dut se « rabattre » sur la plante : c'est depuis ce jour que le laurier (*daphné* en grec) devint sa plante préférée.

Chaque nom de plante — ou presque — rappellerait une légende analogue : Narcisse dont on connaît déjà l'histoire, métamorphosé en fleur alors qu'il se languissait près d'une source devant sa propre image (ce qui explique pourquoi cette fleur aime l'eau et penche sa corolle vers le sol), les Héliades, les sœurs de Phaéton, transformées en peupliers alors qu'elles pleuraient debout autour du tombeau de leur frère foudroyé (ce qui explique que le murmure des peupliers dans le vent ressemble à une lamentation éternelle).

Chacune de ces légendes est à la fois très proche et très différente des autres. Elles décrivent une même histoire et possèdent un symbolisme identique — histoire toujours tragique où le sang d'un dieu, d'un héros se répand sur le sol et confère aux fleurs leurs teintes sombres et leur fragilité — mais chacune a un charme particulier, un détail important qui lui donnent une résonance unique. Ainsi la légende de Cyparissus.

Cyparissus était un jeune berger aimé d'Apollon et qui avait un cerf pour compagnon. L'enfant et l'animal passaient tout leur temps l'un avec l'autre, ne se quittant jamais. Mais un jour où la chaleur torride pesait sur la campagne, le cerf se coucha à l'ombre pour dormir et Cyparissus le tua par mégarde. Fou de douleur, il se mit à pleurer sans trêve et Apollon, prenant pitié de lui, le transforma en cyprès. Voilà pourquoi cet arbre est le symbole de la tristesse et des lamentations.

La légende d'Hyacinthe, autre amant malheureux d'Apollon, est en rapport avec un lys qui croît en Grèce et en Anatolie.

Hyacinthe était, lui aussi, un beau jeune homme aimé d'Apollon. Mais un jour que tous deux jouaient au lancer de disque, celui-ci dévia dans sa course et tua Hyacinthe. Apollon, pour immortaliser son amant, fit naître une fleur du sol imbibée par son sang, celle que les Grecs appellent *hyakinthos*, qui est un lys dont les pétales recourbés dessinent la lettre Y, initiale grecque du héros tué.

Plus belle encore — et plus touchante — est l'histoire de la nymphe Clytie. C'est encore Apollon — sous les traits du Soleil — qui est une fois de plus au cœur de cette légende. Il semble qu'être aimé du Soleil-Apollon ne soit pas de tout repos. Hyacinthe, Daphné, Cyparissus, Clytie, tous et toutes vivent avec l'astre-dieu des amours tragiques — immortalisés par leur métamorphose en plante.

Clytie était une nymphe aimée du Soleil. Elle l'aimait aussi et, pendant quelque temps, leur amour ne connut pas d'ombre. Jusqu'au jour où le Soleil aperçut une jeune fille du nom de Leucothoé, dont il tomba si amoureux qu'il ne pouvait se résigner à quitter le ciel. Jamais les jours ne furent plus longs qu'à cette époque, jamais l'aube ne se leva si tôt.

Mais les amours du Soleil et de Leucothoé furent, comme il se doit, brèves et tragiques. Le père de la jeune fille, en apprenant sa « liaison » avec l'astre du jour, n'en fut nullement flatté et l'enferma dans un souterrain où elle mourut d'inanition. Le Soleil devint inconsolable. Il refusa de revoir Clytie, sa première maîtresse qui n'avait cessé de l'aimer. Clytie sombra alors dans la mélancolie. Elle abandonna ses compagnes, se retira dans un désert où elle resta neuf jours sans boire et sans manger, les yeux sans cesse fixés sur le Soleil. Alors celui-ci, la prenant en pitié, la changea en une fleur qui, depuis lors, demeure toujours tournée vers lui : l'héliotrope.

Les dieux d'argile

Ces métamorphoses d'êtres humains en végétaux, de même que ces naissances à partir d'un arbre, d'une racine ou d'une fleur, sont des naissances spontanées. Les dieux s'en mêlent parfois mais la plupart du temps les êtres nés ainsi sont au sens propre des *autochtones*, c'est-à-dire des êtres nés de la terre, surgis de sous la terre. C'est pourquoi leurs descendants eurent parfois maille à partir avec les dieux : ceux-ci leur reprochaient d'être venus sur terre sans leur accord.

Dans les mythes suivants, ce sont les dieux qui prennent en main la création de l'homme. Il arrive que ce soit aussi des démiurges, c'est-à-dire des divinités secondaires opérant de leur propre chef et n'ayant pas toujours les pouvoirs ni les « autorisations » nécessaires, ce qui explique certaines imperfections de l'homme. Mais dans les deux cas, l'apparition de ce dernier est due à une volonté délibérée des puissances supérieures.

Si étrange que cela paraisse de prime abord, le problème immédiat qui se posa à toute divinité désireuse de créer un homme fut celui de la « matière première ». Aucun dieu — même Yahvé — ne créa jamais d'homme à partir du néant : pour ce faire, force lui fut d'utiliser un matériau quelconque pris sur la terre ou les vestiges d'un géant ou d'un monstre primordial, vaincu au cours d'une lutte contre les dieux.

La matière première la plus courante, celle en tout cas dont l'usage est le plus largement répandu, c'est l'argile. On retrouve là, sous une autre forme, les mythes qui font naître l'homme de la terre. Il semble surtout que la découverte de la céramique, du pétrissage et du façonnage de l'argile ait joué un rôle certain dans la genèse de cette conception, d'autant qu'elle apparaît pour la première fois au pays de Sumer, où l'on inventa les premières poteries. Un très vieux texte sumérien donne même la « recette » d'après laquelle le dieu Ea et la déesse Mami parvinrent à fabriquer un homme. La voici, exactement transcrite :

> La déesse Mami prit quatorze poignées d'argile.
> Elle plaça sept poignées à droite.
> Elle plaça sept poignées à gauche.
> Au milieu, elle posa une brique.
> Ea, agenouillé sur une natte, ouvrit le nombril des figurines.
> Des deux groupes, sept produisirent des hommes.
> Sept produisirent des femmes.
> La déesse qui crée les destins
> Les compléta par paires. Mami
> Dessina des formes humaines.
>
> *La Naissance du monde*, sources orientales.

Ce procédé est, de loin, le plus primitif. Il n'exige rien d'autre qu'un peu d'argile et la bonne volonté d'un dieu, mais il apparut vite, à mesure que la civilisation sumérienne se perfectionnait, que la création de l'homme avait dû se passer de façon plus élaborée. Quelque chose manquait à l'homme, de plus tangible, de plus intimement mêlé à lui-même, qu'un simple façonnage divin, quelque chose qui lui vînt des dieux, une parcelle d'eux-mêmes. Ainsi l'homme détiendrait dans sa chair et son sang un fragment de la divinité. C'est ce que firent par la suite les dieux akkadiens et surtout Mardouk, le vainqueur de Tiamat, une fois qu'il eut créé l'univers et ordonné les eaux, les astres et les cieux.

Dans une première version, le mythe présente une assemblée de dieux qui décident de créer l'homme. C'est là, en effet, une tâche délicate qui exige le concours de tous et, surtout, une matière première qui est l'argile *mêlée au sang d'une divinité sacrifiée pour la circonstance*.

Par la suite, le dieu Mardouk « s'attaqua » lui aussi à l'homme, quelques siècles plus tard mais sans l'aide d'aucun autre dieu. On retrouve toutefois dans ce mythe l'innovation du précédent : à l'argile première, Mardouk doit mêler le sang d'un dieu secondaire, sacrifié pour la circonstance, afin que l'homme puisse posséder la vie. C'est une conception de la Création qui fera son chemin chez tous les peuples sémitiques, qui se décantera, se sublimera peu à peu jusqu'à la vision hébraïque et chrétienne du Messie, du dieu immolé Sauveur du monde.

En entendant l'appel des dieux
Mardouk résolut de créer une grande œuvre.
Prenant la parole, il en fit part à Ea
Pour prendre son avis sur le plan qu'il avait conçu :
Je veux faire un réseau de sang, former une ossature
Pour produire une sorte d'être dont le nom sera « homme ».
Je veux créer une sorte d'être, l'homme.
Que sur lui repose le service des dieux, pour leur soulagement.
Je veux parfaire l'œuvre des dieux.
Dans sa réponse, Ea lui tint ce propos.
Pour le soulagement des dieux, il lui communiqua son idée :
Qu'un seul de leurs frères, qu'un seul dieu soit livré.
C'est lui qui périra pour que naisse l'humanité.
Mais les grands dieux assemblés se doivent de décider

Quel coupable il faudra livrer, pour qu'eux-mêmes
puissent subsister.

La Naissance du monde, sources orientales.

Les dieux se réunissent alors pour désigner la « victime », c'est-à-dire celui d'entre eux qui sera sacrifié. Leur choix se porte sur Kingou, l'allié de Tiamat au cours du grand affrontement de Mardouk et de son ennemie.

Et ils lui firent subir son châtiment,
Ils lui tranchèrent les veines.
De son sang naquit l'humanité
Et Mardouk lui imposa le service des dieux, pour
les en dégager.

La Naissance du monde, sources orientales.

Ce qu'il faut avant tout noter, c'est que cette conception fera de l'homme le détenteur d'une parcelle ou d'une goutte du sang des dieux. Il sera donc lui-même, en quelque sorte, un dieu d'argile, un *dieu matérialisé* et cette vision est exprimée, en quelques lignes, par un très beau texte akkadien qui résume à lui seul toute la grandeur et toute la servitude de l'homme :

Qu'on immole un dieu
Et les autres seront purifiés.
Qu'à sa chair et à son sang
On mêle de l'argile.
Dieu et l'homme seront ainsi
Réunis dans l'argile.

La Naissance du monde, sources orientales.

Bien qu'il revête chez eux une signification et une importance primordiales, ce procédé de création n'est pas propre aux Sumériens et aux Sémites. On le retrouve aussi aux Indes et en Grèce. L'idée que l'homme possède en lui quelque chose de divin — quelque chose du dieu dont le sacrifice lui a permis d'apparaître sur terre — se retrouve dans le mythe indien de Purusha et dans la légende grecque de Dionysos.

Purusha, l'homme primordial dont le corps servit à façonner les différentes parties de l'univers, permit aussi de créer l'homme. Un hymne déjà cité du *Rigveda* précise, en parlant de Purusha :

> ... Sa bouche devint le Brahmane,
> Le Guerrier fut produit par ses bras,
> Ses cuisses furent l'Artisan,
> De ses pieds naquirent les Serviteurs.
>
> *Hymnes spéculatifs du Veda*, trad. L. Renou.

On voit ici comment un mythe — intemporel en apparence — finit par justifier, en leur donnant une origine sacrée, les hiérarchies des castes qui, elles, semblent plutôt une invention des hommes.

Une des variantes de la légende grecque de Dionysos fait elle aussi de l'homme le détenteur d'une parcelle de l'énergie divine. Il s'agit là d'une version déjà élaborée qu'une tradition ancienne attribue à Orphée et à Pythagore : « Dionysos était le fils de Zeus et de Perséphone, la déesse des Enfers. Un jour que le dieu s'était rendu dans le pays des morts pour visiter sa mère, les Titans s'emparèrent de lui, le démembrèrent, le dévorèrent. Zeus, alors, les foudroya et de la cendre des Titans naquirent les hommes. Chaque homme possède ainsi en lui une parcelle de Dionysos : quand l'univers aura pris fin et que tous les hommes auront rejoint le royaume de l'au-delà, ces millions de parcelles seront réunies et Dionysos ressuscitera tout entier. Ainsi s'explique ce désir et cette nostalgie du ciel qui résident en l'homme : chaque parcelle du dieu démembré aspire à retrouver les autres car l'homme a été créé de la cendre d'un dieu. »

Le souffle créateur

Rien ne serait plus absurde que de s'étonner des contradictions dont fourmillent les mythes. Le même peuple, à plusieurs siècles d'intervalle, a pu inventer des récits dissemblables, voire contraires, sur l'origine de l'univers et sur celle de l'homme, comme il a pu emprunter à telle ou telle civilisation des conceptions fort différentes de celles de ses ancêtres. En Iran, par exemple, le *Boundahishn* imagine le premier couple humain issu d'une rhubarbe elle-même engendrée par la semence de Gayomart, mais un autre texte iranien, l'*Avesta*, antérieur de plusieurs siècles au précédent, imagine tout autrement l'origine de l'homme. D'après ce texte, le premier homme s'appela Yma. Il était à sa naissance un être androgyne mais Ahura Mazda, son créateur, voyant qu'il ne pouvait se reproduire, le sépara en deux moitiés : l'une mâle, l'autre femelle

(Ymi). Les deux moitiés s'unirent et engendrèrent l'humanité.

Pourtant, la tradition la plus connue quant à l'origine de l'homme est rapportée par la Genèse. Bien que ses sources soient sumériennes et akkadiennes, le récit biblique présente nombre d'innovations par rapport à ses modèles antérieurs. Car l'homme, dans ce récit, est animé par le souffle de Dieu, sans qu'il soit besoin, désormais, de faire appel à une quelconque substance divine telle que le sang. La part divine résidant en l'homme devient entièrement spirituelle — il vaudrait mieux dire pneumatique — et cette seule différence est, en fait, une révolution.

Dans la version rapportée par le Code sacerdotal, Élohim, après avoir créé la lumière, le ciel, la mer, la terre, les végétaux, les astres et les animaux, décide de créer l'homme.

> Élohim créa l'homme à son image,
> À l'image d'Élohim il le créa,
> Homme et femme il les créa.

Plus rude, plus concret mais aussi plus naïf est le récit du Yahviste. Il concerne l'homme lui-même, beaucoup plus que le précédent, et révèle sur son origine des détails que l'autre version ignore. Yahvé façonne l'homme avec la poussière tirée de l'humus de la terre et cette association entre *humus* et homme *(homo)* va au-delà d'un simple jeu de mots. Elle exprime, par les termes mêmes, l'origine terrienne et végétale de l'homme :

> « Au temps où Yahvé Dieu fit la terre et le ciel, il n'y avait encore aucun arbuste des champs sur la terre et aucune herbe des champs n'avait encore poussé, car Yahvé Dieu n'avait pas fait pleuvoir sur la terre et il n'y avait pas d'homme pour cultiver le sol. Toutefois, un flot montait de terre et arrosait toute la surface du sol. Alors Yahvé Dieu modela l'homme avec la glaise du sol, il insuffla dans ses narines une haleine de vie et l'homme devint un être vivant. »
>
> *La Bible de Jérusalem.*

On pourrait penser que les récits concernant la création de l'homme s'arrêtent à la Bible. La version donnée par la Genèse a suffi pendant très longtemps et suffit encore, pour beaucoup, à expliquer l'apparition des premiers hommes. Qu'il s'appelle Oulligara en sumérien, Gayomart ou Yma en iranien, Adam en hébreu, ce premier homme est un produit des dieux ou de Dieu, un être créé pour son service. Il est même précisé, dans un texte akkadien et dans celui de la Genèse, qu'il a été créé à l'image de Dieu. Dans l'esprit des peuples anciens, cette expression ne signifiait pas nécessairement que les dieux étaient anthropomorphes. Les Égyptiens, les Sumériens, les Indiens et les Iraniens représentaient fréquemment la même divinité sous les traits les plus différents, humains, animaux ou hybrides, ce qui était une façon d'exprimer justement le fait qu'à leurs yeux la divinité n'avait pas de visage précis, puisqu'elle pouvait les prendre tous. En fait, cette ressemblance entre Dieu et sa créature se réfère surtout au plan spirituel. L'homme — avec Dieu — appartient à l'ordre des créatures douées de raison, de spiritualité et de pneuma, puisqu'il contient précisément une parcelle, une étincelle ou un souffle tirés de Dieu.

Une des conséquences de cette idée essentielle est que l'homme, fatalement, est doué de la station debout. Ce privilège, unique parmi tous les êtres vivants, lui a été donné par Dieu — en même temps que la raison dont il est l'envers inséparable. C'est là une association qui pourra nous surprendre mais tous les auteurs chrétiens l'ont considérée comme évidente. Si l'homme est doué de la station debout, c'est parce qu'il a été créé par Dieu pour son service et son adoration et qu'il peut ainsi se tourner plus commodément vers le ciel. Un quadrupède ne saurait adorer que la terre. L'homme, seul, possède le privilège de pouvoir se tourner vers le ciel, prouvant ainsi le lieu de son origine. « Comme Dieu destinait l'homme au ciel, écrit le poète chrétien Lactance dans ses *Institutions divines,* il ne lui a donné que deux pieds et l'a formé droit et élevé afin qu'il regardât vers le lieu de son origine. »

Cette station debout, ce statut de bipède — qui nous semblent si naturels — parurent pourtant singuliers à certains. Ce privilège, en effet, ne risque-t-il pas d'entraîner des obligations et des contraintes insupportables ? Et surtout, ne risque-t-il pas de provoquer des « remous » au sein de la Création, de susciter des jalousies, des haines, voire des révoltes de la part de créatures moins favorisées ? Il est curieux de voir que le thème célèbre de la révolte de certains anges ne concerne, pour une fois, que la Bible et le Coran. Dans les mythologies, les dieux et autres créatures célestes se félicitent — tout au moins au début — de l'apparition de l'homme sur la terre et se pavanent devant la réussite de leur « travail ». Quant aux anges, démons ou animaux vivant sur terre, ils ne manifestent pas la moindre jalousie devant l'apparition de l'homme, faute probablement d'en comprendre la portée réelle. Les anges et les démons ne sont-ils pas d'une essence supérieure à l'homme et les animaux n'ont-ils pas, pour vivre et vaincre leurs ennemis, des griffes, des dents, des plumes, des écailles, des fourrures et des pelages dont l'homme est totalement dépourvu ?

Le Coran est l'un des seuls textes à ne pas partager l'enthousiasme général de la création devant l'*Homo bipedus*. Quand Allah fait part aux puissances célestes de son intention de créer un homme, sa décision soulève un vent d'inquiétude et de crainte. Les anges sont les premiers à se méfier quand Allah les appelle et leur dit : « Je vais placer sur terre un vicaire », et à lui répondre : « Va-t-il semer le scandale et répandre le sang alors que nous, nous glorifions ta louange et proclamons ta sainteté ? »

Iblis, le chef des anges, va même plus loin. Quand Allah leur dit : « Je vais créer un mortel d'une argile tirée d'une boue malléable, et quand je l'aurai harmonieusement formé et aurai insufflé en lui mon souffle de vie, tombez devant lui prosternés ! », les anges se prosternèrent malgré leurs doutes et leurs craintes, mais Iblis refusa tout net. Alors Allah lui dit :

> « Iblis, qu'est-ce qui t'empêche de te prosterner quand je te l'ordonne ? Il répondit : Je vaux mieux que cette créature. Tu m'as créé de feu et tu l'as créée d'argile. Il lui fut dit : Descends d'ici, tu n'as pas à y faire l'orgueilleux. Sors, car te voilà humilié... Sors d'ici, infâme réprouvé. »
>
> *Le Coran*, trad. J. Grosjean.

Plus encore que la Bible, le Coran insiste sur la nature précaire de l'homme, sur l'humble origine de son corps, sur les limites inévitables de son esprit. Il décrit avec une grande abondance de détails l'argile qui servit à le façonner. Cette argile n'est plus comme dans la Genèse « la poussière tirée de l'humus », c'est une argile pâteuse, comme celle du potier, un peu plus fine cependant et de meilleure qualité. Allah n'a rien négligé pour que le corps de l'homme soit aussi parfait que possible, il l'a façonné à la manière d'un artisan habile et consciencieux et surtout — même s'il s'en repentit par la suite — il y insuffla son Esprit, comme le Yahvé biblique.

Et la femme ?

Créer l'homme, le modeler dans l'argile, lui insuffler l'Esprit divin, c'est fort bien mais il reste à expliquer l'existence de l'humanité, autrement dit à rendre compte du phénomène de la reproduction. Comment le premier homme parvint-il à se reproduire ? Cette question appelle plusieurs réponses. Malgré ce qu'on pourrait penser, les mythes n'ont pas envisagé tout de suite la solution des sexes différents, du moins certaines catégories de mythes. On peut dire qu'en gros, ils se rangent en trois séries différentes, quant à la manière d'envisager le « problème » : ceux qui, ayant pensé à tout dès le début, font naître en même temps l'homme et la femme ; ceux qui font du premier être une créature androgyne qu'un démiurge — ou son propre créateur — devra séparer en deux par la suite pour en tirer les sexes ; ceux enfin, comme le récit biblique de la Création, qui font naître la femme après l'homme. Dans les deux premiers types, les sexes naissent donc en même temps, soit d'emblée soit après séparation de l'androgyne primitif. Dans le dernier, la femme est postérieure à l'homme, elle est, comme le dit le récit du Yahviste « la chair de sa chair », autrement dit un deuxième sexe.

La première catégorie — celle qui attribue à un dieu ou à un démiurge la création concomitante des deux sexes — est des plus restreintes. Rares sont les dieux qui pensèrent d'emblée à modeler un mâle et une femelle. Parmi les dieux qui en conçurent l'idée, figurent Ea et Mami à Sumer, que nous avons vus à l'œuvre dans un texte cité plus haut, et les dieux du panthéon nordique — Odin surtout — quand ils créèrent l'homme et la femme à partir du frêne et de l'aulne. Rappelons-nous aussi que les pierres jetées par Deucalion et par Pyrrha, après le Déluge, donnèrent naissance à des hommes et à des femmes mais il s'agit plutôt ici d'une recréation que d'une création puisque les deux sexes existaient déjà. Néanmoins, n'accusons pas les dieux à la légère. Si tous n'ont pas créé d'emblée les sexes, c'est moins, sans doute, par oubli que par réticence ou par refus. Le rêve d'une reproduction humaine asexuée, par génération spontanée ou par tout autre procédé tel que l'autoreproduction par bourgeonnement, n'a jamais quitté l'esprit de l'homme et on peut en trouver justement la preuve par les nombreux mythes narrant des naissances miraculeuses. Tout se passe comme si le sexe n'était qu'un pis-aller, la plus mauvaise des solutions, et qu'il ait fallu se « rabattre » sur elle, après l'échec de toutes les autres. La raison en est d'ailleurs fort claire : dans les mythes — comme en biologie — sexualité signifie inéluctablement mortalité. L'invention des sexes appelle aussi celle de la mort et il semble que l'homme archaïque en ait eu parfaitement conscience.

Parmi les voies choisies par les dieux pour se passer de la sexualité figure surtout celle de l'androgyne. Elle est la plus importante car on la retrouve chez presque tous les peuples : les Iraniens (avec Gayomart), les Indiens (avec Purusha), les Hébreux eux-mêmes car, d'après certaines traditions rabbiniques, Adam lui aussi était, à l'origine, une créature androgyne. « Adam et Ève, explique cette tradition, avaient été d'abord façonnés dos à dos, attachés par les épaules. Mais comme ils avaient grand mal à se mouvoir, ils s'en plaignirent à Dieu qui se résigna à les séparer en deux d'un coup de hache. »

Une autre tradition donne une explication légèrement différente : Adam était homme du côté droit et femme du côté gauche mais Dieu l'a fendu en deux moitiés !

Un texte de la *Brhadâranyaka Upanishad* décrit comment Purusha, l'androgyne indien, se divisa et peupla le monde :

> « À l'origine, Purusha existait seul. Il avait l'ampleur d'un homme et d'une femme qui se tiennent embrassés. Il se divisa en deux : de là naquirent l'époux et l'épouse. L'époux s'unit à l'épouse : de là naquirent les hommes. Puis l'épouse devint vache et l'époux, taureau : de là naquirent les bovins. Elle devint jument, lui étalon : de là naquirent les chevaux... Ils produisirent ainsi tout ce qui va par couples, jusqu'aux fourmis. »
>
> M. ELIADE, *Traité d'histoire des religions*.

Mais le récit le plus complet et le plus révélateur sur l'androgyne primitif est celui que Platon met dans la bouche d'Aristophane, l'un des convives de son *Banquet*. Discourant sur l'amour, son origine, sa nature et son rôle dans le destin de l'homme, les convives donnent chacun leur avis. Aristophane explique alors sa propre version sur l'origine de l'amour par le très beau mythe de l'homme primitif, qu'il narre avec force détails et dont voici le texte :

> « À l'origine, il y avait trois sortes d'êtres humains : le mâle, la femelle et un troisième, constitué des deux précédents. Mais cet être n'existe plus et seul son nom a subsisté. Ce nom est *androgyne* parce qu'il réunissait justement en lui le mâle et la femelle. Il avait l'apparence d'une sphère, le dos et les côtes arrondies avec quatre bras, quatre jambes, deux visages reliés à un cou orbiculaire et

parfaitement semblables. Une seule tête réunissait ces deux visages avec quatre oreilles. Ces androgynes se déplaçaient en ligne droite sans avoir besoin de se tourner pour se diriger. Pour aller plus vite, il leur suffisait de prendre appui successivement sur leurs huit membres, si bien qu'ils avançaient en roulant littéralement sur eux-mêmes, un peu comme lorsqu'on fait la roue. Ils avaient un corps robuste et vigoureux et beaucoup de détermination. Si bien qu'un jour, ils décidèrent de grimper jusqu'au ciel pour y combattre les dieux, ainsi qu'Homère l'écrit d'Éphialtès et d'Otos. Zeus examina alors avec les autres dieux le parti à prendre. L'affaire n'était pas si simple. Les dieux ne tenaient nullement à anéantir les hommes en les foudroyant, comme ils l'avaient fait autrefois avec les géants, car ils auraient cessé de recevoir d'eux offrandes et sacrifices. Mais, par ailleurs, ils ne pouvaient tolérer l'audace et l'insolence des mortels. Aussi, après avoir mûrement réfléchi, Zeus déclara-t-il aux autres dieux : "Je crois avoir trouvé un moyen d'épargner les hommes tout en châtiant leur arrogance. C'est de diminuer leur puissance. Je vais les séparer en deux et ainsi je les affaiblirai. Et nous aurons de plus l'avantage de doubler leur nombre. Ils marcheront désormais sur deux jambes seulement et si, après cette punition, ils persistent dans leur insolence, alors je les séparerai de nouveau et ils seront réduits à avancer sur un seul pied, comme ceux qui, aux fêtes de Dionysos, s'amusent à danser sur des outres graissées."

» Le dieu procéda donc ainsi. Il sépara les hommes en deux, exactement comme on divise les œufs quand on veut les saler. Il ordonna ensuite à Apollon de guérir leurs plaies et de placer le visage du côté où le cou avait été tranché, afin que la vue de ce châtiment rendit les humains plus modestes. Apollon mit donc le visage du côté indiqué et, recueillant les peaux coupées sur ce qui est aujourd'hui notre ventre, il les réunit à la manière d'une bourse qu'on ferme, ne laissant qu'une ouverture au milieu appelée nombril. Quant aux autres plis, qui étaient très nombreux, il les polit et façonna la poitrine avec un instrument semblable à celui qu'utilisent les cordonniers pour lisser le cuir des souliers. Mais il laissa quelques plis sur le ventre et sur le nombril pour que l'homme ait souvenir de son ancien état. »

PLATON, *le Banquet,* trad. J. Lacarrière.

Voici donc nos ancêtres androgynes séparés en deux. Le problème est-il résolu pour autant ? Non, car au début, pour des raisons d'anatomie faciles à comprendre, les deux moitiés ne pouvaient s'unir. Il fallut que les dieux de nouveau interviennent et c'est là l'origine de la sexualité... et de l'homosexualité ! Car :

« ... dans le désir de retrouver leur unité première, les moitiés dépérissaient de faim et d'inaction, ne voulant rien faire l'une sans l'autre. Quand l'une des moitiés périssait, celle qui survivait en cherchait une autre, à laquelle elle s'unissait, qu'il s'agisse d'une moitié-femme ou d'une moitié-homme et ainsi la race allait s'éteignant. Zeus, ému de pitié, imagina alors une autre solution : il mit par-devant les organes de la génération qui se trouvaient jusqu'alors par-derrière. Car, auparavant, ces androgynes ne concevaient pas l'un dans l'autre mais en répandant leur semence à même le sol ; comme les cigales. Zeus mit donc les organes par-devant et ainsi la conception se fit par une conjonction du mâle avec la femelle. De là vient l'amour que nous éprouvons naturellement les uns pour les autres. Il nous permet de retrouver notre unité première ; de réunir les moitiés séparées et de revivre ainsi notre ancienne perfection. »

PLATON, *le Banquet,* trad. J. Lacarrière.

À la seule lecture de ce texte, qui nous livre, notons-le, outre l'origine des sexes, celle du nombril, des organes génitaux, des plis du ventre et des pratiques homosexuelles, on commence par entrevoir pourquoi les dieux n'ont pas créé les sexes à l'aurore des temps et tentèrent d'échapper à l'inévitable dilemme. Chaque acte créateur, chaque apport nouveau à l'édifice du monde peut être utilisé de manière fort diverse et finir par être retourné contre les dieux eux-mêmes. Ainsi, chez Platon, on voit que l'« invention » des sexes entraîne inévitablement celle de l'homosexualité. Il en sera ainsi de presque toutes les innovations que les dieux introduiront à l'égard des hommes : conçues primitivement pour le bonheur de ces derniers, elles s'avéreront le plus souvent d'un usage délicat, voire redoutable, et se retourneront souvent contre eux. C'est, notoirement, le cas de la femme qui, primitivement destinée au délassement et au plaisir de l'homme, devint l'instrument de sa chute et de son malheur !

Quand il créa Adam, Yahvé « oublia » en effet la femme. Il avait pourtant créé les animaux, afin qu'ils tiennent compagnie au premier homme mais en vain : l'homme s'ennuyait toujours.

> « Yahvé Dieu dit : "Il n'est pas bon que l'homme soit seul. Il faut que je lui fasse une aide qui lui soit assortie."
>
> » Alors Yahvé Dieu fit tomber un profond sommeil sur l'homme, qui s'endormit. Il prit une de ses côtes et referma la chair à sa place. Puis, de la côte qu'il avait tirée de l'homme, Yahvé Dieu

> façonna une femme et l'amena à l'homme. Alors celui-ci s'écria : "À ce coup, c'est l'os de mes os et la chair de ma chair ! Celle-ci sera appelée *femme*, car elle fut tirée de l'homme, celle-ci !" »
>
> *La Bible de Jérusalem.*

Ce récit célèbre est repris dans le Coran avec très peu de changements, si ce n'est que le texte du Coran prend soin de préciser qu'Allah tira une côte d'Adam « sans que celui-ci en souffrît ». Car si Adam en avait souffert, jamais ensuite un homme n'aurait osé approcher une femme !

Ce qu'il importe de noter, dans ces récits qui ont si longtemps façonné notre image de l'homme et de la femme, c'est que celle-ci apparaît en quelque sorte *par surcroît*, Allah et Yahvé ne la créant qu'à contrecœur, à seule fin qu'Adam ne soit pas seul. Les mythes sémitiques (bibliques et islamiques) se caractérisent ainsi par une tendance spécifique, radicalement différente de celle des autres récits mentionnés (grecs, scandinaves, indiens) qui, eux, voient dans la femme le complément nécessaire de l'homme. La Bible et le Coran insistent sur la création secondaire, additive, de la femme et sur le fait qu'elle est un produit tiré de l'homme, image naïve pour marquer sa *dépendance naturelle* à son égard. Et justement parce qu'elle se sent et se sait une créature tirée de l'homme, destinée à lui être soumise, la femme se révoltera contre le maître et le tyran progéniteur et sera l'instrument de sa chute. La naissance concomitante des deux sexes marque l'égalité d'origine entre l'homme et la femme ; la naissance successive de l'homme puis de la femme, l'infériorité innée de cette dernière. Infériorité dont elle porte la marque, dit le Coran, jusque dans son corps et sa chair : « Avec l'âge, dit un commentaire coranique, l'homme devient de plus en plus beau puisqu'il a été créé du limon de la terre qui, de jour en jour, devient plus solide et plus ferme. Mais la femme, plus elle avance en âge, plus elle devient laide, puisqu'elle a été créée de chair et que la chair se corrompt progressivement avec le temps. »

Ici, c'est la *matière même* qui change de nature et de destin : créé de terre, l'homme en conserve à jamais la force et la pérennité ; créée de chair, la femme en possède à jamais la beauté changeante et éphémère.

2

LES ERREURS DE LA CRÉATION

Voici donc l'homme et la femme sur la terre. Les dieux les ont pourvus de l'essentiel, physiquement et mentalement : ils ont des yeux pour voir, des oreilles pour entendre, un sexe pour se reproduire, un cerveau pour concevoir symboles et abstractions, une langue pour les exprimer sous forme de langage articulé. Et surtout, ils portent en eux, sous des formes diverses, une parcelle de l'Être divin : étincelle, sang, chair ou souffle. Un avenir brillant s'ouvre devant eux, d'autant plus brillant que la Divinité — du moins pour Adam — n'a pas hésité à créer autour de lui un Éden attirant, pour résoudre les problèmes matériels de son existence. Pourtant, bien que tant de fées aient été réunies autour de son berceau, une réticence évidente apparaît dans les mythes quant à l'homme et à son destin. C'est qu'à l'époque où ils furent élaborés, l'humanité avait déjà derrière elle un long passé. L'homme était engagé profondément dans ses luttes contre les obstacles de toute sorte, il édifiait la civilisation au prix de mille efforts. La beauté et la richesse de certains mythes anciens ne doivent pas faire oublier que les peuples qui les ont conçus vivaient, en fait, dans des conditions proches de l'âge de la pierre. La vie quotidienne à Sumer, aux Indes, en Égypte, en Germanie n'avait rien, précisément, d'une vie paradisiaque.

Est-ce vraiment cela que les dieux avaient voulu ? N'avaient-ils créé l'homme que pour le réduire à travailler, à suer sang et eau, à souffrir, à mourir ? De toutes ces questions et de l'apparente contradiction entre le sort présent de l'homme et celui que les dieux lui avaient réservé, sont nés les mythes relatifs à la décadence soudaine ou progressive de l'humanité, à la décision divine de la supprimer par le feu ou par le déluge, bref à la chute de l'homme primitif que nous examinerons plus tard.

Pour l'heure, il s'agit d'autre chose : des imperfections, des erreurs, des échecs inhérents à la nature même de l'homme, qui entachèrent sa création et expliquent les limitations et les insuffisances de son essence humaine.

Le corps de l'homme, pour commencer, semble loin d'être parfait. Il présente des défauts — ou du moins des vices de construction et de fonctionnement — qui handicapent considérablement l'existence. Il est sujet à la douleur, à la fatigue, à la maladie. Il est lourd, voire pesant, lent à se mouvoir, incapable de voler comme les oiseaux ou de vivre dans l'eau comme les poissons. Il est très sensible aux écarts de température, exige un climat relativement tempéré, une *frange* climatique extrêmement ténue. Enfin, il est terne, opaque, et non invisible, comme le « corps » des anges.

Une des raisons essentielles pour lesquelles le corps de l'homme ne saurait voler, se déplacer dans l'espace, être invisible, est justement qu'il est constitué d'argile. Ce seul fait implique en pratique des conséquences précises : la matérialité du corps humain, son opacité, sa sensibilité à la chaleur, à l'humidité, etc. Dès l'instant où l'on sait que la matière du corps est identique à celle des vases et des pots en terre, on ne saurait lui demander plus qu'elle n'en peut supporter. Mais le plus grave est qu'en l'occurrence, cette argile elle-même a pu comporter — comme celle des vases — des défauts, des imperfections qui en altèrent la résistance et la souplesse. Un commentaire arabe du Coran fournit à ce sujet toutes les explications nécessaires : l'argile dont l'homme fut formé n'a pas été prise en un endroit unique. Elle a été recueillie en différents lieux du globe, dans ses montagnes et ses plaines, ses zones humides et ses déserts. C'est pourquoi le corps de l'homme peut être beau ou laid, gros ou maigre, gras ou sec selon les proportions d'argile humide ou sèche, grossière ou fine qu'il contient. Et comme l'argile n'a pas la même couleur sur toute la surface de la terre, qu'il en existe de la noire, de la rouge, de la jaune, de la blanche, cela explique pourquoi il existe des hommes noirs, rouges, jaunes et blancs. Par ailleurs, l'eau qui servit à la pétrir fut prise, elle aussi, en des lieux différents. Telle eau fut douce, telle autre saumâtre, ce qui rend compte des différences de tempérament et de caractère de chaque homme.

Il va de soi qu'on peut ainsi expliquer à l'infini chacune des caractéristiques les plus infimes du corps humain. Un détail seulement — auquel on pense rarement — rend compte du vieillissement du corps humain et des rides qui le déparent : c'est que l'argile humaine — comme celle des vases — dut être cuite pour ne pas se briser et acquérir une certaine rigidité. Comment Dieu a-t-il fait ? Un autre texte arabe nous précise ce mystère : Allah laissa l'argile humaine « fermenter » au soleil pendant quarante jours. Elle se dessécha, s'évapora et contracta ces rides que l'on remarque sur le corps. C'est pourquoi elles sont indélébiles et marquent l'homme tout au cours de sa vie !

La ruse des dieux

Nous avons mentionné ces commentaires arabes parce qu'ils insistent plus que d'autres sur la fragilité et la rusticité du corps humain. Mais les reproches ou récriminations de l'homme quant aux limites de sa nature ne concernent pas seulement ses imperfections corporelles. L'homme est un être doué de raison, nanti d'une âme, privilège considérable qui lui assure la domination de la terre et des autres créatures vivantes. C'est donc aux limites de cette raison, aux impuissances de son intellect, aux imperfections de son psychisme que l'homme entend trouver — faute de pouvoir les supprimer — une raison d'être satisfaisante. Les maux physiques font souffrir l'homme dans son corps et l'atteignent aussi dans son âme : les maladies, les infirmités, la mort surtout ont des répercussions sur sa vie intérieure et sur l'idée qu'il se fait de son destin terrestre et posthume. Cette question, on le voit, est de loin la plus importante et les mythes l'abordent avec courage. Car ils se rangent en deux catégories : ceux qui prêtent aux divinités créatrices des intentions généreuses et louables, intentions qui furent détournées de leur but par des intermédiaires maladroits ou des démons ennemis de l'homme, et ceux qui attribuent aux dieux eux-mêmes l'origine des malheurs humains. Ce dernier type de mythe est, en fait, assez rare et on ne le rencontre guère qu'en Grèce. C'est lui que nous examinerons en premier, à travers les deux mythes de Prométhée et de Pandore.

Le mythe de Prométhée est un des plus célèbres de la Grèce antique. Hésiode le mentionne à deux reprises, sous deux formes légèrement différentes, dans sa *Théogonie* et dans *les Travaux et les Jours*, Platon lui consacre un long développement dans son *Protagoras* et Eschyle l'a magnifiquement traité dans sa tragédie *Prométhée enchaîné*. Par son ampleur et ses conséquences, ce mythe traite en fait un grand nombre de sujets recouvrant plusieurs thèmes : l'origine de l'homme, celle de ses malheurs, celle du feu et celle de la femme. Mais au-delà de ces motifs étiologiques visant à rendre compte des faiblesses et des drames humains, il aborde le problème des rapports de l'homme et des dieux et le sens même de l'œuvre divine. Voici tout d'abord la version transmise par Hésiode dans la *Théogonie* :

Prométhée était le fils du Titan Japet et d'une océanide nommée Clymène. Il eut pour frères le géant Atlas et Épiméthée, sorte de double maladroit de Prométhée, qui fut à l'origine des malheurs subis par l'humanité. Il faut d'ailleurs noter à propos de ces deux frères que le nom du premier — Prométhée — signifie « le Prévoyant » (pro-méthée : qui pense avant) et celui du second — Épiméthée — « l'Étourdi » (épi-méthée : qui pense après).

Prométhée, être adroit, intelligent, rusé, s'était pris d'amitié pour les hommes et résolut de leur venir en aide dans les différends qui très vite les opposèrent aux dieux. Ces derniers exigeaient en effet que les humains leur réservent, au cours des sacrifices, la plus belle part des victimes. Les hommes, estimant que les dieux avaient moins qu'eux besoin de viande, étaient d'un avis contraire. Prométhée leur vint alors en aide grâce à la ruse que voici : il prit un bœuf énorme, le tua, le dépeça, puis il en fit deux parts. Dans l'une il mit toute la viande, recouverte d'une simple peau ; dans l'autre, les os et les abats, recouverts d'une forte couche de graisse. Et il dit à Zeus de choisir. Zeus choisit aussitôt la graisse… et les os ! C'est pourquoi, depuis ce jour, les hommes brûlent la graisse et les os des victimes à l'intention des dieux et se réservent toutes les viandes.

Cette ruse, on s'en doute, ne fut guère du goût de Zeus. Furieux de se voir dépossédé de la plus belle part des victimes, il décida de punir les hommes et de ne plus leur fournir de feu. Il cessa donc d'envoyer sa foudre sur la terre. Alors, une fois de plus, Prométhée intervint : il grimpa jusqu'au ciel et déroba le feu divin qu'il rapporta aux hommes dans une férule. Pour Zeus, c'en était trop. L'audace de Prométhée compromettait son titre, son autorité et la bonne marche de l'univers. Aussi l'enchaîna-t-il sur le Caucase où, un aigle lui dévora le foie jusqu'au jour où Héraclès vint délivrer le Titan prisonnier.

Les dieux résolurent alors de faire payer aux hommes les privilèges frauduleusement acquis. Ils décidèrent d'envoyer aux humains le pire des fléaux, la source même de tous leurs malheurs ultérieurs : la femme !

On retrouve ainsi, liée intimement à l'histoire de Prométhée, celle de la première femme, que les Grecs ont nommée Pandore. Cette curieuse légende n'est rapportée que par Hésiode. Eschyle et Platon l'ignorent. Il s'agit là, sans doute, d'une tradition locale, fortement modifiée par Hésiode et dans laquelle il a pu exprimer son incorrigible misogynie.

Quand Zeus s'aperçut que Prométhée s'était, à deux reprises, joué de lui, il décida de « créer un mal, destiné aux humains ». Il ordonna à Héphaïstos de modeler dans l'argile une forme de femme, à laquelle chaque dieu fit don d'une grâce ou d'une qualité : Athéna lui donna l'intelligence, Aphrodite la beauté, les Heures l'habileté manuelle et Hermès… le mensonge et la ruse. Tous les dieux comblèrent donc la femme de leurs dons et c'est pourquoi on l'appela *Pandore* (*pan-dora :* celle qui eut tous les dons).

Ainsi parée d'atouts divins, Zeus envoya Pandore sur terre dans la maison d'Épiméthée. Prométhée avait fait jurer à son frère de n'accepter aucun cadeau de Zeus — il avait de bonnes raisons de s'en méfier — mais l'autre, subjugué par la beauté et la grâce de Pandore, la reçut et l'épousa aussitôt. Pandore s'installa donc chez lui et, comme elle était curieuse et rusée, s'empressa d'ouvrir tout grand le couvercle d'une jarre située dans la maison. Prométhée y avait caché tous les maux pour les tenir à l'écart des hommes. Les maux s'échappèrent donc par le couvercle et se dispersèrent sur la terre. Depuis ce jour, et par la faute de la femme, les hommes subissent tous les malheurs.

Une variante plus tardive de ce mythe prétend que la jarre fatale contenait non les maux mais les biens. Ceux-ci s'échappèrent par le couvercle ouvert et regagnèrent le ciel d'où ils venaient. Seule, l'Espérance qui était tout au fond n'eut pas le temps de s'envoler. C'est pourquoi, malgré leurs malheurs, les hommes continuent d'espérer qu'ils cesseront un jour.

Quoi qu'il en soit — qu'il s'agisse de maux répandus sur la terre ou de biens envolés vers le ciel — l'humanité depuis ce jour n'a connu que souffrances et calamités. Et parmi ces dernières, la plus terrible est sans conteste… le travail. C'est ce qu'Hésiode exprime en termes clairs. Auparavant, écrit-il dans *les Travaux et les Jours*, c'est-à-dire avant la venue de Pandore, « la race humaine vivait sur terre à l'abri des peines ; elle ne connaissait pas la fatigue ni les pénibles maladies qui apportent la mort aux hommes. Mais la femme, en soulevant le grand couvercle, les dispersera à travers le monde... ».

Tous les Grecs n'ont pas partagé le point de vue d'Hésiode. Platon, par exemple, n'attribue nullement à la femme l'origine des malheurs humains. Si l'homme est faible, démuni, impuissant, mortel, astreint à mille contraintes exténuantes, la faute en est non à Pandore mais à Épiméthée, l'Étourdi, l'Imprévoyant. Aussi sa version de l'histoire des deux frères auxquels l'humanité est redevable de ses bonheurs et de ses malheurs diffère-t-elle sensiblement de celle d'Hésiode, dans le dialogue intitulé *Protagoras* :

> « Il fut un temps où les dieux existaient mais où les hommes mortels n'existaient pas. Lorsque le temps de leur existence, marqué par le destin, fut arrivé, les dieux les formèrent dans le sein de la terre, à partir de limon, de feu et d'autres éléments mêlés aux deux premiers. Quand ils furent sur le point de leur donner le jour, ils chargèrent Prométhée et Épiméthée du soin de les orner et de pourvoir chacun d'eux des facultés appropriées. Épiméthée conjura son frère de lui laisser faire cette distribution.
>
> » "Quand je l'aurai faite, dit-il, tu examineras si elle te convient." Prométhée y consentit et Épiméthée se mit à l'ouvrage. Il donna aux uns la force sans la vitesse, à d'autres l'agilité sans la force, à d'autres enfin, les plus démunis, quelque moyen ingénieux de défense. Ceux qui sont de petite stature reçoivent des ailes ou un habitat souterrain ; ceux qui sont de grande taille se trouvent protégés

par leur grandeur même. Il suit le même principe dans le reste de sa distribution, compensant chaque manque par un ajout correspondant, de façon que chaque espèce ait les moyens de sa survivance.

» Après quoi, il procure à chacun les moyens de supporter les rigueurs de la température en revêtant les uns d'un poil épais, les autres d'une peau solide qui leur tiennent lieu de couverture naturelle. Puis il met de la corne aux pieds des uns, des cals ou des peaux très épaisses sous les autres.

» Il leur fournit ensuite des aliments de différentes sortes : herbe de la terre, fruit des arbres, racines. Il pensa même à ce que certains animaux servent de nourriture à d'autres mais il s'arrangea pour que les espèces carnivores se reproduisent peu et les espèces herbivores, qui leur servaient de proie, aient au contraire une grande fécondité pour que l'espèce se maintienne. Mais comme Épiméthée était par nature étourdi, il s'aperçut, une fois sa répartition terminée avec les animaux, qu'il n'avait rien gardé pour l'homme. L'espèce humaine se trouvait ainsi totalement démunie et c'est pourquoi l'homme naît tout nu, sans rien qui le protège, ni chaussures ni vêtements. »

PLATON, *Protagoras,* trad. J. Lacarrière.

La part du diable

Les mythes de Pandore et de Prométhée attribuent à l'initiative — ou plutôt à la vindicte — des dieux et à la maladresse d'un démiurge, l'origine des malheurs et des imperfections de l'homme. Car Pandore — si l'on veut se donner la peine d'y réfléchir — ne saurait être tenue pour seule responsable de cette calamité. Elle ne fut, après tout, qu'une créature, un instrument forgé par les dieux pour la perte des hommes, qui exécuta ce pour quoi elle avait été conçue. Robot diabolique envoyé par les divinités pour tenter l'homme et pour le perdre, Pandore fut l'exécutante — et non l'instigatrice — de la sentence fatale.

D'autres mythes expliquent tout différemment les imperfections et les erreurs imputables à l'être humain et leur « thèse » se résume à ceci : les malheurs de l'homme ne lui viennent pas des dieux mais d'un mauvais démiurge ou d'un démon jaloux qui perturba tout exprès l'œuvre divine et combattit la Création. Tout ce qui est bon en l'homme vient de Dieu, tout ce qui est mauvais vient du Diable.

Les termes de Dieu et de Diable pour désigner les deux êtres responsables des bienfaits et des méfaits de notre monde sont adoptés par commodité mais il faut les entendre au sens large et non dans leur sens chrétien limité.

C'est en Iran que prit naissance — par la prédication du prophète Zarathoustra — cette vision dualiste de la vie et du monde et c'est d'Iran qu'elle s'infiltra peu à peu aux Indes, dans les pays sémitiques, et jusque chez les Germains et les Scandinaves. Dans la cosmologie des Iraniens, l'univers est partagé entre Ahura Mazda ou Ormuzd — l'esprit du Bien — et son adversaire Ahriman qui incarne l'esprit du Mal. Le devenir du monde et de l'homme est constitué par la lutte gigantesque opposant ces deux êtres, lutte qui s'achèvera par la victoire du Bien sur le Mal, à la fin des temps. En attendant ce jour où la Création pourra retrouver l'ordre et l'harmonie des premiers temps, le monde doit subir la loi des « zones d'influence » entre ce qui appartient à Ahura Mazda et ce qui appartient à Ahriman, subir, par conséquent, les soubresauts d'un affrontement et d'une coexistence qui est loin d'être pacifique.

Donc, le diable est responsable de toutes les imperfections, calamités, laideurs, erreurs dont regorge cet univers, soit parce qu'il a voulu imiter l'œuvre de Dieu de façon insuffisante et maladroite, soit parce qu'il a délibérément « saboté » l'entreprise de son rival. Certains mythes iraniens et indiens affirment ainsi que le soleil est l'ouvrage de Dieu mais que la lune est celui du diable, lorsqu'il a voulu l'imiter : c'est pourquoi elle est plus terne, moins grosse, moins brillante et pleine de taches. De même, Dieu créa le jour et le diable, pour ne pas être en reste, créa la nuit. Lorsque Dieu fit le vent, le diable créa l'orage.

Il serait facile de multiplier de tels exemples à l'infini. Il suffirait — en suivant jusqu'au bout la frontière séparant le bien du mal, le laid du beau, l'agréable du désagréable, l'utile du nuisible — de partager tout ce qui existe, ce qui respire et ce qui vit en deux catégories. Nous prendrons un seul exemple dans le monde animal qui semble avoir été un terrain d'élection pour la rivalité des deux créateurs antagonistes, rivalité dont l'homme, soulignons-le, fit entièrement les frais. Ainsi, quand Dieu créa les abeilles, le diable voulut l'imiter et il créa… les mouches ! La frontière séparant ces deux créations est visible : à Dieu, les animaux utiles à l'homme, au diable, les animaux nuisibles. Dieu créa donc le chien domestique et le diable le loup. Il arrive même que le diable, las sans doute de rester « à la traîne » et de se contenter d'imiter Dieu, prenne lui-même l'initiative des opérations. Le résultat en est, bien sûr, catastrophique et Dieu a toutes les peines du monde à corriger le déséquilibre ou les monstruosités ainsi provoqués. Ainsi, le diable décida un jour de créer un animal terrible : c'était un moustique énorme dont une seule piqûre eût suffi à tuer un homme. Dieu lui-même ne put le supprimer mais il réussit heureusement à en réduire la taille, qu'il a conservée depuis lors.

Dans l'ensemble, l'œuvre du diable apparaît toujours comme la caricature maladroite de celle de Dieu : Ahura Mazda ayant créé l'homme, le cheval, la vache, le taureau et le chien, Ahriman créa aussitôt le singe, l'âne, la chèvre, le bouc, le loup. Cette idée fit d'ailleurs son chemin puisqu'on la retrouve dans un commentaire rabbinique sur la Bible.

À l'origine, dit ce commentaire, Yahvé avait donné à Adam un bâton magique : il suffisait de frapper la terre avec ce bâton pour créer les animaux utiles. C'est ainsi, par exemple, qu'il créa la brebis. Ève lui demanda alors le bâton pour frapper la terre à son tour. Mal lui en prit car elle ne produisit que des animaux nuisibles : au premier coup de son bâton, elle créa donc le loup qui s'empressa de dévorer la brebis.

En ce qui concerne l'homme, il va de soi que le diable — faute de pouvoir détruire la créature de Dieu — fit de son mieux pour l'amoindrir et l'affaiblir. C'est lui qui est à l'origine des maladies :

au moment où Yahvé pétrissait l'argile avec de l'eau pour façonner Adam, le diable réussit à cracher sur la glaise. C'est pourquoi l'homme est sujet aux maladies et aux infirmités : de même qu'il contient le souffle divin, il contient aussi la salive du diable !

Pourquoi nous ne sommes pas immortels

Ruse des dieux ou intervention intempestive du diable, l'origine des malheurs et des imperfections de l'homme finit toujours par s'expliquer. Chacun s'est résigné à admettre que le diable avait considérablement gâché l'œuvre divine et qu'il lui faudra attendre le Jugement dernier pour rentrer en possession des privilèges et des splendeurs que Dieu lui avait réservés. Mais il est une imperfection à laquelle l'homme ne s'est guère résigné et qui n'a cessé de hanter ses rêves, de meubler ses angoisses et elle s'appelle la mort. Elle constitue en fin de compte le problème majeur de sa vie, celui qui a alimenté toutes ses spéculations religieuses et leur expression mythologique. Car la mort est justement ce par quoi l'homme se sait et se sent homme, ce par quoi il se différencie des dieux.

Il se trouve que sur ce terrain, les mythes font preuve d'une unanimité remarquable : les dieux n'avaient pas créé l'homme mortel. Le premier homme — ou le premier couple humain — avait été créé immortel ou susceptible d'acquérir l'immortalité et c'est à la suite d'incidents regrettables, d'un tragique malentendu ou — dans le cas de la Bible — d'une faute délibérée de l'homme que ce dernier perdit l'immortalité.

L'imagination populaire ou mythique a inlassablement « ressassé » cette minute tragique où l'homme a stupidement perdu la plus belle de ses chances. Une des plus anciennes versions de cette perte est fournie par un mythe akkadien dénommé *le mythe d'Adapa*.

Adapa était un habitant de la ville d'Éridu en Mésopotamie, habitant aux fonctions fort modestes puisqu'il était chargé de cuire le pain, dans le grand sanctuaire du dieu Ea, dieu de la mer et de la science. Précisons qu'Adapa n'était nullement le premier homme créé — c'est là une des contradictions qu'on relève si souvent dans les mythes — mais qu'il fut le premier à qui les dieux offrirent l'immortalité.

Adapa était, en effet, un serviteur si dévoué qu'Ea décida, pour le récompenser, de lui faire partager sa science. Il instruisit donc Adapa et lui enseigna nombre de vérités qu'aucun homme ne connaissait et Adapa devint fort instruit. Un jour qu'il pêchait sur un lac, le vent se leva et fit chavirer sa barque. Adapa réussit à gagner la rive à la nage et, furieux, engagea le combat contre le vent, le dieu Shoutou, représenté comme un oiseau aux ailes immenses. Adapa parvint à lui briser les ailes et le vent tomba, au sens propre et au sens figuré !

Mais les dieux célestes s'inquiétèrent : pourquoi le vent ne soufflait-il plus ? Anou, le dieu du ciel, fut mis au courant de l'affaire et convoqua aussitôt Adapa. Celui-ci ne put se dérober à la convocation divine et Ea, pour l'aider, lui donna ce conseil : « Quand tu seras en présence d'Anou, on t'offrira une nourriture de mort. Tu n'en mangeras pas. On t'offrira une boisson de mort. Tu n'en boiras pas. On t'offrira un vêtement, mets-le. On t'offrira de l'huile, oins-t'en. »

Adapa suivit ces conseils à la lettre. Il se présenta devant Anou, plaida la « légitime défense » dans son combat contre Shoutou et finit par convaincre Anou. Celui-ci, pour sceller la réconciliation, voulut lui remettre un cadeau. Il fit apporter un vêtement et de l'huile. Adapa les accepta. Puis Anou ordonna d'apporter la nourriture de vie et la boisson de vie. Mais Adapa les refusa. Anou, furieux, voulut en savoir la raison et Adapa, naïvement, lui répéta les paroles d'Ea. Alors, le dieu céleste, fou de rage, chassa Adapa de son palais et le précipita sur la terre.

Était-ce une ruse d'Ea pour empêcher l'homme d'accéder à l'immortalité ? Était-il au contraire de bonne foi en conseillant à Adapa de refuser la nourriture et la boisson célestes ? Nul ne le saura jamais et, à tout prendre, la réponse importe peu aujourd'hui puisque Adapa nous a fait perdre à jamais la chance de devenir immortels.

Les Grecs ont eux aussi décrit dans le mythe de Démophon cet instant fatal où l'homme *faillit* devenir immortel et échoua par sa faute. Ce mythe est extrait de *l'Hymne homérique à Déméter*. Plus encore que celle d'Adapa, la légende de Démophon met en cause l'inconséquence et la légèreté des hommes, face à leur chance d'immortalité.

Quand elle arriva à Éleusis sous les traits d'une vieille femme, Déméter fut accueillie dans la demeure du roi Célée et de sa femme Métanire. Celle-ci lui confia son enfant, Démophon, à élever. La déesse le prit en affection et, pour remercier ses hôtes de l'avoir accueillie, décida d'accorder l'immortalité à Démophon. Pour cela, elle le trempait chaque nuit dans un bain de feu purificateur pour lui ôter ses éléments mortels. Mais Métanire, méfiante et intriguée par l'attitude de Déméter, pénétra une nuit à l'improviste dans sa chambre et surprit la déesse au moment où elle allait plonger l'enfant dans les flammes. Métanire poussa un cri et Déméter laissa choir l'enfant. Furieuse, la déesse renonça à son dessein et quitta la maison en criant à Métanire :

> « Hommes ignorants et insensés, qui ne savez jamais prévoir votre destin, heureux ou malheureux ! Ta folie, Métanire, t'a fait commettre une faute irrémédiable. J'en atteste l'onde implacable du Styx sur laquelle les dieux prêtent serment : j'allais faire de ton fils un être exempt à tout jamais de vieillesse et de mort, j'allais lui conférer un privilège impérissable et maintenant, il ne pourra plus, à cause de toi, échapper aux filets de la mort. »
>
> HOMÈRE, *Hymnes*, trad. J. Lacarrière.

Ce mythe révèle déjà une orientation moralisatrice. Si Métanire n'avait pas fait preuve d'inquiétude et d'impatience, si elle avait fait confiance à la divinité, l'homme serait aujourd'hui immortel. Ce sentiment d'une faute impardonnable ou, tout au moins, d'une grave inconséquence de l'homme à l'égard de son immortalité, est un degré de plus dans l'évolution qui mène au récit biblique de la Genèse où l'homme assume clairement la responsabilité de sa chute.

Dans d'autres mythes, le thème reste le même mais traité avec plus de précision. L'origine de la mort — ou la perte de l'immortalité — est due à un détail absurde, une erreur ridicule, dont l'insignifiance accentue justement l'énormité des conséquences. C'est le plus souvent un intermédiaire — humain ou animal — chargé d'apporter aux hommes l'immortalité qui se trompe ou se laisse tromper par un ennemi sournois et remet à ce dernier l'immortalité et aux hommes, la mort.

L'erreur du messager n'est qu'une façon symbolique d'expliquer l'absurdité de la mort en même temps que sa nature irrémissible. Comme toutes les choses accomplies ou les paroles prononcées à *l'origine du monde*, cette erreur a des conséquences définitives. Une fois prononcé, le message agit sans rémission, il s'imprime à jamais dans la mémoire de l'univers.

Si le serpent joue un rôle de premier plan dans tous les mythes relatifs à l'origine de la mort et à l'acquisition de l'immortalité, c'est sans doute en raison de ses mues successives qui le firent considérer comme un animal immortel, changeant de peau pour rajeunir dès qu'il était trop vieux. C'est pourquoi aussi il est toujours en relation avec la Lune, déesse de l'immortalité, ou avec des plantes et des sources en relation avec la Lune. Mais comme il semblait peu vraisemblable que les dieux aient donné l'immortalité au serpent et l'aient refusée à l'homme, les mythes imaginèrent précisément que le serpent avait volé par ruse le précieux privilège ou que l'homme lui en avait fait cadeau par erreur.

Le texte le plus connu et le plus important sur le rôle néfaste joué par le serpent est évidemment celui de la Bible. Mais la Bible, une fois encore, n'a fait qu'emprunter ce thème à des sources antérieures. La plus ancienne et la plus complète des légendes akkadiennes qui nous soient parvenues — *l'Épopée de Gilgamesh* —, dont la version sumérienne date du second millénaire avant J.-C., relate en effet un épisode crucial où le serpent joue un rôle essentiel, épisode qui aidera à comprendre les sources et la genèse du récit biblique.

Le héros de cette épopée s'appelle Gilgamesh. Il est l'Héraclès mésopotamien. En compagnie de son ami Enkidou, il a vécu des aventures héroïques, combattu des monstres, affronté des taureaux célestes, tous épisodes que nous retrouverons plus tard dans les chapitres consacrés à l'*Épopée humaine*. Au retour de ces exploits, le compagnon de Gilgamesh mourut. Longtemps, Gilgamesh resta prostré dans son chagrin puis, un beau jour, il décida de se venger et d'abattre la Mort elle-même. Pour cela, il lui fallait trouver et cueillir l'herbe d'immortalité qui poussait quelque part, de l'autre côté de l'océan des Trépassés. Il s'engage donc en direction du mont Mashu, vers l'occident, là où commence le royaume des ténèbres. Il y rencontre d'abord des hommes-scorpions qui gardent les portes de la nuit et lui indiquent la route à suivre puis, après vingt-quatre heures de marche, Gilgamesh parvient au bout du chemin, au pied d'un arbre merveilleux dont les branches sont faites de lapis-lazuli et les fruits de rubis. Le Soleil lui-même intervient pour détourner le héros de son entreprise mais en vain. Gilgamesh continue donc à marcher et parvient au bord d'un océan désert dont il longe le rivage. Vers le soir il aperçoit à l'horizon une cabane habitée par une femme du nom de Siduri, au bord de l'océan des Trépassés. Elle accueille le héros mais, en apprenant le but de son voyage, est prise de frayeur :

> Où vas-tu, Gilgamesh ?
> La vie que tu cherches
> Tu ne la trouveras pas.
>
> Lorsque les grands dieux créèrent les hommes,
> C'est la mort qu'ils leur destinèrent
> Et ils ont gardé pour eux la vie éternelle,
> Mais toi, Gilgamesh
> Que sans cesse ton ventre soit repu
> Sois joyeux nuit et jour
> Danse et joue
> Fais chaque jour de ta vie
> Une fête de joie et de plaisirs
> Que tes vêtements soient propres et somptueux
> Lave ta tête et baigne-toi
> Flatte l'enfant qui te tient par la main
> Réjouis l'épouse qui est dans tes bras.
> Voilà les seuls droits que possèdent les hommes.

L'Épopée de Gilgamesh, trad. A. Azrié.

Bien entendu, Gilgamesh n'a cure des exhortations de la femme et lui demande le chemin menant vers Um-Napishtim. Cet Um-Napishtim est le dernier homme vivant près du pays de l'herbe espérée. Il a réchappé au grand déluge et les dieux lui ont donné l'immortalité. Il vit seul avec sa femme dans une île très lointaine, situé « au-delà des Eaux de la Mort ».

Gilgamesh se met donc en route et rencontre d'abord un passeur. Ce dernier accepte de le mener vers l'île d'Um-Napishtim et tous embarquent sur les Eaux de la Mort. Pendant un mois et quinze jours, ils naviguent sur les eaux noires, en poussant leur esquif à la gaffe, sans jamais effleurer de leurs mains la surface car ils mourraient sur-le-champ. Ils durent utiliser cent vingt gaffes pour arriver jusqu'à l'île lointaine. Gilgamesh y débarqua enfin, rencontra Um-Napishtim qui lui fit d'abord le récit du déluge, après quoi il révéla au héros le secret de la plante merveilleuse.

> Gilgamesh, je vais te dévoiler
> Une chose cachée
> Oui je vais te dévoiler
> Un secret des dieux :
>
> Il existe une plante comme l'épine
> Elle pousse au fond des eaux
> Son épine te piquera les mains
> Comme fait la rose
> Si tes mains arrachent cette plante
> Tu trouveras la vie nouvelle.

L'Épopée de Gilgamesh, trad. A. Azrié.

Gilgamesh plonge aussitôt dans l'eau en se lestant avec de lourdes pierres. Il parvient à trouver la plante, à l'arracher sans se piquer à ses épines et à la rapporter à la surface. Et avec le passeur qui l'avait amené, il regagne le pays des vivants.

Ils abordent au rivage et Gilgamesh, épuisé et mourant de soif à la suite de la longue traversée, aperçoit une source et se précipite pour y boire. Il pose l'herbe de vie au bord de l'eau et se plonge dans la source. Et voici qu'un serpent, attiré par l'odeur de l'herbe, sort de son nid, dresse la tête et dérobe le précieux trésor. Et le héros, désespéré, vaincu, dut revenir dans sa cité d'Uruk sans avoir pu acquérir l'immortalité !

Ce récit devait marquer les spéculations ultérieures des sémites d'un sceau indélébile. Le serpent sera désormais, dans les mythes comme dans les contes, l'ennemi héréditaire du genre humain puisqu'il ravit à l'homme le privilège de l'immortalité. Toutefois, le récit de *l'Épopée de Gilgamesh* ne contient aucun élément moral. Gilgamesh n'a commis aucune faute à proprement parler. Tout au plus pourrait-on lui reprocher son étourderie ou sa légèreté : on ne laisse pas ainsi sans surveillance, à portée du premier venu, un trésor aussi précieux que l'herbe d'immortalité ! Mais raisonner ainsi serait s'engager dans une voie contraire à l'esprit des mythes. Car le sens symbolique de ce récit est axé essentiellement sur le serpent au point qu'on pourrait dire, en prenant le problème à l'envers, qu'il explique moins la mortalité de l'homme que l'immortalité du serpent.

Yahvé, dans le récit biblique, a, par contre, créé l'homme immortel. Adam et Ève étaient destinés à vivre éternellement dans l'Éden, au sein d'une création harmonieuse, conçue exprès pour eux.

Mais le serpent intervient et cette fois, *il fait commettre* à l'être humain la faute primordiale. La Genèse marque ainsi une évolution très nette par rapport au récit de Gilgamesh et transpose sur le plan moral (la désobéissance de l'homme à l'interdit formulé par Dieu) un acte qui, dans les textes antérieurs d'Akkad et de Sumer, restait purement fortuit. De plus, un détail important mérite d'être mentionné : le texte biblique indique expressément que l'homme ne doit pas manger « du fruit de l'arbre de la connaissance du Bien et du Mal ». Mais la plupart des commentateurs de la Bible admettent aujourd'hui qu'il s'agit là d'une conception tardive et d'origine sacerdotale. Dans la version primitive du récit, l'arbre en question était sans aucun doute celui de la vie et de la mort. Faute de quoi on ne s'expliquerait guère pourquoi Adam et Ève — entre autres calamités — acquièrent la mort, après la perte de l'Éden et de leur innocence première.

3

LES ÂGES DE L'HUMANITÉ

Parfaits ou imparfaits, l'homme et la femme ont désormais à s'acquitter des tâches pour lesquelles leur créateur les a conçus. Quelles sont donc ces tâches ? La Bible et le Coran sont relativement avares de renseignements sur cette question. Yahvé crée l'homme, en principe, pour dominer les autres animaux, croître et multiplier, mais en fait pour adorer son créateur. Les autres textes sont beaucoup plus explicites. Les textes sumériens proposent même une réponse fort simple : l'homme a été créé *pour le service des dieux*.

Sans être au sens propre un robot, puisqu'on lui a donné une âme et la raison, il devra néanmoins, toute sa vie, travailler pour le compte des dieux, cultiver le sol, tailler les arbres, domestiquer les animaux. Et si les dieux lui ont donné les moyens de croître et de multiplier, ce n'est nullement pour qu'il s'adonne aux joies prohibées de la jouissance mais pour augmenter le nombre des hommes — autrement dit des travailleurs — et accroître ainsi la productivité des esclaves humains !

Grâce à l'homme, les dieux peuvent donc envisager l'avenir avec sérénité. Les humains travaillant sur terre pour leur compte, ils n'auront plus, dans l'empyrée, qu'à se reposer de leur tâche créatrice et à surveiller la bonne marche de l'univers. Du moins avaient-ils envisagé les choses ainsi mais, hélas ! elles se passèrent tout autrement. Car loin d'être reconnaissants, les humains firent preuve d'une noire ingratitude et prétendirent garder pour eux le résultat de leur labeur. Aussi les dieux durent-ils les supprimer et recréer une humanité différente, plus soumise, autrement dit plus pieuse.

Cette vie de l'homme dans la dépendance des dieux prendra chez les Grecs une forme très précise qu'illustre bien le mythe de Prométhée, déjà mentionné plus haut. Les dieux grecs, censés se nourrir de nectar et d'ambroisie, n'étaient pas insensibles pour autant à la nourriture des hommes : ils appréciaient fort les fumées (et les fumets) des viandes que les humains leur offraient en sacrifices et les colybes — ou blé cuit — que l'on déposait dans certaines anfractuosités de la terre à l'intention des divinités chtoniennes. N'étant pas de nature entièrement matérielle, il leur suffisait de la fumée des victimes, mais on voit qu'ils savaient fort bien distinguer celle des os brûlés de celle des viandes cuites sur la braise ! Or si l'on veut bien admettre que le mythe de Prométhée — entre autres thèmes — traite précisément de l'origine des sacrifices, c'est-à-dire des rites destinés à préciser et à concrétiser la nature des services que les hommes doivent aux dieux, on voit qu'il aborde un problème crucial de l'humanité archaïque. En un temps où le bétail était rare, sujet aux épidémies, enlevé par des razzias ou dévoré par les fauves, le problème de savoir qui — des dieux ou des hommes — se réserverait la viande des victimes était fondamental. Si les hommes — par piété — réservent la viande aux dieux et gardent pour eux les os, ils manqueront de nourriture. Si, au contraire, ils se réservent les viandes et donnent les os aux dieux, ils commettent un affront — voire un sacrilège — envers les puissances divines et risquent de déclencher leur courroux. Ce dilemme, d'ailleurs, ne fut pas propre aux Grecs : il est celui de tous les peuples archaïques vivant en économie fermée, de nature agraire et pastorale, autrement dit contraints d'assurer leur survie à partir de biens périssables et précaires, dont la récolte est soumise aux aléas du temps et du hasard. Comme ces peuples vivent par ailleurs en relation constante avec les dieux et les puissances surnaturelles, chaque geste, chaque décision de leur vie matérielle se répercute sur le plan religieux. Garder quelque chose pour soi signifie immanquablement *ne pas le donner aux dieux* et c'est pourquoi la consommation des récoltes et des viandes était soumise à nombre de rites, de tabous, d'interdits destinés à préserver la part des dieux et des esprits, et à permettre aux hommes leur utilisation sans sacrilège. Il faut donc croire que la décision prise par les Grecs de se réserver les viandes — et non les os — fut pour eux un cas de conscience douloureux puisqu'ils n'osèrent pas en prendre la responsabilité et qu'ils en attribuèrent l'initiative à Prométhée. Dès lors, le choix venant de Prométhée, les hommes se sentaient moins coupables de réserver aux dieux la portion congrue.

Si j'ai insisté sur cet aspect prosaïque des mythes, c'est que beaucoup d'entre eux portent réellement témoignage sur un temps où les problèmes matériels étaient cruciaux et devaient à tout prix se concilier avec les impératifs religieux. Le mythe de Prométhée est donc, vu sous cet angle, un mythe destiné à *lever le tabou frappant d'interdit la consommation des viandes pour permettre à la communauté de subsister.* Sa signification morale et spirituelle n'en est pas supprimée pour autant mais elle ne vient qu'ensuite, comme une conséquence, non comme une cause. Dans la plupart des cas semblables, les hommes ont toujours résolu ce problème à leur avantage — entendons par là qu'ils se réservèrent les morceaux nourrissants des victimes et ne laissèrent aux dieux que les « restes » — et inventé en conséquence des mythes destinés à justifier et à *faire entériner ce choix* par un dieu ou par un démiurge, mais il est des peuples, aussi, qui ont choisi de « servir les dieux en premier », quitte à périr eux-mêmes par la famine. Dans ce cas, le tabou n'est pas levé et l'exemple des milliers d'Indiens mourant de faim à côté de leurs vaches sacrées en est l'illustration la plus connue et la plus frappante.

De toute façon et quelle que soit la nature exacte de ce service, il semble que l'humanité ne l'ait pas accompli correctement puisque, dans tous les mythes, on voit les dieux se résoudre, au terme d'un certain laps de temps, à détruire par le déluge une humanité devenue ingrate, pervertie, décadente. Mais ce déluge ne se produisit pas soudainement. Il n'advint qu'au bout d'un certain nombre d'étapes ou d'âges traversés par l'humanité, dont la durée et la nature varient mais qu'on peut, en gros, ramener à trois moments symboliques de l'histoire humaine : l'*Âge d'or*, quand l'homme vivait encore au service exclusif de la divinité, la *Chute*, symbolisant la décadence progressive de l'homme et le *Déluge*, marquant l'anéantissement de cette humanité perdue et la naissance d'hommes nouveaux, promis à une nouvelle Alliance.

L'âge d'or

Si l'on en juge par les mythes, l'homme n'a connu qu'une brève période de paix, à l'aurore des temps et n'en connaîtra pas d'autre avant la fin des temps, quand Dieu ou Ahura Mazda ou le Bien mettra un terme définitif au pouvoir de Satan, d'Ahriman ou du Mal. Alors, après l'affrontement gigantesque qui opposera dans l'univers entier, sous terre, sur terre et dans le ciel, les forces antagonistes de la Création, le monde retrouvera à jamais l'harmonie et le bonheur de ses débuts. Mais tout cela est fort lointain — pour ne pas dire hypothétique — et *en attendant* l'homme doit travailler, peiner, souffrir, mourir. Mais à mesure qu'elle travaille, sue et peine, l'humanité use ses forces, s'éloigne constamment des dieux, perd un peu plus son bonheur primitif. On peut interpréter ce processus comme on voudra, en faire la conséquence d'une loi mécanique et inéluctable accomplissant les cycles sans fin du Devenir (conception indienne) ou au contraire d'une dégradation progressive dont l'origine et les raisons résident dans le cœur de l'homme et dont il porte la responsabilité (conception biblique), mais de toute façon, le processus est là, présent dans tous les mythes : la première humanité créée par les dieux s'est acheminée vers sa perte ou s'est perdue elle-même.

Quand le premier couple humain fut créé, rien, pour lui, n'était encore perdu. Les dieux l'avaient en affection, le monde était vierge, ses ressources non entamées, haine, guerre, violence n'existaient pas, bref la paix et l'abondance régnaient sur un monde tout neuf. Cette époque bénie, idyllique, où les hommes ont projeté leurs rêves les plus chers, ce paradis primitif conçu comme l'envers mirifique de leur triste condition présente, on l'appela l'*âge d'or*.

Quand on étudie les différentes descriptions de l'âge d'or, on constate très vite qu'elles se ressemblent toutes. Cela n'a rien d'étonnant. L'âge d'or correspond à ce que l'homme aurait dû être ou à ce qu'il sera un jour, c'est un âge hors du temps et l'on peut dire, sans craindre les lapalissades, que les hommes se ressemblent tous, dès l'instant où ils s'imaginent hors du temps, de la matière, du monde présent et contingent. La chute de l'homme, sa dispersion sur toute la surface de la terre, et les milliers de solutions inventées pour survivre traduisent justement, à travers les mythes, des différences et des conflits qui n'existaient pas — et ne pouvaient exister — à l'origine. Distincts, différents, voire opposés dans leur vie concrète et quotidienne, les hommes deviennent identiques dans leurs désirs, leur vision d'une existence idyllique et imaginaire puisqu'une telle existence implique, en général, la suppression de toutes les contraintes de la vie terrestre et mortelle.

Là encore, dans l'état actuel de nos connaissances, les Sumériens furent les premiers à imaginer un âge d'or à l'aurore des temps. Cet âge n'a pas encore toutes les perfections que lui prêteront les textes ultérieurs, mais, dans sa simplicité, il nous apparaît aujourd'hui comme l'une des expressions les plus émouvantes de la sensibilité humaine. Ce paradis, en effet, tel qu'il est décrit dans un poème intitulé *Enmerkar et le seigneur d'Aratta*, se réduit à des vœux fort modestes, dont voici l'essentiel :

Autrefois, il fut un temps où
Il n'y avait pas de serpent,
Il n'y avait pas de scorpion,
Il n'y avait pas d'hyène,
Il n'y avait pas de lion,
Il n'y avait pas de chien sauvage ni de loup,
Il n'y avait pas de peur ni de terreur :
L'homme n'avait pas de rival.

S.-N. KRAMER, *l'Histoire commence à Sumer.*

Le texte s'arrête là, du moins est-il trop mutilé par la suite pour qu'on puisse en citer des extraits.

Mais je crois ces quelques lignes fort instructives car elles nous plongent au cœur des problèmes et des terreurs qui hantaient l'homme sumérien : son rêve, son âge d'or, c'est la sécurité.

À mesure que la civilisation s'étendra, que l'homme augmentera ses chances de survie, sa protection contre les fauves, la domestication des animaux et la préservation de ses récoltes, ses désirs changeront eux aussi de nature, deviendront moins élémentaires. Mais il faudra longtemps pour que les rêves humains aient le loisir — ou le luxe — de n'être qu'immatériels. Pendant longtemps, pendant les longs siècles de l'histoire de Sumer et d'Akkad, l'âge d'or restera surtout un rêve matériel, celui d'un temps où l'homme vivait sans peur, sans faim, dans la sécurité, l'abondance, le repos et la paix. Ce sont là les quatre états primordiaux revendiqués par l'homme pour son bonheur, les autres ne venant qu'après.

Si l'on se donne la peine d'analyser ces quatre états, on voit d'emblée à quels désirs — et à quelles réalités quotidiennes, à quels stades de la civilisation — ils correspondent. Ne pas être tué par les fauves, c'est la fraternité avec les animaux, autrement dit la suppression des mille efforts exigés par l'élevage et la domestication des bêtes. Ne pas avoir faim et soif, c'est pouvoir subsister en cueillant simplement les fruits et les produits du sol, autrement dit la suppression du labeur éreintant des labours, des semailles et des moissons. Ne pas avoir trop chaud ni trop froid, c'est vivre dans un climat tempéré, autrement dit ne pas avoir à édifier de maisons ni à confectionner de vêtements. Ne pas se battre les uns contre les autres (ce que le texte sumérien exprime par : *l'homme n'avait pas de rival*), c'est vivre dans une harmonie et une paix naturelles, autrement dit ne pas avoir à forger, à contrôler, à maintenir le lourd édifice des lois, des tabous, des interdits et des obligations qui sont le lot de toutes les communautés. Ainsi, chaque désir, chaque rêve formulé et concrétisé dans l'âge d'or est l'envers de chaque acquis, de chaque effort exigé par la conquête de la civilisation, une civilisation qui, au temps de Sumer et d'Akkad, ne signifiait pas encore le bien-être mais simplement la possibilité de survivre.

L'âge d'or est donc avant tout un âge d'abondance, voire de réplétion, de douceur et de paix. Mais il va de soi que la réflexion humaine étendit peu à peu le champ et la gamme de ces félicités. Avec les penseurs et les poètes grecs et latins, l'âge d'or accède à un niveau moins prosaïque, il devient aussi l'expression de félicités morales et spirituelles. L'abondance engendre l'ordre et l'harmonie, la paix l'amour du prochain, le bonheur la piété envers les dieux. À la liste des satisfactions matérielles énumérées plus haut, on pourrait ainsi, avec la même rigueur, faire correspondre une liste des béatitudes spirituelles qui en résultent.

Hésiode, le premier, a donné à cet âge d'or spiritualisé une forme visionnaire précise, que les poètes ultérieurs (grecs et latins) ne feront qu'imiter. Il expose cette vision dans *les Travaux et les*

Jours, à propos du mythe des races, c'est-à-dire des différents âges traversés par l'humanité. Voici comment Hésiode se représente l'âge d'or :

> « Lorsque les dieux et les mortels commencèrent à naître ensemble, les habitants des demeures célestes créèrent l'âge d'or : c'était au temps où Cronos régnait encore dans le ciel. Tous les humains vivaient comme des dieux dans une sécurité profonde, sans chagrins, sans souffrances. La vieillesse importune n'existait pas. Les pieds, les mains conservaient toujours la même force, la même agilité ; on passait la vie dans des festins continuels, dans un bonheur parfait. On mourait comme on s'endort quand on tombe de sommeil. On était dans l'affluence de tous les biens. Sans culture, la terre fertile produisait tous les fruits ; on jouissait purement et doucement des biens les plus désirables. Quand ces premiers habitants du monde eurent rendu leur dépouille mortelle à la terre, Zeus en fit des dieux bienfaisants. Ils restent toujours parmi nous, ils sont les gardiens des mortels, ils observent nos œuvres, pures et impures. Recouverts de nuées qui les rendent invisibles, ils errent partout dans nos campagnes, où ils répandent leurs dons, royale prérogative que le Ciel leur a conférée. »
>
> HÉSIODE, *les Travaux et les Jours*,
> trad. J. Lacarrière.

Les hommes de l'âge d'or échappaient donc à tous les maux présents, sauf à la mort. Mais la mort elle-même n'était qu'un doux endormissement, sans heurt et sans douleur, une sorte de bonheur d'une autre nature, menant vers d'autres joies. Et surtout — innovation importante par rapport à Sumer — ils vivaient dans la joie et la paix, sans connaître la haine, la violence et ce mal si honni des Grecs, la démesure.

Empédocle, philosophe et poète qui vécut bien après Hésiode, a évoqué lui aussi, dans son poème intitulé *les Purifications*, les splendeurs de l'âge d'or. Mais c'est Platon qui développe, sous toutes ses formes et avec toutes ses implications philosophiques et religieuses, le mythe de l'âge d'or.

Dans son dialogue *le Politique* il imagine cette étrange théorie, déjà mentionnée, des cycles de l'univers, tour à tour normaux et rétrogrades. C'est à ce propos, juste après avoir décrit « ces vieillards qui rajeunissent » et les Fils de la Terre, qu'il rappelle — par la bouche de l'Étranger — l'existence d'un âge d'or :

> « ... Les dieux avaient reçu en partage les différentes parties de l'univers, qu'ils gouvernaient par régions, et les animaux, divisés en espèces et en troupes, dépendaient de démons qui leur servaient pour ainsi dire de pasteurs divins, chacun d'eux étant en état de suffire à tous les besoins de ceux qu'il conduisait. Si bien que les animaux, n'ayant nul motif de rivalité, ne se dévoraient jamais entre eux. Les conséquences d'un tel état de choses seraient infinies à énumérer. Mais l'essentiel de ce temps-là, quand toute chose nécessaire naissait d'elle-même au service de l'homme, c'est que Dieu lui-même était le guide de tous les hommes, qu'il les régentait comme eux-mêmes régentent aujourd'hui les animaux qu'ils ont domptés. En ce temps-là, les hommes n'avaient donc ni cités, ni femmes, ni enfants. Ils renaissaient tous de la terre sans aucune mémoire de ce qui les avait précédés. Ils cueillaient les fruits des arbres en abondance, fruits qui poussaient d'eux-mêmes, et ils vivaient en plein air, nus, couchant à même le sol. Car ils

> n'avaient pas à souffrir des saisons puisqu'elles n'existaient pas et qu'ils trouvaient partout sur la surface de la terre l'herbe épaisse sur laquelle ils pouvaient s'étendre. »
>
> PLATON, *le Politique*, trad. J. Lacarrière.

Lorsqu'on lit les textes d'Hésiode, d'Empédocle et de Platon, on se rend bien compte que l'imagination humaine ne saurait multiplier à l'infini les félicités réservées autrefois à l'homme. Horace, Virgile, Ovide reprendront par la suite ce thème de l'âge d'or mais ne feront qu'imiter ou modifier dans leurs détails le mythe transmis par leurs devanciers grecs, en l'adaptant toutefois à l'histoire légendaire de Rome. Cronos deviendra Saturne et l'âge d'or le temps où le Latium s'appelait encore Ausonia. Pour marquer l'état d'innocence et de béatitude dans lequel vivaient leurs ancêtres, les poètes latins ajouteront seulement quelques détails cocasses : le mensonge et le vol n'existant pas, les maisons n'avaient pas de portes et, dans ce printemps perpétuel régnant sur Ausonia, la laine se colorait d'elle-même sur le dos des moutons !

On retrouve les mêmes idées aux Indes. Les Indiens n'ayant jamais considéré le bonheur matériel comme la fin suprême de la vie humaine, il est normal qu'ils aient vu surtout dans l'âge d'or une époque de félicité spirituelle et d'harmonie morale. Tout, dans le texte qui suit — la beauté, la vigueur, l'immortelle jeunesse, la perfection physique des hommes des premiers temps — n'est que la conséquence d'un état de pureté et de perfection intérieures.

Ce texte est extrait du *Vâyupurâna* qui décrit les différentes étapes ou âges de l'humanité (le terme indien est *yugas*). Le premier âge, le plus parfait, procède directement de Brahmâ lorsqu'il décida de peupler la terre en créant aux dieux une descendance, par pure concentration mentale. Le monde s'emplit alors de créatures parfaites, les premiers hommes...

> «Ces créatures dont le monde s'emplit habitaient les rivières, les lacs, les mers et aussi les montagnes. Dans cet âge, elles vivaient sans excès de chaleur ni de froidure, recueillant les aliments issus des sucs de la terre. Ces êtres agissaient à leur gré, en état de perfection spirituelle. Il n'y avait chez eux ni juste ni injuste, ils ne faisaient aucune discrimination, la durée de leur vie, leur bonheur, leur forme étaient semblables en cet âge parfait, au début de l'ère cosmique: chacun naissait avec pleine domination sur lui-même. Quatre mille ans plus quatre cents ans forment, dit-on, le premier âge, l'âge parfait. Encore que ces créatures se soient propagées par milliers, il n'y avait pour elles ni obstacles, ni contrastes, ni fatigues. Habitant les montagnes et les mers, elles ne possédaient pas de demeures. Sans souffrances, riches en lumière, absolument heureuses, elles se mouvaient selon leurs vœux, l'âme toujours réjouie. Il n'y avait alors ni bêtes, oiseaux, reptiles, ni plantes, ni créatures infernales, car ce sont là les produits de l'Injuste. Il n'était racines, fruits, fleurs, ni saisons ou choses saisonnières. Le temps amenait tout désir, tout bonheur. Il n'y avait aucun excès de chaud ou de froid. Les choses désirées par l'esprit, sitôt conçues, surgissaient de terre partout et toujours, suscitant leur propre saveur. La perfection de ces êtres rendait vaine la maladie et leur apportait force et beauté. Leur corps sans

apprêts avait une jeunesse persistante. Par l'effet de leur pure volonté, il leur naissait des jumeaux, de même forme qu'eux. Vérité, contentement, patience, satisfaction, bonheur, maîtrise de soi, voilà ce qui existait. »

Anthologie sanskrite, trad. L. Renou.

La chute

Ces temps heureux ne devaient pas durer longtemps. En effet, ils sont très exactement l'envers, la négation systématique de tout ce qui constitue précisément la civilisation. L'âge d'or aboutit à cette vérité singulière, inquiétante mais indiscutable : le bonheur n'est possible que dans des conditions exactement inverses de celles de notre vie présente. Bonheur ou civilisation, tel est le dilemme qui perce à travers ces textes. Cette idée s'exprime, sous une forme plus philosophique mais tout aussi empreinte de rêveries mythiques, dans les conceptions des philosophes du XVIIIe siècle : le *bon sauvage* cher à Jean-Jacques Rousseau n'est, à tout prendre, qu'un homme vivant encore aux franges de l'âge d'or. Car l'homme, ayant choisi la voie de la civilisation, s'engagea dans un processus dont les conséquences demeurent toujours actuelles. La conquête progressive du bien-être matériel, le partage des richesses de la terre, la différenciation des races, des langues et des coutumes, la perte ou la dispersion de l'unité originelle engendrèrent les conflits, les rivalités, les guerres, les mille maux inséparables du progrès que les mythes décrivent comme un éloignement des dieux, un abandon de l'intimité première qui nous reliaient aux forces instinctives de la nature et du monde. *Avec la civilisation, le drame et la tragédie font irruption dans l'histoire de l'homme.*

Chez les Indiens et chez les Grecs, toutefois, ce drame et cette tragédie revêtent un caractère inéluctable. Il n'appartenait pas à l'homme de les éviter ou de s'en dégager. Pour les Indiens, la dégradation progressive de l'univers, son anéantissement et sa recréation font partie des cycles du monde et l'homme y est soumis au même titre que les éléments, les végétaux, les animaux. Cette idée, chez les Grecs, a pris une forme un peu plus imagée mais tout aussi impérative : les conflits et les drames humains sont le reflet des luttes que se livrent les dieux auxquels l'homme doit tout ce qu'il est, ses bonheurs et ses malheurs. L'homme est une marionnette entre les mains des dieux, le jouet d'un destin contre lequel il ne peut rien. Que ce destin prenne le visage de trois femmes — les Parques — dévidant l'écheveau fatal qui mesure le rythme et la durée de l'homme ou d'un mécanisme cosmique qui régente les dieux et les êtres, ne change pas grand-chose au problème. Dans les deux cas, l'avenir de l'homme lui échappe et nul espoir ne se dessine pour lui quant au sort qui l'attend.

Chez les Sémites, et particulièrement les Hébreux, on constate une interprétation entièrement contraire, plus réjouissante en apparence mais tout aussi terrible quant à ses conséquences :

l'homme *aurait pu échapper* à la chute, il aurait pu échapper à la mort et à la malédiction de Yahvé s'il avait obéi à son Créateur. Mais, par sa faute, il a violé la loi divine et il a perdu le paradis octroyé par Yahvé. Il a mis fin par bêtise et par désobéissance à son propre bonheur.

Il reste à décrire les étapes de cette dégénérescence — volontaire ou involontaire — qui accompagne la naissance de la civilisation telle que l'ont décrite les textes et les peuples mentionnés plus haut : les Grecs, les Indiens, les Sémites.

Pour Hésiode, quatre races succédèrent à celle de l'âge d'or. Tout d'abord, une race inférieure qu'il appelle la race d'argent. L'enfance y était particulièrement longue, puisqu'elle durait cent ans mais dès son accession à l'âge adulte, l'homme perdait les qualités fondamentales qui lui avaient, auparavant, permis de vivre près des dieux. Il s'éloignait des divinités, poussé par l'orgueil, la démesure, le sentiment de sa propre force. Il cessait de leur rendre un culte : c'est pourquoi Zeus décida d'anéantir les hommes de l'âge d'argent et de les envoyer dans les Enfers. Ils y devinrent ceux qu'Hésiode appelle les « Bienheureux des Enfers ». Et comme il fallait bien repeupler la terre, Zeus créa une troisième race, la race de bronze. Race intrépide, guerrière, impitoyable : « De bronze étaient leurs armes, de bronze leurs maisons, avec le bronze ils labouraient, car le fer n'existait pas encore. » Cette race périt victime de sa propre folie : les rivalités, les combats exterminèrent ces hommes en proie à la furie aveugle de la guerre et ils disparurent sans laisser de trace ni de nom.

Alors Zeus — nullement découragé ! — créa une quatrième race, moins guerrière et moins fanatique : la race des héros. Ces héros, ce furent tous ceux dont la mythologie grecque a maintes fois exalté les exploits : les combattants de la guerre de Thèbes et d'Argos, les fondateurs des cités illustres, les soldats de la guerre de Troie : Étéocle, Polynice, Adraste, Cadmos, Achille, Diomède, Ajax et tant d'autres ! Certains d'entre eux, en récompense de leurs exploits, finirent leurs jours paisiblement dans une contrée paradisiaque, établie par Zeus à leur intention, sorte d'Éden réservé, comme le Walhalla des Germains, aux soldats héroïques et braves. Hésiode appelle cette contrée l'île des Bienheureux et il précise : « C'est là qu'ils habitent, le cœur libre de soucis, au bord des tourbillons profonds de l'Océan, héros fortunés pour qui le sol fécond porte trois fois l'an une douce et florissante récolte. »

Quant à la race présente, à laquelle nous appartenons, c'est la race de fer, la plus vulnérable, la plus démunie de toutes. Vie éphémère, labeurs sans nombre, maladies, angoisses, tel est son lot.

Or, argent, bronze et fer, ce symbolisme métallique exprime bien la dégénérescence progressive des races. L'humanité, en même temps qu'elle perd ses vertus et ses qualités primitives, perd aussi ses forces physiques, sa résistance, sa vigueur premières. Un détail essentiel — qu'on retrouve dans la plupart des mythes — concrétise à merveille cette déchéance de l'homme : il perd, tout particulièrement, la longévité des premiers âges. De tous les facteurs qui interviennent pour diminuer, amoindrir, effriter la vie humaine, le temps est le plus redoutable.

Le livre indien du *Vâyupurâna* décrit, à la suite de l'âge d'or, les autres âges traversés par l'humanité. Il met en évidence l'universalité de ce rêve du paradis et du bonheur perdus, et du cauchemar de la décadence matérielle et spirituelle de nos ancêtres.

> « Quand l'âge parfait eut disparu, sitôt après vint un autre âge, l'âge *treta* (le second âge) que les meilleurs des Voyants considèrent comme un fragment du Parfait. Car en cet âge, les nuages grondants se mirent à décharger leur pluie. Le sol, une fois muni de cette pluie, vit pousser des arbres en forme de maisons et les êtres du second âge en tirèrent toutes sortes de réjouissances. C'est grâce à ces arbres qu'ils purent subsister au commencement du second âge.
>
> » Après un long temps, par l'effet d'un renversement, l'état de passion et d'avidité naquit en eux sans motif. Les époques qui se produisaient chez les femmes, à la fin de leur vie cessèrent d'être mais, sous la pression de cet âge, elles connurent des époques successives chaque mois. Et comme par suite de cette loi, il y avait des accouplements chaque mois, il s'ensuivit des conceptions d'enfant hors saison. »
>
> *Anthologie sanskrite,* trad. L. Renou.

Comme toutes les perfections — même partielles — celle-ci ne dura guère. Les hommes du second âge firent preuve d'égoïsme, de convoitise, d'avidité et provoquèrent des désastres qui les contraignirent à souffrir chaque jour un peu plus.

On trouve ici — à côté de la conception d'un devenir irréversible de l'univers — l'idée que les hommes, par leur comportement, contribuent à la dégradation du monde. Ils sont en partie — et non totalement comme dans la Bible — responsables de leur déchéance. Bref, à force de s'acheminer vers son déclin, le monde devient, pour les hommes, de plus en plus monstrueux et hostile. Alors,

> « … les hommes furent de plus en plus fortement affligés par le froid, le vent, la chaleur violente. Oppressés par ces contrastes, ils se firent des abris, ils eurent recours à des demeures pour remédier à ces écarts, alors qu'auparavant ils se mouvaient à leur gré et n'avaient nul besoin de demeures. Ils habitèrent donc dans des maisons faites à leur convenance, selon leur agrément, dans des terres désertiques, des vallées, des montagnes et des rivières, se réfugièrent dans des places fortes, des lieux sauvages où il y avait de l'eau en permanence. Ils se mirent aussi à faire des maisons sur des terrains plats pour être protégés du froid et de la chaleur. Ils édifièrent bourgades, villes, villages, selon la répartition qu'ils jugeaient convenable. Et les habitations qu'ils firent, après avoir longuement réfléchi, furent semblables à ces arbres, apparus autrement, en forme de maisons. Certaines branches vont et viennent, d'autres se dressent en l'air ou en travers. Ils comprirent comment et pourquoi ces branches d'arbre oscillaient ou se dressaient ici et là et les imitèrent pour édifier leurs demeures.
>
> » Quand ils eurent ainsi combattu les écarts de température, ils avisèrent au moyen de subsister. Les arbres fabuleux d'autrefois, ces arbres chargés de miel, avaient péri et les hommes, en proie à la soif et à la faim, tombèrent dans l'abattement… »
>
> *Anthologie sanskrite*, trad. L. Renou.

La Bible ne connaît pas d'âge d'or à proprement parler. À peine né, le premier couple humain n'eut rien de plus pressé que de violer l'interdit de Yahvé et de manger le fruit de l'arbre de la connaissance du Bien et du Mal. On ignore le temps réel qui s'écoula entre le façonnage d'Ève à partir de la côte d'Adam et le moment où le serpent la tenta et la fit « chuter » mais tout porte à croire que ce temps fut fort bref. La sentence de Yahvé fut, comme on dit aujourd'hui dans le langage des tribunaux, « immédiatement exécutoire » et l'homme, à peine apparu dans l'Éden, fut chassé du paradis terrestre. On sait quelles furent les conséquences de la décision divine : le meurtre fit son apparition sur terre lorsque Caïn tua son frère Abel.

Il va de soi que ce meurtre doit être interprété symboliquement. Une fois accomplie — et châtiée — la révolte de l'homme contre son Dieu, il ne restait au premier qu'à se révolter contre lui-même. Cet acte primordial, ce crime originel suffit à symboliser la condition de l'homme réduit à gagner son pain, à vivre hors de l'Éden : la haine, le meurtre, la violence, bref la tragédie, accompagnent irrémédiablement les premiers efforts de l'humanité pour survivre et pour s'adapter. Mais l'aspect moral de ce crime l'emporte sur son sens économique ou historique. Contraints de s'entretuer pour s'approprier par la force les richesses de la terre — richesses qui désormais ne leur sont plus octroyées de plein droit —, les hommes seront poursuivis par ce sang répandu à l'aurore des temps.

Dès lors, le destin humain est scellé irrémédiablement. L'humanité s'éloignera de Dieu chaque jour davantage, entraînée par la fatalité du sang, jusqu'au jour où Yahvé décidera de la supprimer en la noyant sous les eaux du Déluge. Ce déluge survint à la dixième génération des descendants d'Adam, c'est-à-dire des Patriarches et si l'humanité eut ainsi un répit considérable avant son anéantissement définitif, la raison en est que les Patriarches, comme les hommes des premiers âges, furent doués d'une longévité remarquable : le Déluge, en effet, eut lieu cinq ans après la mort de Lamek, sept mille six cent trente ans après la création d'Adam, soit une durée de vie moyenne pour Adam et ses descendants de sept cent soixante-trois ans...

Le Déluge

Le Déluge est un des thèmes les plus universels de la mythologie. On le trouve mentionné chez les Sémites (Bible et *Épopée de Gilgamesh*), dans les textes sumériens, chez les Grecs, les Iraniens et les Indiens, pour nous limiter aux mythologies qui font l'objet de ce livre. Il est évident qu'une telle coïncidence a soulevé bien des questions et que la plupart des archéologues s'accordent pour reconnaître que les mythes du Déluge peuvent témoigner de l'existence de faits réels. Les recherches les plus récentes, confirmées par les fouilles effectuées en Mésopotamie, terre d'élection du Déluge, ont permis de retrouver les traces de plusieurs inondations successives qui eurent lieu entre douze mille et huit mille ans avant J.-C. Tout le monde semble d'accord en effet pour dire qu'il y eut non un déluge mais des déluges, plusieurs cataclysmes qui se fondirent peu à peu dans la mémoire humaine pour se muer en un déluge unique.

Quant à l'origine ou à la nature de ces cataclysmes, plusieurs hypothèses ont été proposées. La plus plausible est celle qui attribue la submersion d'une grande partie du bassin mésopotamien à une fonte massive des glaciers correspondant à la fin de la dernière grande glaciation du quaternaire, qui eut lieu vers 12 000 avant J.-C. Les géologues appelés à la rescousse ont calculé, d'après le volume supposé de ces glaciers, que leur fonte soudaine a dû surélever de treize mètres le niveau de la mer Rouge et du golfe Persique. Si l'on ajoute que cette fonte, due à des phénomènes climatiques intenses, s'est fatalement accompagnée d'orages et de pluies qui durèrent plusieurs mois, on « tient » peut-être là une des clés du Déluge. Les survivants de ces cataclysmes géologiques — surtout ressentis dans le Proche-Orient, l'Europe occidentale n'en ayant connu que les contrecoups — en auraient conservé la mémoire et transmis oralement le récit pendant des générations. Le plus ancien texte relatif au Déluge a été retrouvé dans une tablette sumérienne déterrée dans les ruines de la ville de Nippur, et il date du début du IIIe millénaire avant J.-C. Il faut donc supposer que pendant des milliers d'années, les hommes se seraient communiqué le récit de ces phénomènes terrifiants, qui auraient pris à leurs yeux l'aspect d'un cataclysme envoyé par les dieux. De géologique, le déluge devint eschatologique, ce qui est le chemin suivi naturellement par bien des faits et des événements de l'histoire cosmique et humaine.

C'est d'ailleurs à partir de ce moment que le Déluge prend pour nous tout son intérêt : non comme phénomène géologique — sur lequel le mystère régnera toujours — mais comme phénomène humain, religieux et sacré ayant créé dans l'esprit des résonances particulières que les hommes lièrent à leur propre histoire.

Le récit biblique de la Genèse a pris sa source dans le récit mésopotamien (figurant dans la tablette XI de *l'Épopée de Gilgamesh*), ce dernier étant nettement la copie « revue et corrigée » du récit sumérien de Nippur. Si l'on veut bien admettre que le cataclysme principal fut antérieur de plusieurs milliers d'années à l'apparition de l'écriture, il est évident que les rédacteurs de la Genèse n'ont pu avoir d'information ni de première main ni de sources particulières : les variantes et les innovations du texte biblique reflètent au contraire le milieu humain et religieux où ce texte prit naissance et non des événements depuis longtemps transformés par l'affabulation de l'homme.

La tablette sumérienne trouvée à Nippur est fort mutilée. Le tiers seul a pu être traduit avec certitude. Elle raconte la création du monde et de l'homme, l'édification des premières cités, parmi lesquelles Éridu et Shuruppak dont les ruines furent retrouvées par les archéologues puis, après une lacune de trente-sept lignes, elle narre la décision des dieux de détruire l'humanité. Pourquoi ? Le poème ne le dit pas. On constate seulement que tous les dieux ne sont pas d'accord et que certains plaident en faveur de l'homme. Mais le Déluge fut finalement décidé et tous les hommes périrent, à l'exception d'un seul, un roi très pieux du nom de Ziusudra. Retenons ce nom : il est celui du premier Noé de l'Histoire, du premier homme survivant dont nous descendons tous.

Ziusudra se tenait donc devant la muraille d'un temple lorsqu'une voix l'avertit du déluge imminent.

Le poème décrit alors les instructions données à Ziusudra (mais le texte en est perdu). On en connaît la teneur par le contexte et la version akkadienne postérieure : Ziusudra reçoit l'ordre de construire un navire gigantesque pour échapper à la destruction. Puis le Déluge se déchaîne sur toute la surface de la terre.

> « Toutes les tempêtes, d'une violence inouïe, firent rage en même temps. Au même instant, le Déluge envahit les centres du culte. Lorsque, durant sept jours et sept nuits, le Déluge eut balayé la terre et que l'énorme bateau eut été ballotté par les tempêtes sur les eaux, Utu sortit *(le dieu du soleil)*, lui qui dispense la lumière au ciel et sur la terre. Ziusudra ouvrit une fenêtre de son bateau, et Utu fit pénétrer ses rayons dans le gigantesque bateau. Ziusudra le roi se prosterna devant Utu. Le roi lui immola un bœuf et tua un mouton. »

S.-N. KRAMER, *l'Histoire commence à Sumer*.

Par ce sacrifice, Ziusudra réconcilie le genre humain avec les dieux et ces derniers, pour l'en récompenser, lui confèrent l'immortalité.

> « Alors Ziusudra le roi se prosterna devant Anou et Enlil. Anou et Enlil choyèrent Ziusudra : ils lui donnèrent une vie comme celle d'un dieu, un souffle éternel comme celui d'un dieu. Alors Ziusudra le roi sauveur du nom de la végétation et de la semence du genre humain dans le pays de passage, dans le pays de Dilmoun, là où se lève le soleil, les dieux l'installèrent. »
>
> S.-N. KRAMER, *l'Histoire commence à Sumer.*

Le fait que Ziusudra se trouvait devant le mur d'un temple quand la voix d'un dieu lui parla peut paraître sans importance. C'est là pourtant un détail essentiel — un indice, pourrait-on dire — car on le retrouvera justement dans le grand récit babylonien du Déluge, ce qui prouve de façon fort nette la filiation entre les deux récits, rédigés à plus de quinze siècles d'intervalle.

La version babylonienne du Déluge se trouve incluse dans la grande *Épopée de Gilgamesh* dont elle occupe toute la onzième tablette. Dans les extraits cités plus haut, Gilgamesh, dans sa quête de l'herbe d'immortalité, traversait les Eaux de la Mort et parvenait dans une île où vivait un nommé Um-Napishtim. Or Um-Napishtim n'est autre que le Ziusudra babylonien. Comme Ziusudra, les dieux l'ont sauvé du Déluge et lui ont conféré l'immortalité. Depuis, il vit, loin des vivants, aux confins de la terre, dans ce pays où la mort est pour lui synonyme de vie éternelle. Et avant d'indiquer à Gilgamesh comment se procurer l'herbe d'immortalité, il lui fait le récit du Déluge.

Um-Napishtim habitait la ville de Shuruppak (une des cinq, notons-le, signalées justement dans le poème sumérien du Déluge). C'était un homme très pieux qui était le protégé d'Ea, dieu de la mer et de la sagesse. Aussi quand les dieux se réunirent pour décider d'anéantir l'humanité par le Déluge, Ea s'empressa-t-il d'avertir son protégé par des voies fort curieuses.

> Ea répéta leurs paroles à une hutte de roseaux :
> « Hutte de roseaux, hutte de roseaux
> Et toi mur, et toi mur
> Écoute bien, hutte de roseaux
> Comprends bien, mur !
>
> Homme de Shuruppak, fils d'Ubar-Tutu
> Démolis ta maison et construis pour toi un bateau
> Abandonne tes biens et tes richesses
> Demande la vie sauve
> Rejette tes possessions et préserve ta vie
> Charge dans le bateau
> La substance de tout ce qui vit. »
>
> *L'Épopée de Gilgamesh*, trad. A. Azrié.

Il y a là un exemple précis d'emprunt littéraire devenu incompréhensible en passant d'une langue à l'autre, en l'occurrence du sumérien à l'akkadien. Dans le récit sumérien, le dieu avertit Ziusudra alors qu'il se trouvait devant le mur d'un temple. Mais « se trouver devant un mur » ou « être un mur » s'exprime de façon identique en sumérien, le contexte seul précisant la différence. En akkadien, au contraire, il s'agit de deux termes non identiques. Erreur de traduction ? Difficulté d'exprimer les nuances de la langue ? Toujours est-il qu'Ea, pour des raisons purement linguistiques, se voit contraint de s'adresser à une hutte de roseaux, à un mur, au lieu de parler directement à Um-Napishtim ! Car le texte akkadien ajoute même, de son propre chef, une clôture, autrement dit une haie de roseaux. Ea « dicte » ses conseils aux roseaux qui les répéteront à Um-Napishtim.

Entendant les ordres d'Ea, Um-Napishtim fut très embarrassé. Il n'avait jamais vu de bateau de sa vie. Comment pouvait-il en construire ? Le dieu Ea dessina alors obligeamment un bateau sur le sol, comme modèle. Um-Napishtim se mit au travail et édifia une arche. Sa coque avait cent vingt coudées de long (celle de la Bible en aura trois cents), elle était divisée horizontalement en sept ponts dont chacun comportait dix compartiments, ce qui représentait donc soixante-dix cabines ! Um-Napishtim calfata la coque avec du bitume et de l'asphalte, y mit les provisions nécessaires et y fit monter un couple de chaque espèce animale. Puis il entra dans le vaisseau dont il ferma la porte. Alors, les dieux firent couler les « réservoirs du ciel ».

Six jours et sept nuits passèrent
Les tempêtes du déluge soufflaient encore
Les tempêtes du sud couvraient le pays.
Le septième jour

Les tempêtes du déluge
Qui telle une armée

Avaient tout massacré sur leur passage
Diminuèrent d'intensité
La mer se calma
Le vent s'apaisa
La clameur du déluge se tut.

Je regardais le ciel, le silence régnait
Je vis les hommes redevenus argile
Les eaux étales formaient un toit.
J'ouvris une petite fenêtre
La lumière tomba sur mon visage
Je m'agenouillai
Et me mis à pleurer
Les larmes coulaient le long de mon visage

L'Épopée de Gilgamesh, trad. A. Azrié.

Ce sentiment de détresse et d'angoisse devant la désolation de la terre devenue marécage et devant l'anéantissement des hommes est propre au texte akkadien. On ne le retrouve pas dans la Genèse où Noé agit plutôt comme une marionnette docile aux ordres de Yahvé. Le Noé biblique s'avère plus égoïste que son ancêtre babylonien car la disparition totale de l'humanité ne lui arrache pas un seul cri !

Le vaisseau d'Um-Napishtim s'arrêta au sommet du mont Nizir où la décrue le déposa. Il y resta sept jours. Au septième jour, Um-Napishtim ouvrit une des fenêtres et lâcha trois oiseaux : une colombe et une hirondelle qui revinrent, un corbeau qui ne revint pas. Alors Um-Napishtim sortit de l'arche et offrit aux dieux un sacrifice. À peine avait-il fait cuire les viandes que « … les Dieux en respirèrent la senteur, oui, les Dieux en respirèrent le parfum ; les Dieux se rassemblèrent autour des offrandes comme des mouches ».

L'histoire du Déluge babylonien ne s'arrête pas là et s'avère plus nuancée et plus émouvante que le récit biblique. Car la querelle qui avait divisé les dieux sur l'opportunité du Déluge « rebondit » après la fin du cataclysme. Les dieux accourent pour contempler leur œuvre et que voient-ils ? Um-Napishtim bien vivant avec sa femme, ses enfants et une multitude d'animaux ! Enlil, le Seigneur du ciel et de la terre, roi des dieux, instigateur et responsable du Déluge, entre en fureur. À quoi bon avoir déversé des tonnes d'eau, risqué de noyer le ciel lui-même s'il reste encore un homme en vie ? Il s'apprête donc à détruire l'unique survivant lorsque Ea et Ishtar — partisans acharnés du genre humain — interviennent et Enlil finit par accorder sa grâce au survivant.

Le récit biblique du Déluge est fort connu mais il est intéressant de le relire après les textes sumérien et akkadien car on saisit mieux la filiation indiscutable qui relie la version de la Genèse à ses modèles antérieurs. On pourrait même, pour peu que l'on s'en donne la peine, suivre cette filiation dans ses moindres détails. Certaines expressions littéraires, certaines images se sont transmises telles quelles au cours des siècles : les « réservoirs du ciel » deviennent, dans la Bible, les « écluses du ciel » ; le procédé de fabrication de l'arche qui est dicté par Yahvé à Noé comme il le fut par Ea à Um-Napishtim (ces deux survivants n'étant guère des navigateurs éprouvés). De même, dès sa sortie de l'arche, Noé offre un sacrifice à Yahvé, comme le fit son ancêtre et Yahvé hume la bonne odeur, alors qu'entre-temps les Hébreux avaient abandonné toute conception anthropomorphique de leur Dieu ! La tradition littéraire a laissé ici ses empreintes visibles et bien des détails surprenants ou inexpliqués trouvent là leur raison d'être.

Rien, au fond, n'est plus monotone qu'un Déluge. Les descriptions que l'on en trouve dans les autres mythologies, dans le livre iranien *Vidêvdât*, dans le *Catapatha Brâhmana* et dans le *Mahâbhârata* indiens, ainsi que dans les *Métamorphoses* d'Ovide à propos de Deucalion et de Pyrrha, se ressemblent, pourrait-on dire, comme deux gouttes d'eau. Les pluies tombent, les eaux montent, les hommes terrifiés se réfugient sur les hauteurs puis la surface de la terre disparaît sous la boue, les épaves et la pluie torrentielle, à l'exception de l'arche de l'unique rescapé qui flotte pendant des jours, des semaines ou des mois sur la morne étendue des eaux.

Le *Vidêvdât* précise que le Déluge fut occasionné par une fonte colossale des neiges, ce qui rejoint curieusement les découvertes et les hypothèses des historiens modernes.

Les Grecs, eux, nous ont transmis, par la légende de Deucalion et de Pyrrha, leur propre version du Déluge. Mais ces textes — très fragmentaires — sont tous muets sur les raisons qui poussèrent Zeus à supprimer l'humanité. Ovide, dans ses *Métamorphoses*, a voulu pallier ce silence en liant l'histoire de Deucalion aux crimes de Lycaon. Voici donc la version « ovidienne » du Déluge : malgré les remontrances des dieux, l'humanité n'a cessé de se pervertir depuis sa création. Elle a connu l'âge d'or, puis l'âge d'argent, puis l'âge de bronze et, à chaque âge, son innocence et sa piété premières n'ont cessé de décroître. Les hommes oublient de sacrifier aux dieux, ils ne pensent qu'au crime et à la luxure. Zeus décide donc de les détruire mais avant de s'y résoudre il fait une dernière visite à la terre pour voir s'il se trouve quelque juste susceptible d'échapper à la catastrophe.

Il se rend donc, un soir, en Arcadie où il est reçu par le roi Lycaon. Ce dernier, soupçonnant son hôte d'être un visiteur divin, décide, pour s'en assurer, de lui servir des chairs humaines ! C'en est trop. Zeus évente évidemment la ruse et, excédé par ce crime horrible, change Lycaon en loup et s'apprête à détruire l'humanité. Le déluge se répand alors sur la terre, noie les êtres, les villes, les plaines et les forêts. Tous les hommes disparaissent, à l'exception d'un couple qui, averti par Prométhée disent les uns, par pur hasard disent les autres, a construit une barque. Ce couple, c'est Deucalion et sa femme Pyrrha. Après plusieurs jours de déluge, la pluie a cessé et la barque s'est arrêtée au sommet du Parnasse. Alors, Zeus, en voyant ces deux survivants, décide de leur faire grâce et de régénérer, à partir d'eux, le genre humain. Ils n'auront qu'à jeter des pierres derrière eux, des pierres qui deviendront des hommes et des femmes…

Cette version est la plus complète. Les autres, celle du poète Horace dans ses *Odes*, celle de l'écrivain grec Lucien de Samosate dans *la Déesse syrienne*, n'en diffèrent que par quelques détails. Certains de ces détails sont cependant révélateurs. Lucien de Samosate, par exemple, précise que Prométhée avertit Deucalion et Pyrrha du Déluge imminent et leur enjoint de construire un coffre en bois — analogue aux berceaux — qui leur permettra de flotter pendant la durée du Déluge, soit neuf jours et neuf nuits. Les versions indiennes du Déluge sont nombreuses. La plus ancienne et la plus célèbre est celle du *Catapatha Brâhmana* (ou *Brâhmana des cent chemins*). Le Noé indien s'appelle Manou et il est averti, lui aussi, de la venue du Déluge non plus par un dieu mais par un… poisson providentiel !

> « Un matin, on apporta à Manou de l'eau pour se laver, comme à présent on en apporte pour se laver les mains. Tandis qu'il se lavait ainsi, un poisson lui vint dans les mains. Le poisson lui adressa la parole : "Garde-moi, je te sauverai ! — De quoi me sauveras-tu ? — Un déluge va emporter toutes les créatures. C'est de cela que je te sauverai." »
>
> *Anthologie sanskrite*, trad. L. Renou.

Les textes indiens revinrent par la suite sur cet épisode de la vie de Manou. Ainsi, la grande épopée du *Mahâbhârata* précise que Manou prit avec lui dans son bateau sept sages, des animaux et des semences, ce qui lui permit de recréer toute l'humanité et les espèces vivantes.

Que ce soit aux Indes, en Iran, en Grèce, en Mésopotamie, partout sur la terre, les eaux ont recouvert notre planète et anéanti l'humanité. Un seul juste est resté, avec sa famille : Ziusudra, Um-Napishtim, Noé, Deucalion ou Manou. Quel que soit son nom, il est à retenir puisqu'en définitive il deviendra notre ancêtre le plus proche, notre ancêtre d'après le Déluge. Et c'est à lui qu'incombera la tâche ardue de repeupler la terre.

4

L'APPRENTISSAGE DE LA CIVILISATION

Une des raisons essentielles du Déluge avait été de détruire et de régénérer l'humanité. Puisque les premiers hommes avaient oublié le « service des dieux », il ne restait à ces derniers qu'à en créer d'autres, plus soumis ou d'une nature différente et plus conscients de leurs devoirs. Mais les dieux n'avaient pas pour autant l'intention de se donner le mal de façonner à nouveau des hommes. N'était-il pas plus simple d'en laisser vivre un couple qui suffirait ensuite à recréer toute l'humanité ? Cette paresse explique sans doute pourquoi, dans tous les mythes relatifs au Déluge, figure un couple survivant : il épargne aux dieux la nécessité et les ennuis d'une seconde Création !

L'humanité actuelle avec ses races, ses types humains, ses coutumes, ses langues, sa longue histoire est donc postdiluvienne. Tous les hommes peuplant aujourd'hui la terre sont des descendants de Noé ou des autres rescapés. La plupart des mythologies ne se sont guère étendues sur ce problème mais cette solution est implicitement admise par les mythes. Pour employer des termes modernes, nous dirons que les mythes attribuent à l'humanité actuelle une origine monogénétique, c'est-à-dire issue d'un ancêtre unique. Les races et les innombrables différences entre les hommes ne sont apparues qu'ultérieurement, comme une conséquence de l'injonction divine : « Croissez et multipliez ! »

La Genèse est un des rares textes à insister sur cet aspect des choses et à le décrire en détail, en raison sans doute de l'importance que prirent toujours pour les Hébreux les problèmes de généalogie. Le texte décrit donc le nouvel ordre du monde après que Noé fut sorti de l'arche, et le peuplement de la terre par les fils de Noé.

Ce nouvel ordre comporte pour l'homme le droit de dominer la terre, de régner sur les animaux : il demeure le roi de la Création mais son règne — à la différence de celui de l'Éden — ne sera plus un règne pacifique. Il lui faudra lutter, combattre. Il aura le droit de se nourrir de chair à condition de ne pas boire le sang des animaux ni de verser celui des humains. Et pour sceller l'ordre nouveau entre Yahvé et l'homme régénéré, Yahvé fit briller l'arc-en-ciel de la nouvelle alliance.

Les fils de Noé repeuplèrent donc la terre. Sem engendra les Sémites, c'est-à-dire les Élamites, les Assyriens, les Araméens et les ancêtres des Hébreux. Japhet engendra les peuples d'Asie Mineure, d'Iran et des îles de la Méditerranée (peuples dont la plupart correspondent aux races indo-européennes), Cham enfin engendra les peuples du Sud : Égyptiens, Éthiopiens et peuples africains. Bien entendu, cette division et cette répartition ethniques des descendants des trois fils de Noé reflètent avant tout les connaissances sur le monde habité que l'on pouvait avoir dans les pays hébraïques, à l'époque où l'on rédigea la Genèse. Mais s'il faut en croire la Bible, c'est ainsi que la terre se repeupla et que la vie reprit, après les horreurs du Déluge.

Ajoutons qu'une des conséquences de ce monogénétisme et de cette dispersion des hommes sur toute la surface de la terre fut la tour de Babel. Car les hommes issus des fils de Noé parlaient tous, à l'origine, la même langue. Mais comme les langues étaient déjà fort nombreuses et diverses au temps où fut rédigée la Genèse, force était d'expliquer cette diversité. Pourquoi les langues s'étaient-elles multipliées, au point de rendre impossibles les contacts entre les fils d'un même ancêtre ? L'épisode de la tour de Babel répond à cette question. C'est Dieu lui-même qui « confond » le langage des hommes pour qu'ils cessent de s'unir dans leur révolte contre lui. Ce dernier retire aux hommes — assez tôt après le Déluge — le privilège de parler une langue unique et ne le restituera qu'en de fort rares occasions : à la Pentecôte, par exemple, au moment où les apôtres vont se disperser sur la terre pour enseigner la parole de Dieu, et à la fin des temps, au Jugement dernier, quand les nations se rassembleront dans le ciel.

Les bienfaiteurs de l'humanité

De même que l'homme n'eût pu exister sans les dieux, il n'eût guère pu accéder aux avantages de la civilisation sans l'aide de divinités bienveillantes. Là-dessus aussi tous les mythes sont formels : *les acquis essentiels de la civilisation ont été révélés, enseignés aux hommes par des dieux ou des démiurges bienfaisants*.

Pourtant, s'il semble assez logique que l'homme ait attribué son existence à une divinité créatrice, il l'est déjà moins de réserver aux dieux le mérite de bienfaits qu'il doit manifestement à sa seule intelligence et à ses seuls efforts. Mais c'est là encore raisonner de façon fort peu mythique. Car l'homme archaïque vit au cœur d'un univers portant partout les traces de la présence divine. Les divinités qui veillent sur son destin président aux moindres détails de sa vie, observent ses moindres gestes, l'entourent de soins — ou de réprimandes — pour le meilleur et pour le pire. En attribuant à des divinités ou des démiurges la découverte de progrès qu'il ne doit qu'à lui-même, l'homme oublie sans doute sa propre histoire et ses propres mérites mais il reste fidèle à la vision des mythes : celle d'un être privilégié, appelé à dominer la terre par une faveur spéciale de Dieu. Ce faisant, les mythes restent logiques : à quoi bon décerner à l'homme le titre de roi de la Création si on ne lui donne pas, en même temps, les moyens de régner réellement sur les autres espèces ?

Comment est née la civilisation ? Comment l'homme a-t-il obtenu peu à peu les connaissances et les techniques qui lui permirent d'améliorer son sort, de dominer les autres espèces animales, de fonder des villes et des empires ? Ces dieux protecteurs, ces bienveillants démiurges, ces héros civilisateurs qui l'ont initié aux mystères de ces secrets et de ces privilèges, pourquoi ont-ils agi ainsi ? L'éducation, le progrès, l'enrichissement de l'humanité font-ils donc partie d'un plan divin ou furent-ils acquis malgré l'opposition de certains dieux et conquis, en quelque sorte, au détriment des privilèges divins ? En un mot, la civilisation est-elle un don des dieux, une bénédiction du ciel ou un sacrilège, une révolte de l'homme contre sa condition ?

Citons d'abord deux mythes sumériens qui livrent en grande partie la clé de ce problème. Ces deux récits sont en effet contradictoires.

Dans le premier, *Enki et l'ordre du monde*, le dieu de la sagesse, ami de l'homme, lui distribue de son plein gré les bienfaits sans lesquels la civilisation ne pourrait exister.

Après avoir créé l'eau du Tigre et de l'Euphrate, rempli les rivières de poissons et ordonné les flots de la mer, Enki se tourne vers la terre et les champs. Il leur confère leur fertilité, crée le grain, le labourage, invente et transmet aux hommes les outils essentiels : charrue, joug, pioche, moule à brique et truelle, ou plutôt son équivalent sumérien, un curieux instrument du nom de gugun.

Ces humbles découvertes sont à l'image de cette civilisation naissante où les plus modestes outils assuraient déjà un premier bien-être : la charrue, le moule à brique et la truelle étaient alors les dons les plus précieux que puisse faire un dieu.

Mais il faut croire qu'en fait cette quête des premiers instruments de labour et de maçonnerie s'avéra difficile et dramatique, si l'on en juge par le second récit : *Enki et Inanna*. On y voit en effet Inanna enfreindre la loi divine et voler littéralement à Enki les bienfaits qu'il tient secrets. Ce mythe contient en germe tous les thèmes ultérieurs de Prométhée, Héraclès et Orphée, où ces bienfaiteurs de l'homme sont contraints de dérober aux dieux ou aux puissants, par la ruse, la force ou la magie les privilèges que les dieux détenaient seuls jusqu'alors.

Inanna, reine du ciel et déesse tutélaire de la ville d'Uruk, voudrait que les habitants de cette ville sortent de leur état primitif. Pour cela, elle décide d'aller voir Enki, le dieu de la sagesse, qui détient seul les lois divines essentielles à la civilisation.

Inanna s'approche donc du palais d'Enki et celui-ci, séduit par sa beauté, la fait asseoir près de lui et lui offre un somptueux festin. Tous deux boivent en abondance de la bière (la bière existait à Sumer) et, dans l'euphorie du repas, Enki offre à Inanna les lois divines. Ces lois — au nombre de soixante-huit d'après les Sumériens — étaient considérées comme les fondements de toute civilisation. Mentionnons parmi elles : la Royauté, l'Art, la Musique, le Mensonge (!), la Prostitution (!), la Justice, les Joies du cœur, la Bonté, la

Menuiserie, la Métallurgie, la Vannerie, la Tannerie, l'Écriture, l'Architecture...

Inanna s'empresse alors de rassembler toutes ces lois, les charge dans sa barque céleste et retourne aussitôt dans sa ville d'Uruk.

Mais Enki, une fois dégrisé, s'aperçoit que les lois divines ne sont plus à leur place ! Son messager lui révèle la vérité : il en a fait cadeau lui-même à Inanna au cours du banquet. Enki dépêche alors son messager vers la déesse pour lui faire rendre le précieux chargement. Elle refuse et Enki déchaîne contre elle les vents, les monstres de la mer et tous les obstacles possibles pour l'empêcher d'arriver à Uruk. Mais heureusement, ses tentatives échouent et, grâce à cette ruse d'Inanna, nous sommes aujourd'hui des hommes civilisés...

Les Babyloniens connaissaient une légende très proche de ces mythes sumériens. Elle nous a été transmise par un prêtre babylonien écrivant en grec, du nom de Bérose, dont l'œuvre en grande partie perdue nous a été conservée, pour certains passages, par l'écrivain chrétien Eusèbe de Césarée. On peut, grâce à ces extraits, reconstituer la légende d'Oannès.

D'après Bérose, les lois et les secrets de la civilisation avaient été révélés aux Babyloniens par un être divin du nom d'Oannès. C'était un dieu mi-homme mi-poisson qui possédait une voix humaine. Chaque matin, il sortait de la mer et enseignait aux hommes les connaissances essentielles : un jour l'écriture, un autre la musique, un troisième la construction des temples, un quatrième la géométrie... Chaque soir, il s'en retournait dans la mer pour revenir parmi les hommes à l'aube suivante.

Si l'on se souvient qu'Enki est lui aussi un dieu des eaux, on voit que les Sumériens et les Akkadiens croyaient que la civilisation et la sagesse leur venaient de la mer. Peut-être s'agit-il d'une image traduisant des réalités historiques, la venue d'un peuple d'outre-mer qui aurait apporté avec lui des connaissances que les autochtones ne possédaient pas. Les textes et les fouilles pratiquées en Mésopotamie semblent confirmer cette hypothèse d'un contact entre les Sumériens, Akkadiens et la civilisation de Mohenjo-Daro, au nord de l'Inde, qui serait alors venue par le golfe Persique. Ici, à l'inverse de ce qui se produit généralement, ce sont les mythes qui éclairent l'Histoire, une Histoire encore fort peu connue.

Pour nous qui avons oublié les conditions de la vie primitive, il est difficile de savoir quelles techniques ou quelles connaissances étaient les plus précieuses aux yeux des peuples anciens. Parmi les « cadeaux » essentiels offerts aux hommes par les dieux, certains plaçaient le blé et l'agriculture, d'autres la médecine et la divination, d'autres le feu ou l'écriture. Il semble impossible de choisir entre tous ces dons. Disons seulement qu'aujourd'hui, avec le recul de quelque dix mille ans de civilisation, les étapes des progrès humains apparaissent plutôt comme suit : la conquête des *techniques de la connaissance matérielle,* c'est-à-dire des techniques alimentaires qui permirent à l'homme de dépasser le stade de la cueillette et de la chasse. Il s'agit de l'agriculture, de l'élevage, de la domestication des animaux, du feu et de la découverte de la métallurgie. Ensuite vient la conquête des *techniques de la connaissance spirituelle* qui permirent à l'homme d'accéder au domaine des abstractions, d'élaborer des systèmes de pensée de plus en plus perfectionnés et, surtout, de pouvoir noter, conserver et transmettre les acquis antérieurs. Au premier rang vient l'écriture, puis viennent les arts et les sciences : littérature, musique, géométrie, astronomie, enfin l'architecture, la médecine et la divination.

Techniques de la connaissance matérielle

L'origine des techniques matérielles permettant à l'homme d'assurer sa survie et sa sécurité a fait l'objet de nombreux mythes. Il s'agit là de conquêtes si essentielles qu'elles revêtirent d'emblée un caractère sacré et donnèrent lieu, très tôt sans doute, à nombre de Mystères. Ce fut notamment le cas du labour, des semailles et de la moisson. Leur connaissance et leur pratique étaient perçues comme une sorte d'initiation qui ouvrait à leur détenteur des pouvoirs que les profanes n'avaient pas.

Parmi ces techniques figure aussi la domestication des animaux. Nous en parlerons en premier car il se trouve qu'en dépit de son importance, presque aucun mythe n'y fait allusion. Le fait parut-il trop banal ou trop peu glorieux pour qu'on en attribue la paternité à un dieu ? La tradition grecque mentionne, seule, qu'un dieu, Poséidon, a fait don à l'homme du cheval. La domestication des autres animaux a donc — du point de vue des mythes — une origine obscure sauf pour les commentateurs juifs de la Bible qui attribuent, nous l'avons vu, l'origine des espèces utiles au bâton d'Adam et à celui d'Ève, celle des animaux nuisibles. Une autre exception mérite d'être indiquée : le mythe grec d'Aristée.

Aristée était un demi-dieu, fils de la nymphe Cyrène et d'Apollon. Celui-ci confia Aristée enfant aux soins du centaure Chiron, spécialisé dans l'éducation des grands hommes, puis à ceux des Muses qui lui enseignèrent principalement, non la musique ou la danse, comme on pourrait le croire, mais... à garder correctement leurs troupeaux de moutons ! Elles lui révélèrent ainsi l'art de surveiller les troupeaux, de traire les brebis et aussi d'élever les abeilles et de récolter leur miel. Aristée, une fois adulte, s'empressa d'apprendre aux hommes ce qu'il avait lui-même appris des Muses. C'est depuis ce temps que les hommes savent récolter le miel.

Les origines des céréales cultivées, des plantes nourricières, des techniques de la fermentation — bref de ce que nous appellerons les techniques agraires — ont donné lieu, par contre, à des mythes nombreux. La découverte progressive, par sélection, de céréales susceptibles de fournir à l'homme des grains comestibles — froment, orge, avoine, seigle — parut un phénomène suffisamment important pour en attribuer toujours la révélation à un dieu.

De toutes ces céréales, le blé est la plus courante. Si l'on ignore toujours, sur le plan botanique, à partir de quelle espèce sauvage les hommes du néolithique parvinrent à obtenir le blé, les mythes, eux, regorgent de détails, de variantes sur les circonstances de cette découverte capitale. C'est d'ailleurs moins le blé lui-même qui est en cause dans les mythes que sa culture. C'est pourquoi la révélation divine porte non pas tant sur le grain lui-même que sur les techniques du labour, des semailles et de la moisson ainsi que sur les instruments nécessaires : charrue, soc, joug, qui permettent d'utiliser au mieux les forces mystérieuses encloses dans le grain.

En Grèce, le blé et les techniques de culture passaient pour un don de Déméter. Au cours de sa quête de Corè, la déesse fut reçue à Éleusis par le roi Célée et sa femme Métanire. En récompense de leur accueil, Déméter révélera à leur fils Triptolème les mystères de la germination, du labour et des récoltes. Par la suite, le temps et l'affabulation aidant, on attribua à Triptolème lui-même la révélation de ces précieuses connaissances.

Cérès (nom latin de Déméter), pour remercier ses hôtes de l'avoir hébergée, confia à leur fils Triptolème son char ailé attelé de dragons. Elle lui donna également des semences qu'elle lui prescrivit de répandre les unes sur des terres en friche, les autres sur des terres en jachère. Alors, Triptolème s'envola sur le char ailé et répandit ses semences à travers toute la terre.

Si l'on se donne la peine de réfléchir un tant soit peu, on s'aperçoit que ce mythe, tel qu'Ovide le rapporte, a quelque chose d'insatisfaisant. Apprendre aux hommes l'existence et l'usage du blé implique un changement radical de leur mode de vie. Contraints auparavant de subsister par la chasse et par la cueillette, c'est-à-dire de mener une vie errante, ils accèdent avec l'apparition du blé et de l'agriculture à l'existence sédentaire ou semi-sédentaire, la seule permettant la naissance de communautés stables. Il est curieux qu'un bouleversement aussi considérable n'ait pas été marqué dans les différentes versions du mythe de Déméter. Une seule d'entre elles, œuvre d'un auteur byzantin tardif (et donc réflexion sur le mythe plus que mythe par elle-même), signale ce fait essentiel pour l'histoire de la civilisation.

> « Pour récompenser les hommes de l'avoir hébergée pendant son errance, Déméter leur donna les graines, le blé, l'orge et les légumes. On dit en effet que Déméter surveille les fruits qui se sèment. Ayant donné les graines, elle a donné aussi les dragons et les chars ailés pour aller les distribuer de tous côtés. Car avant elle, *les hommes ne savaient pas encore manger le pain ou se servir du blé, mais vivaient d'une vie nomade*. Et non seulement elle leur donna le blé et les fruits qui se sèment mais elle accomplit pour eux les Mystères et leur enseigna l'initiation. »
>
> *Les Mystères d'Éleusis*, d'après V. Magnien.

La révélation des Mystères, c'est-à-dire du destin parallèle de l'âme et de la graine, soumises au même séjour dans les ténèbres avant d'accéder à la lumière, a toujours été liée à celle des pouvoirs du grain. Germination, Agriculture, Mystères sacrés sont les trois dons de Déméter, et leur lien est à la fois logique et essentiel. Les auteurs anciens l'avaient entrevu de tout temps : la découverte du blé permet aux hommes *de ne plus vivre à la façon des bêtes*. Elle est comme une porte permettant d'accéder à un mode de vie supérieur sur le plan matériel et qui a son corollaire inévitable sur le plan spirituel. L'écrivain Diodore de Sicile, par exemple, note avec raison que

> « … Déméter, en plus de l'invention du blé, enseigna aux hommes à le travailler et produisit *en même temps* les lois par lesquelles ils furent amenés à agir conformément à la justice. Pour ce motif, on dit qu'elle fut appelée *Thesmophore* (littéralement : qui apporte les lois) car on ne saurait trouver plus grand bienfait que ces inventions qui contiennent à la fois le vivre et le mieux-vivre. »
>
> *Les Mystères d'Éleusis*, d'après V. Magnien.

Si l'agriculture apparut ainsi dès les temps antiques comme liée à un apprentissage de la sagesse, c'est qu'elle est — à l'inverse de la chasse, activité meurtrière — une fonction tournée avant tout vers la vie. Cultiver, dresser les animaux, c'est faire vivre, c'est produire, c'est ajouter à la fécondité universelle. Chasser, au contraire, c'est tuer, donc amoindrir. Cette différence fut toujours ressentie assez nettement chez les Anciens pour que l'agriculture apparaisse comme la voie royale menant à la civilisation. Platon, dans un passage de ses *Lois*, va même plus loin et découvre à l'apparition de l'agriculture des conséquences insoupçonnées : au début, les céréales permirent à l'homme de ne plus faire exclusivement appel à l'alimentation carnée. Les offrandes faites aux dieux pouvaient consister en gâteaux et autres produits de la terre « pour la raison qu'il apparaissait contraire à la piété de souiller de sang les autels des dieux. Notre genre de vie était donc en ce temps-là ce qu'on appelle une façon orphique de vivre, en s'attachant à toute alimentation inanimée et en s'abstenant de manger tout ce qui a vie ».

La vigne et son corollaire — l'ivresse — figurent aussi parmi les dons essentiels des dieux. La fabrication de boissons alcoolisées par macération de plantes remonte à une très haute Antiquité mais la culture de la vigne et la fabrication du vin sont relativement récentes. Néanmoins vins et boissons fermentées possèdent un avantage commun : celui de contenir de l'alcool, cette eau-de-feu dont la découverte ou la conquête fut souvent pour l'homme une source de drames et de tragédies.

De tous les dieux « impliqués » dans la révélation de la vigne, le plus connu est Dionysos. C'est lui qui, traditionnellement, passe pour avoir introduit la vigne en Grèce et révélé aux Grecs comment fabriquer du vin. Nous avons vu plus haut une des versions de son mythe, élaborée dans des sectes religieuses pythagoriciennes et orphiques. La version proprement mythologique est à la fois plus naïve et plus compliquée car Dionysos eut une naissance, une vie et des épreuves dramatiques qui en firent déjà, plusieurs siècles avant le Christ, le premier des dieux à « passion ».

Dionysos était le fils de Zeus et de la nymphe

Sémélé. Un jour, alors qu'elle était enceinte, Sémélé demanda à Zeus de se montrer à elle dans toute sa splendeur. Zeus accepta imprudemment et Sémélé, incapable de supporter l'éclat divin, tomba foudroyée. Zeus arracha alors le fœtus (qui en était au sixième mois) et le cousit dans sa cuisse d'où il naquit à terme. Ce fut le petit Dionysos dont l'une des étymologies proposées signifie : *deux fois né*.

L'enfance de Dionysos fut des plus tourmentées. Poursuivi par la jalousie d'Héra, épouse de Zeus, l'enfant dut se cacher un peu partout de par le monde et, entre autres, sur la montagne de Nysa, que l'on situe généralement en Asie, aux frontières de l'Inde. C'est là qu'il grandit, élevé par les nymphes qui lui enseignèrent précisément à cultiver la vigne.

Une fois adulte, Dionysos parcourut le monde portant avec lui le don précieux du vin. Mais les effets étranges de ce breuvage surprirent beaucoup ceux qui en goûtèrent et ils crurent le dieu fou et non ivre. Aussi son cortège de satyres, de silènes et de bacchantes, ivres et échevelés, sema-t-il la terreur et l'hostilité plutôt que l'enthousiasme. Partout, quelles que soient les différentes variantes du mythe, on voit l'introduction de la vigne s'accompagner d'épisodes tragiques et sanglants, de crimes et de malentendus pathétiques. En Thrace, par exemple, le roi Lycurgue voulut détruire la vigne, cette plante aux pouvoirs maléfiques mais, frappé de folie par le dieu, se trancha une jambe au lieu du pied de vigne.

Dionysos gagna ensuite l'Attique où il fut reçu

par un nommé Icarios dont la fille Érigonè séduisit le dieu par sa beauté. Dionysos fit don à Icarios d'une outre de vin que celui-ci offrit à ses bergers. Ces derniers s'enivrèrent et, se croyant empoisonnés, se jetèrent sur Icarios et le tuèrent. Érigonè, en voyant son père mort au pied d'un arbre, devint folle de douleur et se pendit à l'arbre.

Partout où il passa, Dionysos provoqua ainsi des drames et des morts sanglantes. Sans doute le mythe veut-il marquer par là le pouvoir ambigu du vin et de l'ivresse, sa faculté d'élever l'homme jusqu'aux sphères divines ou au contraire de le rabaisser au rang d'un animal, selon l'usage qu'on en fait.

Il existait en Grèce un autre mythe, fort curieux, sur l'origine du vin, le mythe d'Oresthée. Celui-ci était un fils de Deucalion. Un jour, il vit une chienne accoucher d'un morceau de bois. Oresthée enterra ce bois et de cette souche sortit un plant de vigne avec de gros raisins. Ce fut la première vigne qui poussa sur le sol de Grèce. Cette version est d'ailleurs à rapprocher de celle de la Bible qui fait aussi de Noé l'inventeur de la vigne.

Le vin n'est pas la seule boisson alcoolisée existant sur la terre. L'ingéniosité humaine s'est donné libre cours dans ce domaine et a su tirer de l'alcool de toutes les substances possibles. Certaines de ces substances sacralisées par l'usage devinrent des boissons divines, c'est-à-dire réservées exclusivement à l'usage des dieux : soma indien, haoma perse, hydromel grec ou nordique.

Mais ce privilège fut tôt ou tard ravi aux dieux

par quelque démiurge bienveillant et donné aux hommes. Ainsi, aux Indes, l'oiseau du dieu Indra va voler le soma dans le ciel pour l'apporter aux hommes. Ce mythe du vol de la boisson céleste par un oiseau ami de l'humanité pourrait paraître surprenant mais il s'explique de façon fort logique : l'alcool détient en lui une force, une flamme qui provoque son pouvoir enivrant, il brûle, il contient un feu liquide. Or le feu n'existe qu'au ciel, dans la foudre et seul un oiseau peut aller l'y quérir. C'est pourquoi, quand l'alcool n'est pas donné directement aux hommes par un dieu comme dans le cas de Dionysos, il leur est apporté par un oiseau qui le ravit au ciel.

Quant à l'hydromel, la boisson des dieux grecs et nordiques, la mythologie des *Eddas* lui attribue une longue histoire. Son nom scandinave — *Odrérir* — signifie « Moteur-de-l'âme ». Il est la boisson privilégiée qui soulève l'âme et inspire le poète, qui dote l'homme des plus hauts pouvoirs. Les dieux, dès qu'ils y goûtèrent, ne cessèrent plus d'en réclamer. Mais il n'est guère facile de l'obtenir et les dieux eux-mêmes, au début, eurent le plus grand mal à s'en procurer. L'hydromel se trouve en effet dans une grotte éloignée, sous la garde du géant Suttung. Odin en personne ne pouvait y accéder et, pour en obtenir, décida de recourir à une ruse : il perça le roc, pénétra dans la grotte, séduisit la fille du géant, une ravissante personne du nom de Gunnold, et put s'emparer du breuvage.

Il ne saurait être question ici d'énumérer tous les mythes relatifs à l'obtention et à la découverte de chaque plante et de chaque technique de culture. Les procédés de labour, de greffe, de semailles, de foulage, de battage, de moissonnage varient selon chaque pays, voire chaque contrée et chacun d'eux est censé être le don de quelque divinité intéressée à la productivité des hommes. Néanmoins, certains mythes sont en rapport avec certaines techniques particulières dont la découverte améliora sensiblement le bien-être de l'homme. Nous en choisirons un : celui des Danaïdes.

Danaos était roi de Libye où il avait eu cinquante filles, de différentes femmes. Ces filles s'appelèrent les Danaïdes. Un oracle lui ayant ordonné de quitter le pays et d'aller s'établir en Grèce, Danaos traversa la mer et parvint dans la province d'Argolide. Il y trouva une région désertique, brûlée par le soleil et un seul fleuve, l'Inachos, qui était entièrement à sec. Pourquoi ? parce qu'à la suite d'une de ces nombreuses querelles entre dieux il avait été choisi comme arbitre par Héra et par Poséidon pour désigner celui des deux qui régnerait sur cette contrée. Choix difficile : Inachos risquait fatalement de mécontenter l'un des deux. Mais il ne put s'y dérober. La mort dans l'âme, il désigna Héra, et Poséidon, furieux, assécha aussitôt son lit ainsi que toutes les sources du pays.

Danaos arriva donc sur ces entrefaites et, trouvant le pays sans une seule goutte d'eau, envoya ses cinquante filles à la recherche d'une source. L'une des Danaïdes, qui s'appelait Amymonè, marcha toute la journée sans rien trouver et le soir, épuisée, s'endormit à même le sol. Un satyre l'aperçut, voulut la violenter, Amymonè se mit à crier, Poséidon entendit son cri et lança son trident contre le satyre. L'autre s'enfuit sans demander son reste et, du rocher frappé par le trident divin, une source jaillit. Grâce à cette source, l'eau revint en Argolide et Danaos put s'installer dans le pays. C'est alors que les cinquante cousins des Danaïdes débarquèrent à leur tour et les demandèrent en mariage. Une ancienne et très grave querelle avait autrefois divisé cette famille mais les Danaïdes feignirent le pardon et consentirent à ce mariage. Cependant, au cours de la nuit de noces, toutes égorgèrent leur mari à l'exception d'une seule, Hypermestre, qui n'en eut pas le courage. Les quarante-neuf autres coupèrent les quarante-neuf têtes de leurs quarante-neuf maris et allèrent les enterrer à Lerne. C'est à la suite de ce crime qu'après leur mort elles furent condamnées, aux Enfers, à remplir un tonneau sans fond, pendant l'éternité.

Si l'on veut brièvement s'amuser à déchiffrer ce langage du mythe, à en « décoder » les symboles comme nous l'avons suggéré plus haut, il est facile de voir qu'il concerne essentiellement un problème de sources et d'eau, et surtout un problème d'irrigation. Premier temps : quête de l'eau, d'un moyen d'irriguer le territoire nouvellement acquis, ce qu'on n'obtient qu'en creusant la terre pour y pratiquer des forages — image à résonance sexuelle suggérée par l'épisode du viol d'Amymonè et celui du trident de Poséidon. Deuxième temps : captation des sources ainsi obtenues à des fins d'irrigation — enfouissement des têtes coupées à Lerne, dont on sait qu'il s'agit justement d'un lieu célèbre pour ses marécages et... son hydre. Troisième temps : obtention d'une eau courante et perpétuelle — mythe du tonneau sans fond — qui prend d'ailleurs la forme d'une punition, puisque l'eau est obtenue contre la décision des dieux qui avaient asséché volontairement la contrée. On pourrait aller beaucoup plus loin encore dans les détails et montrer comment certains passages du mythe — entre autres les noms des cinquante Danaïdes — décrivent des procédés particuliers d'irrigation. Mais la légende semble assez claire dans ses lignes générales pour y lire une description — fortement transposée — des premiers efforts de l'homme pour rendre fertile une terre qu'on disait stérile.

La mention de Lerne dans le mythe des Danaïdes nous permet d'ajouter que l'histoire se continue, en quelque sorte, avec le mythe d'Héraclès et de l'hydre de Lerne. Car l'hydre — cet animal monstrueux dont les cent têtes repoussaient chaque fois qu'on les coupait — avait été élevée par Héra près de la source Amymonè, la Danaïde décrite plus haut et transformée en fontaine après sa mort.

L'hydre symbolise à merveille le pouvoir régénérateur de la source, cette eau qui naît et s'écoule sans cesse sans qu'on puisse arrêter son cours. Lorsque Héraclès fut envoyé pour combattre le monstre, il n'eut d'autre moyen, pour tuer ses têtes immortelles, que d'en brûler les moignons avec un brandon ardent pour empêcher les chairs de repousser. Ainsi vint-il à bout du monstre aquatique dont les têtes soufflaient une haleine empestée — autrement dit dont les sources, peut-être sulfureuses, polluaient toute la région de leurs émanations délétères. Il s'agit là d'un épisode des Travaux d'Héraclès en rapport avec des tentatives d'assèchement — le feu employé contre l'eau — complétant celles des Danaïdes. Bien entendu — et nous croyons bon de le redire une fois de plus — cette interprétation rationaliste du mythe n'exclut nullement les autres. La lutte d'Héraclès contre l'hydre possède des sens multiples dont le plus général est celui d'une lutte contre les forces brutes et chaotiques de l'univers.

De toutes les techniques archaïques qui permirent à l'homme d'acquérir la civilisation, l'obtention du feu est aussi essentielle que celle du blé ou de la vigne. On peut même dire qu'elle est la plus vitale car elle conditionne toutes les autres : sans le feu, on doit manger les viandes crues et le passage du cru au cuit est un des progrès majeurs de l'humanité. Bien des mythes utilisent ce seul critère pour distinguer les sauvages des civilisés. De plus, le feu est essentiel à la métallurgie, à la poterie, à l'architecture (pour les briques cuites) et lui seul permet de fabriquer les instruments nécessaires au labour. Comme l'alcool — qui est une des formes du feu, sa forme liquide et assimilable par l'homme — le feu est par excellence le privilège des dieux. Mais le feu — tel que le possèdent les dieux — est naturel à l'état brut : c'est la foudre. Le feu humain, lui, est un feu artificiel, obtenu par frottement de morceaux de bois différents ou de silex et conservé selon des techniques particulières. Les mythes, là encore, établissent une différence fondamentale entre le feu naturel et « sauvage » des dieux et le feu domestiqué du foyer. C'est ce dernier que Prométhée ravit aux dieux et non la foudre elle-même, dont les hommes n'auraient su que faire. Il ne faut pas s'étonner, alors, de voir que la conquête du feu — privilège et attribut exclusifs des dieux célestes — est une entreprise hasardeuse, un sacrilège par lequel l'homme (ou le démiurge ami de l'homme) s'approprie un pouvoir et une force qui ne lui étaient nullement destinés.

À son stade le plus primitif, la conquête du feu est donc menée à bien par un oiseau (exactement comme celle de l'alcool) qui le vole aux dieux célestes et le transmet aux hommes. C'est ce que narrent certains mythes celtiques et indiens.

Les textes grecs nous proposent cependant des mythes plus élaborés et plus intéressants. Selon ces mythes, le feu domestiqué aurait été découvert par Hermès et donné aux hommes par Prométhée.

Le premier de ces mythes nous a été transmis par l'*Hymne homérique à Hermès*. Le dieu, après avoir enlevé, pour des raisons qui n'ont rien à voir avec le feu, les cinquante vaches appartenant au troupeau d'Apollon, pousse les bêtes devant lui et les enferme dans une grotte pour la nuit. Puis, dit le texte, « il rassembla beaucoup de bois, cherchant l'art du feu. Il prit une grosse branche de laurier et, en la tenant bien en main, la fit pivoter sur du bois de grenadier. Une fumée chaude s'éleva. C'est Hermès qui, le premier, sut faire jaillir le feu et révéla les moyens de l'obtenir ».

Le mythe de Prométhée a été maintes fois cité. Nous ne mentionnerons donc ici qu'un détail, car il est important et éclaire d'un jour très précis l'histoire des techniques du feu.

Nous avons vu comment Prométhée sut favoriser les hommes à propos du partage des viandes au cours des sacrifices. Furieux d'avoir été dupé, Zeus « se refusa alors à diriger sur les frênes l'élan du feu infatigable pour le profit des mortels ». Mais le fils de Japet, ajoute Hésiode, sut une fois encore le tromper et déroba, « *au cœur d'une férule*, l'éclatante lueur du feu. Et Zeus qui gronde dans les nues se sentit atteint dans son cœur quand il vit briller au milieu des hommes le feu infatigable ».

Nous avons souligné à dessein l'expression *au cœur d'une férule* car c'est un détail révélateur, que l'on retrouve aussi dans les *Travaux et les Jours* et dans le *Prométhée enchaîné* d'Eschyle.

Or cette férule — dont le mot grec est *narthex*, mot qu'on traduit aussi par torche — est une tige appartenant à une variété d'ombellifère dont la moelle fibrineuse s'enflamme aisément et conserve le feu à la façon de l'amadou. Prométhée dérobe donc une étincelle de feu au char de Zeus, allume la moelle du *narthex* et donne aux hommes cette tige contenant le feu. Autrement dit, ce qu'il révèle aux hommes c'est moins le feu lui-même (que les hommes se procuraient jusqu'alors par les arbres frappés de la foudre) que le moyen de l'obtenir à volonté et de le conserver.

Ainsi, par ce simple détail, le mythe de Prométhée porte témoignage et garde le souvenir d'une technique dont l'origine se perd dans la nuit des temps et qui demeura en usage pendant toute l'Antiquité.

Techniques de la connaissance spirituelle

Maintenant que ses besoins matériels sont assurés grâce à la bienveillance de certains dieux, que l'agriculture, l'élevage, l'irrigation et le feu permettent à l'homme d'accéder à une vie moins rude sur le plan matériel, il peut tourner ses désirs et ses volontés vers la satisfaction de besoins moins immédiats, consacrer une part de son temps à la philosophie, aux arts et aux sciences.

Là encore, cependant, l'aide de dieux secourables apparaît indispensable pour qu'il progresse plus avant dans la voie de la civilisation. Les techniques nouvelles qu'il découvre et qu'il perfectionne : l'écriture, la musique, la poésie, la médecine, la divination ouvrent à l'homme les portes d'un monde jusqu'alors insoupçonné, augmentent son emprise sur l'univers environnant et compensent de plus en plus les inconvénients de ses imperfections originelles. L'écriture, par exemple, en conservant sur des tablettes d'argile ou sur des papyrus les acquis de l'effort humain, palliera les déficiences de la mémoire et conférera aux entreprises de l'homme un caractère moins éphémère. L'homme est lui-même mortel mais l'écriture sera une porte ouverte sur l'immortalité. Il est d'ailleurs curieux de se dire que ces découvertes essentielles furent dictées justement par les limites et les insuffisances de l'homme. Immortel, il n'eût peut-être pas éprouvé au même degré le besoin de fixer les éléments périssables de sa vie, de se survivre par le témoignage de l'écriture, des arts ou de la science. Et c'est pourquoi les plus anciens textes connus portent déjà la marque de cette préoccupation essentielle: témoigner de l'éphémère pour le rendre durable, pour le faire échapper à l'emprise du temps.

De tous ces acquis ou plutôt de ces dons des dieux, le plus remarquable fut l'écriture. De même que le feu conditionne sur le plan matériel l'existence et l'usage des autres découvertes, puisqu'il peut transformer la matière brute produite par l'homme (farine, viande, argile des briques et des pots) en une matière assimilable par l'organisme ou utilisable de façon permanente, l'écriture conditionne les autres découvertes de l'esprit: poésie, science, médecine, voire la divination. Elles peuvent ainsi être notées et transmises sous une forme toujours identique. Bien entendu, en poésie surtout, les traditions orales continueront d'exister parallèlement à leurs formes écrites car l'écriture restera longtemps — et reste encore en bien des pays — le privilège d'une caste ou d'une classe sociale. Mais la science, par exemple, qu'il s'agisse des premiers essais de géométrie, d'arpentage et d'algèbre ou des premières observations astronomiques, n'est pas transmissible par voie purement orale. En découvrant et en utilisant l'écriture, les Sumériens acquirent d'emblée un avantage considérable sur les autres peuples. Aussi l'écriture apparaît-elle comme un don et un privilège des dieux, communiqué aux hommes de façon spontanée ou à la suite d'une série d'épreuves. On retrouve ici les mêmes solutions que pour les autres bienfaits possédés par les hommes : le blé, l'alcool, le feu. Quand un oiseau, un dieu ou un démiurge bienveillant ne se charge pas de les apporter aux humains, ils doivent les acquérir à la suite d'une conquête hasardeuse ou d'une initiation difficile.

Les runes, par exemple, cet antique alphabet utilisé longtemps par les peuples scandinaves avant l'apparition de l'alphabet latin, durent être conquises par Odin (qui avait déjà obtenu l'hydromel) à la suite d'épreuves terribles, décrites par lui-même dans l'un des textes des *Eddas* intitulé *le Havamal* ou *Paroles du Très-Haut*. Le dieu dut se suspendre à l'arbre du monde (le frêne Yggdrasil) et jeûner pendant huit nuits et huit jours consécutifs avant d'entrer en possession des runes.

> Je sais que je pendis à l'arbre empli de vent
> neuf pleines nuits
> par la lance navré et livré à Odin,
> moi-même à moi-même remis,
> à ce haut tronc dont tous ignorent
> de quelle souche il surgit.
>
> On ne m'offrit point de pain ni de coupe ;
> j'épiai par-dessous,
> je ramassai les runes, ramassai en hurlant ;
> aussitôt après je tombai.
>
> Je me mis alors à germer, à mûrir ma sagesse,
> à pousser et à prospérer ;

le mot du mot au mot me conduisait,
l'acte de l'acte à l'acte me menait.

RENAULD-KRANTZ,
Anthologie de la poésie nordique ancienne.

Une autre tradition nordique appartenant à la légende de Sigurd (le Siegfried des Germains), raconte comment Sigurd, après sa victoire sur le dragon Fafnir, continua son chemin et parvint à un château fort. Dans ce château immense et désert, il trouva une walkyrie, endormie dans une grande pièce. Elle dormait depuis des années sans que nul ait pu la réveiller. Grâce aux pouvoirs magiques acquis par sa victoire sur le dragon, Sigurd parvint à l'éveiller et la walkyrie, pour le remercier, lui apprit aussitôt les runes. Runes qui, dans l'esprit de l'épopée, ne sont pas simplement une écriture mais un moyen de connaissance, la conquête d'une initiation aux secrets de la vie et de la mort.

Dans la plupart des autres mythologies, l'écriture est révélée plus simplement par un dieu, ami de la science et des hommes : il s'appelle Nébo en Mésopotamie, Thot en Égypte. Dans le Coran, Allah lui-même apprend les lettres à Adam mais refuse de les communiquer aux anges !

Certains auteurs anciens, néanmoins, furent loin de se féliciter de l'apparition de l'écriture. Platon, entre autres, dans un passage de son dialogue intitulé *Phèdre,* relate un curieux mythe originaire d'Égypte où l'on voit l'écriture présentée comme un don néfaste pour les hommes.

Au cours d'un dialogue entre Phèdre et Socrate, celui-ci expose un récit égyptien relatif à Theuth, forme grecque du dieu Thot, dieu égyptien de la science, représenté le plus souvent comme un humain à tête d'ibis.

« J'ai entendu dire qu'aux environs de Naucratis, ville d'Égypte, il exista l'un des plus anciens dieux de ce pays, celui-là même à qui est consacré l'oiseau qu'on appelle ibis ; que ce dieu se nommait Theuth et qu'il avait découvert le nombre, le calcul, la géométrie, l'astronomie, les jeux d'échecs et de dés, et l'écriture. Le roi Thamous régnait alors sur toute l'Égypte et habitait la ville de Thèbes, capitale de la Haute-Égypte, que les Grecs appellent l'Égyptienne. Theuth vint donc trouver le roi, lui montra les arts qu'il avait inventés, et lui dit qu'il fallait les faire connaître à tous les Égyptiens. Le roi lui demanda de quelle utilité serait chacun de ces arts ; et trouvant que ses réponses étaient fondées en partie, et en partie ne l'étaient pas, il blâma certaines de ces inventions et approuva les autres. Lorsqu'il en fut venu à l'écriture, Theuth dit au roi : "Voici une découverte qui rendra les Égyptiens plus savants et leur donnera plus de facilité à retenir ; car j'ai découvert un moyen d'acquérir la science et la mémoire. — Ingénieux Theuth, lui dit le roi, les uns sont capables de découvrir les arts, les autres savent juger les avantages et les inconvénients qu'ils doivent avoir pour ceux qui s'en serviront. Père de l'écriture, par amour pour ta découverte tu lui attribues des effets qu'elle n'a pas : car ceux qui sauront cet art négligeront leur mémoire et feront naître l'oubli dans leurs âmes, parce que, se reposant sur la fidélité de l'écriture, ils chercheront à se rappeler les choses extérieurement à l'aide de caractères étrangers, et non intérieurement par leurs propres efforts. Tu n'as donc pas trouvé un moyen de se souvenir, mais de remémorer ; et tu donnes à tes disciples une science apparente et non réelle : car, ayant appris beau-

> coup de choses sans maîtres, ils croiront avoir beaucoup de connaissances, mais ils seront sans instruction, pour la plupart, et d'un commerce difficile, parce qu'ils n'auront qu'une fausse science au lieu d'une véritable". »
>
> PLATON, *Phèdre,* trad. J. Lacarrière.

La musique et la poésie furent, elles aussi, des acquis fort précieux pour l'homme. Ces deux arts n'étaient nullement, pour les Anciens, ce que l'on a parfois appelé des arts d'agrément. La musique, par exemple, était un moyen de connaissance par lequel on accédait à des états supérieurs et, pour certains, par lesquels on entrait en communication avec les dieux. La poésie, de son côté, servit tout autant à transmettre des enseignements et des doctrines qu'à charmer les loisirs des seigneurs. L'une et l'autre faisaient indiscutablement partie de ce « service des dieux » auquel l'homme ne cessait d'être astreint et leur apprentissage jouait dans l'Antiquité un rôle aussi important que celui des sciences ou de la philosophie.

Un texte nordique, extrait lui aussi des *Eddas* et intitulé *Bragaedur* ou *Propos de Bragi,* narre comment la poésie, à l'image de l'hydromel, fut l'objet d'une quête obstinée de la part des dieux et des hommes.

Lorsque les Ases et les Vanes mirent fin à la longue guerre qui les avait opposés dans le ciel, ils conclurent un traité de paix et le ratifièrent en crachant dans un vase. Avec cette salive divine, ils formèrent un être du nom de Kvâsir, si intelligent qu'il pouvait répondre à toutes les questions.

Kvâsir reçut pour mission de parcourir le monde pour transmettre sa science à tous les hommes mais à peine était-il parti qu'il fut saisi et assassiné par deux nains. Ceux-ci le coupèrent en morceaux, mêlèrent son sang avec du miel et composèrent ainsi un breuvage conférant à quiconque en buvait le don de poésie.

Ce breuvage, un géant s'en empara — en général, le même qui gardait déjà l'hydromel et s'appelait Suttung — et il l'emporta dans sa grotte où il le mit sous la protection de sa fille Gunnold. Alors Odin réitéra, pour l'obtenir, le même exploit qu'avec l'hydromel. Il s'approcha de la grotte, se métamorphosa en chenille pour y pénétrer sans se faire remarquer, reprit sa forme humaine à l'intérieur et avala tout le breuvage. Mais le géant s'aperçut de la ruse d'Odin et se jeta sur lui. Le dieu n'eut que le temps de se muer en aigle et de s'envoler vers le ciel. Là, arrivé à la cour des dieux, il vomit son breuvage et tous les dieux s'en régalèrent !

La musique, elle aussi, passa pour une invention des dieux. Mais, à l'encontre de la poésie, elle semble avoir été plus accessible aux hommes. Il existe, sur l'origine de la musique et des divers instruments, une foule de mythes parfois fort singuliers. Ainsi du mythe de la lyre, inventée par Hermès au moment où il partit à la recherche des vaches d'Apollon.

Alors, dit l'*Hymne homérique à Hermès*, le dieu « trouva à même le sol une tortue qui lui procura des jouissances sans nombre ». Hermès remarqua la tortue qui broutait devant l'antre des vaches d'Apollon et allait d'un pas nonchalant. Le dieu observa l'animal, se mit à rire et lui dit : « Salut, beauté charmante, compagne des festins ! D'où viens-tu, beau jouet ? Je ne serai pas de ceux qui n'ont pour toi que du mépris. Je vais tirer quelque chose de toi au point que, même morte, tu chanteras encore ! »

Le dieu prit l'animal, le tua, le retourna et le vida. Puis il tailla des tiges de roseau à la mesure exacte, les fixa en traversant la carapace. Il étendit sur le pourtour une peau de bœuf et ajusta sept cordes en boyaux de brebis... La lyre, sous sa forme primitive, appelée *phormyx,* était née.

Par la suite, un musicien célèbre perfectionna cet instrument rudimentaire qui devint la cithare. Ce musicien s'appelait Orphée. D'autres auteurs attribuent, en fait, à Apollon l'invention de la cithare à sept cordes et Orphée, par égard pour les Muses, se serait contenté d'y ajouter deux autres cordes. Quoi qu'il en soit, qu'elle ait sept ou neuf cordes, la cithare d'Orphée, sous les doigts de ce musicien, acquit un pouvoir et un charme magiques. Les bêtes sauvages, quand il jouait, venaient se rouler à ses pieds et le suivaient partout, les arbres et les fleurs s'inclinaient sur son passage, les pierres elles-mêmes, disait-on, pleuraient ou bougeaient sous le charme inouï de sa voix. Quant aux hommes, les plus sauvages devenaient aussi dociles que des enfants.

Lorsque Orphée prit part, comme « chef de nage » à la célèbre expédition des Argonautes, les flots les plus impétueux se calmèrent au seul son de sa voix. Il parvint même à séduire les Sirènes (qui pourtant s'y connaissaient, en matière de chants séducteurs) au point qu'elles en oublièrent de massacrer les compagnons du musicien!

Quand il revint de son expédition au pays de la Toison d'or, Orphée se maria avec une fille d'Apollon, du nom d'Eurydice. Leur amour fut si profond et si heureux qu'Orphée ne put se consoler à la mort de sa femme. Il descendit jusqu'aux Enfers pour la reprendre et le pouvoir de sa musique et de sa voix se fit sentir jusque dans ces royaumes ténébreux: les monstres qui s'apprêtaient à se jeter sur lui s'arrêtèrent, bouche bée, la roue d'Ixion cessa son éternelle rotation, Tantale en oublia sa soif et sa faim dévorantes, Sisyphe s'immobilisa, son lourd rocher sur les épaules, sans plus sentir son poids tandis qu'un peu plus loin, les Danaïdes arrêtèrent le va-et-vient épuisant de leurs seaux. Hadès et Perséphone subirent eux aussi l'envoûtement de cette musique qui semblait façonner à sa guise autour d'elle les êtres et les choses et emplissait tous les Enfers de vibrations inaccoutumées... Ainsi Orphée put-il reprendre avec lui Eurydice et la ramener à la lumière du jour... à la seule condition de ne pas se retourner vers elle tant qu'il n'aurait pas atteint les frontières du royaume des morts. Chacun connaît la suite de ce mythe tragique: Orphée, trop impatient de retrouver et de revoir sa femme, se retourna et la perdit à tout jamais.

Le pouvoir enchanteur de cette musique survécut à Orphée lui-même. Lorsque, par la suite, il fut mis à mort par des femmes thraces qu'il avait dédaignées (il ne voulait plus approcher aucune femme depuis son retour sur la terre, inconsolable qu'il était de la mort d'Eurydice), sa tête et sa cithare voguèrent sur les eaux et échouèrent sur une plage de Lesbos. Les habitants lui élevèrent un tombeau d'où sortirent longtemps des plaintes et le son voilé d'une cithare. Ainsi Orphée continua-t-il de chanter, au-delà des frontières de la mort, le destin tragique de sa vie et de son amour déchiré.

Ce mythe, un des plus beaux de la Grèce antique, exprime mieux qu'aucun autre texte le pouvoir enchanteur et l'origine divine de la musique. Musique qui est aussi poésie puisque Orphée chante et que ces deux arts étaient alors inséparables. Aussi Orphée devint-il très vite, par les pouvoirs qu'on attribuait à sa musique et par les connaissances qu'il avait acquises au cours de sa descente dans les Enfers, le modèle même du poète et du mage initié aux secrets les plus profonds de la vie et de la mort. Il fut l'un des instigateurs des Mystères, un de ceux qui ouvrirent les portes de la connaissance. Il fut aussi, ce qui en découle logiquement, un de ceux qui ennoblirent et enrichirent les hommes, qui leur apportèrent de multiples bienfaits, un héros civilisateur.

> « Alors que les hommes vivaient encore dans les forêts *(écrit le poète latin Horace dans son "Art poétique")*, Orphée le poète sacré, interprète des dieux, les détourna des meurtres et de la nourriture horrible et on le célébra alors comme un homme capable d'adoucir les tigres et les lions pleins de rage. Amphion, le fondateur de Thèbes, passait lui aussi pour faire mouvoir à volonté les pierres

grâce à sa lyre et à sa voix prenante. Telle fut la sagesse antique : séparer le bien public du bien privé, le sacré du profane, empêcher les accouplements sans lois, graver les lois sur le bois. Ainsi vint leur honneur et leur nom aux poètes divins et à leurs chants non moins divins. »

Les Mystères d'Éleusis, d'après V. Magnien.

5

L'ÉPOPÉE HUMAINE : LA LUTTE CONTRE LE DRAGON

Si l'on voulait classer arbitrairement tous les mythes, on pourrait dire qu'en gros ils répondent à trois questions : Pourquoi ? Comment ? Vers quoi ? Les premiers sont tous les mythes d'origine, qu'il s'agisse de la création du monde, de la fondation d'une cité, ou de la provenance d'une coutume ou d'un rite. C'est le même principe étiologique qui rend compte de la forme du ciel, de l'apparition de l'homme sur la terre ou des mouchetures du lézard gecko, par exemple. Mais ces mythes, qui satisfont dans une certaine mesure les besoins logiques de l'esprit, restent extérieurs à l'homme, même quand ils le concernent de près. L'homme n'a en effet aucune prise ni aucun pouvoir sur les faits ou les mécanismes décrits. Il ne peut que les connaître ou, mieux, les comprendre, car ils racontent avant tout le déroulement d'un processus inexorable, la marche d'une mécanique divine ou fatale.

Les mythes du second type répondent à la question : Comment ? Comment l'homme doit-il faire pour accomplir le service des dieux ? Comment doit-il agir pour se conformer aux lois de l'univers ? Comment doit-il se comporter pour accéder aux connaissances, aux privilèges, aux secrets qui embellissent ou améliorent la vie ? Ces mythes concernent l'homme plus directement encore que les premiers. C'est pourquoi ils sont surtout des modèles de comportement. Ils décrivent les exploits ou les épreuves de héros qui parvinrent justement à la possession de ces privilèges, à la puissance, à l'immortalité, à la connaissance des Mystères. À l'inverse des premiers, ils indiquent à l'homme un chemin — symbolique le plus souvent — susceptible de modifier sa propre vie et de transformer son destin, dans ce monde ou dans l'autre. Au lieu de décrire un processus inexorable et extérieur à l'homme, ils l'invitent à agir selon l'exemple proposé.

La troisième série de mythes répond à la question : Vers quoi ? Vers quoi allons-nous ? Vers quel destin — de mort ou d'immortalité — s'achemine l'homme ayant subi avec succès les épreuves décrites dans les mythes précédents ? Enfin, vers quoi s'achemine le monde lui-même, avec ses milliards d'êtres visibles et invisibles, vivants et morts, une fois que les temps seront consommés ?

Qu'est-ce qu'un dragon ?

La perte de l'immortalité continue donc d'oblitérer toute la vie de l'homme de son sceau tragique, de hanter sa conscience, de nourrir ses angoisses. Mais le fait essentiel, dans l'histoire de cette perte, est que l'homme en porte la responsabilité. Autrement dit, s'il se sent et se sait responsable de son état mortel, il pressent aussi qu'il peut — sous conditions — retrouver un jour cette immortalité. L'espoir l'habite et nourrit ses pensées et ses actes. Et, de fait, les mythes ne « ferment pas la porte » à l'immortalité. Une chance est donc offerte à l'homme de retrouver la condition paradisiaque des débuts de son existence, à cette nuance près, capitale bien sûr, qu'elle ne peut se réaliser qu'après sa mort et non sur cette terre. Mais de toute façon et même sous cette forme, elle est soumise à conditions, et la route pour y parvenir est semée de nombreux obstacles.

Le premier et le plus important de ces obstacles est le dragon. Sur tout chemin conduisant à l'immortalité, on rencontre un dragon. Il est le plus souvent posté près d'une source — là même où pousse l'herbe précieuse qui permet de vaincre la mort — mais on le voit aussi, nanti de visages et d'attributs divers, lové dans les sables de l'au-delà, caché dans le cœur d'une forêt de cèdres, tapi au pied d'une muraille, enfermé dans quelque labyrinthe ou juché sur un haut rocher d'où il pose aux passants des questions indiscrètes et fatales. Le dragon, c'est tout ce contre quoi l'homme doit lutter pour retrouver l'innocence première, pour accomplir, dans toute sa plénitude, son destin d'homme.

Il va de soi qu'un tel symbolisme est immense et qu'il recouvre toutes les terreurs, toutes les angoisses éprouvées par l'homme dans sa quête du bonheur. C'est pourquoi le thème de la *lutte contre le dragon* est aussi universel que celui du Déluge ou de la fin du monde : il constitue un des moments cruciaux du destin mythique de notre race, par lequel s'exprime la nature hybride, c'est-à-dire multiple et monstrueuse, des épreuves qu'il faut surmonter. Et c'est pourquoi aussi, malgré des ressemblances inévitables, la plupart des combats menés contre les terribles dragons ne se répètent jamais exactement et comportent des variantes qui font toute la richesse de ces aventures héroïques.

Les hommes ne sont d'ailleurs pas seuls en cause dans ce combat : dieux et héros doivent, tôt ou tard, eux aussi, se résoudre à subir l'épreuve. Mardouk, Zeus, Apollon, Rê, Enlil, Thor luttent dans le ciel contre le dragon du chaos tandis que sur terre, en des lieux réels ou mythiques, Gilgamesh, Cadmos, Héraclès, Sigurd combattent le serpent ou la bête monstrueuse, imités plus tard par des hommes en chair et en os tels qu'Œdipe ou Thésée. Selon qu'elle se passe dans le ciel ou sur terre, cette lutte revêt cependant un sens différent : Mardouk, Zeus, Rê et les autres dieux luttent pour donner ou conserver au monde son ordre et son harmonie ; Gilgamesh, Héraclès ou Sigurd pour conquérir l'immortalité et prendre place parmi les dieux ; Œdipe ou Thésée pour obtenir ou conserver leur trône. Mais ne nous laissons pas trop abuser par ces différences car, dans chacun des cas, ce que l'homme, le héros ou le dieu joue dans ce grand combat, c'est son propre destin ou sa propre survie. Et plus encore que dans les mythes rencontrés jusqu'alors, il faut savoir reconnaître la multiplicité des images, des significations, des désirs et des angoisses suggérés par ce thème.

Cela dit, qu'est-ce qu'un dragon ? Imaginez un monstre hybride dont le corps serait d'un saurien, la tête d'un grand félin et le reste du corps d'une foule d'animaux. Ajoutez-y des ailes membraneuses comme celles des chauves-souris, des écailles recouvrant son corps, une queue terminée par un aiguillon venimeux, enfin une crête osseuse comme celle des anciens stégosaures des beaux temps du carbonifère, et vous aurez une idée approximative de ce qu'est — ou devrait être — un dragon. Précisons aussi que sa gueule crache des flammes gigantesques et que son haleine tue son homme à dix mètres. En fait, se contenter de cette image serait appauvrir le symbolisme de cet animal. Pas plus que le diable chrétien n'a nécessairement les pieds fourchus, le corps toujours velu et des cornes phosphorescentes sur la tête, le dragon n'est tenu d'exhiber, à chaque apparition, la panoplie complète de l'épouvante et de l'horreur. Il peut, tout en restant dragon, revêtir des formes diverses à travers lesquelles il demeure éminemment reconnaissable : ainsi le serpent biblique, contraint après la faute de marcher sur son ventre, avait donc des pattes antérieurement à la malédiction de Yahvé. La tradition rabbinique l'a toujours conçu ainsi, nanti d'énormes pattes « aussi hautes que celles d'un chameau », semblable, en somme, à ces reptiles de la mythologie égyptienne, tel Apophis, tous munis de grandes pattes, à la façon des dinosaures de l'ère secondaire.

Mais il faut aussi entendre par dragon tout monstre hybride, toute créature archaïque « à cheval » sur les règnes, dont la seule apparence évoque l'idée du chaos ou de créations primitives et informes : serpents, hydres, monstres marins, voire minotaures, géants crachant le feu et, dans ses formes les plus élaborées, sphinx ou sphinge aux griffes acérées et à la voix humaine. Mais le dragon peut être *aussi* une créature séduisante, enjôleuse et d'autant plus redoutable pour son adversaire qu'elle se présente à lui sous des aspects ambigus. Ève en sut quelque chose.

L'exemple divin

Les dieux furent les premiers, à l'aurore des temps, à mener le grand combat contre les monstres informes du chaos et nous avons déjà vu trois de ces luttes titanesques : celle de Mardouk et de Tiamat ; celle de Zeus contre Typhée, monstre à cent têtes de serpent ; celle d'Apollon contre Python, monstre reptilien gardien des eaux de Castalia, à Delphes. Chacun de ces combats possède un sens particulier. Mardouk contre Tiamat, c'est l'univers cherchant ses formes et ses lois, modelant l'embryon du monde ; Zeus contre Typhée, c'est un règlement de comptes entre êtres divins appartenant à des générations différentes, une lutte entre les dieux anciens et les divinités nouvelles, un combat pour la souveraineté du monde ; Apollon contre Python c'est plutôt — dans l'interprétation traditionnelle des Anciens — l'affrontement de la lumière et des ténèbres, de la raison solaire contre l'irrationnel de l'ombre. N'oublions pas aussi que le dragon, lorsqu'il garde des sources, des eaux ou des contrées, est aussi le premier et plus ancien habitant de ces lieux, une créature autochtone : aussi sa défaite symbolise-t-elle, sur le plan historique, la victoire de peuples conquérants, occupant leur nouveau territoire.

Cette lutte de la lumière et des ténèbres, représentée par le combat d'Apollon et de Python, a pris une forme plus dramatique encore dans la mythologie égyptienne. Elle devient le grand combat mené par le dieu Rê contre le dragon Apophis. Cette lutte est relatée dans un livre étrange, le *Livre de l'Am-Douat*, ou *Livre du monde inférieur*, qui décrit le parcours souterrain du soleil pendant les heures de la nuit.

Le dieu Rê est le dieu du Soleil, en Égypte. Il est le chef du panthéon égyptien, le dieu suprême qui détient à lui seul le pouvoir dans l'ensemble de l'univers et, sous sa forme solaire, le dieu qui crée et qui répand la vie. Mais que devient-il pendant les heures de la nuit ? Pourquoi meurt-il chaque soir pour renaître, à chaque aube ? Et si, un jour, le soleil ne se levait pas ? Il lui arrive parfois, en plein jour, de livrer dans le ciel de terribles combats contre le serpent des abîmes qui le poursuit sans cesse et cherche à le dévorer. Alors, tout le ciel s'obscurcit, le disque solaire perd son éclat et la vie s'arrête sur la terre. De nos jours, on appelle cette lutte une éclipse mais les Égyptiens d'autrefois savaient, eux, que le Soleil à ce moment courait un grave danger, qu'il en réchappait chaque fois par miracle et qu'un jour viendrait où le serpent le dévorerait en entier. Ce jour-là serait la fin du monde.

Si ce serpent pousse l'audace jusqu'à attaquer le Soleil en plein jour, qu'est-ce alors pendant les heures de la nuit quand le dieu, privé de sa lumière, n'a presque plus la force de lutter ? On comprend que les Égyptiens, et surtout les auteurs du *Livre de l'Am-Douat*, aient conçu les heures nocturnes comme des heures d'angoisse, au cours desquelles le Soleil devait affronter des épreuves sans nombre.

D'ailleurs — comme d'autres Soleils — il navigue sur une barque. Cette barque, pour se déplacer, emprunte le grand fleuve qui traverse le ciel et se continue dans le royaume des morts. Le dieu Rê parcourt donc tout le royaume des morts pendant la nuit. Dès que le soir approche, la barque du Soleil se dirige vers les portes de l'occident. Là, il change de barque, abandonne son esquif éblouissant pour un bateau plus sombre. Puis il pénètre dans le royaume de la mort. Pendant la première heure, il traverse une sorte de « no man's land » avant de parvenir dans le domaine habité par les dieux infernaux.

À la deuxième heure, il aborde les dieux souterrains qui lui donnent une escorte de quatre embarcations et lui enjoignent d'aller rendre hommage à Osiris, le dieu des morts.

Pendant la troisième heure, le Soleil traverse le domaine d'Osiris, où il est accueilli avec joie par les défunts. Ceux-ci « le saluent joyeusement, lèvent les bras vers lui, leurs yeux se rouvrent à sa seule vue et leur cœur exulte. Le Soleil entend les prières de celui qui gît dans son cercueil, il chasse la douleur chez les morts et fait disparaître leurs maux ». Alors les morts, dans leur joie, viennent en aide au Soleil, ils saisissent la corde à l'avant du bateau et le halent tout au long de la rive...

Pendant la quatrième et la cinquième heure, le Soleil traverse deux contrées fort singulières : « les cavernes secrètes de l'Ouest » où règne un dieu du nom de Sokaris, dieu des morts lui aussi, sous les ordres d'Osiris. Il y fait si noir que Rê lui-même n'y voit goutte et que les morts entendent sa voix sans le distinguer tandis qu'il distribue ses ordres à l'équipage. Le fleuve, presque à sec, s'étire à travers une immense étendue sablonneuse, infestée de serpents. La barque de Rê doit elle-même se changer en serpent, pour pouvoir avancer, un serpent que les morts halent toujours à travers le couloir obscur.

Au cours de la sixième heure, l'eau revient et la barque peut flotter à nouveau mais à la septième heure apparaît le serpent Apophis, le dragon de l'orage. Il est enroulé sur une éminence de quatre cent cinquante coudées (environ deux cent vingt-cinq mètres) qu'il remplit de ses spirales ! Rê cherche à l'éviter, à passer le plus loin possible du terrible reptile en prenant une « route secrète sur laquelle le dieu voyage dans sa barque magnifique ! ». Mais cette route présente un danger : elle n'a presque pas d'eau car le dragon l'a bue et Rê doit avoir recours à la magie pour parvenir à avancer et échapper aux pièges d'Apophis. Il parvient enfin aux limites de la septième heure et, dès lors, le grand danger est écarté. Et le Soleil s'achemine vers le royaume de la lumière et les portes étincelantes de l'aurore...

Le dragon ne menace pas seulement le Soleil. Il menace aussi les eaux, comme dans le récit précédent où Apophis boit l'eau du fleuve des morts. La chose en soi n'a rien d'étonnant puisque le dragon est surtout un reptile et que les reptiles fréquentent les lieux humides. Il devient alors le gardien des sources et des fontaines dont il protège et retient parfois les eaux, ne laissant personne approcher et provoquant sur terre un assèchement catastrophique. Alors, pour redonner à l'univers ou à la terre la vie qui lui manque, un dieu ou un héros doit aller délivrer les eaux prisonnières du dragon. À moins, lorsqu'il personnifie le monstre des abîmes marins, que le dragon ne déchaîne au contraire les eaux tumultueuses de l'univers, paralysant ou détruisant la création des dieux et la vie pacifique des hommes : le héros ou le dieu doit alors arrêter son assaut, freiner la ruée dévastatrice, stopper la puissance du monstre.

Rien d'étonnant, vu l'ampleur de cette lutte et son intérêt universel, de trouver dès l'époque sumérienne des traces de ce combat premier. Avant même la grande lutte qui opposa Mardouk à Tiamat, le dieu sumérien Enki, dieu de la mer, avait dû livrer un assaut redoutable contre un monstre du nom de Kur qui avait enlevé une déesse du nom d'Ereshkigal. Le dieu Enki arma un bateau et livra combat au monstre sur les eaux. Kur jeta pierre sur pierre contre la barque divine, déchaîna contre l'esquif les eaux de la mer primordiale mais en vain : Enki finit par arrêter ces assauts et par délivrer la déesse. Ce récit — qui date IIIe millénaire avant J.-C. — figure dans le prologue de la version sumérienne de *l'Épopée de Gilgamesh* et raconte les exploits du premier saint Georges. La présence d'une déesse prisonnière du dragon augmente, on le comprend fort bien, la combativité du dieu : elle représente, sous une forme sensible et désirable, cette présence vivante que le monstre retient enclose dans les eaux de la source et que le héros doit délivrer.

Un autre texte sumérien, la *Geste du dieu Ninurta*, décrit lui aussi un combat entre le dieu Ninurta, personnifiant le vent du sud, et un dragon du nom d'Asag qui, comme son « collègue » égyptien, habite au fin fond des Enfers. Il est facile de voir que la lutte de Ninurta et d'Asag symbolise celle du vent contre les eaux mais que ses conséquences vont bien au-delà d'un simple affrontement d'éléments naturels.

Le dieu Ninurta a fini par vaincre Asag, dragon des eaux. Mais la mort d'Asag provoque un terrible désastre : les eaux, devenues sans maître, déferlent sur la terre, se répandent dans les champs, détruisent les cultures. Le Tigre n'a plus de crues, toutes les eaux douces deviennent amères et polluées. Et le malheur s'abat sur tout le pays de Sumer sous la forme d'une terrible famine.

Ninurta décide alors de construire un immense

rempart tout autour des Enfers. Ainsi les eaux y seront contenues et n'envahiront plus la surface de la terre. Ensuite, Ninurta draine toutes les eaux ayant inondé le pays et les déverse dans le Tigre et le pays connaît à nouveau l'abondance.

Un exploit presque analogue se déroula aux Indes. Les personnages changent de nom : le dieu s'appelle Indra et le dragon se nomme Vrtra et les circonstances de la lutte sont légèrement différentes. Ici, le dieu Indra va, à l'inverse de Ninurta, délivrer les eaux retenues prisonnières par le terrible dragon.

Pour comprendre le fin mot de cette histoire, il faut savoir que les auteurs du *Rigveda* voyaient dans la pluie le lait des vaches célestes paissant dans l'azur du ciel, sous forme de nuages. Ce troupeau innombrable abreuvait la terre de son lait bienfaisant, permettant aux pâturages de verdir et de nourrir… les vaches terrestres.

Or, un jour, Vrtra, dragon gardien des eaux, décida d'enlever les vaches célestes et de les enfermer dans une caverne. Le voici donc poussant vers le fin fond du ciel son troupeau de nuages et l'enfermant à double tour dans une grotte secrète devant laquelle il monta la garde. La pluie cessa de tomber, la sécheresse s'abattit sur la terre, la famine sévit et les hommes, terrorisés, supplièrent Indra de les sauver. Alors le dieu revêtit sa cuirasse, absorba quelques tonnes de soma, cette liqueur sacrée, nourriture des dieux indiens, et partit affronter et vaincre le monstre.

Aux confins septentrionaux du monde, dans les brumes des pays nordiques, les dieux livrent aussi d'ardents combats contre le dragon. Quand on connaît la propension des mythes nordiques au gigantisme, on se dit que le dragon du Nord — qui possède plusieurs noms mais qu'on appelle généralement le « serpent de Midgard » — devait être d'une taille énorme. De fait Python ou Apophis ferait à ses côtés piètre figure. Quand il s'enroule, il ne choisit pas pour le faire une colline de quatre cent cinquante coudées mais la terre tout entière ! Le plus extraordinaire n'est pas tant sa taille phénoménale que le fait qu'un dieu — voire un héros — puisse en venir à bout. Car les dragons sont toujours vaincus, c'est là une tradition bien établie dans les mythologies. Au point qu'on finit par se dire que leur énormité, leur puissance, leur monstruosité ne sont là que pour mettre en valeur l'héroïsme de ceux qui les affrontent.

Quoi qu'il en soit, la lutte contre le redoutable serpent de Midgard fut menée par le dieu Thor, le fils d'Odin, dieu de la pluie et de l'orage, au terme d'une aventure assez singulière, relatée dans un texte des *Eddas* intitulé *le Chant d'Hymir*.

Les dieux ont décidé un grand banquet. Mais celui qui est censé les inviter, le dieu Ægir, ne ressent qu'un enthousiasme modéré à l'idée de faire la cuisine pour cent personnes. Pour y échapper, il allègue qu'il ne possède pas de chaudron d'une taille suffisante pour nourrir tant de monde. Qu'à cela ne tienne ! réplique aussitôt Odin : je connais quelqu'un qui possède le chaudron rêvé, c'est le géant Mymir qui vit à l'extrémité du pays dans une grande forêt. Thor et Tyr (le dieu de la guerre) n'ont qu'à aller le trouver et le lui emprunter.

Thor et Tyr partent donc en voyage et arrivent chez Mymir. Le géant les reçoit aimablement et s'enquiert du but de leur visite. Mais en l'apprenant, il fait la grimace : ce chaudron est un chaudron magique, unique en son genre, qui confère à son possesseur des pouvoirs redoutables. Il ne saurait s'en démunir à la légère. Aussi demande-t-il à Thor, en échange du précieux chaudron, de lui rendre un service : débarrasser le pays d'un terrible dragon — le serpent de Midgard — qui gîte à proximité et ne cesse de menacer Mymir. Si Thor vient à bout du monstre, il repartira chez les dieux avec le chaudron.

Thor se rendit donc dans la contrée du terrible serpent, l'aperçut et se prépara à l'attaquer, en lui tendant un appât empoisonné. Alors

> ... La créature abhorrée des dieux,
> Celle qui encercle tous les pays de la terre,
> Ouvrit la gueule pour saisir la pâture.
> Thor l'audacieux, toujours prompt à agir,
> Souleva le serpent venimeux.
> D'un coup vigoureux, il abattit le monstre
> Au sommet des vertèbres.

Poèmes héroïques de l'Edda, trad. F. Wagner.

Le dragon, ce serpent que les dieux doivent combattre pour permettre la création du monde, délivrer les eaux prisonnières ou arrêter leur flot dévastateur, a des homologues jusque dans la Bible. Les *Psaumes* et le *Livre de Job* mentionnent à plusieurs reprises le combat que Dieu dut livrer lui aussi contre l'Abîme, le Shéol, Léviathan, Rahab ou Béhémoth. Ces termes multiples ne désignaient pas toujours, aux origines, le même ennemi primordial de Dieu et de sa création, mais les nuances que les anciens Hébreux saisissaient derrière tous ces noms s'estompèrent dès l'époque chrétienne. Tous finirent par désigner l'ennemi primitif qui, sous forme de bête, de serpent ou de monstre marin, s'opposa aux plans créateurs de Dieu.

Dieu (Yahvé-Élohim), en créant le monde, créa aussi deux bêtes monstrueuses : Béhémoth et Léviathan. Le nom de Béhémoth, qui signifie littéralement : la Bête, est sans doute d'origine égyptienne — de *pehemou* qui signifie « le bœuf des eaux » et désigne en fait... l'hippopotame !

> Représente-toi Béhémoth
> dit Yahvé à Job,
> Il se nourrit d'herbe, comme le bœuf.
> Vois, sa force réside dans ses reins,
> sa vigueur dans les muscles de son ventre.
> Il raidit sa queue comme un cèdre,
> les nerfs de ses cuisses s'entrelacent.
> Ses vertèbres sont des tubes d'airain,
> ses os sont durs comme du fer forgé.
>
> *La Bible de Jérusalem*.

Quant à Léviathan, nom dont l'origine est très probablement phénicienne, il emprunte ses traits principaux au crocodile mais symbolise en fait le monstre du chaos primitif, vivant au cœur du flot, hostile à Dieu dès l'origine. Et il est si terrible, si horrible, dit Dieu au pauvre Job, que sa vue seule suffit à terrasser.

Si les dieux combattent le dragon pour assurer l'ordre du monde, les héros, eux, le font pour des motifs moins désintéressés. Au sens ancien du terme, les héros sont des créatures à mi-chemin entre les hommes et les dieux, et qui, pour la plupart, possèdent dans leurs veines une part de sang divin. Cette part peut être de cinquante pour cent, comme c'est le cas de nombreux héros grecs, fils d'un dieu et d'une mortelle : Héraclès (fils de Zeus et d'Alcmène) ou Persée (autre héros pourfendeur de dragons et ancêtre d'Héraclès) qui était le fils de Zeus et de Danaé.

Ce « pourcentage » de sang divin peut toutefois aller jusqu'aux deux tiers, comme dans le cas du héros Gilgamesh : « deux tiers de son corps sont d'un dieu, le troisième tiers est d'un homme ».

Donc, les héros possèdent un sang mêlé et cette part divine de leur chair et de leur nature explique certainement leur force morale et physique. On ne vient pas à bout des hydres, des dragons et autres bêtes fabuleuses sans l'aide de quelque magie ou de quelque principe supérieur, et ce principe, nul doute qu'il ne réside dans les globules divins qui composent en partie le sang de ces héros. Mais comme ils ont aussi du sang humain, ils ont des faiblesses humaines, physiques et morales, qui expliquent que l'issue de la lutte ne soit pas aussi certaine que dans le cas des dieux. Les motifs qui les poussent à mener un tel combat sont donc tout aussi impérieux mais moins nobles que ceux des divinités : il s'agit pour eux, grâce à cette épreuve redoutable, d'obtenir une purification qui éliminera de leur être ses éléments humains, qui en fera des « dieux à part entière » et leur permettra d'accéder à l'immortalité. Une lutte et une victoire contre un dragon pallieront, en somme, le désavantage d'avoir eu pour mère une mortelle au lieu d'une déesse. Cette conquête de l'immortalité doit être, dans le cas des héros, entendue au sens propre. Héraclès, par exemple, ne meurt pas au sens humain du terme : il est enlevé au ciel sur un nuage, en une apothéose que les mythologies réservent à ceux que les dieux acceptent d'accueillir à leurs côtés et qui se nommera, beaucoup plus tard et en d'autres contextes, une assomption. C'est là façon courante pour un héros de devenir immortel : monter au ciel pour banqueter avec les dieux ou pour y être transformé en constellation ! C'est le cas de l'autre héros mentionné, Persée, qui, avec Andromède et Cassiopée, coule désormais dans l'infini des cieux des jours et des nuits sans soucis, à des milliers d'années-lumière de cette terre où il dut endurer tant d'épreuves. Bien entendu, ce *catastérisme* (être changé en astre) est une façon naïve de figurer l'ascension céleste du héros, en un mot son immortalité.

Pour l'homme qui n'a, hélas, aucune goutte de sang divin dans ses veines (ou plutôt qui possède une parcelle de Dieu mais une parcelle infime, dont le pourcentage échapperait à toute estimation), la purification nécessaire sera infiniment plus longue, plus difficile, plus dangereuse aussi. Elle revêtira vite, pour cette raison, une signification plus spirituelle que matérielle. Ce n'est pas son sang que l'homme doit changer en luttant contre les dragons — c'est-à-dire contre les obstacles de sa nature matérielle — c'est son âme, seule part de lui-même à détenir cette infime parcelle de la Divinité. C'est elle qu'il faudra affiner, purifier. Le mieux, pour ce faire, sera d'essayer d'imiter les héros, d'approcher, si peu que ce soit, leurs exploits, leurs victoires, bref de reproduire, sur son propre plan, les exemples fournis par les gestes héroïques.

Gilgamesh et le monstre des cèdres

La plus ancienne de ces gestes héroïques est *l'Épopée de Gilgamesh*.

Celui-ci est le roi de la ville d'Uruk, située dans le pays de Sumer, à peu de distance de l'Euphrate. C'est une force de la nature dont les appétits — alimentaires et sexuels — sont hors du commun au point que ses exigences finissent par terroriser ses sujets. Ceux-ci en appellent aux dieux et ces derniers, pour les aider, décident de créer un être géant chargé d'affronter Gilgamesh et de le ramener à plus de modération. Mais tout en étant un tyran et un homme insatiable, Gilgamesh n'en est pas moins un sage que l'ardeur entraîne à chercher partout la vérité.

Sa première épreuve lui viendra précisément des dieux. Ceux-ci vont façonner un homme d'argile pour l'opposer à Gilgamesh. Cet homme d'argile, ils l'appelleront Enkidou.

Ce monstre destiné à dompter Gilgamesh vit pour l'heure dans la forêt, à la façon des bêtes. Il faut l'humaniser, l'amener vers la civilisation et pour cela, quoi de mieux que les « services » d'une femme ? Une courtisane d'Uruk est donc chargée de l'éduquer. Elle part à sa rencontre, l'aperçoit dans sa forêt natale. Alors,

> La courtisane enlève ses vêtements
> Dévoile ses seins, dévoile sa nudité
> Et Enkidou se réjouit des charmes de son corps.
> Elle ne se dérobe pas, elle provoque en lui le désir.
> Elle enlève ses vêtements
> Et lui Enkidou tombe sur elle.
> Elle apprend à cet homme sauvage et innocent
> Ce que la femme enseigne.
> Il la possède et s'attache à elle.
> Six jours et sept nuits Enkidou sans cesse
> Possède la courtisane.

L'Épopée de Gilgamesh, trad. A. Azrié.

Apprivoisé et dompté par la femme, Enkidou la suit désormais comme une bête docile. Un changement subtil s'opère déjà en lui : il se coupe les cheveux, il met des vêtements et les bêtes sauvages, quand il s'approche d'elles, fuient sans le reconnaître. Enkidou devient un homme peu à peu et il suit l'initiatrice qui le mène dans la cité d'Uruk. En quelques lignes, le texte épique résume le long et merveilleux apprentissage de l'homme :

> Enkidou ne connaît pas le pain comme nourriture,
> Ne connaît pas la boisson forte
> Il a grandi en tétant le lait des bêtes sauvages.
> La courtisane lui dit :

« Mange du pain, Enkidou,
Le pain est l'élément de la vie
Bois de la boisson forte
C'est la coutume des gens du pays. »

L'Épopée de Gilgamesh, trad. A. Azrié.

Enkidou a bu la bière, il a mangé le pain, il a connu la femme : il est un homme. Alors il pénètre à Uruk où Gilgamesh apprend son arrivée. Les deux hommes se jettent aussitôt l'un sur l'autre et se livrent un combat sans merci : l'homme des bois contre l'homme des villes. Mais la lutte demeure égale et voici que Gilgamesh arrête le combat, embrasse son ennemi et lui offre son amitié ! Enkidou accepte et de ce jour une affection et une tendresse inaltérables les lieront.

Les deux amis vivent donc ensemble dans le palais de Gilgamesh mais l'ennui les prend l'un et l'autre. La vie sédentaire ne peut leur convenir. Gilgamesh rêve d'exploits dans des pays lointains et Enkidou regrette les forêts d'autrefois. Ils décident d'accomplir ensemble de grandes choses. Pour commencer, ils iront s'attaquer à un monstre terrible — que l'on nomme Humbaba — habitant un lointain pays appelé le Pays des Cèdres. Enkidou, quand il vivait dans ses forêts, a rencontré le monstre et il en a fait à Gilgamesh une description effrayante :

Mon ami,
Lorsque je parcourais les vastes plaines
et les collines avec l'animal,
je savais que la forêt s'étendait

à soixante doubles heures de chaque côté.
Quel est celui qui oserait pénétrer à l'intérieur ?
Le mugissement de Humbaba est celui du déluge
sa bouche, c'est le feu
son souffle, la mort certaine.
Pourquoi désires-tu entreprendre ce voyage ?
Humbaba est invincible.

L'Épopée de Gilgamesh, trad. A. Azrié.

Les voyageurs marchent pendant des jours et ils parviennent à l'orée de la grande forêt. Des arbres immenses y cachent la lumière et les deux hommes sont éblouis par la splendeur et la taille de ces arbres.

Gilgamesh et Enkidou pénètrent sous le couvert de la forêt et avancent vers le gîte du monstre. Ce dernier est une sorte de géant, anthropomorphe ou sauriomorphe, le texte ne le précise pas. Tapi dans « sa maison de cèdre », il voit approcher les deux hommes et le combat s'engage. La lutte est acharnée et Humbaba paraît l'emporter lorsque Shamash, le Soleil, vient en aide aux héros : il fait lever un ouragan si fort que Humbaba est jeté à terre. Celui-ci demande à Gilgamesh de l'épargner et Gilgamesh accepte. Mais Enkidou refuse et le pousse à le tuer. Alors ils tranchent la tête du géant et le monstre meurt devant eux.

À leur retour, ils sont accueillis en héros à Uruk et Ishtar, la déesse de l'amour, vient en personne s'offrir à Gilgamesh. Mais ce dernier la repousse avec horreur : « Tu as eu trop d'amants, lui dit-il, et tous ont payé très cher tes faveurs. » Alors Ishtar, dans sa fureur, déchaîne contre Gilgamesh un taureau gigantesque qui descend sur la terre, dévaste la ville d'Uruk et détruit des centaines de soldats. Enkidou et Gilgamesh se liguent contre le monstre qu'ils ne tuent qu'après bien des efforts.

Mais voici que les dieux tiennent conseil dans le ciel. Ils commencent à s'inquiéter des exploits et des dévastations des deux amis. Gilgamesh, ayant deux tiers de sang divin, est respecté par eux mais Enkidou, leur créature, le produit de leurs mains, qui a osé tuer le géant Humbaba et le taureau céleste, Enkidou doit mourir. Ce conseil, nous n'y assistons pas vraiment. C'est Enkidou lui-même qui y assiste en songe, au cours d'un cauchemar. Il voit les quatre grands dieux : Anou, Bel, Ea et Shamash réunis dans le ciel, il entend même Anou dire aux trois autres : « Parce qu'ils ont tué le taureau céleste, parce qu'ils ont tué Humbaba et coupé les cèdres des montagnes ils doivent mourir. » Et Bel lui répond : « C'est Enkidou qui mourra, mais Gilgamesh ne mourra pas. » Enkidou se réveille, épouvanté par l'annonce de sa mort prochaine.

En fait, douze jours plus tard, Enkidou tombe malade et il sait que la sentence des dieux va s'accomplir. Il entend déjà les morts l'appeler :

> J'ai eu un songe cette nuit :
> le ciel tonnait
> la terre lui répondait
> et moi j'étais debout entre eux
> lorsqu'un homme au visage sombre
> apparut devant moi.
> Son visage était semblable à Anzou
> ses ongles étaient des serres d'aigle.
> Il me dévêtit
> et me tint par ses griffes

il m'enserra et je perdis le souffle
il transforma mon apparence
mes bras devinrent pareils
à des ailes d'oiseau couvertes de plumes
il me fixa, me prit
Il me dirigea vers la demeure sans retour
il me dirigea vers la route sans retour
vers la demeure de l'éternelle obscurité
vers la demeure
dont les habitants sont privés de lumière
qui ont pour nourriture la poussière
et de la bave pour pain.

L'Épopée de Gilgamesh, trad. A. Azrié.

Et Enkidou meurt conformément à la sentence des dieux, et Gilgamesh se retrouve seul sur la terre, en proie au désespoir et à l'angoisse.

On sait qu'à la suite de cette fin tragique, le héros décida de vaincre la mort et de partir à la recherche de l'herbe d'immortalité. On sait aussi qu'il la trouva mais qu'il la perdit au retour. Au terme de ses épreuves et de ses terribles souffrances, il ne lui vient alors aux lèvres qu'un cri amer, par lequel l'homme d'il y a trois mille ans a résumé son expérience tragique de la vie :

J'ai parcouru tous les pays,
J'ai franchi des monts escarpés.
J'ai traversé toutes les mers
Et je n'ai rien trouvé d'heureux.
Je me suis condamné à une vie de misère
Et j'ai rempli toute ma chair de douleurs.

L'Épopée de Gilgamesh, trad. G. Conteneau.

Il est évident que bien des thèmes sont développés à travers cette belle épopée. Au-delà du destin individuel de Gilgamesh, on voit se dessiner l'effort héroïque de l'homme pour acquérir et pour conserver les bienfaits de la civilisation. L'humanisation progressive d'Enkidou, la lutte contre le monstre de la forêt des cèdres, le combat contre le taureau céleste, le refus des faveurs d'Ishtar et la quête de l'immortalité sont autant d'épisodes symbolisant sur des plans différents la conquête matérielle et spirituelle de la civilisation. Le premier — l'humanisation d'Enkidou — montre que l'homme doit aux dieux son existence et l'essentiel de ses connaissances : créé par les dieux, Enkidou mourra quand les dieux l'auront décidé. Ni sa vie ni sa mort ne lui appartiennent vraiment. Mais on voit poindre aussi un enseignement : l'homme ne doit pas aller au-delà de sa condition d'homme. En tuant le monstre des cèdres et le taureau céleste, Enkidou outrepasse ses droits de créature et les dieux mettront un terme à ses exploits.

Héraclès et les fruits d'immortalité

Héraclès — plus connu encore sous son nom latin d'Hercule — est le plus populaire des héros de l'Antiquité. Il a même, à l'instar de la belle Hélène, inspiré des drames satiriques, des farces et des opérettes. Mais ce n'est pas cet Héraclès frivole, aux amours épiques et innombrables, que nous traiterons ici bien que sa vie tourmentée contienne tous les sens possibles et que la comédie — voire le burlesque — y côtoie souvent le drame et le pathétique. Les exploits amoureux des surhommes (qu'ils se nomment Héraclès ou Gilgamesh) ne sont toutefois qu'une façon fort sommaire d'accéder à l'immortalité. Plus complexes et plus difficiles sont les voies des combats contre les monstres de la terre, même si ces luttes n'ont qu'un sens symbolique et se livrent parfois avec d'autres armes qu'une lourde massue.

Héraclès naquit sous les auspices les plus équivoques. Son père légal était Amphitryon, le roi de Thèbes, son père réel Zeus, le roi des dieux. Quant à sa mère, elle est, dans les deux cas, Alcmène. Elle fut d'ailleurs la seule femme pouvant se vanter d'avoir trompé son mari avec lui-même : Zeus prit en effet pour la séduire les traits de son propre mari, si bien qu'Alcmène ne saurait être accusée d'adultère ! Plaute dans sa comédie *Amphitryon* (et plus près de nous Molière et Giraudoux) ont immortalisé cet épisode burlesque de la vie du pauvre roi de Thèbes, lequel, au retour d'une guerre épuisante, s'entendit raconter par sa propre femme ses exploits de la veille ! Le mystère finit par s'éclaircir, Zeus étant intervenu pour révéler sa ruse et dissiper la cruelle équivoque.

Mais Héra eut vent de l'aventure extraconjugale de Zeus. Sa jalousie native lui fit détester d'emblée le futur fruit de l'adultère. Elle lui voua donc une haine mortelle, qu'elle mit aussitôt en pratique en retardant la naissance d'Héraclès. Ce dernier naquit à dix mois tandis qu'un sien cousin, du nom d'Eurysthée, naissait avant terme à sept mois. Cette naissance prématurée donnera audit Eurysthée un droit d'aînesse dont il sut amplement profiter. Héraclès révèle, dès le berceau, des prédispositions à la vaillance, voire à la brutalité : à huit mois, il étouffe de ses propres bras deux serpents envoyés par Héra contre lui, à dix ans il tue son précepteur à la suite d'une remarque qu'il jugea désobligeante à son égard, à dix-huit ans il accomplit son premier exploit en tuant un lion énorme qui dévastait le Cithéron.

Héraclès se maria peu après avec Mégara, fille de Créon, le roi de Thèbes. De cette union naquirent huit enfants d'après Pindare et trois d'après Apollodore. Leur nombre n'aurait pas, en soi, d'importance si Héraclès, dans une crise de folie envoyée par Héra, ne les avait subitement égorgés. À la suite de ce meurtre et pour expier un tel forfait, l'oracle de Delphes lui enjoignit de quitter Mégara et de se purifier en se mettant au service de son cousin Eurysthée, roi de Tyrinthe. C'est du moins une des explications données aux douze Travaux. On comprendrait mal en effet qu'Héraclès ait pu, pendant tant d'années, subir les vexations et accepter les ordres de ce cousin méprisable et chétif. Les Travaux auraient été pour lui l'expiation de son horrible infanticide perpétré sous l'emprise d'Héra. C'est d'ailleurs de là que lui vient son nom d'Héraclès qui signifie : *la gloire d'Héra*. C'est la déesse qui suggéra à Eurysthée les Travaux à faire exécuter par Héraclès, dans l'espoir qu'il n'en reviendrait pas vivant.

Voici donc Héraclès face à ses épreuves essentielles. Elles sont traditionnellement au nombre de douze, bien que certains auteurs antiques n'en admettent que dix. Cinq de ces Travaux nous intéressent, qui mettent le héros aux prises avec des dragons.

Le premier de ces douze Travaux consista à tuer *le lion de Némée*. Il s'agit avant tout d'un monstre ayant l'apparence d'un lion mais dont la nature apparaît comme hybride, à l'image des créatures enfantées dans les premiers temps de la terre.

Ce lion occupait près de Némée, dans le Péloponnèse, une caverne à deux issues et il était invulnérable. Héraclès boucha une des issues de son repaire, pénétra dans la tanière du fauve et étouffa le monstre entre ses bras. Il ne pouvait, en effet, ni le blesser avec des flèches ni l'assommer à coups de massue. Une fois mort, il voulut le dépouiller pour en prendre la peau mais cette peau avait conservé son invulnérabilité et aucun couteau, aucune pierre ne parvint à l'entamer. Héraclès eut alors l'idée d'utiliser les propres griffes du monstre et put ainsi l'écorcher. À dater de ce jour, il porta toujours sur lui cette peau comme trophée.

Aussitôt après le lion de Némée, Héraclès s'attaque à *l'hydre de Lerne*. On la représentait comme un serpent à plusieurs têtes dont le nombre varie suivant les auteurs : cinq, six, sept, cinquante ou cent. Certains disent même que ces têtes étaient des têtes humaines, douées de la parole. Mais tous s'accordent sur le fait qu'elles étaient immortelles et repoussaient chaque fois qu'on les coupait. Héraclès se fit aider, pour ce deuxième travail, par son neveu Iolaos. Il lui dit d'enflammer des branches d'arbre avec lesquelles Héraclès brûla les blessures de l'hydre, empêchant les chairs de repousser. Ainsi put-il venir à bout du monstre.

Après l'hydre de Lerne, Héraclès se lança dans d'autres travaux. Il combattit *le sanglier d'Érymanthe* qu'il ramena vivant chez Eurysthée. Il attrapa *la biche de Cérynie,* consacrée à Artémis mais qui ravageait les récoltes. Il chassa *les oiseaux du lac Stymphale,* si nombreux qu'ils dévastaient toutes les récoltes, et qui se nourrissaient de chair humaine. Le héros dut employer, pour les effrayer et les expulser, des castagnettes de bronze. Il nettoya, en détournant le cours des fleuves Alphée et Pénée, *les écuries du roi Augias* qui laissait le fumier s'accumuler devant leur porte. Il vainquit *le taureau de Crète,* taureau miraculeux qui avait surgi un beau jour de la mer et que le roi Minos retint dans ses troupeaux au lieu de le sacrifier à Poséidon comme il s'y était engagé par serment. Le dieu rendit alors l'animal furieux mais Héraclès réussit à le ceinturer et à le ramener à Argos sur ses épaules ! Il se rendit maître également des *juments de Diomède* que leur maître nourrissait de chair humaine, et de *la ceinture d'Hippolyte,* reine des Amazones. Après quoi, il s'empara des *bœufs de Géryon* dans l'île d'Érythie.

Géryon était à la fois un monstre et un géant. Son corps, en effet, était triple jusqu'aux hanches. Il avait un troupeau de bœufs gardés par un berger du nom d'Eurytion et par un chien terrible nommé Orthros. Orthros était le frère de Cerbère, le gardien des Enfers et comme l'hydre de Lerne, un fils de Typhon et d'Échidna. Il s'unit à sa propre mère et enfanta le Sphinx. Et comme, dans cette famille, l'habitude était d'avoir plusieurs têtes, Orthros en avait donc plusieurs. Le haut de son corps était d'un chien mais il se terminait en serpent, comme celui de sa mère. Il est essentiel de noter cette anatomie ou cette ascendance reptilienne dans tous les monstres combattus par Héraclès. Ne signifie-t-elle pas qu'il eut sans cesse devant lui un ennemi unique sous des apparences légèrement différentes ?

Le combat lui-même importe peu. Héraclès tua Orthros, puis le berger Eurytion, enfin le géant Géryon. Après quoi, avec une conscience « professionnelle » stupéfiante, il ramena les bœufs jusque chez Eurysthée, en passant par l'Espagne, la Gaule, l'Italie, la Sicile et le nord de la Grèce !

Le rapt des bœufs de Géryon avait amené Héraclès à proximité des Enfers. L'épreuve suivante le contraindra à y descendre afin d'y capturer *le chien Cerbère*. Puis il reçut l'ordre d'aller cueillir *les pommes d'or du jardin des Hespérides*.

Pour narrer cet épisode, un des plus poétiques des Travaux d'Héraclès, il faut remonter aux noces de Zeus et d'Héra. Ces noces, on l'imagine, avaient été somptueuses et solennelles et tous les dieux avaient apporté un cadeau aux jeunes mariés. Gaia, la Terre, avait donc offert à Héra trois pommes d'or si merveilleuses que la déesse les avait aussitôt plantées dans un grand jardin qu'elle possédait aux confins occidentaux du monde, près de l'endroit où le géant Atlas s'exténuait à soutenir le ciel. Mais comme les filles du géant — qu'on appelait les Hespérides ou nymphes du Couchant — venaient souvent grappiller dans le jardin divin, Héra fit garder ses pommes d'or par un dragon immortel à cent têtes. Héraclès mit fort longtemps avant de savoir où se trouvait ce jardin des Hespérides. Il se dirigea d'abord vers le fleuve Éridan (le Pô) où des nymphes lui conseillèrent d'interroger Nérée, le père des Néréides. Nérée, comme Protée et tant d'autres divinités aquatiques, pouvant prendre toutes les formes possibles et échappant ainsi aux importuns, Héraclès n'en vint à bout qu'en l'attachant solidement pendant son sommeil. Vaincu, il lui indiqua alors le chemin du jardin fabuleux, chemin fort buissonnier. Pour parvenir chez les Hyperboréens, Héraclès passa en effet par l'Afrique du Nord — où il vainquit le géant Antée — puis en Égypte et, de là, remonta vers le Caucase où il délivra Prométhée en tuant d'une flèche l'aigle qui lui dévorait le foie.

Parvenu à destination, il rencontra Atlas soutenant le ciel, qui s'offrit à aller cueillir lui-même les pommes d'or. Héraclès soutint donc le ciel en son absence et Atlas revint avec les trois pommes. Il dut se trouver fort à son aise sans le ciel sur son dos car il proposa à Héraclès d'aller rapporter lui-même les pommes à Eurysthée. Héraclès feignit d'accepter et lui demanda seulement de le soulager un instant, le temps de mettre un coussin sur ses épaules endolories. Atlas ne se méfia pas, reprit le ciel en charge et Héraclès en profita pour s'éclipser avec les pommes.

D'autres versions, toutefois, attribuent au seul

mérite d'Héraclès la cueillette des pommes fabuleuses. Il se serait rendu dans le jardin, aurait endormi le dragon — qu'il ne pouvait tuer puisqu'il était immortel — et se serait emparé des fruits.

Ajoutons qu'une fois de retour à Argos, Héraclès remit les pommes d'or à Eurysthée qui, ne sachant qu'en faire, les donna à Athéna. La déesse s'empressa alors de les remettre dans le jardin des Hespérides car ces fruits n'auraient jamais dû quitter le domaine des dieux !

On a souvent rapproché cet épisode du récit biblique de l'Éden et de la Chute. Mais, malgré un décor similaire — un jardin merveilleux, un arbre aux pommes d'or, propriété des dieux, et un dragon gardien des fruits — le symbolisme en est fort différent. Les fruits divins sont synonymes d'immortalité, non de mort, et le dragon est là pour en interdire la cueillette, non pour y encourager les visiteurs. L'itinéraire complexe, labyrinthique, qu'emprunte Héraclès pour parvenir au jardin des confins de la terre, est au sens propre l'image des efforts difficiles que doit accomplir le héros pour atteindre le bien suprême, et le dragon l'ultime frontière le séparant de l'immortalité.

L'histoire d'Hésione et du dragon ne fait pas partie, à proprement parler, des douze Travaux. Il s'agit d'un épisode appartenant au cycle des expéditions militaires d'Héraclès. La première de toutes eut lieu contre la ville de Troie et c'est là qu'une fois encore Héraclès rencontra un dragon.

En revenant du pays des Amazones, où il avait

cherché et rapporté la ceinture de la reine Hippolyte, Héraclès passa par la ville de Troie. Il trouva les habitants en plein émoi : la cité était frappée par une terrible peste et ravagée par un monstre marin. Quelque temps plus tôt, en effet, Apollon et Poséidon, sollicités par le roi Laomédon, avaient accepté de bâtir les murailles de la ville, et celui-ci avait refusé le salaire convenu. D'où la vengeance des dieux déchaînant contre la cité la peste et un monstre marin.

Consulté, l'oracle répondit que le fléau ne cesserait que si Hésione, la fille du roi, était offerte au monstre en sacrifice. Laomédon (dont le sens moral laissait décidément à désirer) accepta aussitôt et enchaîna sa fille à un rocher. Héraclès arriva sur ces entrefaites, vit la princesse, la délivra et demanda au roi une récompense. Il voulait non pas la main de la jeune fille (comme on aurait pu s'y attendre) mais des chevaux divins que le roi gardait dans ses écuries. Laomédon, une fois de plus, fit semblant d'accepter mais refusa en fin de compte de tenir sa promesse. Héraclès promit de se venger une autre fois et, de fait, revint quelques années plus tard et prit la ville.

Cet épisode achève la liste des luttes menées par Héraclès contre les monstres reptiliens. Si on les compare entre elles, on voit que, malgré leurs traits communs, elles comportent une sorte de gradation : la première — le lion de Némée — est une épreuve de force et de ruse dont l'enjeu reste mince : un trophée, cette peau qu'Héraclès conservera avec lui et qui sera son attribut. Dans la seconde — contre l'hydre de Lerne — la victoire du héros n'est concrétisée par aucun symbole matériel. C'est que l'enjeu est d'un autre ordre : il s'agit de débarrasser la région d'un monstre qu'Héraclès enterrera d'ailleurs sous un rocher. Le trophée, ici, est purement moral. Dans la troisième — l'histoire d'Hésione et du dragon — l'enjeu est déjà plus sensible : ce sont les chevaux divins du roi Laomédon qui symbolisent ici (comme Pégase le fera avec Persée) les moyens nouveaux que la victoire donne aux héros. Avec la quatrième épreuve — le meurtre du chien Orthros — il s'agit de capturer les bœufs de Géryon (bœufs divins eux aussi) et l'itinéraire compliqué du héros, lors de son retour vers la Grèce, prélude déjà à cette descente aux Enfers qu'il entreprendra juste après, pour ramener le chien Cerbère. Enfin, la cinquième — la quête des pommes d'or des Hespérides — permet à Héraclès de détenir les fruits d'immortalité. Ayant franchi ces cinq épreuves — et tué ou paralysé les cinq dragons qui gardaient le seuil de chaque étape — Héraclès pourra affronter la mort d'un cœur léger : il ne lui reste plus — après l'avoir vaincue autour de lui — qu'à la vaincre en lui-même, à purifier son corps des éléments matériels qui l'alourdissent encore. Il confiera ce rôle au feu qui le consumera plus tard, au mont Œta sur son bûcher funèbre.

Disparaître dans les flammes d'un bûcher, monter ensuite au ciel, devenir une constellation, siéger parmi les dieux et y goûter un repos bien gagné, tel fut donc le sort d'Héraclès. Mais le héros ne cessa pas, après sa mort, de s'intéresser aux affaires humaines. Sa voix — ou sa silhouette gigantesque — résonna ou se profila chaque fois que sa présence s'avéra nécessaire. Héraclès continua de vivre dans le cœur des hommes, bien longtemps après sa mort charnelle.

Cette histoire posthume d'Héraclès, j'entends l'histoire de sa présence visible et invisible parmi les hommes après sa disparition, est fort intéressante, car elle révèle déjà cette tendance qu'eurent très tôt la pensée et la sensibilité grecques à susciter une histoire vivante des héros. Si Héraclès, une fois mort, s'était contenté de remonter au ciel pour y « finir » comme une constellation — ce qui fut le sort de tant d'autres — il se fût ainsi à jamais éloigné des hommes. Sa légende aurait continué de s'embellir mais elle serait restée une légende, un récit sans relation directe avec le monde réel de la vie quotidienne. Héraclès, le plus populaire des héros, ne pouvait se contenter de cette survie glacée dans les profondeurs de l'espace. Il continua donc — puisqu'il put accéder à l'immortalité — de vivre au milieu des hommes. Il revient parmi eux, et sa vie terrestre, ses exploits continuent d'être une histoire vivante, qui se déroule toujours. Il y a là, sous une forme encore vague, l'amorce d'un besoin d'immortalité réelle — et non purement légendaire —, d'un retour sur la terre des dieux ou des héros populaires.

La tragédie de *Philoctète* de Sophocle décrit l'une de ces visites posthumes d'Héraclès.

Philoctète avait assisté à la mort d'Héraclès et avait même obtenu ses flèches et son arc. Il avait aussi juré au héros de ne jamais révéler l'emplacement de son bûcher funèbre.

Plus tard, cependant, au moment de l'expédition contre Troie à laquelle il participa, il fut pressé de questions par ses compagnons d'armes et frappa le sol du pied à l'endroit du bûcher, indiquant clairement à tous son emplacement. Alors Héraclès, pour punir le parjure, affligea son pied d'une blessure inguérissable.

Devenu invalide, le pied en proie à d'horribles douleurs et dégageant une odeur plus que nauséabonde, Philoctète fut abandonné par ses compagnons d'armes dans l'île de Lemnos. Il y vécut tout le temps de la guerre de Troie, près de dix ans, jusqu'au jour où un oracle prédit aux Grecs qu'ils pourraient s'emparer de la ville grâce à l'arc et aux flèches d'Héraclès. Une délégation composée d'Ulysse et de Néoptolème, le fils d'Achille, se rendit aussitôt dans l'île, bien décidée à s'emparer des armes du blessé s'il refusait de les donner de son plein gré. De fait, il refusa de céder les armes magiques et la dispute eût été sans fin si Héraclès n'avait, soudain, fait retentir sa voix du haut du ciel. Il ordonna à Philoctète d'aller à Troie avec ses armes : il devait prendre de son plein gré le chemin tracé par les oracles. Car, ajoute le héros, « il n'est pas de plus grande liberté pour l'homme que de rejoindre, en toute conscience et lucidité, les arrêts du Destin ». Ainsi seulement — et sa vie le montra — la liberté humaine peut-elle venir à bout de la fatalité.

Persée et le dragon des eaux

Un autre héros, au destin moins glorieux que celui d'Héraclès puisque son sort posthume fut d'être changé en constellation, était lui aussi fils de Zeus et d'une mortelle du nom de Danaé : il s'appelait Persée. Plus encore que pour Héraclès, la magie intervint dans beaucoup de ses actes, et le surnaturel fut pour lui comme un compagnon quotidien.

La naissance et l'enfance de Persée, comme celles de tous les héros appelés à un destin exceptionnel, furent singulières et merveilleuses. Il avait pour mère Danaé et pour grand-père Acrisios, roi d'Argos. Un oracle ayant prédit un jour à Acrisios que Danaé mettrait au monde un fils qui le tuerait, le roi s'empressa d'éloigner sa fille de tout homme pour éviter qu'elle ne fût enceinte. Pour cela il fit creuser sous la terre une prison aux murs de bronze. Il y enferma Danaé et elle vécut ainsi sous terre, loin des autres vivants. Mais Zeus, qui l'avait remarquée avant qu'elle ne descendît dans sa geôle, ne se tint pas pour battu. Il réussit à s'infiltrer dans la prison, par une fente du toit, en se muant en pluie, une pluie d'or. Il aima Danaé et celle-ci fut enceinte d'un fils qu'elle éleva clandestinement.

Mais l'enfant, un jour, poussa un cri, Acrisios l'entendit et, refusant de croire à la fable d'une pluie divine tombée du ciel, exila Danaé et son fils en les plaçant dans un grand coffre en bois qu'il confia au hasard des flots.

Le coffre vogua longtemps sur la mer, jusqu'aux rivages de l'île de Sérifos, dans les Cyclades. La mère et l'enfant débarquèrent sains et saufs et furent recueillis par un pêcheur du nom de Dictys (le filet) qui les prit chez lui.

Persée grandit à Sérifos avec sa mère. Le roi de l'île, Polydictès, les recevait souvent dans son palais, d'autant plus volontiers qu'il était amoureux fou de Danaé. Mais il n'osait ni l'approcher ni lui faire violence à cause de Persée. Il décida de trouver un moyen d'éloigner de son île ce fils indésirable et l'occasion se présenta très vite. Au cours d'un grand banquet donné par Polydictès, Persée, pris de boisson, lui promit de lui ramener tout ce qu'il pourrait désirer. « Puisque tu tiens à me faire plaisir, dit aussitôt le roi, rapporte-moi la tête de Méduse. » Et Persée dut s'exécuter.

Tuer Méduse n'était guère facile. Méduse était l'une des trois Gorgones, trois sœurs fort singulières qui habitaient l'extrême occident, près du pays des morts et du jardin des Hespérides. Leurs têtes étaient coiffées de serpents en guise de cheveux, leurs cous portaient de grosses défenses de sanglier, leurs mains étaient en bronze. De plus, les Gorgones avaient des ailes d'or qui leur permettaient de voler. Deux d'entre elles, Sthéno et Euryalè, étaient même réputées immortelles, Méduse seule étant mortelle. Et leur regard était si foudroyant qu'il pétrifiait quiconque.

Persée connaissait tout cela et il se prit à réfléchir. Il ne pouvait renier sa promesse mais il ne pouvait pas non plus attaquer les Gorgones à main nue. Les dieux lui vinrent alors en aide. Hermès et Athéna lui conseillèrent d'aller trouver les Grées, trois créatures aussi singulières que les trois Gorgones et qui, seules, connaissaient le chemin de leur gîte. Ces Grées — dont le nom signifie les « Vieilles femmes » — avaient pour elles trois un œil unique qu'elles se passaient à tour de rôle! Persée se rendit donc chez les Grées, réussit à s'emparer de l'œil unique au moment où l'une d'elles le tendait à sa sœur et refusa de le leur rendre tant qu'elles ne lui auraient pas livré leur secret. Les Grées lui indiquèrent alors le chemin des Gorgones et lui remirent les armes magiques qu'elles étaient seules à posséder: une paire de sandales ailées — analogues à celles d'Hermès — pour voler dans les airs, une besace pour y mettre la tête coupée de Méduse et le casque d'Hadès qui rendait invisible quiconque le portait. Ainsi paré, ailé et invisible, Persée pouvait affronter Méduse.

Quand il arriva au repaire, Persée trouva les trois sœurs endormies. Il survola le groupe et regarda Méduse. Athéna le suivait avec un bouclier d'airain pour cacher les yeux de Méduse, au cas où elle se réveillerait.

Quel étrange et terrible destin que de changer en pierre quiconque affronte votre regard! Méduse, pourtant, n'y pouvait rien. Ce pouvoir redoutable lui avait été imposé par Athéna comme un injuste et cruel châtiment et son histoire tragique est une illustration de l'égoïsme et de la méchanceté des dieux. Car Méduse n'avait pas toujours porté cette face révulsée, ces yeux de foudre ni ces serpents en guise de cheveux. Elle avait été autrefois une belle jeune fille, trop belle même puisque sa beauté lui avait valu tous ses malheurs. Poséidon, en effet, l'avait vue et en était tombé amoureux. Amoureux est bien trop peu dire : il devint littéralement fou d'amour à la vue de Méduse au point qu'il l'enleva sur l'heure, la traîna dans le temple d'Athéna et là, perdant toute retenue, la viola au pied de la statue de la déesse ! Athéna, pour ne pas voir ce sacrilège, fut obligée de se voiler la face de son égide. Mais que fit-elle pour se venger ? Loin d'en vouloir à Poséidon, elle s'en prit... à Méduse elle-même et la transforma en ce musée d'horreurs vivant, fait de serpents, de mains de bronze et de regard pétrificateur ! Et Méduse avec ses deux sœurs (dont la légende ne dit pas comment elles en vinrent à lui ressembler tant) s'exila aux confins du monde, près du pays des morts...

Persée, donc, dès qu'il vit Méduse endormie, vola au-dessus d'elle et lui trancha la tête en détournant les yeux. Un sang noir jaillit de la blessure et un cheval ailé se forma aussitôt, bondit dans les cieux et disparut sous les yeux « médusés » de Persée. Ce cheval, les Anciens l'appelèrent Pégase parce qu'il avait jailli (pigi : source, jaillir) du sang noir de Méduse. Celle-ci, en effet, était enceinte de Poséidon, après la scène du temple, quand Athéna l'avait frappée de sa malédiction.

Persée prit aussitôt la tête de Méduse d'où le sang coulait encore, la mit dans sa besace et fendit les airs pour échapper à la vengeance des deux sœurs. Il traversa la mer, survola les sables de Libye (terme général par lequel les Grecs anciens désignaient l'Afrique) et là, dit Ovide dans ses

Métamorphoses, « des gouttes de sang tombèrent de la tête de Méduse. La terre qui les reçut les anima, les changea en reptiles de différentes espèces. Voilà pourquoi une multitude de serpents infestent toujours ce pays ».

Vers le soir, Persée arriva près d'Atlas. Épuisé par son voyage, il demanda l'hospitalité au géant. Celui-ci refusa tout net. Alors Persée, furieux, tendit vers lui la tête de Méduse et « dans toute sa hauteur, Atlas fut changé en montagne. Sa barbe et ses cheveux devinrent des forêts, ses épaules et ses bras des coteaux, ses os se transformèrent en pierres. Puis son corps ainsi agrandi se développa dans tous les sens et le ciel avec tous ses astres repose tout entier sur lui ». Voilà pourquoi, depuis ce jour, il existe aux confins du monde une montagne nommée Atlas sur laquelle le ciel repose.

Persée reprit sa route, survola l'Afrique du Nord, traversa le désert, contempla les méandres et les cataractes du Nil et s'engageait au-dessus de l'Éthiopie lorsqu'il vit un spectacle étrange : un homme âgé liait à un rocher une jeune fille d'une beauté admirable. L'un et l'autre versaient des larmes. Et voici que tout près, sur la rive, un monstre hideux surgit de la mer, couvert d'écailles, crachant le feu ! Persée descendit vers la jeune fille, lui demanda son nom : elle dit s'appeler Andromède et conta sa tragique histoire.

Andromède avait pour père Céphée, le roi de ce pays, et pour mère Cassiopée. Celle-ci se croyait si belle qu'elle défia un jour les néréides et prétendit les surpasser par sa beauté. Les néréides se vengèrent en allant trouver Poséidon qui suscita un dragon marin chargé de dévaster tout le pays. Ses ravages ne cesseraient que si le roi lui sacrifiait sa propre fille. Céphée dut donc se résoudre à lier Andromède au rocher et la malheureuse princesse allait périr sous les dents du monstre quand Persée survint juste à temps.

Il vint en effet facilement à bout du monstre, grâce à ses sandales ailées qui lui permirent de voler au-dessus de lui et d'échapper à sa gueule et à ses coups de queue. Une fois le combat terminé, Persée détacha Andromède, lui avoua son amour et obtint sa main du roi reconnaissant.

On pourrait achever là l'histoire de Persée et dire qu'Andromède et lui vécurent heureux et eurent beaucoup d'enfants. Ce serait vrai si quelques nuages n'étaient venus ternir ce bonheur. Quand le héros revint à Sérifos, avec Andromède et la tête de Méduse, il trouva sa mère en larmes, réfugiée dans un temple et implorant la protection des dieux. Le roi Polydictès, en l'absence de Persée, avait voulu la violenter. Alors le héros pénétra dans le palais du roi, brandit la tête de Méduse et changea en pierre Polydictès et tous ses courtisans.

Mais la voie des oracles trace dans la vie des hommes des chemins impérieux. Persée voulut revoir son grand-père Acrisios qui, à l'annonce de sa visite, se réfugia en Thessalie. Il craignait toujours l'oracle ancien disant qu'il serait tué par lui. Persée n'insista pas et se rendit à son tour en Thessalie pour concourir aux jeux qu'on y donnait. Il participa entre autres au lancer du disque mais le lourd objet, en déviant dans sa trajectoire, alla frapper un spectateur qu'il tua net : c'était justement Acrisios et Persée comprit que l'oracle s'était accompli, quoi qu'il fasse.

Lorsque Persée mourut, Zeus ne voulut pas le séparer d'Andromède qui constitua pour lui le seul bonheur de sa vie éprouvante. Aussi les changea-t-il en astres ; on peut les voir toujours dans le ciel, réunis à jamais dans la clarté des nuits : le bel alignement des étoiles de Persée, puis la nébuleuse d'Andromède avec, à ses côtés, le grand W de Cassiopée et plus loin, bondissant éternellement dans les hauteurs du ciel, Pégase, le cheval jailli du sang noir de Méduse.

Sigurd et le dragon qui parle

Les épopées, qu'elles soient grecques, indiennes ou nordiques, ne concernent que de très loin les sujets mythologiques proprement dits. Elles relatent les exploits d'un héros ayant eu souvent une existence historique, exploits que l'épopée transforme et magnifie. Mais elle n'est, en fait, qu'une histoire remaniée, racontée par l'entremise de l'affabulation. C'est dire que l'épopée contient essentiellement des récits historiques transposés plutôt que des récits mythologiques. C'est pourquoi, en règle générale, il convient d'établir une frontière assez nette entre le mythe et le récit épique : le premier est un récit sacré, mettant les dieux en scène et censé se dérouler en dehors du temps ou à l'origine des temps (dans les mythes de création ou de fondation par exemple) alors que le récit épique possède toujours des racines historiques, ne revêt aucun caractère sacré et, surtout, n'est conçu pour répondre à aucune des questions fondamentales auxquelles répondent les mythes.

La geste de Sigurd est le plus ancien texte épique de la poésie nordique. Ses racines historiques sont établies : le prototype de Sigurd fut le roi mérovingien Sigebert, assassiné à Soissons en 575 au moment où il s'en allait à la chasse. Il avait pour épouse Brunehaut, modèle probable de la Brunehilde de l'épopée. L'œuvre sous sa forme la plus ancienne fut écrite au xe siècle et reprise par la suite, à partir du xiie siècle, en Scandinavie et en Germanie. Il se trouve seulement que cette œuvre, dans tous les passages concernant l'enfance et l'adolescence de Sigurd, a incorporé quantité d'éléments mythiques.

Un jour, les dieux Odin, Hoenir et Loki tuèrent le fils d'un géant. Pour expier leur faute, les trois dieux recouvrirent d'or le corps de la victime et la ramenèrent à son père. Mais le géant les reçut fort mal et exigea plus d'or que les dieux ne lui en offraient. Alors Loki le maudit, lui et l'or qu'on lui avait remis, en lui disant : « Le trésor t'est remis mais l'on t'a payé grand prix pour la tête du mort. Ce sera pour ton fils un néfaste destin : à vous deux il donnera la mort. »

En plus de celui qu'avaient tué les dieux, le géant avait en effet deux fils : Fafnir et Régin. Le premier ressemblait à son père : c'était un géant rude et insolent. Le second, au contraire, était un nain adroit et fort intelligent. La malédiction de

Loki s'accomplit aussitôt. Les deux fils se disputèrent à qui posséderait l'or détenu par leur père et Fafnir, plus rapide et moins scrupuleux, tua le géant son père et prit son or. Il fut instantanément changé en un affreux dragon et il partit avec son or se cacher dans une caverne où il monta la garde.

Régin ne le pardonna pas à son frère et le fait qu'il fût devenu dragon libéra sa conscience tourmentée. Il résolut donc de le tuer ou plutôt, n'osant le faire lui-même en raison de sa taille, de le faire occire par quelque héros. Il choisit pour cela Sigurd, alors enfant, qu'il éleva, à qui il enseigna maintes choses et à qui il raconta l'horrible parricide perpétré par Fafnir. Quand Sigurd fut assez grand, il partit donc avec Régin à la recherche du dragon pour le tuer et lui prendre son or. Sigurd découvrit le repaire de Fafnir, se mit en embuscade sur la route suivie par le monstre et le frappa quand il passa. Le dragon expira et Sigurd découvrit, enfoui dans la caverne, l'or que gardait le monstre. Il découvrit aussi le casque du dieu Ægir qui rendait invisible quiconque le portait — comme celui de Hadès pour Persée — ainsi qu'une cotte de mailles et un glaive magique.

Cette victoire sur le dragon ouvre à Sigurd les portes d'un monde supérieur. Le vainqueur d'une telle épreuve acquiert des pouvoirs qu'il ne possédait pas avant et qui sont le signe manifeste de son entrée dans un univers différent. Ici, les privilèges, les vertus conférés par cette victoire se traduisent par le merveilleux épisode dit du *Chant des Mésanges,* où Sigurd est prévenu par les oiseaux de la trahison de Régin qui médite de le tuer. Sigurd tranche aussitôt la tête du nain. Et il entendit alors une mésange qui chantait :

> « Je dis sur la montagne que dort une guerrière, au-dessus joue et danse le danger du tilleul. Odin l'a d'une épine piquée, car cette femme au lieu de celui qu'il voulait lui avait voué un autre homme. »
>
> RENAULD-KRANTZ,
> *Anthologie de la poésie nordique ancienne.*

Averti une fois de plus par les mésanges, Sigurd part à la recherche de la walkyrie endormie. Il marcha longtemps en direction du sud jusqu'au jour où il vit, au sommet d'une montagne, un château illuminé aux murailles couvertes de boucliers. Sigurd y entra et arriva dans une salle immense au milieu de laquelle dormait un guerrier. Sigurd lui enleva son casque et sa cuirasse et vit que c'était une femme. Celle-ci s'éveilla aussitôt et c'est alors qu'elle enseigna à Sigurd les connaissances essentielles et les runes secrètes.

Saint Georges et le dragon du diable

Le dragon n'est pas mort avec la fin des temps antiques. La naissance et la victoire du christianisme portèrent aux mythes païens un tort considérable. Mais ce qui disparut ou s'atténua, ce fut la forme des mythes, leur langage particulier et, bien entendu, les personnages divins ou héroïques qui en étaient les interprètes. Dans la mesure, pourtant, où certains de ces mythes exprimaient des besoins, des angoisses et des conflits réels, ils subsistèrent sous d'autres formes ou dans d'autres contextes. C'est le cas, très précisément, des mythes relatant les luttes d'un héros contre le dragon, mythes que le christianisme reprit à son compte et incorpora dans la vie de certains saints chrétiens — soldats du Christ, notons-le — c'est-à-dire héros d'un combat tant matériel que spirituel. Cette lutte changea de signification, elle devint celle du Bien contre le Mal, de l'homme de Dieu contre le diable ou ses serviteurs, mais les *Vies* des saints en question ont parfois reproduit presque textuellement les épisodes identiques des légendes païennes. En somme, identité dans les formes, différence dans le symbolisme et la portée morale : c'est ainsi qu'on peut résumer l'histoire de la lutte contre le dragon dans les textes chrétiens.

À l'époque tardive où fut rédigée la *Vie de saint Georges* (sans doute vers le ve siècle), une tradition bien établie faisait accomplir aux ascètes et aux ermites du désert des miracles stupéfiants parmi lesquels figurait presque toujours un combat contre quelque dragon. Ces miracles avaient pour raison première de faire éclater aux yeux de tous — lecteurs ou auditeurs — la puissance de Dieu et les privilèges dont il dotait ses serviteurs. En un temps où le christianisme était encore combattu par les autorités romaines et menait contre les cultes païens une lutte acharnée, ces exploits, ces miracles, ces pouvoirs stupéfiants conférés aux hommes par le Dieu des chrétiens étaient censés manifester aux yeux de tous la supériorité de la nouvelle religion et lui amener des adeptes.

> « Un jour, écrit Jacques de Voragine dans sa *Légende dorée*, Georges arriva dans une ville de Libye nommée Silène. Or, dans un étang voisin de la ville, habitait un dragon effroyable qui, maintes fois, avait mis en déroute la foule armée contre lui. Parfois, il s'approchait des murs et empoisonnait par son souffle tous ceux qui se trouvaient à sa portée. Pour apaiser la fureur de ce monstre et l'empêcher d'anéantir la ville entière, les habitants lui offraient, chaque jour, deux brebis. Mais bientôt le nombre des brebis se trouva si réduit que force fut aux habitants de tirer au sort une créature humaine et aucune famille ne fut exceptée de ce choix. Et déjà presque tous les jeunes gens de la ville avaient été dévorés lorsque, le jour de l'arrivée de saint Georges, le sort désigna pour victime la fille unique du roi. »
>
> JACQUES DE VORAGINE, *la Légende dorée*.

Une fille de roi offerte en sacrifice à un dragon, voilà qui ne surprendra guère le lecteur. Hésione et Andromède étaient aussi filles de roi et vouées à la dent du monstre. Nouvel Héraclès ou nouveau Persée, Georges se dirige donc vers la bête pour sauver la princesse d'une mort atroce. À cet instant précis,

> « … le dragon souleva sa tête au-dessus de l'étang et saint Georges, après être monté sur son cheval et s'être muni du signe de la croix, assaillit bravement le dragon qui s'avançait vers lui. Il brandit haut sa lance, fit au monstre une blessure qui le renversa sur le sol. Et le saint dit à la princesse :

“Mon enfant, ne crains rien et lance ta ceinture autour du cou du monstre !” La princesse fit ainsi et le dragon, se redressant, se mit à la suivre comme un petit chien qu'on mènerait en laisse. »

JACQUES DE VORAGINE, *la Légende dorée*.

On voit la différence entre saint Georges et ses prédécesseurs païens : sa seule arme réelle est le signe de la croix — la lance n'étant qu'une arme d'appoint — et cette force spirituelle émanant du saint et insufflée par Dieu se traduit non par la mise à mort, mais par la domestication du dragon, devenu aussi obéissant qu'un chien. Cette image exprime de façon naïve mais convaincante la toute-puissance de Dieu qui transforme en moutons les plus féroces des créatures. Cet épisode imite donc, à une échelle réduite bien sûr, la lutte ancienne de Yahvé et du monstre Léviathan : c'est toujours le même combat, qu'il soit divin ou héroïque, qu'il soit livré contre l'Abîme ou contre un modeste dragon de Libye.

6

L'ÉPOPÉE HUMAINE : LES ÉPREUVES DE L'ÂME

Si Héraclès et Persée ont obtenu l'immortalité tant désirée, si Sigurd vit désormais dans les délices du Walhalla, si saint Georges enfin connaît au paradis les joies de la contemplation divine, il est d'autres héros qui parvinrent à l'immortalité par des voies différentes. Les obstacles que l'homme rencontre sur sa route ont des visages multiples et les chemins légendaires sont parsemés de monstres à l'aspect terrifiant ou séduisant, selon le monde que l'on porte en soi. Mais il apparaît de plus en plus clairement que le combat mené par l'homme concerne surtout sa propre nature. Les monstres, dragons, serpents dont la route recoupe si souvent la sienne sont des images suggestives mais simplistes pour figurer la part animale et instinctive de l'homme. Leur force n'est terrifiante qu'en apparence et la légende de saint Georges venant à bout du dragon d'un simple signe de croix révèle la vraie nature de ces monstres. Ce sont des *illusions* envoyées par le diable qu'on peut vaincre en faisant preuve de courage, de confiance en soi et, dans le cas des légendes chrétiennes, de foi en Dieu. Il en est en somme des dragons comme, dans le désert, des mirages : ils ne sont dangereux que pour quiconque se laisse prendre à leur apparence et oublie la vraie nature de son combat.

Des héros comme Œdipe, Thésée, Jason et Ulysse ont donc, pour trait commun, de livrer des combats plus spirituels que matériels. Ni Œdipe ni Thésée n'appartiennent vraiment à l'Histoire mais l'univers qui est le leur, les actes qu'ils accomplissent, les sentiments qu'ils éprouvent et expriment dessinent un monde plus proche du nôtre que celui de Sigurd, de Persée ou d'Héraclès.

Les vies de Thésée et d'Œdipe sont étroitement liées à l'histoire d'Athènes et de Thèbes. Elles font partie de ces cycles légendaires que les anciens Grecs avaient coutume de greffer sur l'histoire de certaines cités ou sur les grands événements du passé, comme la guerre de Troie. Ce sont des cycles mythiques liés à une histoire, et surtout à une histoire humaine, autrement dit à une généalogie. Mais ils débordèrent vite ce cadre restreint pour devenir le patrimoine commun de tous les Grecs. Dès l'Antiquité, les épreuves d'Œdipe ou de Thésée exprimèrent avant tout le destin tragique de l'homme, ses efforts pour échapper à la malédiction divine ou pour créer un ordre harmonieux d'où serait exempte la violence. Et ils ne sont qu'incidemment la description symbolique de l'histoire de Thèbes ou d'Athènes.

Thésée ou le mystère de l'ombre

La vie de Thésée, roi mythique d'Athènes et « contemporain » d'Héraclès, est à la fois légendaire et historique. Elle est légendaire en ce sens qu'elle appartient à l'époque mythique d'Athènes et que Thésée relève du même univers fabuleux que Minos, le Minotaure, les Amazones, Hélène de Troie, Héraclès. Thésée, comme eux, devra lutter contre des monstres, descendre jusqu'aux Enfers, accomplir des exploits héroïques conférant l'immortalité. Mais elle appartient aussi à l'Histoire en ce sens que Thésée passa pour le législateur d'Athènes, pour l'homme qui tira du néant les institutions fondamentales de la cité. Plutarque, dans sa *Vie de Thésée*, le montre organisant la vie de toute l'Attique, délimitant les dèmes et les familles, construisant des murailles, établissant les règles de la vie citadine et sociale, au point qu'on croirait, par endroits, lire la vie de Lycurgue ou celle de Solon. C'est pourquoi les poètes tragiques — Sophocle et Euripide principalement — le dépeignent, dans des œuvres comme *Œdipe à Colone* ou comme *les Suppliantes*, sous les traits d'un roi pieux et juste, fidèle à la parole donnée, conciliateur et tolérant. Rien ne subsiste ici du héros divin qui affronta le Minotaure.

La naissance de Thésée donna lieu à deux traditions différentes. Dans l'une, il est le fils d'Égée, dans l'autre celui de Poséidon. La première est plus intéressante dans la mesure où elle lie le héros aux dynasties autochtones d'Athènes. Égée descendait en effet d'Érechthée (ou Érichthonios), fondateur légendaire d'Athènes, dont le nom signifie : *celui qui se dresse hors de terre*. Il s'agit là d'un être autochtone, fils de la terre et possesseur légitime du sol natal. Mais Égée ne parvint pas à s'assurer une descendance. Il se rendit alors à Delphes pour consulter l'oracle. Celui-ci avertit seulement le consultant de ne pas chercher à procréer avant d'avoir regagné sa ville, et ce, en termes si « sibyllins » qu'Égée n'y comprit rien. Il alla donc trouver Pitthée, roi de Trézène, qui était un de ses cousins, pour se faire expliquer l'oracle. Au cours de banquet, Égée s'enivra et Pitthée en profita pour glisser sa fille, Æthra dans son lit. Égée s'unit à elle dans les vapeurs de l'ivresse et elle conçut Thésée.

On voit que déjà le mythe fait du futur héros un être né *malgré l'interdiction des dieux* et dont la vie — comme celle d'Œdipe conçu dans les mêmes conditions — sera marquée d'un sceau tragique.

Au réveil, Égée dut se douter de quelque chose car il recommanda à Æthra, au cas où elle serait enceinte de lui, de garder l'enfant à Trézène. Elle ne devait l'envoyer à Athènes et lui révéler le secret de sa naissance que s'il était capable de surmonter une première épreuve. Égée cacha à cet effet sous un rocher énorme sa propre épée, une cuirasse et dit : « S'il peut, à lui tout seul, soulever ce rocher et y prendre l'épée, alors tu lui diras de venir me trouver à Athènes. »

Thésée grandit donc à Trézène, élevé par un pédagogue du nom de Connidas auquel, au ve siècle, les Athéniens vouaient toujours un culte. Puis quand il devint adolescent, sa mère le conduisit près du rocher, et, sans le moindre effort, il souleva le rocher et ramassa l'épée. Il avait alors juste seize ans.

Pour se rendre de Trézène à Athènes, il existait une route relativement sûre — celle de la mer — et une autre, plus dangereuse, la voie de terre. Thésée choisit la seconde. Elle était infestée de brigands et le fils d'Égée, rêvant d'égaler Héraclès, se réjouissait déjà de les affronter. Il partit donc pour Athènes et fit, en cheminant, une véritable hécatombe. Il tua d'abord le brigand Périphitès près d'Épidaure et s'empara de sa massue, si lourde que nul ne pouvait, hors lui-même, la soulever ; puis le géant Sinis dont le plus grand plaisir consistait à écarteler ses victimes à l'aide de deux pins qu'il ployait et dont il relâchait les troncs ; il occit également la laie de Crommyon, monstre féroce, fille de Typhon et d'Échidna ; il tua le brigand Sciron qui contraignait les voyageurs à lui laver les pieds et qui en profitait pour les précipiter dans la mer. À Éleusis, Thésée affronta le brigand Cercyon qu'il vainquit puis, juste après, Procuste qui, lui, ne trouvait rien de mieux pour se distraire que d'étendre ses victimes sur deux lits : les grandes sur un petit lit et il tranchait tout ce qui dépassait, les petites sur un grand lit et il les étirait pour les mettre à la bonne longueur.

Ces victoires valurent à Thésée une gloire qui l'auréolait déjà lorsqu'il se présenta à Athènes. Il se fit reconnaître de son père Égée, qui l'adopta officiellement et lui donna son nom de Thésée (du grec *thésis* : adoption, d'après une étymologie proposée par Plutarque), lutta contre des siens cousins au nombre de cinquante nommés les Pallantides qui prétendaient au trône d'Athènes et tenaient Thésée pour un usurpateur puis, quand il eut vaincu, tué, dominé tous ses adversaires, il décida de s'attaquer au Minotaure.

Le combat de Thésée contre le Minotaure et ses brèves amours avec Ariane, la fille du roi Minos, sont parmi les épisodes les plus célèbres de la légende. Ils constituent l'épreuve principale de sa vie, la plus dangereuse, la plus chargée de sens. L'extermination des brigands sévissant entre Athènes et Trézène relevait de l'exploit physique. La rencontre avec le Minotaure fit appel, au contraire, à l'intelligence, à la ruse, au courage du héros et... à l'aide d'Ariane. Elle représente son premier affrontement contre les forces toutes-puissantes de la Terre, son ancêtre, forces qu'il lui faut vaincre s'il veut mériter le ciel.

Le Minotaure avait le corps d'un homme et la tête d'un taureau. Il était né des amours de la reine Pasiphaé, femme du roi Minos, avec un taureau dont elle s'était éprise. Ce taureau, c'est celui que Minos aurait dû sacrifier à Poséidon et qu'il avait gardé dans ses troupeaux, le trouvant trop beau pour le tuer. Pasiphaé l'avait également trouvé fort beau, elle s'était unie à lui clandestinement et avait mis au monde le Minotaure.

Minos, atterré, avait préféré « étouffer » l'affaire et il demanda à Dédale, son architecte, de construire un labyrinthe souterrain pour y enfermer le monstre. C'est là que, désormais, dans l'obscurité des couloirs et des salles, dans les ténèbres de ce monde chthonien, vivait le Minotaure.

Or, à la suite d'un meurtre perpétré sur la personne d'Androgée, l'un des fils de Minos, les Athéniens avaient dû expier leur forfait en envoyant chaque année à Minos sept jeunes garçons et sept jeunes filles qui étaient dévorés par le monstre. À la troisième année, les familles athéniennes se révoltèrent et Thésée, qui venait d'arriver en Attique, se proposa comme volontaire. Il partit donc avec les victimes désignées par le sort en direction de l'île de Crète, décidé à en finir avec l'homme-taureau.

Thésée fut enfermé dans les couloirs obscurs du Labyrinthe mais avant de descendre sous terre, il avait été remarqué par Ariane, l'une des filles de Minos. Elle avait fait jurer à Thésée de l'épouser et de l'emmener avec lui, s'il sortait vainqueur de l'épreuve. Thésée le lui promit et Ariane lui donna un moyen de sortir vivant du Labyrinthe : une pelote de fil dont elle-même tiendrait l'un des bouts. D'après une autre version, elle lui donna aussi une couronne lumineuse pour y voir dans l'obscurité des couloirs.

Thésée s'engagea donc dans le palais souterrain du monstre, l'assomma à coups de poing et revint à la lumière, sain et sauf. Ariane l'attendait. Il l'épousa et tous deux s'enfuirent en bateau vers la Grèce. Mais Thésée, sur un ordre des dieux — c'est la version admise le plus couramment — abandonna sa jeune épouse dans l'île de Naxos où ils avaient jeté l'ancre à la nuit. Le matin, au réveil, Ariane vit les voiles de Thésée disparaître à l'horizon. Par chance, le dieu Dionysos arriva sur ces entrefaites et la trouva si belle qu'il l'épousa. Il lui donna en cadeau une couronne de diamants qu'Ariane prit avec elle quand le dieu l'emmena sur l'Olympe. Elle existe toujours : c'est la Couronne boréale dont la Perle scintille dans le ciel pendant toute l'année.

Le bateau de Thésée vogua vers l'Attique mais le héros, inconsolable de la perte d'Ariane et rongé de chagrin, oublia de changer les voiles du navire. Il était parti gréé de noir en signe de deuil puisqu'il s'en allait vers la mort et devait, en cas de victoire, hisser des voiles blanches.

Sur le rivage près de Phalère, Égée guettait le retour de son fils. Il vit les voiles noires et crut que Thésée était mort. De douleur, il se jeta dans la mer qui porte aujourd'hui son nom. Thésée monta sur le trône d'Athènes et régna longtemps. Notons pourtant qu'il y a là, exprimé d'une façon discrète mais troublante, une analogie avec la légende d'Œdipe. Ce dernier lui aussi tua son père Laïos sans le savoir avant de devenir roi de Thèbes. Ainsi, dans chaque cas, l'accession à la royauté est précédée d'un parricide involontaire.

Thésée régna sur l'Attique où il connut diverses épreuves guerre contre les Amazones, guerre des Sept contre Thèbes à laquelle il fut mêlé indirectement. C'est aussi pendant cette période qu'il organisa la cité d'Athènes. Il fit construire le Prytanée, la Boulè, institua les grandes fêtes des Panathénées, les règlements de la démocratie et fonda, enfin, près de Corinthe les jeux Isthmiques tout comme Héraclès avait institué les jeux Olympiques en l'honneur de Zeus.

Mais l'un des événements les plus importants fut pour Thésée sa rencontre avec Pirithoos. Celui-ci était un roi lapithe — les Lapithes étant un peuple thessalien montagnard — qui, jaloux des exploits de Thésée, l'avait défié en combat singulier. Frappé par la beauté de son adversaire, il avait renoncé à l'affronter et lui présenta ses excuses. De ce jour naquit entre eux une amitié aussi légendaire que celle d'Achille et de Patrocle.

Ce Pirithoos était un fils de Zeus et décida, avec Thésée, de n'épouser qu'une fille de Zeus. Comme elles n'étaient pas légion, ils durent choisir Hélène, la belle et fameuse Hélène de Troie qui, comme l'écrit Plutarque, « était encore toute jeunette et fort peu en âge de songer au mariage » car elle n'avait que dix ans. Hélène était, en effet, une fille de Zeus, à la suite d'une histoire d'amour assez singulière.

Zeus s'était épris d'une nommée Léda, femme du roi de Sparte, Tyndare. Mais Léda était d'une fidélité à toute épreuve et elle refusa les avances de Zeus. Celui-ci fut contraint de se changer en cygne pour pouvoir approcher la belle sans l'effaroucher. Léda, en effet, impressionnée par le beau plumage de l'oiseau et par ses airs gracieux, se prit d'affection pour lui. Elle le caressait, le prenait dans ses bras et Zeus profita de ces épanchements innocents pour abuser d'elle. Léda devint enceinte et mit au monde… un œuf d'où par la suite naquit Hélène ! Précisons que d'autres mythographes prétendent qu'elle « pondit » non un œuf mais deux beaux œufs d'où naquirent Hélène et sa sœur Clytemnestre, d'une part, les jumeaux Castor et Pollux, de l'autre.

Thésée et Pirithoos décidèrent donc d'enlever Hélène et se rendirent à Sparte. Ils s'emparèrent de leur victime sans difficulté et la tirèrent au sort. Elle échut à Thésée. Mais les Athéniens, horrifiés par ce rapt et craignant, à juste titre, la vengeance des Spartiates, refusèrent d'héberger l'épousée. Thésée dut la confier à sa mère, à Trézène. Restait à « pourvoir » Pirithoos. Les filles de Zeus se faisant de plus en plus rares, ils n'eurent d'autre ressource que de jeter leur dévolu sur Perséphone, la reine des Enfers. Ils partirent donc pour le sombre royaume où Hadès les reçut fort aimablement. Mais quand il comprit le véritable but de leur visite, il les retint prisonniers en les immobilisant sur leurs sièges. Thésée et Pirithoos seraient restés de la sorte assis dans les Enfers pendant l'éternité si Héraclès, en venant capturer Cerbère, n'avait persuadé Hadès de libérer Thésée. Le héros put remonter à la lumière du jour mais Pirithoos, lui, demeura assis sur son siège aux Enfers, sans espoir d'en partir jamais.

Thésée mourut peu de temps après. Bien des déboires et des désillusions accompagnèrent ses derniers jours sur la terre. Exilé d'Athènes, il mourut loin de sa cité mais son fantôme continua de hanter ses sujets. Lors de la bataille de Marathon, les soldats athéniens virent une ombre gigantesque dominer la bataille et les guider vers la victoire. Plus tard, des prodiges signalèrent aux hommes l'emplacement, jusqu'alors secret, de son tombeau. Et le héros connut désormais une gloire sans nuages, la gloire d'un roi et d'un homme qui sut vaincre l'ombre et élucider les mystères de la mort.

Œdipe et le mystère de l'homme

Les lieux où se joue le destin des héros ont souvent autant d'importance que ce destin lui-même. Thésée, destructeur de brigands, pourfendeur de monstres, explorateur des Enfers, eut pour carrière de ses exploits toute la mer Égée. Œdipe, lui, naîtra, vivra, mourra entre Corinthe, Thèbes et Athènes. Toute sa vie, il tournera en rond entre les deux premières cités, à la recherche de ses vrais parents et de lui-même. Son drame, sa malédiction, son terrible destin se joueront sur un minuscule coin de terre. C'est que le vrai destin d'Œdipe sera moins d'explorer le mystère de la mort que celui de sa propre existence : qui sont ses vrais parents ? Qui est-il lui-même ? Pourquoi tout au long de sa vie a-t-il vécu en ignorant sa vraie naissance ? Et pourquoi les dieux lui ont-ils réservé un sort aussi abominable ?

Œdipe est un descendant de Cadmos, ce même Cadmos qui avait combattu le dragon, semé ses dents et fondé Thèbes. C'est donc à Thèbes que vécurent les ancêtres d'Œdipe, son grand-père Labdacos et son père Laïos.

Comme pour Thésée, mais d'une façon plus nette encore, la naissance d'Œdipe fut marquée du sceau de la malédiction divine. Un oracle avait en effet prévenu Laïos de ne pas procréer car le fils qui viendrait au monde le tuerait. Mais Laïos n'en tint aucun compte et Œdipe naquit.

Il dut craindre cependant, par la suite, les conséquences de son acte car il décida d'exposer l'enfant sur le Cithéron, près de Thèbes. Il lui perça les chevilles, y fit passer une corde et donna le bébé à l'un de ses serviteurs avec ordre de l'abandonner dans la montagne. Celui-ci toutefois fut pris de remords et le remit à un berger qu'il rencontra sur place et qui gardait les troupeaux de Polybe, le roi de Corinthe. Nous adoptons ici la version transmise par Sophocle dans sa tragédie *Œdipe roi* car outre sa beauté littéraire, elle est la seule version complète de la vie d'Œdipe. Mais il existe évidemment maintes variantes quant au lieu où Œdipe fut exposé et remis au berger. Toutes s'accordent cependant sur le nom de son père adoptif : ce fut Polybe, roi de Corinthe.

Exposer un enfant dans la nature pour y être dévoré par les fauves est un procédé qui peut sembler cruel. Il était courant, pourtant, dans toute l'Antiquité. On évitait ainsi l'infanticide direct et on laissait en outre une chance à la victime. Cette chance, fort mince dans la réalité, ne semble avoir vraiment joué que dans les mythes, à propos des héros. Il est presque de tradition que la plupart d'entre eux — qu'il s'agisse d'Œdipe, de Cyrus, de Romulus et de Rémus, voire de Persée qui fut confié aux flots — soient remis entre les mains de leur mère, la Terre nourricière, et sauvés par son intervention miraculeuse. Quand ce n'est pas un étranger qui les recueille, c'est un animal sauvage qui les protège et les nourrit. Ainsi soumis à l'épreuve de la terre, l'enfant qui en réchappe est appelé alors aux destinées les plus hautes. Ce fut, entre autres, le cas d'Œdipe. Le berger le recueillit et le ramena chez son maître Polybe. Ses pieds, traversés par la corde, s'étaient mis à enfler : le roi le baptisa alors « Pied-enflé » c'est-à-dire Œdipe. Œdipe vécut à la cour de Corinthe près de ceux qu'il tenait pour ses vrais parents. Son enfance et son adolescence furent heureuses mais le Destin veillait.

Un jour, Œdipe eut la malencontreuse idée de railler un homme pris de boisson. Celui-ci, furieux, le traita d'enfant trouvé. Œdipe questionna Polybe qui refusa de lui répondre nettement. Alors Œdipe partit pour Delphes afin de consulter l'oracle et de connaître le mystère de sa naissance. Au retour — mais d'autres versions situent le fait à l'aller, avant consultation de l'oracle — Œdipe emprunta un chemin fort étroit, sur la route de Delphes à Daulis, une piste longeant la montagne. Il vit venir à sa rencontre un équipage portant un voyageur en litière. L'un des hommes lui cria de se garer et le frappa, estimant qu'il n'obéissait pas assez vite. Le sang d'Œdipe parla : fou de rage, il se précipita sur l'homme et le tua, puis s'en prit au reste de la troupe. Il extermina ainsi cinq personnes dont le voyageur en litière, Laïos, puis continua sa route.

L'oracle de Delphes avait confirmé à Œdipe la prédiction déjà faite à Laïos. Terrifié, il évita de rentrer à Corinthe et se dirigea vers Thèbes. C'est en cours de route, avant d'arriver à la ville, qu'il fit sa deuxième rencontre.

Le Sphinx — ou plutôt la Sphinge — passait pour fille de Typhon et d'Echidna. C'était en effet un être à la figure et à la poitrine de femme, aux pattes et à la queue de lion et nanti d'ailes. Ajoutons qu'une autre tradition en fait une fille naturelle de Laïos.

La Sphinge avait choisi comme gîte un rocher situé près de Thèbes, au pied duquel passait le chemin menant à la ville. C'est là que le monstre arrêtait les voyageurs et leur posait de redoutables devinettes. Il leur demandait par exemple : « Quel est l'être qui marche le matin à quatre pattes, à midi sur deux pattes et le soir sur trois pattes ? » Ou bien encore : « Quelles sont les deux sœurs dont l'une engendre l'autre et dont la seconde engendre à son tour la première ? »

Ces questions déconcertaient les voyageurs et ils ne savaient que répondre. Alors la Sphinge les dévorait. Le péril finit par devenir si grand que la reine Jocaste, veuve de Laïos, offrit le trône de Thèbes à quiconque répondrait à l'énigme et exterminerait le monstre. Sur ces entrefaites, Œdipe approcha de la ville, fut arrêté par la Sphinge et, sans coup férir, répondit à la première devinette : « L'homme ! Il marche à quatre pattes étant petit, sur deux pattes étant adulte, et sur trois pattes quand il est vieux puisqu'il s'appuie sur un bâton. » À la seconde question, il répondit : « La Nuit et le Jour ! » avec la même facilité. La Sphinge, vaincue par la sagesse d'Œdipe, se tua aussitôt en se jetant du haut de son rocher.

Cet épisode célèbre possède un sens fort clair : la réponse à la question de la Sphinge (et à la recherche d'Œdipe qu'elle résume et symbolise en un instant crucial) est *l'homme*. C'est à la quête de lui-même qu'Œdipe s'est lancé sur la route. Chercher son père, chercher sa mère, chercher ses origines, c'est vouloir connaître sa vraie nature. Mais le mythe possède aussi un sens plus large dont l'importance n'est pleinement apparue que depuis un demi-siècle : Œdipe lui-même symbolise l'homme. Le secret de sa vie, inconsciente et tragique, est celui même de la nature humaine, un secret que la conscience cherche le plus souvent à étouffer et que le mythe ne livre qu'à travers un langage très transposé. Parce qu'il fut le seul à percer le secret de la Sphinge et le mystère de l'homme, Œdipe sera aussi le seul à pouvoir mener jusqu'au bout la quête de la terrible mais inéluctable vérité. Et il apparaîtra, dès les temps anciens, comme le héros en quête de la lucidité.

Œdipe entra à Thèbes en triomphateur. Il épousa Jocaste et régna sur la ville. Il eut quatre enfants : Antigone et Ismène — cette dernière étant une création de Sophocle —, Étéocle et Polynice. Œdipe retrouva alors la tranquillité et le bonheur perdus. Il était roi et sauveur de Thèbes. Il vivait au faîte des honneurs. Rien ne venait donc troubler ce bonheur si ce n'est, peut-être, de temps à autre, le souvenir de l'oracle terrible qu'il se hâtait de refouler au plus profond de lui, comme un cauchemar…

Des années passèrent. Les enfants d'Œdipe grandirent, le temps sembla s'écouler sans hâte et sans désastre. Mais toujours le destin veillait, l'infernale mécanique du malheur était en marche, les rouages tournaient silencieusement. Un beau jour le drame éclate. La peste s'abat sur la ville...

La peste était toujours, pour les Grecs, le signe d'une souillure à la fois morale et sociale. L'oracle consulté rendit un verdict implacable : un homme, un habitant de Thèbes, souillait la ville par sa présence. Le meurtrier de Laïos était toujours vivant et se cachait parmi les habitants. Tant qu'il vivrait, la peste et la stérilité ravageraient la ville.

Œdipe mène alors l'enquête. Il veut trouver le meurtrier dont la présence contamine la ville et il lance sur lui la pire des malédictions. La tragédie de Sophocle se mue dès cet instant en une véritable intrigue policière dont l'étau se referme peu à peu sur Œdipe. Il apprend tout d'abord qu'il est lui-même le meurtrier de Laïos. Œdipe se sait désormais régicide, il ne se sait pas encore parricide. Mais la vérité et l'horreur cheminent dans la maison d'Œdipe. Déjà, Jocaste a pressenti la vérité. Elle fuit et elle se tue. Mais Œdipe, avec une délectation morbide, veut connaître jusqu'au bout, dans ses plus infimes détails, l'abomination de son sort. Il veut démonter impitoyablement tous ces mécanismes effarants qui ont fait successivement de lui un fils parricide, puis un fils incestueux. Il questionne, il harcèle, ne laissant rien dans l'ombre. Tous les témoins des moments cruciaux de sa vie, le serviteur de Laïos qui l'a vu tuer son maître, le berger qui lui sauva la vie en refusant de l'exposer dans la montagne, tous sont là, devant lui, à ses côtés, comme des témoins accusateurs. Tous voudraient se taire, oublier. Mais Œdipe force les consciences, traque la vérité dans ses moindres recoins. Il sait maintenant qui il est...

Jason et la quête de la Toison d'or

Le cycle légendaire des Argonautes est un des cycles les plus célèbres de l'Antiquité. Il joua un rôle analogue à celui d'Ulysse et de *l'Odyssée* mais Jason, n'ayant pas eu pour chanter ses exploits un poète de la taille d'Homère, demeura relativement dans l'ombre par rapport à Ulysse. De plus, la fameuse expédition des Argonautes à la recherche de la Toison d'or ne fut jamais codifiée de façon aussi rigoureuse que *l'Odyssée,* si bien que les variantes abondent et que, comme pour Héraclès, les exploits de Jason se sont trouvés disséminés chez quantité d'auteurs et mythographes antiques. La seule tentative littéraire destinée à unifier ce cycle légendaire fut celle d'Apollonios de Rhodes dans ses *Argonautiques*. Mais il vécut au IIIe siècle avant J.-C., c'est-à-dire beaucoup trop tard pour concurrencer la réputation de *l'Iliade* et de *l'Odyssée*. D'ailleurs, l'œuvre d'Apollonios ne possède ni la force d'évocation ni la rigueur poétique des textes d'Homère. Elle semble plus une compilation savante qu'une création littéraire. Ainsi, la plus célèbre aventure mythique des temps antiques ne parvint jamais à égaler — sur le plan littéraire — la renommée des aventures d'Ulysse, d'Œdipe ou de Thésée. Mais son contenu symbolique n'en est pas moins essentiel et c'est lui que nous résumerons ici.

Poséidon devint un jour follement amoureux de Théophanè, princesse thrace d'une grande beauté. Comme elle avait nombre de prétendants, le dieu la transporta dans une île mystérieuse du nom de Crumissa. Mais les prétendants découvrirent la cachette et Poséidon dut transformer la jeune fille en brebis pour la soustraire à ses poursuivants. Les habitants devinrent eux-mêmes des moutons et le dieu des eaux, un magnifique bélier! C'est sous cette forme qu'il s'unit à Théophanè et, de cette union, naquit un bélier divin d'une beauté merveilleuse, qui pouvait voler dans les airs et portait une toison d'or.

Ce bélier eut maintes aventures dont la plus connue est celle de Phrixos et de sa sœur Hellé. Ces deux jeunes gens, menacés par leur belle-mère, durent s'enfuir sur la mer, portés par le bélier. Phrixos parvint en Colchide mais Hellé se noya au cours de la traversée dans le détroit qui porte depuis lors son nom : l'Hellespont. Arrivé en Colchide, Phrixos fut reçu par le roi Æètès qui lui donna sa fille en mariage. Pour le remercier, Phrixos sacrifia le bélier et fit don au roi de la toison d'or, que celui-ci cloua sur un chêne dans une forêt consacrée au dieu Arès. C'est cette toison que Jason et les Argonautes eurent pour mission de rapporter.

Aller chercher une toison d'or dans un pays situé, pour ainsi dire, aux frontières du monde équivalait à un voyage initiatique. On imposait ce genre d'épreuve à ceux qui voulaient accéder à la royauté ou disposer du pouvoir suprême. Ce fut le cas de Jason qui, après avoir été élevé dans les forêts du Pélion par le centaure Chiron, revint à Iolcos, sa ville natale de Thessalie, pour réclamer le trône à son frère Pélias qui assurait la « régence » en attendant la majorité de Jason. Mais Pélias, qui avait goûté aux douceurs du pouvoir, refusa de rendre le trône à son frère. Il ne lui présenta pas les choses aussi crûment mais lui demanda seulement, avant de monter sur le trône, d'aller quérir la toison d'or du roi Æétès, en Colchide. Il va de soi qu'aux yeux de Pélias, Jason ne reviendrait jamais de cette expédition.

Jason accepta donc l'épreuve et réunit les compagnons nécessaires à l'entreprise. Leur nombre varie selon les versions du mythe mais il oscille en général entre cinquante et cinquante-cinq. Parmi eux se trouvaient Orphée, qui avait pour mission de scander par ses chants la cadence des rameurs, Héraclès et, dit-on, Thésée et Pirithoos.

Les compagnons abattirent les immenses arbres du Pélion et construisirent un navire qui reçut le nom d'Argo. La proue d'Argo avait été taillée dans un morceau du chêne sacré de Zeus à Dodone et la déesse Athéna l'avait douée de la parole. Argo était donc un navire parlant !

L'*Argo* prit le départ de Thessalie, au cours d'une cérémonie solennelle et se dirigea vers la Colchide, pays situé au bord de la mer Noire, dans la région du Caucase. Les Argonautes firent d'abord escale dans l'île de Lemnos qui n'était peuplée que de femmes auxquelles ils s'empressèrent de faire des fils. Puis ils relâchèrent dans l'île de Samothrace où ils furent initiés aux Mystères. Enfin, une aventure malheureuse et sanglante dans l'île de Cyzique, située dans l'Hellespont, l'actuelle mer de Marmara, les contraignit à chercher refuge en Mysie, sur la côte d'Asie Mineure. C'est là qu'Hylas, l'un des Argonautes, jeune homme fort prisé d'Héraclès, se noya accidentellement. Héraclès en fut si affligé qu'il abandonna l'expédition…

Jason et ses compagnons reprirent leur route vers la Colchide mais la tempête les jeta sur la côte de Thrace, dans le pays du devin Phinée. Ce devin était aveugle, comme la plupart de ses confrères, et condamné par les dieux à un châtiment singulier : chaque fois qu'il voulait manger, les Harpies — êtres mi-femmes, mi-oiseaux dont le nom signifie les *Ravisseuses* et qui jouaient un rôle important dans les croyances funéraires — se jetaient sur ses aliments et les emportaient. Ceux qui restaient étaient souillés par leurs excréments. Deux des Argonautes qui étaient fils du Vent et, comme tels, doués d'une rapidité prodigieuse, se jetèrent à la poursuite des monstres et parvinrent à les rattraper. Pour échapper à la punition, les Harpies promirent de ne plus tourmenter Phinée. Le devin révéla alors aux Argonautes — pour les remercier du service rendu — les dangers qui les guettaient dans leur expédition. Ils purent ainsi échapper aux plus graves d'entre eux, tout particulièrement aux roches Bleues.

Le principal obstacle du parcours était constitué en effet par deux rochers marquant l'entrée des Dardanelles, qu'on appelait les *roches Cyanées* (roches Bleues) ou encore *Symphlégades* (roches qui se heurtent). Il s'agissait de deux immenses écueils se refermant sur tout imprudent qui se risquait entre leurs masses. Les Argonautes prirent soin de lancer d'abord une colombe qui franchit le passage intacte, à l'exception de quelques plumes de sa queue. Le navire s'élança lui aussi et put franchir la passe, sauf que sa poupe fut légèrement endommagée. Les Argonautes se trouvèrent ainsi dans le Pont-Euxin — la mer Noire — et filèrent droit vers la Colchide.

Toutes ces épreuves n'avaient pour but que d'empêcher les compagnons de parvenir jusqu'en Colchide. Elles constituaient en somme le prélude à l'initiation véritable, permettant de conquérir la Toison d'or. Et au moment où Jason, enfin rendu à destination, s'apprête à s'emparer du trésor, on retrouve les mêmes épreuves révélatrices qui furent imposées, en d'autres lieux et temps, à Héraclès, Cadmos ou Thésée.

Jason dut d'abord dominer deux taureaux sauvages et monstrueux, aux sabots de bronze et aux naseaux crachant le feu et jamais il n'en serait venu à bout sans l'aide de Médée, la fille du roi. Mais c'est là un privilège commun aux héros pourfendeurs de monstres que de séduire au bon moment la fille du roi ! Médée, qui était experte en magie, en baumes, en poisons, en philtres de toute sorte, enduisit Jason d'une crème qui rendait invulnérable et il put, sans craindre les coups de corne, dominer les deux monstres et leur passer le joug. Avec cet attelage de fortune, il sema les dents du dragon de Cadmos et une foule d'hommes en armes jaillirent aussitôt du sol. Ils allaient se précipiter sur Jason et le hacher menu quand celui-ci, obéissant au conseil de Médée, jeta une pierre au milieu d'eux. Ils se précipitèrent alors les uns sur les autres et s'entre-tuèrent jusqu'au dernier. Il ne restait plus à Jason qu'à vaincre le dragon aux yeux toujours ouverts. Ce ne fut qu'un jeu pour Médée de concevoir un somnifère approprié. Ainsi Jason put-il prendre la Toison d'or et repartir vers la Grèce en emmenant Médée...

Le retour des Argonautes s'effectua de façon fort mouvementée. On y retrouve les mêmes aventures que celles d'Ulysse dans *l'Odyssée*, ou plutôt on retrouve dans *l'Odyssée* les mêmes aventures que celles des Argonautes car ces « chants du retour » — comme on appelait tous les cycles consacrés aux errances d'un héros vers son pays natal — sont bien antérieurs à ceux de *l'Odyssée*. Les thèmes célèbres de Circé, du pays des morts, des Sirènes et des monstres Charybde et Scylla se trouvent déjà dans le récit des Argonautes.

Jason quitta la Colchide avec ses compagnons sous les imprécations d'Ætès, le roi du pays. On imagine qu'il n'avait pas vu d'un bon œil un étranger venir dans son pays, s'emparer de la Toison d'or et, comble de sans-gêne..., s'en retourner en enlevant sa fille ! Le frère de Médée, Apsyrtos, se lança à leur poursuite et Médée, par amour pour Jason, se résolut à tuer son frère. La nef *Argo* s'engagea donc sur l'Ister (le Danube), prit ensuite le cours de l'Éridan (le Pô) et parvint dans la mer Tyrrhénienne. Curieux itinéraire, penserez-vous, pour regagner la Grèce ! C'est qu'en effet *Argo*, le navire doué de la parole, n'avait pas apprécié le meurtre d'Apsyrtos par sa sœur Médée. Il ne tenait nullement à porter dans ses flancs une femme qui avait versé le sang d'un frère — meurtre particulièrement horrible — et il refusa tout bonnement de prendre la direction de la Grèce tant que Jason et Médée ne seraient pas purifiés du meurtre ! Pour cela, une seule solution se présentait : aller trouver une tante de Médée, magicienne elle aussi, du nom de Circé, qui vivait dans le Latium. Argo prit donc cet itinéraire étrange, d'autant plus étrange qu'il était en fait impraticable. Mais à l'époque de la légende, on pensait que l'Ister et l'Éridan communiquaient entre eux et qu'il existait une voie fluviale permettant d'aller de la mer Noire dans la mer de Sardaigne...

Jason et Médée parvinrent donc chez Circé qui les purifia et leur indiqua les dangers qui les attendaient sur la mer : les Sirènes, monstres mi-femmes mi-oiseaux dont le chant paralysait le voyageur, les deux monstres Charybde et Scylla qui engloutissaient les imprudents dans leurs bouches, les îles errantes (îles Lipari) qu'on risquait de trouver devant soi à tout moment... Grâce aux conseils de Circé, les Argonautes eurent raison de ces obstacles. Orphée chanta si bien que les Sirènes elles-mêmes furent paralysées par son chant et qu'elles oublièrent de se jeter sur les navigateurs. C'est ainsi qu'ils parvinrent sains et saufs dans l'île des Phéaciens, où régnait le roi Alcinoos.

Là, Jason épousa Médée, comme il le lui avait promis en Colchide et la nef *Argo* reprit la route. Une nouvelle tempête jeta les navigateurs sur les côtes de Libye où, par chance, le dieu Triton les remit sur le bon chemin. Ils arrivèrent ainsi en Crète.

Le retour s'effectua dès lors sans obstacle. Si ce n'est qu'une nuit épaisse tomba sur le bateau, pendant qu'il traversait la mer de Crète. Jason supplia Apollon d'éclairer un peu son chemin. Un long trait de feu sillonna le ciel, illuminant une île blanche sur les flots où les Argonautes purent jeter l'ancre. Ils appelèrent cette île Anaphi (ou île de la Révélation). Elle est située un peu à l'est de Santorin dans les Cyclades.

Ulysse et les sirènes de l'oubli

L'Odyssée appartient plus à l'épopée qu'à la mythologie. Mais ce récit épique des errances d'Ulysse incorpore nombre de traditions mythiques déjà signalées à propos du retour de Jason et des Argonautes : les monstres de la mer (Sirènes, Charybde et Scylla), les roches errantes, la rencontre avec Circé la magicienne, à quoi *l'Odyssée* ajoute l'épisode du combat contre Polyphème, la visite au dieu Éole et le rapt des vaches du Soleil.

Revenir chez soi au terme d'une longue errance impose de vaincre avant tout les obstacles opposés par les dieux, par la mer, par les vents. Mais il faut vaincre aussi les tentations multiples qui se présentent en cours de route au voyageur. Sur le chemin d'Ithaque, des séductions se lèvent pour détourner Ulysse du but de son voyage. Ces séductions sont souvent plus dangereuses que les plus terribles des monstres car leur apparence est trompeuse. La lucidité et l'abnégation peuvent les vaincre, non la force ou la brutalité. C'est pourquoi Ulysse leur échappe alors que ses compagnons, plus frustes et moins avertis, se laissent prendre tour à tour à ces différents pièges et meurent en cours de route.

Parmi les monstres ne déguisant en rien leur apparence, figure en premier lieu le cyclope Polyphème. Cet être — dont l'œil unique brillant au milieu du front symbolise la rusticité — est l'incarnation des forces élémentaires de la nature, une créature sauvage analogue à celles qui proliféraient à l'aurore des temps. Son anthropophagie (il dévore successivement six compagnons d'Ulysse), son ignorance des effets du vin attestent qu'il n'est pas encore dégagé de l'animalité. Aussi Ulysse le vaincra-t-il par la ruse et l'intelligence, non par la force. Il enivrera le cyclope et transpercera son œil unique à l'aide d'un épieu rougi au feu. Puis il fuira avec ses compagnons en s'attachant au ventre des moutons parqués dans la caverne de l'ogre, ne laissant pour souvenir de son passage, ruse suprême ! qu'un nom trompeur — Personne — qui couvrira sa fuite et ses méfaits.

Charybde et Scylla — personnifications des tourbillons et des courants violents qui rendaient dangereuse la passe de Messine — n'avaient pas toujours eu cette apparence monstrueuse. Elle résulta d'un châtiment des dieux. Charybde, dit-on, avait dévoré une partie des troupeaux d'Héraclès quand le héros revint de son expédition au pays de Géryon. Elle fut alors réduite pour l'éternité à n'être plus qu'une bouche avide et insatiable, absorbant, à chaque flux et reflux de la mer, d'énormes quantités d'eau qu'il lui fallait régurgiter ensuite... En face d'elle, Scylla dévorait elle aussi allégrement tout ce qui passait à sa portée, par ses six gueules de chien.

Ulysse, là encore, n'échappera que par la ruse à ces monstres ainsi qu'aux autres périls du voyage, aux attraits séducteurs des criques où vit le peuple des Lotophages, au chant mélodieux des Sirènes, aux charmes de Circé.

Les Lotophages — ou mangeurs de lotus — vivaient sur la côte de Cyrénaïque. Ils se nourrissaient d'un fruit singulier qui faisait perdre la mémoire à quiconque en mangeait. On devine aisément le symbole qui se cache derrière cette affabulation : ce fruit d'oubli exprime la tentation de la douceur de vivre, du renoncement à l'épreuve. S'arrêter, manger, s'endormir dans la douce chaleur d'une crique... et oublier le salut de son âme.

La seconde tentation a le visage d'une femme : Circé la magicienne. Elle habitait, au fond d'un vallon forestier, un palais magnifique où elle prenait plaisir à recevoir les voyageurs égarés. Ainsi vit-elle arriver un soir, après une longue errance, les compagnons d'Ulysse : elle les fit asseoir, leur offrit un festin, leur donna une boisson magique dont elle seule possédait le secret et, le repas fini, les changea... en animaux divers, selon la nature de chacun. Ulysse, cette fois avec l'aide d'un dieu, Hermès, descendu tout exprès du ciel à son secours, déjouera les pièges de Circé. Hermès lui remettra une herbe magique qui combattra les effets de la boisson fatale. Ulysse conservera ainsi sa forme humaine et rendra ses compagnons à leur apparence première. Un pouvoir redoutable se profile derrière les charmes de Circé : celui de rendre manifeste, palpable, la part animale de l'homme. Mais le symbole est clair : la boisson magique de Circé, c'est le renoncement de l'homme s'abandonnant à ses instincts. Circé en réalité ne transforme personne, elle ne fait que redonner à chacun sa nature seconde, manifester ce qui restait enfoui dans les secrets de l'inconscient...

Les Sirènes tenaient de leurs mères les Muses d'étonnantes dispositions pour le chant et pour la musique. Elles sont, dans *l'Odyssée*, au nombre de deux mais les mythographes en ajoutèrent deux autres par la suite, ce qui permit de constituer un quatuor : pendant que deux des sirènes chantaient, la troisième jouait de la flûte et la quatrième de la lyre ! Que chantaient-elles ? Des mélodies qui avaient le don d'envoûter ceux qui les écoutaient. Attirés irrésistiblement par cet appel magique, ils se jetaient dans les serres des monstres qui les dévoraient sur-le-champ. On sait comment Ulysse échappa à ces charmes ; il se fit attacher au mât de son bateau, après avoir bouché de cire les oreilles de ses compagnons. Il put ainsi éviter les Sirènes tout en profitant de leurs chants ! Sous une forme plus poétique, ces monstres représentent en réalité le même appel de mort que les douceurs proposées par Circé : celui qui cherche sur les mers le pays de Sagesse ne doit pas s'arrêter dans l'antre des Sirènes, il y serait dévoré sur-le-champ, autrement dit son âme se dissoudrait dans les plaisirs illusoires du monde, sous l'appel de ces voix qui ne sont, justement, qu'un air sans réalité, un souffle sans substance !

Bien qu'ayant surmonté ces différentes épreuves, les compagnons d'Ulysse ne résistèrent pas à l'ultime danger rencontré sur leur route : les vaches du Soleil. Ces troupeaux paissaient dans une île du Sud consacrée au Soleil et nul ne devait y toucher. Mais les compagnons affamés se jetèrent sur les bêtes éblouissantes et les mangèrent. L'interdit frappant ces troupeaux — comme celui qui entourait l'arbre de l'Éden — provoquait la perte instantanée de quiconque le violait. Ainsi périrent les compagnons d'Ulysse au cours d'une tempête qui les noya tous, pour avoir absorbé la nourriture interdite aux humains, pour avoir succombé aux passions de leur corps.

Si chacun connaît les épisodes du retour à Ithaque, du massacre des prétendants et des retrouvailles avec Pénélope, on connaît moins l'ultime destin que les dieux réservaient à Ulysse. Car Ulysse ne restera pas à Ithaque. Sa quête reprendra sur un ordre des dieux. L'éternel errant devra quitter la mer, les pays proches de l'océan et rechercher, pour y mourir, un lieu où les hommes ignorent le mot magique : *thalassa* — la mer.

> « Lorsqu'en ton manoir tu auras tué les prétendants, par la ruse ou la force (lui annonce le devin Tirésias quand Ulysse descendit aux Enfers pour

consulter les morts et connaître son avenir, après son séjour chez Circé), il te faudra repartir avec ta bonne rame sur l'épaule et marcher tant et tant qu'à la fin tu rencontres des gens qui ignorent la mer et, ne mêlant jamais de sel aux mets qu'ils mangent, ignorent les vaisseaux aux joues de vermillon et les rames polies, ces ailes de navires...

» Veux-tu que je te donne une marque assurée, sans méprise possible ? Le jour qu'en te croisant, un autre voyageur demandera pourquoi sur ta brillante épaule est cette pelle à grain, c'est là qu'il te faudra planter ta bonne rame et faire à Poséidon le parfait sacrifice d'un bélier, d'un taureau et d'un verrat de taille à couvrir une truie. Tu reviendras ensuite en ton logis offrir la complète série des saintes hécatombes à tous les Immortels, maîtres des champs du ciel. Puis la mer t'enverra la plus douce des morts. Tu ne succomberas qu'à l'heureuse vieillesse, ayant autour de toi des peuples fortunés... »

HOMÈRE, *l'Odyssée*, trad. V. Bérard.

Les conquérants du ciel

La quête de l'immortalité peut s'effectuer encore par des voies plus directes. Puisque les dieux sont immortels, pourquoi n'irait-on pas, comme pour le feu ou pour l'alcool, leur ravir au sein même des cieux le précieux privilège ? Mais pour monter au ciel, il faut des ailes. L'homme n'en ayant pas, il lui faudra soit en inventer et se muer en oiseau — comme le firent Dédale et Icare — soit recourir aux services d'un animal ailé, comme Etana ou comme Bellérophon.

La *Légende d'Etana le Babylonien* est le plus

ancien exemple connu d'homme volant. Ce rêve, qui hanta les hommes dès l'aurore des temps, s'est trouvé exprimé dans cette légende babylonienne, retrouvée sur des tablettes cunéiformes datant de deux mille ans avant J.-C.

Etana était un roi babylonien. Un jour, il recueillit un aigle blessé, le soigna et lui rendit la liberté. L'aigle, pour le remercier, lui demanda ce qu'il voulait en récompense. Or Etana désirait justement, pour guérir sa femme, une herbe magique, propriété de la déesse Ishtar. Cette herbe était au ciel et l'aigle y emmena Etana. Solidement accroché à l'oiseau, le roi vit la terre s'éloigner, les montagnes devenir semblables à des collines, la mer se réduire aux dimensions d'un lac. Mais une fois passé l'étonnement premier, le vertige le prit soudain et Etana tomba du haut du ciel sur la terre.

Cette légende continua cependant de hanter les désirs de l'homme car on la retrouve sous des formes légèrement différentes en bien des textes du Proche-Orient antique. La Grèce elle-même inventa un mythe assez voisin mais beaucoup moins sommaire et plus chargé de sens symbolique, celui de Dédale et d'Icare.

L'histoire de Dédale n'est pas uniquement liée à celle du Labyrinthe de Crète. Dédale était un de ces hommes supérieurs aux dons et aux talents multiples et, à sa façon, un bienfaiteur de l'humanité, que nous pourrions ajouter à la liste énumérée plus haut, destinée à être gravée sur une stèle en quelque haut lieu du monde. Architecte, sculpteur, ingénieur, il avait fait nombre de découvertes qui lui avaient valu, non la reconnaissance de ses concitoyens d'Athènes, mais leur jalousie et leur haine. Il décida alors de s'exiler et se réfugia chez le roi Minos qui le prit aussitôt à son service.

Dédale arriva en Crète au moment précis où Pasiphaé venait de mettre au monde le Minotaure. Minos chargea alors Dédale de construire le fameux Labyrinthe pour abriter et enfermer le monstre. Quand par la suite Thésée vint le combattre, c'est Dédale qui donna à Ariane l'idée d'utiliser une pelote de fil. Minos l'apprit et enferma Dédale (et son fils Icare) dans la prison souterraine du Minotaure. À la sortie, Minos avait posté des gardes chargés de tuer les fugitifs. Force leur fut alors d'imaginer un autre moyen d'évasion : Dédale construisit des ailes qu'il fixa avec de la cire à ses épaules et à celles de son fils et prodigua ses conseils à Icare, avant de s'envoler : « Ne vole pas trop bas, lui dit-il, car tes ailes ne te soutiendraient pas. Ne vole pas trop haut non plus, car la chaleur du soleil ferait fondre la cire. »

Les deux hommes s'envolèrent et Dédale parvint d'une traite jusqu'à Cumes, en Italie, où il finit ses jours. Mais Icare, tout à la joie et à l'ivresse de son vol, se crut capable de parvenir jusqu'au ciel pour s'y mêler aux dieux. Il monta dans l'azur sans limites jusqu'au moment où le soleil fit fondre la cire de ses ailes. Icare s'abattit dans la mer qui porte aujourd'hui son nom, près de l'île d'Icaria, au sud de Samos. On y montra longtemps une tombe d'Icare où Dédale, de sa propre main, avait gravé la triste histoire de son fils.

Les mythologues se sont emparés très tôt de

cette légende qui présentait, surtout aux yeux des philosophes platoniciens, une admirable illustration des aventures de l'âme. Abandonnant la lourdeur et les ténèbres du corps matériel — symbolisés par le Labyrinthe, prison où l'âme tourne en rond —, celle-ci parvient à s'évader et à s'élever au-dessus de la terre, à gagner les espaces aériens du ciel. Là, libérée des contingences de la matière, elle peut contempler librement les splendeurs de la Divinité (symbolisées par le soleil). Mais au lieu d'adorer son créateur et son seigneur, elle perd ses ailes et retombe au cœur de la matière, dans l'océan où toutes les formes et toutes les vies se mêlent et se confondent.

Le troisième héros légendaire de l'Antiquité qui prétendit gagner le ciel fut Bellérophon, qui passait pour un fils de Poséidon. Les exploits de Bellérophon appartiennent à un cycle mythique assez proche de celui de Persée. Contraint de quitter Corinthe, Bellérophon fut envoyé en exil en Lycie, chez un roi du nom d'Iobatès qui l'utilisa à son service comme Eurysthée l'avait fait d'Héraclès et Polydictès de Persée.

Le premier travail de Bellérophon consista à tuer la Chimère. On retrouve là le thème bien connu de la lutte contre le dragon puisque la Chimère était un monstre féminin, fille de Typhon et d'Échidna. On la représentait généralement avec une tête de lion, un corps de chienne, des ailes et une queue de dragon. Elle crachait flammes et vapeurs en abondance et dévastait toute la Lycie.

Bellérophon aurait eu fort à faire pour venir à bout d'un tel monstre s'il n'avait rencontré soudain, tandis qu'il se trouvait près d'une fontaine, un cheval d'une beauté merveilleuse. C'était Pégase, le cheval ailé, né du sang de Méduse, que Bellérophon enfourcha sur l'heure et avec lequel il put tuer la Chimère. Par la suite, Bellérophon accomplit maints exploits toujours avec l'aide de Pégase et en conçut un tel orgueil qu'il voulut monter jusqu'au ciel. Mais Zeus le foudroya à mi-chemin et le héros retomba sur la terre.

À l'inverse des héros pourfendeurs de dragons, les conquérants du ciel échouent toujours dans leur entreprise. C'est qu'elle présume des forces et des pouvoirs humains et qu'elle est, par nature, entachée d'orgueil et de folie. Lutter contre le dragon est, pour tous les héros, une nécessité et une épreuve inéluctables. Monter au ciel est au contraire un choix volontaire et orgueilleux qui entraîne la colère des dieux et le châtiment du coupable. Mais malgré leur échec, ces héros volants ont sur les autres le privilège de l'absolu car ils sont les premiers à délaisser le domaine pesant de la terre pour tenter d'accéder d'emblée au monde immatériel du ciel et des esprits divins.

Les épreuves de l'âme

Tous les mythes que nous avons vus dans ces derniers chapitres — ceux d'Héraclès, de Persée, d'Œdipe, de Jason, d'Ulysse, de Bellérophon et d'Icare — sont avant tout des mythes héroïques relatant les aventures dangereuses d'un personnage hors du commun. Ce qu'ils subissent comme ce qu'ils dominent appartient à un monde surhumain avec lequel le commun des mortels ne saurait s'identifier le moins du monde. Aussi les mythologues, les poètes et les philosophes cherchèrent-ils presque toujours à humaniser ces exploits, à les rapprocher de l'aventure humaine et de l'expérience quotidienne des hommes. Pour cela, ils accentuèrent l'aspect naturaliste de ces mythes ou leur sens symbolique. Combattre une hydre aux cent têtes renaissantes est une aventure hors de l'humain. Mais assécher un marais aux sources innombrables ou lutter contre les instincts bestiaux de la nature humaine sont deux entreprises où l'homme se sent concerné. Elles appartiennent — sur le plan de la matière ou de l'esprit — au monde qui est le sien. Bref — car il est inutile de multiplier les exemples — les mythes furent de plus en plus conçus comme des messages qu'il fallait interpréter, des récits *dont la forme seule était étrange* et qui contenaient en réalité un sens et une histoire accessibles à chacun. C'est pourquoi les philosophes, à partir de Platon, virent de plus en plus dans ces mythes singuliers ou archaïques l'histoire déguisée (« codée » pourrions-nous dire) des pérégrinations de l'âme à la recherche de l'absolu, c'est-à-dire en général du paradis perdu ou du bonheur futur.

C'est ainsi, par exemple, que beaucoup de poètes et philosophes anciens interprétèrent l'histoire d'Hélène de Troie. Sa naissance divine, sa beauté surpassant celle des autres femmes et même celle des déesses, ses rapts successifs par Thésée puis par Pâris, son voyage au-delà des mers, son retour difficile, sa fin idyllique, tout cela symbolisait clairement — tout au moins aux yeux desdits philosophes — l'attirance exercée par l'âme divine sur les humbles mortels et les épreuves que sa possession entraînait fatalement. Une variante de la légende d'Hélène traitée entre autres par Euripide dans sa tragédie *Hélène*, dit que celle-ci n'alla jamais à Troie. Enlevée par Pâris, elle fut transportée en Égypte à la suite d'une tempête (l'Égypte, notons-le, passait dans l'Antiquité pour le pays de la sagesse) et les dieux façonnèrent alors un fantôme, une nuée, une ombre ayant les traits et l'apparence d'Hélène qui, elle, fut envoyée à Troie. D'autres traditions, postérieures à *l'Iliade*, firent d'ailleurs d'Hélène une créature non seulement désincarnée mais divinisée. Dans l'une de ces versions, elle finit ses jours, après la prise de Troie, dans une île des Bienheureux appelée l'île Blanche, que les mythes situaient en mer Noire. Là, dans ce lieu paradisiaque rappelant les splendeurs de l'âge d'or, Hélène vivait d'une vie éternellement heureuse, aux côtés d'Achille. L'alliance de la bravoure et de la beauté symbolisait ainsi, pour les mystiques anciens, l'union des deux vertus fondamentales de l'être. Hélène devint une déesse, vivant hors du temps, dans l'immortalité retrouvée.

Mais il est un autre récit, admirable et inégalé, qui narre les aventures de l'âme en termes clairs, par l'entremise d'une fable poétique dont l'allégorie est des plus évidentes. Cette légende — ou plutôt ce conte car il devint très vite un conte — est mentionnée par Apulée, auteur latin du IIe siècle après J.-C. dans un long ouvrage intitulé *les Métamorphoses* ou *l'Âne d'or*. Au cours de ce livre, le héros principal, homme métamorphosé en âne, en proie aux aventures les plus cocasses mais aussi les plus symboliques, entend de la bouche d'une vieille servante le récit des amours d'Éros et de Psyché.

Psyché est le nom grec de l'âme. Elle était fille de roi et elle avait deux sœurs. Mais elle était de loin la plus belle des trois, si belle et si radieuse que les prétendants venaient de tous les coins du monde pour l'admirer. Pourtant, dès qu'il l'apercevait, chaque prétendant se sentait comme paralysé : jamais une telle beauté ne pourrait lui être donnée en mariage. Et aucun n'osait la demander. Son père le roi se lamentait d'un tel destin : la beauté de sa fille allait-elle justement causer tous ses malheurs et ruiner leur vie ? Désespéré, il décida de consulter l'oracle et l'oracle lui prescrivit ceci :

> « Place sur un rocher, au haut d'une montagne, la jeune fille pompeusement parée pour un funèbre hymen. N'espère point un gendre issu d'un sang mortel, mais un monstre affreux, cruel et implacable, qui, porté sur des ailes à travers l'espace, sème le trouble en tous lieux, promène partout le fer et la flamme, qui fait trembler Jupiter même, qui est l'effroi des dieux, et devant qui le fleuve ténébreux du Styx recule d'épouvante. »
>
> APULÉE, *les Métamorphoses*, trad. P. Vallette.

Le pauvre roi fut effaré d'un tel oracle mais il se résigna à l'exécuter. Avec sa femme, il habilla sa fille de ses habits de noces, la mena jusqu'au rocher fatal et s'en alla sans même oser se retourner. Psyché, qui connaissait l'oracle, attendit, immobile, la venue de l'horrible monstre. Mais personne ne vint. Elle sentit seulement un vent léger la soulever dans les airs le long de la paroi rocheuse et la déposer dans un vallon ombragé où un palais merveilleux l'attendait.

Psyché regarde, admire, s'étonne. Quel être divin habite donc un tel palais ? Ses salles sont désertes et Psyché s'interroge quand une voix invisible murmure à son oreille : « Ce palais est le tien. Ta chambre t'y attend. Tous tes vœux y seront exaucés. Ordonne et je serai ta servante invisible. » De fait, à mesure que Psyché parcourt le palais, les portes s'ouvrent devant elle, une douce musique résonne dans les salles. Elle aperçoit sa chambre. C'est là, sans doute, que va venir l'horrible monstre auquel elle est promise. Et Psyché frissonne de peur et d'angoisse, au milieu des splendeurs et des richesses qui l'entourent.

Le soir vint. Psyché sentit alors près d'elle et sur son corps la présence et le poids d'un être entièrement invisible. Elle devint sa femme et son mari inconnu lui dit : « Chaque soir je viendrai et chaque aube je repartirai. Ne cherche jamais à savoir qui je suis et ne cherche jamais à me voir. Ne cherche pas non plus à revoir tes parents ni tes sœurs sinon la ruine et le malheur nous sépareraient à jamais. »

Psyché vécut ainsi un certain temps. Chaque soir son époux la pressait dans ses bras et repartait avant que le jour ne se lève. Psyché, seule tout au long de la journée, se languissait dans la demeure féerique. Et une nuit, elle fit promettre à son époux de l'autoriser à revoir ses sœurs.

Quand les sœurs de Psyché, qui étaient venues se lamenter près du rocher où on la croyait morte, virent dans quel lieu elle vivait, elles en conçurent une terrible jalousie. Elles devinèrent surtout, par des questions adroites, que Psyché leur cachait un mystère et qu'elle n'avait jamais vu son mari. En apprenant qu'elle était enceinte de lui, elles lui dirent : « Psyché, nous t'aimons trop pour ne pas te parler sincèrement. Le secret de la nuit doit cacher quelque grave mystère. Tu dois savoir qui est le père de ton enfant. Ne serait-ce pas le monstre affreux auquel t'avait promise l'oracle ? Dans ce cas, tu ne peux le laisser vivre une nuit de plus. Quand il viendra ce soir, cache une lampe et tâche de savoir qui il est. Et dès que tu le verras endormi, tue-le aussitôt. »

Psyché, impressionnée par les paroles de ses sœurs, suivit exactement leur conseil. Elle dissimula une lampe sous le lit et quand l'époux se fut endormi à ses côtés, elle prit la lampe et la leva. Mais au lieu du monstre affreux qu'elle s'attendait à voir, elle demeura muette de stupeur et de joie, car ce qu'elle voyait, c'était une créature de rêve qu'elle ne se lassait pas de contempler :

> « Elle admire cette tête éblouissante, cette opulente chevelure ruisselante d'ambroisie, ce cou d'une blancheur de lait, ces joues d'un vif incarnat, ces boucles de cheveux qui, dans un gracieux négligé, retombaient les unes sur le front, les autres en arrière. Leur éclat était si flamboyant qu'il fai-

sait vaciller la lumière même de la lampe. Aux épaules du dieu volage brillent des ailes couleur de rose et, bien que ces ailes soient en repos, les plumes légères et délicates qui les bordent s'agitent avec un voluptueux frémissement. Le reste du corps était lisse et de toute beauté, tel enfin que Vénus n'avait point à regretter de l'avoir mis au monde.

» Au pied du lit gisaient un arc, un carquois et des flèches, armes propices du dieu puissant. »

APULÉE, *les Métamorphoses*, trad. P. Vallette.

Psyché regarde, sans pouvoir s'en rassasier, l'époux merveilleux qui n'est autre qu'Amour. Elle en oublie le temps et la lampe qui brûle et voici qu'une goutte d'huile tombe sur le dieu et le réveille. Et le dieu trahi, dévoilé, s'envole aussitôt vers le ciel. De ce jour commencèrent les errances de Psyché à la recherche de l'Amour perdu.

Amour — ou Cupidon — était fils de Vénus. Sa mère, jalouse de la beauté de Psyché, avait chargé son fils de la percer de ses flèches terribles et de lui faire aimer l'homme le plus laid du monde. Amour avait donc volé vers Psyché pour la frapper de ses traits, lorsqu'elle était exposée sur le rocher, mais à sa vue il en devint lui-même amoureux ! Il ne pouvait se détacher de cette créature si parfaite qu'elle égalait et dépassait jusqu'aux déesses. Et voici qu'à présent, la curiosité de son amante le séparait d'elle à jamais !

La vengeance de Vénus va poursuivre Psyché. Elle part à sa recherche et Psyché, après avoir en vain demandé la protection de Cérès (Déméter) et de Junon (Héra), en est réduite à venir la supplier. Elle se présente aux portes de son palais et Vénus en fait son esclave, une esclave qu'elle va condamner aux plus difficiles et aux plus dangereuses besognes. Ainsi en est-il de l'âme engluée dans les passions matérielles et terrestres, de l'âme en proie à la curiosité, qui a violé les interdits des dieux...

Vénus ordonna d'abord à Psyché de trier un immense plat de grains de toute sorte qu'il fallait séparer selon leur nature... Travail impossible que jamais Psyché n'eût pu mener à bien si des fourmis n'étaient venues à son aide. En un instant, les grains furent séparés en tas distincts.

Après quoi, Vénus lui ordonna de rapporter les toisons d'or de brebis paissant près du palais. Alors les roseaux vinrent en aide à Psyché et la conseillèrent pour obtenir sans danger les flocons d'or des précieuses toisons. Furieuse de voir qu'elle avait de nouveau réussi cette épreuve, Vénus lui imposa alors d'aller puiser de l'eau dans le Styx, le fleuve infernal. Les sources de ce fleuve se trouvaient près d'un rocher inaccessible, gardé par des dragons féroces. Psyché allait renoncer à cette tâche impossible pour elle quand l'aigle de Zeus l'aperçut et la prit en pitié. Il alla lui-même puiser de l'eau qu'il remit à Psyché.

Vénus comprit que Psyché bénéficiait de complicités divines et décida de la soumettre alors à la plus terrible et la plus dangereuse des épreuves : descendre dans les Enfers et rapporter une boîte d'onguent magique que lui fournirait Proserpine (Perséphone). Cette fois, Psyché s'abandonna au désespoir. Jamais elle ne pourrait aller jusqu'aux

Enfers et jamais, en tout cas, en revenir vivante ! Trop d'obstacles, trop de monstres se dressaient sur la route menant au royaume des morts. Aussi, avisant une tour, y monta-t-elle avec l'intention de se jeter dans le vide et d'en finir avec cette vie d'épreuves. Mais la tour la prit en pitié elle aussi et lui expliqua — car cette tour parlait — le moyen de pénétrer dans les Enfers et de venir à bout des monstres.

Psyché put franchir ainsi les multiples obstacles de sa route, se faire remettre par Proserpine l'onguent réclamé par Vénus et revenir au jour. Mais là encore elle ne peut résister à la curiosité. Qu'y avait-il donc dans cette boîte ? Elle l'ouvrit et un sommeil mortel tomba sur elle. Victime une fois de plus de sa curiosité, Psyché s'affala sur le sol, inanimée.

Elle serait sans aucun doute descendue à jamais dans le sombre royaume des Enfers si Amour n'était parti à sa recherche. Il la voit étendue sur le sol, il comprend le drame et court rattraper le Sommeil qu'il enferme dans la boîte maudite. Aussitôt, Psyché revient à elle et reconnaît Amour. Et celui-ci, ivre de joie, court trouver Zeus et lui arrache la promesse de le laisser épouser Psyché.

Le sort de l'âme n'est-il pas celui de l'homme ? Celui-ci ne quête-t-il pas cette part divine qu'il sait enclose dans sa chair dont sa curiosité première l'a privé, en lui faisant violer l'interdit formulé par Dieu ? Ainsi les mythes décrivent-ils l'aventure de l'homme : façonné par un dieu mais rivé par sa faute à cette terre lourde et grossière, nanti d'une âme immortelle prisonnière d'un corps mortel, il lui faudra, pour retrouver la condition paradisiaque primitive, surmonter les épreuves dressées sur sa route, dont chacune le purifiera de ses éléments matériels : vaincre les dragons, savoir dominer ses passions et ne pas écouter les Sirènes, respecter les interdits, les secrets et ne pas cueillir le fruit défendu ou enlever les troupeaux du Soleil.

Ainsi seulement, en sachant se vaincre lui-même, l'homme pourra espérer vaincre également la mort et accéder à l'immortalité. Dragons, sirènes, monstres, chemins semés d'embûches des Enfers, regard pétrifiant de Méduse, roches errantes, eaux d'immortalité, toisons d'or, n'êtes-vous pas au fond les alliés — et non les ennemis — de l'homme puisque sans vous il ne pourrait acquérir les vertus suprêmes lui permettant de retrouver le ciel et le bonheur perdus ?

Livre troisième

LA FIN DU MONDE

1

LE DIEU QUI MEURT

Toute l'aventure mythique consiste, devant l'évidence de la mort, à lui opposer le défi de certains héros décidés à franchir les limites naturelles de la condition humaine. En se dressant contre les forces obscures qui le rivent à la terre, contre les monstres qui gardent les sources ou les herbes d'immortalité, il s'attaque en fait aux obstacles majeurs qui se dressent entre lui et le paradis entrevu. Mais que devient l'homme une fois la victoire obtenue ? Vers quoi le mène ce combat difficile ? Au seuil de quel monde insoupçonnable l'introduit-il ?

Dans ce domaine, il n'est plus possible de s'appuyer entièrement sur le témoignage des sens ni sur les fruits de l'expérience. Concevoir le sort futur de l'âme, décrire les tourments de l'enfer ou les délices du paradis, entrevoir l'évolution de l'univers lui-même, c'est faire œuvre d'imagination. Les mythes relatifs aux fins dernières de l'homme et du monde, mythes eschatologiques, ne peuvent s'appuyer sur aucun témoignage tangible ni aucune expérience *directe*. Ils sont une hypothèse jetée vers l'inconnu et non comme les mythes étiologiques une explication du connu. L'homme projette dans un monde futur et imprévisible ses désirs et ses peurs et les visions qui en résultent sont peut-être les plus purement mythiques qu'on puisse rêver. Ces mythes ne cherchent plus à expliquer mais à prédire. Et dans la mesure où l'homme se sent profondément engagé dans la voie qu'ils prescrivent, dans la mesure où il croit réellement à leur contenu, ces mythes agissent fortement sur sa vie, sur son présent et sur ses choix. C'est pourquoi, en dépit de leur caractère le plus souvent fantastique ou arbitraire, les mythes eschatologiques sont les plus essentiels et les plus riches de conséquences parce que la crainte de l'enfer ou le désir du paradis conditionne en réalité tout son comportement terrestre. *L'inconnu influence le connu, l'invisible ploie le visible sous le poids de son verdict impitoyable car les actes de l'homme ici-bas engagent son avenir céleste.* C'est une vérité qui se dégage de tous les mythes antiques et pas seulement des textes chrétiens. Le christianisme n'a fait qu'exprimer en termes plus clairs et surtout plus radicaux une vérité que l'homme antique et païen avait entrevue depuis toujours.

Pour imaginer l'inconnu, quoi de plus simple que d'y envoyer ces héros dont les combats contre les dragons ou les exploits divers avaient révélé le courage et surtout la perfection morale ? Ainsi, l'inconnu que représente la mort s'atténue et, tout en demeurant redoutable et redouté, le royaume de l'au-delà perd une partie de son effrayant mystère. Chaque religion, chaque peuple eut ainsi ses explorateurs, dieux ou héros précieux et vénérés puisque leur découverte permit ensuite de guider tous les hommes dans les ténèbres de cet autre monde et de se prémunir contre ses pièges et ses dangers. Qu'il s'agisse de combattre les dragons ou d'aller explorer les Enfers, les dieux montrent l'exemple et les héros, puis les hommes, les répètent.

Si le grain ne meurt…

L'histoire des dieux qui descendent dans les Enfers et reviennent vivants sur la terre nous est contée par des textes relativement tardifs, conçus en un temps où les hommes avaient donné à cette aventure cruciale une forme déjà élaborée. Mais il est curieux de se dire qu'il s'agit là de la formulation imagée et symbolique d'une aventure et d'un drame dont les protagonistes originels furent moins des êtres humanisés que… des végétaux. Là encore, il faut savoir lire entre les lignes de ces péripéties divines et retrouver, derrière leur affabulation, l'histoire du drame végétal. De nos jours les cycles des saisons, l'alternance du jour et de la nuit, la chute, puis le retour des feuilles sont des événements qui demeurent extérieurs à nous-mêmes. Il n'en était pas de même pour l'homme ancien qui perçut instinctivement que ces rythmes, ces cycles, ces alternances de mort et de vie concernaient sa propre existence et son propre destin. Parce que sa survie matérielle dépendait réellement de la germination des plantes, de la végétation renaissante et des phases de la lune — du moins le pensait-il — il associa tous ces phénomènes à l'image de son propre devenir.

Et se sachant soumis à un statut particulier, il imagina donc pour lui-même *un destin analogue mais non identique à celui des graines et des végétaux*. La force et les énergies encloses dans ces éléments, le principe vital faisant germer les graines, reverdir les arbres et renaître la lune furent assez vite assimilés à un être divin qui se dégagea peu à peu de sa gangue végétale pour prendre une apparence humaine.

Ainsi en fut-il de la Terre, divinité informe à l'origine qu'Hésiode assimile sous le nom de Gaia à une sorte de matrice infinie et qui fut peu à peu remplacée par la déesse anthropomorphe Déméter, déesse amie des hommes. Et de même, la puissance vitale et subjugante qui faisait sourdre la sève au cœur du bois inerte prit peu à peu la forme et l'apparence de Dionysos.

Les passions divines

À l'inverse des déesses agraires, Déméter, Ishtar, Cybèle qui descendent volontairement dans les Enfers à la recherche de leur fille ou de leur fils mort, les dieux de la végétation meurent, eux, de mort brutale. Ils sont arrachés à la vie brusquement, tués, dépecés, brûlés et disparaissent dans les ténèbres de la mort. Mais à la suite des soins vigilants prodigués par leur mère ou par leur amante, qui n'est souvent qu'une seule et même personne, ils reviennent à la vie soit sous forme de plante, soit sous leur forme humaine primitive. À l'instar des luttes contre le dragon, ce destin dramatique des dieux de la végétation possède dans chaque mythe des variantes qui rendent chacune un son particulier et cette variante, ce son, ce détail singulier marquent la voie spécifique par laquelle chaque peuple a choisi d'exorciser la mort.

Tammouz ou le berger divin

Le plus ancien, le premier sans doute de ces dieux livrés aux ténèbres des Enfers et appelés à renaître est le dieu Tammouz dont les femmes de Palestine, de Phénicie et de Mésopotamie pleuraient chaque année la mort. « Il m'emmena à l'entrée du porche du temple de Yahvé qui regarde vers le nord et voici que les femmes y étaient assises, pleurant Tammouz... », dira le prophète Ézéchiel. Ce dieu pleuré par les femmes sémites s'appelait en sumérien Dumuzi et on aimait à le représenter comme un berger aux mains et au front ruisselants de lait et de crème ! C'était un dieu de la fécondité, époux de la grande déesse Inanna-Ishtar. Cette déesse tour à tour enjôleuse et féroce, redoutée de Gilgamesh en personne, avait connu déjà nombre d'amants ou de maris et tous avaient subi un sort cruel. Brisés, assassinés, dévorés, ils s'étaient « retrouvés » aux Enfers, tués par l'amour exigeant de la Grande Déesse.

Un texte akkadien aussi célèbre que le *Poème de la Création* ou que *l'Épopée de Gilgamesh* relate ces noces cruelles. Il s'appelle *la Descente d'Ishtar aux Enfers* et provient, comme presque tous les textes akkadiens, d'une version sumérienne antérieure, *la Descente d'Inanna aux Enfers*.

Régner sur les vivants, faire pousser les moissons, ployer les hommes sous son joug impérieux ne suffit pas à la déesse Inanna-Ishtar. Elle veut régner également sur les morts et posséder ainsi la maîtrise du monde. Mais le monde des morts appartient à sa sœur, la reine Ereshkigal et celle-ci n'est nullement disposée à se laisser déposséder. Inanna-Ishtar descend donc à l'entrée des Enfers et, selon la version sumérienne, se présente à la première porte.

> « Ouvre la maison, portier, ouvre la maison !
> Ouvre la maison, et toute seule j'y entrerai ! »
> Neti, le chef portier des Enfers,
> Répond à la divine Inanna :
> « Qui es-tu, je te prie ?
> — Je suis la reine du ciel, le lieu où le soleil se lève.
> — Si tu es la reine du ciel, le lieu où le soleil se lève,
> Pourquoi donc venir ainsi au Pays sans retour ?
> Sur la route d'où le voyageur ne retourne jamais
> Pourquoi ton cœur t'a-t-il menée ? »

S.-N. KRAMER, *l'Histoire commence à Sumer.*

Inanna-Ishtar invente un prétexte : elle doit à tout prix voir sa sœur, la reine des Enfers. On lui donne donc l'autorisation d'entrer. Mais le monde des morts est bien protégé : il est entouré de sept murailles énormes et à chaque porte la déesse doit abandonner une partie de ses vêtements. À la première porte, on lui prend sa couronne, à la seconde sa baguette magique, à la troisième ses pierres de lapis-lazuli, à la quatrième ses bijoux protecteurs, à la cinquième son anneau d'or, à la sixième son pectoral, à la septième sa robe. Elle se retrouve ainsi devant sa terrible sœur entièrement nue :

> Courbée très bas, elle fut amenée nue devant Ereshkigal.
> La divine Ereshkigal prit place sur son trône.
> Les Anunnaki, les sept juges,
> Prononcèrent leur jugement devant elle.
> Elle fixa son regard sur Inanna, un regard de mort,
> Elle prononça une parole contre elle, une parole de colère,
> Elle poussa un cri contre elle, un cri de damnation :
> La faible femme fut transformée en cadavre
> Et le cadavre fut suspendu à un clou.
>
> S.-N. KRAMER, *l'Histoire commence à Sumer.*

Voici donc Inanna-Ishtar morte et pendue à un clou au cœur même des Enfers ! Sur la terre, tout meurt et dépérit. Les plantes s'étiolent, l'eau n'irrigue plus les champs, la vie quitte peu à peu la glèbe et les dieux s'en émeuvent. Que vont-ils devenir si les champs ne produisent plus rien, si les hommes ne peuvent plus leur sacrifier du bétail ? Aussi le roi des dieux, Enki, façonne-t-il avec de l'argile deux êtres qu'il dépêche dans les Enfers et à qui il remet « la nourriture de vie » et « le breuvage de vie ». Ils parviennent jusqu'à la déesse et l'aspergent avec l'eau magique. Et Inanna-Ishtar revient à elle. Mais la loi des Enfers est formelle : si la déesse remonte au jour, quelqu'un d'autre doit prendre sa place dans le royaume des morts.

Inanna se promène donc sur la surface de la terre, escortée de petits et de grands démons infernaux, à la recherche de quelqu'un pour la remplacer aux Enfers. Bien entendu, chacun se terre ou s'enfuit à l'approche du terrible cortège ! Un seul être n'est pas effrayé, un seul être est même heureux de retrouver Inanna, c'est son époux, le dieu Dumuzi qui, ne se doutant de rien, s'empresse à sa rencontre. Alors, dès qu'elle aperçoit son mari,

> Inanna fixa sur lui son regard, un regard de mort,
> Elle prononça une parole contre lui, une parole de colère,
> Elle poussa un cri contre lui, un cri de damnation :
> « C'est lui, emportez-le ! »
> Ainsi la divine Inanna remit entre les mains de ses démons le berger Dumuzi.
>
> S.-N. KRAMER, *l'Histoire commence à Sumer.*

Celui-ci aura beau supplier, pleurer, en appeler aux autres dieux, il lui faudra descendre dans le sombre royaume, tandis qu'Inanna-Ishtar se prélassera sur la terre dans les délices et les voluptés de la vie retrouvée !

Osiris ou le dieu démembré

La « passion » du dieu égyptien Osiris est peut-être la plus émouvante de l'Antiquité. Conçue aux origines de l'histoire égyptienne, reprise et enrichie au cours des siècles, elle a constitué le plus populaire des thèmes religieux de l'ancienne Égypte. Connue d'abord par les *Textes des Pyramides* (qui datent de l'Ancien Empire) puis par un *Hymne à Osiris* plus récent, par les *Lamentations d'Isis et de Nephtys,* cette histoire fut entièrement popularisée à la fin du Nouvel Empire par un conte intitulé *Histoire d'Horus et de Seth*. Mais le thème intéressa jusqu'aux étrangers puisque Plutarque dans son livre sur *Isis* nous a laissé un récit très beau et très complet de la légende d'Osiris telle qu'on la connaissait en son temps. Plutarque ajoute même dans son œuvre des détails très révélateurs qui ne figuraient pas dans les versions plus anciennes.

À l'origine du mythe d'Osiris se profilent deux grands dieux égyptiens : Geb et Nout, la Terre et le Ciel. Ils eurent quatre enfants : deux fils, Osiris et Seth, et deux filles, Isis et Nephtys. Isis épousa son frère Osiris et Nephtys épousa Seth. Cet inceste ne doit pas surprendre, du moins dans un mythe égyptien. La tradition religieuse et sacrée autorisait en effet les dieux — et leur incarnation terrestre, le pharaon — à épouser leurs sœurs. Osiris, étant Famé de la « famille », devint ainsi le premier roi de la terre. Il enseigna aux hommes les principes de la civilisation, leur apprit tout ce qui était juste et bon et sous son règne l'Égypte connut la plénitude du bonheur. *L'Hymne à Osiris* le montre apparaissant « sur le trône de son père comme le soleil lorsqu'il se lève à l'horizon pour donner la lumière à tout ce qui était dans l'obscurité ». C'est lui qui « arracha les Égyptiens à leur existence de privations et de bêtes sauvages, leur fit connaître les fruits de la terre, leur donna des lois et leur apprit à respecter les dieux. Plus tard, il parcourut la terre entière pour la civiliser». Hommes et dieux chantaient sa gloire en cet âge d'or que fut le règne du premier roi. Un seul pourtant ne participait pas à ces concerts de louanges et c'était Seth, le propre frère d'Osiris. Était-ce par jalousie? Était-ce en raison d'une méchanceté innée qui s'avérera de plus en plus irréductible dans la suite des temps? Toujours est-il qu'à l'image de Caïn tuant son frère Abel — mais n'oublions pas que le mythe égyptien est antérieur de plus de mille ans à l'histoire biblique — Seth tua son frère Osiris. Il s'empressa de dépecer le cadavre et d'en disperser les morceaux à travers l'Égypte.

Isis partit alors à la recherche du cadavre. Elle erra longtemps, en compagnie de sa sœur Nephtys et quand elles découvrirent les restes de son corps, toutes deux s'assirent à même le sol et entonnèrent la première lamentation funèbre qui ait retenti sur la terre d'Égypte:

> Viens à ta demeure, ô bel adolescent,
> viens à ta demeure pour me voir!
> Je suis ta sœur que tu aimes,
> ne t'écarte pas de moi, ne t'en va pas.
> Ô bel adolescent, viens à ta demeure...
> Je ne te vois pas mais mon cœur
> aspire à te rejoindre
> et mes yeux te réclament...
> Viens vers celle qui t'aime,
> qui t'aime, ô bienheureux!
> Viens auprès de ta sœur,

ta sœur qui est ta femme,
toi dont le cœur ne bat plus...

La Religion des Égyptiens, d'après A. Erman.

Les lamentations d'Isis finirent par émouvoir Rê, le maître des dieux, qui délégua sur la terre son fils, le dieu Anubis à tête de chacal. Anubis entreprit les funérailles d'Osiris. Il rassembla d'abord les morceaux épars de son corps, enveloppa le cadavre reconstitué avec des bandelettes et l'embauma.

Alors, Isis se pencha sur lui, s'agenouilla à son chevet et battit des ailes au-dessus de son époux. Et la vie revint lentement dans le corps d'Osiris, il ouvrit les yeux, il bougea la tête, il reconnut Isis. Celle-ci s'empressa de s'étendre sur lui, et elle fut enceinte aussitôt de la semence du dieu ressuscité. Et quand l'acte ultime fut ainsi accompli, le dieu Rê redonna entièrement vie à Osiris et l'envoya régner dans le pays des morts. De ce jour, Osiris devint le Seigneur des ténèbres, il règne sur les âmes des défunts, il préside le grand tribunal qui juge chacun dès sa « sortie de vie ».

Après le départ d'Osiris pour son nouveau royaume, Isis dut fuir les poursuites de Seth qui, en apprenant la résurrection de sa victime, était entré dans une colère terrible. Sachant aussi qu'Isis attendait un enfant d'Osiris — et donc un prétendant au trône — il traqua la déesse à travers toute l'Égypte et Isis, pour fuir sa haine, dut se cacher dans les marais du delta. C'est là qu'elle accoucha clandestinement d'Horus et qu'elle l'éleva en secret, en veillant sur ses jeunes années.

Horus grandit dans les marais. Sa mère, dès qu'il fut en âge de comprendre, le mit dans le secret de sa naissance et il décida de venger son père et de combattre Seth.

La lutte des deux divinités fut terrible et atroce. Horus fut finalement vainqueur mais il perdit un œil que Seth lui arracha au cours de la mêlée tandis que Seth lui-même était émasculé. Horus, fils d'Osiris, prit la place qui lui revenait sur le trône paternel et fut proclamé « deuxième roi de la terre ». Mais Seth ne se tint pas pour battu et porta plainte contre Horus devant le tribunal des dieux. Faute de pouvoir lui prendre sa vie, il chercha à lui prendre son trône. Mais les dieux confirmèrent après un long procès la royauté d'Horus, qui demeura seul roi de toute l'Égypte.

Ressuscité, Osiris devenait pour tous la garantie d'une survie possible dans l'au-delà et les rites accomplis sur son cadavre le modèle et le moyen d'échapper à l'emprise et à l'anéantissement de la mort.

Pendant des siècles, les hommes et les femmes d'Égypte façonnèrent chaque année, au quatrième mois de l'année égyptienne, quand les eaux du Nil refluaient et ouvraient la terre aux cultures, de petites figurines en argile ayant la forme d'Osiris et y semaient des grains. Ces grains germaient et un minuscule fourré poussait en conservant la forme de la statuette. Le dieu mort renaissait et l'on plaçait parfois ces figurines dans les tombes en gage de résurrection. Ainsi le destin du dieu tué et ressuscité s'associait-il dans la conscience et la sensibilité populaires à la promesse d'une vie renouvelée de la terre et de l'âme.

Attis ou l'arbre ensanglanté

La «passion» des dieux orientaux apparaît, à côté de celle d'Osiris, grossière et brutale. La tendresse, les sentiments nobles, l'amour maternel et filial qui remplissent le drame égyptien n'ont plus cours dans les sombres légendes d'Adonis ou d'Attis, reflets des rites violents par lesquels les populations d'Asie Mineure et d'Anatolie célébraient les cultes de la fécondité. Sang, cruauté, barbarie contribuent à donner à ces rites et aux mythes qui en sont l'expression un aspect terrifiant et quelque peu sadique. Sans qu'on sache véritablement pourquoi, ces régions de la terre furent le lieu de prédilection de ces rites sanguinaires au cours desquels immolations d'enfants et automutilations étaient pratiques courantes.

La naissance du dieu Attis s'opéra selon un processus des plus singuliers. Un jour, Zeus fit un rêve érotique au cours duquel il laissa échapper sa semence. Elle tomba sur la terre et engendra un être hermaphrodite du nom d'Agdistis.

Il était si beau que les dieux en devinrent fort jaloux. N'allait-il pas, par sa beauté, séduire leurs divines épouses ? Aussi, sans la moindre hésitation ni le moindre remords, décidèrent-ils d'émasculer Agdistis qui, du coup, devint femme. Le membre tranché tomba à terre, et germa. Et il en sortit un arbre, en l'occurrence un amandier.

Quelque temps plus tard une nymphe au nom prédestiné de Nana éprouva l'envie de manger une amande. Désir innocent — plus innocent que celui d'Ève — mais qui fut lourd de conséquence car elle devint enceinte de l'amandier et mit au monde Attis.

Cet Attis, fils d'un arbre et de la nymphe Nana, grandit naturellement dans la forêt et devint d'une beauté merveilleuse. Si merveilleuse qu'Agdistis l'aperçut et en tomba éperdument amoureuse ! Et aimer, en tant que femme, le propre fils qu'on a engendré en tant que père — et ce, sous forme d'arbre — est évidemment une situation pour le moins singulière !

Donc, Agdistis tomba amoureuse d'Attis qui repoussa toutes ses avances ; Agdistis le frappa de folie et le contraignit à s'émasculer. Et — comble de raffinement ou d'horreur ! — Attis s'émascula précisément sous l'amandier dont il était issu, « forme végétale » de son propre père. C'est du sang de sa blessure que naquirent d'ailleurs ces petites fleurs sombres autrefois blanches et qui s'appellent depuis... violettes.

Ajoutons, pour clore cette étrange histoire, qu'Agdistis demeura inconsolable de la perte d'Attis, car il mourut des suites de sa blessure, et qu'elle obtint des dieux que son corps ne pourrirait jamais. Mieux, ses cheveux continuèrent à pousser pour l'éternité et son petit doigt... à bouger !

Cette légende sanguinaire et fascinante était probablement destinée à expliquer les rites d'émasculation qui se pratiquaient au cours des cultes de

Cybèle, la grande déesse de Phrygie. Ces rites, totalement incompréhensibles pour nous en dehors du climat de frénésie et des scènes de possession qui caractérisaient ces cérémonies, suscitèrent précisément nombre de légendes explicatives, seules capables, en fournissant un « modèle » divin, de justifier et aussi d'encourager ce comportement aberrant. Précisons qu'après l'émasculation — qui était la condition nécessaire et préalable pour devenir prêtre de Cybèle — les initiés qui survivaient à leur blessure portaient des habits féminins pour le reste de leurs jours et qu'ils pleuraient Attis, chaque année, comme les femmes pleuraient Adonis…

Zagreus ou les enfances divines

La « passion » des dieux grecs a conservé quelque chose de ces thèmes barbares et cruels. En pleine époque classique, le culte de Dionysos, tel qu'il était pratiqué par les confréries de bacchantes, comportait des courses échevelées, des scènes de possession et des pratiques *d'omophagie*, c'est-à-dire de victimes animales consommées crues. Mais philosophes et poètes transmuèrent très vite en symboles mystiques les aspects les plus barbares de ces légendes et firent de Dionysos un dieu souffrant et démembré retrouvant par la suite, comme Osiris, son intégrité corporelle. C'est pourquoi Dionysos fut aussi un dieu explorateur du pays des morts, le premier à descendre aux Enfers. Il avait pour mère Sémélé, cette nymphe qui mourut foudroyée pour avoir demandé à Zeus de se montrer à elle dans toute sa splendeur. Dionysos était donc descendu aux Enfers pour y chercher sa mère.

Revenons un peu sur cette naissance singulière de Dionysos, né de la cuisse de Zeus après le foudroiement de Sémélé. On racontait en effet en Grèce à ce sujet une légende plus ancienne mais très voisine, relative à un dieu du nom de Zagreus, qui passait pour la première incarnation de Dionysos.

Zagreus était le fils de Zeus et de Perséphone. Le roi des dieux, pour l'engendrer, avait pris l'apparence d'un serpent et ce simple fait montre déjà qu'il s'agit d'un mythe archaïque. L'enfance de Zagreus, comme celle de Zeus lui-même, de Dionysos ou d'Horus, avait été tragique. Poursuivi par la jalousie d'Héra, le petit Zagreus avait dû se cacher dans les forêts du Parnasse où Zeus le confia aux Curètes, démons de nature plutôt bienveillante qui avaient déjà protégé sa propre enfance.

Dès que Zagreus fut plus grand, Héra parvint à retrouver sa trace et envoya contre lui les Titans. Zagreus, pour leur échapper, se métamorphosa en taureau mais les Titans purent s'emparer de lui, le dépecer et disperser ses morceaux à la surface de la terre. Athéna, accourue au secours de Zagreus, ne put retrouver que son cœur, qui palpitait encore! Le mythe, à partir de ce stade, connaît deux versions différentes: ou bien Zeus parvient à ressusciter les morceaux de Zagreus — qu'Athéna ou Déméter a recherchés et réunis — ou bien il se contente de donner le cœur encore vivant à Sémélé qui le dévore et enfante ainsi Dionysos !

Baldr ou le dieu vaincu

Les Nordiques ont eu, eux aussi, leur dieu de mort et de résurrection. Dans cet univers de violence, de guerre, de géants et de monstres, sa figure émerge comme une lumière douce et calme, comme un message de justice et de générosité face à la rapacité et à la brutalité des autres dieux. Il s'appelle Baldr (ou Balder) et il est fils d'Odin et de Frigg, la grande déesse nordique.

Dans ses *Eddas,* Snorri Sturluson le décrit comme un dieu dont la beauté et la sérénité s'imposent à tous.

La vie de Baldr se déroulait dans la joie, la paix, la pureté, lorsqu'un jour il fit un cauchemar qui le remplit d'appréhension. Il alla trouver Frigg, sa mère, pour lui faire part de son angoisse et celle-ci décida de protéger son fils et de le rendre invulnérable.

Pour cela, elle fit prêter serment à tous les dieux, à tous les êtres vivants, et à tous les objets de ne faire aucun mal à Baldr.

Un seul dieu n'appréciait guère le nouvel avantage acquis par Baldr et ce dieu s'appelait Loki. On connaît sa malignité et sa ruse sans cesse en éveil. À l'instar de Seth jaloux des privilèges d'Osiris, Loki devint furieux de l'attention portée à Baldr par les autres dieux. Il décida alors de mener une enquête auprès de tous les êtres vivants et de tous les objets et questionna habilement la déesse Frigg. Celle-ci, sans soupçonner les intentions perfides de Loki, lui avoua qu'une seule plante n'avait pas prêté le précieux serment : « Il y a une jeune pousse de bois qui grandit à l'est du Walhalla et qu'on appelle Mistiltein, pousse de gui. Elle m'a semblé trop jeune pour que je lui réclame son serment. »

Loki comprend d'emblée que ce gui sera le point faible de Baldr. Il en cueille un rameau et le tend à Hodr, un fils d'Odin aveugle qui, sans soupçonner lui non plus la perfidie de Loki, frappe le dieu avec le rameau. Et voici que Baldr s'effondre sur le sol, tué par le seul objet qui n'avait pas prêté serment.

Les dieux sont consternés. Le meilleur d'entre eux gît à terre. Ils décident alors d'enterrer Baldr. Ils le portent au bord de la mer sur un vaisseau qui doit devenir son bûcher funèbre mais les éléments, la nature, l'univers entier sont si tristes qu'ils ne veulent pas enterrer Baldr. Et le bateau lui-même refuse de voguer vers le large.

Pour le décider, les dieux durent faire appel à une géante qui vint « montée sur un loup avec des vipères pour brides » ! Frigg, la mère de Baldr, demeura inconsolable. Elle ne pouvait se résigner à la perte du meilleur de ses fils et promit ses faveurs à quiconque aurait le courage de descendre chez la déesse Hel, la reine des Enfers, pour la supplier de rendre Baldr à la lumière. Un dieu du nom d'Hermod — fils d'Odin lui aussi — s'offrit à tenter l'expérience et partit pour le sombre royaume de Hel.

> « Il chevaucha durant neuf jours et neuf nuits dans des vallées sombres et profondes. Il ne vit la lumière qu'en arrivant près d'une rivière appelée Gjall et en passant sur le pont qui était d'or luisant. Une walkyrie gardait le pont. Elle lui dit : "Tu fais autant de bruit que cinq bandes de morts qui sont passées hier. Tu n'as pas la couleur des morts. Qui es-tu ?" »
>
> S. STURLUSON, *Eddas*, trad. R. Don Pujet.

Hermod lui raconta donc sa mission. La walkyrie lui montra le chemin. Il arriva devant une haute clôture ceinturant le palais de Hel. D'un saut prodigieux, le cheval la franchit et Hermod entra chez la déesse. Il aperçut Baldr, assis sur un siège d'honneur et Hermod exposa à Hel le but de son voyage. Hel consentit à libérer Baldr « si tous les vivants le pleurent véritablement, si tous les vivants sans exception le réclament ». Hermod revint donc vers la lumière, exposa les conditions du retour de Baldr à la vie et partout, sur la terre, les vivants entonnèrent des lamentations et pleurèrent sur la mort de Baldr. Partout, « les hommes, les animaux, la terre, les pierres, les arbres pleurèrent Baldr. Les métaux firent de même. Et depuis ils font de même chaque fois qu'ils passent du froid au chaud ».

Si les minéraux et les métaux eux-mêmes se mirent à pleurer Baldr, il y eut pourtant une créature qui refusa de porter son deuil, une vieille sorcière du nom de Thokk qui n'était autre que Loki métamorphosé en vieille femme. Ainsi, par la faute d'une seule créature, Baldr dut rester à jamais aux Enfers. À jamais ? Pas tout à fait car un jour viendra où il remontera à la lumière du jour, après le Crépuscule des dieux, quand la terre régénérée surgira à nouveau neuve et féconde, de l'océan où toute vie se fait et se défait…

2

LA DESCENTE AUX ENFERS

La «passion» des divinités qui meurent et ressuscitent indiquait aux hommes une des formes possibles de leur destin. Elle était l'image exemplaire de leur condition et aussi une consolation certaine : la mort peut être vaincue et la survie de l'homme possible puisque les dieux y sont parvenus. Mais l'homme n'est pas un dieu, ni même un héros, et cette consolation était toute relative : la résurrection et l'immortalité étaient-elles possibles pour tous ou seulement réservées à certains êtres supérieurs ? Il va de soi qu'une telle question met en cause le type de culture dont elle procède et que tous les peuples — et donc tous les mythes — n'y ont pas répondu de la même manière. Dans les sociétés fortement hiérarchisées, où chefs, princes, prêtres et devins, bref tous les personnages disposant d'un pouvoir spirituel ou matériel sont tenus pour des êtres en rapport étroit avec la divinité — quand ils n'en sont pas l'incarnation terrestre ou les descendants —, une telle survie était fatalement réservée aux chefs, et le commun des mortels ne pouvait y prétendre. En

Égypte, par exemple, le pharaon, incarnation directe du dieu Rê, ne mourait pas, au sens propre du mot mais redevenait un dieu après sa mort. Et il pouvait élire parmi ses serviteurs ceux dont il désirait s'assurer la compagnie dans l'au-delà, leur conférant ainsi le privilège de l'immortalité. En somme, les Égyptiens projetaient dans l'autre monde les hiérarchies de leur vie terrestre. L'injustice se perpétuait ainsi éternellement. C'est pourquoi les officiers, les intendants du palais, les prêtres et tous ceux qui en avaient les moyens se faisaient enterrer le plus près possible du sépulcre royal, dans l'idée qu'ils profiteraient ainsi des privilèges réservés au pharaon et deviendraient eux aussi immortels !

Il va de soi que cet élitisme, qui fut sans doute fréquent à l'origine, ne pouvait toutefois résister à l'évolution des idées. Les mythes que nous connaissons appartiennent tous à des époques où il n'avait plus cours et où chacun pouvait « disposer » de la survie, quelle que fût sa condition sociale sur la terre. Mais avoir le droit de survivre — ou, en d'autres termes, posséder une âme immortelle — n'impliquait pas le même sort pour tous dans l'au-delà. Une fois ce principe essentiel acquis, il restait à définir la forme et les conditions de cette survie et l'on vit surgir alors une autre hiérarchie qui s'opéra non plus en fonction de critères sociaux mais en fonction de critères moraux. C'est là qu'interviennent les mythes d'immortalité : lutte contre le dragon, initiation, épreuves qui indiquent la voie à suivre et dressent une sorte d'inventaire des conditions morales à remplir. Et là où ce genre d'épreuves n'a pas cours, on les remplacera par une procédure différente mais dont le sens profond demeure le même : le jugement des âmes. L'âme du mort sera jugée en fonction de ses actes terrestres avant de prétendre accéder aux délices de l'immortalité. La vie menée sur terre deviendra en somme le principal critère de celle que l'on mènera dans l'au-delà et ce critère deviendra si net et si impérieux qu'on assistera, dans les pays bibliques notamment, à un véritable renversement des valeurs : ce ne seront plus les puissants de ce monde (ceux que l'Évangile appelle les « premiers ») qui auront droit d'emblée au paradis mais au contraire les pauvres et les faibles. La vie *post mortem* deviendra le reflet inversé de la vie sur la terre.

Le royaume de la mort

L'existence de l'âme est inhérente à toutes les légendes relatives à la création de l'homme : l'argile du corps humain a été animée, vivifiée par un élément ou un principe divin — sang, souffle ou parole — et ce principe explique son existence et son origine. L'âme vient du souffle divin, elle est une parcelle de Dieu incluse en l'homme.

La plupart des mythes ont représenté l'âme comme une sorte de double, immatériel ou partiellement matériel du corps humain, ayant la consistance d'une ombre, d'une nuée ou d'une forme évanescente, sans pesanteur réelle et se détachant de l'homme à l'instant de sa mort pour errer un temps près du cadavre ou gagner aussitôt le pays des morts. D'une façon générale, il est probable que les visions des rêves et du demi-sommeil, les hallucinations visuelles et auditives — phénomènes auxquels les peuples anciens attribuaient une valeur objective — ont pu suggérer la double idée que l'âme subsistait après la mort du corps, puisqu'on voyait des défunts dans les rêves, et que cette âme avait *à peu près* la même apparence que le corps. Un passage de *l'Iliade* permet d'ailleurs de saisir sur le vif la naissance de cette idée, quand Achille, bouleversé par la mort de son ami Patrocle, voit son double lui apparaître en songe et lui réclamer une sépulture :

> « Pourquoi, tête si chère, es-tu venue ici, et me fais-tu chacune de ces invitations ? Pour moi, c'est sans réserve que j'accomplirai tout et que j'obéirai, comme tu le prescris. Mais viens plus près de moi ; embrassons-nous un instant et satisfaisons au plaisir douloureux de gémir.
>
> » Ayant ainsi parlé, il étendit les bras, mais il ne saisit rien. L'âme, telle une fumée, s'était enfuie sous terre avec un cri aigu. Stupéfié, Achille se leva, se frappa dans les mains, et dit ces mots plaintifs :
>
> » Hélas ! Il est donc vrai qu'il existe, même dans la maison d'Hadès, une âme et un fantôme, mais sans aucun organe corporel. Car toute la nuit, l'âme du malheureux Patrocle s'est tenue près de moi, gémissante et pleurante ; elle me dictait chacune de ses recommandations, et ressemblait merveilleusement à lui-même. »

HOMÈRE, *l'Iliade*, trad. M. Meunier.

Cette conception de l'âme — double presque immatériel de l'homme — devait fatalement conduire à imaginer quelque part un pays des morts. Les âmes n'ont pas plus de raison de vivre seules que les corps qu'elles animaient de leur vivant. Aussi pensa-t-on à des communautés des morts où les âmes se réunissaient et «vivaient» toutes ensemble, sous la loi et le règne d'un dieu ou d'une déesse des morts. Ce pays, les mythes le situent dans des endroits divers dont le seul trait commun est d'être inaccessibles — sauf à quelques héros. Il peut être soit dans une île isolée au milieu des flots — idée fréquente chez les peuples marins ou vivant à proximité de la mer — soit du côté de l'occident où le soleil se couche, puisqu'il est censé aller visiter les morts pendant la nuit. Il peut enfin être situé quelque part sous la terre, idée fort naturelle et simple mais qui suppose, en fait, un certain nombre de conditions. Elle suppose, entre autres, l'inhumation des morts — les morts incinérés dont les cendres sont dispersées au vent s'en allant de préférence au ciel, sur la lune, dans les astres ou la Voie lactée — et ce, dans des lieux collectifs (cimetières et nécropoles) car les peuples primitifs inhumant leurs morts dans un enclos familial n'ont pas de croyances de ce genre. On voit ainsi que cette idée si répandue et si banale — comme d'ailleurs l'idée inverse relative au départ des âmes vers le ciel — provient d'usages funéraires fort précis. Quoi qu'il en soit, il existe donc quelque part un royaume des morts et ce royaume, gouverné par un dieu, peuplé de morts mais aussi d'habitants singuliers, démons, esprits, monstres animaux ou hybrides, est souvent la réplique fantastique ou caricaturale de ce royaume des vivants qu'est le monde d'ici-bas.

La maison des ténèbres

Le Pays sans retour, la Maison des ténèbres, c'est le nom que donnaient les Sumériens et les Akkadiens au royaume de la Mort. On l'appelait Kur en sumérien, Arallou en akkadien mais le nom importe peu. Dans les deux cas, ce pays n'était guère réjouissant : situé dans une région indéterminée entre l'écorce terrestre et l'océan primordial entourant la terre, il formait un immense cercle souterrain cerné de sept murailles percées de sept portes. Un fleuve noir et sinistre, au nom encourageant de « fleuve dévorateur de l'homme » entourait la première rangée de murailles et l'âme du mort, pour le traverser, devait recourir aux services d'un nautonier dont le nom signifiait « Celui-qui-emporte-vite ». Après quoi, le mort franchissait successivement les sept murailles et se dépouillait à chacune d'une partie de ses vêtements. Cette règle était impitoyable et s'appliquait à tous, hommes et dieux, comme on l'a vu précédemment lors de la descente de la déesse Ishtar aux Enfers. Le mort parvenait nu au cœur de la Maison des ténèbres où régnaient Ereshkigal, la sœur d'Ishtar, et son mari le dieu Nergal, entourés d'une cour de fonctionnaires et de démons.

Un des chants sumériens de *l'Épopée de Gilga-*

mesh, intitulé *Gilgamesh, Enkidou et les Enfers* — chant qui ne figure pas dans la version akkadienne — énumère les terribles dangers guettant le mort dans ce monde inconnu. Après l'affreux cauchemar au cours duquel il apprit l'imminence de sa fin, Enkidou sombre dans la mélancolie et Gilgamesh lui prodigue ses conseils pour parvenir dans les meilleures conditions possibles jusqu'au cœur des Enfers.

> Puisque maintenant tu t'en vas descendre aux Enfers,
> Je vais te dire un mot, écoute-le,
> Je vais te donner un conseil, suis-le.
> Ne mets pas de vêtements propres,
> Sinon les régisseurs infernaux seraient tes ennemis.
> Ne t'oins pas d'huile
> Sinon, à son odeur, ils s'attrouperaient autour de toi.
> Ne lance point le boomerang dans les Enfers,
> Sinon ceux que le boomerang aurait touchés t'entoureraient.
> Ne porte pas de bâton dans ta main,
> Sinon les ombres voltigeraient autour de toi.
> Ne te chausse pas de sandales,
> Dans les Enfers ne pousse pas de cris,
> N'embrasse pas ta femme bien-aimée,
> Ne frappe pas ta femme détestée,
> N'embrasse pas ton fils bien-aimé,
> Ne frappe pas ton fils détestable,
> la chaleur du Kur te saisirait…
>
> *L'Épopée de Gilgamesh*, trad. G. Conteneau.

Enkidou mourut et partit pour le Pays sans retour. Suivit-il les conseils de Gilgamesh ? On l'ignore mais celui-ci, au désespoir d'avoir perdu son ami bien-aimé, parvint, à force de supplications, à obtenir du dieu Soleil la permission de converser un moment avec lui. Le dieu permit donc à Enkidou d'apparaître à l'entrée des Enfers et la douzième et dernière tablette de *l'Épopée de Gilgamesh* nous a transmis ce tragique et très beau dialogue des deux amis sur le monde d'En-bas.

> — Dis-moi, mon ami, dis-moi, mon ami,
> Dis-moi la loi du monde souterrain que tu connais.
> — Non, je ne la dirai pas, mon ami, je ne la dirai pas
> Si je te disais la loi du monde souterrain,
> Je te verrais t'asseoir et pleurer !
> — Eh bien, je veux m'asseoir et pleurer !
> — Ce que tu as eu de plus cher,
> Ce que tu as caressé et ce qui plaisait à ton cœur
> Comme un vieux vêtement est maintenant rongé des vers.
> Ce que tu as eu de plus cher,
> Ce que tu as caressé et ce qui plaisait à ton cœur
> Est aujourd'hui recouvert de poussière...
>
> *L'Épopée de Gilgamesh*, trad. G. Conteneau.

Dans ce monde, aucun espoir, aucune récompense mais aucun châtiment non plus. C'est un univers où l'homme n'est plus rien, où ses joies, ses titres, sa puissance s'effondrent et où le seul désir formulé est celui de revoir la lumière. Aucune issue n'apparaît, susceptible d'améliorer son sort posthume. C'est un monde sans devenir, indifférencié, immobile.

Les Hébreux, qui ont, nous l'avons vu maintes fois, subi l'influence des civilisations akkadienne et sumérienne et conservé nombre de leurs croyances, ont adopté eux aussi, du moins dans les passages les plus anciens de la Bible, cette conception d'un monde souterrain où les morts descendent et poursuivent une vie latente, à la façon des ombres. Ils l'appelèrent le Shéol et les prophètes Isaïe et Ézéchiel l'invoquent souvent comme un univers sans consistance et sans substance, un monde de néant où les morts mènent une vie diminuée. Tous les hommes apparaissent égaux devant la mort, comme à Sumer et Akkad, et le Shéol semble être une sorte de réservoir, une fosse où s'entassent les morts et les ombres. Aucune idée de châtiment ou de récompense, d'enfer ou de paradis, n'intervient encore à ce stade de la pensée sémite mais on devine déjà, chez des auteurs comme Isaïe ou Ézéchiel, que le Shéol, dans la mesure où il réduit à néant la puissance des rois et des tyrans et celle, surtout, des oppresseurs du peuple d'Israël est déjà un domaine où la justice est rétablie, selon un processus purement mécanique, certes, mais qui sera valorisé par la suite et attribué à l'intervention et à la puissance de Yahvé.

À propos de la mort du roi de Babylone Nabuchodonosor, Isaïe décrit sa descente au Shéol et sa triste condition d'ombre dépouillée de sa splendeur et de sa force :

> Ton faste est précipité au Shéol
> avec la musique de tes harpes ;
> sous toi s'étend un matelas de vermine,
> te voilà couvert de larves.
> Comment es-tu tombé des cieux,

Astre du matin, fils de l'Aurore ?
Comment as-tu été jeté par terre,
toi qui vassalisais toutes les nations ?

La Bible de Jérusalem.

Le royaume d'Osiris

L'Égypte fut une terre de prédilection pour les morts. Entendons par là qu'aucun pays ni aucun peuple n'a sans doute accordé une telle attention à la mort et n'a entouré les défunts d'une telle sollicitude : pleurés, lavés, parfumés, embaumés, momifiés, nourris symboliquement pendant de longues générations. Ils étaient munis pour leur voyage dans l'au-delà d'un arsenal impressionnant de recettes et de formules magiques. À voir l'importance des monuments funéraires — pyramides et mastabas — et le nombre incroyable de momies parvenues jusqu'à nous, on pourrait même penser que les Égyptiens se préoccupèrent plus des morts que des vivants. Cela n'est pas entièrement vrai et donnerait sans doute une fausse image de l'Égypte mais il est certain que les Égyptiens accumulèrent toutes les précautions pensables et imaginables pour effectuer le grand voyage. La raison première en est qu'ils accordaient une grande importance à la préservation physique du cadavre. Tous leurs mythes et tous leurs rites montrent le même souci de l'intégrité corporelle du mort. Ce souci vient de ce que, pour les Égyptiens, le *ka* du mort, cette part spirituelle de lui-même qui lui est insufflée par

Rê à sa naissance et qui le quitte après sa mort, était conçu comme une réplique exacte, un véritable double de son corps. Si le corps est privé d'une partie importante de ses membres ou de ses organes vitaux, le *ka* en est privé aussi et ne peut prétendre à une survie totale. Le cœur, qui passait pour le siège de la vie, était ainsi conservé à part dans des vases spéciaux car sans un cœur intact, il eût été vain d'espérer survivre dans l'au-delà.

Les croyances funéraires proprement dites ont subi maintes variations au cours des âges. Il n'a jamais existé en Égypte un ensemble de traditions uniques et définitives concernant le pays des morts. Si bien que les textes multiples relatifs à la condition des âmes comportent nombre de contradictions. De plus, ces croyances ne nous ont pas été transmises par des textes codifiés mais sous forme d'inscriptions, de formules, de sentences inscrites soit sur les parois des grandes pyramides — d'où leur nom de *Textes des Pyramides* — soit à l'intérieur des sarcophages — *Textes des Sarcophages* — soit, à partir du Nouvel Empire, sur des rouleaux de papyrus qu'on déposait au chevet du mort, dans son cercueil — les *Livres des Morts*. Ces textes constituaient des formules magiques destinées à guider le mort dans les dédales de l'au-delà, à le prémunir contre les dangers qui l'y guettaient, à fléchir les dieux, voire à les contraindre, par l'efficacité du Verbe. Par la suite, certaines spéculations s'ajoutèrent à ces textes magiques, spéculations savantes et sans portée réelle sur le peuple mais dont l'aspect fantastique impressionne aujourd'hui encore : le *Livre de l'Am-Douat* ou *Livre du Monde inférieur* décrivant le trajet nocturne du soleil et le *Livre des Portes* décrivant les vingt et une portes que le mort doit franchir pour parvenir dans l'au-delà !

L'Égypte est une des rares civilisations à ne pas avoir ressenti, du moins aux origines, le besoin d'une égalité devant la mort. Le simple mortel ne saurait prétendre dans l'autre monde égaler les mérites ni le destin posthume d'un pharaon, incarnation terrestre du dieu Rê. Les *Textes des Pyramides*, gravés sur les parois des pyramides royales, se rapportent donc exclusivement au sort posthume du pharaon et à son retour glorieux dans le sein des dieux. Alors que le *ka* du simple mortel tourne en rond dans sa tombe sans espoir d'améliorer son sort, le *ka* du pharaon connaît un sort particulier ; il quitte sa dépouille mortelle et gagne le ciel pour devenir un dieu parmi les dieux. À peine arrivé, il prend place sur la propre barque du dieu solaire, comme rameur ou comme scribe et navigue dans les espaces infinis du ciel.

L'imagination égyptienne a brodé pendant des générations sur ce destin posthume et glorieux et par la suite certains défunts appartenant à la cour du pharaon furent admis à bénéficier de son immortalité. Ils partirent eux aussi au ciel pour naviguer aux côtés de leur roi ! Ainsi, le monde des morts s'agrandit peu à peu et on l'imaginera très naturellement comme la réplique céleste des paysages égyptiens, faits d'étendues d'eau, de tertres partiellement immergés, d'îles entourées de roseaux... Ce pays de roseaux célestes, ces champs d'îles et de joncs ouraniens qui portaient le nom général de champs Iarou accueillaient donc les morts privilégiés et constituaient un havre de repos et de satiété : la nourriture y abondait, de majestueux sycomores protégeaient les défunts des ardeurs du soleil et, quand ils en manifestaient l'envie, ces morts vraiment privilégiés pouvaient même... téter le sein de la déesse du ciel ! Le paradis céleste égyptien se résumait donc à la projection dans l'infini de l'au-delà des rêves et des désirs insatisfaits sur cette terre. Telle était, précise un texte des Pyramides en une formule saisissante, la condition des « glorifiés à la bouche bien garnie, ils n'avaient plus à manger la faim ni à boire la soif ».

On ne pouvait cependant laisser indéfiniment dans le vague le sort de milliers de mortels anonymes. Aussi, à mesure que la légende d'Osiris se répandait à travers toute l'Égypte, l'idée se fit jour peu à peu que l'homme le plus humble et le plus mortel pouvait, lui aussi, bénéficier sous certaines conditions du sort d'Osiris lui-même. À l'inverse du culte de Rê qui était un culte aristocratique, celui d'Osiris fut d'emblée un culte ouvert à tous car il portait en lui l'annonce d'un espoir immense. On vit donc, en marge des croyances funéraires pharaoniques, se constituer d'autres croyances en un monde des morts souterrain — et non plus céleste — gouverné par le premier des morts, le dieu Osiris lui-même. On situait ce monde vers l'occident et c'est pourquoi on appelait Osiris le « premier des occidentaux ». On ne l'imagina pas d'emblée aussi fantastique ni aussi peuplé que le rapporte le *Livre de l'Am-Douat* mais sa géographie se fixa peu à peu et il finit par devenir le monde des morts par excellence, celui qui accueillait en fait la totalité des Égyptiens, puisque seuls certains privilégiés pouvaient prétendre à un sort différent. Et de même que le pharaon devenait un nouveau dieu et s'assimilait à Rê, le mort devenait lui aussi — ou s'efforçait de devenir — un nouvel Osiris. Cette idée fondamentale dut naître assez tôt dans la conscience religieuse égyptienne car une formule de l'Ancien Empire proclame déjà : « Aussi vrai qu'Osiris est vivant, il vivra lui aussi. Aussi vrai qu'Osiris n'est pas mort, il ne mourra pas non plus. Aussi vrai qu'Osiris n'est pas anéanti, lui non plus ne sera pas anéanti. »

Pour cela, il fallait évidemment que le corps du défunt, désarticulé par la mort et le départ du *ka*, fût « remis en état » comme l'avait été celui de son modèle divin. Des formules et des prières précises inscrites dans les tombes ou gravées sur le scarabée de pierre qu'on déposait sur la poitrine du défunt, contraignaient Isis ou la déesse Nout à prendre soin du mort : « Voici que Nout te donne ta tête, elle t'apporte tes os, elle rassemble tes membres et elle place ton cœur dans ton corps. » Le dieu Geb accourt à son tour, ouvre la bouche du mort pour qu'il puisse parler, tandis qu'Horus et Thot l'escortent parmi la foule des défunts.

Ce sort et ces attentions sont bien entendu réservés aux hommes pieux qui adorent Osiris. Les autres, eux, sont dévorés par un monstre terrible. Mais nul ne pouvait savoir s'il serait parmi les élus ou les condamnés. Aussi, pour surmonter tous les périls et parvenir jusqu'à la demeure d'Osiris, plaçait-on dans les tombes ces sentences qui, au nombre de plusieurs centaines, constituent le *Livre des Morts*, et prévoient jusqu'aux obstacles les plus minimes. Cette confiance que les anciens Égyptiens accordaient aux formules magiques trouvait ici sa justification ultime puisqu'en définitive la survie et la félicité du mort dépendaient autant de l'efficacité des formules que de ses mérites terrestres.

Si un mort, par exemple, rencontrait soudain, au détour de quelque sentier infernal, un serpent traversant sa route, il devait aussitôt réciter :

Ô serpent, loin de moi !
Geb et Shout sont avec toi
Tu as mangé souris et rats,
Cela est en horreur à Rê !

La Religion des Égyptiens, d'après A. Erman.

Et pour ne pas être réduit à se nourrir d'ordures ou de débris puisque les morts continuent de se nourrir dans l'au-delà, une seule formule promettait d'y échapper, qu'il fallait retenir par cœur :

J'ai du pain à Héliopolis.
Mon pain est au ciel avec Rê.
Mon pain est sur terre avec Geb.
Les barques du Soleil me l'apportent
Dans la maison du dieu d'Héliopolis.

La Religion des Égyptiens, d'après A. Erman.

Il va de soi qu'au cours des siècles, selon un processus bien connu, ces formules ne firent que s'accumuler et se compliquer si bien que vers la fin du Nouvel Empire, tout mort digne de ce nom aurait dû connaître plus de cinq cents prières, sentences et exorcismes s'il voulait triompher des pièges de l'au-delà ! Mais de telles conceptions, confinant à la magie et à la superstition, ne pouvaient satisfaire entièrement les êtres épris de justice et de morale. Aussi vit-on apparaître, dès le Moyen Empire, l'idée que les morts sont soumis à un jugement, à la célèbre *pesée du cœur*. Cette pesée présentait l'avantage de réduire au minimum les « formalités d'admission » aux Enfers et devint vite populaire en Égypte, malgré son caractère impitoyable. Elle fut, en son temps, la première tentative de l'homme pour donner à sa mort — et à sa vie — une signification morale en rapport avec ses mérites et ses fautes.

Les prairies d'asphodèles

Les Enfers grecs nous sont plus familiers que ceux des Égyptiens ou des Akkadiens. Les dieux Hadès, Perséphone, les trois juges infernaux : Minos, Éaque et Rhadamanthe, le nocher Charon et le chien Cerbère sont devenus des personnages ou des monstres familiers, dont l'imagerie a débordé depuis longtemps les frontières de la Grèce. Mais ces « célébrités » infernales ne constituaient pas à elles seules tous les habitants des

Enfers. Le pays des morts, par nature, s'emplit toujours et ne se vide jamais.

Quoi qu'il en soit, Hadès, le sombre dieu du royaume des morts, auquel il donna son nom, règne avec sa femme Perséphone. Dès Homère, ce pays terrible avait une géographie et une mythologie précises, auxquelles les poètes et prosateurs ultérieurs (Pindare, Pythagore, Platon, Virgile) ne feront qu'ajouter des détails — et surtout donner un sens eschatologique plus profond.

Dans *l'Odyssée,* où Circé indique à Ulysse les moyens de se rendre à l'entrée des Enfers et d'y évoquer les morts par des sacrifices appropriés, la « porte » de l'Hadès se trouve située mythiquement dans le nord, chez le peuple des Cimmériens, qui passait pour vivre à l'extrémité septentrionale du monde.

Comment les Grecs imaginaient-ils cet Hadès ? Dès Homère et Hésiode, la tradition était bien établie : ce royaume était entouré de quatre fleuves infernaux — le Styx, l'Achéron, le Cocyte et le Pyriphlégéton — qui le cernaient de leurs neuf méandres. Un nocher du nom de Charon, vieillard grincheux à l'air hirsute et à la barbe grise, vêtu d'un manteau en haillons et coiffé d'un chapeau rond, avait pour charge de passer les âmes à travers les fleuves. Et comme il était rapace et tyrannique, on n'oubliait jamais de mettre dans la bouche du mort l'obole symbolique destinée à payer son passage.

Quant aux quatre fleuves infernaux, chacun d'eux avait une histoire et une fonction précise. Le Cocyte — dont le nom signifie fleuve des gémissements — était une rivière glaciale qui se jetait dans l'Achéron. Le Pyriphlégéton — que certains auteurs nomment seulement Phlégéton — était au contraire une rivière de feu — son nom signifie « le Brûlant » — se jetant elle aussi dans l'Achéron. Ce dernier, jadis homme — comme la plupart des fleuves grecs —, avait eu la malencontreuse idée de donner à boire aux géants assoiffés lors de leur révolte contre Zeus. Celui-ci, pour le punir, le transforma en fleuve et le contraignit à couler aux Enfers. Son eau passait pour saumâtre et boueuse à l'image du fleuve terrestre du même nom qui coulait en Épire et dont les eaux bourbeuses se perdaient dans une faille sans fond. Quant au Styx, Hésiode en fait une fille d'Océan et de Téthis qui, lors de cette même révolte des géants, avait pris le parti de Zeus. Ce dernier la récompensa en faisant de son eau la garante des serments prononcés par les dieux.

La plupart des héros descendant aux Enfers, poussés par d'impérieuses raisons, n'aimaient guère s'y attarder et n'ont laissé de leur séjour que des descriptions relativement vagues. Mais elles suffirent à alimenter la rêverie et l'imagination humaines. On sait ainsi qu'une fois passés les quatre fleuves, on rencontrait le terrible gardien, le chien Cerbère. Son rôle était moins de surveiller l'entrée des Enfers — où on ne s'aventurait guère de son plein gré — que d'empêcher précisément les morts d'en ressortir. Il était nanti de trois têtes, d'une queue formée par un serpent et d'une multitude de têtes de serpents tout le long de l'échine ! C'est lui qu'Héraclès, pour son onzième travail, fut chargé de ramener vivant chez Eurysthée.

Héraclès s'engagea dans les Enfers par une grotte située à proximité de la ville d'Héraclée et eut d'abord maille à partir avec Charon. Celui-ci refusa de le passer, puisqu'il était vivant et le héros dut l'assommer à coups de rame. Arrivé aux Enfers, Héraclès y rencontra d'abord Méléagre — à qui il promit d'épouser sa sœur Déjanire — puis Thésée, toujours assis à la table d'Hadès et qu'il délivra avec l'accord de celui-ci. Puis il s'attaqua à Cerbère. Hadès avait exigé du héros qu'il ne fasse pas usage de ses armes. Il saisit donc le monstre à bras-le-corps et l'étouffa à moitié. Cerbère, maté, suivit alors Héraclès sur la terre jusqu'à Argos.

Dans ce sombre royaume, les âmes vivent d'une vie ralentie, dans le perpétuel regret de leur existence terrestre. Au temps d'Homère, la notion d'un paradis et d'un enfer était encore inexistante. Elle n'apparaîtra de façon nette qu'avec Pindare, les poètes orphiques et Platon. La vie des morts n'est donc ni très heureuse ni très malheureuse, elle est vague, inerte, indéfinissable et ressemble à une sorte d'existence purement végétative. Les âmes parcourent ce monde inconsistant, légères, soumises au moindre souffle et les Grecs croyaient retrouver ce frissonnement des âmes déplacées par le vent de la mort dans le frémissement des fleurs d'asphodèle qui éclosent à l'automne. Ces fleurs fragiles dont la tige jaillit comme miraculeusement des sols les plus arides évoquaient à la fois le miracle de la vie surgissant de la mort (et donc l'immortalité) et aussi la triste condition des âmes, jouets du moindre souffle. Dans les plaines de l'Hadès, les âmes frissonnaient par milliers comme autant de prairies d'asphodèles ployés et agités par le vent de l'automne… Et les morts participaient de la même vie frémissante et fragile : tout en eux n'était que reflet, illusion, changement. Leurs corps ne font plus d'ombre, leurs voix ressemblent aux piaillements des oiseaux et leurs gestes font penser à ces mouvements ralentis, impuissants, qu'on accomplit au cœur des cauchemars. « Il me tendait les mains et voulait me toucher. Mais rien ne lui restait de la force et des muscles qu'il avait eus jadis en ses membres alertes », dit Ulysse, dans *l'Odyssée*, de l'ombre d'Agamemnon. Seules subsistent, intactes, la personnalité, l'individualité des morts et leur douloureuse mémoire. Et le regret de leur vie d'autrefois est si fort qu'Achille s'écrie, face à Ulysse : « J'aimerais mieux être esclave chez un pauvre fermier que régner sur les morts, sur tout ce peuple éteint ! » Car la mémoire de leur vie passée est en définitive pour les morts leur seule et unique torture. Elle apparaît comme un châtiment infligé aux âmes sans raison — puisqu'il s'agit d'une conséquence de leur état larvaire et non d'une punition. Leur vie, toute leur vie s'arrête à l'instant de leur mort, qui les fige et les fixe pour l'éternité en une attitude irrémissible. Ainsi, jusqu'à la fin des temps, Agamemnon revivra son odieux assassinat par Clytemnestre, Ajax ressassera sa rancune contre Ulysse, Hector verra son corps traîné devant les murs de Troie… Il n'y a plus d'échappatoire et l'on conçoit que Platon ait tenu l'oubli des actes de la vie terrestre comme le seul bonheur souhaitable pour les morts. Dès l'instant où la vie s'est arrêtée en un moment précis du devenir individuel, le souvenir devient une torture lancinante, comme une sorte de « film » qui repasserait sans cesse, pendant l'éternité ! N'est-ce pas là, justement, le sens même de l'enfer ?

Bien qu'aucun châtiment ne leur soit en fait infligé, les âmes vivent donc *comme si* elles subissaient des tortures sans fin. Et cette survie sinistre et éteinte, selon la belle expression d'Homère, hanta suffisamment les esprits pour qu'on cherche peu à peu des « solutions » plus acceptables. Que le juste et le criminel en soient réduits à la même condition dans l'Hadès ne pouvait satisfaire ceux qui recherchaient la justice, en ce monde et dans l'autre. Et des poètes comme Pindare et les orphiques, des philosophes comme Platon modifièrent cette image archaïque et pessimiste des Enfers. Platon surtout repensa profondément les vieux mythes d'Homère et d'Hésiode et donna sa propre image du monde infernal dans trois dialogues essentiels : *Gorgias*, *Phédon* et *la République*. Ceux du *Gorgias* et de *la République* sont surtout relatifs au sort de l'âme dans l'au-delà, aux châtiments et aux félicités qui l'attendent selon les actes accomplis sur la terre. Mais le *Phédon*, dans un très beau passage final, évoque par la bouche de Socrate, juste avant que celui-ci n'absorbe le poison, la nature, l'apparence, les mystères et les lois du monde vers lequel il s'apprête à partir. Un monde formé de creux et d'abîmes profonds, constituant un véritable univers indépendant du nôtre.

> «... Sur tous les points, la terre inférieure présente de nombreuses cavités : les unes très profondes et béantes, les autres très profondes, mais d'une ouverture plus petite ; d'autres enfin très peu profondes mais très vastes. Le fond de toutes ces cavités est percé en maints endroits et elles communiquent entre elles au moyen de conduits plus ou moins larges par lesquels circulent et s'écoulent d'immenses quantités d'eau jaillies comme de vases géants, des sources froides et chaudes, des fleuves de feu et de boue, plus ou moins liquides ou épais, comme ces torrents ignés qui, en Sicile, précèdent la lave et comme la lave elle-même. Chacune de ces cavités est donc emplie de boue et ces boues circulent dans ces régions souterraines selon les directions que leur font prendre les courants. »
>
> PLATON, *le Phédon*, trad. J. Lacarrière.

Hésiode avait déjà décrit le Tartare comme le gouffre le plus profond situé sous la terre. Il le place à la même distance de l'Hadès que le ciel de la terre, au point qu'une enclume mettrait neuf jours à tomber pour l'atteindre, si on la lançait du fond même des Enfers. Mais à l'inverse de l'Hadès, le Tartare fut dès l'origine conçu comme un lieu de détention, comme la « prison » des ennemis des dieux célestes : Ouranos, Cronos et Zeus. C'est là qu'Ouranos enfermera les premiers enfants qu'il aura de Gaia, les trois Cyclopes ouraniens Argès, Stéropès et Brontès (c'est-à-dire Foudre, Tonnerre et Éclair). C'est là, plus tard, que Zeus les délivrera et qu'ils lui donneront, en échange, les attributs de feu qu'il conservera désormais. C'est également dans le Tartare que Zeus précipitera les Titans, après leur révolte, où il les fera garder par les trois géants aux cent bras. Le Tartare apparaît donc, dans les débuts de la mythologie, comme un lieu de tourment et de châtiment, différent de l'Hadès avec lequel il se confondra seulement à l'époque classique. Mais revenons à la description de Platon et à cette géographie — ou plutôt à cette véritable hydrologie — infernale :

> « Il existe sans doute un grand nombre de courants de toute sorte mais, dans cette multitude, quatre d'entre eux l'emportent nettement sur les autres, à commencer par le plus vaste et le plus extérieur qui a nom Océan.
>
> » Celui qui est à son opposé et coule en sens inverse se nomme Achéron. Il traverse d'abord des contrées désertiques avant de disparaître sous la terre pour se jeter dans le lac dit Achérusiade. C'est au bord de ce lac que se rendent les âmes des morts, qu'elles y demeurent un certain temps selon ce qui leur fut prescrit et qu'elles sont ensuite renvoyées dans le monde pour y faire vivre de nouveaux corps.
>
> » Entre l'Achéron et l'Océan coule un troisième fleuve qui, à peine sa source quittée, se jette en mugissant dans une immense cuvette et y forme un lac gigantesque, où l'eau bouillonne comme de la lave. Il en sort trouble et fangeux et, après un cours sinueux, se jette à son tour dans le lac Achérusiade, mais à son autre extrémité. Après quoi, il fait plusieurs méandres sous la terre et rejoint sa partie la plus basse, le Tartare. Ce fleuve se nomme le Pyriphlégéton et ses laves jaillissent sur la terre partout où elles trouvent une issue.
>
> » À l'opposé du Pyriphlégéton, le quatrième fleuve tombe d'abord dans un lieu désert et sauvage qui

est d'une couleur bleue. On appelle ce lieu Stygien, et Styx le lac que le fleuve y forme en s'y jetant. Puis il s'engloutit sous la terre, où il fait de nombreux méandres et rencontre le Pyriphlégéton dans le lac de l'Achéron. Il ne mêle ses eaux avec les eaux d'aucun fleuve ; mais, après avoir fait le tour de la terre, il se jette aussi dans le Tartare par l'endroit opposé au Pyriphlégéton. Le nom de ce quatrième fleuve est Cocyte, au dire des poètes. »

PLATON, *le Phédon*, trad. J. Lacarrière.

Les champs en pleurs

La plus longue et la plus complète description du royaume de l'Hadès figure dans le sixième livre de *l'Énéide* de Virgile. Cette monumentale épopée raconte la légende et les pérégrinations d'Énée et bien qu'elle ne soit pas à proprement parler une œuvre mythologique, *l'Énéide* a incorporé dans le cours du récit nombre d'éléments mythiques de la plus haute importance.

Aucun héros ne saurait mériter ce nom s'il ne possède pas dans ses veines une part de sang divin. Énée était fils de Vénus — nous adopterons ici la terminologie latine à propos des divinités — et d'un berger troyen du nom d'Anchise. Cet Anchise gardait ses troupeaux sur l'Ida — la montagne d'Asie Mineure située près de Troie et non celle de Crète — lorsqu'une jeune fille, qui se disait de sang princier, s'offrit à lui. Anchise ne semble pas avoir beaucoup hésité pour accepter la proposition. L'union fut alors consommée et la « princesse » lui révéla sa véritable identité : elle était la déesse Vénus ! Elle annonça aussi à Anchise qu'elle mettrait au monde un fils né de ses œuvres et lui fit jurer de ne jamais révéler l'origine divine de l'enfant, sous peine d'encourir la jalousie et la colère de Jupiter. Énée naquit ainsi dans le plus grand secret et fut élevé clandestinement sur la montagne de l'Ida.

Anchise, malheureusement, ne put garder longtemps son secret. Un jour qu'il était ivre, il se vanta d'avoir « connu » Vénus, et Jupiter, en l'entendant, le rendit aveugle sur l'heure. Mais il fit savoir en même temps qu'il protégerait le fils de Vénus et qu'Énée — car tel serait son nom — deviendrait le sauveur de la race troyenne et fonderait, quelque part sur la terre, une seconde Troie après la destruction de la première. C'est là une conséquence directe de l'enfance clandestine : le destin exceptionnel de l'enfant-héros et sa prédestination au pouvoir. Cette prédestination explique l'attention que les dieux ne cessèrent de lui porter tout au long de son adolescence et, notamment, au cours de la guerre de Troie. À maintes reprises, ils tirèrent Énée d'un mauvais pas, en l'entourant d'une nuée ou d'un brouillard pour le dissimuler aux yeux de ses ennemis.

À la chute de Troie, Énée dut s'enfuir en prenant son père Anchise sur son dos (car l'ancien amant de Vénus avait alors près de quatre-vingt-dix ans) et abandonna la ville en flammes. Il se réfugia quelque temps dans les environs avant d'entreprendre une longue suite de voyages, à la recherche du lieu fixé par les dieux pour la fondation de la nouvelle Troie. Ces voyages le menèrent tour à tour en Thrace, en Macédoine, en Crète, en Arcadie, dans l'île de Leucade, en Italie du Sud puis, à la suite d'une violente tempête, sur les côtes d'Afrique, près de Carthage.

Par la suite, il quittera cette ville pour gagner la côte italienne, en Campanie, près de Cumes où se trouvait la grotte de la Sibylle. Les Anciens appelaient sibylles les prêtresses d'Apollon, c'était donc un nom commun et générique désignant, en fait, une fonction, mais Virgile, dans *l'Énéide*, l'emploie comme un nom propre. Aussitôt débarqué, Énée se rendit donc chez la Sibylle pour apprendre de sa bouche prophétique le sort qui l'attendait et le lieu où il devait fonder la ville de Troie ressuscitée.

Cette Sibylle avait une histoire singulière, développée surtout par les auteurs et les mythologues latins. Elle était originaire d'Érythrée en Lydie et avait de bonne heure manifesté d'évidentes prédispositions pour la divination. Mais elle dut quitter la ville à la suite d'un ordre d'Apollon et elle vint s'installer à Cumes. D'après une des versions de sa légende, Apollon lui avait accordé de vivre autant d'années que sa main pourrait tenir de grains de sable, à la condition « qu'elle ne reverrait plus jamais la terre d'Érythrée ». Sibylle demeura donc à Cumes mais les habitants d'Érythrée lui adressèrent un jour une lettre dont le sceau était en terre du pays et la sibylle mourut aussitôt à sa vue…

Une autre version relative à la longévité de la Sibylle est plus étrange encore. Apollon lui ayant dit qu'il exaucerait son premier vœu, la sibylle lui demanda de vivre très longtemps. Mais comme elle oublia de demander en même temps une éternelle jeunesse, elle se mit à vieillir indéfiniment, devenant chaque année plus rabougrie, plus desséchée. Au point qu'elle finit par être aussi petite qu'une cigale et qu'on dut, pour ne pas l'écraser en venant la consulter, la suspendre dans une cage comme un oiseau…

Quoi qu'il en soit, la Sibylle était encore dans la force de l'âge et nantie de toute sa forme humaine quand Énée vint la consulter. Elle lui annonça les épreuves qui l'attendaient, les guerres qu'il lui faudrait mener quand il déciderait de fonder Rome (c'est-à-dire la nouvelle Troie) et Énée supplia la prophétesse de l'autoriser à descendre dans les Enfers et de lui servir de guide : il voulait rencontrer son père Anchise dont l'ombre s'y trouvait et le consulter avant de fonder Rome.

Sur les indications de la Sibylle, Énée cueille le rameau d'or sans lequel il n'est pas possible de pénétrer dans les Enfers — et cela même est un signe de prédestination car ce rameau ne se laisse cueillir que par ceux qui ont l'aide des dieux — et se dirige vers l'entrée fatale. Entrée sinistre et si marquée par la présence de la mort qu'aucun être vivant n'ose s'en approcher.

Sur ce seuil délétère et déserté par les vivants, Énée, toujours sur les conseils de la sibylle, immolera quatre jeunes taureaux au dos noir, en offrande au dieu des morts. Puis tous deux pénétreront au cœur du royaume infernal :

> « Ils allaient, obscurs, dans la nuit solitaire, à travers les spacieuses demeures et les royaumes

inconsistants de Dis ; ils allaient comme sur un chemin que l'on suit dans les bois sous l'avare clarté d'une lune indécise, lorsque Jupiter sous un voile d'ombre a caché le ciel, et que la nuit obscure a tout décoloré. Devant le vestibule et à l'entrée des gorges qui mènent dans l'Orcus, le Deuil, les Remords vengeurs ont établi leurs lits ; là résident aussi les pâles Maladies, la triste Vieillesse, la Peur, la Faim mauvaise conseillère et la repoussante Indigence, spectres à l'aspect redoutable, la Mort et la Souffrance ; puis le Sommeil, frère de la Mort, les Joies coupables de l'esprit, et, sur le seuil qui fait face, la Guerre meurtrière, les cages de fer des Euménides, et la Discorde en fureur, dont les cheveux de vipères sont liés avec des bandelettes sanglantes. »

Plus loin : « ... De là part une route qui conduit aux flots de l'Achéron roulant dans le Tartare. C'est un gouffre agité, un vaste abîme de boue, qui bouillonne et vomit toute sa fange dans le Cocyte. Un terrible passeur d'une saleté repoussante, Charon, garde ces ondes et ce fleuve. »

VIRGILE, *l'Énéide,* trad. M. Meunier.

La sibylle explique alors à Énée la loi de l'admission des morts dans les Enfers. Ceux qui ont été ensevelis et pleurés selon les rites funéraires, ceux-là sont admis aux Enfers et Charon leur fait traverser l'Achéron. Mais les autres, soldats morts à la guerre, marins noyés en mer, hommes dévorés par les fauves, tous ceux dont le corps n'a pu être enseveli ou reste encore sans sépulture doivent demeurer sur la rive jusqu'à ce qu'on ait retrouvé et enterré leurs corps. Et si cela est impossible, ils doivent errer pendant cent ans sur cette rive avant d'être admis chez Pluton.

Charon aperçoit Énée et s'apprête à le repousser mais le héros exhibe le rameau d'or et Charon le passe alors sur l'autre rive. Voici Énée et la Sibylle au cœur même des Enfers dont ils doivent aussitôt affronter les terribles habitants :

> « Là, l'énorme et farouche Cerbère, couché dans un antre qui fait face à la rive, fait retentir ces royaumes de ses aboiements sortant de trois gosiers. La sibylle, voyant déjà son cou se hérisser de couleuvres, lui jette un gâteau qui endort, composé de miel et de grains préparés. L'animal, ouvrant sa triple gueule enragée par la faim, happe ce qu'on lui jette, détend son redoutable dos en s'allongeant par terre et s'étale sur toute la surface de l'antre. Le gardien tombé dans le sommeil, Énée franchit l'entrée et s'éloigne avec rapidité du bord des eaux qu'on ne repasse pas. »
>
> VIRGILE, *l'Énéide*, trad. M. Meunier.

Les premiers morts rencontrés par Énée sont ceux que le christianisme appellera plus tard les « innocents », enfants morts en bas âge, hommes condamnés pour des crimes qu'ils n'avaient pas commis, et ceux aussi qui se sont suicidés. Ceux-là, pour l'éternité, sont rivés à la première région, aux vestibules des Enfers.

Puis, dans ce royaume sans fin des gémissements et des lamentations auquel Virgile donne le nom de Champs des Pleurs, les âmes de ceux ou de celles qui sont morts victimes de leur propre passion :

> « Non loin de là, de tous côtés s'étendent et se découvrent les Champs en Pleurs ; c'est ainsi qu'on

> les nomme. Là, ceux qu'un dur amour a rongés d'une cruelle langueur se cachent parmi les sentiers écartés, et une forêt de myrtes tout autour les protège ; leurs soucis les suivent jusque dans la mort. Il aperçoit en ces lieux Phèdre, Procris et la triste Ériphyle qui montre les blessures qu'elle a reçues de son fils cruel, puis Évadné et Pasiphaé ; elles ont pour compagnes Laodamie et cette Cénée, jeune homme autrefois, femme maintenant, rendue par le destin à sa forme première. »
>
> VIRGILE, *l'Énéide*, trad. M. Meunier.

La seconde région des Enfers est peuplée par les morts tués au combat. Énée y retrouvera donc les guerriers illustres de la guerre de Troie et ceux qui combattirent sous les murs d'autres villes : Thèbes, Argos, Tirynthe. Mais la sibylle le presse de continuer son chemin et Énée traverse alors le Tartare où gisent les âmes des damnés puis le séjour des Bienheureux où il rencontre enfin son père Anchise…

3

LE JUGEMENT DES ÂMES

Les Enfers — qu'on les nomme Hadès, Kur, Arallou ou Shéol — n'ont donc été longtemps qu'un lieu souterrain où s'entassaient les âmes des défunts et sur les routes duquel on rencontrait tour à tour des âniers, des nochers, des chiens à triple tête et autres monstres peu accueillants. Mais cette vision naïve évolua peu à peu et l'idée se fit jour que toutes les âmes ne pouvaient connaître le même sort dans l'au-delà. La vie dans l'Hadès, cette vie éteinte dont parle Homère, présentait, sur le plan de la justice et de la morale, un grave inconvénient car elle était trop cruelle pour les âmes vertueuses et trop douce au contraire pour les criminels endurcis. On en vint donc à faire peu à peu de l'au-delà le Pays de justice, départageant les bons et les méchants et réservant à chacun le sort qu'il méritait.

La pesée du cœur

La plus ancienne idée d'un jugement des âmes, destiné à leur conférer un sort différent selon leurs mérites, est née sur les rives du Nil. On n'en trouve aucune trace dans la mythologie sumérienne ni akkadienne mais en Égypte, nous l'avons dit, la légende d'Osiris, en ouvrant à chacun les portes d'un monde régénéré et en promettant la résurrection, impliquait la notion d'un jugement, d'un tribunal, bref d'une « sélection » des âmes appelées à connaître le même sort qu'Osiris. D'ailleurs, Osiris lui-même, une fois ressuscité, n'avait-il pas dû se défendre contre les attaques de Seth et faire reconnaître son innocence par le tribunal des grands dieux ? L'homme, à l'image d'Osiris, devait donc lui aussi faire admettre son innocence par un tribunal identique, tribunal dont le *Livre des morts* nous a laissé une description impressionnante.

Ce jugement se traduisait en fait par la pesée du cœur du défunt, organe qui symbolisa toujours pour les Égyptiens le siège de la vie et des sentiments. C'est lui qui sera le témoin du mort pendant son jugement, un témoin impartial et sévère qu'on pèsera dans une balance pour savoir s'il est plus lourd ou plus léger que la Justice et que la Vérité. Aussi, dès les temps anciens, voit-on le mort adresser à son propre cœur une émouvante prière pour que cette « chair de sa chair » ne le trahisse pas à l'heure fatale : « Cœur de ma mère, mon cœur que j'ai eu en mon existence, ne te dresse pas en témoin contre moi auprès du Seigneur des choses. Ne dis rien contre moi devant le grand dieu, Seigneur de l'Occident. Salut à toi, mon cœur, ne dis pas de mensonge contre moi… »

Ce grand jugement, cette pesée du cœur, les

Égyptiens l'imaginèrent à la façon d'une véritable pièce de théâtre, avec décor, personnages principaux, personnages secondaires, figurants et... dénouement. Aussi est-il plus simple de présenter ce moment crucial du destin de l'âme sous sa forme la plus naturellement dramatique.

Décor — La *Salle des deux Maât*. C'est une salle gigantesque dont le parvis soutient d'énormes piliers aux chapiteaux en fleur de lotus et à l'intérieur de laquelle siègent Osiris, les quarante-deux dieux infernaux, les différents exécutants de là pesée et la déesse Maât. Maât est une fille de Rê mais c'est aussi une entité et une notion fondamentale dans l'ancienne Égypte. Elle est représentée en hiéroglyphe sous l'aspect d'une plume d'autruche et c'est elle qu'on met dans le plateau de la balance et qui sert de poids-étalon pour le cœur du défunt. Elle signifie principalement l'ordre, la justice et la vérité. C'est pourquoi certains auteurs ont souvent traduit le nom de cette salle terrible par Salle de la Justice et de la Vérité.

Acteurs — Tout d'abord Osiris. Il siège tout au fond de la salle, dans une pénombre laissant à peine deviner sa silhouette assise sur un trône et tenant dans ses mains le bâton de commandement et le chasse-mouches, insignes de sa fonction royale. En contrebas, alignés de chaque côté des murs, les quarante-deux dieux infernaux qui constituent le ministère public. Il semble qu'il s'agisse de dieux accusateurs, régissant chacun un manquement ou une faute grave. Le mort est présumé coupable et il doit, devant chacun d'eux, faire une déclaration d'innocence.

Les assesseurs ou exécutants du drame comprenaient le dieu Thot à tête d'ibis qui notait le résultat de la pesée — et qu'on représentait parfois assis sur le fléau de la balance sous l'aspect d'un babouin — le dieu-chacal Anubis qui effectuait la pesée en compagnie du dieu-faucon Horus et un monstre terrible du nom de Babaï, appelé aussi la Grande Dévoreuse « qui est un crocodile par-devant, un lion en son milieu et un hippopotame par-derrière » !

Quant au sujet du drame, il est des plus simples et des plus dramatiques : c'est l'immortalité ou l'anéantissement du défunt ! Il comprenait plusieurs scènes successives ou plusieurs épisodes, dont l'exécution et l'ordonnance étaient très strictes. Les voici, par ordre « d'entrée en scène ».

Scène I — Invocation au Grand Dieu sur le seuil de la Salle — Le « rideau » se lève au moment où le *ka*, le double du défunt, quitte son corps et se présente à l'entrée du domaine d'Osiris. Il est reçu par la « déesse de vérité », incarnation féminine de Maât, qui pousse le mort sur le parvis de la Salle. Le défunt adresse d'abord, sur le parvis, une première prière au Grand Dieu — c'est-à-dire à Osiris —, prière qu'on appelle généralement sa Déclaration d'innocence. Il est essentiel de la citer dans son entier car elle révèle admirablement ce qu'était, pour l'Égyptien de l'Antiquité, une vie morale et pieuse.

Salut à toi, grand Dieu, Seigneur des deux Maât!
Je viens à toi, mon Seigneur, parce qu'on m'a amené.
Et je contemple ta perfection.
Je n'ai pas commis d'iniquité contre les hommes.
Je n'ai pas maltraité les bestiaux.
Je n'ai pas fait de délit dans la Place de Maât.
Je n'ai pas cherché à connaître ce qui n'était pas encore.
Je n'ai pas toléré de voir le mal.
Je n'ai pas blasphémé Dieu.
Je n'ai pas appauvri les pauvres.
Je n'ai pas fait ce qui est interdit par les dieux.
Je n'ai pas desservi le serviteur auprès de son maître.
Je n'ai pas empoisonné.
Je n'ai pas fait pleurer.
Je n'ai pas tué.
Je n'ai pas donné d'ordre pour tuer.
Je n'ai causé de peine à personne.
Je n'ai pas diminué les revenus alimentaires dans les temples.
Je n'ai pas gâté les pains des dieux.
Je n'ai pas volé les galettes des glorifiés.
Je n'ai pas été pédéraste.
Je n'ai pas accompli d'acte sexuel dans les lieux saints.
Je n'ai pas ajouté ni enlevé aux boisseaux.
Je n'ai pas triché dans les mesures.
Je n'ai pas ajouté au poids de la balance.
Je n'ai pas faussé le peson.
Je n'ai pas enlevé le lait de la bouche du bébé.
Je n'ai pas privé le jeune bétail de ses herbages.
Je n'ai pas capturé les oiseaux consacrés aux dieux.
Je n'ai pas pêché les poissons consacrés aux dieux.
Je n'ai pas détourné l'eau en sa saison.
Je n'ai pas posé de digue pour détourner l'eau courante.
Je n'ai pas éteint de feu en pleine force.
Je n'ai pas arrêté le bétail.

Je n'ai pas entravé la sortie processionnelle d'un dieu.

Le Jugement des morts, sources orientales.

Scène II — La pesée du cœur — Une fois achevée cette Déclaration d'innocence où les préceptes d'une pure morale alternent avec les interdits les plus inattendus, la déesse de vérité poussait le mort dans la grande Salle. Au centre, une balance, prête pour la pesée, porte sur le plateau droit une plume d'autruche, symbole de Maât. Anubis prend alors le cœur du mort et le place sur le plateau de gauche. La balance oscille un instant, Horus arrête le fléau et dicte à Thot le résultat de la pesée. À ses côtés, la Grande Dévoreuse tend vers le scribe son mufle humide, attendant un ordre de lui. Si le défunt a transgressé les interdits cités plus haut, son sort est alors immédiat : sur un signe d'Anubis, le monstre s'empare de lui et n'en fait qu'une bouchée. Si le défunt a eu une vie exemplaire, Babaï part se recoucher en attendant le mort suivant. Quant au défunt, il ne peut encore se tenir pour acquitté ou « reçu » au terrible examen. Car une autre épreuve l'attend, plus redoutable encore.

Scène III — La prière devant les quarante-deux divinités de la Salle — Le mort, toujours présumé coupable malgré le résultat favorable de la pesée, doit en effet adresser à chacun des quarante-deux dieux, en le nommant par son nom secret, une nouvelle déclaration d'innocence. Cela exigeait de lui une mémoire proprement stupéfiante ! Car il ne devait ni se tromper dans leur nom ni commettre d'erreur sur la faute à laquelle chacun d'eux présidait. En cas d'erreur, il était aussitôt... dévoré par le dieu en question. Mais s'il triomphait de cette nouvelle épreuve, il était alors admis à s'adresser directement à Osiris.

Scène IV — Présentation à Osiris et discours terminal — Voici donc le mort devant son souverain. Il peut dès lors se considérer comme sauvé et admis à l'examen d'immortalité. Une dernière formalité toutefois, avant de quitter la salle de Justice et de Vérité : il lui faut adresser une prière rituelle à Osiris, prononcer une formule de conjuration et, tandis qu'il sort de la Salle, nommer par leur nom secret le montant droit, le montant gauche, le seuil et chaque boiserie de la porte de sortie !

Tel était, d'après le *Livre des morts*, le jugement subi par les malheureux défunts avant de pouvoir accéder au royaume d'Osiris...

Les tourments du Tartare

L'idée d'un jugement des morts apparut elle aussi en Grèce mais sous une forme assez différente de celle de l'Égypte. Car si poètes et philosophes envisagèrent assez tôt dans l'au-delà un sort distinct pour les justes et pour les impies, la piété populaire, elle, sera longtemps marquée par les conceptions d'Homère et d'Hésiode. L'Hadès resta toujours dans la religion grecque un lieu de cauchemar où les morts « vivaient » dans le regret perpétuel de la terre et l'idée d'un séjour plus heureux, d'une vie de félicité symbolisée par les champs Élysées semble avoir été davantage l'apport des poètes et des penseurs qu'une conviction ancrée dans le cœur des simples citoyens. Quant au Tartare, il n'impliquait pas exactement, lui non plus, l'idée d'un châtiment moral. C'était simplement un lieu de détention pour tous ceux qui s'étaient révoltés contre la souveraineté de Zeus. Leur sort dans le Tartare était celui de tous les révoltés ou de tous les vaincus. Élevé ici aux dimensions de l'éternité, on y précipite ceux qui font preuve d'*hybris*, c'est-à-dire d'orgueil et de démesure à l'égard des dieux et seulement à l'égard des dieux.

Quoi qu'il en soit, la spéculation philosophique et l'imagination poétique enrichirent les conceptions traditionnelles de l'Hadès de visions nouvelles qui s'imposèrent peu à peu et marquèrent en tout cas le net désir de certains Grecs de ne pas s'en tenir aux images naïves d'Homère.

C'est ainsi qu'on voit apparaître, principalement chez les poètes orphiques, l'idée que l'âme est escortée aux Enfers par Hermès — auquel on donne pour la circonstance le nom pompeux de *psychopompe*, c'est-à-dire d'escorteur des âmes — et qu'elle arrive à une bifurcation dont l'une des voies mène au Tartare et l'autre vers les champs Élysées. C'est là, au début de ce carrefour fatidique, que se tiennent les trois juges infernaux : Minos, Éaque et Rhadamanthe. Un très beau poème orphique décrit ce voyage de l'âme dans l'Hadès, sa rencontre avec un cyprès blanc, puis sa visite au lac dont les eaux doivent lui permettre de se remémorer son origine divine :

> Près du pays des morts,
> Tu trouveras à ta gauche une source,
> Et près d'elle tout blanc, un cyprès.
> Cette source, évite-la, ne t'en approche pas.
> Tu en verras une autre, de glace,
> Qui sourd du lac de la Mémoire.
> Des gardes la protègent. Dis-leur :
> « Je suis fille de la Terre et du Ciel,
> Mais je viens du Ciel étoilé.
> Vous aussi le savez. La soif
> Me consume, me tue. Donnez-moi vite
> De l'eau glacée qui jaillit du lac de Mémoire. »
> Et ils te permettront de boire à la source divine,
> Et désormais, chez les héros, tu régneras.
>
> *Poème orphique*, trad. J. Lacarrière.

Platon, à plusieurs reprises, notamment dans le *Gorgias* et la *République*, reviendra sur ces deux routes, sur cette géographie de l'au-delà, et surtout sur les juges infernaux. Voici la version exposée par Platon dans le dialogue intitulé *Gorgias* :

> « Écoute donc une belle histoire, comme on dit, une histoire que tu prendras pour une fable mais que moi, je t'assure être vraie. Zeus, Hadès et Poséidon se partagèrent, comme tu le sais, l'empire du monde après l'avoir hérité de leur père. Or, au temps de Cronos, une règle (toujours valable chez les dieux) voulait que tout mortel ayant mené une vie juste et pieuse allât après sa mort dans les Îles Fortunées où il jouissait d'un bonheur parfait et à l'abri de tous les maux. Au contraire, quiconque avait vécu dans l'injustice et l'impiété allait dans

cette prison du châtiment et de la justice que l'on nomme Tartare. Sous le règne de Cronos et dans les premiers temps du règne de Zeus, ces hommes étaient jugés vivants par des juges vivants qui se prononçaient sur leur sort le jour même où ils devaient mourir. Aussi ces jugements étaient-ils hâtifs et injustes.

» C'est pourquoi Hadès et tous ceux qui régnaient sur les Îles Fortunées allèrent trouver Zeus et lui dirent qu'on leur envoyait ici-bas des hommes qui ne méritaient ni les récompenses ni les châtiments assignés. "Je vais faire cesser cette injustice, répondit Zeus et pour cela, je vais d'abord ôter aux hommes la prescience de leur dernière heure puisque jusqu'à maintenant ils la savaient toujours d'avance. En outre, je veux qu'ils soient jugés en dehors du cadre de leur vie mortelle et que le jugement n'ait lieu qu'après leur mort. Le juge doit lui-même être un mort et examiner le défunt sans aucun préjugé, sans la présence de sa famille, pour que son verdict soit équitable. En conséquence, j'ai désigné pour juge trois de mes fils. Deux sont d'Asie, Minos et Rhadamanthe, et le troisième, Éaque, est d'Europe. Lorsqu'ils seront morts, ils rendront leur jugement dans la prairie à l'endroit même où partent les deux chemins qui mènent l'un vers les Îles Fortunées et l'autre vers le Tartare. Rhadamanthe jugera les hommes d'Asie, Éaque ceux de l'Europe. Et je donnerai à Minos l'autorité suprême, au cas où il y aurait litige." »

PLATON, *Gorgias*, trad. J. Lacarrière.

Les implications morales d'une telle évolution sont évidentes. Depuis que les hommes ignorent l'heure et le jour de leur mort (encore un bienfait oublié que nous devons à Prométhée !), ils doivent se tenir prêts en permanence pour l'instant fatidique. Et il n'y a plus d'échappatoire possible devant le tribunal suprême puisque les hommes sont jugés tels qu'ils sont. Les décisions des juges ne peuvent qu'être justes. Et Socrate s'amuse à illustrer cette évidence en montrant comment l'âme du Grand Roi lui-même — on appelait Grand Roi le roi des Perses — subit le sort qu'elle mérite en comparaissant devant Rhadamanthe — juge des morts asiates. Il sera envoyé au Tartare où d'autres rois, tyrans et souverains gémissent déjà.

Car, dit Socrate

> « ... la plupart de ceux qui sont donnés ainsi en spectacle sont des tyrans, des rois, des potentats, des hommes politiques. Car ceux qui commettent les actions les plus injustes et les plus impies sont en général les puissants et tous ceux qui disposent d'un pouvoir.
>
> » Homère me rend ici témoignage. Ceux qu'il représente comme tourmentés pour toujours aux Enfers sont des rois et des potentats, comme Tantale, Sisyphe et Tityes. »
>
> PLATON, *Gorgias*, trad. J. Lacarrière.

Mais comme tous les habitants de la terre ne sont pas des rois ni des princes, que deviennent les autres, particulièrement ceux qui ont mené une vie pieuse et juste ? Et ces autres, qui peuvent-ils être ? Pour Socrate, la réponse est immédiate : ce seront ceux qui, au cours de leur vie, auront su se garder des honneurs, de la richesse et du pouvoir, et se seront consacrés aux vrais problèmes, autrement dit les philosophes.

Deux routes, trois juges infernaux et pour les

morts une seule alternative : le Tartare ou les champs Élysées. Une telle solution est simple et elle eût pu suffire à tout homme moins exigeant que Platon. Elle contenta sans doute l'immense majorité des Grecs mais Platon revint à plusieurs reprises sur ce problème du sort des âmes et il proposa, dans les dernières pages du *Phédon*, sans modifier d'aucune façon sa vision d'ensemble du « problème », quelques notions nouvelles et quelques variantes au sort des défunts. Ces notions et variantes eurent elles aussi des conséquences importantes pour l'évolution des idées car elles comportent une innovation essentielle : celle d'un repentir possible des âmes, d'une purification par le feu du Tartare et donc, d'une libération éventuelle des tourments des damnés. Platon « invente » en somme l'idée du purgatoire et il la développera en quelques images saisissantes dans un passage du *Phédon* :

> « Ceux qui se sont trouvés avoir commis des fautes graves mais réparables, comme par exemple d'avoir accompli un acte de violence dans un moment de colère mais qui par la suite l'ont regretté toute leur vie, ceux-là doivent bien entendu être précipités dans le Tartare ; mais après y être demeurés un an, ils en sont rejetés. Les homicides sont renvoyés dans le Cocyte, les parricides dans le Pyriphlégéton. Et lorsque les uns et les autres sont arrivés au lac Achérusiade, ils poussent des cris en appelant ceux qu'ils ont tués ou qu'ils ont maltraités les conjurant de leur permettre de traverser le lac et de les recevoir. Si leurs prières sont exaucées, ils remonteront sur la rive et seront délivrés de leurs maux. Sinon ils seront à nouveaux entraînés dans le Tartare qui les rejettera à son tour dans

les autres fleuves ; et ceci jusqu'à ce qu'ils aient fléchi leurs victimes, car telle est la peine qui leur a été infligée par les juges. »

PLATON, le *Phédon*, trad. J. Lacarrière.

On ne peut parler ici de rédemption car le terme a une résonance trop chrétienne mais cette idée de purifications successives de l'âme lui permettant d'échapper aux tourments éternels, jointe à celle — typiquement grecque et juridique — de « circonstances atténuantes » est là encore un apport personnel de la pensée platonicienne. Sa résonance morale est des plus évidentes puisque le châtiment des criminels est proportionné à leur faute et, surtout, limité ou prolongé par leurs propres victimes.

Platon propose donc trois solutions pour l'âme après la mort : le paradis (les îles des Bienheureux) pour les morts pieux et justes, le Tartare éternel pour les grands criminels qu'il appelle les incurables, et une sorte de purgatoire, figuré par un séjour provisoire dans les abîmes du Tartare suivi d'une « remontée » possible vers le Cocyte ou le Pyriphlégéton.

Mais qui rencontre-t-on dans ces abîmes ténébreux ? Quelles âmes réprouvées hantent ces profondeurs ? Passons sur les Géants et les Titans engloutis lors de leur lutte contre Zeus. À côté d'eux, dans ces « lieux affreux et moisis » comme les nomme Hésiode, et que Platon imagine parcourus de vents violents, en proie à de véritables cyclones, essayons de distinguer les ombres qui s'agitent sans cesse, heure après heure, avec les mêmes gestes établis, fixés pour l'éternité...

Voici d'abord un homme de haute stature, attaché à une colonne et plongé dans l'eau jusqu'au cou. Une branche chargée de fruits s'agite devant ses yeux mais chaque fois qu'il veut la saisir, chaque fois qu'il veut manger un fruit, l'eau se retire et la branche s'écarte. Cet homme condamné à une faim et une soif éternelles est Tantale.

Tantale était, dit-on, un fils de Zeus. Il régnait en Lydie et en Phrygie et son origine divine lui avait valu la faveur des dieux. Seul de tous les mortels, il avait même été admis à prendre ses repas dans l'Olympe et dans son palais de Lydie, les dieux allaient et venaient comme chez eux. Il n'aurait jamais eu à souffrir la moindre peine dans sa vie comme dans sa mort si, un jour, ne lui était venue l'idée de rapporter aux hommes les propos des dieux sur l'Olympe. Il avait même été jusqu'à dérober de l'ambroisie et à en faire goûter à quelques amis mortels ! Zeus — qui ne plaisantait pas sur ce chapitre — le condamna alors à souffrir éternellement de la faim et de la soif.

Plus loin, près du sommet d'une haute colline, un homme s'évertue à pousser un énorme rocher. Il peine et sue pour lui faire gagner quelques mètres mais à peine parvenu au sommet, voici que le rocher, entraîné par son propre poids, dévale la pente et roule dans la plaine… Et l'homme doit recommencer son travail éreintant jusqu'à la fin des temps. Cet homme a nom Sisyphe.

La vie de Sisyphe pourrait s'intituler « Des méfaits et des inconvénients de la ruse ». Zeus, un jour, enleva sur terre une jeune fille du nom d'Égine, fille d'un fleuve nommé Asopos. Sisyphe, roi de Corinthe, avait été témoin de l'enlèvement. Quand, par la suite, Asopos passa par Corinthe à la recherche de sa fille, il révéla au fleuve la vérité : Zeus en personne avait enlevé Éginé.

Cela, on l'imagine, ne fut guère du goût de Zeus. Il décida de châtier Sisyphe et dépêcha sur la terre la Mort Thanatos, sœur d'Hypnos, le Sommeil. Sisyphe, grâce à sa ruse, évita le piège tendu par Thanatos et réussit même à s'emparer d'elle et l'enchaîna. Ainsi plus personne ne mourut. Hadès s'impatienta et les dieux eux-mêmes s'inquiétèrent. Zeus intervint alors et obligea Sisyphe à libérer la Mort. Celle-ci aussitôt libre s'empara du héros et l'entraîna dans les Enfers...

Mais l'histoire ne finit pas là. Car Sisyphe — qui pensait à tout — avait recommandé à sa femme de ne pas enterrer son corps s'il venait à aller aux Enfers. Sisyphe se présenta donc chez Hadès sans que les rites aient été accomplis et Hadès lui en fit la remarque. « Tu as raison, répliqua le héros et tu peux juger par toi-même de l'insolence et de l'impiété de ma femme ! Permets-moi donc de remonter sur terre, juste le temps de la châtier comme il convient et je te promets de revenir aussitôt ! » Hadès lui accorda la permission, Sisyphe revint vers la lumière... et y resta. Il vécut fort âgé et quand il redescendit pour la seconde — et dernière — fois dans les Enfers, les dieux le précipitèrent dans le Tartare et lui donnèrent un rocher à pousser pour l'occuper pendant l'éternité.

Sisyphe avait un frère du nom de Salmonée qui s'ennuyait de n'être qu'un mortel. Il décida donc de devenir un dieu et choisit d'être Zeus. Et comme le privilège de Zeus était de lancer tonnerre et éclairs, Salmonée se fit construire, près de la ville qui portait son nom en Élide, une route pavée de bronze sur laquelle il roulait dans un char aux roues de cuivre duquel pendaient des chaînes de fer ! De toute évidence, Salmonée ne craignait pas le bruit ni le fracas mais les habitants de la ville en eurent bientôt les oreilles meurtries. Et Zeus, pour en finir à la fois avec leurs jérémiades et l'insolence de leur roi, précipita celui-ci dans le Tartare et détruisit la ville avec ses habitants.

Venons-en à Ixion, fils d'Arès, dieu de la guerre. Il régnait en Thessalie sur le peuple des Lapithes et fut le père de Pirithoos, cet ami de Thésée descendu avec lui aux Enfers mais qui n'avait pas eu la chance d'en remonter…

Ixion avait l'esprit obsédé par le mal. Il passa sa vie à détruire, à tuer et à provoquer le scandale. Pour commencer, il précipita son beau-père dans une fosse remplie de braises ardentes le jour même de ses noces ! L'horreur inspirée par ce crime — à la fois un homicide et une atteinte aux lois sacrées de l'hospitalité — fut si grande que nul prêtre ni même aucun dieu ne voulut purifier Ixion. Zeus s'en chargea à contrecœur à la demande d'Arès et sermonna Ixion. Peine perdue ! À peine sorti du temple, il se précipita sur Héra, la propre femme de Zeus, et essaya de la violer. Héra eut tout juste le temps de susciter une nuée à son image et Ixion — qui n'y regardait pas de si près — s'unit avec ce fantôme, engendrant ainsi le peuple des Centaures… Zeus décida alors de le châtier et le condamna à tourner dans l'espace enflammé du Tartare, attaché à une roue ardente, satellite du ciel souterrain !

Les criminels ordinaires, si l'on peut employer cet adjectif, ceux qui s'étaient contentés de tuer leurs semblables sans s'en prendre directement aux dieux, ne méritaient pas de tels châtiments. Les textes les plus archaïques ne précisent pas le genre de punition qui leur était infligé au Tartare mais par la suite — chez Platon notamment — on voit poindre une idée qui fera son chemin, celle du feu éternel, attisé par des démons sauvages.

Ni le Kur, ni l'Arallou, ni le Shéol, ni le royaume d'Osiris ne mentionnent expressément l'existence de torture par le feu. Elle fait son apparition chez les Grecs et c'est en particulier dans *la République* de Platon que son utilisation est décrite avec le plus grand détail à propos du châtiment d'Ardiée.

> « Cet Ardiée avait été tyran d'une ville de Pamphylie, mille ans auparavant. Il avait assassiné son père, son frère aîné et commis, à ce qu'on disait, un nombre incroyable de forfaits. Et l'âme interrogée nous dit : Ardiée n'est point venu jusqu'ici et n'y viendra jamais car nous avons été témoins de son sort effroyable. Nous sortions de l'abîme souterrain après avoir purgé nos peines lorsque nous vîmes Ardiée et d'autres tyrans avec lui qui s'approchaient de la sortie. Mais au moment où ils s'apprêtaient à passer, l'ouverture leur refusa le passage. Il en était ainsi chaque fois que se présentait quelqu'un qui n'avait pas suffisamment expié ses crimes. Alors, des démons hideux, tout en feu, accoururent, se saisirent d'Ardiée, lui attachèrent les pieds et les mains, et après l'avoir frappé au point que sa peau s'écorchait par lam-

beaux, ils le traînèrent sur des ronces, des genêts épineux, en expliquant aux ombres environnantes qu'on traitait toujours ainsi les criminels jetés dans le Tartare. »

PLATON, *la République*, trad. J. Lacarrière.

Le pont des âmes

L'eschatologie iranienne a joué un rôle considérable dans toute la mythologie indo-européenne et sémitique. Elle a influencé le christianisme qui lui doit en grande partie ses conceptions apocalyptiques et sa vision grandiose du Jugement dernier, ainsi que l'Islam et les pays nordiques. L'affrontement gigantesque qui oppose depuis les origines du monde Ormuzd à Ahriman doit durer douze mille ans, au terme desquels le Bien vaincra le Mal et l'univers surgira rénové. C'est là une idée essentielle qu'on retrouve principalement dans l'Apocalypse de Jean et dans les textes nordiques : l'univers ne connaîtra la paix éternelle et une harmonie définitive qu'au terme de cet affrontement qui revêtira, en son aboutissement, une forme spectaculaire et collective puisque toutes les Puissances, c'est-à-dire les êtres invisibles, anges et démons, y participeront. Or cette idée d'un affrontement général et collectif conditionne de près le sort individuel des âmes après la mort. Leur salut, leur immortalité, leur régénération ne s'opéreront en fait qu'au bout de cette lutte titanesque : elles prendront place dans un plan divin concernant *tout l'univers* et non telle ou telle âme individuelle. L'intérêt d'une telle conception est que toutes les âmes seront, un jour, sauvées et rachetées. Il ne saurait exister d'enfer définitif et la damnation quand elle a lieu ne peut être que provisoire. Ce provisoire risque de durer quelques milliers d'années. Mais qu'est-ce que deux, trois ou quatre mille ans de tourments pour une âme appelée ensuite à connaître la paix éternelle ? C'est là somme toute une vision fort réconfortante de l'avenir, une idée optimiste de l'homme et de son sort final que toutes les religions, malheureusement, sont loin d'avoir su adopter.

Mais dès l'instant où l'on imagine une solution finale au problème du devenir de l'univers, il faut bien, *en attendant*, que les morts aillent quelque part. L'Iran n'a jamais, à l'instar des Égyptiens ou des Grecs, imaginé un pays des morts situé en un lieu précis, et la mythologie infernale est plutôt pauvre sauf sur le chapitre des démons, qui portent le nom de *deva*. C'est d'ailleurs dans un livre consacré justement aux démons, le *Vidêrdât* (ou *Loi contre les* deva) que l'on trouve les premières mentions relatives au sort de l'âme et au monde de l'au-delà. Ce livre traite entre autres de la naissance de Zoroastre, le prophète iranien fondateur de la religion qui porte son nom, et des attaques dont il fut aussitôt l'objet de la part des démons. Il parvint cependant à les repousser et Ormuzd, le dieu suprême, lui révéla les destinées de l'âme après la mort.

> «Ahura Mazda dit alors : "Après la mort de l'homme, après le décès de l'homme, la troisième

nuit à l'aube, lorsque les rayons de l'aurore ont touché les montagnes fortunées, lorsque Mithra le bien-armé, le soleil, s'est levé, alors le deva nommé Vizarsha entraîne l'âme des méchants adorateurs des deva dont la vie est brève."

» À travers le chemin créé par Zurvân, l'âme du méchant comme celle du juste arrive à un pont nommé Tchinvad créé par Mazda : on demande à sa conscience et à son âme la part des biens qu'il a donnés dans le monde matériel. Vient alors une femme belle, forte, bien bâtie, florissante... elle porte un collier et c'est une femme vertueuse. Elle rejette l'âme des méchants dans les ténèbres. Elle fait traverser l'âme des justes sur le pont Tchinvad. Alors Vohu manah se lève de son trône d'or et il dit : "Quand es-tu arrivé, ô juste, du monde abandonné dans ce monde non abandonné ?"

» Contentes sont les âmes des justes quand elles arrivent chez Ahura Mazda, chez les Amesha Spenta, sur le trône d'or dans la Maison des Chants, maison d'Ahura Mazda, maison des Amesha Spenta, maison des autres justes.

» Sanctifié est le juste après sa mort : les deva méchants redoutent son odeur comme un bélier redoute le loup... »

Le Jugement des morts, sources orientales.

Ces images du sort posthume de l'âme resteront à jamais fixées dans la tradition mythique de l'Iran et on les retrouvera dans tous les textes ultérieurs : le départ de l'âme, son arrivée sur le pont Tchinvad, son « accueil » par une jeune fille d'une grande beauté, généralement considérée comme l'incarnation de la religion, et sa chute vers les Enfers ou sa montée vers la Maison des Chants. Mais ce texte nous renseigne aussi sur quelques entités ou divinités importantes dont les noms ont pu surprendre le lecteur. Ce sont celles que le texte appelle les Amesha Spenta — c'est-à-dire les Puissants immortels — qui sont plus des puissances que des dieux et qui sont au nombre de six. Le plus important des six est Vohu manah qui joue un grand rôle dans les croyances relatives au paradis car c'est lui qui conduit les âmes des justes vers la Maison des Chants. Incidemment, d'autres puissances apparaissent à ses côtés : Asha, qui gouverne le feu, et Kshatra, qui gouverne la force et figure le défenseur des pauvres. Ces six puissances ont été créées par Ormuzd et elles se tiennent dans le ciel par groupes de trois, de chaque côté du dieu suprême. Quant à Zurvân (que les Grecs assimilèrent à Cronos, le Temps), il a créé le chemin que prennent les âmes après la mort et, dans les versions tardives de son mythe, il passe pour avoir engendré Ormuzd et Ahriman.

Toute cette imagerie s'enrichira de précisions et de détails apportés par les textes et les commentaires ultérieurs et certains d'entre eux ne manquent pas d'intérêt. Un autre livre sacré des anciens Iraniens, le *Hadokht*, dont il n'existe que quelques fragments, décrit ainsi le voyage de l'âme du méchant après la mort :

> « Zoroastre demanda à Ahura Mazda :
>
> — Ahura Mazda, Esprit Très-Saint, Créateur des êtres matériels, lorsqu'un méchant meurt, où séjourne son âme à partir de la troisième nuit ?
>
> — Lorsque la troisième nuit s'est écoulée, à l'aube, l'âme du méchant se croit au milieu d'un désert et a la sensation de respirer des puanteurs. Elle sent un vent souffler du côté des pays du Nord,

très puant, plus puant que les autres vents. L'âme de l'homme méchant respire ce vent avec ses narines.

» Puis l'âme de l'homme méchant descend un quatrième pas et arrive dans les ténèbres infinies. Alors, le méchant mort avant elle lui demande en disant :

— Comment, ô méchant, es-tu mort ? Comment, ô méchant, as-tu quitté les villages pleins de bétail ? Les villages pleins d'oiseaux ? Les villages pleins de plaisirs ? Comment es-tu venu du monde matériel dans le monde spirituel, du monde abandonné dans le monde non abandonné ? Comment les longs tourments t'ont-ils échu ?

» Le mauvais esprit hurle alors :

— Ne lui demande pas ce que tu demandes, sur le chemin cruel, terrible et angoissant qu'il vient de traverser, après la séparation de la conscience et du corps.

» Parmi les aliments qu'on lui apporte, le poison ayant odeur de poison, pour la nourriture du jeune homme aux mauvaises pensées, aux mauvaises paroles, aux mauvaises actions, à la mauvaise religion après sa mort ; ce sera la nourriture de la méchante courtisane, chez laquelle prédominent les mauvaises pensées, les mauvaises paroles, les mauvaises actions, qui ne reconnaît pas de maître après sa mort. »

Le Jugement des morts, sources orientales.

Ce texte est relativement simple et ne décrit, somme toute, que des désagréments mineurs : la puanteur et le poison, voilà des maux bien pauvres à côté des tortures subies par Sisyphe, Tantale, Ixion, Ardiée et les autres damnés du Tartare ! Et surtout ce texte ne dit rien de la façon dont le sort de l'âme est tranché. Un autre livre, plus tardif, le *Dâtastân-i Mênoûk-i Khrat*, décrit avec beaucoup plus de détails le sort posthume de l'âme du méchant. On y rencontre entre autres l'idée d'un jugement subi par l'âme, d'une pesée, semble-t-il, faite par un juge du nom de Rash, pesée qui s'effectue juste à l'entrée du pont fatal. On y rencontre aussi, clairement nommés, les anges et les démons qui protègent ou assaillent le mort, lors de son voyage infernal.

> « N'aie pas confiance dans la vie car tu finiras par mourir. Les chiens et les oiseaux mangeront ton cadavre et tes os tomberont à terre. Pendant trois jours et trois nuits, l'âme restera au chevet du corps. Le quatrième jour à l'aube, elle ira, appuyée par Srôsh le juste, vers le pont Tchinvad, élevé et terrible, que tout juste et tout méchant doit traverser. De nombreux adversaires l'y attendent : ceux qui lui sont malveillants, la Fureur à la massue sanglante et Astovihât qui dévore toutes les créatures sans jamais se rassasier, des médiateurs et Rash le juste qui doit peser ; il ne fait pencher la balance des esprits d'aucun côté, ni pour les justes, ni pour les méchants, ni pour les rois, ni pour les princes ; il ne la fait pas dévier d'un cheveu ni ne fait de tort et juge avec justice aussi bien les rois et les princes que les plus petites gens. »
>
> *Le Jugement des morts*, sources orientales.

Le texte décrit ensuite le sort des justes au paradis puis celui des méchants.

> « Mais lorsque c'est un méchant qui meurt, son âme reste pendant trois jours et trois nuits près de sa tête et pleure. « Où irai-je, qui prendrai-je comme protecteur ? » Tous les péchés et tous les crimes qu'il a commis dans ce monde, elle les voit de ses yeux pendant ces trois jours et ces trois

nuits. Le quatrième jour, Vizarsha arrive et lie d'un lien mauvais l'âme du méchant. S'opposant à Srôsh le juste, il la conduit jusqu'au pont Tchinvad. Rash le juste révèle alors la malice de l'âme du méchant, Vizarsha s'empare de son âme et, impitoyable et furieux, la frappe et lui fait du mal. L'âme du méchant pleure en criant, implore en se lamentant, et lutte, impuissante, pour sa vie. Sa lutte et ses lamentations n'aboutissent à rien, personne, parmi les bons et les deva, ne vient à son secours, mais Vizarsha l'entraîne en enfer, en bas, sans aucun espoir.

» Une fille vient alors à sa rencontre qui ne ressemble pas aux jeunes filles. L'âme du méchant dit à cette mauvaise fille : "Qui es-tu ? Je n'ai jamais vu dans le monde de mauvaise fille pire et plus laide que toi !" La mauvaise fille répond : "Je ne suis pas une jeune fille mais tes mauvaises actions, ô vilain plein de pensées mauvaises, de paroles mauvaises, d'actions mauvaises, car lorsque tu voyais dans le monde qu'on adorait les anges, toi tu adorais les deva. Lorsque tu voyais qu'on accordait l'hospitalité et que l'on recevait des hommes bons, qu'on leur donnait des présents, qu'ils vinssent de près ou de loin, tu opprimais impitoyablement ces hommes bons, ne leur offrais aucun présent et fermais ta porte à leur nez. Et lorsque tu voyais qu'on rendait justice honnêtement, qu'on ne pratiquait pas de corruption, tu t'asseyais pour exercer la justice de façon malhonnête, pour donner de faux témoignages. Je suis tes mauvaises pensées, tes mauvaises paroles, tes mauvaises actions, désirées ou accomplies..."

» Alors le méchant descend d'un premier pas dans les mauvaises pensées, d'un deuxième pas dans les mauvaises paroles, d'un troisième pas dans les mauvaises actions. D'un quatrième pas, il arrive devant le Mauvais Esprit et les autres deva. Et ceux-ci se moquent de lui et en font leur risée. Et le Mauvais Esprit hurle aux deva : "Ne lui posez pas de questions, car il a quitté son corps bien-aimé et traversé un mauvais chemin. Mais apportez-lui la nourriture la plus impure et la pire de celles que l'on prépare en enfer."

» On lui apporte du poison, du venin, des serpents, des scorpions et autres animaux nuisibles de l'enfer et on les lui donne à manger. Et jusqu'à la résurrection et le Corps futur, il a à subir de nombreux tourments et supplices en enfer. La nourriture la plus commune que l'on sert en enfer ressemble à du sang corrompu. »

Le Jugement des morts, sources orientales.

Un autre pont, plus connu que celui de Tchinvad qui signifie « pont du Trieur » est le Sirât ou pont du Paradis décrit dans les commentaires arabes du Coran.

Dès que l'âme a quitté le corps du défunt, elle n'a évidemment qu'une hâte : rejoindre au plus tôt le paradis. Il est situé de l'autre côté d'un immense abîme figurant l'enfer et pour s'y rendre il faut franchir ce dernier sur un pont appelé Sirât, aussi fin qu'un cheveu, aussi tranchant qu'un sabre ! Seuls les élus peuvent le traverser alors que les damnés glissent et tombent dans le vide, quand ils ne sont pas happés par les crochets tenus par les démons. C'est ce qu'indique clairement l'un de ces commentaires ou hadîths.

« Le croyant passera sur lui, rapide comme la vue ou comme l'éclair ou comme le vent ou comme les chevaux de race. Les uns échapperont, sains et saufs ; d'autres seront déchiquetés, d'autres tomberont évanouis dans le feu de l'enfer et cela durera jusqu'à ce que le dernier passe et soit entraîné. »

Le Jugement des morts, sources orientales.

Une autre tradition bien postérieure, puisqu'elle figure dans un ouvrage étrange et fort instructif attribué à un auteur arabe du XIIe siècle, Ghazâli, et qui porte le titre de *Perle précieuse pour dévoiler la connaissance du monde à venir*, décrit un peu différemment le sort de l'âme après la mort. Ici, plus de pont, plus d'abîme mais la visite, dans les ténèbres de la tombe, de deux anges terribles, les anges de la mort, Monkar et Nakir, qui viennent questionner le défunt.

« Ensuite pénètrent auprès du mort les deux questionneurs du tombeau, deux anges noirs qui déchirent la terre de leurs dents ; ils ont de longs cheveux flottants qui traînent sur le sol ; leur voix est comme le tonnerre qui gronde avec violence, leurs yeux sont comme l'éclair qui brille, leur souffle est comme le vent impétueux. Ils tiennent chacun à la main une barre de fer telle que les hommes réunis ne pourraient la soulever. Si ces deux anges frappaient d'un seul coup de cette barre la montagne la plus gigantesque, ils l'anéantiraient.

» Quand l'âme aperçoit ces deux anges, elle tremble, se détourne pour fuir et pénètre dans les narines du mort et celui-ci reprend l'apparence qu'il avait pendant le râle de l'agonie. Il ne peut pas se mouvoir, mais il voit et entend. Alors ils l'interrogent avec violence et lui adressent d'énergiques réprimandes. À ce moment la terre devient pour lui comme de l'eau : il peut se mouvoir tout à son aise et ne rencontre pas d'obstacles.

» Alors ils lui disent : "Qui est ton Seigneur ? Quelle est ta religion ? Qui est ton prophète ?" L'homme vertueux, affermi par la parole de Dieu, leur répond alors : "Qui vous a donné autorité sur moi ? Qui vous a envoyés vers moi ?" C'est là la réponse que font les hommes vertueux. Alors l'un des anges dit à son compagnon : "Il a raison. Voici, nous l'avons suffisamment maltraité." Puis ils agrandissent le tombeau au-dessus de lui, en lui donnant la forme d'une voûte immense et ils lui ouvrent de son côté droit une porte qui donne sur le paradis. Ensuite, ils lui apportent des vêtements de soie et des parfums du paradis. Sa conduite vient vers lui sous la forme de la plus aimable des créatures pour qu'il converse et s'entretienne avec elle et le tombeau se remplit de lumière. Le mort ne cesse de se réjouir et de s'égayer aussi longtemps que dure le monde terrestre jusqu'à la venue de l'heure du Jugement... »

Le Jugement des morts, sources orientales.

La géhenne de feu

Tous ces enfers et ces châtiments posthumes peuvent paraître terrifiants, il est rare qu'ils nous émeuvent vraiment. La raison en est d'ailleurs fort simple : c'est que nous n'y croyons pas. Ils sont décrits par des textes sacrés d'autres religions, à l'intention d'autres fidèles et appartiennent pour la plupart à un passé révolu. Et cependant nous ne sommes pas tellement mieux renseignés dans ce domaine que les hommes d'il y a trois mille ans. Que notre conception du monde physique, notre approche et notre connaissance du réel se soient modifiées depuis Platon ou Zoroastre, cela est fort légitime puisque la science a jeté sur les problèmes autrefois réservés aux mythes des lueurs nouvelles qu'on ne peut ignorer. Mais que les mythes relatifs au monde futur, domaine qui n'est pas du ressort de la science et sur lequel aucune donnée nouvelle n'est apparue, aient évolué eux aussi, que cette vision de ce monde entièrement hypothétique ait changé en même temps que celle du monde réel, voilà qui est déjà plus surprenant.

Il est donc à la fois vrai et faux de parler de *mythes chrétiens* à propos de l'enfer et du paradis. Les croyances et les conceptions chrétiennes relatives au sort futur de l'âme se sont formées au cours des premiers siècles de la prédication apostolique, puis patristique. Or il était fatal que ces croyances reflètent le climat et les problèmes de cette époque et soient elles-mêmes influencées par les mythes et croyances antérieurs du judaïsme. On se trouve donc paradoxalement confronté à des croyances et des conceptions nées il y a deux mille ans (mais qui reflètent un fonds mythique plus ancien encore) et qui sont censées, elles, à l'inverse des autres croyances nées à la même époque, avoir une valeur objective et nous révéler une vérité et une réalité universelles et indiscutables. Devant ce dilemme, le dogme a dû là encore se plier à l'évolution des idées. Comme il n'est guère possible de réfuter les visions de saint Jean relatives à l'enfer, au paradis et au Jugement dernier — car dans le domaine prophétique, on a toujours raison tant que les faits ne vous ont pas donné tort — on se trouve dans l'obligation de conserver à ces textes canoniques et sacrés une valeur objective, qu'on peut seulement modifier dans un sens allégorique ou symbolique. Il semble certain que les visions johanniques sont en effet autant de symboles que les Modernes n'ont pas toujours compris et qu'il serait puéril de vouloir prendre au pied de la lettre. Mais la masse des fidèles, tant dans les premiers siècles du christianisme que dans toute la durée du Moyen Âge, s'est toujours montrée plus sensible aux interprétations littérales et aux visions naïves qu'aux interprétations des théologiens. C'est cette part naïve et populaire, ces visions d'anges trompetteurs ou de diables cornus brassant la poix et le goudron dans les Enfers qui constituent la mythologie du christianisme. Et c'est elle que nous essaierons de décrire. Mais l'histoire du diable chrétien commence en réalité au-delà des frontières de la Judée et de la Palestine, dans les montagnes et les plaines arides de l'Iran et dans les déserts du Sinaï.

Le prince des ténèbres

La vision iranienne du diable est due à un prophète, du nom de Mani, dont l'enseignement se répercuta bien au-delà des limites de son pays.

En fait, Mani, qui vécut au IIe siècle après J.-C., fonda moins une religion nouvelle qu'il n'approfondit et ne repensa celle de Zoroastre. Il conserve le même panthéon divin mais il lui confère un sens radicalement différent en accentuant son dualisme. Désormais le principe du Mal, Ahriman, n'est plus une création simultanée de celui du Bien — nés tous deux de Zurvân — mais une entité distincte, née d'elle-même et trouvant en elle-même sa propre origine, opposée au dieu du Bien. Ce dieu du Mal conservera le nom d'Ahriman mais il revêtira des incarnations diverses ; il aura pour habitat un lieu souterrain et ténébreux appelé la Terre d'obscurité alors que le dieu bon résidera dans les espaces étincelants de la Terre de lumière.

Il serait difficile et fastidieux de décrire en détail tout ce que les manichéens ont conçu et imaginé à propos du royaume où règne l'esprit du Mal. Leurs idées, leurs symboles, leurs textes sont d'une telle richesse mais aussi d'une telle complexité qu'ils défient toute description logique et, plus encore, tout résumé. Hanté par le problème du Mal, obsédé par l'idée que la totalité du monde sensible — c'est-à-dire la matière, le ciel, la terre, le sol où nous vivons, l'argile humaine et jusqu'à nos désirs et pensées — est l'œuvre de l'esprit mauvais et donc source de perdition, Mani n'a cessé de revenir dans ses prédications et ses entretiens avec ses disciples sur ce royaume du Mal, sur cette Terre d'obscurité à seule fin, sans doute, d'impressionner ses fidèles et de les détourner de ses prestiges fallacieux.

Cette Terre d'obscurité est située dans le monde inférieur, les couches les plus basses de notre planète, à une profondeur énorme. Elle est immense, presque infinie. Au point qu'on peut estimer qu'elle occupe en fait tout l'espace intérieur de la terre supposée creuse. Et elle est peuplée par des myriades de démons. En voici la description telle qu'elle ressort d'un écrit manichéen :

« La Terre des Ténèbres est coupée de gouffres profonds, d'abîmes, de fosses, de fondrières, de digues, de marécages, d'étangs, d'étendues de terre divisées et ramifiées en longs espaces pleins d'épaisses forêts, de sources d'où s'exhale une fumée, d'où de loin, de pays en pays, s'élèvent du feu et des ténèbres. L'une de ses parties est plus haute que l'autre, l'autre plus basse. La fumée qui sort est le poison de la Mort. Elle monte d'une source dont le fond est de vase trouble, recouverte de poussière, réceptacle des éléments du Feu, des lourds et sombres éléments du Vent, des éléments de l'Eau épaisse. »

Satan, le Prince des Ténèbres en son royaume.

Il s'agit donc d'une sorte de marécage brûlant, pestilentiel, analogue à l'antre d'un volcan et comportant de multiples abîmes, poches, crevasses, qui font penser à la description que donne Platon des abîmes, des fleuves et des violents courants du Tartare. Cette Terre d'obscurité comprend cinq étages, cinq zones occupées chacune par une variété particulière de démons : la zone de Fumée, la zone de Feu, la zone de Vent, la zone de l'Eau et la zone de Ténèbres. Il est curieux de parcourir la description des démons, telle qu'elle apparaît dans les textes manichéens car elle se retrouvera, à quelques variantes près, dans toute la littérature démoniaque ultérieure.

Ces démons portent des noms multiples pour la raison essentielle que les hommes, n'aimant guère prononcer le nom réel ou secret des puissances qu'ils redoutent, de peur de provoquer leur colère ou simplement d'attirer leur attention, se sont ingéniés à en trouver d'autres susceptibles d'être prononcés sans danger. Ces démons — dont le nom générique iranien est *deva*, comme en sanscrit — s'appellent aussi génies, esprits, hmurthas, liliths, faux dieux, archontes, vampires, hobolds, diables et satans... Un texte manichéen fort important, extrait des *Chapitres* ou *Entretiens* de Mani avec ses disciples, décrit l'origine et l'aspect de ces hordes démoniaques :

> « Les mondes des Ténèbres sont étendus et infinis. L'on disait : "Vaste et profonde est la demeure des Mauvais dont c'est là l'empire propre. La terre en est une eau noire, la partie haute une obscurité opaque."
>
> » De l'eau noire, le roi des Ténèbres fut, de par sa propre nature mauvaise, formé et surgit. Il devint grand, fort et puissant. Il créa et propagea des milliers et des milliers d'espèces à l'infini, des myriades et des myriades d'horribles créatures sans nombre.
>
> » Et les Ténèbres s'agrandirent et se grossirent de ces *deva*, génies, liliths, esprits des temples et des chapelles archontes, vampires, esprits des lacs et des nœuds, satans, toutes les hideuses formes des ténèbres, de toute sorte et de tout genre, petits mâles et petites femelles issus des Ténèbres : sombres, noirs, balourds, indociles, colériques, rageurs, venimeux, prompts à la révolte, fétides, sales et puants. Certains d'entre eux sont muets, sourds, bouchés, obtus, bégayeurs, égarés, ignorants ; tels autres hardis, fougueux, puissants, énergiques, emportés, lascifs, enfants du sang, de la flamme attisée et du feu dévorant ; tels autres magiciens, faussaires, menteurs, trompeurs, artificieux, conjurateurs, sorciers, devins.
>
> » Certains rampent sur le ventre, d'autres glissent furtivement dans l'eau, certains volent, d'autres

ont plusieurs pieds comme les vers de terre. Ils ont molaires et incisives en leur bouche. Le goût de leurs arbres est poison et fiel, leur saveur pétrole et goudron. »

Satan, le Prince des Ténèbres en son royaume.

Ces cohortes multiples, réparties en zones de natures différentes, sont fortement hiérarchisées et elles ont un chef, roi ou prince régnant sur ces marécages enflammés, sur ces poches délétères, dont le même texte donne une description précise :

« Ce roi des Ténèbres a revêtu toutes les formes des enfants du monde : sa tête est celle d'un lion, son corps celui d'un serpent, ses ailes celles d'un aigle, ses flancs ceux d'une tortue, ses mains et ses pieds ceux d'un démon. Il va, rampe, glisse, marche, est plein d'audace, menace, rugit, siffle, clignote des yeux, émet des sons flûtés. Il connaît toutes les langues du monde. Cependant il a l'esprit obtus et confus ; ses pensées sont embarrassées et il ne connaît ni le principe ni la fin. Il sait néanmoins ce qui se passe dans tous les mondes. Il est plus grand que tous les mondes ; il est plus puissant et plus vaste qu'eux tous, plus fort que toutes ses créatures et plus vigoureux qu'elles. Quand il lui plaît, il se cache à leurs yeux, de façon à n'en être point vu mais il sait ce qui se passe dans le cœur de qui se tient devant lui. À son gré, il dilate son corps ; à son gré, il se fait petit. Il rainasse ses membres et les étire à nouveau, et il tient de l'homme comme de la femme. Il perçoit tous les secrets. Sa colère s'exprime par cent moyens ou effets : voix, parole, souffle, haleine, œil, bouche, main, pied, force, fiel, fureur, discours, peur, angoisse, tressaillement, tremblement, rugissement ; alors tous les mondes des Ténèbres sont plongés dans l'épouvante.

» Son apparence est horrible, son corps fétide, sa face distorse. L'épaisseur des lèvres de sa bouche mesure mille quatre cent quarante-quatre milles. Au souffle de sa bouche, le fer entre en fusion et le roc est par son haleine échauffé. Lève-t-il les yeux, les montagnes s'ébranlent. Au murmure de ses lèvres les plaines sont secouées... »

Satan, le Prince des Ténèbres en son royaume.

On se trouve ici devant l'un des portraits du diable les plus précis et les plus complets qui aient jamais été tracés. Ce portrait fera date en ce sens qu'il influencera les conceptions chrétiennes — même lorsque ces dernières auront pour but de le combattre — et même si celles-ci sont, sur le plan théologique, foncièrement différentes des idées de Mani. Dans sa mythologie, c'est-à-dire dans les aspects et les traits qu'il prendra aux yeux de la masse des fidèles, le diable chrétien aura bien des points communs avec son terrible ancêtre dont le seul souffle peut faire fondre le fer...

Le jardin des supplices

Nous voici donc au seuil de l'enfer chrétien. Précisons d'abord ce qu'il doit aux symboles et aux conceptions qui l'ont précédé, à savoir les traditions bibliques et rabbiniques.

Yahvé-Élohim a créé les anges avant l'homme. Cela n'est dit nulle part dans la Genèse mais c'est une évidence qui ressort de l'analyse des textes bibliques. Les textes postérieurs à la Genèse, les

Prophètes et le très beau Livre de Tobie le laissent clairement entendre. Mentionnons également que les démons, au sens chrétien du terme, c'est-à-dire les esprits mauvais composant la suite de Satan, sont tous des anges déchus, qui ont perdu leur habitat céleste, *mais dont la nature est identique à celle des anges* et qui furent, au même titre qu'eux, créés par Dieu. Cela les distingue radicalement des démons manichéens, par exemple, qui sont des créations de l'esprit des Ténèbres et foncièrement distincts des anges ou créatures célestes composant le cortège du dieu bon. Cette différence est importante car elle implique que le Mal et ses prosélytes et instruments que sont les démons n'est pas pour le dogme chrétien une entité distincte du Bien, mais une perversion, une déchéance de ce dernier.

Pourquoi certains sont-ils devenus des démons et furent-ils chassés du ciel ? Il existe à ce sujet deux traditions passablement différentes. La première, d'origine évangélique, indique que certains anges, sous la conduite de Satan-Lucifer, se seraient révoltés lors de la création de l'homme et auraient voulu faire obstacle au plan divin. La seconde, d'origine biblique, indique que certains anges, ayant trouvé fort belles les filles des hommes, descendirent sur terre pour s'unir à elles, perdant ainsi leurs privilèges angéliques.

La première de ces traditions figure notamment dans l'Épître aux Éphésiens de saint Paul. Lucifer s'est révolté contre Dieu au moment où celui-ci créa Adam. L'archange saint Michel le chassa alors du ciel et le précipita dans l'abîme.

D'autres anges, qui prirent fait et cause pour Lucifer, furent précipités avec lui et relégués dans cet espace intermédiaire qui sépare la terre du ciel. Toujours présents, volant dans les airs, ils ne cessent de harceler les hommes qui doivent, dit saint Paul, revêtir « l'armure de Dieu pour pouvoir résister aux manœuvres du diable ». Et il ajoute : « Car ce n'est pas contre des adversaires de chair et de sang que nous avons à lutter mais contre les Puissances, contre les Principautés, contre les Régisseurs de ce monde de ténèbres, *contre les esprits du Mal qui habitent les espaces célestes*. »

Ce sont ces anges chus du ciel et déchus que le *Livre d'Hénoch*, livre apocryphe de l'Ancien Testament, décrit en détail lors de la vision dudit Hénoch, patriarche enlevé vivant au ciel par Yahvé et censé avoir eu communication des mystères de la vie et de la mort.

L'autre tradition est mentionnée dans la Genèse en des termes qui déjouèrent longtemps la sagacité des exégètes et des théologiens :

> « Lorsque les hommes commencèrent d'être nombreux sur la face de la terre et que des filles leur furent nées, les fils de Dieu *(les anges)* trouvèrent que les filles des hommes leur convenaient et ils prirent pour femmes toutes celles qu'il leur plut. Yahvé dit : "Que mon esprit ne soit pas indéfiniment humilié dans l'homme puisqu'il est chair ; sa vie ne sera que de cent vingt ans." Les Néphilim étaient sur la terre en ces jours-là quand les fils de Dieu s'unissaient aux filles des hommes et qu'elles

leur donnaient des enfants, ce sont les héros des temps jadis, ces hommes fameux. »

La Bible de Jérusalem.

Le *Livre d'Hénoch* fournit encore à ce sujet des précisions fort intéressantes (même si cette version de l'histoire angélique n'a jamais été reconnue par l'Église). Hénoch précise en effet :

« Certains anges virent que les filles des hommes étaient belles et ils s'unirent à elles. Leurs descendants furent ces Néphilim ou géants des premiers temps. Le chef des mauvais anges s'appelait Azazel et il apprit aux hommes à fabriquer des épées et des glaives, des boucliers et des cuirasses pour se protéger la poitrine et il leur montra les métaux et l'art de les travailler, l'art de peindre le tour des yeux à l'antimoine et d'embellir les paupières et l'art de travailler les pierres précieuses... »

Apocryphes de l'Ancien Testament.

Texte fort curieux puisqu'il montre que les anciens Hébreux possédaient eux aussi une tradition aux termes de laquelle des géants appelés Néphilim auraient vécu sur terre, à l'époque antédiluvienne, et auraient même été à l'origine de la civilisation...

Il semble donc, si l'on s'en tient à l'interprétation qui fut longtemps celle des commentateurs juifs et des Pères de l'Église que ces « fils de Dieu » étaient des anges qui désertèrent leur habitat céleste et « churent » volontairement sur la terre. Ce sont eux aussi des anges déchus que Dieu « a enchaînés dans les ténèbres pour se les réserver en vue du Jugement », dit la Seconde Épître de saint Paul. L'Apocalypse en parle en des termes identiques ; si bien qu'il existerait pour les démons chrétiens deux habitats distincts : l'air entourant la terre — et tout particulièrement la zone d'ombre que projette la terre dans l'espace à l'opposé du soleil — et les ténèbres, c'est-à-dire les abîmes souterrains de la terre.

Cette dernière conception devait, en tout cas, devenir plus populaire que la première car c'est elle qui prévalut, en fait, dans les visions ultérieures du monde démoniaque. D'ailleurs, au temps même de saint Paul les textes évangéliques laissent entendre que le Christ lui-même, pendant les trois jours de sa mort, descendit dans l'Hadès (saint Paul emploie le mot grec pour désigner l'enfer) pour y « prêcher aux esprits en prison ». Ces « esprits en prison » ont donné lieu à bien des commentaires et des interprétations : on les identifia tour à tour avec les anges déchus cités plus haut et enchaînés par Dieu dans les ténèbres, ou avec les esprits des défunts noyés au moment du Déluge, interprétation que donne saint Paul lui-même. Il est facile de voir que le dogme chrétien eut bien du mal à venir à bout de ces variantes et de ces textes souvent contradictoires : la raison en est que ces visions participent davantage de la mythologie de leur temps que d'une révélation véritable et unique.

À ce fonds de traditions bibliques remaniées par la prédication évangélique s'oppose ou s'ajoute celui des spéculations rabbiniques. Les Hébreux non convertis au christianisme ne cessèrent, tout au long des siècles suivants, de commenter les données de la Bible. Ces commentaires donnèrent naissance à deux grands livres, la *Kabbale* et le *Zohar* ou *Livre des Splendeurs*, véritables guides de démonologie, mais qui traitent, bien entendu, de beaucoup d'autres thèmes. Ils passaient pour reproduire l'enseignement *secret* de Yahvé aux Hébreux, communiqué à Moïse sur le mont Sinaï et dont les Dix Commandements et les textes bibliques n'étaient que la partie exotérique. Cet enseignement secret se transmit d'initié à initié pendant des générations avant d'être codifié, sous une forme volontairement symbolique et voilée. La *Kabbale* est donc, en fait, un véritable traité ésotérique sur l'origine, la nature et les destinées du monde, qui suit mais aussi prolonge et interprète à sa façon la Bible.

Les innombrables démons mentionnés dans la *Kabbale* ont des origines diverses mais certains d'entre eux ont été engendrés par Adam et Ève dans des circonstances pour le moins singulières. Il semblerait en effet (mais nul n'y était pour pouvoir l'affirmer avec certitude) qu'Adam et Ève aient eu pendant assez longtemps des relations nocturnes avec des succubes et des incubes. Les succubes, précisons-le, sont des démons femelles venant tenter et séduire les hommes pendant leur sommeil pour s'unir à eux et les incubes, des démons mâles agissant de même avec les femmes. En ce qui concerne Adam, la *Kabbale* fournit des chiffres extrêmement précis quant à ses relations avec Lilith, la reine des succubes. On sait que, d'après la Bible, Adam, après son départ de l'Éden, engendra d'abord Abel et Caïn. Par la suite — très exactement au bout de cent trente-huit ans — il engendra Seth « à son image ». La *Kabbale* en conclut imperturbablement que pendant ces cent trente-huit ans, Adam put engendrer des êtres qui n'étaient pas à son image. Ces êtres, ce furent les produits coupables de ses relations nocturnes avec Lilith, autrement dit des démons !

Les spéculations rabbiniques quant au nombre exact des démons appartiennent à l'arithmologie sacrée. C'est là un domaine où nous n'aurons garde de nous aventurer. Nous indiquerons seulement que *chaque être humain* est entouré de vingt mille démons disposés comme suit : dix mille à sa gauche, dix mille à sa droite. Lilith, à elle seule, possède cent quatre-vingt mille suivantes. Tous ces démons ne proviennent évidemment pas des rapports nocturnes d'Adam et d'Ève. Certains sont nés, dit la *Kabbale,* à partir des mues successives des vipères, ce qui explique leur anatomie entièrement ou partiellement reptilienne ! Bien entendu, ils sont impondérables, se déplacent librement à travers l'espace et peuvent, à l'occasion, s'incarner dans les formes ou les personnifications les plus hétéroclites. Ils peuvent devenir maladies : la lèpre, l'asthme, la rage, le tétanos, les crampes d'estomac, la goutte et le bégaiement passaient pour être, non pas des effets, mais des *incarnations* des démons. Ils peuvent *être* nos mensonges c'est-à-dire s'incarner dans les paroles mensongères qui sortent de notre bouche, nos faiblesses, nos erreurs et ils gouvernent tous les nombres pairs. Ne buvez donc jamais, conseille sérieusement la *Kabbale*, deux ou quatre coupes de vin, mais trois ou cinq, sinon vous donnerez prise aux démons de l'ivresse. Tous ces démons sont naturellement invisibles mais, si l'on y tient vraiment, il est possible de les voir, en les forçant à se rendre visibles. La recette est évidemment difficile à appliquer mais elle est, dit-on, infaillible. Nous l'indiquons à tout hasard :

> « Prenez l'arrière-train d'une chatte noire, issue d'une chatte noire — l'une et l'autre premières nées — brûlez-le dans un feu vif, mettez-en la cendre dans un tube de fer, scellez d'un anneau de fer. Trois jours après, répandez de cette cendre sur vos yeux… »

Il vous suffira — mais c'est aussi une condition indispensable — de prononcer sans erreur le nom exact du démon que vous voulez voir pour que ce dernier apparaisse, même contre son gré !

Il va de soi que de telles recettes confinent plus à la magie et à la sorcellerie qu'à la religion proprement dite. La démonologie kabbalistique évolua vite, en effet, vers les formes les plus dégradées de sorcellerie et alimenta tous les textes, toutes les « recettes », tous les secrets ou pseudo-secrets des sorciers et tenants du Sabbat. Il est vrai que ces démons n'avaient pas tous un pouvoir ni une apparence terrifiants et que certains exerçaient même une séduction indiscutable, une sorte de fascination morbide sur les esprits faibles ou portés au surnaturel. Ainsi, qui pourrait rester insensible au charme d'Abigor, beau cavalier appartenant aux sphères supérieures du monde démoniaque et chevauchant un monstre ailé ? Sa cuirasse rutile sous les feux de l'enfer et il parcourt le domaine brûlant à la tête de ses soixante légions infernales... Adramalech, lui, est un démon qui vient tout droit des rivages du Tigre. Son torse humain, sa tête de mulet, sa queue de paon indiquent qu'il occupe de hautes fonctions dans la hiérarchie de l'enfer. C'est lui, en effet, qui préside la grande assemblée des *schedîn*, terme désignant les démons ou esprits en hébreu. Aguarès règne sur la partie orientale de l'enfer, vêtu d'une tunique à la romaine et chevauchant un crocodile. C'est un démon originaire d'Égypte. Alocer a le titre — envié ! — de grand-duc de l'enfer. Il a une tête de lion et un habit de chevalier. Il commande trente-six légions et monte un cheval gigantesque aux pattes de dragon. Il a sous ses ordres Amduscias, grand-duc lui aussi mais ne commandant que vingt-neuf légions. Il peut prendre l'apparence d'une licorne et possède une voix si suave que les arbres s'inclinent sur terre chaque fois qu'il chante ! Quant à Amon, il n'est que marquis. Ses origines orientales sont indiscutables : tête de loup vomissant des flammes, queue de serpent ou tête de hibou et corps humain, il est l'incarnation traditionnelle du diable conçu comme fauve vorace qui se repaît du corps des damnés. À l'autre extrémité de l'enfer, en occident, règne Astaroth avec, lui aussi, le titre de grand-duc. On le représente généralement comme un ange anthropomorphe tout nu, tenant une vipère dans sa main gauche et chevauchant un dragon. Il assume les fonctions de trésorier infernal et joue un rôle assez équivoque car il lui arrive de protéger les hommes et de leur dévoiler l'avenir. Le lecteur averti reconnaîtra d'ailleurs, sous son nom hébraïque, la déformation d'Astarté la grande déesse phénicienne, elle-même déformation… d'Ishtar! Azazel est surtout connu par le Livre d'Hénoch, qui le désigne comme le chef des anges déchus, rôle « tenu » dans la Bible par Lucifer, rappelons-le. On ne saurait oublier Bael, le plus ancien démon de l'enfer, qui dispose « d'une tête de chat, d'une tête d'homme et d'une tête de crapaud » et dont les jambes se terminent en pattes d'araignée, ni Bélial qui, comme tous les démons ayant dans leur nom la racine Bel ou Bal, est une ancienne divinité phénicienne ou cananéenne. Il est à la fois très vicieux et très drôle, ce qui n'est pas incompatible, et se promène d'ordinaire sur un char de feu. C'est lui que l'Apocalypse désigne sous le nom de « la Bête ». Belphégor et Belzébuth entrent dans la catégorie mentionnée plus haut des anciennes divinités phéniciennes. Le premier dont le nom signifie étymologiquement le Seigneur du Phégor était un dieu adoré sur le mont Phégor par les anciens peuples moabites. Il est généralement représenté sous les traits d'un démon cornu et barbu, assis sur… une chaise percée. Il présidait aux richesses et aux artifices. Quant à Belzébuth, il est le premier prince des démons, celui que la démonologie chrétienne adoptera comme « lieutenant » de Satan. C'est une créature gigantesque, dont la tête est entourée d'un bandeau de feu, nantie de cornes, avec des ailes de chauve-souris, des pattes de canard et une queue de lion.

Cette démonologie n'a cessé de se compliquer à mesure que les commentateurs ou les traducteurs de la *Kabbale* ajoutaient leurs propres élucubrations. Ainsi il en fut des démons comme de bien d'autres choses : leur popularité subit maintes fluctuations et les traditions démoniaques chrétiennes, par exemple, ont toujours accordé un rôle plus important à Belzébuth ou à Asmodée qu'à Belphégor ou à Astaroth, sans qu'on sache exactement pourquoi. De plus, les origines païennes de certains d'entre eux sont si nettes que le christianisme ne put les admettre sans les transformer notoirement. C'est le cas de Furfur, démon kabbalistique et chrétien, qui était une divinité sémitique de l'orage et qui devint un ange avec une queue enflammée ; ultime vestige de ses antiques fonctions de divinité ouranienne armée de la foudre. C'est aussi le cas d'Aym, qu'on représente chevauchant une vipère et tenant une torche, ancienne divinité chtonienne des Moabites. C'est aussi le cas de Léviathan qui, d'antique personnification de l'Abîme, devint dans la démonologie postérieure un démon androgyne, avec le grade de grand amiral. Sans doute parce qu'il personnifiait précisément l'Abîme marin ! Mammon et Moloch sont eux aussi deux divinités du panthéon phénicien et ammonite, peuple de l'ancienne Syrie censé descendre d'Ammon, le fils de Loth, ravalés au rang de démons et qu'on représentait avec une tête de veau. Les Phéniciens et les Ammonites sacrifiaient des enfants à Mammon et à Moloch, lors des rites de fécondité, et ce trait leur est resté dans la démonologie comme dévorateurs des enfants. C'est Moloch que Jérôme Bosch représente dans une toile célèbre, engloutissant les damnés à pleine bouche…

L'enfer chrétien, tel qu'il se précisa à travers les textes des Pères de l'Église, apparaît pauvre à côté de ces spéculations fantastiques. Son chef Satan-Lucifer est d'apparence anthropomorphe et seule une tradition douteuse — populaire mais peu canonique — le représentera aussi sous forme de monstre reptilien. Cette fusion en un seul être de personnages autrefois distincts — serpent biblique séducteur d'Ève, astre du matin du nom de Lucifer, adversaire de Yahvé sous le nom de Satan — est sans doute à l'origine de ce pouvoir de métamorphose qu'on prête volontiers à Satan. S'il peut être à volonté une étoile, un homme et un serpent, pourquoi s'arrêterait-il en si bon chemin ? Notons seulement que sa figure médiévale traditionnelle de personnage cornu et barbu aux pieds de bouc est due à l'influence des satyres antiques qui, au moment où l'Empire romain se convertit au christianisme, devinrent les démons et les mauvais esprits de la nouvelle religion. Ce n'est qu'une apparence supplémentaire qui vint s'ajouter à un arsenal déjà considérable mais qui connut un grand succès à partir du haut Moyen Âge. Sous cette apparence caprine, le diable prit alors le nom de Léonard, le grand Bouc noir qui préside au sabbat des sorcières. Mais nous nous éloignons ici du sujet car il s'agit plus de sorcellerie et de superstition que de mythologie. Satan, Lucifer, Shammaël, Léviathan, le dragon, tels sont donc quelques-uns des noms et aussi des aspects du diable chrétien. Ces aspects sont totalement contradictoires et c'est pourquoi la subtilité des théologiens prêta au diable une ambivalence seule capable d'expliquer qu'il puisse être à la fois *terrifiant et séducteur*. Car ce sont là, on le comprend fort aisément, des apparences inconciliables : comment séduire, tenter l'âme du pécheur si on commence par le terrifier ? Et comment le terrifier si on commence par le séduire ? Le Prince de ce siècle, comme l'appelle saint Paul, dispose donc d'un grand nombre de moyens d'action pour gagner à sa cause l'âme des hommes faibles ou luxurieux. Tour à tour dragon horrible ou jeune fille séduisante, il attaquera l'homme selon des voies multiples, adaptées à chaque cas. C'est pourquoi on le voit apparaître, dans l'immensité des déserts d'Égypte, par exemple, où il va tenter des ascètes comme saint Antoine, sous les traits d'un serpent ou d'un monstre hideux, propre à glacer le sang de tout homme aux nerfs un peu fragiles ou sous ceux d'une apparition angélique, propre à faire tomber en pâmoison le plus aguerri des ermites. Ces manœuvres échouent pour la plupart mais les *Vies* des Pères du désert regorgent d'exemples analogues et révèlent déjà, chez le diable, une personnalité bien affirmée.

L'enfer chrétien, tel qu'on l'a imaginé, a toutes les apparences des enfers grec, latin, iranien et judaïque : poix brûlante, goudron, pétrole, gaz délétère, chaudière en perpétuelle ébullition, grilles à rôtir où les damnés cuisent sur un feu de braises ardentes, il utilise tout l'arsenal des tortures « orientales ». On peut y ajouter d'ailleurs, comme dans le Tartare grec ou l'Hadès latin, des tourments plus raffinés ou plus particuliers : herses à piquants se refermant sur les malheureux, épieux où ils s'empalent, fouets maniés avec rage par des démons infatigables, sabres ou épées qui les fendent en deux, aiguillons qui les percent à tout moment... Est-il besoin de préciser que ces expiations n'ont rien de canonique et qu'elles sont dues avant tout à l'imagination des auteurs, théologiens ou non, qui se sont faits les explorateurs de ce Jardin des Supplices ? En réalité, ce n'est pas à présent, ce n'est pas juste après sa mort que le sort de l'âme chrétienne se jouera mais à l'instant crucial où, se levant de terre, les morts paraîtront devant le Christ en gloire dans la fanfare des trompettes angéliques, pour connaître la sentence et l'heure suprême du Jugement dernier.

4

LE PARADIS RETROUVÉ

Il semblerait au premier abord que les hommes aient fait preuve, à propos du paradis, d'une certaine indigence d'imagination. Les mythes relatifs à la félicité éternelle et au bonheur des justes dans l'au-delà paraissent en effet bien fades à côté de ceux décrivant les tourments de l'enfer et le visage des démons. La raison en est simple : l'enfer n'est au fond que l'intensification, l'exagération de nos angoisses et de nos peurs terrestres et s'appuie sur une expérience vécue alors que le paradis exprime nos désirs et nos aspirations insatisfaites, c'est-à-dire un mode d'existence purement hypothétique et jamais expérimenté en ce monde. C'est pourquoi on rencontre dans les mythes des descriptions minutieuses des tortures infernales et des différents aspects des démons alors que les délices du paradis demeurent souvent dans le vague, ainsi d'ailleurs que le visage ou les apparences des anges. Il n'empêche que la plupart des mythologies ont tout de même décrit ces délices de l'au-delà et que toutes ont imaginé pour les justes un paradis possible, sous les noms divers de champs Élysées, d'îles Fortunées, de Walhalla ou de Maison des Chants…

Mais pourquoi avoir intitulé ce chapitre le « Paradis retrouvé » ? Tout simplement parce que les félicités et les récompenses qui attendent les sages et les justes reproduisent à quelques détails près celles du paradis terrestre des premiers âges, autrement dit de l'Âge d'or. Cet Éden perdu à la suite d'une faute originelle du premier homme ou simplement par suite de l'évolution naturelle de l'univers est ainsi retrouvé à l'aboutissement du plan divin. La seule différence notable est que, dans certains mythes, ce paradis retrouvé n'est plus de nature terrestre et matérielle mais spirituelle. Mais cela n'est pas vrai pour toutes les mythologies ni toutes les religions et le christianisme, par exemple, conservera l'idée d'une *régénération matérielle* du monde se traduisant par la résurrection corporelle des morts et par la descente *sur la terre* de la nouvelle Jérusalem.

À l'ombre des frais sycomores

Manger à sa faim, boire à sa soif, se promener à travers les prairies d'étoiles ou flâner dans les champs célestes de roseaux, cultiver une terre toujours féconde dans le royaume d'Osiris et, lorsque vient l'heure du repos, s'asseoir à l'ombre des frais sycomores pour s'y détendre et y téter le sein de la déesse Nout, telle était, pour les anciens Égyptiens, la condition des morts bienheureux ! On voit que cette condition n'était que très partiellement spirituelle et que le mort continuait en fait de mener une existence très proche de sa vie terrestre. La seule différence — notable il est vrai — est que cette vie posthume ne comportait plus les soucis habituels à la terre et surtout n'avait plus de fin : le sol produisait sans compter ce qu'il fallait pour nourrir le *ka* du mort et les dieux entouraient de leur protection et de leur sollicitude celui que le *Livre des morts* appelle un *glorifié*. On sait que les textes funéraires égyptiens ont toujours comporté nombre de contradictions quant au sort posthume de l'homme et celles-ci se retrouvent évidemment dans les différentes solutions proposées pour le paradis. Un seul point est certain : le bonheur posthume était avant tout de nature matérielle et le *Livre des morts* en donne une image bien précise. On y voit le bienheureux avoir « son siège dans la salle devant le grand dieu et il connaît ce grand dieu... Il sort dans le champ Iarou. On lui donne des gâteaux et du pain et un champ d'orge et d'épeautre de sept coudées de haut. Les serviteurs d'Horus les moissonnent pour lui et il mange de cette orge et de cet épeautre... ».

Ou bien encore, le glorifié « entre et sort dans le monde inférieur, il habite dans le champ Iarou et séjourne dans le champ des aliments, vaste région riche en vents. Là, il est puissant et il est glorifié ; là, il laboure et il moissonne ; là, il boit et s'adonne à l'amour et il fait tout ce qu'il faisait sur terre ».

Cette dernière phrase est formelle : la vie terrestre demeure en définitive le fondement et l'unique référence de la vie posthume. Si bien que même dans le paradis des glorifiés, le défunt n'est pas, en dépit de l'abondance et des félicités dont il jouit, sans conserver la nostalgie de cette vie d'autrefois, de ce qui lui appartenait, de tout ce qui était sien — femme, maison, terre et jusqu'à ses cruches et ses pains ! Car dans l'au-delà, fût-ce dans les champs Iarou, les morts connaissent un sort anonyme, cultivant des terres qui sont la propriété du dieu des morts ou de Rê et n'ayant jamais rien à eux. Ce qui manque le plus à ces bienheureux semble être avant tout la propriété des biens dont ils jouissent ainsi que les liens familiers, familiaux et sentimentaux qui liaient l'homme de chair aux êtres et aux objets de sa vie quotidienne. « Que souhaiter pour être un mort vraiment heureux ? » demande, dans une prière gravée sur la paroi de son tombeau, l'intendant des greniers du pharaon. Et il répond lui-même :

> « Entrer dans mon tombeau et en sortir, afin que je me rafraîchisse à son ombre, que je boive chaque jour l'eau de mon étang, que mes membres croissent, que le Nil me donne nourriture et aliments et toutes les plantes fraîches en leur saison, que je me promène sur le bord de mon étang, chaque jour et sans cesse, que mon âme voltige sur les branches des arbres que j'ai plantés, que je me rafraîchisse sous mes sycomores, que je mange les fruits qu'ils produisent, que j'aie une bouche avec laquelle je parle comme les serviteurs d'Horus, que je monte au ciel et que je descende sur terre sans qu'il me soit dressé d'obstacles sur le chemin, qu'on n'enferme pas mon *ka*, qu'on n'emprisonne pas mon âme, que je sois au milieu de ceux qui sont loués parmi les vénérables, que je laboure ma terre dans le Champ Iarou, que je parvienne dans

le champ des aliments, qu'on vienne vers moi avec des cruches et des pains, avec tous les aliments du Seigneur de l'éternité, que je reçoive ma part de la viande qui est sur la table du grand dieu... »

La Religion des Égyptiens, d'après A. Erman.

On ne peut manquer d'être frappé par l'insistance de ces textes à doter le mort de tous ses organes matériels, à concevoir la survie du défunt comme une perpétuation de sa vie terrestre et charnelle. Tel était le paradis égyptien : un curieux mélange de félicités toutes spirituelles (vivre au milieu des grands dieux) et de satisfactions matérielles : manger, boire, s'adonner à l'amour, marcher, se reposer et sentir sur son visage le vent rafraîchissant soufflant à l'ombre des sycomores !

Les îles des bienheureux

Le paradis des Grecs — appelé champs Élysées par Homère et la plupart des poètes et îles des Bienheureux par Platon et la plupart des philosophes — apparaît lui aussi comme un royaume fort prosaïque, du moins en ses origines. Sur une terre où l'homme souffrait des rigueurs du climat — étés torrides dans le Sud, hivers rigoureux dans le Nord — le paradis était avant tout la promesse... d'un climat tempéré ! C'est ainsi que l'imagine Homère dans *l'Odyssée* lorsque Protée, ce dieu qui fait paître les troupeaux de phoques dans les plaines marines, prédit au roi Ménélas le sort particulier qui l'attend dans l'au-delà :

> « Quant à toi, Ménélas, ô nourrisson de Zeus, sache que le destin ne te réserve pas, d'après le sort commun, de mourir en Argos dans tes prés d'élevage ; mais aux champs Élysées, tout au bout de la terre, chez le blond Rhadamanthe, où la plus douce vie est offerte aux humains, où sans neige, sans grand hiver, toujours sans pluie, on ne sent que zéphyrs dont les risées sifflantes montent de l'océan pour rafraîchir les hommes, les dieux t'emmèneront : pour eux, l'époux d'Hélène est le gendre de Zeus. »
>
> HOMÈRE, *l'Odyssée*, trad. V. Bérard.

On voit par cette simple phrase finale qu'un tel sort n'est pas celui du commun des mortels. La félicité — c'est-à-dire la survie dans un pays sans frimas ni hivers — est réservée seulement à tous les fils, neveux, gendres ou cousins de Zeus, bref aux parents des dieux. Ce sera donc aussi le sort d'Héraclès, de Persée, d'Orphée, de Sémélé, d'Achille, de tous ceux que Zeus a mués en constellations ou transportés dans les champs Élysées.

La méditation orphique et pythagoricienne reprendra par la suite cette idée en lui donnant un sens moral et mystique. Pindare, dans un passage célèbre de la *Deuxième Olympique*, décrit le sort des bienheureux dans l'au-delà, sort réservé non plus seulement aux êtres de sang divin, mais à tout homme qui a su s'élever, durant sa vie, au niveau moral le plus haut et se préserver de toute souillure. L'idée d'une sélection des morts par le mérite et non plus par le sang l'emporte ainsi sur les anciennes conceptions d'Homère où l'aristocratie dont les membres se disaient d'origine divine se réservait le meilleur rôle et le meilleur sort.

Ainsi, ceux dont la vie fut conforme à la justice, à la sagesse, à la modération, connaîtront dans l'autre monde des félicités sans nombre.

D'autres traditions, d'origine dorienne sans doute, attribuaient à Achille des félicités tout aussi grandes mais de nature différente. Comment celui qui, sa vie durant, s'était illustré au milieu de tant de combats aurait-il pu cesser de guerroyer dans l'au-delà ? Le sort que lui réserve Homère dut paraître trop triste ou trop injuste à certains poètes qui l'imaginèrent, continuant dans cette mystérieuse île Blanche (qu'on situait près de l'embouchure du Danube) sa vie de combats et de liesse. Les marins passant dans ces parages entendaient, paraît-il, durant le jour le cliquetis perpétuel des armes et des combats et, la nuit, le bruit des coupes s'entrechoquant et le chant d'inlassables péans. Guerroyer le jour et banqueter la nuit, tel était le sort réservé aux héros guerriers, tel sera également celui des combattants nordiques, dans le grand paradis d'Odin, le Walhalla.

Platon a repris certaines de ces idées dans les dialogues déjà mentionnés plus haut. Dans le *Phédon*, notamment, il décrit avant de s'aventurer dans les gouffres et les courants violents du Tartare les splendeurs de ce qu'il appelle la terre supérieure, située « dans la partie pure du monde, dans cette région où sont les astres et à laquelle on donne le nom d'éther ». Cette terre possède en effet des couleurs, des substances, des propriétés qui la rapprochent d'une terre paradisiaque, puisqu'elle est faite tout entière

> «… de différentes couleurs, dont celles que nos peintres emploient ne sont que les échantillons, et elles la couvrent tout entière ; les couleurs de cette terre sont infiniment plus brillantes et plus pures. L'une est de pourpre et d'une beauté éclatante, l'autre d'un jaune d'or, la troisième d'un blanc plus brillant que le gypse et la neige, et ainsi des autres couleurs qui sont bien plus belles et nombreuses que celles que nous voyons ; car les creux mêmes de cette terre, remplis d'eau et d'air, ont aussi leurs couleurs propres qui brillent parmi la variété des autres, en sorte que c'est partout une incessante diversité d'aspect. Dans cette terre, les plantes, les arbres, les fleurs et les fruits sont en rapport avec la richesse des couleurs dont elle est parée. Les montagnes et les pierres même ont un poli, une transparence et des couleurs incomparables. Celles que nous estimons tant ici, les cornalines, les jaspes, les émeraudes, n'en sont que de petites parcelles : il n'y en a pas une seule, dans cette heureuse terre, qui ne les vaille ou ne soit plus belle encore… »
>
> »… Outre toutes ces beautés, cette terre est ornée d'or, d'argent et d'autres riches métaux remarquables par leur nombre, leur grandeur et l'éclat qu'ils répandent partout ; en sorte que cette terre présente un spectacle de bienheureux… »
>
> PLATON, *le Phédon*, trad. J. Lacarrière.

Bienheureux en effet ceux qui habitent cette terre supérieure car dans ce lieu de félicité,

> «… les saisons sont si bien tempérées qu'ils vivent beaucoup plus longtemps que nous, toujours exempts de maladies. Quant à leur vue, leur

ouïe, leur odorat et leurs autres sens, ils surpassent les nôtres autant que l'air surpasse l'eau, et que l'éther surpasse l'air en pureté. Ils ont des bois sacrés et des temples réellement habités par les dieux, qui y donnent des preuves de leur présence par des oracles, par des prophéties, des visions et autres communications de ce genre. Ils voient aussi le soleil, la lune et les astres tels qu'ils sont, et tout le reste de leur félicité suit à proportion. »

PLATON, *le Phédon*, trad. J. Lacarrière.

On imagine aisément quels sont ceux qui peuvent jouir des privilèges de cette terre : les hommes dont Socrate dit justement que « leur vie fut pieuse et qu'ils l'ont employée à faire ce qu'ils ont cru devoir faire », autrement dit les philosophes, qui remplacent guerriers et héros parmi les bénéficiaires des divines félicités.

L'éternel festin du Walhalla

Ces jeux, ces luttes, ces banquets, on les retrouve dans le paradis nordique. Mais ce paradis porte, à un degré plus net que les autres, la marque de ceux qui l'ont imaginé. Car ces défunts appelés *glorifiés* ou *bienheureux* portent ici le nom de *einherjar* c'est-à-dire de « héros d'élite ». Ce sont ceux qui sont morts vaillamment au combat et dont l'âme a gagné en droite ligne le grand palais où règne Odin. La sagesse, la vertu, l'intelligence, voire la piété, ne sont d'aucun secours pour entrer dans un tel paradis. Seuls comptent la bravoure, le mépris de la mort et l'amour des combats. La moralité d'une telle conception laisse certainement à désirer car, comme l'écrit justement un mythologue, « tel tyran moderne, ayant besoin de chair à canon, n'aurait pu trouver mieux ». Quoi qu'il en soit, l'âme du brave tombé sur le champ de bataille s'envole aussitôt vers le Walhalla dont elle franchit la grande entrée.

Ceux qui arrivent chez Odin
Reconnaissent sa résidence aisément :
Un loup est suspendu à l'entrée de l'Ouest,
Et un aigle plane juste au-dessus...

RENAULD-KRANTZ,
Anthologie de la poésie nordique ancienne.

Dans ce palais, composé d'une multitude de pièces immenses, deux salles sont réservées aux dieux et les autres aux héros d'élite ; ceux-ci, chaque matin, quittent le Walhalla par ses cinq cent quarante portes et se répandent dans les prairies célestes pour s'y livrer à leur passe-temps favori : le combat ! Mais ils ne souffrent d'aucune blessure ni d'aucune mort réelle et les blessés ou les morts de ces joutes célestes se relèvent aussitôt. Et le soir, la troupe ardente des morts glorieux regagne le Walhalla pour y banqueter jusqu'à l'aube. De belles walkyries leur versent de l'hydromel dans des coupes d'or ou le lait de la chèvre Heidrun (cette chèvre immortelle qui broute le feuillage du frêne Yggdrasil) et les guerriers s'attablent autour du « plat de résistance », toujours le même : la chair du sanglier géant Saehrimnir, sanglier immortel lui aussi puisqu'il renaît chaque matin pour servir au banquet du soir ! Un cuisinier du nom d'Andhrimnir le découpe et le fait bouillir dans un chaudron gigantesque du nom d'Eldhrimnir. Ainsi se passe la vie des héros nordiques : au milieu des combats et d'éternels banquets, dans les chants et l'ivresse de batailles sans fin !

La maison des chants

De même que les juifs et les chrétiens baptisèrent Adam leur premier homme et le placèrent dans le jardin d'Éden, les Iraniens ont eu également leur premier habitant de la terre : il s'appelait Yma (Yama chez les Indiens) et occupait lui aussi un paradis terrestre. Mais ce paradis était un château plutôt qu'un jardin et le *Vidêvdât* déjà mentionné précise que dans ce lieu de félicité, il n'y avait

> « … ni querelle, ni récrimination, ni inimitié, ni hostilité, ni pauvreté, ni fourberie, ni taille infime, ni taille courbée, ni dents démesurées, ni corps difformes, ni aucun des stigmates imprimés par Ahriman sur le corps des mortels ; où une année n'est qu'un jour, où tous les quarante ans de chaque couple naît un couple, où les hommes jouissent d'une félicité parfaite… »
>
> *Le Jugement des morts,* sources orientales.

Or, détail fort curieux, ce château était entouré d'une haute muraille destinée à le protéger au moment du Déluge et cette muraille s'appelait en vieil iranien *paridaeza*, mot qui finit par désigner la demeure tout entière avec ses jardins intérieurs, puis les jardins eux-mêmes. C'est ce sens qu'il conserva chez les Grecs et chez les Hébreux, un paradis n'étant à l'origine qu'un jardin entouré de hautes murailles.

Cette image du jardin s'imposa d'elle-même chez les Iraniens puisque d'après le *Hadokht*, ouvrage déjà mentionné à propos de l'enfer, le paradis réservé à l'âme du juste se signale à ce dernier par ses senteurs... En effet, à la fin de la troisième nuit après la mort, l'âme du juste

> « ... se croit au milieu de plantes et a la sensation de respirer des parfums. Elle sent un vent souffler du côté du midi, des pays du midi, bien parfumé, plus parfumé que les autres vents. Et quand ce vent se rapproche, l'âme du juste aperçoit sa Religion, ayant l'apparence d'une jeune fille, brillante, aux bras blancs, forte, bien bâtie, élancée, noble, paraissant âgée de quinze ans, aussi jolie que les plus jolies des créatures. L'âme de l'homme juste lui demandera : "Qui es-tu, ô jeune femme, que je vois comme la plus jolie des jeunes femmes ?"
>
> » Sa Religion lui répondra : "Je suis, ô jeune homme aux bonnes pensées, aux bonnes paroles, aux bonnes actions, ta propre Religion." Alors, l'âme de l'homme juste monte un premier pas et arrive dans les bonnes pensées ; elle monte un second pas et arrive dans les bonnes paroles ; elle monte un troisième pas et arrive dans les bonnes actions ; elle monte un quatrième pas et arrive dans les lumières infinies. Et là on lui apporte, parmi les aliments, le beurre du printemps... »
>
> *Le Jugement des morts*, sources orientales.

Et le *Dâtastân-i Mênoûk-i Khrat* précise, à propos de cet aliment réservé à l'âme du juste au paradis :

> « Le seigneur Ormuzd dit alors : "Ne lui demandez pas d'où il vient car après avoir quitté son corps bien-aimé il est venu par un chemin terrible. Apportez-lui le meilleur des aliments, le beurre du printemps, afin que son âme se repose du supplice des trois nuits que lui ont infligées les deva et laissez-le s'asseoir sur le trône orné de tout." Car il est révélé : à l'homme ou à la femme justes, après la séparation du corps et de la conscience, on leur apporte le meilleur des aliments des Yazat célestes *(les anges)*, le beurre du printemps et on les fait asseoir sur le trône orné de tout ; ils resteront éternellement dans la joie avec les Yazat célestes pour les siècles des siècles. »
>
> *Le Jugement des morts*, sources orientales.

Les chœurs angéliques

Où commence, où finit le paradis chrétien ? Quel sens eschatologique faut-il donner à ce mot qui n'a cessé, comme celui d'enfer d'ailleurs, de hanter les consciences chrétiennes ? Ce problème est crucial, d'abord parce qu'il est lié à des croyances et à une sensibilité qui sont nôtres et surtout parce qu'il met en cause le devenir de l'univers. L'eschatologie chrétienne, comme celle de l'Iran, n'a jamais entièrement séparé le sort individuel des hommes de leur sort collectif. C'est donc à la fin des temps, quand le Christ en gloire reviendra sur la terre donner le branle au grand combat du Jugement dernier que le sort de chacun sera définitivement scellé. Mais il faut reconnaître que les positions de l'Église et des auteurs chrétiens ont bien souvent varié depuis les premiers siècles. Nous retrouverons par la suite, en particulier à propos de la description du Jugement dernier, des notions déjà présentes dans les conceptions traditionnelles du paradis. Beaucoup d'entre elles — comme celles de l'enfer — ressortissent à la mythologie plus qu'à la théologie et c'est la raison pour laquelle nous en parlons ici.

L'Éden, ce paradis au sens propre du mot puisqu'il est avant tout un jardin ceinturé de murailles, contenait déjà tous les thèmes et tous les traits mythiques de l'âge d'or. Le paradis céleste promis à l'âme du juste après la mort contient lui aussi bien des traits empruntés à des mythologies antérieures ou contemporaines de la Bible. Ce sont ces traits que nous allons décrire ici.

De même qu'il ne saurait exister d'enfer sans démons, il ne saurait y avoir de paradis sans anges. Or les anges ne peuvent être, pour les chrétiens, de simples objets de curiosité, au même titre que les Asura indiens ou les Yazat iraniens : les Évangiles ne laissent-ils pas clairement entendre que celui qui sera admis au royaume de Dieu sera précisément « l'égal des anges », « semblable aux anges » ? Savoir qui sont exactement les anges, à quoi ou à qui ils ressemblent et « de quoi » ils sont faits, c'est un peu pour l'homme se renseigner sur son propre statut futur et sa propre apparence après la mort.

Le mot ange qui vient du grec *angélos* signifie

au sens propre un messager. Les anges sont des messagers de Yahvé, chargés d'exécuter ses ordres. Et comme Yahvé est Lumière, Feu et Puissance, les anges participent en partie de sa nature. Ils possèdent un corps ou tout au moins sont faits d'une substance de nature ignée et rayonnante. Ce sont en somme des êtres où l'énergie l'emporte sur la matière et qui revêtent, selon la nature des missions qui leur sont confiées, les formes les plus différentes. Les auteurs chrétiens s'accordent pour admettre cette nature des anges : ce ne sont ni de purs esprits ni des êtres entièrement matériels. La preuve en est qu'ils se déplacent librement dans l'espace sans être le moins du monde soumis à la pesanteur, qu'ils peuvent être visibles ou invisibles mais aussi qu'ils disposent d'un « support » matériel suffisamment solide pour soulever, par exemple, la lourde pierre qui fermait le tombeau du Christ. « Comparés à nos corps, les anges sont des esprits. Comparés à Dieu, ce sont des corps », a dit Grégoire le Grand. Ce qui est certain, c'est qu'on ne saurait juger l'apparence des anges d'après leurs seules manifestations terrestres : celles-ci sont tout aussi illusoires et éphémères que celles des démons. De plus, une certaine hiérarchie semble exister parmi les anges comme parmi les démons. Si leur nature est chez tous la même, leurs fonctions diffèrent considérablement et l'on trouve, dans Ézéchiel et dans Isaïe, de remarquables descriptions de quelques anges « surpris » dans leur milieu spécifique, c'est-à-dire dans le ciel, aux côtés de Dieu.

Dans un passage de ses prophéties appelé traditionnellement le *Livre de l'Emmanuel,* Isaïe décrit les anges portant le nom de séraphins. Les voici, tels que le prophète les entrevit dans leur splendeur céleste :

> « L'année de la mort du roi Ozias, je vis le Seigneur Yahvé assis sur un trône élevé, sa traîne remplissait le sanctuaire ; des séraphins se tenaient au-dessus de lui, ayant chacun six ailes ; deux pour se couvrir la face, deux pour se couvrir les pieds, deux pour voler.
>
> Et ils se criaient l'un à l'autre ces paroles :
> Saint, saint, saint est Yahvé Sabaoth.
> Sa gloire remplit toute la terre. »
>
> *La Bible de Jérusalem.*

Voici donc une première sorte d'anges à six ailes, les séraphins dont le nom signifie en hébreu les *ardents*. Précisons ici que l'expression « se couvrir les pieds » est un euphémisme pour désigner le sexe. Les séraphins d'Isaïe sont des anges sexués.

Plus précise et plus grandiose aussi est la célèbre vision d'Ézéchiel dite du « Char de Yahvé ». Elle figure au début de ses prophéties et décrit les anges porteurs du trône de Yahvé. Ézéchiel les appelle en hébreu des chérubins.

> « Je regardai : c'était un vent de tempête soufflant du nord, un gros nuage environné d'une lueur, un feu d'où jaillissaient des éclairs, et au centre, comme l'éclat du vermeil au milieu du feu. J'y discernai quelque chose semblable à quatre animaux dont voici l'aspect : ils avaient une forme humaine. Ils avaient chacun quatre faces et chacun quatre ailes. Leurs jambes étaient droites et

leurs sabots ressemblaient à des sabots de bœuf, étincelants comme de l'airain poli. Des mains humaines apparaissaient sous leurs ailes, leur face à tous les quatre était tournée vers les quatre directions. Leurs ailes étaient jointes l'une à l'autre. Ils ne se tournaient pas en marchant ; ils allaient chacun devant soi. Quant à leur aspect, ils avaient une face d'homme et tous les quatre avaient une face de lion à droite, et tous les quatre avaient une face de taureau à gauche, et tous les quatre avaient une face d'aigle. Leurs ailes étaient déployées vers le haut ; chacun avait deux ailes se touchant et deux ailes lui couvrant le corps, et ils allaient chacun devant soi. Ils allaient là où l'esprit les poussait. Ils ne se tournaient pas en marchant. »

La Bible de Jérusalem.

Ces anges ont donc une nature hybride, mi-hommes mi-animaux, dont les exégètes de la Bible ont pu déterminer avec précision l'origine. Ces chérubins à quatre ailes (différents, donc, des séraphins qui en ont six) ne sont autres que les *kâribu* assyriens, êtres à tête humaine, à corps de lion, à pattes de taureau et à ailes d'aigle, dont les statues figuraient à l'entrée des palais de Babylone. Ils avaient pour fonction dans la mythologie traditionnelle des pays akkadiens, de garder le seuil des palais royaux et ils conservèrent cette fonction dans la mythologie biblique puisqu'on les retrouve gardant et portant le trône de Yahvé.

À côté de ces êtres terribles qui occupent le plus haut grade dans la hiérarchie angélique existent d'autres créatures aux fonctions importantes dont les plus connues sont Michel, Gabriel et Raphaël.

Ces anges supérieurs, que la tradition nomme archanges, ont pour mission de veiller chacun sur un « secteur » de l'univers et d'assurer sa bonne marche. Ce sont les protecteurs du ciel et de la terre. Le *Livre d'Hénoch*, déjà cité, décrit en détail les sept archanges qui veillent à la bonne marche de notre monde.

> « Et voici les noms des saints anges qui veillent dans le ciel : Uriel, l'un des saints anges, celui du monde et du Tartare, Raphaël, celui des âmes des hommes, Raguël qui tire vengeance du monde des luminaires, Michel préposé aux meilleurs des hommes et à la garde du peuple, Saragiel préposé aux esprits des enfants des hommes, Gabriel préposé au paradis, aux dragons et aux chérubins, Remeiel préposé aux ressuscités... »
>
> *Apocryphes de l'Ancien Testament.*

Pour ceux qu'intéresse l'histoire biblique des anges, précisons que Raphaël est en effet l'ange chargé par Dieu d'accompagner Tobie lorsqu'il partit à la quête de sa cousine Sara, que Michel fut chargé de précipiter Lucifer hors du ciel (*l'Apocalypse* le montrera rassemblant les cohortes angéliques lors de l'affrontement final avec Satan), que Gabriel enfin est cet ange désigné dans la Genèse par les mots « ... et la flamme du glaive chargé de veiller à la porte du paradis pour que personne n'atteigne l'arbre de Vie ».

Séraphins, chérubins et archanges appartiennent aux hiérarchies les plus hautes. Mais les sphères célestes étaient peuplées de myriades d'autres anges, aussi nombreux que les étoiles. Il semble d'ailleurs qu'à l'origine les anges aient été assimilés aux astres célestes — ce que confirme leur nature ignée et rayonnante — et que le clignotement nocturne des étoiles ait été ressenti par les premiers Hébreux comme l'hommage lumineux des anges à la gloire de Yahvé. La lumière est un langage comme un autre et ces êtres de feu et de flamme « parlent » à volonté en mots de lumière ou de vent.

Mais que font les anges dans le ciel, quand Dieu ne les envoie pas sur la terre pour telle ou telle mission : exterminer les impies et les débauchés à Sodome et Gomorrhe, guider Moïse dans le désert pour le mener vers Canaan, protéger Tobie des attaques du démon Asmodée ? Ils chantent les louanges de Dieu, volettent autour de son trône en se couvrant la face de leurs ailes, faute de pouvoir supporter son éclat, et répandent partout sa gloire. La contemplation de Dieu et la célébration de sa gloire sont donc les deux fonctions essentielles des anges, en plus, bien entendu, d'une obéissance aveugle à sa parole, et l'on peut supposer qu'elles préfigurent un peu le sort des élus, appelés eux aussi à contempler la splendeur divine, quand ils seront dans le royaume de Dieu.

De nombreux textes bibliques, canoniques et apocryphes ont essayé de décrire l'éblouissement et le vertige provoqués chez tout fidèle, prophète ou élu, à la seule approche de Dieu. Approche insoutenable, voire douloureuse puisqu'il est feu ardent, dévorant, foudroyant et c'est pourquoi, dans ses théophanies — c'est-à-dire dans ses manifestations visibles devant les hommes — Dieu s'entoure toujours d'une nuée destinée à atténuer son éclat terrifiant. Mais au ciel, devant les anges, il apparaît dans sa splendeur terrible et nue et l'on peut se faire une idée de cet éclat par la description qu'en donne Ézéchiel dans la vision citée plus haut. En fait, ce n'est pas Dieu lui-même que décrit d'abord Ézéchiel mais son trône rutilant, image seconde, reflet de sa propre splendeur.

> « Et près des animaux, il y avait une roue à terre, à côté de chacun d'eux. Ces roues semblaient avoir l'éclat de la chrysolithe. Toutes les quatre avaient même aspect et paraissaient constituées comme si elles étaient au milieu l'une de l'autre. Elles avançaient dans quatre directions et ne se tournaient pas en marchant. Leur circonférence paraissait de grande taille, et pleine d'yeux tout autour. Et lorsque les animaux avançaient, les roues avançaient près d'eux et lorsque les animaux s'élevaient de terre, les roues s'élevaient. Là où l'esprit les poussait, les roues allaient et elles s'élevaient également car l'esprit de l'animal était dans les roues... Et ce qui était sur les têtes de l'animal ressemblait à une voûte éclatante comme le cristal tendue au-dessus de leurs têtes. »
>
> *La Bible de Jérusalem.*

Et au-dessus de ce char divin porté par les chérubins, assis sur son trône de saphir... Dieu lui-même :

> « Et au-dessus de la voûte qui était sur leur tête, il y avait quelque chose comme une pierre de saphir en forme de trône et sur cette forme de trône, dessus tout en haut, un être ayant apparence humaine. Et je vis qu'il avait l'éclat du vermeil et près de lui il y avait quelque chose comme du feu, tout

autour. Et depuis ce qui paraissait être ses reins et au-dessous. Je vis quelque chose comme du feu et une lueur tout autour, semblable à l'arc qui apparaît dans les nuages, les jours de pluie. C'était quelque chose ayant l'aspect de la gloire de Yahvé... »

La Bible de Jérusalem.

Cette splendeur céleste — que les anges eux-mêmes ne peuvent regarder en face — donne une idée des merveilles, des délices et des félicités qui attendent le juste au paradis. Mais il y a, dans ce royaume privilégié fait de béatitudes et d'éblouissements, un signe, un objet, une chose montrant qu'il s'agit bien du paradis de Dieu. Hénoch est seul à le décrire mais sa présence était, en quelque sorte, inévitable. Et cet objet, c'est... un arbre singulier, plein d'odeurs, un arbre dont les senteurs réjouiront précisément les élus appelés par Dieu à connaître sous ses ombrages une béatitude éternelle. C'est l'arbre de Vie, dressé au cœur du paradis terrestre et qui apparaît à Hénoch, lorsque l'ange l'autorise à jeter un coup d'œil sur le grand jardin des délices :

« Et Michel me dit : Cette haute montagne que tu as vue, dont le sommet ressemble au trône du Seigneur, c'est son trône sur lequel siégera le saint et le grand seigneur de gloire, le Roi éternel, lorsqu'il descendra visiter la terre.

» Cet arbre odoriférant que tu vois, aucun être de chair n'a le pouvoir d'y toucher jusqu'au grand Jugement lorsque Dieu tirera vengeance de tout et consommera tout pour l'éternité ; mais cet arbre sera donné aux justes et aux humbles.

» Par son fruit, la vie sera communiquée aux

élus et il sera planté du côté du nord, dans un lieu saint, près de la demeure du Seigneur, Roi éternel. Alors les justes et les humbles se réjouiront dans l'allégresse et ils exulteront ; ils entreront dans le sanctuaire, la bonne odeur de cet arbre pénétrera leurs os ; et ils vivront d'une longue vie sur la terre comme ont vécu leurs pères et, dans leurs jours, la tristesse, la souffrance, les tourments et les châtiments ne les atteindront pas... »

Apocryphes de l'Ancien Testament.

5

LA FIN DU MONDE

Il n'existe pas de mythologie, il n'existe pas non plus de religion qui n'ait envisagé d'une façon ou d'une autre la fin de l'univers où nous vivons. Ce thème mythique est tout aussi universel que celui du Déluge, qui était d'ailleurs, de toute évidence, une sorte d'essai ou de prélude au grand cataclysme final qui doit mettre un terme à l'existence de l'univers. On peut évidemment s'interroger sur les raisons qui ont poussé les hommes à penser que ce monde n'était pas éternel mais on ne peut s'empêcher d'être frappé par la concordance universelle des mythes sur cette question, concordance qui ne s'explique nullement par des influences réciproques.

Elle résulte immanquablement ou *d'une loi inhérente à l'univers lui-même,* soumis à un devenir cyclique, à une alternance de mort et de récréation — conception indienne et aussi platonicienne — ou *d'une volonté des dieux ou de Dieu* décidant de mettre un terme final à leur expérience créatrice et de mener leur œuvre vers son aboutissement logique : la régénération du monde et le retour aux conditions paradisiaques des origines.

Les cycles de l'univers

La première de ces conceptions est évidemment, à notre échelle humaine, la plus pessimiste des deux. Envisager le devenir du monde comme un cycle d'anéantissement et de renaissance périodiques n'a rien de réjouissant. Sa conséquence première est de se faire sentir d'emblée sur le destin individuel des hommes. Si l'univers lui-même, les astres, les planètes, les êtres vivants et les choses doivent mourir pour renaître, l'âme humaine ne saurait elle-même échapper à ce cycle : entraînée dans le mouvement circulaire du monde, soumise elle aussi à des morts et des réincarnations périodiques, elle subit ce qu'on appelle la loi de la métempsycose. Cette loi contraint les âmes à se réincarner au bout d'un certain laps de temps correspondant en général à une période de purification. Ce cheminement sans fin la mène évidemment au cœur d'expériences sans nombre, de chutes terribles suivies de purifications radieuses qui lui font parcourir le plus souvent le cycle complet de la vie, depuis l'éponge jusqu'à l'ange. Dans cette perspective, l'enfer et le paradis correspondent moins à un statut définitif de l'âme qu'à une suite de reculs ou de progrès dans la chaîne des métempsycoses. Devenir ou redevenir éponge ou cancrelat après avoir été un homme, voilà au fond une excellente définition de l'enfer ! Mais devenir

Asura ou Yazat après avoir été mendiant ou paria, voilà aussi qui correspond fort bien au paradis...

Il faut reconnaître aux Indiens le mérite d'avoir mené jusqu'au bout et de façon parfaitement cohérente cette croyance aux cycles de l'univers. Leur conception des âges du monde qui prolonge et amplifie celle des âges de l'humanité est à la fois inattaquable et séduisante. Elle possède aussi au suprême degré, comme d'ailleurs toutes les théories cosmiques analogues, le privilège de ne pouvoir jamais être infirmée ni confirmée. Un seul exemple suffira pour le prouver.

Les Indiens prennent pour mesure du temps cosmique le *yuga*. Un *yuga* est toujours précédé d'une aurore et suivi d'un crépuscule, marquant l'une et l'autre la transition entre deux « âges ». Quatre *yuga* constituent un *mahâyuga*, c'est-à-dire un cycle complet. Ce qui caractérise ce *mahâyuga*, c'est que les âges le constituant s'altèrent à mesure de leur écoulement. Ainsi le premier *yuga*, ou *krta-yuga*, correspond à l'âge d'or. Au cours du second *yuga* ou *tretâ-yuga* l'univers marque déjà une régression. Les hommes vivent moins longtemps, ils sont soumis à la loi du travail, à la souffrance et ils accomplissent leurs devoirs envers les dieux d'une façon beaucoup moins spontanée. Au troisième *yuga* ou *dvâpara-yuga*, la vie humaine décroît encore en durée et les vices font leur apparition sur la terre. Enfin, dans le dernier *yuga* ou *kali-yuga*, la désintégration morale et sociale de l'homme atteint son plus haut point. La richesse devient le seul critère de la valeur sociale, le sentiment de propriété et donc l'égoïsme règne en maître, la luxure est l'unique but des couples et la religion perd tout élan spontané pour devenir une simple formalité rituelle. Le lecteur aura compris, par cette seule description, que nous vivons actuellement en plein *kali-yuga* !

Bien entendu, les exégètes et les commentateurs se sont livrés à nombre de spéculations pour calculer la durée exacte de chaque *yuga*. Mais les *yuga* indiens, comme les « jours » de la Genèse ou les « éons » de saint Paul sont des termes généraux dont la durée n'est jamais précisée. Le *yuga* indien tout comme le « Jour » biblique peut signifier indifféremment un an, un siècle ou un million d'années. Certains textes indiens ont voulu malgré tout fixer une valeur précise à la durée de chaque *yuga*. La grande épopée du *Mahâbhârata*, par exemple, indique que le *krta-yuga* dure quatre mille ans plus quatre cents ans d'« aurore » et quatre cents ans de « crépuscule », le *tretâ-yuga* trois mille ans plus trois cents ans d'aurore et trois cents de crépuscule, etc. Le cycle complet dure donc douze mille ans (durée identique, notons-le, à celle de l'univers d'après les textes iraniens). Mais ce chiffre ne marque qu'un seul cycle alors que l'univers doit en connaître un nombre incalculable et théoriquement illimité ! De plus, les passages d'un *yuga* à l'autre sont marqués par des bouleversements mineurs qui ne détruisent que partiellement l'humanité. Ainsi le Déluge marque, dans la tradition indienne, le passage du troisième au quatrième *yuga*. Tenir le Déluge pour un bouleversement mineur donne une idée approximative de ce que doit être le grand bouleversement final — que les Indiens appellent la *pralaya*, la grande dissolution, marquant le passage d'un *mahâyuga* à un autre ! Il s'agit alors d'une destruction totale de la Création suivie d'une régénération également totale. Rien ne subsiste plus de l'ordre ancien du monde, sauf bien entendu les dieux qui, eux, restent identiques à travers tous les cycles.

Plutôt que de citer des chiffres aussi dépourvus de sens que ceux des astronomes, il y a d'ailleurs d'étranges parallélismes entre la durée des années-lumière astronomiques et celle des « années » de Brahmâ, si l'on songe qu'un seul jour de la vie de Brahmâ correspond à mille *mahâyuga*, soit douze millions d'années humaines ! Voici un très beau mythe indien sur le temps, ou plus précisément sur la disparité du temps humain et du temps divin, le mythe de Nârada.

Il existait autrefois aux Indes un ascète au grand renom qui s'appelait Nârada. Ses austérités étaient si grandes qu'elles finirent par émouvoir le dieu Vishnou lui-même. Il apparut à Nârada et lui promit d'accomplir n'importe quel vœu. Et l'ascète lui demanda : « Montre-moi la puissance magique de ton pouvoir. » Vishnou accepta et fit signe à l'ascète de le suivre.

Les voici donc marchant l'un à côté de l'autre sur un chemin désert, en plein soleil. La chaleur est torride et Vishnou, apercevant un village tout près de là, prie Nârada d'aller y chercher un peu d'eau. Nârada s'en va vers le village, frappe à la première porte. Une belle jeune fille lui ouvre, si belle que l'ascète en demeure pantois et oublie déjà pourquoi il est venu. On le reçoit avec tous les égards dus à un saint et Nârada finit par oublier tout à fait sa mission. Il épouse la jeune fille et il se met, pour vivre, à cultiver la ferme et à connaître le dur labeur des paysans. Trois enfants naissent. Douze ans passent. Au cours de la douzième année, des moussons torrentielles noient les récoltes et emportent la ferme. Nârada n'a que le temps de prendre ses enfants et sa femme et de se réfugier sur un tertre. Mais le flot emporte un à un sous ses yeux sa femme et ses enfants. Et lui-même se sent brusquement happé par le courant et roulé dans les eaux boueuses. Il s'évanouit et ne revient à lui que longtemps après. Il est seul au bord du flot et il pleure sur sa famille détruite, ses biens emportés, sa vie gâchée. Mais voici qu'à la place du torrent, il voit soudain des champs déserts, brillant sous le soleil et voici qu'il entend la voix de Vishnou lui disant : « Eh bien ? Pourquoi as-tu tardé à rapporter de l'eau ? Je t'attends depuis une demi-heure ! » Et Nârada comprit alors la puissance magique du pouvoir de Vishnou.

Des idées assez proches des conceptions indiennes apparaissent dans la philosophie platonicienne. Elles apportent sur ce problème du devenir de l'univers des vues singulières dont certaines influencèrent bien des mythes grecs. Précisons d'abord un fait important : pour Platon, l'univers n'a pas une évolution linéaire mais cyclique. Il passe par des phases de dépérissement et de régénération, de destruction et de recréation périodiques. La conclusion à en tirer est simple : les grands bouleversements dont les mythes anciens ont perpétué le souvenir — comme le Déluge dont réchappèrent Deucalion et Pyrrha ou l'embrasement de la terre dû à la folie de Phaéton — se reproduiront fatalement un jour, sous cette forme ou sous une autre. L'eau et le feu sont les deux principes à la fois purificateurs et destructeurs du monde et l'univers périra fatalement par l'action de l'un ou de l'autre. Aussi bien la terre et tous les êtres vivants qu'elle porte doivent-ils se considérer comme en état de sursis entre deux embrasements ou entre deux déluges ! Et cela, c'est ce que Solon, l'antique législateur d'Athènes, apprit au cours d'un voyage en Égypte, auprès d'un peuple qui passait pour le plus ancien et le plus savant de la terre.

Les Égyptiens, raconte Platon dans son dialogue du *Timée*, avaient en effet interrogé Solon sur les choses les plus anciennes dont il conservait la mémoire.

> « Un jour que Solon s'était mis à entretenir les habitants de Saïs de nos antiquités, à leur raconter la fable de Deucalion et de Pyrrha, leur survie après le Déluge, et l'histoire de leur race, et qu'en se rappelant les époques, il avait cherché à calculer le nombre d'années qui s'étaient écoulées, un des vieux prêtres s'écria : "Ô Solon, Solon ! vous autres, Grecs, vous serez toujours des enfants, et il n'y a point de vieillards parmi vous ! — Que veux-tu dire ? demanda Solon. — Vous êtes tous, reprit le prêtre, jeunes d'esprit : aucune tradition vénérable n'a mis dans vos âmes ni opinion ancienne ni

> connaissance vieillie par les années..., d'abord vous n'avez conservé le souvenir que d'un seul déluge, tandis qu'il y en a eu plusieurs avant celui-ci ; ensuite, vous ignorez qu'il a existé dans votre pays une race d'hommes très brave et très vaillante dont vous descendez, toi et tes concitoyens tous ensemble, grâce à quelques semences de reproduction qui furent conservées ; mais vous ignorez ce fait, parce que plusieurs générations s'éteignirent parmi les survivants sans laisser aucun monument historique. Autrefois, Solon, avant que les eaux eussent créé cette immense destruction, cette même république, qui est aujourd'hui Athènes, excellait dans la guerre et dans l'art politique : on lui attribue les plus belles actions et les plus belles institutions dont le souvenir se soit conservé sous la voûte du ciel." »
>
> PLATON, *le Timée*, trad. J. Lacarrière.

Cette antique grandeur d'Athènes — que Solon lui-même ignorait — les Égyptiens la rappellent à propos d'une tradition — mythique ou historique — qui fut célèbre dans l'Antiquité : l'engloutissement de l'Atlantide.

Précisons cependant que Platon s'est également expliqué clairement, dans son dialogue *le Politique*, sur la nature et les raisons de ces cycles cosmiques. Il y développe cette théorie si surprenante de l'évolution tour à tour positive et négative du monde, évolution qui entraîne au cours de ses périodes rétrogrades (au sens astronomique du terme) des bouleversements saisissants dans le ciel et sur terre, dont l'un des plus spectaculaires consiste à inverser le cours de la vie humaine et contraindre les hommes à naître vieillards pour mourir à l'état de bébés...

La fin de l'Atlantide

Nous n'avons insisté sur ces conceptions indiennes — et sur celle de Platon — que pour bien souligner une croyance fortement établie dans toute l'Antiquité : la terre et l'humanité ont connu nombre d'anéantissements plus ou moins importants *et en connaîtront d'autres*. Et comme exemples de ces destructions périodiques de notre planète par le feu et par l'eau, Platon relate dans le *Timée* et dans le *Critias* l'admirable et fascinante histoire de l'Atlantide, la grande île engloutie dans les flots.

La plus importante action héroïque de l'ancienne Athènes fut la guerre victorieuse que raconte Platon dans le *Timée* et que mena la cité contre le peuple des Atlantes. Ce peuple, fort civilisé mais aussi fort ambitieux, s'était mis en tête de conquérir la Grèce et habitait une île merveilleuse qui portait le nom d'Atlantide… Or cette île

> «… qui se trouve en deçà du détroit dont nous parlons [les colonnes d'Hercule] ressemble à un port avec une entrée étroite, tandis que cette mer et la terre qui l'entoure peuvent être appelées véritablement, à très juste titre, l'une une mer, l'autre un continent. Or dans cette île Atlantide régnèrent des rois avec une grande et merveilleuse puissance qui s'étendait sur l'île entière, sur plusieurs autres îles et parties du continent. En outre, en deçà du détroit, ils régnaient sur la Libye jusqu'à l'Égypte, et sur l'Europe jusqu'à la Tyrrhénie. Un jour cette île, réunissant toutes ses forces, entreprit d'asservir votre pays, le nôtre, et toutes les contrées situées

en deçà du détroit. Ce fut alors, Solon, que votre république montra à tout l'univers sa puissance et sa valeur ; car, supérieure à tous par son courage et sa connaissance de l'art militaire, d'abord à la tête des Hellènes, ensuite réduite forcément à ses propres ressources par l'abandon de ses alliés, qui l'exposèrent au plus grand danger, elle vainquit ses ennemis, éleva des trophées, préserva de la servitude les peuples qui n'avaient pas encore été asservis, et délivra généreusement tous ceux qui, comme nous, habitaient en deçà des Colonnes d'Hercule. Plus tard, il survint des tremblements et des inondations extraordinaires ; dans un seul jour et dans une nuit désastreuse, toute la race de vos guerriers fut engloutie en masse sous la terre, et l'île Atlantide disparut submergée par la mer. Aussi, de nos jours, il est impossible de traverser et d'explorer la mer en cet endroit, à cause de la vase profonde qu'y a formée l'île en s'engloutissant. »

PLATON, *le Timée*, trad. J. Lacarrière.

Platon n'en dit pas plus sur le désastre qui engloutit en une seule nuit l'Atlantide et ses habitants.

Nous n'insisterons pas sur les spéculations qui naquirent de ces quelques phrases, spéculations dont il faut dire que la plupart relèvent de la plus haute fantaisie quand ce n'est pas de la science-fiction pure et simple. Que l'Atlantide ait ou non réellement existé, qu'un effondrement ait eu lieu ou non à proximité de la côte atlantique, engloutissant dans les abîmes de l'océan un ancien continent dont les Açores, les Canaries et les îles du Cap-Vert seraient les derniers vestiges émergés, ou même que le volcan de Santorin ait explosé, entraînant une partie de l'île et ses habitants sous les flots, cela ne concerne en rien le problème qui nous intéresse. On se trouve en effet avec l'Atlantide devant le même cas qu'avec le Déluge, dont l'historicité n'est pas douteuse mais dont seules les conséquences et la trajectoire mythique sont valables pour nous. Car ce qui fit du Déluge un fait universel et signifiant pour l'homme fut moins l'événement lui-même que les textes et traditions auxquels il a donné naissance. Avec l'Atlantide, le problème se pose en termes identiques car ce mythe a eu dans les consciences et la sensibilité des peuples d'Occident la même répercussion que celui du Déluge.

Si bien qu'au lieu de se livrer à des sondages océanographiques ou à des fouilles archéologiques aussi vaines, de toute évidence, que de vouloir retrouver l'arche de Noé, il aurait mieux valu étudier sérieusement le texte et la pensée de Platon pour voir dans quel cadre, dans quel contexte philosophiques Platon insère le mythe de l'Atlantide. Or il se trouve que ce cadre et cette théorie sont les mêmes que ceux du Déluge : l'Atlantide fut engloutie, dit Platon, à la suite d'une catastrophe géologique mais *dont la cause était la déchéance morale de ses habitants*. Poséidon, dieu de l'Atlantide, engloutit « son » île sous les flots comme Yahvé avait noyé « son » humanité sous le Déluge. Ce simple fait est plus important que tout le reste car c'est lui que Platon met surtout en valeur : l'engloutissement de l'Atlantide coïncida avec un de ces moments où l'univers rétrograda brusquement et l'approche du point critique entraîna chez les êtres vivants une « baisse », une dégradation des valeurs morales exactement comme les âges indiens qui provoqua le courroux des dieux et hâta l'anéantissement de l'espèce. En l'occurrence, la volonté divine collabora ici aux cycles de l'univers.

Mais comment — et pourquoi — s'opéra cette dégradation morale chez les habitants de l'Atlantide ? Platon y répond dans le dialogue du *Critias*, dialogue malheureusement inachevé, au cours duquel il décrit la naissance, l'épanouissement et la fin tragique de la civilisation des Atlantes.

Lors du partage initial du monde entre les différentes divinités, l'Atlantide échut au dieu Poséidon. En prenant possession de son île, il y trouva un homme né de la terre, du nom d'Evénor et une femme, surgie du sol dans les mêmes conditions, du nom de Leucippé. Le couple eut une fille unique, Clito, dont Poséidon tomba amoureux et avec laquelle il s'unit.

Poséidon et Clito s'installèrent sur le plus haut sommet de l'île dans un palais édifié par le dieu et ils eurent, à cinq reprises, des jumeaux garçons et filles. Poséidon partagea alors l'île entre ses cinq fils dès qu'ils furent grands et chacun régna sur son domaine, dans la plus grande félicité. L'île possédait en effet de telles richesses que chaque domaine pouvait vivre sur ses propres ressources et même s'enrichir jour après jour. La vie sur l'Atlantide, du moins en ces débuts, avait tout d'un âge d'or. Il semble bien d'ailleurs que Platon ait voulu, avec cette légende, donner en « raccourci » une histoire exemplaire du monde. L'Atlantide est comme un univers en réduction, vivant en autarcie et qui subira toutes les étapes de l'évolution universelle, de l'âge d'or au Déluge.

Au début donc, les richesses de l'île étaient telles qu'elles suffisaient amplement à nourrir, vêtir, armer les habitants de chaque royaume et que les Atlantes prospérèrent, bâtissant des villes, édifiant des ports, des monuments, des palais et des temples grandioses dont le plus beau fut évidemment celui de Poséidon, situé sur le plus haut sommet de l'île et entouré d'une enceinte que nul ne pouvait franchir.

> « Tout l'extérieur était revêtu d'argent à l'exception des acrotères, qui étaient d'or ; dans l'intérieur, le plafond était d'ivoire diversifié par l'or, l'argent et l'orichalque, et tout le reste, les murs, les colonnes et le pavé, était recouvert d'orichalque. Il y avait des statues d'or : on voyait le dieu debout sur son char et dirigeant six coursiers ailés, sa taille était telle qu'il touchait le plafond du temple ; autour de lui étaient rangées cent néréides assises sur des dauphins. »
>
> PLATON, *Critias*, trad. J. Lacarrière.

Je passe ici sur certains détails de la vie atlante qui seraient fastidieux mais qui revêtaient certainement une grande importance aux yeux des Anciens. Il s'agit de toute la constitution sociale et administrative de l'île, par laquelle Platon a cherché manifestement à décrire ce qu'il considérait comme une cité ou une république idéale. Les lois, les hiérarchies, la mise en valeur des ressources, la répartition des richesses, la justice, l'égalité de tous devant la loi, les droits et devoirs des rois, tout correspondait à la cité décrite dans *la République*. Cette évidence n'empêcha pas les théosophes, illuminés et inspirés de tout acabit d'échafauder sur la civilisation et la sagesse des Atlantes les hypothèses les plus incroyables.

Mais cet âge d'or ne dura pas longtemps. Ivres de leurs richesses, de leur puissance, de leur prestige, les Atlantes commencèrent à envahir les autres peuples, à pénétrer en Ibérie, en Libye, et à s'aventurer jusqu'en Grèce. Sur leur route, ils commirent massacres et sacrilèges, renièrent leurs propres lois et leur propre justice et s'engagèrent en somme sur la voie sans retour de la dégradation morale… Platon résume à merveille cette évolution des Atlantes dans les dernières lignes du *Critias* :

> « Pendant plusieurs générations, tant que les habitants de cette île conservèrent quelque chose de la nature divine, ils se montrèrent obéissants aux lois et pleins de bienveillance les uns envers les autres en raison de leur parenté commune avec le dieu : car ils étaient animés de sentiments vrais et élevés, exprimant leur douceur et leur prudence dans toutes les circonstances et dans leurs relations mutuelles. C'est pourquoi, n'estimant que la vertu, ils attachaient peu de prix aux biens qu'ils possédaient, et supportaient facilement l'or et les autres richesses, parce qu'ils les considéraient comme un fardeau… Mais, lorsque la partie divine s'affaiblit en eux à force de s'allier à la partie mortelle et que les tendances humaines prirent le dessus, ils ne purent plus supporter leur fortune présente, et leur beauté commença à s'altérer : pour celui qui savait observer, leur laideur était sensible puisqu'ils perdaient les plus belles choses avec les

> plus précieuses ; mais ceux qui ne peuvent voir la véritable vie qu'il faut pour être heureux les crurent au faîte du bonheur et de la beauté parce qu'ils étaient pleins d'une ambition et d'une puissance injustes. Zeus, le souverain des dieux, qui gouverne selon les lois et sait faire de pareilles distinctions, voyant la corruption déplorable de cette race autrefois vertueuse, résolut de la punir pour la rendre plus sage et plus modérée. Dans ce dessein, il rassembla tous les dieux dans la demeure la plus auguste, qui, placée au centre du monde, domine tout ce qui est sujet à la naissance ; et lorsqu'ils furent réunis, il dit... »
>
> PLATON, *Critias*, trad. J. Lacarrière.

Le texte du *Critias* s'arrête là. Mais on en connaît la suite. Les dieux décidèrent de frapper les Atlantes et d'engloutir leur île dans les flots.

Et l'on pourrait conclure de cette histoire ce que les Grecs anciens, à coup sûr, devaient eux-mêmes en conclure : qu'il s'agit moins de l'histoire des Atlantes que du destin de l'homme et qu'elle résume admirablement l'aventure de l'humanité, oublieuse de sa part divine et perdant, par vanité, insolence et orgueil, le paradis que les dieux lui avaient réservé...

Le jugement d'Ormuzd

À ces doctrines indiennes et grecques concernant les cycles du monde, doctrines pessimistes, voire désespérantes puisqu'elles ne laissent aucun répit à l'univers et interdisent tout espoir d'une régénération ou d'une récréation *définitive*, s'opposent les conceptions iraniennes, nordiques, judaïques et chrétiennes. Avec elles, plus de cycles, plus d'éternels retours, plus de répétitions périodiques mais au contraire une marche régulière du monde, depuis sa création jusqu'à sa fin, vers le cataclysme final et *unique* qui mettra fin à l'histoire terrestre de l'homme. Après le Jugement dernier clôturant l'aventure humaine sur cette terre surgira un monde nouveau reproduisant les conditions paradisiaques de ses débuts et d'où le Mal sera définitivement chassé.

Les Iraniens ont été les premiers, très certainement, à imaginer la fin du monde sous la forme d'un affrontement gigantesque entre le Dieu bon et le Dieu mauvais ou, selon les tendances propres au mazdéisme et au zoroastrisme, entre l'esprit du Bien et l'esprit du Mal. La description de cet affrontement a varié selon les textes et les siècles mais sa nature propre reste la même à travers l'*Avesta*, le *Boundahishn* et les textes ultérieurs.

Lorsque approchera la fin des temps, une vierge mettra au monde un prophète qui sera le dernier de la religion iranienne et portera le nom de Gaoshyant. Au même moment, le soleil commencera à s'obscurcir, les ténèbres envahiront la terre et un hiver terrible recouvrira le monde pendant trois ans. Au terme de ces trois ans, Gaoshyant, devenu adulte, se jettera sur Ahriman pour le terrasser. Le combat ne sera guère facile car Ahriman rassemblera ses hordes démoniaques, mais Ormuzd viendra à la rescousse du prophète et tous deux repousseront l'assaut d'Ahriman et de ses démons et les précipiteront dans l'abîme où ils périront tous. Alors, dans ce monde glorifié par le feu, surgira une nouvelle race d'hommes, réincarnation des âmes qui vivaient jusqu'alors dans l'attente du combat final, qui repeuplera la terre et connaîtra le règne définitif d'Ormuzd.

D'après les textes iraniens, plus modestes à cet égard que ceux des Indiens, la durée totale de l'univers doit être de douze mille ans ou de neuf mille ans d'après d'autres. Tout au long de ces douze mille ou neuf mille ans, les âmes des hommes bons et vertueux ont vécu dans l'attente de leur réincarnation, après avoir franchi victorieusement le pont Tchinvad, et celles des damnés, n'ayant pu franchir le pont, ont vécu dans les tourments de l'enfer. Mais la chute d'Ahriman et de ses démons libérera ces âmes torturées et leur permettra de connaître enfin, à leur tour, les joies et les délices d'une réincarnation nouvelle. L'enfer iranien est donc un lieu de tourments provisoires, une sorte de purgatoire dont les âmes damnées savent qu'elles seront un jour délivrées. Un passage du *Boundahishn* décrit les différentes phases de ce moment crucial de l'univers. Nous noterons, à son propos, que cette réincarnation des âmes après le jugement d'Ormuzd équivaut à une résurrection dans des corps nouveaux. C'est là une idée que les juifs et les chrétiens reprendront plus tard aux Iraniens et qui deviendra l'un des thèmes essentiels des prédications apocalyptiques judéo-chrétiennes.

Donc, lorsque Ormuzd, aidé de Gaoshyant, aura vaincu Ahriman et ses démons, le grand jugement commencera. Pour qu'il commence, il faut d'abord rassembler les âmes et les morts et, pour cela, entreprendre la résurrection. Alors, partout, on verra les morts se lever et se présenter devant le dieu suprême.

> « Gayomart se lèvera le premier de tous et, à minuit, tous les hommes seront ressuscités. À l'aube, tous auront acquis force et puissance ; à midi, ils se rapprocheront d'Ormuzd le Créateur et les parents se reconnaîtront l'un l'autre : le père reconnaîtra son fils, le frère sa sœur, la sœur son frère, le mari sa femme ; et tous les parents se reconnaîtront l'un l'autre, et de même, les amis et les voisins, les collaborateurs et les connaissances. Ensuite, Ormuzd le Créateur comptera tout le monde en vue du corps futur. Quiconque gardera un péché verra un signe apparaître sur son corps. Pour ce dernier péché, il sera ramené en enfer pour trois jours et trois nuits et y sera de nouveau soumis à la torture. Ces trois jours et trois nuits seront plus durs, pires et plus difficiles que les neuf mille ans déjà passés en enfer ! Car la torture affligera aussi bien le corps que l'âme. Tout le monde le verra et cet opprobre et cette honte seront pires pour les hommes que tous les supplices ; car tout le monde le verra et ils éprouveront une terrible honte. Des hommes leur feront honte et diront : "Pourquoi les méchants de ce monde doivent-ils subir tant de supplices et de châtiments ?" »
>
> *Le Jugement des morts*, sources orientales.

Heureusement, Ormuzd est miséricordieux et en faisant cesser les tourments de ces damnés ultimes, il mettra fin du même coup à l'histoire dramatique, si souvent sanglante et sacrilège, de notre monde, il mettra fin à la souffrance, au mal et à la mort…

« Lorsque les damnés auront passé ces trois jours et trois nuits en enfer dans des tourments et des douleurs dont ils n'auront jamais connu l'équivalent, ils croiront avoir été en enfer pendant neuf mille ans. Ils élèveront alors un cri pour se plaindre et diront : "Ô Ormuzd, le Créateur, si pendant neuf mille ans nous avions commis tout le temps des péchés, notre tourment, notre châtiment et notre supplice n'auraient pas été plus grands que ceux auxquels nous sommes exposés pendant ces trois jours !" Ormuzd le Créateur décidera alors de les épargner et aura pitié d'eux et ordonnera de faire cesser leur supplice et leur châtiment, il leur accordera son pardon et les fera sortir de l'enfer. Le mauvais Esprit, le maudit Ahriman sera ensuite annihilé car aucune armée ne lui restera, ni aucune arme, ni aucune autre chose et son temps aura touché à sa fin. »

Le Jugement des morts, sources orientales.

Le crépuscule des dieux

L'imagination nordique a donné à la fin du monde, à ce Ragnarök qu'on a improprement baptisé « Crépuscule des dieux », une ampleur et une poésie peu communes. Le *Voluspa*, qui a déjà décrit les commencements du monde, la lutte des géants contre les Ases, constitue avec l'Apocalypse les deux textes les plus remarquables de la littérature eschatologique. Plus que les visions iraniennes, froides et trop rationnelles, plus que les visions indiennes, plus mathématiques que poétiques, les vers du *Voluspa* apportent à la littérature prophétique le grand souffle des visionnaires hébreux ou latins. Les faits et les différentes étapes de l'anéantissement de l'univers n'ont par eux-mêmes rien d'original. Mais on devine, par la densité du texte et la vibration poétique qui l'anime, que les hommes d'autrefois devaient croire réellement aux terribles événements annoncés.

Le Crépuscule des dieux verra en effet l'effondrement de l'univers et son remplacement par un monde nouveau où les dieux et les hommes connaîtront enfin la paix et le bonheur. Le décor, le « scénario » et le dénouement restent toujours les mêmes, seuls changent, dans chacun, les acteurs de ce dénouement cosmique et c'est pourquoi il convient ici de les présenter un à un.

Les combattants — L'affrontement final mettra aux prises les forces du Mal et celles du Bien. Les premières sont constituées par les géants relégués, depuis leur défaite primitive, derrière les remparts du royaume de Jotulheim, au bout du monde, et qui attendent depuis lors le moment où ils pourront se lancer à l'assaut du Walhalla. À leurs côtés marchent les animaux et les monstres géants de la mythologie nordique : Garm, le chien qui garde le royaume de la déesse Hel, c'est-à-dire les Enfers ; le serpent de Midgard, si vaste qu'il entoure la terre et dont le dieu Thor a déjà, une fois, repoussé les assauts ; le loup géant Fenrir qui jouera dans le déclenchement du Ragnarök un rôle de premier plan. Ce loup, retenu lui aussi depuis les origines par une chaîne forgée par les dieux, rompra ses liens au moment crucial, donnant ainsi le signal de la fin du monde. C'est un fauve terrible qui « se gorge de la chair des guerriers abattus » et « rougit de sang rouge le siège des puissances ». Aussitôt libéré, il se précipitera sur le soleil et l'engloutira d'une seule bouchée ! Il y aura également la vipère Niddhog qui ronge les racines du frêne Yggdrasil et se joindra à la cohorte déchaînée. Parmi les principaux géants qui se lanceront à l'assaut des dieux et du Walhalla figurent Hrym, chef des géants des frimas, et Surt, chef des géants du feu. On peut voir, dans cette double coalition, l'image ou le symbole du déchaînement des éléments naturels, entraînant un chaos ultime : toute la nature, toutes les énergies du feu, des eaux, de l'air et de la terre se dresseront en un bouleversement titanesque contre l'ordre et l'harmonie du ciel... Et tous ces êtres seront commandés par Loki, le dieu de la ruse et du mal, qui joue ainsi, dans le dénouement de ce « scénario », le même rôle que celui du diable ou d'Ahriman dans les autres mythologies.

Quant aux forces du Bien, ce sont les dieux Ases et Vanes résidant dans leur palais céleste.

Le combat — Le signal de l'affrontement final sera donné par Fenrir. Rompant ses liens, il se jettera sur le soleil qu'il avalera sans sourciller. L'obscurité s'étendra aussitôt sur l'univers, donnant à tous le signal de la fin. De grands ébranlements secoueront au même instant l'ensemble du monde : l'arc-en-ciel Baefrost s'écroulera dans un grand fracas, les remparts de Jotulheim s'effondreront, libérant aussitôt les milliers de géants qui y étaient emprisonnés, et ces géants, s'assemblant à la hâte, iront délivrer le dieu Loki, enchaîné aux confins du monde sur une montagne avec un serpent venimeux sur la tête. Alors, sous le commandement de Loki, la troupe monstrueuse s'avancera vers la demeure des dieux.

Les dieux, avertis eux aussi par les signes célestes et cosmiques de l'approche de la fin du monde, s'équiperont et quitteront leurs demeures pour affronter les géants dans une plaine immense nommée Vigrid. Le combat, inutile de le préciser, sera terrible, effroyable et passant toute description. Si terrible et si effroyable que les dieux eux-mêmes succomberont sous les coups de leurs adversaires. Ceux-ci, de leur côté, seront tous tués non sans avoir massacré les Ases et les Vanes. Freyr, le dieu de la fécondité, succombera sous l'étreinte de Surt, chef des géants du feu. Toute la surface de la terre sera donc calcinée et brûlée par le feu. Thor finira par terrasser le serpent de Midgard, mais il mourra empoisonné par le venin du monstre et Odin lui-même, le roi des dieux, dans son combat contre le loup Fenrir, mourra écrasé par le fauve. Celui-ci, heureusement, sera tué par Vidar, un des fils d'Odin.

Et la nuit, une nuit qu'on pourrait croire sans fin, éternelle, recouvrira le champ de carnage et de mort où gémissent et gisent côte à côte monstres, géants et dieux... De l'univers, il ne restera rien ou presque : une terre déserte et calcinée roulant comme un astre mort dans l'infini des cieux et un ciel dépeuplé de dieux...

Et pourtant, au bout d'un laps de temps non

précisé, voici qu'une minuscule verdure se mettra à repousser sur le sol nu, que peu à peu la vie reprendra sur la terre et que les dieux célestes ressusciteront. Alors ils se réuniront à nouveau dans leur palais reconstruit et évoqueront pendant l'éternité, à la façon des héros des combats humains, la grande guerre qu'ils ont menée contre les géants et les monstres engloutis à jamais.

Cette description, indispensable pour suivre clairement l'enchaînement des faits, ne saurait donner la moindre idée de ce que furent, dans l'esprit des peuples nordiques, la splendeur et l'horreur mêlées du Ragnarök.

Voici enfin ce que dit le *Voluspa* décrivant le grand combat qui préludera à l'avènement de la terre nouvelle :

Les frères tueront les frères,
Les parents détruiront leur propre parenté,
Pervers deviendra le monde,
Adultère et divorce s'y étaleront au grand jour,
Temps du fer, temps du feu,
L'homme s'effondrera, frappé par l'homme.

Je sais une foule de choses et j'aperçois au loin
La fin du monde et des dieux tout-puissants.

Hrym s'avance, soulevant les flots devant lui
Et le serpent du monde se tord en un courroux géant.
Le monstre fouette les vagues, l'aigle jette des cris,
De son bec pâle, il déchire les cadavres.

Un bateau vient du nord, que gouverne Loki,
Amenant par la mer toutes les troupes de Hel.
Tous accourent avec le loup vorace.
Loki marche à leur tête.

Surt s'avance du sud avec le feu dévastateur.
Son épée flamboyante projette des éclairs.
Les montagnes s'écroulent et les géants s'élancent.
Les hommes tâtonnent vers l'enfer
Et le ciel s'entrouvre.

Le soleil s'enténèbre.
La terre s'abîme dans la mer.
Les étoiles vacillent dans les hauteurs du ciel.
Feu et fumée font rage.
Les flammes scintillantes s'élèvent jusqu'au ciel.

Je vois pour la seconde fois la terre
Surgir des flots et se couvrir d'une verdure nouvelle.
Les torrents retombent en cascades, l'aigle plane
Et chasse les poissons jusqu'au haut des montagnes.

Les Ases s'assemblent dans les plaines d'Ida.
Ils s'entretiennent de l'énorme serpent qui encerclait la terre.
Ils évoquent le souvenir des grands événements
Et les runes anciennes conquises par Odin.

Et là, au cœur de la verdure, ils retrouveront
Les tablettes d'or, tablettes merveilleuses
Qu'aux premiers jours avaient possédées leurs ancêtres...

Et je vois s'élever un palais
Au toit d'or, plus rutilant que le soleil :
Là résideront toutes les troupes fidèles,
Elles jouiront du bonheur jusqu'à la fin des temps.

Poèmes héroïques de l'Edda, trad. F. Wagner.

6

« ET JE VIS UNE NOUVELLE TERRE... »

Les signes des temps

Dès l'instant où l'on annonce la fin du monde, il va de soi que les hommes n'ont plus qu'un souci : en connaître la date. D'où les innombrables exégèses, compilations de textes prophétiques, pour déterminer l'échéance probable du Grand Jour. Ces calculs n'ont, en fait, aucun sens et tous, d'ailleurs, se sont révélés faux. La raison en est évidente : c'est que — à en juger strictement par les textes — les signes qui doivent précéder la fin des temps sont si vagues et si généraux qu'on peut les appliquer indifféremment à n'importe quel événement terrestre.

Prenons à ce sujet un exemple précis. La plupart des textes apocalyptiques, qu'ils soient bibliques ou chrétiens, indiquent comme signe caractéristique de la fin du monde — parmi beaucoup d'autres, bien entendu — l'obscurcissement du soleil. « Le soleil s'obscurcira... il fera nuit en plein midi... les ténèbres recouvriront la face du soleil... » On pourrait citer une infinité d'exemples de ce genre. D'ailleurs, les textes nordiques et iraniens ne disent pas autre chose, eux aussi : l'obscurcissement du soleil sera l'un des tout premiers signes précurseurs de l'apparition d'Ahriman ou de la venue du loup Fenrir. Il importe en effet que le signe déclencheur du grand ébranlement final soit aussi net que possible et, surtout, *visible par tous*. D'autres signes et d'autres avertissements tels que « la discorde régnera entre les nations » ou « le frère tuera le frère » ou encore « le sang coulera jusque dans les temples » pourraient, eux, s'appliquer pratiquement à toutes les périodes de l'Histoire, sans posséder pour autant l'universalité du premier signe ! Donc, le soleil s'obscurcira... Mais l'on sait — du moins aujourd'hui — que le soleil ne s'obscurcit pas sans raison en plein midi. Lorsque cette fantaisie lui arrive, c'est en général parce qu'il se produit... une éclipse. En un temps où l'on ignorait les causes réelles du phénomène, on le prit tout naturellement pour un exemple de bouleversement cosmique et pour un signe précurseur de la fin des temps. C'est pourquoi la plupart des éclipses ont entraîné des paniques et des bouleversements sociaux momentanés mais importants. Inutile d'ajouter qu'on prédit donc la venue du Grand Jour aussi souvent qu'on vit des éclipses ! Et comme, de toute façon, d'autres signes, plus généraux et plus dangereux pour cette seule raison, accompagnaient le premier, on trembla, dans tout l'Empire romain dès le Ier siècle du christianisme, à chaque invasion barbare, à chaque séisme, à chaque raz de marée, voire à chaque assassinat d'un haut personnage.

Tous ces événements font en effet partie des signes de la fin des temps et l'on comprend, dans ce climat d'angoisse collective — du moins chez les juifs et chez les chrétiens — quel sens profond et finalement réconfortant pouvait revêtir une œuvre comme l'Apocalypse.

Autant les textes chrétiens — notamment l'Évangile selon saint Matthieu et les Épîtres de saint Paul — se montrent discrets quant aux signes de la fin, autant les textes bibliques, canoniques ou apocryphes, abondent en descriptions grandioses des présages relatifs au Grand Jour. Les prophètes Isaïe, Ézéchiel, Zacharie et Daniel n'ont cessé d'annoncer la fin des temps à grand renfort d'images saisissantes, destinées à impressionner les fidèles en leur révélant la puissance et la gloire de Yahvé. Mais comme, dans ce domaine, on ne peut inventer indéfiniment des signes nouveaux, les prophètes tendirent, comme en bien d'autres occasions, à se « recopier » ou plutôt à s'imiter les uns les autres. Il y avait d'ailleurs à cela une raison impérieuse : ces signes si importants ne pouvaient se contredire, d'un prophète à l'autre, surtout dès l'instant où ils étaient une révélation directe de Yahvé. On aboutit donc assez vite à une sorte de « liste type » des bouleversements précurseurs de l'Apocalypse dont le point commun est de marquer un *retour au chaos primitif d'avant la Création* : le soleil perd sa lumière, la mer déborde les limites où Yahvé l'avait confinée, la terre tremble et s'effrite et les empires terrestres s'effondrent sous les coups des Barbares. Les invasions barbares font partie, elles aussi, des signes de la fin des temps car elles représentent justement, sur un plan humain et social, le même élément de chaos et de désordre, déjà inscrit dans le ciel, la mer et sur la terre.

Ces signes, nous les résumerons et les relaterons à travers deux textes assez tardifs, puisqu'ils datent du Ier siècle après J.-C., extraits d'un ensemble de prophéties intitulé *les Oracles sibyllins*. Ces textes, dus à des rédacteurs différents, ont joué un rôle capital dans la mentalité des masses juives et chrétiennes des premiers siècles du christianisme et présentent l'intérêt évident de résumer, de codifier en quelque sorte tout ce qui, avant eux, était éparpillé chez les différents prophètes et auteurs d'apocalypses.

> « Lorsque, dans le ciel étoilé des nuits, des glaives apparaîtront après le soir ou avant l'aurore ; lorsque la clarté du soleil s'éteindra à midi, que les rayons de la lune apparaîtront et éclaireront la terre... ; lorsqu'on verra dans les nuages un combat de fantassins et de cavaliers et, dans les airs, des vapeurs ayant la forme d'une chasse de bêtes féroces, c'est alors que Dieu qui habite les cieux mettra fin à toute chose... »
>
> *Apocryphes de l'Ancien Testament.*

Et un autre extrait, plus révélateur et plus précis encore :

> « Des glaives de feu tomberont du ciel sur la terre, de grandes torches brilleront et pleuvront sur les foules des mortels ; la terre, en ces jours terribles, sera secouée par la main vengeresse de l'Éternel ; les poissons, les bêtes, les hommes, les

oiseaux, les mers frissonneront d'épouvante et d'effroi devant la face irritée du Seigneur. Il brisera les sommets et les masses effrayantes des plus hautes montagnes. Le noir Érèbe apparaîtra sur le haut des collines, il y aura des antres remplis de cadavres, le sang suintera des rochers pour inonder les campagnes... Il descendra du ciel une pluie de soufre et de feu et tous les animaux périront. La terre entière retentira des gémissements des mourants... »

Apocryphes de l'Ancien Testament.

On pourrait ainsi énumérer nombre de textes dont le contenu paraîtrait fastidieux, à force de se répéter. Nous nous contenterons d'en citer seulement deux autres, pris eux aussi à la littérature biblique apocryphe, en l'occurrence le *IVe Livre d'Esdras*. Esdras était un juif employé comme scribe à la cour du roi Artaxerxès au temps de l'exil et qui laissa dans la Bible, sous le titre de *Livre d'Esdras*, une chronique de la vie juive sous la domination perse. Cette chronique est canonique et fait partie des Livres historiques. Mais à partir des premiers siècles du christianisme, il circula sous le nom d'Esdras un certain nombre de textes apocryphes dont le plus important est celui qu'on appela (pour le différencier de l'autre) le *IVe Livre d'Esdras*. On verra, par l'extrait cité, qu'Esdras mentionne un signe qui jouera un grand rôle, au moment des croyances et des paniques apocalyptiques de l'an mille : les femmes enfanteront des monstres. Cette fois, le chaos cosmique se répercute jusque dans les entrailles des êtres vivants, jusque dans le sein de la vie elle-même :

« Quant aux signes, les voici : il viendra un temps où les habitants de la terre seront saisis d'une grande épouvante. Le soleil resplendira soudain pendant la nuit et la lune pendant le jour. Du sang gouttera des arbres, les pierres se mettront à parler. Les oiseaux émigreront en masse. La mer de Sodome vomira des poissons et poussera une grande clameur. Des gouffres se creuseront par endroits. Les bêtes du désert quitteront leur gîte et les femmes enfanteront des monstres. Les eaux douces deviendront salées. Les frères se combattront les uns les autres... Voilà les signes qu'il m'a été permis de dire. »

Apocryphes de l'Ancien Testament.

On est frappé de voir que ce texte mêle, en un chaos sans nom, les signes les plus banals aux événements les plus spectaculaires. Ainsi « les oiseaux émigreront en masse » est un signe banal, susceptible d'être remarqué à tout moment mais en l'associant à un signe exceptionnel comme « les pierres se mettront à parler », l'auteur, inconsciemment bien sûr, lie deux faits sans aucun rapport pour les rendre plus vraisemblables : un grand départ d'oiseaux provoquera une crainte apocalyptique qui prédisposera les esprits angoissés à entendre des pierres parler. De même, quelques lignes plus loin : « les bêtes du désert quitteront leur gîte » — signe susceptible de se produire n'importe quand et n'importe où en période de sécheresse ou de famine — est associé à un phénomène exceptionnel : « les femmes enfanteront des monstres ». Le premier signe « aide » inconsciemment à faire percevoir le second et l'on se mettra tout naturellement à trouver monstrueux des bébés qui seront simplement difformes.

Dans la suite de ce texte, Esdras précise encore certains détails qui seront repris mot pour mot dans les prédications des fanatiques de l'an mille, notamment la première de ces phrases :

> « ... Et des enfants d'un an se mettront à parler et les femmes enceintes enfanteront après trois ou quatre mois des fruits prématurés qui vivront et gambaderont. Les champs non ensemencés se couvriront soudain de fruits et ceux qu'on a semés ne produiront rien. La trompette sonnera si fort que la terre sera ébranlée avec ses habitants... Des fontaines s'arrêteront de couler *pendant trois heures*. Alors quiconque aura échappé à ces signes sera sauvé et il verra son salut et la fin du siècle. Alors, on verra les hommes ravis au ciel *sans même avoir goûté la mort*. Et le cœur des habitants de la terre sera transformé et changé en un autre... »
>
> *Apocryphes de l'Ancien Testament.*

J'ai souligné ici deux phrases car elles sont fort révélatrices. Le fait que les fontaines s'arrêteront de couler pendant trois heures, juste après que la terre sera ébranlée et que la trompette aura sonné très fort, est la description fort précise d'un tremblement de terre. Le tarissement *momentané* des sources fait partie, en effet, des effets reconnus des séismes — très exactement, dans l'échelle séismologique, des séismes de force 7 — et se produit toujours après l'ébranlement. Il est dû, on s'en doute, à la rupture interne des couches de l'écorce terrestre, rupture mineure quand il s'agit d'un séisme relatif. Un séisme de force 8 entraîne l'assèchement définitif des sources. On a ainsi la preuve que bien des textes apocalyptiques, tout en étant de nature visionnaire, reproduisent des observations très précises et précieuses de certains phénomènes naturels et spectaculaires, dont on ignorait — comme pour les éclipses — le mécanisme exact.

Quant à la seconde phrase soulignée, elle marque simplement à quel degré d'imminence les hommes du temps d'Esdras — je veux dire de l'Esdras apocryphe, autrement du les hommes du IIe et du IIIe siècle après J.-C. — situaient l'apparition du Jugement dernier. Ils étaient persuadés qu'ils le verraient *de leur vivant*.

Le Jugement dernier

Le thème du Jugement dernier fut surtout l'œuvre des Évangélistes et de saint Jean. Mais on le pressent déjà dans l'Ancien Testament où, sans revêtir les formes définitives et eschatologiques qu'il prendra par la suite, il apparaît comme un « leitmotiv » des prédications des grands prophètes. On devine aisément l'usage que ces prophètes devaient en faire : il servait à consoler le peuple d'Israël des épreuves sans nombre qu'il subissait depuis son exil et sa déportation, en lui révélant les grandes destinées réservées à lui seul par Yahvé, jointes au châtiment des oppresseurs assyriens et perses. C'est pourquoi les descriptions qu'en donnent les prophètes mêlent les visions d'épouvante aux plus douces félicités : les unes ne vont pas sans les autres et ce dosage de la terreur et de l'espoir — accentué par les qualités et l'inspiration remarquables de leurs paroles — contribua à maintenir, au cœur des pires tribulations, la foi et la cohésion religieuse des déportés et des exilés juifs.

En fait, il est exagéré de parler, à propos de l'Ancien Testament, de Jugement dernier car la plupart des prophètes décrivent moins la destruction générale du monde que celle, plus limitée, des oppresseurs d'Israël. Il en est de même pour les béatitudes promises à ce propos : il s'agit moins d'une régénération universelle de la planète que de la restauration par Yahvé de la splendeur et de la gloire du royaume d'Israël. Ce symbolisme s'est maintenu dans les prédications chrétiennes mais en prenant un sens plus large : ce qui explique que l'apparition d'un univers régénéré ait continué de s'exprimer par l'image de la Jérusalem céleste.

Quand Yahvé, donc, apparaîtra dans les nues, auréolé de l'éclat insoutenable de sa puissance, les peuples comprendront que le jour du châtiment est arrivé et ils n'auront d'autre ressource que d'aller se terrer dans les antres et les cavernes de la terre.

> Allez dans les creux des rochers
> et dans les antres de la terre
> face à l'Épouvante de Yahvé
> et à l'éclat de sa Majesté
> quand il se lèvera
> pour faire trembler la terre.

Ce jour-là, l'homme jettera aux taupes et aux chauves-souris les idoles d'argent et les idoles d'or qu'il s'était faites pour les adorer.

> Lorsqu'il se réfugiera dans les crevasses des rochers
> et les fissures de la roche,
> face à l'Épouvante de Yahvé
> et à l'éclat de sa Majesté,
> quand il se lèvera
> pour faire trembler la terre.
>
> *La Bible de Jérusalem.*

Son premier soin sera d'anéantir les infidèles, les impies et tous ceux qui ont désobéi à sa parole. Ce jour-là verra donc le châtiment de tous les ennemis d'Israël qu'Ézéchiel résume sous les traits et sous le nom de Gog, roi du pays de Magog.

Ce sera le Grand Jour de Yahvé, c'est-à-dire avant tout le Jour de colère par lequel il manifestera sa puissance. Et cette puissance soudaine et fulgurante, qui fera régner sur toute l'étendue de la terre, dans les airs et jusqu'au sein des eaux, l'épouvante et l'angoisse, se manifestera d'abord, selon le prophète Zacharie, à Jérusalem, la ville sainte qui a renié son Dieu.

> « Alors Yahvé assemblera toutes les nations vers Jérusalem pour la bataille. La ville sera prise, les maisons seront pillées, les femmes seront violées. La moitié de la ville partira en captivité. Alors Yahvé entrera en campagne : il combattra contre ces nations comme il combat au jour de la guerre. Ses pieds, en un jour, se poseront sur la montagne des Oliviers, qui fait face à Jérusalem du côté de l'orient. Le mont des Oliviers se fendra par le

milieu en direction est-ouest en une immense gorge : une moitié de la montagne fera recul vers le nord et l'autre vers le sud. Et la vallée de Hinnom sera comblée, elle sera obstruée comme elle le fut par suite du séisme aux jours d'Ozias, roi de Juda. Yahvé, ton dieu, viendra et tous les saints avec lui. »

La Bible de Jérusalem.

Et les hommes, en ce jour terrible, seront frappés en même temps que la ville et porteront sur leur visage les stigmates de leur impiété.

Dans ce tumulte et cette confusion, le désordre et la dégradation qui s'emparent des âmes s'étendront au monde lui-même, au sol, au ciel, aux eaux. Le grand effondrement, l'immense bouleversement des éléments seront comme l'écho ou le parallèle du chaos qui règne dans les âmes humaines, la forme concrète et apocalyptique de l'impiété et de l'oubli de Dieu.

Le prophète Daniel reprendra cette idée et décrira, avec un luxe de détails inconnu chez les autres prophètes, la scène finale du Jugement :

« Des trônes furent placés et un Ancien s'assit. Son vêtement blanc comme la neige ; les cheveux de sa tête purs comme la laine. Son trône était flamme de feu aux roues de feu ardent. Un fleuve de feu coulait, issu de lui. Mille milliers le servaient, myriades de myriades debout devant lui. Le jugement se tenait, les livres étaient ouverts. J'avais encore dans l'oreille le bruit des grandes choses que disait la corne et tandis que je regardais, la bête fut tuée, son corps détruit et livré au feu. Aux autres bêtes la domination fut ôtée, mais elles reçurent un délai de vie, pour un temps et pour une époque. Je contemplai les visions de la nuit. Voici, venant sur les nuées du ciel, comme un Fils d'homme. Il s'avança jusqu'à l'Ancien et fut conduit en sa présence. À lui fut conféré l'empire, honneur et royaume et tous peuples, nations et langues le servirent. Son empire est empire à jamais, qui ne passera point et son royaume ne sera point détruit. »

Le Jugement des morts, sources orientales.

Il était naturel que les Évangiles reprennent ce thème du Jugement dernier mais en mettant l'accent sur le Christ. C'est sous l'apparence du Christ et non plus de Yahvé que Dieu se manifestera sur les nuées du ciel et prendra en charge le grand Jugement des âmes. Le cadre, les circonstances et les « acteurs » de cette seconde venue du Christ, de cette Parousie comme la nomme le Nouveau Testament (du grec *parousia* : présence), sont assez proches de ceux décrits par les prophètes : les signes précurseurs apparaissent d'abord sur la terre, puis dans le ciel et le Christ en gloire descendra sur les nuées dans un grand concert de trompettes angéliques. Deux points méritent pourtant d'être soulignés : cette Parousie s'opérera de façon si soudaine que les signes terrestres et célestes seront pratiquement confondus (la terre tremblera au moment même où le ciel s'ouvrira) et que « celui qui sera sur sa terrasse » n'aura même pas le temps « de descendre prendre ses affaires », l'avènement du Christ devant être aussi soudain que l'éclair. De plus, la date et l'heure de ce Jour terrible ne peuvent être prédits car ils ne sont connus de personne : « Personne ne les connaît, dit Jésus dans l'Évangile selon saint Matthieu, ni les anges des cieux ni le Fils, personne que le Père, seul.» Ce texte est formel et devrait, en principe, annuler par la suite toutes les prophéties, visions et apocalypses prétendant signifier le jour et l'heure. Mais il semble que les fidèles — ou plutôt les fanatiques — d'une religion, quelle qu'elle soit, ne prennent jamais le soin de lire sérieusement les textes qu'ils invoquent car ces lignes si claires et si précises de saint Matthieu n'ont pas empêché pendant des siècles les illuminés et les faux prophètes de prédire immanquablement « le jour et l'heure » du grand événement.

Quant à l'avènement, il sera simple, rapide et immédiat. Le voici, tel qu'il est admirablement résumé dans *l'Évangile selon saint Matthieu* :

> « Aussitôt après la détresse de ces jours-là, le soleil s'obscurcira, la lune perdra son éclat, les étoiles tomberont du ciel et les puissances des cieux seront ébranlées. Et alors apparaîtra dans le ciel le signe du Fils de l'homme et alors toutes les races de la terre se frapperont la poitrine ; et l'on verra le Fils de l'homme venir sur les nuées du ciel avec puissance et grande gloire. Et il enverra ses anges avec une trompette sonore, pour rassembler ses élus des quatre coins de l'horizon, d'un bout des cieux à l'autre. »
>
> *La Bible de Jérusalem.*

Ces visions se retrouvent dans l'Apocalypse mais enrichies d'une telle multitude de symboles et haussées à un tel niveau prophétique qu'elles ont joué, dans l'eschatologie et aussi dans la mythologie du christianisme, un rôle de premier plan. Le Trône de Dieu gardé par les quatre Vivants, l'Agneau divin brisant les sept sceaux, les quatre Cavaliers porteurs de peste et de mort déferlant sur le monde impie pour l'exterminer, les sept anges sonnant de la trompette, enfin le grand affrontement entre les cohortes de Satan et les anges célestes, ces images ont meublé pendant de longs siècles les espérances et les terreurs de milliers de chrétiens. Il va de soi qu'on s'est efforcé, depuis fort longtemps, de donner de ces visions, de ces événements et surtout de ces chiffres symboliques, des interprétations diverses. Mais nous avons vu pourquoi l'analyse et l'interprétation de ces thèmes symboliques étaient vouées d'avance à l'échec. D'autant que l'Apocalypse (tout problème de date mis à part) apporte aux questions cruciales que pouvaient alors se poser les chrétiens une réponse formelle. L'enfer comme le paradis seront conférés aux damnés et aux élus *pour l'éternité*. Il n'y a pas, dans le christianisme, de damnation provisoire comme pour les Iraniens.

> « Alors s'ouvrit le temple de Dieu dans le ciel et son arche d'alliance apparut dans le temple ; puis ce furent des éclairs, des voix et des tonnerres, avec un tremblement de terre et la grêle tombait dru... »
>
> *La Bible de Jérusalem.*

Ainsi se lève l'aube du Grand Jour. Et cette aube, déjà pleine des promesses du soir, un soir qui sera le dernier et suivi d'un jour éternel, s'ouvre par le rappel du premier combat qui avait opposé à l'aurore des temps, lors de la création de l'homme, Satan révolté aux cohortes angéliques conduites par Michel.

> «Alors une bataille s'engagea dans le ciel: Michel et ses anges combattirent le dragon. Et le dragon riposta, appuyé par ses anges, mais ils eurent le dessous et furent chassés du ciel. On le jeta donc, l'énorme dragon, l'antique serpent, le diable ou le Satan, comme on l'appelle, le séducteur du monde entier, on le jeta sur la terre et ses anges furent jetés avec lui. Et j'entendis une voix clamer dans le ciel: "Désormais, la victoire, la puissance et la royauté sont acquises à notre Dieu et la domination à son Christ, puisqu'on a jeté bas l'accusateur de nos frères, celui qui les accusait jour et nuit devant notre Dieu. Eux-mêmes l'ont vaincu grâce au sang de l'Agneau et grâce au témoignage de leur martyre car ils ont méprisé leur vie jusqu'à mourir. Soyez donc dans la joie, vous, les cieux et leurs habitants. Malheur à vous, la terre et la mer, car le diable est descendu chez vous, frémissant de colère et sachant que ses jours sont comptés."»
>
> *La Bible de Jérusalem.*

Puis les anges de Dieu rassemblent sur la terre toutes les nations païennes, ce que le texte appelle «la moisson et la vendange des nations». Ce rassemblement s'opère en un lieu symbolique, Harmagedôn, en vue de leur extermination par les forces de Dieu. Cette extermination sera réalisée dans l'Apocalypse, au sens propre du terme, sur la terre. Les rois et les princes des nations seront emprisonnés, rois et princes symbolisés ici par l'image de la Bête, «... une Bête écarlate couverte de titres blasphématoires et portant sept têtes et dix cornes... », tandis que les forces divines et angéliques seront symbolisées par le Cavalier blanc : « ... et voici un cheval blanc, celui qui le monte s'appelle Fidèle et Vrai et fait la guerre avec justice. Ses yeux ? une flamme ardente. Son nom ? le Verbe de Dieu... ».

Et le Cavalier et la Bête s'affronteront en un combat terrestre qui préfigurera le grand combat céleste entre les anges et les démons par lequel se clôturera l'histoire de ce monde.

> « Je vis alors la Bête avec les rois de la terre et leurs armées rassemblés pour engager le combat contre le Cavalier et son armée. Mais la Bête fut capturée, avec le faux prophète ; on les jeta tous deux, vivants, dans l'étang de feu, de soufre embrasé. Tout le reste fut exterminé par l'épée du Cavalier qui sort de sa bouche et tous les oiseaux se repurent de leurs chairs. »
>
> *La Bible de Jérusalem.*

Après la destruction et la fin des princes et des rois païens, les forces divines s'attaqueront au roi et prince des démons, Satan, et le réduiront à l'impuissance pour mille ans.

> « Puis je vis un ange descendre du ciel, tenant à la main la clé de l'Abîme ainsi qu'une énorme chaîne. Il maîtrisa le Dragon, l'antique serpent, le diable, Satan, et l'enchaîna pour mille années. Il le jeta dans l'Abîme, tira sur lui les verrous, apposa des scellés afin qu'il cessât de fourvoyer les nations jusqu'à l'achèvement des mille années. Après quoi, il doit être relâché pour peu de temps. »
>
> *La Bible de Jérusalem.*

Et c'est au terme de ces mille ans que Satan, une fois relâché, rassemblera ses cohortes de démons et attaquera la divine citadelle — symbolisée, nous l'avons dit, par Jérusalem mais qui représente le monde — et qu'il sera définitivement vaincu et *enchaîné dans l'étang de soufre embrasé pour l'éternité*.

Alors, et ceci est dit de la façon la plus claire, les morts ressusciteront et seront jugés par Celui qui siège sur un grand trône blanc. Ceux dont le nom figure sur le Livre de vie connaîtront la béatitude éternelle, ceux dont le nom n'y figure pas seront, eux aussi, jetés dans l'étang de soufre embrasé et damnés pour l'éternité.

> « Puis je vis un grand trône blanc, très grand, et Celui qui siège dessus. Le ciel et la terre s'enfuirent de devant sa face sans laisser de trace. Et je vis les morts, grands et petits, debout devant le trône ; on ouvrit des livres, puis un autre livre, celui de la Vie ; alors les morts furent jugés d'après le contenu des livres, chacun selon ses œuvres.
>
> » Et la mer rendit les morts qu'elle gardait, la Mort et l'Hadès rendirent les morts qu'ils gardaient et chacun fut jugé selon ses œuvres. La Mort et l'Hadès furent jetés dans l'étang de feu et celui qui ne trouva pas son nom inscrit dans le Livre de vie, on le jeta dans l'étang de feu. »
>
> *La Bible de Jérusalem*.

L'univers régénéré

À la fin de l'*Apocalypse*, après le grand combat entre les démons et les cohortes angéliques, Satan est jeté à jamais dans l'« étang de soufre embrasé » ainsi que tout ressuscité dont le nom ne figure pas sur le Livre de vie. Mais l'Apocalypse ne pouvait s'achever par ces mots, condamnant les impies à des tourments éternels. Car à côté des damnés figurent aussi ceux dont le nom est inscrit dans le Livre de vie et qui sont, par le fait, appelés à connaître une éternelle béatitude. La plupart des mythologies prophétisent, après le grand Jugement ou le grand Combat, l'apparition d'un monde nouveau, régénéré et débarrassé à jamais des forces et des esprits du Mal. C'est une sorte de retour aux conditions de l'âge d'or, que ce retour soit envisagé comme un phénomène purement spirituel ou au contraire comme un recommencement du monde matériel, sur une terre renouvelée.

Cette dernière version est celle de l'Apocalypse et, donc, du christianisme. Les morts ressuscités et admis dans le Royaume de Dieu vivront désormais dans une condition corporelle identique à celle des anges, une existence glorieuse et paradisiaque...

La résurrection des morts est évidemment un des moments cruciaux du drame de la fin des temps. Il faut savoir qu'il s'agit, dans les textes chrétiens, d'une résurrection au sens propre du terme, c'est-à-dire d'un événement matériel. Les morts retrouvent un « support » corporel qui n'est plus le corps qu'ils avaient sur la terre mais un corps nouveau, que les textes nomment le plus souvent un *corps glorieux*.

Sous sa forme la plus ancienne, cette idée vit le jour chez Isaïe lorsqu'il écrit :

Les morts revivront,
Leurs cadavres ressusciteront.
Réveillez-vous, exultez
Tous les gisants dans la poussière
Car ta rosée est une rosée lumineuse
Et le pays des ombres enfantera.

La Bible de Jérusalem.

Mais la description la plus belle et la plus impressionnante de la résurrection des morts figure dans Ézéchiel. Transporté en plein désert par l'esprit de Yahvé, Ézéchiel décrit, dans un texte célèbre qu'on intitule généralement les *Ossements desséchés*, comment il voit les morts recouvrer peu à peu leurs nerfs, leur chair et leur apparence de vivants. Il s'agit là d'une restauration totale du corps ancien, d'une résurrection intégrale — non admise, semble-t-il, par la suite en tant que dogme — opérée ici par la plénitude et la puissance de la parole divine.

« Et la main de Yahvé fut sur moi et il m'emmena par l'esprit et il me déposa au milieu de la vallée, une vallée pleine d'ossements. Il me la fit parcourir parmi eux en tous sens. Or les ossements étaient très nombreux sur le sol de la vallée et ils étaient complètement desséchés. Il me dit : "Fils d'homme, ces ossements vivront-ils ?" Je dis : "Seigneur Yahvé, tu le sais." Il me dit : "Prophétise sur ces ossements ! Tu leur diras : Ossements desséchés, écoutez la parole de Yahvé !" Ainsi parle le Seigneur Yahvé à ces ossements : "Voici que je vais faire entrer en vous l'esprit et vous vivrez. Je mettrai sur vous des nerfs, je ferai pousser sur vous de la chair, je tendrai sur vous de la peau et je vous

> donnerai un esprit et vous vivrez, et vous saurez que je suis Yahvé." Je prophétisai comme j'en avais reçu l'ordre. Or il se fit un bruit au moment où je prophétisais, il y eut un frémissement et les os se rapprochèrent l'un de l'autre. Je regardai : ils étaient recouverts de nerfs, la chair poussait et la peau se tendait par-dessus, mais il n'y avait pas d'esprit en eux. Et il me dit : "Prophétise à l'esprit, prophétise, fils d'homme ! Tu diras à l'esprit : Ainsi parle le Seigneur Yahvé. Viens des quatre vents, esprit, souffle sur ces morts et qu'ils vivent !" Je prophétisai comme il m'en avait donné l'ordre et l'esprit vint en eux et ils reprirent vie et se mirent debout sur leurs pieds : grande, immense armée. »
>
> *La Bible de Jérusalem.*

Cette croyance en la résurrection des morts fut, bien entendu, reprise par les Évangiles et les premiers prédicateurs, comme saint Paul. Mais elle évolua vers une vision moins littérale et plus spiritualisée de la résurrection. Quand les morts se lèveront de leur tombeau ou seront rejetés par l'Hadès, ils se réincarneront dans un corps glorieux comme celui du Christ. Or ce corps se déplace librement dans l'espace, il est manifestement affranchi des lois de la pesanteur, il peut se rendre visible ou invisible à volonté (dans l'épisode des pèlerins d'Emmaüs) tout en étant suffisamment matérialisé pour qu'on puisse le toucher (dans l'épisode de Thomas touchant les plaies du Christ). Tel serait donc le nouveau corps revêtu par l'homme quand il paraîtra devant Dieu, le nouveau corps dont il jouira dans la suite des siècles.

Mais où vivront ces élus, appelés à connaître

dans le Royaume de Dieu une éternelle béatitude ? Il est curieux de constater que le dogme chrétien, tel qu'il s'est affirmé peu à peu à travers les différents conciles, n'a jamais envisagé ce Royaume comme un lieu purement spirituel. Le retour à l'âge d'or, aux conditions premières de l'Éden, est pris au sens propre dans des textes comme celui de l'Apocalypse et dans la suite des textes patristiques. Dieu, en débarrassant à jamais l'univers de la présence et de l'influence de Satan, fait naître un nouveau ciel et une nouvelle terre et c'est là, sur cette terre radieuse, au cœur de ce monde régénéré que les Élus vivront dans la paix, l'abondance et la félicité. Cette terre nouvelle fut tout naturellement symbolisée par la Jérusalem céleste qui apparaît après le Jugement dans l'immensité des nues et descend sur la terre pour y demeurer à jamais. C'est elle, ce nouveau Royaume promis en récompense aux élus et c'est elle, en effet, que saint Jean voit apparaître pour remplacer l'ancienne terre et l'ancien ciel.

Il est plus que certain que les contemporains de saint Jean s'attendaient à revivre un jour dans les murs d'une nouvelle Jérusalem, rebâtie — ou plutôt descendue — à l'emplacement exact de l'ancienne. Mais comme Jérusalem passait aussi pour le centre du monde, on peut voir dans cette image la naissance du nouveau Monde, où plus rien ne reste de la terre ancienne, où tout brille d'un éclat supérieur. Car si les êtres humains sont pourvus désormais d'un corps différent — et plus spiritualisé que l'ancien — comment les matériaux de la Cité nouvelle ne seraient-ils pas eux aussi transmués, purifiés ? Faute de trouver les termes adéquats pour décrire ces substances nouvelles constituant la Cité future, saint Jean les assimile aux plus précieuses, aux plus rares des substances constituant notre monde actuel :

> « Son rempart est construit en jaspe et la ville est tout d'or fin comme du verre bien pur. Les assises de son rempart sont rehaussées de pierreries de toute sorte : la première assise est de jaspe, la deuxième de saphir, la troisième de calcédoine, la quatrième d'émeraude, la cinquième de sardoine, la sixième de cornaline, la septième de chrysolithe, la huitième de béryl, la neuvième de topaze, la dixième de chrysoprase, la onzième d'hyacinthe, la douzième d'améthyste. Et les douze portes sont douze perles, chaque porte formée d'une seule perle ; et la place de la ville est de l'or pur, transparent comme du verre. »
>
> *La Bible de Jérusalem.*

Que cette Cité, que ce monde lumineux et précieux soient la restauration fidèle et définitive de l'Éden (mais d'un Éden dont la nature matérielle, répétons-le, sera plus pure), on en trouve justement la preuve dans les dernières lignes de l'Apocalypse, puisque, dans cette Cité de la vie éternelle, les élus retrouveront... l'arbre de Vie, autrefois interdit à Adam et à Ève et dont les fruits — enfin permis ! — constitueront la nourriture habituelle des bienheureux.

> « Puis l'ange me montra le fleuve de Vie, limpide comme du cristal, qui jaillissait du trône de Dieu et de l'Agneau. Au milieu de la place, de part et

d'autre du fleuve, il y a des arbres de Vie qui fructifient douze fois, une fois chaque mois. »

La Bible de Jérusalem.

Car il va de soi que ces arbres, cette terre, ce sol nouveaux combleront tous les désirs et tous les besoins des élus. Le paradis comportera pour l'éternité la satisfaction de tout ce qui, sur cette terre, était resté inassouvi, il sera l'antipode de toutes privations — tant matérielles que spirituelles — que l'homme dut toujours endurer ici-bas. Et tous les auteurs, depuis les temps bibliques jusqu'aux siècles les plus récents, n'ont cessé de rêver sur ce monde mirifique où plus rien ne manquera au corps ni à l'esprit. Satisfaction du corps d'abord, de ce corps glorifié mais dont certaines exigences continuent de se manifester. Les prophètes de l'Ancien Testament — qui insistèrent surtout sur le côté matériel de cette restauration du monde et tout particulièrement du royaume d'Israël, ont décrit la stupéfiante abondance qui régnera au paradis, dans ce pays où « les montagnes dégoutteront de vin nouveau, les collines ruisselleront de lait... » et dans ces jours où « se suivront de près labours et moissons, pressoirs et semailles... » et où l'homme vivra sous « une lumière de la lune qui sera comme celle du soleil et où celle du soleil sera sept fois plus forte... » et où les récoltes dépasseront tout ce qu'on peut imaginer. Car

« ... la terre, dans ces jours heureux, sera cultivée dans la justice et elle sera entièrement plantée d'arbres et remplie de bénédictions. On plantera sur elle tous les arbres d'agrément et la vigne donnera du vin à satiété. Et toute graine semée sur elle produira mille mesures pour une, et une mesure d'olives produira dix pressoirs d'huile... »

La Bible de Jérusalem.

Inutile de préciser que, l'imagination aidant, les auteurs des premiers siècles ne cessèrent de renchérir sur ces descriptions déjà fortement optimistes. Certains d'entre eux allèrent jusqu'à calculer avec précision la future production des terres et des arbres au paradis !

Nul ne risquera d'y mourir de faim ni de soif car, nous dit saint Irénée, un auteur chrétien du IIIe siècle :

« ... il viendra des jours où des vignes naîtront qui auront chacun dix mille ceps et sur chaque cep dix mille branches et sur chaque branche dix mille rameaux et sur chaque rameau dix mille grappes et sur chaque grappe dix mille grains et chaque grain écrasé donnera vingt-cinq mesures de vin. Et quand quelqu'un des saints cueillera une grappe, une autre lui criera : cueille-moi, je suis meilleure, cueille-moi et bénis le Seigneur ! De même, chaque tige de blé produira dix mille épis, chaque épi portera dix mille grains et chaque grain donnera dix livres de belle farine. Et les autres fruits, semences et herbes seront aussi féconds selon leur espèce et tous les animaux vivront entre eux dans la paix, en usant de cette nourriture produite par la terre — et ils seront parfaitement soumis aux hommes. »

La Fin du Monde, d'après P. Vulliaud.

Il semble donc d'après ce texte que les animaux ressusciteront eux aussi et que les antiques frontières qui les séparaient ou les opposaient sur terre les uns aux autres disparaîtront dans le paradis retrouvé. La fraternité entre les animaux comme celle des hommes avec les bêtes est — avec celui de l'abondance — un des thèmes les plus fréquents illustrant la vie paradisiaque. C'est qu'il exprime de la façon la plus concrète et la plus évocatrice, la paix et l'harmonie entre les créatures de Dieu, qui seront le lot de cette vie future. Les hommes oublieront la guerre, les disputes et toutes les formes de l'orgueil et de la jalousie, faucilles et socs remplaceront épées et glaives et la sérénité régnera sur ce monde pacifique et pacifié. Oui,

> «… les nations ne lèveront plus l'épée l'une contre l'autre et l'on ne s'exercera plus à la guerre. Chacun restera assis sous sa vigne ou sous son figuier sans personne pour l'inquiéter… »
>
> *La Bible de Jérusalem.*

Rester assis sous sa vigne ou sous son figuier peut sembler fort prosaïque en matière de paradis mais je crois cette image plus révélatrice que beaucoup d'autres de la mentalité et des désirs profonds des Hébreux des temps bibliques. Et c'est un rêve analogue, d'une simplicité totale et bouleversante, un rêve qui rejoint étrangement celui que formulait déjà à propos de l'âge d'or un très vieux texte sumérien, qu'on retrouve dans la vision idyllique d'Isaïe, le grand prophète : celui d'un univers où, par la grâce de la puissance divine, tout le monde vit en paix, dans une douce et éternelle sécurité :

Voici que le loup habite avec l'agneau,
la panthère se couche près du chevreau,
veau et lionceau paissent ensemble
sous la conduite d'un petit garçon.
La vache et l'ourse lient amitié,
leurs petits gîtent ensemble.
Le lion mange de la paille comme le bœuf.
Le nourrisson s'amuse sur le trou du cobra,
sur le repaire de la vipère
l'enfant met la main.
On ne fait plus de mal ni de ravages
sur toute la sainte montagne,
car le pays est rempli de la connaissance de Yahvé
comme les eaux comblent la mer.

La Bible de Jérusalem.

RÉPERTOIRE DES TEXTES CITÉS

La Naissance du monde, Sources orientales (Seuil, Paris, 1959), p. 42, 54, 62, 63, 68, 80, 145, 221, 223.

La Théogonie, Hésiode, trad. J. Lacarrière, p. 44, 45.

Les Poèmes héroïques de l'Edda, trad. Wagner d'après le texte islandais (Paris, 1929), p. 49, 64, 342, 563.

Eddas, S. Sturluson, trad. R. Don Pujet (1865), p. 50, 113, 187, 439.

La Bible de Jérusalem (Cerf, Paris, 1973), p. 57, 73, 170, 227, 237, 343, 450, 507, 533, 534, 537, 538, 573, 574, 576, 577, 578, 579, 580, 582, 583, 585, 586, 587, 588, 589.

Hymnes spéculatifs du Veda, trad. L. Renou, coll. Unesco d'œuvres représentatives, série indienne (Unesco-N.R.F., Paris, 1956), p. 67, 77, 140, 224.

Le Coran, trad. J. Grosjean (Philippe Lebaud Éditeur, Paris, 1979), p. 74, 230.

Métamorphoses, Ovide, trad. J. Chamonard (Garnier-Flammarion, Paris, 1966), p. 89, 117, 129, 131, 155, 158, 159, 160, 165.

La Religion des Égyptiens, A. Erman, adapt. J. Lacarrière (Payot, Paris, 1937), p. 93, 431, 455, 522.

La Lune, mythes et rites, Sources orientales (Seuil, Paris, 1962), p. 97, 98, 102, 104.

La Genèse des mythes, A. Krappe, adapt. J. Lacarrière (Payot, Paris, 1952), p. 110.

Anthologie sanskrite, trad. L. Renou (Payot, Paris, 1947), p. 110, 144, 168, 182, 183, 275, 279, 280, 293.

Hymnes, Homère, trad. J. Lacarrière, p. 136, 138, 139, 152, 255.

Le Théâtre de Sophocle, trad. J. Lacarrière (Philippe Lebaud Éditeur, Paris, 1982), p. 161, 162.

Traité d'histoire des religions, M. Eliade (Payot, Paris, 1959), p. 233.

Le Banquet, Platon, trad. J. Lacarrière, p. 235.

Protagoras, Platon, trad. J. Lacarrière, p. 248.

L'Épopée de Gilgamesh, trad. A. Azrié (Berg International, Paris, 1979), p. 258, 259, 287, 289, 347, 348, 349, 351.

L'Histoire commence à Sumer, S. N. Kramer (Arthaud, Paris, 1975), p. 268, 285, 286, 426, 427, 428.

Les Travaux et les Jours, Hésiode, trad. J. Lacarrière, p. 271.

Le Politique, Platon, trad. J. Lacarrière, p. 273.

Les Mystères d'Éleusis, d'après V. Magnien (Payot, Paris, 1929), p. 306, 307, 328.

Anthologie de la poésie nordique ancienne, trad. Renauld-Krantz, coll. Unesco d'œuvres représentatives, série européenne (Unesco-Gallimard, Paris, 1964), p. 321, 373, 527.

Phèdre, Platon, trad. J. Lacarrière, p. 323.

La Légende dorée, Jacques de Voragine, trad. J. B. M. Roze (G. F. Flammarion, Paris, 1967), p. 375, 376.

L'Odyssée, Homère, trad. V. Bérard (Librairie générale française, Paris, 1972), p. 405, 523.

Les Métamorphoses, Apulée, trad. P. Vallette (Budé, Paris, 1965), p. 412, 415.

L'Iliade, Homère, trad. M. Meunier (Union latine d'éditions, Paris, 1943), p. 444.

L'Épopée de Gilgamesh, trad. G. Conteneau (L'Artisan du Livre, Paris, 1939), p. 447, 448.

Phédon, Platon, trad. J. Lacarrière, p. 462, 464, 483, 525, 526.

L'Énéide, Virgile, trad. M. Meunier (Union latine d'éditions, Paris, 1958), p. 468, 469, 470.
Le Jugement des morts, sources orientales (Seuil, Paris, 1961), p. 476, 490, 492, 493, 495, 497, 528, 529, 530, 557, 558, 575.
Poème orphique, trad. J. Lacarrière, p. 479.
Gorgias, Platon, trad. J. Lacarrière, p. 480, 481.
La République, Platon, trad. J. Lacarrière, p. 488.
Satan, études carmélitaines (Desclée de Brouwer, Paris, 1948), p. 501, 503, 504.
Apocryphes de l'Ancien Testament, Paris, 1896, p. 535, 539, 567, 568, 569, 570.
Timée, Platon, trad. J. Lacarrière, p. 547, 549.
Critias, Platon, trad. J. Lacarrière, p. 552, 554.
La Fin du Monde, d'après Vulliaud (Payot, Paris, 1958), p. 587.

BIBLIOGRAPHIE

Le Répertoire des textes publiés en fin de volume mentionne les sources des citations et des extraits utilisés dans cet ouvrage. Il propose donc une première bibliographie essentielle. J'ajoute ici quelques titres qui m'ont aidé à concevoir et rédiger ce livre et qui représentent à eux tous une anthologie succincte des textes et des études mythiques abordés ici.

DOMAINE MYTHIQUE

Mircéa ELIADE, *Mythes, rêves et mystères*, Gallimard, 1957.

Marcel DÉTIENNE, *L'Invention de la mythologie*, Gallimard, 1981.

François VIAN, *La Guerre des géants. Le mythe avant l'époque hellénistique*, Paris, 1952.

DOMAINE SÉMITIQUE

Jean BOTTÉRO, *Naissance de Dieu*, Gallimard, 1986.

Jean BOTTÉRO et Samuel Noah KRAMER, *Lorsque les dieux faisaient l'homme*, Gallimard, 1989.

Jean BOTTÉRO et Samuel Noah KRAMER, *Le Mariage sacré*, Berg International, 1983.

René LABAT, *Les Religions du Proche-Orient asiatique*, Fayard/Denoël, 1970.

Robert Graves et Raphaël Patai, *Les Mythes hébreux*, Fayard, 1987.
Hymnes et prières aux dieux de Babylonie et d'Assyrie, présentés et traduits par Marie-Joseph Seux, Le Cerf, 1976.

DOMAINE ÉGYTIEN

Textes sacrés et textes profanes de l'ancienne Égypte (tome 2), Mythes, contes et épopées traduits et commentés par Claire Lalouette, Gallimard, 1987.
Pierre Gilbert, *La Poésie égyptienne*, Fondation égyptologique, Bruxelles, 1949.

DOMAINE IRANO-INDIEN

Iran, Publications orientalistes de France, 1972.
Jean Varenne, *Zarathoustra et la tradition mazdéenne*, Le Seuil, 1977.
Jean Varenne, *Cosmogonies védiques*, Les Belles Lettres, 1982.
Jean Varenne, *Mythes et légendes extraits des Brahmanas*, Gallimard, 1968.
Jean Herbert, *La Mythologie hindoue*, Albin Michel, 1953.
Shri Aurobindo, *La Bhagavad-Gîtâ*, Albin Michel, 1942.

DOMAINE CELTIQUE

Robert Graves, *La Déesse blanche*, Le Rocher, 1979.
Fernand Benoît, *Art et dieux de la Gaule*, Arthaud, 1969.

DOMAINE GRÉCO-LATIN

Pierre Grimal, *Dictionnaire de la mythologie grecque et romaine*, Presses universitaires de France, 1976.
Robert Graves, *Les Mythes grecs*, Fayard, 1984.
Georges Méautis, *Mythologie grecque*, Albin Michel, 1959.

Georges MÉAUTIS, *Mythes inconnus de la Grèce antique*, Albin Michel, 1944.
Pierre DEWAMBEZ (sous la direction de), *Dictionnaire de la civilisation grecque*, Fernand Hazan, 1966.
Walter OTTO, *Les Dieux de la Grèce*, Payot, 1981.
D. SABBATUCCI, *Essai sur le mysticisme grec*, Flammarion, 1982.
Roberto CALASSO, *Les Noces de Cadmos et d'Harmonie*, Gallimard, 1991.
Jean-Pierre VERNANT, *Mythes et pensée chez les Grecs*, La Découverte/Maspero, 1965.

DOMAINE CHRÉTIEN

Les Évangiles de l'ombre, Lieu Commun, 1983.
Élaine PAGELS, *Les Évangiles secrets*, Gallimard, 1982.
Le Livre secret des gnostiques d'Égypte, R. Laffont, 1977.

INDEX

LIVRE PREMIER :
NAISSANCE DU MONDE

LIVRE TROISIÈME :
LA FIN DU MONDE

DU MÊME AUTEUR

Aux Éditions Philippe Lebaud

SOPHOCLE : ŒDIPE, traduction et commentaire de *Œdipe-Roi, Œdipe à Colone, Antigone*, 1994.

AU CŒUR DES MYTHOLOGIES. EN SUIVANT LES DIEUX, 1984 et 1998 (Folio n° 3739).

LE LIVRE DES GENÈSES, 1990.

DANS LA LUMIÈRE ANTIQUE, en collaboration avec Sylvia Lipa, 1999.

LA LÉGENDE D'ALEXANDRE, 2000 (Folio n° 3654).

Chez d'autres éditeurs

CHEMIN FAISANT, Fayard 1973. Nouvelle édition, 1997.

L'ÉTÉ GREC, Plon « Terres humaines », 1976. Nouvelle édition, 1984.

LES GNOSTIQUES, A.-M. Métailié, 1991. Albin Michel, « Spiritualités vivantes », 1994.

MARIE D'ÉGYPTE, J.-C. Lattès. Nouvelle édition, 1995.

L'ENVOL D'ICARE, Laffont/Seghers, 1992.

SOURATES, Fayard, 1982. Albin Michel, « Espaces libres », 1990.

LE PAYS SOUS L'ÉCORCE, Le Seuil, 1980, Points-Seuil, 1981.

LA POUSSIÈRE DU MONDE, NIL éditions, 1997.

CE BEL ET NOUVEL AUJOURD'HUI, Ramsay, 1998.

UN JARDIN POUR MÉMOIRE, Ramsay, 1999.

LE DICTIONNAIRE AMOUREUX DE LA GRÈCE, Plon, 2001.

COLLECTION FOLIO

Dernières parutions

4603. Didier Daeninckx	*Itinéraire d'un salaud ordinaire.*
4604. Patrick Declerck	*Le sang nouveau est arrivé. L'horreur SDF.*
4605. Carlos Fuentes	*Le Siège de l'Aigle.*
4606. Pierre Guyotat	*Coma.*
4607. Kenzaburô Ôé	*Le faste des morts.*
4608. J.-B. Pontalis	*Frère du précédent.*
4609. Antonio Tabucchi	*Petites équivoques sans importance.*
4610. Gonzague Saint Bris	*La Fayette.*
4611. Alessandro Piperno	*Avec les pires intentions.*
4612. Philippe Labro	*Franz et Clara.*
4613. Antonio Tabucchi	*L'ange noir.*
4614. Jeanne Herry	*80 étés.*
4615. Philip Pullman	*Les Royaumes du Nord. À la croisée des mondes, I.*
4616. Philip Pullman	*La Tour des Anges. À la croisée des mondes, II.*
4617. Philip Pullman	*Le Miroir d'Ambre. À la croisée des mondes, III.*
4618. Stéphane Audeguy	*Petit éloge de la douceur.*
4619. Éric Fottorino	*Petit éloge de la bicyclette.*
4620. Valentine Goby	*Petit éloge des grandes villes.*
4621. Gaëlle Obiégly	*Petit éloge de la jalousie.*
4622. Pierre Pelot	*Petit éloge de l'enfance.*
4623. Henry Fielding	*Histoire de Tom Jones.*
4624. Samina Ali	*Jours de pluie à Madras.*
4625. Julian Barnes	*Un homme dans sa cuisine.*
4626. Franz Bartelt	*Le bar des habitudes.*
4627. René Belletto	*Sur la terre comme au ciel.*
4628. Thomas Bernhard	*Les mange-pas-cher.*
4629. Marie Ferranti	*Lucie de Syracuse.*
4630. David McNeil	*Tangage et roulis.*

4631. Gilbert Sinoué	*La reine crucifiée.*
4632. Ted Stanger	*Sacrés Français ! Un Américain nous regarde.*
4633. Brina Svit	*Un cœur de trop.*
4634. Denis Tillinac	*Le venin de la mélancolie.*
4635. Urs Widmer	*Le livre de mon père.*
4636. Thomas Gunzig	*Kuru.*
4637. Philip Roth	*Le complot contre l'Amérique.*
4638. Bruno Tessarech	*La femme de l'analyste.*
4639. Benjamin Constant	*Le Cahier rouge.*
4640. Carlos Fuentes	*La Desdichada.*
4641. Richard Wright	*L'homme qui a vu l'inondation* suivi de *Là-bas, près de la rivière.*
4642. Saint-Simon	*La Mort de Louis XIV.*
4643. Yves Bichet	*La part animale.*
4644. Javier Marías	*Ce que dit le majordome.*
4645. Yves Pagès	*Petites natures mortes au travail.*
4646. Grisélidis Réal	*Le noir est une couleur.*
4647. Pierre Senges	*La réfutation majeure.*
4648. Gabrielle Wittkop	*Chaque jour est un arbre qui tombe.*
4649. Salim Bachi	*Tuez-les tous.*
4650. Michel Tournier	*Les vertes lectures.*
4651. Virginia Woolf	*Les Années.*
4652. Mircea Eliade	*Le temps d'un centenaire* suivi de *Dayan.*
4653. Anonyme	*Une femme à Berlin. Journal 20 avril-22 juin 1945.*
4654. Stéphane Audeguy	*Fils unique.*
4655. François Bizot	*Le saut du Varan.*
4656. Pierre Charras	*Bonne nuit, doux prince.*
4657. Paula Fox	*Personnages désespérés.*
4658. Angela Huth	*Un fils exemplaire.*
4659. Kazuo Ishiguro	*Auprès de moi toujours.*
4660. Luc Lang	*La fin des paysages.*
4661. Ian McEwan	*Samedi.*

4662.	Olivier et Patrick Poivre d'Arvor	*Disparaître.*
4663.	Michel Schneider	*Marilyn dernières séances.*
4664.	Abbé Prévost	*Manon Lescaut.*
4665.	Cicéron	*« Le bonheur dépend de l'âme seule ».* Tusculanes, *livre V.*
4666.	Collectif	*Le pavillon des Parfums-Réunis* et autres nouvelles chinoises des Ming.
4667.	Thomas Day	*L'automate de Nuremberg.*
4668.	Lafcadio Hearn	*Ma première journée en Orient* suivi de *Kizuki le sanctuaire le plus ancien du Japon.*
4669.	Simone de Beauvoir	*La femme indépendante.*
4670.	Rudyard Kipling	*Une vie gaspillée* et autres nouvelles.
4671.	D. H. Lawrence	*L'épine dans la chair* et autres nouvelles.
4672.	Luigi Pirandello	*Eau amère* et autres nouvelles.
4673.	Jules Verne	*Les révoltés de la Bounty* suivi de *Maître Zacharius.*
4674.	Anne Wiazemsky	*L'île.*
4675.	Pierre Assouline	*Rosebud.*
4676.	François-Marie Banier	*Les femmes du métro Pompe.*
4677.	René Belletto	*Régis Mille l'éventreur.*
4678.	Louis de Bernières	*Des oiseaux sans ailes.*
4679.	Karen Blixen	*Le festin de Babette.*
4680.	Jean Clair	*Journal atrabilaire.*
4681.	Sous la direction d'Alain Finkielkraut	*Ce que peut la littérature.*
4682.	Franz-Olivier Giesbert	*La souille.*
4683.	Alain Jaubert	*Lumière de l'image.*
4684.	Camille Laurens	*Ni toi ni moi.*
4685.	Jonathan Littell	*Les Bienveillantes.*
4686.	François Weyergans	*La démence du boxeur.* (à paraître)
4687.	Frances Mayes	*Saveurs vagabondes.*
4688.	Claude Arnaud	*Babel 1990.*
4689.	Philippe Claudel	*Chronique monégasque* et autres textes.

4690. Alain Rey — *Les mots de saison.*
4691. Thierry Taittinger — *Un enfant du rock.*
4692. Anton Tchékhov — *Récit d'un inconnu* et autres nouvelles.
4693. Marc Dugain — *Une exécution ordinaire.*
4694. Antoine Audouard — *Un pont d'oiseaux.*
4695. Gérard de Cortanze — *Laura.*
4696. Philippe Delerm — *Dickens, barbe à papa.*
4697. Anonyme — *Le Coran.*
4698. Marguerite Duras — *Cahiers de la guerre* et autres textes.
4699. Nicole Krauss — *L'histoire de l'amour.*
4700. Richard Millet — *Dévorations.*
4701. Amos Oz — *Soudain dans la forêt profonde.*
4702. Boualem Sansal — *Poste restante : Alger.*
4703. Bernhard Schlink — *Le retour.*
4704. Christine Angot — *Rendez-vous.*
4705. Éric Faye — *Le syndicat des pauvres types.*
4706. Jérôme Garcin — *Les sœurs de Prague.*
4707. Denis Diderot — *Salons.*
4708. Isabelle de Charrière — *Sir Walter Finch et son fils William.*
4709. Madame d'Aulnoy — *La Princesse Belle Étoile et le prince Chéri.*
4710. Isabelle Eberhardt — *Amours nomades.*
4711. Flora Tristan — *Promenades dans Londres.*
4712. Mario Vargas Llosa — *Tours et détours de la vilaine fille.*
4713. Camille Laurens — *Philippe.*
4714. John Cheever — *The Wapshot.*
4715. Paule Constant — *La bête à chagrin.*
4716. Erri De Luca — *Pas ici, pas maintenant.*
4717. Éric Fottorino — *Nordeste.*
4718. Pierre Guyotat — *Ashby* suivi de *Sur un cheval.*
4719. Régis Jauffret — *Microfictions.*
4720. Javier Marías — *Un cœur si blanc.*
4721. Irène Némirovsky — *Chaleur du sang.*
4722. Anne Wiazemsky — *Jeune fille.*
4723. Julie Wolkenstein — *Happy End.*
4724. Lian Hearn — *Le vol du héron. Le Clan des Otori, IV.*

4725. Madame d'Aulnoy	*Contes de fées.*
4726. Collectif	*Mai 68, Le Débat.*
4727. Antoine Bello	*Les falsificateurs.*
4728. Jeanne Benameur	*Présent ?*
4729. Olivier Cadiot	*Retour définitif et durable de l'être aimé.*
4730. Arnaud Cathrine	*La disparition de Richard Taylor.*
4731. Maryse Condé	*Victoire, les saveurs et les mots.*
4732. Penelope Fitzgerald	*L'affaire Lolita.*
4733. Jean-Paul Kauffmann	*La maison du retour.*
4734. Dominique Mainard	*Le ciel des chevaux.*
4735. Marie Ndiaye	*Mon cœur à l'étroit.*
4736. Jean-Christophe Rufin	*Le parfum d'Adam.*
4737. Joseph Conrad	*Le retour.*
4738. Roald Dahl	*Le chien de Claude.*
4739. Fédor Dostoïevski	*La femme d'un autre et le mari sous le lit.*
4740. Ernest Hemingway	*La capitale du monde* suivi de *L'heure triomphale de François Macomber.*
4741. H.P. Lovecraft	*Celui qui chuchotait dans les ténèbres.*
4742. Gérard de Nerval	*Pandora* et autres nouvelles.
4743. Juan Carlos Onetti	*À une tombe anonyme.*
4744. R.L. Stevenson	*La Chaussée des Merry Men.*
4745. H.D. Thoreau	*« Je vivais seul, dans les bois ».*
4746. Michel Tournier	*L'aire du Muguet* précédé de *La jeune fille et la mort.*
4747. Léon Tolstoï	*La Tempête de neige* et autres récits.
4748. Tonino Benacquista	*Le serrurier volant.*
4749. Bernard du Boucheron	*Chien des os.*
4750. William S. Burroughs	*Junky.*
4751. Françoise Chandernagor	*La voyageuse de nuit.*
4752. Philippe Delerm	*La tranchée d'Arenberg et autres voluptés sportives.*
4753. Franz-Olivier Giesbert	*L'affreux.*
4754. Andrea Levy	*Hortense et Queenie.*
4755. Héléna Marienské	*Rhésus.*
4756. Per Petterson	*Pas facile de voler des chevaux.*

4757. Zeruya Shalev	*Thèra.*
4758. Philippe Djian	*Mise en bouche.*
4759. Diane de Margerie	*L'Étranglée.*
4760. Joseph Conrad	*Le Miroir de la mer.*
4761. Saint Augustin	*Confessions. Livre X.*
4762. René Belletto	*Ville de la peur.*
4763. Bernard Chapuis	*Vieux garçon.*
4764. Charles Julliet	*Au pays du long nuage blanc.*
4765. Patrick Lapeyre	*La lenteur de l'avenir.*
4766. Richard Millet	*Le chant des adolescentes.*
4767. Richard Millet	*Cœur blanc.*
4768. Martin Amis	*Chien Jaune.*
4769. Antoine Bello	*Éloge de la pièce manquante.*
4770. Emmanuel Carrère	*Bravoure.*
4771. Emmanuel Carrère	*Un roman russe.*
4772. Tracy Chevalier	*L'innocence.*
4773. Sous la direction d'Alain Finkielkraut	*Qu'est-ce que la France ?*
4774. Benoît Duteurtre	*Chemins de fer.*
4775. Philippe Forest	*Tous les enfants sauf un.*
4776. Valentine Goby	*L'échappée.*
4777. Régis Jauffret	*L'enfance est un rêve d'enfant.*
4778. David McNeil	*Angie ou les douze mesures d'un blues.*
4779. Grégoire Polet	*Excusez les fautes du copiste.*
4780. Zoé Valdés	*L'éternité de l'instant.*
4781. Collectif	*Sur le zinc. Au café avec les écrivains.*
4782. Francis Scott Fitzgerald	*L'étrange histoire de Benjamin Button* suivi de *La lie du bonheur.*
4783. Lao She	*Le nouvel inspecteur* suivi de *Le croissant de lune.*
4784. Guy de Maupassant	*Apparition et autres contes de l'étrange.*
4785. D. A. F. de Sade	*Eugénie de Franval.*
4786. Patrick Amine	*Petit éloge de la colère.*
4787. Élisabeth Barillé	*Petit éloge du sensible.*

4788. Didier Daeninckx	*Petit éloge des faits divers.*
4789. Nathalie Kuperman	*Petit éloge de la haine.*
4790. Marcel Proust	*La fin de la jalousie.*
4791. Friedrich Nietzsche	*Lettres choisies.*
4792. Alexandre Dumas	*La Dame de Monsoreau.*
4793. Julian Barnes	*Arthur & George.*
4794. François Bégaudeau	*Jouer juste.*
4795. Olivier Bleys	*Semper Augustus.*
4796. Éric Fottorino	*Baisers de cinéma.*
4797. Jens Christian Grøndahl	*Piazza Bucarest.*
4798. Orhan Pamuk	*Istanbul.*
4799. J.-B. Pontalis	*Elles.*
4800. Jean Rolin	*L'explosion de la durite.*
4801. Willy Ronis	*Ce jour-là.*
4802. Ludovic Roubaudi	*Les chiens écrasés.*
4803. Gilbert Sinoué	*Le colonel et l'enfant-roi.*
4804. Philippe Sollers	*L'évangile de Nietzsche.*
4805. François Sureau	*L'obéissance.*
4806. Montesquieu	*Considérations sur les causes de la grandeur des Romains et de leur décadence.*
4807. Collectif	*Des nouvelles de McSweeney's.*
4808. J. G. Ballard	*Que notre règne arrive.*
4809. Erri De Luca	*Sur la trace de Nives.*
4810. René Frégni	*Maudit le jour.*
4811. François Gantheret	*Les corps perdus.*
4812. Nikos Kavvadias	*Le quart.*
4813. Claudio Magris	*À l'aveugle.*
4814. Ludmila Oulitskaïa	*Mensonges de femmes.*
4815. Arto Paasilinna	*Le bestial serviteur du pasteur Huuskonen.*
4816. Alix de Saint-André	*Il n'y a pas de grandes personnes.*
4817. Dai Sijie	*Par une nuit où la lune ne s'est pas levée.*
4818. Antonio Tabucchi	*Piazza d'Italia.*
4819. Collectif	*Les guerres puniques.*
4820. Patrick Declerck	*Garanti sans moraline.*
4821. Isabelle Jarry	*Millefeuille de onze ans.*

4822. Joseph Kessel	*Ami, entends-tu...*
4823. Clara Sánchez	*Un million de lumières.*
4824. Denis Tillinac	*Je nous revois...*
4825. George Sand	*Elle et Lui.*
4826. Nina Bouraoui	*Avant les hommes.*
4827. John Cheever	*Les lumières de Bullet Park.*
4828. Didier Daeninckx	*La mort en dédicace.*
4829. Philippe Forest	*Le nouvel amour.*
4830. André Gorz	*Lettre à D.*
4831. Shirley Hazzard	*Le passage de Vénus.*
4832. Vénus Khoury-Ghata	*Sept pierres pour la femme adultère.*
4833. Danielle Mitterrand	*Le livre de ma mémoire.*
4834. Patrick Modiano	*Dans le café de la jeunesse perdue.*
4835. Marisha Pessl	*La physique des catastrophes.*
4837. Joy Sorman	*Du bruit.*
4838. Brina Svit	*Coco Dias ou La Porte Dorée.*
4839. Julian Barnes	*À jamais* et autres nouvelles.
4840. John Cheever	*Une Américaine instruite* suivi de *Adieu, mon frère.*
4841. Collectif	*«Que je vous aime, que je t'aime !»*
4842. André Gide	*Souvenirs de la cour d'assises.*
4843. Jean Giono	*Notes sur l'affaire Dominici.*
4844. Jean de La Fontaine	*Comment l'esprit vient aux filles.*
4845. Yukio Mishima	*Papillon* suivi de *La lionne.*
4846. John Steinbeck	*Le meurtre* et autres nouvelles.
4847. Anton Tchékhov	*Un royaume de femmes* suivi de *De l'amour.*
4848. Voltaire	*L'Affaire du chevalier de La Barre* précédé de *L'Affaire Lally.*
4849. Victor Hugo	*Notre-Dame de Paris.*
4850. Françoise Chandernagor	*La première épouse.*
4851. Collectif	*L'œil de La NRF.*
4852. Marie Darrieussecq	*Tom est mort.*
4853. Vincent Delecroix	*La chaussure sur le toit.*
4854. Ananda Devi	*Indian Tango.*
4855. Hans Fallada	*Quoi de neuf, petit homme ?*
4856. Éric Fottorino	*Un territoire fragile.*
4857. Yannick Haenel	*Cercle.*
4858. Pierre Péju	*Cœur de pierre.*

4859. Knud Romer	*Cochon d'Allemand.*
4860. Philip Roth	*Un homme.*
4861. François Taillandier	*Il n'y a personne dans les tombes.*
4862. Kazuo Ishiguro	*Un artiste du monde flottant.*
4863. Christian Bobin	*La dame blanche.*
4864. Sous la direction d'Alain Finkielkraut	*La querelle de l'école.*
4865. Chahdortt Djavann	*Autoportrait de l'autre.*
4866. Laura Esquivel	*Chocolat amer.*
4867. Gilles Leroy	*Alabama Song.*
4868. Gilles Leroy	*Les jardins publics.*
4869. Michèle Lesbre	*Le canapé rouge.*
4870. Carole Martinez	*Le cœur cousu.*
4871. Sergio Pitol	*La vie conjugale.*
4872. Juan Rulfo	*Pedro Páramo.*
4873. Zadie Smith	*De la beauté.*
4874. Philippe Sollers	*Un vrai roman. Mémoires.*
4875. Marie d'Agoult	*Premières années.*
4876. Madame de Lafayette	*Histoire de la princesse de Montpensier* et autres nouvelles.
4877. Madame Riccoboni	*Histoire de M. le marquis de Cressy.*
4878. Madame de Sévigné	*« Je vous écris tous les jours… »*
4879. Madame de Staël	*Trois nouvelles.*
4880. Sophie Chauveau	*L'obsession Vinci.*
4881. Harriet Scott Chessman	*Lydia Cassatt lisant le journal du matin.*
4882. Raphaël Confiant	*Case à Chine.*
4883. Benedetta Craveri	*Reines et favorites.*
4884. Erri De Luca	*Au nom de la mère.*
4885. Pierre Dubois	*Les contes de crimes.*
4886. Paula Fox	*Côte ouest.*
4887. Amir Gutfreund	*Les gens indispensables ne meurent jamais.*
4888. Pierre Guyotat	*Formation.*
4889. Marie-Dominique Lelièvre	*Sagan à toute allure.*
4890. Olivia Rosenthal	*On n'est pas là pour disparaître.*
4891. Laurence Schifano	*Visconti.*
4892. Daniel Pennac	*Chagrin d'école.*

Composition Interligne
Impression Novoprint
à Barcelone, le 18 juin 2009
Dépôt légal : juin 2009
Premier dépôt légal dans la colleccion: septembre 2002

ISBN 978-2-07-041929-6./Imprimé en Espagne.

170323